U0075493

日語詞句與句型手冊

鴻儒堂編輯部　編著

鴻儒堂出版社

鴻儒堂出版社

前　言

　　目前日語的語彙、文法、會話等種類的書很多，但是有關詞句、句型之類的書却有限，編者爲了滿足讀者的需要，以便讀者能正確理解並熟練運用，進而掌握在學習日語和翻譯上的困難，而編寫了一部較實用性、綜合性的日語詞句與句型對照手册。

　　這本書的特色是收錄了二萬多條例句，內容有一般日常生活上使用率高的以及科技方面的句型，期使讀者在學習上能駕輕就熟，增加組織句子的能力，此外還收集了成語、諺語、俗語等，並在詞句方面註上同義詞組、反義詞組、接續方法等，以供讀者參考。

　　期使這本書能幫助讀者在學習日文上更進一步！

あ

ああいう 那樣的，那種＝ああした，あのような。

ああした 同上條。

ああしろ，こうしろと （強迫）這樣做那樣做，比手劃腳地。

ああだこうだ 這個那個，這麼那麼，這呀那呀。

ああのこうの 這個那個，這樣那樣，這也不對那也不對＝ああだこうだ，どうのこうの。

ああまで 竟那樣，竟那麼。

あいかわらず【相変らず】 仍舊，照舊，還…＝いつもの通り。

あいきょうあふれるばかりだ【愛嬌溢れるばかりだ】 笑容滿面。

あいきょうがある【愛嬌がある】 ①動人，可愛，招人喜歡。②有魅力，有誘惑力。

あいきょうのある【愛嬌のある】 討人喜歡的，可愛的↔愛嬌のない。

あいきょうのない【愛嬌のない】 冷淡的，不和氣的，不和藹的，沒有好感的↔愛嬌のある。

あいきょうものだ【愛嬌ものだ】 眞好玩，挺好玩。

あいきょうをふりまく【愛嬌を振撒く】①對…有好感。②對…笑容可掬。✦前接格助詞"に"。

あいさつもしないで【挨拶もしないで】連個招呼也不打就…

あいさつをかえす【挨拶を返す】①回答。②回拜。

あいさつをかわす【挨拶を交す】 互相打招呼。

あいづちをうつ【相槌を打つ】 打幫腔，敲邊鼓，隨聲附和。

あいぜんご【相前後】 前後脚，一前一後。

あいそうがある【愛想がある】 和藹，會應酬↔愛想がない。

あいそうがつきる【愛想が尽きる】不理，討厭，嫌棄，不搭理。✦前接格助詞"に"。

あいそうがない【愛想がない】①冷淡，冷冰冰。②死板，不會應酬，不會說話↔愛想がある。

あいそうがよい【愛想がよい】 ①和藹可親。②善於交際。③能說會道↔愛想が悪い。

あいそうがわるい【愛想が悪い】 ①冷淡，冷冰冰。②不善交際，不會應酬↔愛想がよい。

あいそうをいう【愛想を言う】 說恭維話，說客套話。

あいだがよくいく（ゆ）かぬ【間がよく行かぬ】關係不好＝關係がうまくゆ（い）かない。

あいたくちがふさがらない【開いた口が塞がらない】 目瞪口呆，張口結舌。

あいたくちへもち【開いた口へ餅】福自天來＝あいたくちへぼたもち【開いた口へ牡丹餅】。

あいだをおく【間を置く】 留出間隔。

あいちゃくがある【愛着がある】 捨不得。

あいちゃくをおぼえる【愛着を覚える】不能忘懷，對…依依不捨＝愛着を持つ。

あいついで【相次いで】 相繼，一個接着一個，接二連三地。

アイディアとしてだされている 提出某種計畫（設想，主義，辦法）。

あいてがおかしてこなければ，こちらもおかさない【相手が犯してこなければ，こちらも犯さない】 人不犯我，我不犯人。

あいてがない【相手がない】 ①沒伴兒。②沒對手。

あいてにくいつく【相手に食いつく】

揪住對方。

あいてにしてくれない【相手にしてくれない】　①不理，不搭理。②不與共事。◆前接格助詞“を”。

あいてにしない【相手にしない】同上條。

あいてにできる【相手にできる】敵得過…。◆前接格助詞“を”。

あいてにとってふそくのないてきだ【相手にとって不足のない敵だ】棋逢敵手，將遇良才。

あいてになっていられない【相手になっていられない】　①没工夫理…。②没工夫管…。

あいてにならぬ【相手にならぬ】　不是對手。

あいてになる【相手になる】　和…周旋。

あいてのいこうをさぐる【相手の意向を探る】　探探對方的口氣，摸摸對方的心思。

あいてのはらをよみながらいがみあう【相手の腹をよみながら啀合う】勾心鬥角。

あいてをおとしいれる【相手を陥し入れる】　陷害對方。

あいてをちぢみあがらせる【相手を縮み上がらせる】　讓對方發抖。

あいにおぼれる【愛に溺れる】　溺愛。

あいのてをいれる【合いの手を入れる】　①助興。②加過門。

あいまいなことをいう【曖昧なことを言う】含糊其辭，模稜兩可。

あいらしいかおつきをしている【愛らしい顔つきをしている】　長得挺撩人，長得挺招人喜歡。

アイロンをかける　①熨衣服。②燙髮。

あいをうしなう【愛を失う】　失寵。

あうはわかれのはじめ【逢うは別れの始め】有聚必有散。

あえて…あたらない【敢て…当らない】不必特別…，不必故意…。◆前接“には”。

あえて…およばない【敢て…及浅ない】不必…，用不着…。◆前接“には”。

あえて…ではない【敢て…ではない】

①未必…，不見得…。②毫不…＝あえて…ない。◆前接體言或體言性詞組。

あえて…ない【敢て…ない】　同上條。

あえて…なら【敢て…なら】　膽敢…。

あえて…にはたらない【敢て…には足らない】　不足爲…，毫不值得…。

あおいきをつく【青息を吐く】　①咳聲嘆氣，長吁短嘆。②一籌莫展＝息吐息を吐く。

あおすじをたてる【青筋を立てる】青筋暴跳。

あおなにしお【青菜に塩】　無精打采，垂頭喪氣，沮喪，精神萎靡。

あおにさい【青二才】　毛孩子，黄口孺子。

あおはあいよりいでてあいよりあおし【青は藍より出でて藍より青し】青出於藍而勝於藍。

あおむけにたおれる【仰むけに倒れる】摔個仰面朝天，摔個仰八叉。

あかがつく【垢がつく】　①蹭上油泥。②長水銹。

あがきがつかぬ【足掻がつかぬ】進退兩難，進退維谷，一籌莫展＝足掻が取れぬ。

あかくなる【赤くなる】　①赤化。②面紅耳赤。

あかごのうでをねじる【赤子の腕をねじる】　不費吹灰之力，易如反掌。

あかじをうめる【赤字をうめる】　彌補虧空。

あかじをだす【赤字を出す】　出現赤字，入不敷出。

あかしをたてる【証を立てる】　作證，證明，見證。

あかつきをつげる【暁を告げる】　報曉。

あかのたにん【赤の他人】　陌生人，毫無關係的人。

あかはじをかく【赤恥をかく】　出醜丟臉，現眼，當衆出醜＝あかはじをさらす。

あかはじをさらす【赤恥を晒す】　同上條。

あかみのにく【赤みの肉】　瘦肉。

あからさまにいう　明說，直說，公開地說，直截了當地說。

あかりがたつ【明が立つ】　①證明清白。②昭雪＝あかりをたてる。

あがりがはやい【上りが早い】　①漲得快。②升得快。③進步得快。

あかりをけす【明りを消す】　熄燈↔明りをつける。

あかりをつける【明をつける】　點燈，開燈↔明りを消す。

あかるみにだす【明るみに出す】　①把…公開。②把…揭露出來。◆前接格助詞"を"。

あかるみにでる【明るみに出る】　①表面化。②顯露出來。

あかをおとす【垢を落す】　去掉汚垢，去去泥兒。

あかをながす【垢を流す】　去掉身上的泥兒，沖沖身上的泥兒。

あかん　不行，不成。

あきがあったら【空があったら】　如果有空，有工夫，有時間＝あきができたら。

あきがきた【厭が来た】　厭煩，膩煩。◆表示對…厭煩時前接格助詞"に"。

あきかぜをふかす【秋風を吹かす】　冷淡起來。

あきたりない【飽足りない】　①不飽。②不滿足。③不稱心。④不解恨＝飽足らぬ。

あきのくれ【秋の暮れ】　秋末。

あきのそら【秋の空】　容易變心。

あきらかなしょうこがいくらでもある【明らかな証拠がいくらでもある】　鐵證如山。

あきらかになった【明らかになった】　清楚了，明白了。

あきらかにべてんだ【明らかにべてんだ】顯然是個騙局。

あきらめがいい【諦めがいい】　①開朗，開通，達觀，想得開。②死心，斷念＝思い切りがいい。

あきらめがつかない【諦めがつかない】　①想不開。②不死心。

あきらめがつく【諦めがつく】　①想得開。②死心。

あきらめがわるい【諦めが悪い】　①想不開。②不死心。

あきるほどくう【飽きるほど食う】　吃個飽，吃個夠。

あきれたはなしだ【保れた話しだ】不像話。

あきれてものもいえない【呆れてものも言えない】　嚇得啞口無言。

あきをうめる【空を埋める】　塡空白。

あきをつくる【空をつくる】　騰出空來，騰出工夫。

あくいにとる【悪意に取る】　往壞處想·往壞的方面解釋。

あくいにみちる【悪意に満ちる】　充滿惡意。

あくいをいだく【悪意を抱く】　不懷好意，居心不良＝悪意を持つ。

あくいをもつ【悪意を持つ】　同上條。

あくがつよい【灰汁が強い】　非常俗氣，俗氣十足。

あくぎゃくむどう【悪逆無道】　大逆不道。

あくじせんりをつたう【悪事千里を伝う】　壞事傳千里。

あくじせんりをはしる【悪事千里を走る】　同上條。

あくしゃのあつまり【悪者の集り】　一群壞蛋。

あくしゅうがみにつく【悪習が身につく】　養成惡習，養成壞習慣。

あくしゅしようとする【握手しようとする】　①想同…握手。②想同…合作。◆前接格助詞"と"。

あくじをおこなう【悪事を行う】　做壞事兒，爲非作歹＝あくじをはたらく。

あくじをかさねる【悪事を重ねる】同上條。

あくせいをはなつ【悪声を放つ】　誹謗，說壞話，散佈流言蜚語。

あくたいをつく【悪態をつく】　破口大罵。

あくじをはたらく【悪事を働く】　做壞事兒，爲非作歹。

あくどいいたずら【あくどい悪戯】惡作劇。

あくにそまる【悪に染まる】　沾染悪習。

あくにとる【悪に取る】　往壞處想＝あくいにとる。

あくにつよい【悪に強い】　無悪不作。

あくにんがはびこる【悪人がはびこる】　壞人横行。

あくにんにてをかす【悪人に手をかす】　爲虎作倀。

あくのつよい【灰汁の強い】　非常俗氣，俗里俗氣＝あくがつよい。

あくのぬけた【灰汁の抜けた】　文雅的，風雅的。

あくばをあびせる【悪罵を浴せる】　把…痛罵一頓。

あくばをあびる【悪罵を浴る】　挨一頓痛罵。

あくびのでるような【欠伸の出るような】　令人厭煩的。

あくびばかりでる【欠伸ばかり出る】　都感到厭煩，都感到没趣。

あくへいつづきだし【悪弊続出し】　弊病百出。

あくまで（も）【飽まで（も）】　到底，徹底，始終＝どこまでも。

あくまであらそって【飽まで争って】　力争……。

あくまでかんばる【飽まで頑張る】　堅持到底。

あくまで…をつづける【飽まで…を続ける】　把…堅持到底。

あくめいがたかい【悪名を高い】　臭名著著，悪名昭彰。

あくをいだく【悪を抱く】　没安好心，居心不良，心術不正。

あくをかさねる【悪を重ねる】　爲非作歹＝悪事を行う。

あげあしをとる【揚げ足を取る】　找錯，抓辮子，抓短處，吹毛求疵。

あげきれないほど【挙切れないほど】　舉不勝舉，不勝枚舉。

あげくのはてに【挙句の果てに】　最後終於…，到了最後…＝おわりになって。

あげさげをとる【上げ下げを取る】　又褒又貶＝あげたりさげたりする。

あけすけに【明け透けに】　不隱瞞。

あけすけにいえば【明け透けに言えば】　乾脆説，坦率地説，不客氣地説。

あけすけにいうと【明け透けに言うと】　同上條。

あげたりさげたりする【上げたり下げたりする】　又褒又貶＝あげさげをとる。

あけて【明けて】　過了年。＝年が明けて。

あけにそまる【朱に染まる】　滿身是血。

あごがおちる【顎が落ちる】　格外好吃，味道鮮美。

あごがひあがる【顎が干上る】　無法生活，無法糊口＝口が干上る。

あこぎなことをする　厚臉皮，死乞百賴，貪得無厭。

アコーディオンをひく　拉手風琴。

あごでつかう【顎で使う】　頤使，待人傲慢。

あごをだす【顎を出す】　疲勞不堪，精疲力盡。

あごをなでる【顎を撫でる】　洋洋得意，怡然自得。

あごをはずしてわらうな【顎を外して笑うな】　別笑掉下巴（大牙）。

あさおきはさんもんのとく【朝起は三文の徳】　早起三朝勝一工，早起好處多。

あさがおのはないちとき【朝顔の花一時】　好景不常，曇花一現。

あさがけのだちん【朝駆の駄賃】　輕而易舉，如探囊取物。

あさからぶっとおしてはたらく【朝からぶっとおして働く】　從早晨一直不停地工作。

あさせにのりあげる【浅瀬にのり上げる】　擱淺。

あさはかなかんがえをおこす【浅はかな考えを起す】　尋短見。

あさぶろたんぜんながひばち【朝風呂丹前長火鉢】　舒適生活。

あさましいすがた【浅ましい姿】　可憐相，一副可憐相。

あさめしまえだ【朝飯前だ】　現成，

好辦，容易，易如反掌，輕而易舉。

あしあとをたどってゆく【足跡を辿って行く】　追踪。

あしおとをぬすむ【足音を盗む】　躡手躡脚。

あしがあがる【足が上る】　①失群。②失掉依靠。

あじがある【味がある】　有滋味。

あじがいい【味がいい】　味道不錯，味道挺好。

あしがおそい【足が遅い】　走得慢＝足の運びが遅い，足が鈍い。

あしがおもい【足が重い】　腿重，走不動。

あしがかるい【足が軽い】　腿快，走得快＝足が早い。↔足がおそい。

あしがすすまない【足が進まない】　懶得走。

あしがすばしこい【足がすばしこい】　腿脚俐落＝足がたっしゃた。

あしかせになる【足枷になる】　成了累贅。

あしがたっしゃだ【足が達者だ】　健步，腿脚俐落＝足がすばしこい。

あしがだるくなる【足がだるくなる】　腿軟，腿都酸了。

あしがちにつかぬ【足が地につかぬ】　①站不穩。②心神不定。

あしがつく【足が付く】　找到線索，找到踪跡，有了頭緒。

あしがでる【足が出る】　①賠錢，虧空。②露出馬脚＝足を出す。

あじがない【味がない】　①没味。②乏味。

あしがはやい【足が速い】　健步，走得快＝足がかるい。

あしがひきつる【足が引攣る】　腿抽筋。

あしがふらつく【足がふらつく】　步履蹣跚，腿脚不靈便。

あしがぼうになる【足が棒になる】　腿都直了，兩條腿像棍兒似的，累得兩條腿發直。

あしがぼうのようになる【足が棒のようになる】　同上條。

あしがむく【足が向く】　信步所至，不知不覺地走去。

あしからず【悪しからず】　請原諒，不要見怪。

あしがらみをかける【足搦をかける】　下絆兒，使絆兒。

あじがわからない【味がわからない】　不懂…的妙處（滋味，趣味）。

あじなこと【味な事】　妙語。

あしなみがそろわない【足並みが揃わない】　①步調不一致，各打各的鼓各藏各的鑼。②看法有分歧。

あしにまかせてあるく【足に任せて歩く】　信步而行＝足のむくままに歩く。

あしのおきばもない【足の置場もない】　連個下脚的地方都没有＝あしのふみばもない。

あしのこう【足の甲】　脚面↔あしうら。

あしのつちふまず【足の土ふまず】　脚心。

あしのつめ【足の爪】　脚指甲。

あしのふみばもない【足の踏み場もない】　連個下脚的地方都没有＝足のおきばもない，足のふみところもない。

あしのむくままにあるく【足の向くままに歩く】　信步而行，隨便溜達。

あしのゆび【足の指】　脚指頭。

あしのよわい【足の弱い】　（漆等）不黏。

あしぶみをする【足踏をする】　踏步。

あじもそっけもない【味も素気もない】　乏味得很。

あしもとがあぶない【足下が危い】　步履蹣跚＝足がふらつく。

あしもとからとりがたつ【足下から鳥が立つ】　①事出突然。②迅雷不及掩耳。③急不可待。

あしもとにひがついたようにせきたてる【足下に火がついたように急立てる】　一個勁地緊催。

あしもとにひがつく【足下に火がつく】　大禍臨頭。

あしもとにもおよばない【足下にも及ばない】　跟不上。

あしもとをみる【足下を見る】　抓短處。

あしもとをよくみる【足下をよく見る】　留神脚底下。

あしをあらう【足を洗う】　①洗手不幹，改邪歸正。②擺脱某種境遇。

あしをいれる【足を入れる】　①走入。②插足。

あしをうばわれる【足を奪われる】　①沒法走了。②沒法上班了。

あじをおぼえる【味を覚える】　嘗到甜頭，得到便宜＝味を占める。

あじをかみわける【味を嚙分ける】　品滋味。

あしをこする【足を擦する】　搓脚。

あしをちにつける【足を地につける】　脚踏實地。

あじをしめる【味を占める】　嘗到甜頭，得到便宜＝あじをおぼえる。

あしをだす【足を出す】　把錢花光，露出馬脚。

あしをつける【足をつける】　搭上關係。

あじをつける【味をつける】　調味。

あしをなげだす【足を投出す】　伸出脚。

あしをぬく【足を抜く】　斷絕關係。

あしをひきずるようにして【足を引摺るようにして】　拖着兩條腿…。

あしをひっぱる【足を引張る】　拖…的後腿。

あしをふみだす【足を踏み出す】　邁開脚步。

あじをみる【味を見る】　嘗嘗味道，嘗嘗鹹淡。

あじをやる【味をやる】　做得漂亮。

あしをゆるめる【足を緩める】　放慢脚步，放慢步伐，放慢速度。

あずかってちからがある【与って力がある】　對…起作用，對…有貢獻，對…有幫助。

あずかりしるところではない【与り知るところではない】　與…無關，和…沒有關係。

あすはあすのかぜをふく【明日は明日の風を吹く】　明天再説明天的。

あせがあめのようにながれる【汗が雨のように流れる】　汗流如水＝汗みずくになる。

あせがしとしととながれる【汗がしとしとと流れる】　汗涔涔的。

あせがしみこんだ【汗が染込んだ】　浸透了汗水。

あせがでる【汗が出る】　出汗，流汗＝汗を垂す，あせをかく。

あせがながれる【汗が流れる】　同上條。

あせみずくになって【汗みずくになって】　汗流如雨地，不辭辛苦地＝汗みどろになって，あせみずたらして。

あせみどろになって【汗みどろになって】　同上條。

あせらずいそがず【焦らず急がず】　不急不躁。

あせるにはおよばぬ【焦るには及ばぬ】　不用着急。

あせるのをいましめる【焦るのを戒める】　戒躁。

あせをかく【汗をかく】　出汗，出冷汗。

あせをたらして【汗を垂して】　辛勤地，不辭辛苦地。

あせをにぎる【汗を握る】　擔心，擔驚，緊張，捏一把汗。

あせをぬぐう【汗を拭う】　揩汗，擦汗＝汗をふく。

あせをふく【汗をふく】　同上條。

あそびがすきだ【遊が好きだ】　好嬉，好賭。

あそびにきをとられる【遊に気を取られる】　貪玩，專好玩。

あそびによねんがない【遊に余念がない】　同上條。

あそんでいるかねがある【遊んでいる金がある】　有閑錢，有富餘錢。

あそんでいるとち【遊んでいる土地】　休耕地，閑着的土地。

あそんでくらう【遊んで食う】　遊手好閑。

あたいがある【値がある】　值得…＝

…に値する。↔値しない。◆前接格
助詞"の"或動詞連體形。

あたいしない【値しない】　不値得…
＝あたいもない。◆前接格助詞"に"。

あたいもない【値もない】　不値…，
不値得…＝あたいしない，價値もな
い。

あたいをつける【値をつける】　①定
價。②給價。③還價。

あたいをふむ【値を踏む】　估價＝値
を見つもる。

あだかえしをする【仇返しをする】
報仇，報復。

あたかも…のごとし【恰も…の如し】
彷彿…似的，好像…似的，宛如…＝
あたかも…のようだ，あたかも…の
どうようだ。

**あたかも…のどうようだ【恰も…の同
様だ】**　同上條。

あたかも…のようだ【恰も…の様だ】
彷彿…似的，好像…一樣，宛如…。

あたかもよし【恰もよし】　恰好。

**あだくちばかりたたく【徒口ばかり叩
く】**　淨說空話。＝むだくちばかり
たたく。

**あだごとばかりしている【徒言ばかり
している】**　淨說空話，淨說廢話。

あたってくだける【当って砕ける】
冒險，試試看，碰碰運氣。

あだなをつける【渾名をつける】　取
外號，取綽號。

あだになる【仇になる】　落埋恕。

あだになる【徒になる】　白費，落空
＝むだになる。

**あたまうちのじょうたいだ【頭打の状
態だ】**　達到頂頭，達到最大限度＝
頭打だ。

あたまがあがらない【頭が上らない】
受壓，抬不起頭來。

あたまがいい【頭がいい】　腦筋好，
頭腦清楚↔頭が鈍い。

あたまがおかしい【頭が可笑しい】
精神不正常。

あたまがおもい【頭が重い】　頭沉，
頭暈＝頭がぐらつく。

あたまがかたい【頭が固い】　死腦筋，

腦筋頑固。

あたまがからっぽだ【頭が空っぽだ】
沒腦筋。

あたまがきれる【頭が切れる】　腦瓜
兒好使，腦筋靈活。

**あたまがくうきょになる【頭が空虚に
なる】**　頭腦空虛，腦袋呈空空如也。

**あたまかくしてしりかくさず【頭隠し
て尻隠さず】**　①藏頭露尾。②欲蓋
彌彰。

**あたまがくらくらしている【頭がくら
くらしている】**　頭暈＝頭が重い。

**あたまがぐらぐらしている【頭がぐら
ぐらしている】**　頭暈，頭昏眼花。

あたまがぐらつく【頭がぐらつく】
頭暈。

**あたまがこんがらかる【頭がこんがら
かる】**　腦筋混亂，頭腦不清楚↔あ
たまがさえている。

あたまがさえている【頭が冴えている】
頭腦清醒↔あたまがこんがらかる。

あたまがさがる【頭が下がる】　欽佩，
佩服。◆前接格助詞"に"。

あたまがすばしこい【頭がすばしこい】
腦筋靈活，思想敏銳↔頭がとぼけ
る。

あたまがするどい【頭が鋭い】　同上
條。

あたまがたかい【頭が高い】　傲慢，
無禮，自高自大↔頭がひくい。

あたまがとぼける【頭が惚ける】　腦
筋遲鈍，腦袋不好使↔頭がすばしこ
い。

あたまがにぶい【頭が鈍い】　同上
條。

あたまがひくい【頭が低い】　①謙虛。
②恭敬↔頭がたかい。

**あたまがふらふらする【頭がふらふら
るす】**　頭暈＝頭がくらくらしてい
る。

あたまがふるい【頭が古い】　舊腦筋，
思想守舊＝頭がきゅうしきだ。

**あたまがぼんやりする【頭がぼんやり
する】**　腦袋迷迷糊糊，腦袋不好使
了＝頭がぼける。

あたまがまわる【頭が廻る】　腦筋靈

活＝頭がするどい。

あたまがやめる【頭が病める】　頭疼
＝あたまがいたい，あたまががんが
んする。

あたまがようする【頭が要する】　費
脳筋。

あたまから【頭から】　①開頭，一開
始。②完全，根本。

あたまからきこうとしない【頭から聞
こうとしない】　根本不聽。

あたまから…ない【頭から…ない】
完全不…，根本不…。

あたまからみずをあびたよう【頭から
水を浴びたよう】　如冷水溌頭。

あたまからゆげをたてておこる【頭か
ら湯気を立てて怒る】　勃然大怒。

あたまかられいすいをあびる【頭から
冷水を浴びる】　冷水溌頭。

あたまごなし【頭ごなし】　不問情由，
不容分說，不分青紅皂白。

あたまでっかちしりすぼまり【頭でっ
かち尻窄まり】　虎頭蛇尾。

あたまにおいていない【頭においてい
ない】　不放在心裡，不放在心上。

あたまにおく【頭に置く】　放在心上，
放在心裡↔頭においていない。

あたまにくる【頭に来る】　頭痛；惱
火。

あたまにしもをいただく【頭に霜を戴
く】　頭髮變白。

あたまにひやみずをあびせる【頭に冷
水を浴せる】　冷水溌頭＝あたまか
ら水をあびる，あたまにひやみずを
かぶる。

あたまのいる【頭の要る】　費脳筋的
＝あたまのようする。

あたまのきりかえをする【頭の切換を
する】　換脳筋，洗脳筋，改變思想。

あたまのさんまんな【頭の散漫な】
粗心的，馬虎的，馬馬虎虎的。

あたまのてっぺんからつまさきまで【
頭の天辺から爪先まで】　全身，從
頭到腳＝頭の天辺から足の先まで
。

あたまのはたらきがわるい【頭の働き
が悪い】　脳筋鈍，脳筋不好使＝あ

たまのかいてんがにぶい。

あたまのほかにおきざりにする【頭の
外に置去りにする】　把…抛在脳後。

あたまのめぐりがはやい【頭の巡りが
早い】　脳筋轉得快＝あたまのかい
てんがはやい。

あたまをあげる【頭を上げる】　抬頭，
露頭角，勢力大了＝あたまをもたげ
る。

あたまをいためる【頭を痛める】　傷
脳筋。

あたまをおろす【頭を落す】　落髮爲
僧。

あたまをかかえてにげる【頭を抱えて
逃げる】　抱頭鼠竄。

あたまをかく【頭を掻く】　搔頭表示，
不好意思難以肯定。

あたまをかる【頭を刈る】　剪頭，理
髮。

あたまをさげる【頭を下げる】　①鞠
躬，行禮＝お辞儀する。②認輸，屈
服＝屈服する。③欽佩，佩服＝感服
する。

あたまをさしだす【頭を差出す】　伸
頭，探頭探脳。

あたまをすっきりさせる【頭をすっき
りさせる】　使頭脳清醒過來。

あたまをちにつける【頭を地につける】
低頭。

あたまをつかう【頭を使う】　勞心，
費脳筋，用脳子，動脳子。

あたまをつっこむ【頭を突込む】　①
參與，投身。②干涉。

あたまをなやます【頭を悩ます】　焦
慮，苦惱，傷脳筋。

あたまをはたらかす【頭を働かす】
動脳筋，動動脳子＝智惠を働かす。

あたまをはたらかせる【頭を働かせる】
同上條。

あたまをはねる【頭をはねる】　揩油，
抽成，抽頭。

あたまをひねる【頭を捻ねる】　①左
思右想，煞費苦心。②扭過頭來(去)。

あたまをふるのはひていで，うなずく
のはこうていだ【頭を振るのは否定で，
頷くのは肯定だ】　搖頭不算點頭算。

あたまをまるめる【頭を丸める】 ①剃頭。②削髪爲僧。

あたまをめぐらす【頭を巡らす】 ①動腦筋，想辦法。②回過頭來。

あたまをもちあげる【頭を持上げる】 ①得勢，抬頭，出人頭地。

あだにときをすごす【徒に時を過す】 虛度光陰＝むだに時を過す。

あだになる【徒になる】 落空，一場空，白費，白費勁了＝むだになる。

あだにむくいるにとくをもってする【仇に報いるに德を持ってする】 以德報怨。

あだやおろそかにおもう【徒や疎かに思う】 ①輕視，不把…當一回事②疏忽…。◆前接格助詞“を”。＝あだおろそかにおもう。

あだやおろそかに…ではない【徒やおろそかに…ではない】 並不是白…。

あたらしいさけをふるいかわぶくろにはいる【新しい酒を古い皮袋にはいる】 舊皮囊裝新酒,舊形式新內容。

あたらずといえどもとおからず【當らずと言えども遠からず】 雖不中已不遠矣,八九不離十。

あたらない【当らない】 ①不必…,用不着＝…には及ばない,…必要がない。②不恰當,不中肯。

あたりいちめん【辺り一面】 四周全是…,這一帶都是…。

あたりがついた【当りがついた】 有着落了,有頭緒了,有線索了↔当りがつかない。

あたりがない【当りがない】没有指望。

あたりがはずれる【当りが外れる】 ①落空。②失望。

あたりかまわず【辺り構わず】 旁若無人＝辺りに人もなげに。

あたりがよい【当りがよい】 待…好,對待…好↔あたりがわるい。

あたりがわるい【当りが悪い】 對…不好,待…不好。◆前接格助詞“に”。

あたりさわりはあるまい【当り障りはあるまい】 ①不會得罪…吧。②不會對…有妨礙吧。◆前接格助詞“に”。

あたりにきをくばる【辺に気を配る】 四下地張望。

あたりにする【当りにする】 指望,期望。◆前接格助詞“を”。

あたりにできる【当りにできる】 信得過,靠得住。

あたりにひともなげに【辺りに人も無気に】 旁若無人＝辺りかまわず,辺りに人なきが如く。

あたりの【辺の】 …之類的,…之流的。

あたりまえなら【当り前なら】 照理說,本應該。

あたりまえのこと【当り前のこと】 ①平常的事。②理所當然的事。

あたりをみせる【当りを見せる】 得心應手。

あたりをみまわす【辺を見廻す】 左顧右盼。

あたるをさいわい【当るを幸】 順手,隨手。

あだをおんでむくいる【仇を恩で報いる】 以德報怨。

あだをむくいる【仇を報いる】 報仇。

あちこちかりまわる【あちこち借りまわる】 東摘西借。

あちこちさがす【あちこち捜す】 東翻西找。

あちこちつぎはぎして【あちこち継接して】 東拼西湊＝あちらこちらからよせあつめて。

あちこちにゆきかう【あちこち行交う】 南來北往。

あちこちほんそうする【あちこち奔走する】 到處奔走,東奔西走。

あちらたてればこちらたたぬ【あちら立てればこちら立たぬ】 顧得了這個顧不了那個,不能使雙方都滿意。

あちらにつきこちらにつく 牆頭草隨風倒。

あついおもい【熱い思い】 熱心。

あついなかだ【熱い仲だ】 打得火熱。

あつかましげにみえる【厚かましげに見える】 無恥,厚臉皮,不要臉。

あっけにとられる【呆気に取られる】 嚇得目瞪口呆。

あっさりびょうしゃする【あっさり描

写する】　輕描淡寫。

あっせんのろうをとる【斡旋の労を取る】　爲…進行斡旋。

あったとおり【あった通り】　照實，據實，眞實地，實事求是地。

あってはならない　不會有，不可能有。

あっても　儘管有…，即使有…。

あってもないのとおなじだ【あってもないのと同じだ】　①有沒有都一樣。②形同虛設。

あってもなくてもよい　可有可無。

あっというまに【あっという間に】　轉瞬間，一眨眼工夫。

あっといわせる【あっと言わせる】　①令人吃驚。②叫人嚇一跳。③令人感嘆。

あっとばかりに　啊地一聲，呀地一聲。

あてがいをする【宛行をする】　供給，分配。◆前接格助詞"の"或動詞連體形。

あてがはずれる【当が外れる】　①失望，指望落空了。②錯打算盤＝あてごとが外れる。

あてこすりをいう【当擦りを言う】　諷刺挖苦，冷嘲熱諷，指桑罵槐，冷言冷語。

あてごとがはずれる【当事が外れる】　失望，指望落空了＝あてがはずれる，あたりがはずれる。

あてにしている【当にしている】　指着的，指望着的。

あてにする【当にする】　①指望，期待。②相信。◆前接格助詞"を"。

あてにできる【当にできる】　可靠，靠得住，信得過＝あてになる。

あてにならない【当にならない】　不可靠，靠不住↔あてにできる。

あてになる【当になる】　可靠，靠得住，信得過。

あてもなく【当もなく】　毫無目的地，盲目地，毫無目標地。

あとあしですなをかける【後足で砂をかける】　①走後給人留下麻煩。②過河拆橋。

あとあじをあたえる【後味を与える】

給…留下印象。

あとあしをひっぱる【後足を引張る】　扯…的後腿。

あとあとのところ【後後のところ】　後來，以後，很久之後。

あとあとまで【後後まで】　到了後來，日後。

あとおしをする【後押をする】　①從後面推。②背後挑唆。③撐腰。

あとがたえる【後が絶える】　斷後，絕後，絕戶。

あとかたもない【跡形もない】　無影，無踪，沒根據。

あとがない【跡がない】　沒有…迹象，沒有…根據。

あとがみえない【跡が見えない】　看不出有…的迹象。

あとから【後から】　隨後，跟着。

あとからあとからと【後から後からと】　接連不斷地。

あとからあとへとつづく【後から後へと続く】　前仆後繼。

あとさきかまわず【後先構わず】　冒失，魯莽，顧前不顧後。

あとさきになる【後先になる】　本末倒置，本末顛倒＝後先見ずに。

あとさきのことをあれそれとおそれてはならない【後先のことをあれそれと恐れてはならない】　不要前狼後怕虎的。

あとさきみずに【後先見ずに】　本末倒置，本末顛倒。

あとさきをかんがえて【後先を考えて】　經過考慮之後…て。

あと…すれば【後…すれば】　再過…。

あとだてがある【後盾がある】　有靠山，有後盾。

あとで【後で】　①後來，隨後，回頭。②等着吧。

あとに【後に】　①以前。②以後。

あとのがんがさきになる【後の雁が先になる】　後來者居上。

あとのしまつ【後の始末】　處理善後，收拾殘局。

あとのまつり【後の祭】　馬後砲，賊走關門，雨後送傘，…也晚了…，也

不及了。

あとのまつりだ【後の祭だ】　同上條。

あとはのとなれやまとなれ【後は野と
　なれ山となれ】　不管以後如何，不
　顧後果如何。

あとへすわる【後へすわる】　接替…
　的工作。

あとへひかない【後へ引かない】　不
　服氣。

あとへもさきへもいかぬ【後へも先へ
　も行かぬ】　進退維谷，進退兩難。

あとまわしにする【後回しにする】
　緩辦，暫時先擱一擱。

あとをおう【跡を追う】　①追趕，追
　逐。②追隨。③仿效。④追踪。

あとをかくす【跡を隠す】　躲起來，
　藏起來。

あとをくらます【跡を晦ます】　潛逃，
　匿迹。

あとをたつ【跡を絶つ】　絕迹。

あとをつける【跡をつける】　①追踪，
　跟踪。②留下痕迹。

あとをにごす【跡を濁す】　留下劣迹。

あとをひく【跡を引く】　①不夠，不
　厭。②沒完，沒完沒了。

あとをもらう【後を貰う】　續弦，娶
　後妻。

あとをやめない【跡をやめない】　不
　留痕迹，沒有痕迹。

あながあったらはいりたい【穴があっ
　たら入りたい】　（羞得）有個地縫
　都想鑽進去，羞得無地自容。

あながち…ない【強ち…ない】　未必
　…，不見得…，不一定…＝あえて…
　ない，必ずしも…ない。

あなどりがたい【侮りがたい】　…不
　容輕視。

あなにはいりたいここちがする【穴に
　入りたい心地がする】　羞得無地自
　容，眞想鑽進地縫裏。

あなのあくほどみつめる【穴のあくほ
　ど見詰める】　凝視，盯着瞧。

あなのあくほどみる【穴のあくほど見
　る】　同上條。

あなをあける【穴をあける】　①打眼，
　穿孔，挖洞。②虧空。

あなをさがす【穴を探す】　找錯誤，
　找碴，抓辮子。

あのぐらい【あの位】　那樣，那麼，
　那麼一點。

あのしつれいですが…【あの失礼です
　が…】　對不起，我想（要）

あのちょうしで【あの調子で】　看情
　況，看情形，看樣子。

あのまま　如實地，眞實地，據實地，
　實事求是地，原封不動地，仍舊，照
　舊。

あのように　那樣，那般。

あぶないつなわたりをする【危い綱渡
　りをする】　冒險＝あぶないつなわ
　たりをやる。

あぶないところで…をまぬがれる【危
　いところで…を免れる】　險些…，
　差一點沒…＝あぶなく…ところだっ
　た。

あぶないめにあう【危い目にあう】
　遇到危險。

あぶなく…ところだった【危く…とこ
　ろだった】　險些沒…，差一點沒…。

あぶらがきれる【油が切れる】　沒勁
　了。

あぶらがのる【油が乗る】　①上勁，
　起勁，來勁。②發胖，發福。

あぶらがみにひのついたよう【油紙に
　火の付いたよう】　口若懸河。

あぶらにみず【油に水】　水火不相容，
　冰炭不相容。

あぶらをうる【油を売る】　偷懶，磨
　蹭，磨洋工，磨時間。

あぶらをさす【油を差す】　　打氣，
　鼓勵。

あぶらをしぼられる【油を絞られる】
　被…訓了一頓。◆前接格助詞”に”。

あぶらをしぼる【油を絞る】　譴責，
　訓斥，申責，教訓。

あぶらをそそぐ【油を注ぐ】　①唆使，
　煽動。②加油。

あふれるばかりのねつじょう【溢れる
　ばかりの熱情】　滿腔熱情。

あほうぐちをする【阿房口をする】
　說蠢話，說糊塗話。

あほうなことをする【阿房なことをす

る】做蠢事。

あほうにつけるくすりはない【阿房に
つける薬はない】糊塗蟲沒法治。

あまいことば【甘い言葉】甜言蜜語，
花言巧語。

あまいもからいもしっている【甘いも
辛いも知っている】酸甜苦辣都嘗
過了，飽經風霜。

あまいゆめをみる【甘い夢を見る】
作好夢。

あまえてしようがない【甘えて仕様が
ない】一味撒嬌。

あまえたくちぶり【甘えた口振】嬌
聲嬌氣。

あまくちにのる【甘口に乗る】上了
花言巧語的當，被…的花言巧語騙了。

あまくみる【甘く見る】①看…好說
話。②輕視…，瞧不起…。◇前接格
助詞"を"。

あますところいくばくもない【余すと
ころいくばくもない】所剩無幾。

あますところではなく【余すところで
はなく】①無遺。②徹底，完全。
絲毫不留。

あますところなく【余すところなく】
同上條。

あまだれいしをうがつ【雨垂石を穿つ】
滴水穿石。

あまりある【余りある】有餘，有剩，
剩餘的，剩出來的。

あまりしながない【余り品がない】
①品格不怎麼樣，品質不太好。②質
量不太好。

あまり…じゃない【余り…じゃない】
不是什麼…，並不是什麼…，不是值
得…的。

あまり…すぎる【余り…過ぎる】過
於…，未免太…＝あまりにも。

あまりせんさくしない【余り穿鑿しな
い】不求甚解。

あまりたくさん【余りたくさん】太
多，過多。

あまりつめて【余り詰めて】①太…，
過於…。②一個勁地。

あまり…ではない　不是什麼…，並不
是什麼…，不是值得的…。

あまり…ない【余り…ない】不太…，
不必太…，不怎麼…。

あまり…ないらしい【余り…ないらし
い】好像不太…，好像不怎麼…＝
あまり…ないようだ。

あまり…なさそうだ【余り…なさそう
だ】同上條。

あまりにも【余りにも】太…，過於
…＝あまりに，あまり…すぎる。

あまりにもひどい【余りにもひどい】
太過分了，未免太過火了。

あまりにもむほうだ【余りにも無法だ】
不太合乎道理。

あまりのおそろしさにひとごこちがし
なかった【余りの恐ろしさに人心地
がしなかった】嚇得要死。

あまりほど【余りほど】真是…，很
…，非常。

あまりほどわりびくものだ【余りほど
割引くものだ】要打很大折扣。

あまりまがない【余り間がない】沒
多少時間了，沒多大工夫了。

あまり…みかけない【余り…見掛けな
い】不常看見…。

あまりむりはできない【余り無理はで
きない】不能太勉強，不能太過分。

あまりむりをする【余り無理をする】
①太過分，過於勉強。②過於勞累。

あまりめたたない【余り目立たない】
不太顯眼，無聲無臭，不顯山不露水。

あまりよくきれない【余りよく切れな
い】不太快，切不動，砍不動。

あまりよくない【余りよくない】不
太好。

あまんじて【甘んじて】甘心，情願。

あみにかかる【網にかかる】落網。

あみものをする【編物をする】編東
西，打毛活。

あみをはる【網を張る】撒網。

あめあられと【雨霰と】雨點般地。

あめがあがる【雨が上がる】雨停了。
雨住了。

あめがはれる【雨が晴れる】同上條。

あめがふきこんだ【雨が吹込んだ】
雨颳進來。

あめがやむ【雨が止む】雨停。

あめふってじかたまる【雨降って地固まる】　①不打不相識。②亂而後治。

あめをくわせる【飴を食わせる】　給個甜頭，甜言蜜語地哄騙。

あめをついて【雨をついて】　冒雨。

あめをなめさせる【飴を嘗めさせる】　給一個甜頭，花言巧語地哄騙。

あめをはじく【雨を弾く】　防雨。

あやうく…ところだった【危うく…ところだった】　險些…，幾乎…，差一點…＝あぶなく…ところだった。

あやしからぬことだ【怪しからぬことだ】　豈有此理。

あやしむにたりない【怪しむに足りない】　不足爲怪。

あやまりのうわぬりをする【誤りの上塗りをする】　將錯就錯，錯上加錯。

あやまりをあらためぜんにんになる【誤りを改め善人になる】　改過自新，改邪歸正，放下屠刀立地成佛。

あやまりをかくす【誤りを隠す】　掩飾錯誤，文過飾非＝あやまちをかくす。

あらあらしいことばをつかう【荒荒しい言葉を使う】　說粗話，措詞粗野。

あらいかぜにもあてずにそだてる【荒い風にも当てずに育てる】　嬌生慣養。

あらぎもをぬく【荒肝を抜く】　嚇壞。

あらぎもをひしぐ【荒肝を拉ぐ】　嚇壞，嚇破膽。

あらざるところなし【あらざるところなし】　無所不包，無所不有，樣樣俱全。

あらしになりそうだ【嵐になりそうだ】　好像要變天，要起風暴。

あらしのような【嵐のような】　①暴風雨般的。②急風暴雨般的。③轟轟烈烈的。

あらず　非，不是。

あらすじをはなす【粗筋を話す】　說個大概。

あらずもがな　不如沒有…，沒有…倒好＝なくもがな，ない方がよい。

あらそいのたねをまく【争いの種を蒔く】　惹起爭端。

あらそって【争って】　爭着，搶着，爭先恐後地。

あらそわれない【争われない】　不可否認的，不可爭辯的。

あらたまって【改まって】　一本正經地，鄭重其事地。

あらなみにきたえられてきた【荒波に鍛えられてきた】　經過考驗的，經過大風大浪的。

あらばこそ　毫不…，完全不…，根本不…，完全沒有…。

あらゆるくろうをなめる【あらゆる苦労を嘗める】　歷盡千辛萬苦。

あらゆるほうめんからみて【あらゆる方面から見て】　從各方面來看。

あらをせんさくする【粗を穿鑿する】　找錯，挑毛病＝粗を探す。

あらんかぎり【有らん限り】　盡力，盡量，盡其所有＝あるだけ皆。

あらんかぎりのちえをしぼる【有らん限りの智慧を絞る】　絞盡腦汁。

ありあまるかねがある【有余る金がある】　有得是錢，錢有得是。

ありあわせのもの【有合わせのもの】　家常便飯，現有的東西。

ありうべからざる【有得べからざる】　不應有，不可能有。

ありうべき【有得べき】　應有的，可能有的。

ありがたいことには【有難いことには】　①難得…。②値得慶幸的是…。

ありがたさがみにしみとおる【有難さが身に染透る】　衷心感謝。

ありさまで【有様で】　看情形，看這情形。

ありしだい【あり次第】　一俟有…馬上就…。

ありそうなことだ　①有可能。②可能有。

ありていにいえば【有体に言えば】老實說，據實說，實事求是地說＝有体のところ。

ありていにはくじょうする【有体に白状する】　供認不諱。

ありていのところ【有体のところ】
　老實說，據實說，實事求是地說＝あ
　りのまま（に。
ありとあらゆる　一切的，所有的＝あ
　らゆる，ありとある。
ありとも　同上條。
ありとも　無論有…。
ありのあなからつつみもくずれる【蟻
　の穴から堤も崩れる】　千里之堤毀
　於蟻穴。
ありのはいでるすぎもない【蟻の這出
　る隙もない】　水洩不通。
ありのまま（に）　眞實地，如實地，
　照實地，實事求是地＝ありていのと
　ころ。
ありもしない【有もしない】　莫須有
　的，不會有的。
ありゃ　①那，那個。②噯呀。♣あれ
　ば的變體。
あるいは…かもしれない【或は…かも
　知れない】　①或許…，也許…。②
　或者。
あるいみでは【ある意味では】　在某
　種意義上來說，就某種意義說。
あるいみにおいてば【ある意味におい
　てば】　同上條。
あるかぎり【ある限り】　①全，都。
　②盡力，盡量。③盡其所有＝あるだ
　げ，あらんかぎり。
あるかどうかまだ…ない　有沒有還不
　…。
あるがままをはなせ【有るがままを話
　せ】　有什麼說什麼吧。
あるきよい【歩きよい】　好走。
あるだけ　①全，都。②盡力，盡量。
　③盡其所有＝あるかぎり。
あるだけの　所有的，全部的。
あるていどいじょう【ある程度以上】
　大部分。
あるていどでやめる【ある程度で止め
　る】　適可而止。
あるていどまで（は）【ある程度まで
　（は）】　有點，有幾分。
あるところではない　與…無關。
あるばあいには【ある場合には】　在
　某種場合，在某種情況下。

アルファベットもしらない【アルファ
　ベットも知らない】　目不識丁，大
　字不識，不學無術，連起碼的常識都
　不知道。
あるべき　應該有的，必須有的。
あるべきはず　同上條。
あるべくもなかった　不會有…。
あるまい　不會…吧，也許不會…，不
　至於吧。
あるまじき　不應有的，不該有的↔あ
　るべき。
あるもの　有的…，有人…。
あるものか　哪有…，哪裡有…。
あるものだ　會有，可能有。
あるものですか　哪兒會有…。
あるわけだ　①只是…。②只有…。
あれいらい【あれ以来】從那以後，打
　那之後＝あれから。
あれから　以後，後來，打那以後。
あれからずっと…ない　打那以後一直
　沒…＝あれきり…ない。
あれきり…ない　同上條。
あれこれしあんする【あれこれ思案す
　る】　左思右想，反覆考慮，反覆思
　量。
あれこれとおもう【あれこれと思う】
　同上條。
あれこれとかんがえる【あれこれと考
　える】左思右想，反覆思量，再三考
　慮。
あれこれもんくをつける【あれこれ文
　句をつける】　說三道四，說長道短。
あれでは　既然那樣。
あれでも　還算…。
あれはあるほど　越有…越…。
あれもようのてんき【荒模様の天気】
　①要變天。②要發脾氣。
あれやこれやという【あれやこれやと
　言う】　說來說去。
あわがたつ【泡が立つ】　起泡，冒泡
　＝泡立つ。
あわすかおもない【合す顔もない】
　羞愧，沒臉見人，無顏以對。
あわせるかおがない【合わせる顔がな
　い】　同上條。
あわただしいようす【慌しい様子】

慌慌張張的樣子，慌手慌脚的樣子。

あわとなった【泡となった】　落空，付之流水，歸於泡影。

あわないはなし【合わないはなし】　不值得，不合算。

あわぬ【合わぬ】　①不划算，不合算，划不來。②不適合…，不適於…。

あわよくは　得機會，順手的話，順利的話。

あわれむべし【哀れむべし】　可憐。

あわれをとどめる【哀れを留める】　一命嗚呼。

あわをくう【泡を食う】　發慌，驚慌。

あわをふかせる【泡を吹かせる】　使…大吃一驚。◆前接格助詞 " に "。

あんいにしようとする【安易にしようとする】　想貪便宜。

アンケートをとる【アンケートを取る】　①測驗。②徵詢意見。

あんしょうにのりあげる【暗礁に乗り上げる】　①觸礁。②碰到意外困難。

あんしんのできない【安心のできない】　不放心的，不可靠的，靠不住的。

あんずるよりうむがやすい【案ずるより産むが易い】　事情並不都像想像

那麼難。

あんないをこう【案内を乞う】　①敲門。②請傳達一聲。

あんなに　那樣地＝あんなふうに。

あんなふうに　同上條。

あんにおつ【案に落つ】　正如所料，果如所料＝あんのじょう。↔あんにちがう。

あんにそういして【案に相違して】　意外地，出乎意料地。

あんにちがう【案に違う】　同上條。

あんのじょう【案の定】　果然，正如所料＝あんのように，あんにおつ，あんの如く。

あんのように【案のように】　同上條。

あんばいがわるい【塩梅が悪い】　不舒服，不合適＝あんばいがよくない，ぐあいがわるい。

あんをだす【案を出す】　出主意，想辦法。

あんをたてる【案を立てる】　①打底稿，草擬計劃。②打主意，拿主意。

あんをねる【案を練る】　計劃…，想辦法。

い

いあくにさんずる【帷幄に参ずる】　①參與決策。②參加制定作戰計劃。

いいあわせたように【言合わせたように】　不約而同地，像商量好了似地。

いいあんばいに【いい按配に】　①好在…，恰好…。②順利地。

いいがいがない【言い甲斐がない】　①白說，白費話，沒說頭，不值得一說。②不爭氣的，不長進的，沒出息的。

いいかえると【言い換えると】　換言之，換句話說＝言い換えれば。

いいかえれば【言い換えれば】　同上條。

いいがかりをする【言い掛りをする】

①找藉口。②找碴兒，找毛病。③挑剔。

いいがかりをつける【言い掛りをつける】　同上條。

いいがくもんになる【いい学問になる】　長了很多見識。

いいかげんで【いい加減で】　①馬虎，大意，含糊。②隨便。③大大咧咧。④不疼不癢地。

いいかげんにしろ【いい加減にしろ】　①別…，不必…。②少…吧。③算了吧。

いいかげんにはすまされぬ【いい加減には済まされぬ】　不能馬虎過去，不能蒙混過去。

いいかげんにひをおくる【いい加減に日を送る】混，混日子。

いいきになる【いい気になる】①很舒服。②沾沾自喜，揚揚得意。

いいきみだ【いい気味だ】活該，大快人心。

いいぐさになる【言い種になる】成爲話柄，成爲話題。

いいくちをはずす【いい口を外す】錯過了好差事。

いいこころがまえをする【いい心が前をする】作好精神準備。

いいことはない 沒好，好不了。

いいこになる【いい子になる】裝好人，裝沒事，假裝與自己無關。

いいしれぬ【言い知れぬ】沒法說的，無法形容的，說不出的，難以表達的＝言うに言われぬ，なんとも言い様がない。

いいだくだくとして【唯唯諾諾として】唯唯諾諾，唯命是從。

いいだしにくい【言い出しにくい】不好意思說，不好意思開口。

いいつらのかわ【いい面の皮】出醜，丢人現眼。

いいところはない 沒好處。

いいとはかぎりません【いいとは限りません】不一定好，不見得好。

いいとも 行，成，好，可以，有何不可。

いいともいいとも 好好，成成，好的好的，可以可以。

いいなりしだいになる【言い成り次第になる】①順從，唯命是從。②任其擺佈。

いいなりになる【言い成りになる】同上條。

いいなりほうだいになる【言い成り放題になる】①順從，唯命是從。②任其擺佈。

いいのがればかりいう【言い逃ればかり言う】一味支吾，支支吾吾。

いいのがれはきかぬ【言い逃れはきかぬ】支吾不過去，搪塞不過去。

いいはじさらしだ【いい恥曝しだ】丢人現眼，當衆出醜。

いいひと【いい人】①好人。②愛人，情人，心上人。

いいぶんがある【言い分がある】不滿，有意見。

いいぶんがたたない【言い分がたたない】難以分說。

いいまわしがうまい【言い廻しがうまい】會說話，善於詞令。

いいまわしがへただ【言い廻しが下手だ】①不會說話，笨嘴拙舌。②措詞不當＝いいまわしがまずい。

いいまわしがまずい【言い廻しがまずい】同上條。

いいまわしをあらためる【言い廻しをあらためる】改變口氣，改變說法。

いいものですね 好極了，棒極了。

いいようがない【言い様がない】沒法說，無法形容＝言いしれぬ。

いいように 任意，隨便＝よろしく，よしなに。

いいわけがたたない【言い分けが立たない】無法交代，難以分說。

いいわけをする【言い分けをする】①辯解。②賠禮，道歉。

いいをさゆうする【言いを左右する】支吾其詞。

いうかちがない【言う価値がない】不值一提，不值得說。

いうこと【言うこと】說話。

いうことがしどろもどろだ【言うことがしどろもどろだ】語無倫次，前後矛盾，呑呑吐吐。

いうことはあおくさい【言うことは青臭い】說話幼稚。

いうことはあるまい【言うことはあるまい】不值得…吧。

いうことはふるっている【言うことは振っている】說得漂亮＝振ったことを言う。

いうこともずばずばいうしやることもばかりやる【言うこともずばずば言うしやることもばかりやる】敢說敢做。

いうことをきく【言うことを聞く】聽話。

いうにいわれぬ【言うに言われぬ】

没法説的，無法形容的，難以表達的
＝言い様がない，言い知れぬ。

いうにおよばず【言うに及ばず】　不
用說，不必說，自不待言。

いうにたらぬ【言うに足らぬ】　不足
道，不值得說。

いうまでもない【言うまでもない】
①當然。②不用說，不必說，自不待
言＝言うにはおよばない。

**いうまでもなく…も【言うまでもなく
…も】**　不用說…連…也…。

いうもおろか【言うも愚か】　不用說，
用不着說，没什麼值得說的。

**いうもおろか…も…【言うも愚か…も
…】**　別說…就是…也…。

いうものの【言うものの】　雖然…可
是…。

いえがない【家がない】　無家可歸。

**いえたことではない【言えたことでは
ない】**　不用說，不要說。

いえない【言えない】　不能說，不敢說。

いえばよい【言えばよい】　說出來好。

いえをそとにする【家をそとにする】
抛家在外。

いえをでる【家を出る】　①離開家，
出門。②出走。

**いがいないわけである【以外ないわけ
である】**　只有…，只能…。

**いがいなく…のである【以外なく…の
である】**　只有…才能…。

**いがいなことがあったら【意外なこと
があったら】**　若是有個差錯，若是
有個閃失，若是有個三長兩短。

いがいに【以外に】　此外，除…而外
＝外に，…より外。

いがいに…ない【以外に…ない】　只
有…才能…，除…而外没有…。

**いがいのなにものではなく…からであ
る【以外のなにものではなく…から
である】**　…不是別的，而是…。

**いがいのなにものでもない【以外のな
にものでもない】**　完全是…，簡直
是…，只能是…。

いかがとも【如何とも】　怎麼也…。

いかがにぞ【如何にぞ】　爲什麼＝ど
うして，なんで。

**いかがばかりであったろう【如何ばか
りであったろう】**　該多麼…啊。

いかがまでも【如何までも】　總是…，
老是…。

いがさしこむ【胃が差込む】　心口扎
着疼。

いかしてつかう【活して使う】　活用，
靈活運用，有效地利用。

いかない【行かない】　①不行，不成。
②不能。③不要＝行かん，行かぬ。

いかなこと【如何なこと】　①料想不
到。②豈有此理。

いかなるかんがえか【如何なる考えか】
是何用意，是什麼意思。

**いかなることがあっても【如何なるこ
とがあっても】**　無論如何，無論怎
樣，不管有什麼事兒。

**いかなるゆえかしらず【如何なる故か
知ず】**　不知何故，不知爲什麼。

いかに…か【如何に…か】　多麼…啊。

いかにして【如何にして】　如何，怎
樣＝どうのようにして。

いかにせん【如何にせん】　無奈，奈
何＝いかんせん。

いかに…ても【如何に…ても】　怎麼
…也…，無論怎樣…也…。

いかに…とも【如何に…とも】　不管
如何，無論如何。

**いかにもあきあきした【如何にも飽飽
した】**　煩極了，實在膩了。

**いかにもこまっているようす【如何に
も困っている様子】**　很爲難的樣子
。

いかにもして【如何にもして】　好歹
也要…，無論怎樣也要…＝どのよう
にしても，どんなにしても，なんと
かして。

いかにも…みえる【如何にも…見える】
顯得格外…，顯得分外…。

いかにも…らしい【如何にも…らしい】
看得很像＝いかにも…ようだ。

**いかにもわざとらしい【如何にも態とら
しい】**　太作做了，太不自然了。

いかぬ【行かぬ】　①不成，不行。②不
能。③不要＝行かん，行かない。

いかばかり【如何ばかり】　多麼，如何＝どんなに，どれほど。

いかほど【如何ほど】　多少，若干＝どれくらい。

いかほど…てもない【如何ほど…てもない】　怎麼…也不…。

いかようにも【如何ようにも】　怎麼，怎樣，如何。

いかりをうつ【錨を打つ】　抛錨。

いかりをうつす【怒りを移す】　遷怒於人，拿別人出氣。

いかりをかう【怒りを買う】　惹人生氣，招人生氣。

いかりをはらす【怒りを晴す】　消氣。

いかりをまねく【怒りを招く】　惹人生氣，招人生氣。

いかれない【行かれない】　不能去，去不了。

いかん【行かん】　①不行，不成。②不能。③不要。

いかんせん　無奈，奈何。

いかんとなれば…からである【如何となれば…からである】　原因在於…，原因是由於…，之所以…是由於…。

いかんとも…ない【如何とも…ない】　怎麼也不…，怎樣也不…。

いかんながら【遺憾ながら】　無奈，遺憾的是＝残念ながら。

いかんなく【遺憾なく】　①完全。②充分地。③盡量地。

いかんにかかっている【如何にかかっている】　①要看…如何。②關鍵在於…。

いかんにたえない【遺憾に堪えない】　不勝遺憾，遺憾之至。

いかんによってきまる【如何によって決まる】　取決於…，決定於…，要看…如何，關鍵在於…＝如何による，如何にかかっている。

いかんによる【如何による】　同上條↔如何によらず。

いかんをもんだいにしてはならない【如何を問題にしてはならない】　不管…，不問…，不考慮…。

いきあたりにでてしまった【行き当りに出てしまった】　走到死胡同了。

いきあたりばったり【行き当りばったり】　漫無計劃，只顧眼前、得過且過，聽天由命，敷衍了事。

いきいきとした【生き生きとした】　有生氣的，有朝氣的，生氣勃勃的，欣欣向榮的，栩栩如生的。

いきうまのめをぬく【生き馬の目を抜く】　①鬼靈精。②雁過拔毛。

いきうめになる【生き埋めになる】　活埋。

いきおいあたるべからず【勢当るべからず】　勢不可擋。

いきおいがつよい【勢が強い】　①勁頭大。②來勢猛。

いきおいがよい【勢がよい】　①精神好，精力充沛。②有勢力。

いきおいこんで【勢込んで】　①振奮地，幹勁十足地，滿懷信心地。②猛烈地。

いきおいすさまじくひとにせまる【勢凄じく人にせまる】　鋒芒逼人。

いきおいにつく【勢につく】　趨炎附勢。

いきおいにのって【勢に乗って】　乘勢，趁勢，趁熱。

いきおいにまかせる【勢に委せる】　仗勢。

いきおいははちくのごとし【勢は破竹の如し】　勢如破竹。

いきおいやむをえず【勢やむを得ず】　爲勢所迫不得已…。

いきおいよく【勢よく】　意氣風發地，幹勁十足地，滿懷信心地。

いきおいをうる【勢をうる】　得勢↔いきおいをうしなう。

いきおいをつける【勢をつける】　打氣，加油，鼓勁，助威↔いきおいがおとろえる。

いきがあう【息が合う】　合拍，合得來，情投意合，步調一致，息息相關。

いきがあがる【意気が上がる】　意氣風發，情緒高漲。

いきがいがない【生き甲斐がない】　生活的無意義。

いきがかかる【息が掛かる】　在…庇下，受到有權勢人的影響（支配）。

いきがきれる【息が切れる】　①斷氣.
咽氣。②上氣不接下氣。

いきがけのだちん【行きがけの駄賃】
臨走時順便…。

いきがたえだえになる【息が絶え絶え
になる】　奄奄一息，只剩一口氣了。

いきがつまる【息が詰まる】　喘不過
氣來，呼吸困難，氣促＝いきがく
るしい，息ができない。

いきがはずむ【息が弾む】　同上條。

いきぎもをぬく【生き肝を抜く】　①
挖膽。②嚇破膽。

いきごみがくだける【意気込みが砕け
る】　洩氣，洩勁。

いきごみがさかんになる【意気込みが
盛んになる】　幹勁大了，勁頭大了。

いきごみがたりない【意気込みが足り
ない】　幹勁不足，熱情不夠。

いきごみをもやす【意気込みが燃す】
意氣風發。

いきこんで【意気込んで】　①踴躍地
②幹勁十足地，精神抖擻的。③興致
勃勃地。

いきさきがふめいだ【行き先が不明だ】
下落不明，不知去向。

いきさつがわからない【経緯がわから
ない】　不知底細，不知原委。

いきじがない【意気地がない】　沒志
氣，沒有魄力＝いくじがない。

いきしにをともにする【生き死を共に
する】　生死與共。

いきづかいがくるしい【息遣いが苦し
い】　呼吸困難。

いきづまりにおちいった【行き詰まり
に陥った】　陷入僵局。

いきそそうしている【意気沮喪してい
る】　垂頭喪氣，意氣沮喪。

いきたそらもない【生きた空もない】
不想活下去了。

いきちをしぼる【生き血を絞る】　榨
取血汗。

いきちをすする【生き血を啜る】　吮
人膏血。

いきてんをつく【意気天を衝く】　氣
勢沖天。

いきのあるだけ【息のあるだけ】　只

要有口氣，只要一息尚存。

いきのあるま【息のあるま】　有生之
日。

いきのねをとめる【息の根を止める】
①扼殺…。②殺死，結束性命。

いきはじをさらす【生き恥を晒す】
丟人現眼。

いきみにやまいはまぬがれない【生き
身に病は免れない】　人免不了生病。

いきもたえだえ【息も絶え絶え】　奄
奄一息，只剩一口氣了。

いきようようと【意気揚揚と】　揚揚
得意＝意気ようようとして。

いきるかしぬかのせとぎわ【生きるか
死ぬかの瀬戸際】　生死關頭。

いきるかしぬかわからない【生きるか
死ぬか分らない】　生死不明。

いきをきって【息を切って】　上氣不
接下氣地，喘不過氣來。

いきをきらす【息を切らす】　喘噓噓，
氣喘噓噓，喘不上氣來。

いきをきらせる【息を切らせる】　同
上條。

いきをこらす【息を凝す】　屏息，憋
住氣＝息を殺す。

いきをころす【息を殺す】　同上條。

いきをする【息をする】　呼吸，喘氣
＝息をつく。

いぎをただして【威儀を正して】　莊
重地，嚴肅地，鄭重其事地。

いきをつく【息をつく】　喘氣，喘（
一口）氣。

いきをつぐ【息を継ぐ】　歇歇，喘口
氣，休息一下。

いきをとる【息を取る】　死，咽氣＝
息を絶える。

いきをぬく【息を抜く】　歇歇，喘口
氣，休息一下。

いきをのむ【息を呑む】　屏息，咽氣＝
息を取る，息を絶える。

いきをひきとる【息を引取る】　斷氣，
死。

いきをふきかえす【息を吹返す】　甦
醒。

いきをふきかける【息を吹掛ける】
往…上呵氣。◆前接格助詞"に"。

いきをもひしぐいきおい【息をも拉ぐ勢】　鋭不可擋之勢，勢不可擋。

いぐいすればやまもむなしい【居食すれば山も空しい】　坐吃山空。

いくえにも【幾重にも】　①懇切地，誠懇地。②深深地。

いくさにやぶれる【戦に破れる】　戦敗。

いくさをみてやをはぐ【戦を見て矢を矧ぐ】　臨陣磨槍。

いくじがない【意気地がない】　沒種，沒骨氣，沒志氣，不爭氣。

いくつか【幾つか】　若干。

いくつふそくしている【幾つ不足している】　少了幾個。

いくとおり【幾通り】　好幾種，好幾套。

いくにちもたたない【幾日も立たない】　沒幾天，沒過幾天。

いくばくもない【幾許もない】　不多，沒多少。

いくばくもなく【幾許もなく】　不久，不多時，不一會兒。

いくほどもなく【幾ほどもなく】　同上條。

いくらあがいても【幾ら足搔いても】　無論怎麼着急也…＝いくらいそいでも。

いくらかでも【幾らかでも】　多少可以…。

いくらかは【幾らかは】　多少都…，或多或少都…＝多少，幾分。

いくら…たって【幾ら…たって】　不管怎樣…，無論怎樣…。

いくら…でも【幾ら…でも】　即使…，縱然…，儘管…也…，無論怎樣也…。

いくら…ても【幾ら…ても】　怎麼也…，不管怎樣，無論怎樣＝いくら…とも。

いくら…てもすぎることはない【幾ら…ても過ぎることはない】　無論怎樣…也不算過分。

いくら…ても…ない【幾ら…ても…ない】　怎麼…也不…。

いくら…でも…ものではない【幾ら…でも…ものではない】　雖然…也別…。

いくら…とも【幾ら…とも】　不管怎樣…，不管怎麼＝いくら…ても。

いくらにもつかない【幾らにもつかない】　値不了多少錢。

いくらもない【幾らもない】　不多，沒多少。

いくらも…ない【幾らも…ない】　用不了多少，…費不了多少…。

いけいのねんにうたれる【畏敬の念に打たれる】　不禁肅然起敬。

いけない【行けない】　①不行，不許，不可，不要，可別…，…要不得，…可不好。②不好，不舒服。③不應該。

いけば【行けば】　如果…，假如…＝すれば。

いけません【行けません】　＝行けない。

いけるかどうか【行けるかどうか】　行不行。

いけるしかばね【生ける屍】　行屍走肉。

いけんがふんぷんとする【意見が紛紛とする】　意見紛亂＝意見がまちまちだ。

いけんがわかれる【意見が分れる】　意見分歧。

いけんすればするほど【意見すればするほど】　越說越…。

いけんをかわす【意見を交す】　交換意見。

いけんをききいれる【意見を聞入れる】　採納意見。

いけんをはく【意見を吐く】　談看法，發表意見＝意見を発表する。

いけんをまとめる【意見を纏める】　把意見歸納起來。

いこうをかさにきる【威光を笠に着る】　仗着…的勢力。

いごこちがよい【居心地がよい】　①心情舒暢。②住得舒服。

いごはれいとしない【以後は例としない】　下不為例。

いさいかまわず【委細構わず】　不管三七二十一，什麼也不顧了，不顧一切。

いさいをはなつ【異彩を放つ】　①放
異彩。②出類抜萃。

いざかまくら【いざ鎌倉】　一旦有事，
一旦緊急的時候。

いさぎよしとしない【潔しとしない】
①不肯…，不屑於…。②以…爲恥＝
いさぎよしとせず。◆前接格助詞“
を”。

いざこざをおこす【いざこざを起す】
惹起是非，惹起糾紛。

いささかいをつよくする【些か意を強
くする】　差強人意。

いささかおかんむりだ【些かお冠だ】
有點生氣，有點不高興＝いささかお
かんむりをきげる。

いささかがってんがいかぬ【些か合点
が行かぬ】　一點也不明白，一點也
不理解。

いささか…というところがある【些か
…というところがある】　有點…，
有些…。

いささか（も）…ない【些か（も）…
ない】毫無…，一點也不…，絲毫也
沒有…＝少しも…ない，わずか…な
い。

いささかのなかみもない【些かの中味
もない】　言之無物，毫無內容，內
容空空如也。

いざさらば　①再見，再會。②即然那樣。

いざしらず【いざ知らず】　①那還可
以，或許可以，那還有的可說。②…
姑且不論。

いざというだんになる【いざという段
になる】　①一到關鍵時候，一到緊
急關頭。②一旦發生問題的時候＝肝
心な時になって。

いざというとき【いざという時】　同
上條。

いざというときにあわてる【いざとい
う時に慌てる】　臨時抱佛脚。

いじがきたない【意地が汚ない】　①
貪，貪心不足。②嘴饞。

いしがよわい【意志が弱い】　意志薄
弱。

いじから【意地から】　硬…＝むりに，
いじにも。

いじがわるい【意地がわるい】　心術
不正，心腸不好，居心不良＝心掛け
がわるい。

いしきがよみがえる【意識が甦える】
蘇醒過來＝いきをふきかえす。

いしずえをきずく【礎を築く】　打基
礎＝きそをかためる。

いじにかかる【意地にかかる】　①故
意，故意爲難。②固執己見。③意氣
用事。

いしにかじりついても【石に嚙りつい
ても】　無論如何也要…，無論怎樣
艱苦也要…。

いしにきゅう【石に灸】　沒用，無效，
毫無效驗。

いじになる【意地になる】＝いじにか
かる。固執己見，意氣用事。

いしにはなさく【石に花咲く】　妄想，
門兒都沒有，不可能。

いじにも【意地にも】　①硬，蠻…。
②逞能，逞強。③爲了爭口氣。

いしのうえにもさんねん【石の上にも
三年】　功到自然成，有志者事竟成。

いしのようにつめたいこころ【石のよ
うに冷たい心】　鐵石心腸。

いしばしをたたいてわたる【石橋を叩
いて渡る】　萬分小心，小心又小心，
謹愼又謹愼。

いじばりもいいかげんにしろ【意地張
りもいい加減にしろ】　別太固執了，
別太彆扭了＝意地っ張りもいい加減
にしろ。

いしゃにかかる【医者にかかる】　請
醫生看病＝医者に見てもらう。

いしゃのげんかんがまえ【医者の玄関
構】　粉飾外表，裝飾門面。

いしゃのふようじょう【医者の不養生】
言行不一，醫生不知道養生之道。

いしゃをかいぎょうする【医者を開業
する】　行醫。

いしゅをはらす【意趣を晴らす】　報
仇，雪恨＝仇を打つ。

いしゅをふくむ【意趣を含む】　懷恨
＝うらみをもつ。

いじょうで【以上で】　就此。

いじょうに【以上に】　比…更…，比

…要…。

いじょうに…ない【以上に…ない】
…最…，沒有…比…再…的了，比…
再…的沒有了。

いじょうのことから【以上のことから】
根據上述。

いじょうのごとし【以上の如し】　…
如上。

いじょうのとおりである【以上の通り
である】　同上條。

いじょうのりゆうから【以上の理由か
ら】　根據上述理由。

いじょうは【以上は】　既然…就…。

いじょうは…のである【以上は…ので
ある】　既然…就要…，既然…就得
…＝いじょうは…ことである，いじ
ょうは…ものである。

いしょうにほんそうする【衣裳に奔走
する】　爲生活而奔波。

いしょうをつける【衣裳をつける】
穿衣服。

いしょくたりる【衣食足りる】　豐衣
足食。

いしょくをせっする【衣食を節する】
節衣縮食。

いじわるくなる【意地悪くなる】　故
意使壞，故意刁難人，故意難爲人。

いじわるをする【意地悪をする】　同
上條。

いじをたてとおす【意地を立て通す】
頑固到底，固執到底。

いじをはって…ない【意地を張って…
ない】　堅持不肯…，執意不肯…。

いじをはりとおす【意地を張り通す】
頑固到底，固執到底。

いじをはる【意地を張る】　①固執，
倔強，固執己見。②鬧意氣。

いしんちにおつ【威信地に墜つ】　威
信掃地。

いしんにかかる【威信にかかる】　有
關威信。

いしんにひびく【威信に響く】　影響
威信。

いしんをきずつける【威信を傷つける】
損害威信。

いすかのはし【鶍の嘴】　不如意，事

與願違。

いすにかじりつく【椅子に齧り付く】
捨不得離開職位，抓住烏紗帽不放。

いずれか【何れか】　兩者之一，二者
居一。

いずれそうだんのうえ【何れ相談の上】
等改日商量好再…。

いずれそのうちに【何れそのうちに】
過幾天再談吧。

いずれちかいうちに【何れ近いうちに】
改天。

いずれにおいても【何れにおいても】
不管在什麼情況下。

いずれにしても【何れにしても】　①
反正…。②無論如何，不管怎樣。

いずれにせよ【何れにせよ】　同上條。

いずれについても【何れについても】
無論哪一個，無論哪一種。

いずれにも【何れにも】　都…。

いずれまた【何れまた】　再見，再談
吧。

いずれ…ものだ【何れ…ものだ】　總
是要…的，反正是要…的。

いずれも…のである【何れも…のであ
る】　都…，全…，都是…。

いずれも…ものである【何れも…もの
である】　同上條。

いずれをとっても【何れをとっても】
無論哪一種。

いすをすすめる【椅子を勧める】　讓
座。

いすをねらう【椅子を狙う】　想把…
職位弄到手，惦記住…職位。

いせいがいい【威勢がいい】　①有朝
氣。②有勇氣。

いせいがつく【威勢がつく】振作起精
神。

いせいがなくなった【威勢がなくなっ
た】　喪氣，沮喪。

いせいよく【威勢よく】　①活潑地。
②朝氣蓬勃地。③神氣十足地。

いせいをくじく【威勢を挫く】　挫其
傲氣，滅其威風。

いぜんから【以前から】　向來…，一
直，從來…。

いぜんとして【依然として】　依然,仍舊。

いぜんのようでない【以前のようでない】　不如以前了。

いそいで【急いで】急忙，急急忙忙。

いそいではしごとをしそんずる【急いでは仕事を仕損ずる】　忙中出錯＝急ぐと事を仕損ずる，せいては事を仕損ずる。

いそがしいうちにひまをみつける【忙しい中に暇を見付ける】　忙中偸閑。

いそがしそうに【忙しそうに】　忙得不可開交，手忙腳亂地。

いそがばまわれ【急がば回れ】　欲速則不達。

いそぎあしで【急ぎ足で】　趕緊，趕忙，忙不迭地。

いそぎがないと【急ぎがないと】　如不快點就…了。

いそぎにはおもいだせない【急ぎには思い出せない】　一時想不起來了。

いそぎをしらせる【急ぎを知らせる】　告急＝急ぎをつげる。

いそぎをようする【急ぎを要する】　事情很急。

いそぐひつようがある【急ぐ必要がある】　①急需。②必須加快。

いたいところ【痛いところ】　痛處，短處，心病，瘡疤。

いたいところをつく【痛いところをつく】　①觸到痛處。②揭瘡疤。③攻其弱點。

いたいめにあう【痛い目に会う】　碰釘子，嘗到苦頭。

いたいめにあわせる【痛い目に会わせる】　給…點顏色看看，給…點厲害看看。

いたくもないはらをさぐられる【痛くもない腹を探られる】　無緣無故地受到懷疑。

いたくもかゆくもない【痛くも痒くもない】　不疼不癢，輕描淡寫。

いたさをこらえる【痛さを堪える】　忍痛。

いたしかたなく【致し方なく】　沒辦法，不得已。

いたしかねます【致しかねます】　辦不到，很難辦到。

いたしかゆし【痛し痒し】　①左右爲難，傷腦筋，不好辦。②投鼠忌器，又想吃又怕燙。

いたすところです【致すところです】　是由…所致，是由於…所造成的。

いたずらに【徒に】　白…，白白…，空，無益。

いたずらになる【徒になる】　落空，白費了，前功盡棄。

いたたまらない　①待不住，待不下去。②無以容身。③忍受不了。

いたたまれない　同上條。

いたちのさいごっぺ【鼬の最後っ屁】　最後的一招，窮途之策。

いたちのみち【鼬の道】　絕交，斷絕關係，斷絕往來。

いたちのみちきり【鼬の道切】　①斷絕往來。②絕斷音信。

いたにつく【板につく】　①服貼。②熟練，純熟。③適合。④恰如其分。⑤很內行。

いたばさみになる【板挟になる】　進退維谷，兩頭受氣，左右爲難。

いたみがおちついた【痛みが落付いた】　好些了，不怎麼疼了。

いたみがとれる【痛みが取れる】　止痛。

いたらない【至らない】　①不周到的。②不成熟的。③缺點很多的，毛病很多的。

いたらないてんをあやまる【至らない点を謝る】　不周到地方請原諒。

いたるところで【至るところで】　到處，四處，處處。

いたれりつくせり【至れり尽せり】　盡善盡美，無微不至，周到。

いちいせんしんに【一意専心に】　專心地，一心一意地，聚精會神地。

いちいちあげていられない【一一挙げていられない】　不勝枚舉。

いちおう…しかるべきだ【一応…然るべきだ】　應該略微…，應該稍微…。

いちおうのこと【一応のこと】　大概。

いちおうのところ【一応のところ】　一定水準。

いちおうもにおうも【一応も二応も】

左一次右一次，屢次，重複。

いちがいに…ない【一概に…ない】
不能一概…，不能籠統地…。

いちがいにはいえない【一概には言えない】
不能一概而論。

いちかばちか【一か八か】　①碰運氣，撞大運，聽天由命。②豁出去了。

いちからじゅうまで【一から十まで】
①一切，全部。②一五一十，從頭到尾＝何から何まで。

いちぎにおよばず【一議に及ばず】
①不商量。②毫不躊躇。③不由分說。

いちげんぐらいくちぞえ【一言ぐらい口添】　打幫腔。

いちげんでいうと【一言で言うと】
一句話，一言以蔽之，總而言之。

いちげんではいいきれない【一言では言いきれない】　一言難盡。

いちげんにはせんきんのおもみがある【一言には千鈞の重みがある】　一言九鼎。

いちげんもってこれをおおう【一言以てこれを蔽う】　一言以蔽之，總而言之，總之一句話＝一言で言えば，一言で言うと。

いちごいちじゅう【一五一十】　一五一十，從頭到尾＝いちからじゅうまで。

いちごにつきる【一語に尽きる】　一句話，就是…；一句話，只有…。

いちごのもとにどうはする【一語の下に道破する】　一語道破。

いちごのふかく【一期の不覚】　一生的大錯。

いちごんでいいつくしがたい【一言で言い尽しがたい】　一言難盡。

いちごんできめる【一言で定める】
一言爲定。

いちごんにしていう【一言にして言う】
簡而言之，總而言之，總之一句話。

いちごんはんく…ない【一言半句…ない】　連句…也沒有，連句…也不…。

いちごんもでない【一言も出ない】
一句話也說不出來。

いちごんもない【一言もない】　①一句話也沒有，一言不發，默不作聲。

②無可爭辯，無話可說。

いちじがばんじ【一事が万事】　一通百通，由一件事可以推測一切。

いちじくもがくれする【一時雲隠れする】　暫時躲避一下。

いちじつじゅう【一日中】　整天。

いちじつせんしゅうで【一日千秋で】
一日三秋，度日如年。

いちじつせんしゅうのおもいで【一日千秋の思で】　同上條。

いちじつのけいはあしたにあり【一日の計は晨にあり】　一日之計在於晨。

いちじにかさなる【一時に重なる】
趕在一起了，趕在一塊了。

いちじにさっとうする【一時に殺到する】　紛至沓來，接踵而至。

いちじのがれのさく【一時逃れの策】
權宜之計，逃避一時的辦法。

いちじのぎょうこう【一時の僥倖】
一時僥倖。

いちじのしょうどうにかけられて【一時の衝動にかけられて】　由於一時衝動。

いちじのできごころ【一時の出来心】
一時衝動，一時心血來潮，腦瓜一熱。

いちじのまにあわせをする【一時の間に合わせをする】　敷衍一時，得過且過。

いちしばいうつ【一芝居打つ】　設個圈套，耍個花招。

いちじをいやしくもしない【一字を苟もしない】　一字不苟。

いちじをつくろう【一時を繕う】　①彌補一時。②逢場作戲。

いちずに【一途に】　①專心地，一心一意地。②一個勁地。

いちずにおもいこむ【一途に思い込む】
①認定，斷定。②確信不疑。

いちせいめんをひらく【一生面を開く】
別開生面。

いちぞんではきめかねる【一存では決めかねる】　一個人不能作主，一個人的意見不能決定。

いちだんと【一段と】　①更加…，越發…。②大有…＝いちだんと…を加

える。

いちだんと…をくわえる【一段と…を加える】 同上條。

いちだんのもの【一段の物】 一段故事，獨幕劇。

いちどあっただけでじょうがうつる【一度逢っただけで情が移る】 一見鍾情。

いちどうにかいする【一堂に会する】 聚集一堂。

いちどうにひいでる【一道に秀でる】 有一技之長＝一道に長じる。

いちどにふたつのことはできない【一度に二つの事は出来ない】 一心不能二用，一鍋做不出兩樣飯來，同時不能做兩件事。

いちど…ば【一度…ば】 一旦…。

いちどみくらべると【一度見比べると】 比較一下（看）。

いちにちもはやく【一日も早く】 早一天…。

いちについて【位置に就いて】 各就各位！

いち、にの【一、二の】 數一數二的。

いちにをあらそう【一二を争う】 同上條。

いちにんまえだ【一人前だ】 ①一人份。②成人，像大人似的，是大人了。

いちにんまえに【一人前に】 ①一人份。②像大人似地，跟成年人一樣。③獨立地。④頂一個人。

いちにんまえになった【一人前になった】 已經成年＝ひとりまえになった。

いちにんをこらしてみんなのみせしめとする【一人を懲らしてみんなの見せしめとする】 懲一警百。

いちばんあとから【一番あとから】 最後。

いちばんせわのない【一番世話のない】 最省事的。

いちばんなかのいい【一番仲のいい】 關係最好的，關係最密切的。

いちぶしじゅう【一部始終】 ①一五一十。②從頭到尾。③源源本本。

いちぶいちりんのすきもない【一分一

厘の隙もない】 一點漏洞也沒有。

いちぶいちりんもちがわない【一分一厘も違わない】 一點也不錯，分文不差，絲毫不差。

いちぶんがたちません【一分が立ちません】 沒有面子。

いちぼくいっせきのろうをいたす【一木一石の労を致す】 貢獻微力。

いちめいをとりとめる【一命を取り留める】 保住了命，撿了一條命。

あちめん…だ【一面…だ】 全是…，都是…，滿都是…。

いちめんにさく【一面に咲く】 盛開。

いちもくおく【一目置く】 ①讓一個棋子。②不如…，比不過…。③略差一些，略遜一籌。

いちもくさんににげだした【一目散に逃げ出した】 一溜烟似地逃跑了。

いちもくみれば【一目見れば】 一看就…。

いちもにもなく【一も二もなく】 馬上就…，立刻就…。

いちもにもひきうける【一も二も引受ける】 滿口答應。

いちもんおしみのひゃくしらず【一文惜みの百知らず】 因小失大，貪小便宜吃大虧。

いちもんなしで【一文なしで】 不花一文。

いちもんにもあたいしない【一文にも値しない】 一文不值。

いちやをあかす【一夜を明す】 ①熬了一夜，一夜沒睡。②過了一夜。

いちゅうにとどめる【意中に止める】 記在心裡。

いちゅうをうちあける【意中を打ちあける】 吐露真情。

いちゅうをかたる【意中を語る】 談心，說心裡話＝いちゅうをはなす。

いちゅうをさぐる【意中を探る】 刺探心意。

いちゅうをよみとる【意中を読み取る】 看出心意＝いちゅうをよめる。

いちゅうをよめる【意中を読める】 同上條。

いちようおちててんかのあきをしる
【一葉落ちて天下の秋を知る】　一
葉落而知天下秋，一葉知秋。

いちようにとりあつかう【一様に取扱
う】　一視同仁，一律對待。

いちようにろんじる【一様に論じる】
一概而論。

いちるののぞみ【一縷の望み】　一線
希望。

いちをきいてじゅうをしる【一を聞い
て十を知る】　聞一而知十。

いついつまで【何時何時まで】　什麼
時候，到什麼時候。

いつか【何時か】　①　什麼時候。②
某一天。③遲早，早晚，總有一天＝
いつかは。

いっかいでこりました【一回で懲りま
した】　一次就夠了，再也不想做了。

いっかくせんきん【一攫千金】　一下
子發了大財。

いつかしら【何時かしら】　什麼時候，
不知何時。

いっかしんじゅう【一家心中】　全家
自殺。

いっかつにいって【一括に言って】
總括來說＝一括に言えば，一括に言
うと。

いつか…ときがある【何時か…時があ
る】　總有一天會…。

いつか…ときもある【何時か…時もあ
る】　總會有…的時候。

いっかなくじけない【いっかな挫けな
い】　百折不撓。

いっかな…ない　怎麼也不…，無論如
何也不…＝どうしても…ない。

いつかは【何時かは】　①遲早，早晚，
總會有一天。②某個時候＝いつか。

いつかはみそをつける【何時かは味噌
をつける】　總有一天要栽跟頭，總
有一天會出醜。

いつから【何時から】　幾時開始，從
什麼時候開始。

いっかをかまえる【一家を構える】
成家，立戶。

いっかをなす【一家を成す】　自成一
家，自成一派，獨樹一幟。

いっきくのなみだ【一掬の涙】　一掬
之涙。

いっきにしゆうをけっする【一気に雌
雄を決する】　一決雌雄。

いっきょに【一挙に】　一舉…，一下
子就…。

いっきょりょうとく【一挙両得】　一
舉兩得。

いっけんきゅうのごとし【一見旧の如
し】　一見如故。

いっけんきょにほゆればばんけんじつ
をつたう【一犬虚に吠ゆれば万犬実
をつたう】　一犬吠形百犬吠聲，一
人傳虛萬人傳實。

いっけんするところ【一見するところ】
①乍一看。②一瞧就…＝ちょっと見
たところ。

いっこういってい【一高一低】　忽高
忽低。

いっこうにごぞんじない【一向にご存
じない】　一無所知。

いっこうに…ない【一向に…ない】
毫不…．一點也不…，總沒…＝少し
も…ない。

いっこくもの【一国もの】　牛脾氣的
人。

いっこくをあらそう【一刻を争う】
緊迫的，刻不容緩的，急如星火的，
萬分火急的。

いっさい…ない【一切…ない】　都不
…，全不…，完全不…＝まったく…
ない。

いっさいならず【一再ならず】　再三
地，不只一次地。

いっさいをほうかつする【一切を包括
する】　無所不包。

いっさんににげた【一散に逃げた】
一溜烟跑了，拔腿就跑了＝いちもく
さんににげだした。

いつしか【何時しか】　不知不覺地＝
いつのまにか。

いっしはんせん【一紙半銭】　微少的
東西，極少的東西。

いっしまとわず【一糸まとわず】　一
絲不掛，赤身露體。

いっしみだれず【一糸乱れず】　整齊地，一致地，一絲不亂地。

いっしゃせんりのいきおいで【一瀉千里の勢いで】　大刀闊斧地，以一瀉千里之勢。

いっしゅどくとくのふうかくがある【一種独特の風格がある】　別具一格。

いっしゅんのうちに【一瞬のうちに】　一瞬間，一刹那，一眨眼工夫＝一瞬間。

いっしょうけんめいに【一生懸命に】　拼命地，玩命似地。

いっしょうけんめいわきめもふらず【一生懸命脇目も振らず】　埋頭…。

いっしょうにしてつをきたす【一生に蹉鉄を来す】　貽誤終身。

いっしょうにふする【一笑に付する】　付之一笑，一笑置之。

いっしょうのなおれ【一生の名折】　一生名譽掃地。

いっしょうのふさく【一生の不作】　倒一輩子霉，一輩子不走運。

いっしょうむさいとおす【一生無妻通す】　終身不娶，打一輩子光棍。

いっしょうをあやまる【一生を誤る】　耽誤終身。

いっしょうをうもれぎにおわる【一生を埋れ木に終る】　埋没一生。

いっしょうをほうむる【一生を葬る】　葬送一生＝一生を棒にふる。

いっしょになって【一緒になって】　一同，一齊，一塊兒。

いっしをむくいる【一矢を報いる】　①予以反擊。②給以反駁。

いっしんいったい【一進一退】　①一進一退。②時好時壞，好好壞壞。

いっすんさきはやみ【一寸先は闇】　①前途莫測。②前途黯淡。

いっすんさきもみえない【一寸先も見えない】　伸手不見五指。

いっすんのむしにもごぶのたましい【一寸の虫にも五分の魂】　弱者不可侮，匹夫不可奪其志。

いっしょうをささげる【一生を捧る】　爲…貢獻一生，把一生貢獻給…。

いっせいもかけなかった【一声も掛け なかった】　連句話都不說，連聲招呼也沒打。

いっせいをふうびする【一世を風靡する】　風靡一世。

いっせきにちょう【一石二鳥】　一擧兩得，一箭雙雕，一石二鳥。

いっせきをとうじる【一石を投じる】　引起風波。

いっせつによると【一説によると】　據另一種說法。

いっそうのために【一掃のために】　①爲了肅清…。②爲了清理…。③爲了掃蕩…。

いっそうもくてきにかなう【一層目的にかなう】　①更恰當一些。②更符合所要達到的目的。

いっそう…ものである【一層…ものである】　更加…，越發…。◆“ものである”含有加強語氣作用。

いっそうよく【一層よく】　更好地…＝さらに一段よく。

いっそくとびで…になる【一足飛びで…になる】　一躍而成爲…。

いっそのこと　索性…，寧可…＝いっそ。

いっそのこと…ないほうがいい　不如不…倒更好了。

いっそひとおもいに【いっそ一思いに】　倒不如…狠心…。

いっそ…ほうがましだ【いっそ…方が増しだ】　還不如…，倒不如…。

いっそ…ほうがよい【いっそ…方がよい】　還不如…，倒不如…＝いっそ…方が増しだ。

いったい…か【一体…か】　究竟…呢.到底…呢＝そもそも…か。

いったいどういう…　到底是怎麼個…

いったいどうして【一体どうして】　究竟爲什麼。

いったいとなって【一体となって】　同心協力地，同心合力地。

いったことはおこなう【言った事は行う】　說話算數，言行一致，說到做到言出必行＝言ったことは実行する。

いつだって【何時だって】　無論什麼
時候。➠ "だって" 是接續助詞＝で
も。

いったならかえらない【行ったなら帰
えらない】　一去不復返。

いったように【言ったように】　如…
所説。

いったりきたりする【行ったり来たり
する】　來來往往，走來走去。

いったん…いじょうは【一旦…以上は】
既然…。

いったんかんきゅうあれば【一旦緩急
あれば】　一旦有事，一旦緊急。

いったん…ば【一旦…ば】　一旦…＝
一朝…ば。

いっちをみた【一致を見た】　取得一
致。

いっちゅうをゆす【一籌を輸す】　①
不如…，遜於…。②輸一着。

いっちょう…ば【一朝…ば】　一旦。

いっていられない【言っていられない】
①顧不得説…。②講不得…，説不得
…。

いっておれない【言っておれない】
顧不上説…。➠前接 "ど"。

いってくれるな【言ってくれるな】
別説了。

いってつにいずがこどし【一轍に出ず
が如し】　如出一轍。

いってにうけおう【一手に請け負う】
壟斷，一手包辦。

いってにひきうける【一手に引受ける】
獨自承擔，一手包辦，大包大攬。

いってはならぬ【言ってはならぬ】
説不得…。

いってみれば【言って見れば】　老實
説，説穿了。

いってみれば…である【言って見れば
…である】　①可以説是…。②從某
種意義上來説是…。

いつでも【何時でも】　隨時，常常，
總是，無論什麼時候＝いつどんなと
きでも。

いってもたってもいられない【居って
も立ってもいられない】　坐立不安，
坐也不是站也不是。

いつでも…ものである【何時でも…も
のである】　隨時都…，無論什麼時
候…。

いってもよい【言ってもよい】　也可
以説（是）…。

いってんの…もなし（ない）【一点の
…もなし（ない）】　毫無…，一點
不…，一點也沒有…。

いっとうちをぬく【一頭地を抜く】
超群，出人頭地，出類拔萃＝一頭地
を抽んでる。

いっときのがれ【一時逃れ】　得過且
過，苟且偷安，敷衍了事，逢場作戲。

いっとくあればいっしつある【一得あ
れば一失ある】　有一得必有一失。

いつとはなしに【何時とはなしに】
①不知不覺。②不知什麼時候。③常
常＝いつのまにか。

いつどんなときでも【何時どんなとき
でも】　隨時，無論什麼時候＝いつ
でも。

いっとをたどる【一途を辿る】　日趨
…，日漸…，越來越…，日益…，…
不已，一天天…起來，一個勁地，
…增加不已。

いつつなんどき【何時なん時】　不知
何時，不知什麼時候。

いつにかかって【一にかかって】　全
…，都…，完全…＝いつに，ひとえ
に。

いつにない【何時にない】　與平常不
同。

いつになったら【何時になったら】
①到什麼時候。②不知什麼時候。

いつになっても【何時になっても】
總是…，無論什麼時候都…。

いつになっても…できない【何時にな
っても…出来ない】　總也不能…。

いつのまにか【何時の間にか】　不知
不覺，不知什麼時候＝何時しか，し
らずしらずに。

いつのまにやら【何時の間にやら】
同上條。

いっぱいくう【一杯食う】　上當，受
騙＝計略にかかる。

いっぱいくわされた【一杯食わされた】

上了…當，受了…騙。◆前接“に”。

いっぱいくわせる【一杯食わせる】
叫人上當。

いっぱいちにまみれる【一敗地に塗れ
る】　一敗塗地。

いっぱんてきにいえば【一般的に言え
ば】　一般來說。

いっぱんてきにろんずれば【一般的に
論ずれば】　一般來說。

いっぱんに【一般に】　①一般來說。
②在一般情況下。

いっぱんにいうと【一般に言うと】
一般地說，一般來說。

いっぱんにいわれているように【一般
に言われているように】　如一般所
說，正像一般所說的那樣。

いっぱんにしられている【一般に知ら
れている】　衆所周知。

いっぴつでまっしょうする【一筆で抹
消する】　一筆勾消，一概抹煞。

いっぴのちからをかす【一臂の力を貸
す】　借一臂之力，給一些幫助。

いっぷうかわった【一風変った】　①
奇怪的，古怪的。②別開生面的，與
衆不同的。

いっぷうかわったふくそう【一風変っ
た服装】　奇裝異服。

いっぷんいちびょうたりともおろそか
にせず【一分一秒たりとも疎かにせ
ず】　分秒必爭。

いっぺんではできない【一遍ではでき
ない】　一下子做不了（做不成，做
不得）。

いっぺんに【一遍に】　一次就…，一
下子就…。

いっぺんのあいさつもない【一遍の挨
拶もない】　一聲不響,連句話都不說。

いっぽうだ【一方だ】　①專…，只…。
②一直…。③越來越…，日趨…。

いっぽうてきに【一方的に】　片面地
＝一方にへんして。

いっぽうてきにすぎる【一方的にすぎ
る】　太片面了。

いっぽうでは…いっぽうでは【一方で
は…一方では】　一方面…一方面…
…。

いっぽうにかたよっている【一方に片
寄っている】　一邊倒。

いっぽうのいいぶん【一方の言分】
一面之詞。

いっぽかくじつに【一歩確実に】　按
步就班地，一步一個腳印地。

いっぽすすめた【一歩進めた】　①前
進一步。②進一步的。

いっぽしりぞいてかんがえる【一歩退
いて考える】　退一步想＝一歩下が
って考える。

いっぽもゆずらない【一歩も譲らない】
一步也不讓。

いっぽんいかれる【一本行かれる】
上當，挨了一下子。

いっぽんちょうしで【一本調子で】
①乏味。②生硬地。單調地。

いっぽんだちで【一本立ちで】　①獨
立地。②孤單地，孤獨地。

いっぽんだちになる【一本立ちになる】
①自立。②獨立。③孤立。

いっぽんまいる【一本参る】　①（劍
術用語）給他一刀。②打擊他一下子。

いつまでたっても…ない　始終沒有…
…。

いつまでまっても【いつまで待っても】
怎麼等也…。

いつまでも【何時までも】　到什麼時
候也，老是…，總是…，始終…。

いつまでもつづいた【いつまでも続い
た】　經久不息。

いつまでも…ない　老沒…，始終沒…。

いつまでもみあきしない【いつまでも
見飽きしない】　百看不厭。

いつまでも…わけにはいかない【いつ
までも…訳には行かない】　不能老
是…。

いつみても【何時見ても】　①總是,
總顯得…。②無論什麼時候都…。

いつもああだ【何時もああだ】　總是
那樣，老是那樣。

いつもかおにくらさをあらわしている
【何時も顔に暗さを表している】
總顯得很憂愁，經常面帶愁容。

いつもかたにはまったことをくりかえ
す【いつも型にはまったことを繰返

す】　老是那麼一套。

いつもかわらない【いつも変らない】
始終不渝。

いつもかんがえて【何時も考えて】
總是想法…，總是調着方…，總是想
方設法。

いつもきかわりする【いつも気変りす
る】　老是三心二意，拿不定主意。

いつも…ことにした【何時も…ことに
した】　總是…，老是…。

いつも…そうだ【何時も…そうだ】
總是很…，老是…得很,老是…得要命。

いつもそのごろ【何時もその頃】　老
是那樣，總是那樣。

いつもそのままで【何もそのままで】
總是那樣＝いつもそうだ。

いつも…だとはきまっていない【何時
も…だとは決まっていない】　不一
定總是…。

いつも…といっている【いつも…と言
っている】　總是說…，總是說要…。

いつもながら【何時もながら】　一如
既往，一如往常。

いつものきまったもんく【いつもの決
った文句】　老一套，口頭禪。

いつものとおり【何時もの通り】　①
仍舊…，照樣…。②一如往常那樣。
③就像過去那樣＝例の通り。

いつものように【何時ものように】
像往常那樣，像平素那樣，照例。

いつものろんぽう【いつもの論法】
老一套的說法。

いつも…ばかり…【何時も…ばかり…】
常常…，總是…。◆"ばかり"在這
裡起加強語氣的作用。

いつもひやひやするものだ【いつも冷
冷するものだ】　總是提心吊胆的。

いつも…ままだ【何時も…ままだ】
仍舊是…，照舊是…，總是…，老是
…。

いつもそうだ【何時もそうだ】總是那
樣，老是那樣。

いつものとしより【何時もの年より】
比往年要…，比哪一年都…。

いつも…ものだ　總是…，總是…的＝
いつでも…ものだ。

いつも…ようになっている【何時も…
ようになっている】　要經常…。

いつもよく　常常，經常…。

いつもより【何時もより】　比平時要
…，比什麼時候都…，比每次都…。

いつわって【偽って】　假惺惺地，假
情假意地。

いつわりがある【偽りがある】　有水
分，有虛假成分，有些虛偽。

いつわりをいう【偽りを言う】　說謊，
說昧心話。

いてもたってもいられない【居ても立
っても居られない】　坐立不安，坐
立難安。

いとおもしろく【いと面白く】　①非
常愉快地。②非常有趣地。◆"い
と"是文語副詞＝極めて。

いとぐちがついた【糸口がついた】
有頭緒了，有點眉目了，有線索了。

いとぐちがつかめない【糸口が摑めな
い】　丈二金剛摸不著頭，找不到
頭緒。

いどころがしれない【居所が知れない】
下落不明。

いとしいこにはたびをさせよ【愛しい
子には旅をさせよ】　孩子不要嬌生
慣養，要讓其出外見世面（闖闖）＝
かわいい子には旅をさせよ。

いどのなかのかわず【井戸の中の蛙】
井底之蛙。

いどのなかのかわずたいかいをしらず
【井戸の中の蛙大海を知らず】　坐
井觀天，井底之蛙能知多大的天，井
底之蛙不知大海。

いとまごいをする【暇乞をする】　辭
行，告辭，辭別。

いとまもない【暇もない】　連…的工
夫都沒有＝ひまもない。◆"いとま"
是文語＝ひま。

いとまをいただく【暇をいただく】
請假。

いとまをつげる【暇を告げる】　告別。

いとまをやる【暇をやる】　辭退…。
◆前接"に"。

いとわない【厭わない】　不在意。

いとをたれる【糸を垂れる】　釣,垂釣。

いとをひく【糸を引く】　①暗中操縦。
②接連不斷，往後拉長。

いない【居ない】　①不，不是。不在。
③沒有。

いながらにして【居ながらにして】
留在家裡，待在家裡。✿“ながら”
是接續助詞，前接動詞連用形“に”
是格助詞，“して”是“する”的連
用形“し”加接續助詞“て”。“な
がら”在這裡表示一種狀態。

いなくてはならない　一定…，必須，
不…不成。✿前接“て”。

いなくてはよいから　不用…。✿“い”
是“いる”的連用形。

いなくてもいい【居なくてもいい】
不必…，不用…，沒…也行，不…也
行。✿前接“て”。

いなければ…ことはできない【居なけ
れば…ことは出来ない】　只有…才
能…。

いなければならない　就要…。

いなめない【否めない】　不可否認的。

いなや【否や】　可否…，是否…。

いなやはない【否やはない】　沒有異
議。

いにかいしない【意に介しない】　不
介意,不在乎,不放在心上＝気にしない。

イニシヤチブをとる【イニシヤチブを
取る】　採取主動，先下手，先發制
人＝機先を制する。

いにみたない【意に満たない】　不滿
意。

いぬじにする【犬死にする】　白死，
白白送命，死無代價＝徒死になる。

いぬとさる【犬と猿】　①不和，和不
來。②水火不相容。

いぬにろんご【犬に論語】　對牛彈琴
＝牛に経文。

いぬのかわばたあるき【犬の川端ある
き】　①打腫臉充胖子。②拼命奔
走仍無所得。

いぬのとおぼえ【犬の遠吠え】　①背後
攻擊人。②背地裡裝英雄。

いぬほねおってたかのえじきになる
【犬骨折って鷹の餌食になる】　為
人作嫁，為別人作事。

いぬもあるけばぼうにあたる【犬も歩
けば棒に当る】　①瞎猫碰到死耗子，
福自天降。②多事惹禍。

いぬもくわぬ【犬も食わぬ】　①誰都
不理，沒人管，連狗都不理。②沒人
味。③沒滋味。

いねむりをする【居眠をする】　打盹
兒，打瞌睡。

いのごとくいかぬ【意の如く行かぬ】
不如意＝意の如くならない。

いのごとくならない【意の如くならな
い】　不如意＝意の如く行かない。

いのちあってのものだね【命あっての
物種】　好死不如歹活。

いのちがあやういところだった【命が
危ういところだった】　險些送了命。

いのちがけで【命懸けで】　冒死，拼
命地，奮不顧身地。

いのちからがら【命辛辛】　僅以身免，
險些喪命。

いのちからにばんめ【命から二番目】
僅次於生命的大事。

いのちごいをする【命乞をする】　①
祈求饒命。②祈禱長壽。

いのちとりになる【命とりになる】
①致命，要命。②喪失，斷送＝…を
棒に振る。

いのちとりの【命とりの】　①致命的，
要命的。②喪失地位的。

いのちにかかわる【命に係わる】　性
命相關。

いのちのおや【命の親】救命恩人，救
星＝命の恩人。

いのちのせんたく【命の洗濯】　休養，
消遣。

いのちのつな【命の綱】　命根子，命
脈。

いのちびろいをする【命拾いをする】
死裡逃生，揀了一條命，幸免於難。

いのちよりかねがだいじ【命より金が
大事】　愛財如命。

いのちをおしむ【命を惜む】　惜命。

いのちをおとす【命を落す】　喪命，
送命，送死。

いのちをかける【命をかける】　拼命，
冒死犧牲，奮不顧身。

いのちをけいしする【命を軽視する】
　草菅人命。

いのちをけずる【命をけずる】　費盡
　心血。

いのちをささげる【命を捧げる】　爲
　…貢獻出生命＝生命をなげうつ。

いのちをさしだす【命を差出す】　獻
　出生命＝命をささげる。

いのちをしらない【命を知らない】
　不要命。

いのちをすててもかねをすてない【命
　を捨てても金を捨てない】　捨命不
　捨財＝命より金が大事。

いのちをとる【命を取る】　要命，害
　命。

いのちをなげうつ【命を擲つ】　犠
　牲，捐軀。

いのちをなげだす【命を投出す】　豁
　出性命。

いのちをひろう【命を拾う】　撿了一
　條命，幸免於難。

いのちをぼうにふる【命を棒に振る】
　白白送命，斷送生命。

いのちをまっとうする【命を全うする】
　保全性命。

いのちをまとにかける【命を的にかけ
　る】　拼命。

いのなかのかわずたいかいをしらず
　【井の中の蛙大海を知らず】　井底
　之蛙不識大海＝井戸の中の蛙大海を
　知らず。

いのふにおちる【胃の腑に落ちる】
　了解，領會。

いのままに【意のままに】　①順心，合
　意，如意。②任意，隨意。

いのりをこめる【祈りを込める】　希
　望，祈求。

いはいをけがす【位牌を汚す】　玷辱
　祖先。

いばしんえん【意馬心猿】　心猿意馬。

いはない【意はない】　不想…，無意
　…。

いばらのみち【茨の道】　①困難。②
　艱苦的道路。

いばらをきりひらく【茨を切開く】　披
　荊斬棘。

いばりさらす【威張り散らす】　擺官
　架子。

いばりをだす【威張りを出す】　逞威
　風。

いびきをかく【鼾をかく】　打鼾，打
　呼嚕。

いびつなりにも【歪なりにも】　勉强，
　好歹，不圓滿＝まがりなりにも，や
　っと。

いふうあたりをおす【威風あたりを圧
　す】　八面威風。

いへんがおきた【異変が起きた】　發
　生了意外事故。

いまがいま【今が今】　就是現在，此
　刻正是…。♣“今”是副詞，用接續
　助詞“が”連接起來，後一個“今”
　起加强語氣作用，可譯爲“正是…”，
　“就是…”。＝ちょうど今。

いまかいまかと【今か今かと】　①眼
　睁睁地，眼巴巴地。②時時刻刻。③
　望眼欲穿地＝今やおそしと。

いまがいままで【今が今まで】　直到
　現在（此刻）。

いまから【今から】　今後，此後。

いまからでは【今からでは】　現在已
　經…。

いまからのち【今から後】　今後。

いまこそ【今こそ】　現在正是…，…
　正是時候。♣“こそ”是修飾助詞，
　在這裡起加强語氣的作用＝今や，今
　まさに。

いまこそ…ときだ【今こそ…時だ】
　現在正是…的時候。

いまこそ…べきときだ【今こそ…べき
　ときだ】　現在正是應該…的時候。

いまごろ【今頃】　這個時候。

いまさら【今更】　到了現在，事到如
　今。

いまさらながら【今更ながら】　就是
　到現在。

いまさら…ようにみえる【今更…よう
　に見える】　彷彿事情到了現在才…。

いまさららしく【今更らしく】　彷彿
　現在才知道似的。

いましがた…ばかりです【今し方…ば
　かりです】　剛…，剛剛…，剛才…，

＝たった今…ばかりです。

いまじゃあ【今じゃあ】 現在。✦"じゃあ"是"では"的音變。

いますぐに【今すぐに】 馬上就…，立刻就…。

いますこし【今少し】 再…一點＝もう少し。

いまだかつて…たことがない【未だ嘗て…たことがない】 從未…，未曾…，從來沒…。

いまだかつて…ない【未だ嘗て…ない】 從未…，未曾，從來沒。

いまだかつてれいのない【未だ嘗て例のない】 史無前例的。

いまだことがない 從未…，未曾…，從來沒…。

いまだに【未だに】 （常接否定語）未，還未，尚未。

いまだに…ない【未だに…ない】 未曾…，還未…，還不…。

いまで(は)こそ【今で(は)こそ】 現在，正是…，正是時候＝今こそ。

いまでは【今では】 現在，如今。

いまでも【今でも】 還…，現在還…。

いまでも…です【今でも…です】 還是…。

いまといういま【今という今】 剛，剛剛，剛才，方才。✦"という"是一個慣用詞組，現在也有人認爲是助詞。它在這裡是起連接和加強肯定語氣的作用。

いま…ところだ【今…ところだ】 正在＝今ちょうど…ところだ。

いまとなっては【今となっては】 ①到現在。②事到如今。

いまなお【今なお】 現在仍然。

いまに【今に】 不久，即將，馬上＝やがて，程なく，まもなく，すぐ。

いまにいたる【今に至る】 至今，到現在。

いまにして【今にして】 現在，到現在。✦"して"是修飾助詞，在這裡起加強語氣的作用。一般在回顧過去的事情時使用。

いまにしておもう【今にして思う】 現在一想，回過頭來一想。

いまにしらぬ【今に知らぬ】 向來如此，從來如此＝今始めぬ。

いまにみておれ【今に見ておれ】 你等着瞧吧。

いまにみろ【今に見ろ】 走着瞧。

いまにも【今にも】 ①不久，馬上，眼看…，這就…。②看樣子，看光景還…。

いまにも…そうだ【今にも…そうだ】 ①馬上就要…，馬上就會…。②看樣子要…。

いまにもって【今に以て】 到現在仍然…＝今になってなお。

いまにも…ようだ【今にも…ようだ】 馬上就要…，馬上就會…，眼看就要…。

いまのうち【今の内】 ①現在。②趁現在這個時候。③趁早＝今のうちに。

いまのうちに…ほうがいい【今の内に…方がいい】 不如現在就…。

いまのところ【今の所】 現階段，目前，現在，現時＝今ごろ，今時。

いまのばあい【今の場合】 ①現在，②這種情形。

いま…ばかり【今…ばかり】 剛…，才…，剛才…＝今…ばかりだ。

いまはむかし【今は昔】 古時，古來的時候，老年的時候。

いまはむかしのひでない【今は昔の比でない】 今非昔比。

いまひといきというところでしっぱいする【今一息と言うところで失敗する】 功虧一簣。

いまひといきのところだ【今一息のところだ】 再加把勁就完了。

いままさに【今方に】 眼看…，就要…＝今こそ。

いままさに…う（よう）とする【今正に…う（よう）とする】 眼看就要…馬上就要…，將要…。

いままさに…そうである【今正に…そうである】 同上條。

いままさに…である【今正に…である】 現在正是…＝今や正に。

いままで…ことがない 從來…，從來沒…＝いまだ…たことがない。

いままでしらない【今まで知らない】
　①不出名的，不知名的。②以前不知
　道的。

いままでない【今までない】　從來沒
　有的，以前沒有的，前所未有的。

いままでの【今までの】　以前的，過
　去的，向來的。

いまもって【今以って】　直到如今，
　到現在，至今還…＝今になってもな
　お。

いまや【今や】　①時就…，馬上…，
　立刻…。②現在是，正處在＝今こそ，
　今まさに。

いまやおそしと【今や遅しと】　迫不
　及待地，望眼欲穿地＝今か今かと。

いまやまさに【今や正に】　現在正是
　…。

いまやまさに…ときである【今や正に
　…時である】　現在正是…的時候。

いまよりのち【今よりのち】　今後，
　以後↔いまよりまえ。＝今から。

いまよりまえ【今よりまえ】　以前，
　從前，過去。

いまわのきわ【今際の際】　臨終。

いみずける【意味付ける】　使…具有
　意義（價値）。

いみにとれる【意味に取れる】　可以
　理解爲…的意思。

いみのある【意味のある】　有意義的，
　有價値的＝意義のある。

いみをとりちがえる【意味を取り違え
　る】　誤解，誤會，理解錯了。

いみをなさない【意味をなさない】
　沒有意義。

いむべき【忌むべき】　討厭的。

いもむしのような【芋虫のような】
　令人討厭的。

いもをあらうよう【芋を洗うよう】
　擁擠不堪。

いもをやく【薯を焼く】　烤白薯。

いやいやしょうちした【いやいや承知
　した】　勉強答應了＝いやいやなが
　ら承知した。

いやいやとばかりいう　張口不願意閉
　口不願意。

いやいやながら【否否ながら】　滿心

不願意地，勉強。

いやおうなしに【否応なしに】　硬…，
　不容分說就…，不管願意不願意就…
　＝否でも応でも，何でもかでも。

いやおうをいっているひまはない【否
　応を言っている暇はない】　沒有商
　量餘地。

いやがうえに【いやが上に】　更加…，
　越發…，越來越…＝一層。

いやがらせをいう【嫌がらせを言う】
　說話討厭，說討人嫌的話＝いやみを
　言う。

いやきがさす【嫌気が差す】　感覺厭
　煩。

いやきをだす【嫌気を出す】　不耐煩。

いやしくもしない【苟もしない】　不
　苟，不馬虎，認眞＝粗末にしない疎
　かにしない。

いやしくもせず【苟もせず】　同上條。

いやしくも…なら【苟も…なら】　如
　果…，假如…＝なら，…でしたら。

いやだとはいえない【嫌だとは言えな
　い】　不好拒絕，不能不答應。

いやでも【嫌でも】　雖然討厭。

いやでもおうでも【否でも応でも】
　硬…，不容分說就…，不管願意不願
　意＝否応なしに，何でもかでも。

いやというほど【いやと言う程】　很
　多，很厲害，夠受。

いやとはいえない【いやとは言えない】
　不好說不行，不好拒絕。

いやなおもいをする【いやな思いをす
　る】　感到不痛快＝不快な思いをす
　る。

いやなかおをする【いやな顔をする】
　顯出不高興的樣子，顯出厭煩的樣子
　。

いやなきもちになる【いやな気持にな
　る】　討厭，厭煩。

いやなことをいう【嫌なことを言う】
　說討厭話，說難聽的話。

いやに　①太，很。②奇怪。

いやにいばる　【嫌に威張る】　擺臭
　架子＝いやにえらぶる。

いやにおもう【いやに思う】　覺得討
　厭。

いやになる【嫌になる】　①討厭，厭煩，…夠了，不想…了。②懶得…，不高興…。

いやみをいう【嫌味を言う】　挖苦，諷刺，譏諷，說討厭話＝いやがらせをいう。

いよいよ…なる　①越來越…。②到底要…。③終於發生了。

いよいよ…にいたった【いよいよ…に至った】　終於…。

いよいよのときには【いよいよの時には】　到了緊要關頭。

いようにかんじる【異様に感じる】　覺得奇怪。

いらだっていう【苛立って言う】　不耐煩地說。

いらっちゃだめ【弄っちゃだめ】　別摸，別動。◆“いらっ”是動詞“弄う”的連用形促音變。“ちゃ”是“ては”的音變。

いらない【要らない】　不必，不要，不必要，用不着，…就算了，…就拉倒＝要らぬ＝には及ばない。

いらないおせっかいをやく【いらないお節介をやく】　多管閑事，愛管閑事。

いらないことをいう【いらないことを言う】　說廢話。

いらなくなった　不要了，不需要了。

いらぬ【要らぬ】　不必，不要，不必要，用不着。

いらぬおせわだ【いらぬお世話だ】　多管閑事→いらぬ手出しはよせ。

いらぬくちをたたく【いらぬ口を叩く】　瞎聊，說閑話。

いらぬさしでぐちをする【いらぬ差出口をする】　多嘴多舌。

いらぬしんぱい【いらぬ心配】　多管閑事，多操那份心。

いらぬてだしはよせ【いらぬ手出しはよせ】　少管閑事＝いらぬお世話だ。

いられない【居られない】　①不得…，不能…。②待不住，坐不住。

いりくみふくざつである【入組み複雑である】　錯綜複雜。

いりまめにはながさく【炒豆に花が咲く】　枯樹開花，太陽從西邊出來。

いるすをつかう【居留守を使う】　假裝不在家＝留守を使う。

いるをはかりいずるをせいす【入るを量り出ずるを制す】　量入為出。

いれない【入れない】　除…之外，不算，…不包括在內。

いろいろある【色色ある】　…不一而足。

いろいろおもいまどう【色色思い惑う】　左思右想，反覆考慮，想來想去＝いろいろ思い廻す，いろいろと考える。

いろいろおもいまわす【色色思い惑す】　同上條。

いろいろおもいめぐらす【色色思い廻らす】　左思右想，反覆考慮。

いろいろきばつ【いろいろ奇抜】　五花八門＝いろいろさまざまである。

いろいろたずねる【いろいろ尋ねる】　問長問短。

いろいろてをつくす【いろいろ手を尽す】　用盡各種手段。

いろいろとおもいめぐらす【いろいろと思い巡らす】　前思後想。

いろいろとかんがえる【色色と考える】　左思右想，反覆考慮。

いろいろとほうほうをかんがえる【いろいろと方法を考える】　想盡辦法，千方百計。

いろいろなことにかこつける【いろいろなことに託ける】　找各種藉口。

いろいろなことをいう【いろいろなことを言う】　說三道四，說長論短。

いろいろなこんく【いろいろな困苦】　千辛萬苦。

いろいろのほうめんがある【いろいろの方面がある】　很複雜。

いろがさめる【色が褪める】　褪色，掉色，落色，失色。

いろけがある【色気がある】　對…有野心。◆前接“に”。

いろけがつく【色気がつく】　情竇初開，思春→色気がない。

いろけのある【色気のある】　①有風

趣的。②風流的，風騷的。

いろけをみせてきた【色気を見せて来た】　①動心。②想當…，有心於…。
♦②前接"に"。

いろにでる【色に出る】　形於色。

いろにまよう【色に迷う】　被色情所迷住。

いろのしろいはしちなんかくす【色の白いは七難隠す】　一白遮百醜。

いろはの"い"もしらない【いろはの"い"も知らない】　目不識丁，大字不識。

いろはもしらない【いろはも知らない】　大字不識，目不識丁，一竅不通，不學無術。

いろめをつかう【色目をつかう】　送秋波，飛眼，眉目傳情。

いろもおともあり【色も音もあり】　①名實兼備。②情義兩盡。

いろをうしなう【色を失う】　驚惶失色。

いろをかえしなをかえる【色を替え品を替える】　用各種手段。

いろをこのむ【色を好む】　好色。

いろをそんずる【色を損ずる】　面現不悅。

いろをただす【色を正す】　正顏厲色。

いろをつくる【色を作る】　化妝，打扮。

いろをつける【色をつける】　①點綴。②潤色。③讓步。④上（塗）色，上顏色。

いろをもつ【色を持つ】　有情人。

いろんをとなえる【異論を唱える】　提出不同意見＝異見を立てる。

いわきをむすばず，いわきをわけぬ【岩木を結ばず，岩木を分けぬ】　人非草木孰能無情。

いわしあみにくじら【鰯網に鯨】　意外收穫。

いわしのあたまもしんじんから【鰯の頭も信心から】　心誠則靈，精誠所至金石爲開。

いわずかたらず【言わず語らず】　不言不語，默默無言＝無言。

いろをなす【色を作す】　勃然變色，作色。

いわずともあきらか【言わずとも明らか】　不言而喻，不說自明＝言わずして知る。

いわずもがな【言わずもがな】　不必說，不該說，不說爲妙＝言わでも。

いわずもがな…まで【言わずもがな…まで】　不但…連…也…，不用說…連…也…。

いわせれば【言わせれば】　依…說，讓…說，叫…說。

いわでも【言わでも】　不必說，不該說，不說爲妙＝言わずもがな。

いわなくても【言わなくても】　不說也…。

いわぬがはな【言わぬが花】　不說爲妙，不講倒好。

いわば【言わば】　可以說，說起來，從某種意義上來說＝たとえて言うなら。

いわば…である【…言わば…である】　…可以說是…，…從某種意義上來說是…。

いわれがない【謂がない】　①無所謂。②無緣無故。

いわれている【言われている】　①一般認爲，可以認爲…。②據說。

いわれぬ【言われぬ】　沒法說的，無法形容的＝言わん方なし，言うに言われぬ。

いわれのないいいがかり【謂れのないいいがかり】　無端的藉口。

いわれもなく【謂れもなく】　無緣無故地。

いわんかたなし【言わん方なし】　沒法說的，無法形容的，不可言狀的，不可言喻的＝言われぬ。

いをいたす【意を致す】　專心作…，專心致志於…＝意を注ぐ。

いをうつす【居を移す】　遷居，遷移。

いをえず【意を得ず】　①不得意，不如意。②無可奈何。③莫明其妙。

いをけっする【意を決する】　①決心…，堅決…，斷然…。②打定主意。

いをそそぐ【意を注ぐ】　①專心作…專心致志於…＝意を致す。

いをたてる【異を立てる】　標新立異

いをつくす【意を尽す】　盡到心意。

いをつよくする【意を強くする】　加強信心。

いをふくめる【意を含める】　具有…的意義，含有…的意義。

いをむかえる【意を迎える】　迎合…。

いをもちいる【意を用いる】　①用心，注意，留神，留意。②操心。

いんうつになる【陰鬱になる】　鬱悶，不痛快，悶悶不樂＝気持が悪い。

いんがてきめん【因果覿面】　現世現報，馬上就遭報應。

いんがとあきらめる【因果と締める】　認命。

いんがなことには【因果なことには】　糟糕的是。

いんがをふくめる【因果を含める】　說明原委使其斷念，說明原因讓他死心。

いんきなかおつき【陰気な顔つき】　愁眉苦臉。

いんきになる【陰気になる】　①變得淒涼了。②變得陰鬱起來，心情不舒暢。

いんぎんぶれい【慇懃無礼】　貌似恭維，表面恭敬而内心不然。

いんしゅうにとらわれる【因襲に捕われる】　墨守成規。

いんしゅうをだはする【因襲を打破する】　打破慣例，破除舊習。

いんじゅをおびる【印綬を帯びる】　當官↔いんじゅをとく。

いんじゅをとく【印綬を解く】　辭官↔印綬を帯びる。

いんしょうをうける【印象を受ける】　有…印象。

いんしんふつうだ【音信不通だ】　音信皆無，杳無音信，音信不通。

いんちきにひっかかる【いんちきに引掛かる】　受騙，上當。

いんちきをやる（する）　騙人。

いんにそなわるのみ【員に備わるのみ】　只是濫芋充數，有職無權。

いんによういに【陰に陽に】　或明或暗，公開地和背地裏。

いんねんをつける【因縁をつける】　找碴兒，訛詐。

いんばんをおす【印判を押す】　蓋章，蓋戳＝判を押す。

いんぼうをくわだてる【陰謀を企てる】　策劃陰謀。

いんぼうをみやぶる【陰謀を見破る】　看破…的陰謀，洞察其奸。

いんぼうをめぐらす【陰謀を巡らす】　設圈套，要陰謀。

いんをふむ【韻を踏む】　押韻。

う

ういた【浮いた】　輕浮的，輕佻的，風流的。◆“うい”是“うく”的音變。

ういたこと【浮いたこと】　輕薄話。

ういたはなし【浮いた話】　①艷聞。②輕薄話。

ウイットをとばす【ウイットを飛ばす】　說俏皮話。

うえから【…上から】　從上，從頭，從表面。

うえからしたまで【上から下まで】　從上到下。

うえからみて【上から見て】　從表面上來看，從外表來看＝うわべから見て。

うえしたになる【上下になる】　顛倒，底朝上。

うえたりこごえたり【飢えたり凍えたり】　挨餓受凍。

うえたるものはしょくをえらばず【飢たる者は食を選ばず】　飢不擇食。

うえで【上で】　①有關…。②在…方面，在…上。

ウェディング・ドレス　結婚禮服。

うえとさむさにせまられる【飢えと寒

さに迫られる】　飢寒交迫。

うえなく【上無く】　最…，很…，無
上…，再…不過了。

うえに【上に】　①外表（上），表面
（上）。②並且，既…又…。③在…
方面。

うえにあぐらをかく【上に胡坐をかく】
高踞於…上。

うえにかける【上にかける】　蓋在上面。

うえに…さえ【…上に…さえ】　不只
…甚至…。

うえにせまられる【飢えに迫られる】
換餓＝うえにおそわれる。

うえにたつもの【上に立つ者】　上司，
領導人。

うえにのべたごとく【上に述べた如く】
如上所述。

うえにはうえがある【上には上がある】
人上有人，天外有天。

うえにも…をかさねる【上にも…をか
さねる】　①越發…，更加…。②反
覆…。

うえのこのむところはしたこれになら
う【上の好む所は下これにならう】
上行下效，大梁不正底梁歪。

うえのもの【上のもの】　上司。

うえもない【上もない】　最…，很…，
極其…。

うえよしたよ【上よ下よ】　底翻上，
天翻地覆。

うえをしたへ【上を下へ】　同上條。

うえをしたへのおおさわぎ【上を下へ
の大騒ぎ】　鬧得天翻地覆，鬧得人
仰馬翻。

うえをしのぐ【飢えを凌ぐ】　忍飢挨
餓＝うえをしのぶ。

うえんにものをいう【迂遠に物を言う】
繞着彎説，拐彎抹角。

うおうさおう【右往左往】　①亂跑，
東跑西竄，亂竄。②左顧右盼，游移
不定。

うおごころあればみずごころ【魚心あ
れば水心】　①你對我好，我也對你
好，將心比心。②你有心我也有意。
③你幫我，我也幫你。

うおとみず【魚と水】　①如魚得水。

②非常親密。

うおのめにみずみえず【魚の目に水見
えず】　當事者迷。

うかうかして　①沒留神。②漫不經心。
③吊兒郎噹。

うかうかしてひをおくる【うかうかし
て日を送る】　混日子。

うかうかと　①沒留神。②漫不經心地
。

うかがいをたてる【伺をたてる】　請
示…。◆前接"に"。

うがったはなし【穿った話】　一針見
血的話。

うがって【穿って】　一針見血地。

うかつにみえる【迂闊に見える】　有
點粗心，有點大意，有點疏忽。

うかぬかお【浮かぬ顔】　憂鬱的臉色，
不高興的樣子，無精打彩的樣子。

うかぶせがない【浮ぶ瀬がない】　①
沒有出頭之日。②不能脫離險境。

うが…まいが　不管…，不論…，不管
…也好…也好，不管…還是不…反正
…。◆"う"是助動詞，"が"是接
續助詞。

うきあしになる【浮足になる】　①想
要逃走。②沉不下心來。③情緒波動
＝浮腰になる。

うきうきしたきもちになる【浮き浮き
した気持になる】　喜不自禁，飄飄
然了，興致勃勃，興高采烈。

うきくさせいかつをする【浮草生活を
する】　闖蕩江湖，生活不穩定。

うきくさのようなせいかつ【浮草のよ
うな生活】　朝不保夕的生活，漂泊
不定的生活。

うきごしになる【浮腰になる】　定不
下心來。

うきみをやつす【憂身をやつす】　熱
中於…，專心致力於…，迷戀於…
而廢寢忘食。

うきめをみる【憂目を見る】　①吃虧
②遭受…的痛苦，遭受不幸，遭難。

うきよのあらなみにもまれる【浮世の
荒波にもまれる】　歷盡艱辛。

うきよはあさましい【浮世は浅ましい
世態炎涼。

うきよをのがれる【浮世を逃れる】
隱遁，遁世。

うけあいだ【請合だ】 一定…，保證
…。

うけおいにだす【請負に出す】 把…
包出去。◇前接“を”。

うけがいい【受がいい】 受歡迎，有
人緣↔受が悪い。

うけたまわれば【承れば】 聽說，據
說＝と言う話だ，…そうだ。

うけつぐひとがいる【受継ぐ人がいる】
後繼有人。

うけにいる【有掛に入る】 走運，走
紅運，交好運＝運が向く。

うけにたつ【受に立つ】 擔保，做保。

うけみにおちいる【受身に落いる】 陷
入被動(地位)＝受身になる。

うけみになる【受身になる】 被動，
只有招架之功。

うごうのしゅう【烏合の衆】 烏合之
衆。

うごかすのできない【動すのできない】
確鑿的，堅定不移的，不可動搖的。

うごかぬ【動かぬ】 確實，確鑿，可
靠。

うごきがある【動きがある】 有動態，
有動靜。

うごきがとれぬ【動きが取れぬ】 ①
動彈不得了，寸步難移。②進退兩難，
進退維谷，受憊，叫人爲難。③絕對
可靠。

うごきのとれない【動きの取れない】
同上條。

うごのたけのこのように【雨後の筍の
ように】 雨後春筍般地。

うさぎしすればきつねこれをかなしむ
【兎死すれば狐これを悲しむ】 兎
死狐悲。

うさをはらす【憂を晴す】 ①消愁，
解悶。②出出悶氣＝気を晴す，うさ
ばらしをする。

うさんくさそうに【胡散臭そうに】
以懷疑的眼光…，用懷疑的眼光。

うしおいうしにおわる【牛追い牛に追
わる】 本末倒置。

うしにきょうもん【牛に経文】 對牛
彈琴＝犬に論語。

うしのあゆみ【牛の歩み】 行動遲緩，
動作遲緩，慢慢呑呑。

うしのよだれ【牛の涎】 ①又細又長。
②漫長而單調。

うしはうしづれうまはうまづれ【牛は
牛連れ馬は馬連れ】 物以類聚，人
以群分。

うしやうまいかのせいかつ【牛や馬以
下の生活】 牛馬不如的生活。

うしやうまにもおよばぬ【牛や馬にも
及ばぬ】 牛馬不如。

うしろがみをひかれる【後髪を引かれ
る】 難捨難離，依依不捨。

うしろがみをひかれるおもいだ【後髪
を引かれるおもいだ】 覺得難捨難
離，感到捨不得。

うしろぐらいこと【後暗いこと】 虧
心事。

うしろぐらいことがなければおそれる
ことはない【後暗いことがなければ
恐れることはない】 不做虧心事不
怕鬼叫門，心中無愧就無所畏懼。

うしろだてがある【後楯がある】 有
靠山，有後盾，有撐腰的，有後援者。

うしろだてになる【後楯になる】 作
後盾。

うしろで【後で】 在後面，在背後。

うしろへまわる【後へ廻る】 繞到後
面，迂迴到後方。

うしろめたいことをする【後めたいこ
とをする】 做虧心事。

うしろゆびをさす【後指をさす】 背
後指責人。

うしろをみせる【後を見せる】 ①示
弱。②逃跑，敗走。

うしをうまにのりかえる【牛を馬に乗
換える】 以壞換好。

うすかわのむけた【薄皮のむけた】
皮膚白嫩的。

うすめをあける【薄目をあける】 瞇
縫着眼睛。

うすわらいをうかべる【薄笑を浮べる】
露出冷笑，輕蔑地一笑。

うそからでたまこと【嘘から出たまこ

と】弄假成眞。

うそではない【嘘ではない】　不是假
話，毫無虛假。

うそのかわ【嘘の皮】　①虛僞的事兒。
②一派謊言，騙人的話，完全是撒謊
。

うそはっぴゃくをならべる【嘘八百を
並べる】　信口開河，胡說八道。

うそみたいな【嘘みたいな】　令人難
以置信的。

うそもほうべん【嘘も方便】　撒謊有
時也是一種權宜之計。

うそをいえ【嘘を言え】　別胡說了，
別瞎說啦。

うそをつけ【嘘をつけ】　同上條。

うそをとりつくろう【嘘を取り繕う】
掩飾謊言。

うたがいがある【疑いがある】　①有
疑點，有疑問。②有嫌疑。

うたがいがかかった【疑いが掛かった】
被栽贓，背黑鍋，受到懷疑。

うたがいがのうこうだ【疑いが濃厚だ】
有很大嫌疑。

うたがいがふかい【疑いが深い】　多
心，多疑，多心眼＝うたがいぶかい，
うたぐりぶかい。

うたがいなく【疑いなく】　①一定，
果然。②毫無疑問，無疑地。

うたがいのないことだ【疑いのないこ
とだ】　…是毫無疑問的。

うたがいをいだく【疑いを抱く】　懷
疑＝疑を挟む，うたがいをもつ。

うたがいをおこす【疑を起す】
起疑心，懷疑。

うたがいをさしはさむ【疑いを挟む】
同上條。

うたがいをはらす【疑いを晴す】　消
除疑問（疑慮），解開疑惑。

うたがいをもつ【疑いを持つ】　懷疑。
＝疑いを挟む。

うたがうことのできない【疑うことの
できない】　無庸置疑，毫無疑問。

うたがうらくわ【疑うらくわ】　可疑
的是，值得懷疑的是。

うたがわしげにみえる【疑わしげに見
える】　顯得可疑。

うたたねする【転た寝する】　打瞌睡，
假寐。

うだつがあがらぬ【梲が上がらぬ】
翻不了身，抬不起頭來。

うだつのあがらぬひと【梲の上がらぬ
ひと】　倒霉鬼。

うたにばかりうたう【歌にばかり歌う】
光唱高調，光說不練。

うだるようなあつさ【茹だるような暑
さ】　悶熱，熱得發昏。

うたをくちずさむ【歌を口吟む】　低
聲唱歌。

うちあけていえば【打ち明けて言えば】
說實在的，老實說，坦率地說。

うちあけてはなしをする【打ち明けて
話をする】　敞開說，打開窗子說亮
話。

うちあわせかい【打合せ会】　碰頭會。

うちがひだりまえになる【家が左前に
なる】　家運衰敗。

うちかぶとをみすかす【内兜を見透す】
看破底細，看透內幕。

うちきんをおく【内金をおく】　擱下
定金。

うちごみがたらぬ【打込みが足らぬ】
①不夠專心。②幹勁不足。

うちすてておく【打捨てておく】　置
之不理。

うちすてておくわけにはいかない【打
捨てて置くわけには行かない】　不
能置之不理＝打遣って置くには行か
ぬ。

うちとけてはなす【打解けて話す】
談得很融洽。

うちどころがない【打ちどころがない】
無可指責，無可非難＝ひなんすると
ころがない。

うちに【内に】　趁着。

うちにかえりみてやましくない【内に
省てやましくない】　問心無愧，內
省不疚＝顧みるところがない。

うちにとじこもる【家に閉籠る】　閉
門不出，悶在家裏。✦“家”也可寫
成“內”。

うちのきりもりがうまい【家の切盛が
うまい】　善於料理家務。

うちのるすをする【家の留守をする】
看家。

うちまくをあばく【内幕を発く】　揭
露內幕。

うちまたごうやくをやる【内股膏薬を
やる】　要兩面派。

うちみたところ【打見たところ】　①
乍一看。②從外表上看＝見たところ
。

うちわげんかをする【内輪喧嘩をする】
起內訌。

うちをうつす【家を移す】　搬家，遷
居。

うちをそとにする【内を外にする】
老不在家＝うちをやどにする。

うちをなつかしくおもう【家を懐かし
く思う】　想家。

うちをもつ【家を持つ】　結婚，成家
＝家をかまえる。

うちをるすにする【家を留守にする】
不在家，外出。

うっかりして　①沒留神，無意中。②
呆頭呆腦地。③馬馬虎虎地。

うっかりてだしできない【うっかり手
出しできない】　不好惹，不要輕易
挿手。

うっちゃっておくわけにはゆかぬ【打
遣って置くわけには行かぬ】　不能
置之不理＝打捨てて置くわけには行
かない。

うつつをぬかす【現をぬかす】　被…
迷住了。爲…而神魂顚倒。◆前接格
助詞“に”。

うっていちがんとなる【打って一丸と
なる】　①打成一片。②成爲整體。

うつてがない【打つ手がない】　沒花
招了，沒辦法，無計可施↔打つ手が
ある。

うっとりとしてさめない【うっとりと
して覚めない】　昏迷不醒。

うっとり（と）ながめる【うっとり（
と）眺める】　看得出神。

うつばりのちりをうごかす【梁の塵を
動かす】　（文）歌聲嘹亮。

うっぷんをはらす【鬱憤を晴らす】
出氣，解氣，消氣，發洩積憤。

うでいっぽん【腕一本】　自食其力，
自己謀生。

うでいっぽんすねいっぽんで【腕一本
脛一本で】　①赤手空拳。②光棍一
條。③單憑自己的本事。

うでがあがる【腕が上がる】　技術提
高了，水準（能力）提高了→腕が落
ちる。

うでがうなる【腕が唸る】　技癢，心
裏癢癢，躍躍欲試，摩拳擦掌＝腕が
鳴る，腕をさする。

うでがきく【腕がきく】　能幹，有本
領，技術好＝腕が確かだ。

うでがさえる【腕が冴える】　本領高
強，技術高超＝うでがすぐれた。

うでがさがった【腕が下がった】　技
術退步了，手藝生了。

うでがたしかだ【腕が確かだ】　有本
領，技術好，技術高超。

うでがつたない【腕が拙い】　手笨，
技術不高，手不靈巧。

うでがなる【腕が鳴る】　躍躍欲試，
摩拳擦掌。

うでしだいで【腕次第で】　根據能力
…，按照能力…，全看本事如何。

うでずくをする【腕ずくをする】　扳
腕子。

うでにおぼえがある【腕に覚えがある】
①自信…，有信心…。②有經驗。③
有本領，有兩下子，有兩把刷子＝自
信がある。

うでによりをかける【腕に縒りをかけ
る】　加把勁，加油幹，拿出全副精
力，特別賣力。

うでまえをみせる【腕前を見せる】
顯本事，顯能耐，露一手。

うでをあげる【腕を上げる】　提高技
術。

うでをいかす【腕を生かす】　施展本
領，發揮才能。

うでをきそう【腕を競う】　比本事。

うでをくむ【腕を組む】　挽着胳膊，
抱着胳膊＝うでをつなぐ。

うでをこまぬく【腕を拱く】　袖手旁
觀。

うでをさする【腕をさする】　摩拳擦

掌，躍躍欲試。

うでをならす【腕を鳴す】　顯示本領，大顯身手。

うでをふるう【腕を振う】　顯本事，施展才能。

うでをまくる【腕を捲る】　將胳膊捲袖子，挽起袖子。

うでをみがく【腕を研く】　①練本事，鍛鍊本事，提高技術。＝腕を鍛える

うてんけっこう【雨天決行】　風雨無阻。

う（よう）と…う（よう）と　不論…不論…；…也好，也好。✿“う（よう）”是推量助動詞，“と”是格助詞。

う（よう）どうりがない【…う（よう）道理がない】　決不會…。✿“う（よう）”是推量助動詞“う（よう）”的連體形，“う（よう）はずがない。

う（よう）とおもう【…う（よう）と思う】　想…，要…。✿“う（よう）”是推量助動詞，這裏表示某種願望。

う（よう）とおもったら【…う（よう）と思ったら】　剛想…就，剛要…可是。

う（よう）とおもっていたところです【…う（よう）と思っていたところです】　正想…，正要…。

う（よう）とした想【…う（よう）とした想，要…，準備…，將要…＝…う（よう）とする。

う（よう）としたところだ【…う（よう）とした所だ】　正要…，剛要…，正想…，正準備…。

う（よう）としたのではない　不是想…，不是故意…。

う（よう）としておる　正要…，正想…，準備…。

う（よう）としては　同上條。

う（よう）としても　正想…，正要…，準備…。

う（よう）としない　①不想…，不要…，不準備。②不願意，不肯…。

う（よう）とする　①想…，要…。②準備…。③將要…，就要…。④決心…，堅決…。

う（よう）とすることである　就想…，就要…。✿詞組“ことである”在這

裏起強調語氣作用。可譯爲“就…”。

うとそうそう【烏兎匆匆】　光陰似箭，日月如梭。

うどのたいぼく【独活の大木】　繡花枕頭，外強中乾，大而無用（的人）。

う（よう）とは（も）しない　不…，不想…，並不想…，根本不想…。

うどんをうつ【饂飩を打つ】　扞麵。

うなぎのぼりにしゅっせする【鰻登りに出世する】　扶搖直上，平步青雲，飛黃騰達。

うなるほどおかねがある【唸るほどお金がある】　有得是錢，錢多得很。

うなるほどもつ【唸るほど持つ】　同上條。

うぬぼれがつよい【自惚が強い】　自命不凡，自鳴得意，過於自負。

うのけほども…ない【兎の毛ほども…ない】　絲毫不…，一點也沒…。

うのまねをするからす【鵜の真似をする烏】　東施效顰，畫虎不成反類犬。

うのめたかのめ【鵜の目鷹の目】　瞪着眼睛，眼巴巴地，直眉竪眼地，拚命尋找。

うぶごえをあげる【産声をあげる】　出生在…地方，呱呱墜地。前接“で”。

うまいけっかがえる【うまい結果がえる】　結果很好，得到圓滿的結果。

うまいぐあいに【うまい具合に】　幸好，碰巧，妥善地。

うまいことにはじゃまがはいる【うまいことには邪魔がはいる】　好事多磨。

うまいしるをすう【うまい汁を吸う】　揩油，佔便宜，不勞而獲。

うまいて【うまい手】　上策，高招。

うまいてがある【うまい手がある】　有竅門，有好辦法。

うまいとさけんだ【うまいと叫んだ】　叫好。

うまいはなし【うまい話し】　好話，好事。

うまいめにあった【うまい目にあった】　得到便宜，嘗到甜頭。

うまがあう【馬が合う】　投緣，合得

來，心投意合＝気が合う。

うまくいく【うまく行く】　順利，成功，辦好了。

うまくいくかどうか【うまく行くかどうか】　成不成還…，能不能成還…。

うまくいったひには【うまく行った日には】　碰巧的話，碰巧順利的話。

うまくこしらえて【甘く拵えて】　煞有其事地，巧妙地虛構事實。

うまくしょりする【甘く処理する】　辦妥，辦好，辦成。

うまくできない【甘くできない】　不好辦。

うまくとれている【甘く取れている】　有板有眼。

うまくやれそうにない【甘くやれそうにない】　怕不好辦。

うまくゆけば【うまく行けば】　碰巧得機會，若是行得通的話，若是能行的話，若是順利的話，倘若順手的話＝あわよくば，まがよければ，うまく行けば。

うまこにいしょう【馬子に衣裳】　人是衣，馬是鞍。

うまずたわまず【倦まず撓まず】　①不屈不撓。②孜孜不倦。

うまのせをわける【馬の脊をわける】　陣雨不過ుఁ。

うまのみみにかぜ【馬の耳に風】　①當耳邊風，像沒聽見一樣。②對牛彈琴＝馬の耳に念仏。

うまのみみにねんぶつ【馬の耳に念仏】　同上條。

うまはうまづれ【馬は馬づれ】　物以類聚，人以群分。

うまみがある【旨味がある】　①有味道。②有趣，有意思。

うまれつかぬ【生まれつかぬ】　不是天生的。

うまれてから【生れてから】　從來，生來就…。

うまれながらとしない【生まれながらとしない】　非天生的，後天的＝生まれつかぬ。

うまをうしにのりかえる【馬を牛にの りかえる】　拿好的換壞的。

うまをしかにとおす【馬を鹿に通す】　指鹿爲馬＝鹿を指して馬となす。

うみがたまる【膿がたまる】　膿，有膿，化膿。

うみせんやません【海千山千】　老江湖，老奸巨滑＝海に千年山に千年。

うみともやまともつかず【海とも山ともつかず】　還說不定，還摸不清，還不知道是黑是白＝うみのものともやまのものともつかず。

うみにせんねんやまにせんねん【海に千年山に千年】　老江湖＝海千山千。

うみのものともやまのものともつかず【海のものとも山のものともつかず】　還說不清，還說不定，還不知道是黑是白。

うみをもつ【膿を持つ】　化膿，有膿。

うみをやまにする【海を山にする】　自不量力。

うむことのない【倦むことのない】　不倦的。

うむをいわせず【有無を言わせず】　硬…，強逼着…，不容分說，不管三七二十一就（硬）…，不分青紅皂白＝無理に。

うむをろんぜず【有無を論ぜず】　不論有沒有。

うめきのこえをたてる【呻きの声を立てる】　直哼哼，呻吟。

うもれぎにはながさく【埋れ木に花が咲く】　枯樹開花，時來運轉。

うやむやな【有耶無耶な】　模稜兩可的。

うやむやにおわる【有耶無耶に終る】　不了了之。

うゆうにきする【烏有に帰する】　化爲烏有。

うらうらなてんき【うらうらな天気】　艷陽天。

うらおもてがある【裏表がある】　表裏不一，言行不一，口不對心＝口と行いが裏表だ，かげひなたがある。

うらづけがない【裏付けがない】　①

没有根據。②没有基礎。

うらで【裏で】　背後，背地裏。

うらにはうらがある【裏には裏がある】
内幕裏還有内幕，内情複雜，裏頭有
蹊蹺。

うら（のうら）をいく【裏（の裏）を行
く】　將計就計＝うらをかく。

うらはらなことをいう【裏腹なことを
言う】　說昧心話，說違心話。

うらみがある【憾みがある】　可惜…；
很遺憾。

うらみこつずいにてっする【怨骨髄に
徹する】　恨入骨髄，恨之入骨。

うらみにむくいるにとくをもってする
【怨に報いるに徳を以てする】　以
德報怨。

うらみはない【怨はない】　情願，甘
心。

うらみをいう【怨を言う】　抱怨，埋怨。

うらみをいだく【恨みを抱く】　抱怨，
抱屈，懷恨，懷恨在心。

うらみをうける【恨を受ける】　落埋怨。

うらみをかう【怨を買う】　得罪，招
…怨恨，受埋怨，落不是＝怨を受け
る。

うらみをさしはさむ【怨を挟む】　懷
恨。

うらみをのむ【怨を飲む】　飲恨。

うらみをはらす【怨を晴す】　①洩憤。
②雪恨。

うらみをもつ【怨を持つ】　懷恨＝怨
を挟む，怨を抱く，えんこんを抱く。

うらむらくは【怨むらくは】　遺憾的
是…，可惜的是…＝残念なことには。

うらをいう【裏を言う】　說反話。

うらをかえす【裏を返す】　①重複，
重來一次。②翻裏作面。

うらをかえせば【裏を返せば】　反過
來說。

うらをかく【裏をかく】　將計就計＝
裏を行く。

うらをゆく【裏を行く】　同上條。

うりことばにかいことば【売言葉に買
言葉】　反唇相譏，以嘲還嘲，你一
言我一語。

うりさばきじょうずなひとにはかなわ

ない【売り捌き上手な人には敵わな
い】　會買前不如會賣的。

うりのつるになすびはならぬ【瓜の蔓
に茄子はならぬ】　瓜蔓上結不出茄
子，烏鴉生不出鳳凰，靛缸裏拉不出
白布來，種瓜得瓜種豆得豆。

うりふたつ【瓜二つ】　長得一模一樣，
一個模子裏鑄出來的。

うるおいがない【潤いがない】　乾巴
巴的，没有風趣，枯燥無味↔潤いの
ある。

うるおいになる【潤いになる】　補貼，
有補於…。

うるさくかんじる【うるさく感じる】
感到討厭。

うるさくせんさくする【うるさく詮索
する】　斤斤計較。

うるさくならずにすむ【うるさくなら
ずに済む】　免得麻煩。

うるさくになった　麻煩了，複雜化了
。

うるさげに　不耐煩地。

うるわしいごきげん【麗しい御機嫌】
高興。

うれいがある【憂いがある】　有…可
能，有…之虞。

うれいがない【憂いがない】　無憂無
慮。

うれいをおびたかお【憂いを帯びた顔】
面帯愁容↔うれしげな様子。

うれがよい【売れがよい】　暢銷↔売
れが悪い。

うれくちがはやい【売れ口が早い】　同
上條。

うれしがらせをいう【嬉しがらせを言
う】　奉承，恭維，巴結阿諛。

うれしがらせはよせ【嬉しがらせはよ
せ】　別奉承（恭維，巴結）了。
↔嬉しがらそを言う。

うれしなみだにくれる【嬉し涙にくれ
る】　高興得流涙＝うれしなみだを
流す。

うれゆきがしぶる【売行が渋る】　滞
銷＝売行が悪い。↔売行がよい。

うろうろとあるきまわる【うろうろと
歩き廻る】　閑轉，轉來轉去。

うろんにおもう【胡乱に思う】　猜疑，懷疑。

うわごとをいう【譫言を言う】　胡說八道。

うわさがたっている【噂が立っている】風傳，有風聲。

うわさがとおくまでつたわった【噂が遠くまで伝わった】　風聲傳得很遠。

うわさがしほうにとぶ【噂が四方に飛ぶ】　謠言四起。

うわさがもれる【噂が洩れる】　走漏了風聲＝うわさをもらす。

うわさにきけば【噂に聞けば】　風聞，傳聞，聽說，聽別人說。

うわさになる【噂になる】　成爲話柄。

うわさをききこむ【噂を聞きこむ】聽聽風聲，聽到風聲，探聽風聲。

うわさをけす【噂を消す】　闢謠。

うわさをする【噂をする】　背後談論…，背後議論…。

うわさをすればかげがさす【噂をすれば影がさす】　說曹操曹操就到，正說你那你就來了＝うわさをすれば影とやら。

うわさをとばす【噂をとばす】　散布謠言。

うわさをひていする【噂を否定する】闢謠。

うわしるをすう【上汁を吸う】　揩油，佔便宜，剝削別人的利益。

うわっちょうしなにんげん【上っ調子な人間】　冒失鬼，心情浮躁的人。

うわのそらのかおつきでいる【上の空の顔つきでいる】　①心不在焉的樣子。②愛搭不理的樣子＝うわっちょうしのそらで。

うわべがよい【上辺がよい】　好外面，好表面，好修飾。

うわべからみれば【上辺から見れば】從表面上來看。

うわべだけでひとはわからない【上辺だけで人はわからない】　人不可貌相，人不能光看外表。

うわべだけのつよさ【上辺だけの強さ】外強中乾＝うわべは立派でも中身はだめだ。

うわべだけをかえる【上辺だけを換える】　換湯不換藥。

うわべで（は）ふくじゅうしかげではいはんする【上辺で（は）服従し陰では違反する】　陽奉陰違＝上辺では服従しながらかげでは違反する。

うわべのこうさい【上辺の交際】　一面之交。

うわべのはなし【上辺の話】　外面話。

うわべはりっぱでもなかみはだめだ【上辺は立派でも中身は駄目だ】外強中乾＝うわべだけのつよさ。

うわべをかざってじつがない【上辺を飾って実がない】　金玉其外敗絮其中。

うわべをかざる【上辺を飾る】　充門面，裝門面，修飾門面，裝飾外表。

うわべをきどる【上辺を気取る】　裝模作樣。

うわまえをはねる【上前をはねる】抽頭，揩油，剝削。

うわめをつかう【上目を使う】　使眼色，遞眼色。

うんうんいう【うんうん言う】　直哼哼。

うんがつきた【運が尽きた】　運數盡了，要倒霉了↔運が向く。

うんがつたない【運が拙い】　運氣不好＝うんせいがわるい。

うんがむいてきた【運が向いて来た】運氣來了。

うんがむく【運が向く】　走運↔運が向かない，運にめぐまれない。

うんしだい【運次第】　憑運氣，聽天由命。

うんせいをためす【運勢を試す】　碰碰運氣＝うんをためす，うんだめしをする。

うんでいのさ【雲泥の差】　天壤之別＝雲泥万里。

うんといわぬならほうっておけ【うんと言わぬなら放っておけ】　不肯拉倒，不肯罷休。

うんともすんともいわず　不加可否，不聲不響。

うんにめぐまれない【運に恵まれない】

背運，倒霉，不走運＝うんがむかない。

うんのつき【運のつき】　該倒霉了，惡貫滿盈，運數盡了。

うんまかせでぶつかる【運任せでぶつかる】　憑運氣＝うんしだい。

うんめいとあきらめる【運命と諦める】　認命。

うんめいにもてあそばれる【運命にも手遊ばれる】　受命運擺佈。

うんめいをためす【運命を試す】　碰碰（試試）運氣＝運を試す。

うんをてんにまかせる【運を天に任せる】　聽天由命。

え

えいいにことにあたる【鋭意にことにあたる】　專心從事…。

えいえんにくちることはない【永遠に朽ちることはない】　永垂不朽。

えいえんにさった【永遠に去った】　一去不復返了。

えいえんにそのながつたわる【永遠にその名が伝わる】　永垂不朽，流芳百世＝えいえん不滅。

えいえんのねむりにつく【永遠の眠りにつく】　長眠。

えいがをうつす【映画を映す】　演電影。

えいがをおごる【映画を奢る】　請看電影。

えいがをそうけんする【映画を総見する】　集體看電影。

えいきあふれる【鋭気溢れる】　朝氣蓬勃的。

えいきゅうにくちることはない【永久に朽ちることはない】　永垂不朽。

えいきょうするところがおおきい【影響するところが大きい】　影響很大。

えいきょうをおよぼす【影響を及ぼす】　對…有影響，使…受到影響。◆前接"に"。

えいきをくじく【鋭気を挫く】　挫銳氣。

えいきをやしなう【鋭気を養う】　養精蓄銳。

えいざめのみずげこしらず【酔覚の水下戸知らず】　醉後方知冷水甘。

えいせいをまもる【衛生を守る】　講衛生＝えいせいを重んじる。

えいめいいっせいをおおう【英名一世を蔽う】　英名蓋世。

えいめいをはくす【英名を博す】　得名，出名。

えいゆうはえいゆうをしる【英雄は英雄を知る】　英雄識英雄。

えいようをとる【栄養を摂る】　攝取營養。

えがおでむかえる【笑顔で迎える】　笑臉相迎。

えがおになる【笑顔になる】　眉開眼笑。

えがおをつくる【笑顔をつくる】　故作笑臉＝えがおをよそおう。

えきにならぬ【益にならぬ】　沒有效，不靈，沒有用，沒有好處，無益。

えきをえる【益を得る】　受益，得到好處。

えげつないことをいう【えげつないことを言う】　說下流話。

えしゃくをする【会釈をする】　點頭，行禮，打招呼。

えずをひく【絵図を引く】　繪圖。

えたいのしれない【得体の知れない】　離奇的，不倫不類的，不三不四的，莫名其妙的，來路不明的，無可命名的，難以分類的。

えだはをつける【枝葉をつける】　添枝添葉，節外生枝。

えたりかしこし【得たり賢し】　正合己意，正中下懷，說到心坎上了。

えっけんなことをする【越権なことをする】　越權。

えつにいる【悦に入る】　喜悅，得意。

えつぼにいる【餌壺に入る】　眉開眼

笑心滿意足，喜笑顏開。

えてありがちの【得て有りがちの】
容易發生的。

えてではない【…得手ではない】　不
擅長…。

えてとするところだ【得手とするとこ
うだ】　拿手好戲。

えてにほをあげる【得手に帆を揚げる】
①如虎生翼，如龍得雲。②順水推舟，
見風使舵。

えてのしばい【得手の芝居】　拿手戲。

えにかいたもち【絵に書いたもち】
畫餅充飢，望梅止渴。

えにかいたよう【絵に書いたよう】
如畫，像畫一樣。

エネルギーがない　沒勁了，沒有能量。

えのないところにえをすげる【柄の無
い所に柄をすげる】
沒理矯三分，沒理硬說有理，強詞奪
理。

えびすをもってえびすをせいす【夷を
以夷を制す】　以夷制夷。

えびでたいをつる【蝦で鯛を釣る】
①拋磚引玉。②一本萬利。

えふでをとる【絵筆を取る】　畫畫＝
絵を書く。

えみのなかにかたな【笑の中に刀】
笑裏藏刀。

えもいわれぬ【得も言われぬ】　妙不
可言，難以形容＝何とも言えぬ。

えらいことになった【偉いことになつ
た】　糟糕了，不得了啦＝大変だ。

えらいところ【偉いところ】　超人的
地方。

えらいめにあう【偉い目に会う】　①
吃虧。②吃不消，受不了。嘗嘗廣害。
④難受＝ひどい目に会う。

えらいものだ【偉いものだ】　眞了不
起。

えらくなったものだ【偉くなったもの
だ】　出息得不得了。

えらくなる【偉くなる】　①出息，出
頭。②升級。

えらそうなことをいう【偉そうな事を
言う】　誇口，說大話。

えらそうにかまえる【偉そう構える】

裝出一付了不起的架式，擺架子。

えらぶところがない【選ぶ所がない】
等於…，和…沒有區別＝違う所がな
い。

えられはしない【得られはしない】
得不到。

えりにつく【襟につく】　趨炎附勢＝
襟元につく。

えりもとにつく【襟元につく】　同上
條。

えりをただして【襟を正して】　①正
襟，端正地。②注意地。

えるところがある【得る所がある】
受益，得到好處，有收穫。

えんかいをする【宴会をする】　設
宴。

えんがきれる【縁が切れる】　斷絕關
係。

えんかつにいかない【円滑にいかない】
①不圓滑。②不圓滿。

えんぎがよい【縁起がよい】　吉祥，
吉利。

えんぎのわるいこと【縁起の悪いこと】
不吉利的話（事）。

えんきょくにきょぜつする【婉曲に拒
絶する】　婉言拒絕＝婉曲に断る。

えんこをたどる【絶故をたどる】　投
親靠友。

えんこんをいだく【怨恨を抱く】　懷
恨，抱怨。◆前接“に”。

えんざいをいいたてる【寃罪を言立て
る】　喊寃。

えんざいをすすぐ【寃罪を雪ぐ】　雪
寃，平反。

えんざいをそそぐ【寃罪をそそぐ】
伸寃。

えんすいきんかをすくわず【遠水近火
を救わず】　①遠親不如近隣。②遠
水救不了近火。

えんせきにれつする【宴席に列する】
參加宴會。

えんせきをもうける【宴席を設ける】
設宴，擺酒席。

えんだんがととのう【縁談が調う】
親事說妥了，婚事談好了。

えんだんをとりもつ【縁談を取持つ】

提親，說親，說媒，介紹對象。

えんだんをもちこむ【縁談を持込む】
提一門親事，前去提親。

えんにちにでかける【縁日に出掛ける】
去逛廟會。

えんにつながる【縁に繋る】 和…有
關係（有親戚）。

えんのしたのちからもちをする【縁の
下の力持をする】 ①作無名英雄。
②在背後支持。

えんのないはなしだ【縁のない話だ】
和…毫不相干。◆前接"に"。

えんまくをはる【煙幕を張る】 放烟
幕。

えんめいさくをこうじる【延命策を講
じる】 設法拖延（不垮臺，不辭職
等）。

えんもゆかりもない【縁も縁もない】
沒有任何關係，毫無關係。

えんやらやっと 好容易才…＝やっと，
かろうじて。

えんりょえしゃくあらばこそ【遠慮会
釈あらばこそ】 毫不留情，毫不客
氣，一點也不客氣地↔えんりよがふ
かい。

えんりょえしゃくもなく【遠慮会釈も
なく】 一點不客氣地，毫不客氣地。

えんりょなく【遠慮なく】 不客氣地。

えんりょなくいただきます【遠慮なく
頂きます】 那就遵命了，那就不客
氣了。

えんりょなければきんゆうあり【遠慮
なければ近憂あり】 人無遠慮必有
近憂。

えんりょにはおよびません【遠慮には
及びません】 不必客氣，用不着客
氣。

えんをきる【縁を切る】 斷絕關係。
◆前接格助詞"と"時當"與…分開"講。

えんをはる【宴を張る】 設宴。

えんをむすぶ【縁を結ぶ】 結親。

お

おあいにくさま【お生憎さま】 ①對
不起。②不湊巧。

おあしがある【お足がある】 有錢。

おいおいのこととする【追追の事とす
る】 慢慢來，一步一步來。

おいかけて【追掛て】 隨着，跟着，
緊接着。◆前接格助詞"に"。

おいこみをかける【追込みをかける】
再加一把勁兒，作最後努力。

おいさきがながい【生先が長い】 前
程遠大，前途遠大。

おいさきがみじかい【老先が短い】
風燭殘年，行將就木，快入土了。

おいつかない【追付かない】 來不及
了，趕不上了。

おいて【於て】 於…，在…，在…方
面。②關於…。③對於…。④論…。
⑤就…說。◆前接格助詞"に"。

おいて【置いて】 ①就…。②把…。

③先…。④要…。⑤都…。⑥…起來。
⑦…一下。◆"置い"是"置く"的音
變形，作補助動詞。

おいて【措いて】 除…之外＝…を除い
て，…以外に。◆前接格助詞"を"。

おいてから【…置いてから】 …之後
＝…から。

おいて…ない【…措いて…ない】 除
…之外沒有…。

おいてはこにしたがう【老いては子に
従う】 老來從子。

おいてますますさかんなり【老いて益
益盛なり】 老當益壯。

おいのいってつ【老いの一徹】 老年
人的頑固脾氣。

おいをやしなう【老を養う】 養老，
享受晚年。

おうおうとしてたのしまず【怏怏とし
てたのしまず】 怏怏不樂。

おうせつにいとまがない【応接に暇が
ない】 應接不暇。

おうといえばいだかれるという【負う
と言えば抱かれると言う】 得寸進
尺，得隴望蜀。

おうところがおおい【負うところが多
い】 借助…地方很多，有賴於…之
處甚多，…起了很大作用＝負うとこ
ろが大きい。

おうところがおおきい【負うところが
大きい】 同上條。

おうところがすくなくない【負うとこ
ろが少くない】 同上條。

おうとをもよおす【嘔吐を催す】 噁
心，感覺噁心，令人作噁。

おうへいにふるまう【横柄にふるまう】
蠻不講理，飛揚跋扈。

おうほうなふるまいをする【横暴な振
舞をする】 横行霸道＝横暴のかぎ
りをつくす。

おうようにかまえる【鷹様にかまえる】
①落落大方。②擺架子。

おおいきをつく【大息をつく】 嘆氣，
長吁短嘆，長嘆一口氣＝溜をつく。

おおいそぎで【大急ぎで】 趕緊。

おおいにかたる【大いに語る】 暢
談。

おおいにうでまえをはっきする【大い
に腕前を発揮する】 大顯身手。

おおいにそんしょくがある【大いに遜
色がある】 大爲遜色。

おおいにふく【大いに吹く】 大吹特
吹＝大袈裟に吹聽する，大法螺を吹
く。

おおいりをとる【大いりを取る】 叫
座。

おおかたしぬところだ【大方死ぬとこ
ろだ】 …得要命，…得要死。

おおかた…だろう【大方…だろう】
大概…吧，或許吧＝多分…だろう。

おおがまをおこす【大釜を起す】 發
家，發財。

おおかみにころも【狼に衣】 人面獸
心，衣冠禽獸。

おおがらにふるまう【大柄に振舞う】
擧止狂妄。

おおかれすくなかれ【多かれ少なかれ】
不拘多少，或多或少，多少＝多少と
も。

おおきなおせわだ【大きなお世話だ】
不勞您駕，少管閑事，用不着你管。

おおきなかお【大きな顔】 自大的樣
子，傲慢的神氣。

おおきなかおをする【大きな顔をする】
①揚揚得意。②擺出一付了不起的樣
子。③裝出若無其事的樣子，裝模作
樣。

おおきなこえでいえない【大きなこえ
でいえない】 別往外說，不能聲張，
別讓別人知道。

おおきなこえをたてる【大きな声を立
てる】 大聲嚷嚷。

おおきなひらきができた【大きな開き
ができた】 有很大差別，有很大距
離。

おおくえられない【多く得られない】
不可多得。

おおぐちをきく【大口を利く】 吹牛，
說大話＝大口を叩く，法螺を吹く。

おおぐちをたたく【大口を叩く】 同
上條。

おおくても【多くても】 頂多，至多，
最多＝多くとも。

おおくても…あるまい【多くても…あ
るまい】 頂多也不過…吧＝多くと
も…あるまい。

おおくとも【多くとも】 頂多，最
多。

おおくとも…あるまい【多くとも…あ
るまい】 頂多也不過…吧。

おおくのエネルギーがそそがれる【多
くのエネルギーがそそがれる】 很
多力量花在…方面。

おおげさにふいちょうする【大袈裟に
吹聽する】 同下條。

おおげさにものをいう【大袈裟にもの
を言う】 說大話，大吹大擂，誇大
其詞＝大袈裟に吹聽する。

おおごえをあげる【大声を揚げる】
叫喚起來，叫喊起來。

おおしばいをうつ【大芝居を打つ】
①大要手腕（花招）。②大幹一場。

おおずかみにいえば【大摑みに言えば】
扼要來說，概括來說。

おおぜいにてなし【大勢に手なし】
寡不敵衆，人多沒法對付。

おおぜいのおもむくところで【大勢の
赴くところで】　由於大勢所趨。

おおぜいのまえではじをかく【大勢の
前で恥を搔く】　當衆出醜（丟臉）
＝大勢の前で恥を曝す。

おおぜいのめがねはちがわぬ【大勢の
眼鏡は違わぬ】　民衆的眼睛是雪亮
的。

おおたばをきめる【大束をきめる】
擺架子。

おおでをふってあるく【大手を振って
あるく】　昂首闊步，大搖大擺地走。

おおでをふる【大手を振る】　①大搖
大擺，大模大樣。②毫不費勁。③肆
無忌憚。

おおはばにやる【大幅にやる】　大事
鋪張。

おおふねにのったよう【大船に乗った
よう】　穩如泰山。

おおぶろしきをひろげる【大風呂敷を
広げる】　吹牛，說大話，大吹大擂。
＝大法螺を吹く。

おおぼらをふく【大法螺を吹く】　同
上條。

おおまかにいえば【大まかに言えば】
大致來說，籠統來說。

おおむこうのにんきをとる【大向うの
人気をとる】　①博得民衆的喝采。
②博得全場的喝采。

おおむこうをうならす【大向うをうな
らす】　同上條。

おおめだまをくう【大目玉を食う】
嚴厲訓斥，挨了一頓斥責。

おおめにみる【大目に見る】　①寬容，
寬恕。②不深究。

おおやけにする【公にする】　①發表。
②出版。③公開＝公になる。

おおやけはらたつ【公腹立つ】　抱不
平，感到義憤。

おおようにかまえる【大様に構える】
擺架子。

おおよそのところは【大凡の所は】

大致，大概。

おおわらわになる【大童になる】　①
拼命。②緊張＝一生懸命になる。

おかいこぐるみでいる【御蚕ぐるみで
いる】　穿着滿身綾羅綢緞度日，過
着奢華的日子。

おかいこぐるみでそだった【御蚕ぐる
みで育った】　生在富貴之家。從小
嬌生慣養。

おかげで【お陰で】　①多虧…。②因
爲…，由於…。③托…福＝…のため
に。

おかしいことには【可笑しいことには】
奇怪的是。

おかにあがったかっぱ【陸に上がった
河童】　虎落平陽。

おかねばならない【…置かねばならな
い】　必須…＝…なければならない。

おかぶがとられる【お株が取られる】
被人取而代之。

おかぶをうばう【お株を奪う】　奪取
別人的地位（權威等）而代之。

おかまいなし【お構無し】　①不管，
不顧。②沒關係，沒什麼。③滿不在
乎，不放在心上＝構わず，平気だ。

おかまをおこす【釜を起す】　發財，
發家。

おかみのごようで【お上の御用で】
因公…。

おかめにみえない【傍目に見えない】
旁人看不見的。

おかめはちもく【傍目八目】　旁觀者
清。

おきざりをくう【置去りを食う】　被
丟棄，被擱下，被落下。

おぎないをつける【補をつける】　得
到補償＝補いがつく。

おきに【…置に】　每隔…＝…置き。

おきめしましたか【お気に召しまし
たか】　您滿意了嗎？

おきにもつかずいそにもはなれる【沖
にもつかず磯にも離れる】　前不着
村後不着店，上不着天下不着地。

おきのどくです【お気の毒です】　抱
歉，對不起，過意不去＝すみません，
お気の毒さま。

おきまりのもんく【お極りの文句】
老調，口頭禪，老一套＝お定りの文
句。

おきゃくにゆく【お客に行く】　去作
客。

おきをこえる【沖を越える】　（技藝）
超群，出類拔萃。

おくじょうにおくをかす【屋上に屋を
架す】　屋上架屋，做些沒用的事兒。

おくそくをたくましくする【臆測を逞
しくする】　胡亂猜想，任意揣測。

おくのて【奥の手】　訣竅，秘訣，最
後一招兒。

おくばにものがはさまったようないい
かたをする【奥歯に物が挟まったよ
うな言い方をする】　說話不乾脆，
說話吞吞吐吐。

おくびにもださない【噯気にも出さな
い】　隻字不提，一點不露，不動聲
色。

おくびょうかぜをふかす【臆病風を吹
かす】　膽怯起來＝おくびょうかぜ
にふかれる。

おくれないように【後れないように】
①免得誤…，爲了趕上…。②爲了不
落後於…。

おくれをとる【後れを取る】　落後於，
落在…後頭。◆前接“に”。

おこごとをちょうだいする【お小言を
頂戴する】　受到申斥＝お目玉を頂
戴する。

おこないがいうこととうらはらだ【行
いが言うこととうらはらだ】　言行
不一。

おこのした【烏滸のした】　①太狂。
②太莽撞。③過於愚昧。④太不知分
寸。

おこりしんとうにはっする【怒り心頭
に発する】　怒上心頭，心頭火起。

おこりをふくむ【怒りを含む】　含怒。

おこりをもらす【怒りを洩す】　發脾
氣，發洩怒火。

おごるへいけはひさしからず【驕る平
家は久しからず】　驕者必敗＝驕る
ものは久しからず。

おさきぼうにつかわれる【お先棒に使

われる】　被當作爪牙＝手先に使わ
れる。

おさきぼうをかつぐ【お先棒を担ぐ】
當嘍囉，當狗腿子，當走狗，幫閑。

おさきまっくら【お先真暗】　沒有遠
見，沒有先見之明。

おさだまりのもんく【お定まりの文句】
口頭禪，老一套＝お極りの文句。

おさとがしれる【お里が知れる】　露
了底細，暴露了身份，現原形，露出
本來面目。

おざなりに【お座成りに】　敷衍了事
地。

おさまりがつく【収まりがつく】　解
決，了結＝収まりをつける。↔収ま
りがつかない。

おさまりをつける【収まりをつける】
同上條。

おさらばになる　絕交，斷絕關係。

おさらばをつげる【おさらばを告げる】
告別，告辭。

おざをさます【お座を醒ます】　使人
掃興，大煞風景。

おしあいへしあい【押合いへし合い】
亂擠，擁擠。

おしあてがはずれた【押当てが外れた】
猜錯了，沒對。

おしいことには【惜しいことには】
可惜的是＝おしむらしは。

おしいことをした【惜しいことをした】
可惜了。

おしえをうける【教えを受ける】　承
蒙指敎。

おしえをこう【教えを請う】　請教。

おしがつよい【押しが強い】　①敢於
…。②有魄力。③自信心強↔押しが
弱い。

おじぎなしに【お辞儀なしに】　不客
氣地＝えんりょなく。

おじぎをする【お辞儀をする】　①行
禮，鞠躬。②磕頭。

おじけがつく【怖じ気がつく】　害怕，
膽怯，發抖，心虛。

おじけないで【怖じ気ないで】　別發
抖，別膽怯。

おしげもなく【惜気もなく】　①毫不

各嗇地。②毫不可惜地。

おしっこをたらす　①遺尿，尿床。②隨地小便。

おしつめると【押し詰めると】　歸根結底。❖"と"是接續助詞，在這裏表示強調和承上啓下的作用。

おしてしるべしだ【推して知るべしだ】　可想而知，餘可類推。

おしなべていえない【押し並べて言えない】　不能一概而論。

おしなべていえば【押し並べて言えば】　一般來說，總括來說，概括來看＝一般に言えば，一括に言えば。

おしならしていえば【押し均して言えば】　①一般來說。②平均說，平均來看。③同上條＝押し均して見ると。

おしならしてみると【押し均して見ると】　同上條。

おしのいってだ【押しの一手だ】　做到底，堅持到底。

おしのひとこえ【啞の一声】　千載難逢的機會，千載難逢的事。

おしのもんどう【啞の問答】　彼此話講不通。

おしのゆめ【啞の夢】　心裏明白可說不出來。

おしまいにする【お仕舞にする】　結束，了結。❖前接"を"。

おしむべし【惜むべし】　可惜。

おしむらくは【惜しむらくは】　可惜的是，遺憾的是＝惜しいことには。

おしもおされもしない【押しも押されもしない】　①一般公認的，無可否認的。②牢不可破的。③數一數二的。

おしもおされもせぬ【押しも押されもせぬ】　同上條。

おしゃかさまでもきがつくまい【お釈迦様でも気がつくまい】　①出人意料，萬想不到。②神不知鬼不覺＝お釈迦様でも知るまい。

おしゃかにする【お釈迦にする】　弄壞，損壞，毀壞，毀掉。

おじゃまもの【お邪魔者】　①眼中釘。②討厭鬼。③絆脚石＝邪魔者。

おじゃんになった　吹了，完了，垮了。

おじょうずをいう【お上手を言う】　說應酬話，說恭維話。

おすなおすな【押すな押すな】　你推我我推你，擁擠，人山人海。

おすにおされぬ【押すに押されぬ】　①無可爭辯的。②彰明較著的。❖"に"是接續助詞，連接兩個相同的動詞表示加強語氣或退讓。

おせじがうまい【お世辞がうまい】　善於奉承，善於詞令。

おせじにもいえない【お世辞にも言えない】　不敢恭維。

おせじをいう【お世辞を言う】　說奉承話，說好聽的話，說應酬話。

おせじをいっておだてる【お世辞を言って煽てる】　捧，戴高帽。

おせじをききたがる【お世辞を聞きたがる】　愛聽恭維話。

おせっかいをする　多管閑事，多嘴多舌。

おせわになる【お世話になる】　蒙您關照。

おぜんをだす【お膳を出す】　擺飯，放桌子(準備用膳)。

おそかれはやかれ【遅かれ早かれ】　遲早，早晚＝いつかは，早晚。

おそくとも【遅くとも】　至遲，最晚。

おそらく…だろう　恐怕要…吧，也許…吧，大概…吧＝おそらく…でしょう。

おそらく…まい【恐らく…まい】　恐怕未…，恐怕不會…。

おそるおそる【恐る恐る】　①恭恭敬敬地，誠惶誠恐地。②躡手躡脚地。③縮頭縮腦地。④戰戰兢兢地。

おそるべき【恐るべき】　可怕的，驚人的。

おそれがある【恐れがある】　①恐怕要…，可能會…，還可以…。②有…之憂，有…危險↔恐れがない。

おそれがない【恐れがない】　沒有…危險，不會…↔恐れがある。

おそれるきしょくもない【恐れる気色もない】　毫無懼色。

おそれをいだく【恐れを抱く】　心裏害

怕。

おそろしいけんまくで【恐しい剣幕で】
氣勢洶洶地。

おそろしくてみのけがよだつ【恐しく
て身の毛がよだつ】　嚇得毛骨悚然。

おだいもくをとなえる【お題目を唱え
る】　唱高調，放高炮，空喊口號。

おたかいさまだ【お互様だ】　彼此彼
此，彼此一樣＝お互いさまだから，
こちらこそ。

おたがいにあいゆずらない【お互に相
譲らない】　互不相讓，相持不下。

おたがいにちからになる【お互に力に
なる】　互相幫助。

おたがいにつえともはしらともたのむ
【お互いに杖とも柱とも頼む】　互
相依靠，相依爲命。

おたがいはうちわのものだ【お互いは
内輪のものだ】　都是自己人。

おたがいひとのりょうぶんはあらさな
い【お互い人の領分は荒さない】
井水不犯河水，互不侵犯。

おたかくとまる【お高くとまる】　高
高在上，妄自尊大，瞧不起人，自命
不凡。

おたっしゃで【お達者で】　祝您健康
＝お達者に，お元気で。

おだてになる【お煽になる】　奉承，
戴高帽。

おだぶつになった【お陀仏になった】
①慘了，完了，吹了。②垮了，垮臺，
完蛋。

おちおち…ない【落ち落ち…ない】
不安心…，不好好…。

おちついて【落着いて】　安靜地，安
心地，安下心來…。

おちつかない【落ち着かない】　安不
下心來，心神不安。

おちつきがない【落ち着きがない】
①不冷靜。②沒着落。③不沉着。④
不穩重。⑤不穩定。

おちつきがわるい【落ち着きが悪い】
①不穩。②不調合。③不適稱↔落ち
着きがいい。

おちつきなさい【落ち着きなさい】
①要沉着點。②冷靜點吧。③安靜點

吧。

おちつきはらってびくともせず【落ち
着き拂ってびくともせず】　極其從
容不迫地。

おちつけない【落ち着けない】　沉不
住氣，靜不下來。

おちぶれてたきょうにさまよう【おち
ぶれて他郷に彷徨う】　流落他郷，
流浪他郷。

おちむしゃはすすきのほにおず【落武
者は薄の穂に怖ず】　敗兵膽虚。

おちめになる【落ち目になる】　倒起
霉來，走下坡路。

おちゃっぴいさいさいだ　好說好說，
好辦好辦，事穩成，輕而易舉，易如
反掌，容易得很，小事一段＝お茶の
子さいさいだ。

おちゃをいれる【お茶をいれる】　沏茶。

おちゃをつぐ【お茶をつぐ】　倒茶。

おちゃをにごしておく【お茶を濁して
おく】　敷衍過去，蒙混過去，搪塞
過去。

おちゃをにごす【お茶を濁す】　①支
吾搪塞。②敷衍了事。③蒙混過去。

おちをひろう【落を拾う】　找錯
找毛病，找漏洞＝落度を拾う。

おっくうになる【億劫になる】　懶得
…＝億刼（おっとう）になる。

おっちょこちょいなやつ　冒失鬼，荒
唐鬼。

おっとあるみ【夫ある身】　有夫之婦。

おっとをもつ【夫を持つ】　有主的，
有對象的，有婆家的。

おつなあじ【乙な味】　別有風味。

おつなことをする【乙なことをする】
做得漂亮。

おつなみなりをする【乙な身形をする】
打扮得漂亮。

おてすうをかける【お手数をかける】
麻煩您＝お手数です。

おてすうをわずらわす【お手数を煩わ
す】　麻煩，太麻煩了，麻煩您了。

おてのもの【お手のもの】　①拿手，
特長，專長，最擅長處。②得意之作。

おてんがつく【汚点がつく】（褲子、
衣服上）沾上汚點;(在歴史上)留下汚點。

おてんきがわるい【お天気が悪い】
①天氣不好。②不高興，不痛快，情

緒不好。

おてんきだ【お天気だ】　好天氣。

おてんとさまがみてござる【お天道様が見てござる】　蒼天有眼。

おとがいがおちる【頤が落ちる】　①好吃，味美。②嘮嘮叨叨，喋喋不休。③冷得打顫。

おとがいでひとをつかう【頤で人を使う】　以頤使人，頤指氣使＝腭（あご）で使う。

おとがいをたたく【頤を叩く】　說壞話，喋喋不休。

おとがいをとく【頤を解く】　解頤，大笑。

おとがいをひらく【頤を開く】　饒舌，貪嘴，喋喋不休。

おとくいをとる【お得意を取る】　拉主顧，招攬顧客，招徠主顧＝おとくいを引き寄せる。

おどけたかっこうをする【おどけた恰好をする】　作怪相。

おとこがあがる【男が上がる】　露臉↔男を下げる。

おとこがすたれる【男が廃れる】　丟臉，現眼，不像男子漢↔男が上がる。

おとこがたつ【男が立つ】　有面子。

おとこになる【男になる】　長大成人。

おとこやもめ【男やもめ】　光棍。

おとこらしく【男らしく】　乾脆，像個男子漢似地…。

おとこらしくいう【男らしく言う】　說得痛快，說得淋漓盡致。

おとこをこしらえる【男を拵える】　有情夫。

おとこをさげる【男を下げる】　丟臉，現眼↔男が上がる。

おとしあなにおちる【落し穴に落ちる】　掉進陷阱。

おとしあなにかかる【落し穴にかかる】　上當，上了圈套。

おどしがきかない【威しが利かない】　嚇唬不了，嚇唬不住。

おとしぬしがわかる【落し主が分る】　失主找到了。

おどしゃをかける【お土砂をかける】　捧，奉承。

おどしをかける【威しをかける】　嚇唬，恐嚇。

おとといこい【一昨日来い】　滾開，滾蛋。

おとなげないまねをする【大人気無いまねをする】　孩子氣。

おとなしくすぎる【大人しく過ぎる】　太老實。

おとなしくまじめだ【大人しく真面目だ】　老實厚道。

おとにきく【音に聞く】　①傳聞。②聞名。

おとにきくさんごくいち【音に聞く三国一】　天下聞名。

おともをする【お供をする】　跟隨，陪伴，奉陪。

おとらず【劣らず】　不次於…，不亞於…，不比…差。❖前接格助詞“に”。

おどろいたことには…【驚いたことには…】　①令人吃驚的是…。②出乎意外的是…。

おどろいて【驚いて】　嚇個…，嚇得…。

おどろいてくちあんぐり【驚いて口あんぐり】　嚇得目瞪口呆。

おどろきたまげ【驚き魂消】　嚇沒魂了，嚇得魂不附體，嚇得魂飛魄散。

おどろくにはたらぬ【驚くには足らぬ】　不值得驚奇。

おどろくべき【驚くべき】　①可驚的，驚人的。②可怕的。③出人意料的。④驚心動魄的。

おどろくばかりである【驚くばかりである】　…達到了驚人的程度。

おどろくべし【驚くべし】　令你吃驚。

おどろくほど【驚くほど】　意外地，意想不到地。

おとをたてないように【音を立てないように】　悄悄地，不聲不響地。

おなかがいっぱいだ【お中が一杯だ】　吃飽了＝腹が一杯だ。

おなかがすいた【お中が空いた】　餓了。

おなかがはる【お中が張る】　肚子發漲，漲肚。❖不能單說“なか”。

おながれになった【お流れになった】　①中止了，停止了。②吹了。③半途

而廢。

おなかをこわす【お中をこわす】　吃壊了肚子。

おなじあなのむじな【同じ穴の貉】　一丘之貉＝一つの穴の貉。

おなじことなら【同じことなら】　若是一様的話，哪個都一様的話。

おなじしっぱい【同じ失敗】　同様的錯誤。

おなじ…なら【同じ…なら】　反正要…，横竪要…。

おにおがつく【尾に尾がつく】　越説越玄。

おにおをつけてはなす【尾に尾をつけて話す】　添枝加葉，渲染誇張。

おにがでるかじゃがでるか【鬼が出るか蛇が出るか】　吉凶未卜，吉凶莫測。

おにがわらにもけしょう【鬼瓦にも化粧】　人是衣馬是鞍。

おにごっこ【鬼ごっこ】　捉迷藏，蒙老瞎＝鬼事。

おにかなぼう【鬼に金棒】　如虎添翼。

おにのいぬまにせんたく【鬼の居ぬ間に洗濯】　閻王不在小鬼翻天＝鬼の留守に洗濯。

おにのくびをとったよう【鬼の首を取ったよう】　如獲至寶似地。

おにのそらねんぶつ【鬼の空念仏】　猫哭老鼠假慈悲。

おにのめにもなみだ【鬼の目にも涙】　頑石也會落涙，鐵心人也會落涙。

おにのめにもみのこし【鬼の目にも見残し】　智者千慮必有一失，老虎也有打盹的時候。

おにのようなこころをもっている【鬼のような心を持っている】　心腸狠毒。

おにのようなひと【鬼のような人】　凶狠的人，窮凶極惡的人＝鬼のような人間。

おにもじゅうはちばんちゃもでばな【鬼も十八番茶も出花】　①醜女妙齢也好看。②粗茶初泡味亦香。

おにをすにしてくう【鬼を酢にして食う】　天不怕，地不怕。

おにをもとりひしぐいきおい【鬼をも取拉ぐ勢い】　來勢凶猛。

おねがいしたこと【お願いしたこと】　拜託的事。

おのずから…をまぬかれない【自ら…を免れない】　自然難免。

おのれにかつ【己に克つ】　克己＝己を抑える。

おはうちからす【尾羽打ち枯らす】　①羽毛零落。②失魂落魄的様子，狼狽不堪，衣衫襤褸。

おはずかしいしだいです【お恥かしい次第です】　慚愧極了。

おはちがまわる【お鉢が廻る】　輪班，輪流＝順番。

おはつに【お初に】　初次見面＝はじめまして。

おはなしにならぬ【お話にならぬ】　①不成話，不像話。②没法説，提不起來。③豈有此理。

おはらいばこにする【お拂い箱にする】　①扔掉（廢物廢品）。②解雇，免職。

おはらいばこになる【お拂い箱になる】　①成爲廢品。②被解雇。

おひきまわしをねがいます【お引き廻しを願います】　請您指導。

おひげのちりをはらう【お髭の塵を拂う】　逢迎，奉承，諂媚，阿諛＝髭の塵を拂う，お髭を拂う，ご機嫌を取る。

おひとがらなひと【お人柄な人】　大好人＝お人柄です。

おびにみじかしたすきにながし【帯に短し襷に長し】　①不合適，不合用，不成材。②高不成低不就，上下夠不着。

おびひもとく【帯紐解く】　①放鬆警惕，不加防範。②相親相愛，同床共枕。

おひゃくどをふむ【お百度を踏む】　再三央求，百般央求。

おひゃくどをふんでたのんでも…ない【お百度を踏んで頼んでも…ない】　無論怎樣央求也不…。

おひれがつく【尾鰭がつく】　…被誇

張了，…被誇大了，渲染，添枝加葉
＝尾鰭をつける。

おひれをつける【尾鰭をつける】　誇
張，誇大，添枝加葉＝お負けをつけ
る。

おびをしめる【帯を締める】　①繋帶
子。②　小心，提高警覺。

おふろをつかう【お風呂を使う】　洗
澡，沐浴＝ふろにはいる。

おへそがやどがえする【お臍が宿替す
る】　可笑至極，可笑極了＝へそが
やどがえする。

おへそでちゃをわかす【お臍で茶を沸
かす】　笑死人，可笑極了，笑破肚
子。

おへそをまげる【お臍を曲げる】　彆・
扭起來了。

おべっかをいう【おべっかを言う】
奉承，逢迎，阿諛，拍馬屁，愛給
人戴高帽＝おべっかをつかう，お髭
の塵を拂う，御機嫌を取る。

おべっかをつかう【おべっかをつかう】
同上條。

おぼえがある【覚えがある】　①記得
…。②有…體驗（經驗）。◆前接格
助詞“に”。↔覚えが無い。

おぼえがない【覚えがない】　①麻木。
②沒有…方面的經驗，沒有知覺。③
根本沒…。

おぼえがめでたい【覚えが目出度い】
受到…信任（寵愛，器重等）。

おぼえがよい【覚えがよい】　記憶力
好↔覚えが悪い。

おぼえがわるい【覚えが悪い】　記憶
力不好↔覚えがよい。

おぼえていろ【覚えていろ】　你等着
瞧，走着瞧，跟你沒完＝よく覚えて
おれ。

おぼしめしがある【思召しがある】
喜歡，中意，愛好，喜愛。

おぼしめしです【思召しです】　打算，
準備，想，認爲＝お考えになる，…
つもりです。

おぼれるものはわらをもつかむ【溺れ
る者は薬をもつかむ】　病急亂投薬，
狗急跳牆，飢不擇食。

おまけをつける【お負けをつける】
誇大，誇張，添枝加葉＝尾鰭をつけ
る。

おめがねにかないますまい【お眼鏡に
かないますまい】　恐怕看不上吧。

おめがねにかなう【お眼鏡に叶う】
受…賞識，被…喜愛＝…気に入られ
る。

おめがねにたがわぬ【お眼鏡に違わぬ】
有眼力，眼力不錯。

おめがまいる【お目が参る】　①中意，
看中。②傾心＝お目が行く，お目に
入る。

おめがゆく【お目が行く】　同上條。

おめにとまる【お目に留る】　①看到，
注意到。②同上條。

おめだまをくう【お目玉を食う】　挨
挨罵，受申斥，受責備＝お目玉を頂
戴する，叱られる。

おめだまをちょうだいする【お目玉を
頂戴する】　同上條。

おめにかかる【お目に掛かる】　①遇
見，碰見，見過。②見，見面。③拜
會，拜訪＝お会する。◆前接格助詞
“に”。

おめにかける【お目に掛ける】　①請
看，給…看，供觀賞。②贈給，送給
◆前接格助詞“を”。

おめにとまる【お目に留る】　看中，
看見。

おもいおもいに【思い思いに】　①隨
便…，各按所好。②各抒己見地。

おもいおもいのことをいう【思い思い
の事を言う】　暢所欲言，各抒己見。

おもいがかなう【思いが叶う】　如願
以償，得遂心願＝思いを遂げる。

おもいがけず【思い掛けず】　不料，
沒想到，出乎意料之外，意想不到＝
思いのほか，思いもよらぬ，はから
ずも，意外にも。

おもいがする【思いがする】　感到，
覺得。

おもいがかなう【思いが叶う】　宿願
克遂，如願以償，得遂心願＝思いを
遂げる，思いのままになる。

おもいきりぶんなぐる【思い切りぶん

殴る】 痛打，狠揍。

おもいこがれる【思い焦れる】 非常
想念。

**おもいだしたように【思い出したよう
に】** 無恒心地，三分鐘熱度，一陣
子一陣子地。

**おもいたつひがきちじつ【思い立つ日
が吉日】** 説做就做別猶疑不決，哪
天想做哪天就是吉日。

おもいつかない【思いつかない】 ①
想不出…。②想不起…。◆前接"を"。

**おもいどおりにならない【思い通りに
ならない】** 不稱心，不如意。

おもいにふける【思いに耽ける】 沉
思＝思いに沈む。

**おもいのたけをうちあける【思いの丈
を打明ける】** 傾訴心事，吐露衷曲
＝思いを打明ける。

おもいのほか【思いのほか】 不料，
出乎意料，意想不到，意外地＝思い
掛けず，案外。

おもいのままに【思いのままに】 隨
便…，隨心所欲地＝思う通り（に），
望むまま（に）。

おもいもよらない【思いもよらない】
不料，想不到，意外地，意想不到不
可想像＝思い掛けず，思いのほか。

おもいやりがある【思いやりがある】
有同情心，能夠體貼，能夠體諒…
↔思いやりがない。＝思いやりを持
つ。

おもいをうちあける【思いを打明ける】
吐露衷曲，傾吐心事＝思いの丈を打
明ける。

おもいをこらす【思いを凝す】 ①凝
思，絞盡腦汁，苦心思索。②煞費苦
心。

おもいをする【思いをする】 感到，
覺得。

おもいをとげる【思いを遂げる】 如
願以償，得遂心願＝思いが叶う。

おもいをはらす【思いを晴す】 ①報
仇，雪恨。②消愁解悶＝仇を討つ，
気を晴す。

おもいをやる【思いを遣る】 消愁解
悶，散心＝気を晴す。

おもいをよせる【思いを寄せる】 愛
慕，思戀，傾心＝思いをかける。

おもうぞんぶん【思う存分】 盡情地，
盡興地。

おもうぞんぶんいう【思う存分言う】
暢所欲言。

おもうつぼにはまる【思う壺に嵌る】
①不出所料。②正中下懷，正合心意
。

おもうとおりに【思う通りに】 ①盡
情地，盡量地。②隨便地。③隨心所
欲地＝思う存分，思いのままに。

おもうとおりになる【思う通になる】
順心，稱心，如意，如願＝思うよう
になる。

おもうに【思うに】 看來，想來。

おもうままに【思うままに】 ①盡情
地，盡量地。②隨便地。③任性，任
意。④如願以償地。＝思うとおりに，
思いのままに。

**おもうままにいった【思うままに行っ
た】** 如願以償，得遂心願＝思いが
叶う，思いを遂げる。

おもうように【思うように】 順利地，
隨心所欲地，得心應手地。

**おもうようにいかなかった【思うよ
うに行かなかった】** 不如想像那
樣好。

**おもうようにうごいてくれない【思う
ように動いてくれない】** 不聽指揮。

**おもうようにできない【思うように出
来ない】** 不能隨心所欲，不能想怎
樣就怎樣。◆"おもうように"是"
できない"的修飾語。

**おもうように…ない【思うように…な
い】** 不能順利地…，不能隨心所欲
地…。

**おもうようにならぬ【思うようになら
ぬ】** 不能隨心所欲，不能得心應手，
不如意，不順心＝思うままにならぬ。

おもうようになる【思うようになる】
稱心了，順心意，稱心如願＝思う
ままになる。↔思うように行かな
い。

**おもうようになるものだ【思うように
なるものだ】** 都願意…，都非常…。

おもうようにゆかない【思うように行かない】　不稱心，不如意。

おもえばおもうほど【思えば思うほど】　越想越…=考えば考えるほど。✦"…ば"ほど"是慣用句型，意思是"…越…"。

おもきをおく【重きをおく】　着重…，注重…，把重點放在…方面（上）。✦前接格助詞"に"。

おもきをおくにたらない【重きをおくに足らない】　不足重視。✦"重きをおくに"作"足らない"的補語。

おもきをなす【重きをなす】　①受重視。②受尊重。③佔重要地位。

おもくみる【重く見る】　重視…。前接格助詞"を"。

おもしがきく【重しが利く】　能壓得住臺，能鎮用人。✦重しがきかない。

おもしろくない【面白くない】　①不好，不妙，不佳。②沒趣，沒意思。③不順利。④不順心，不痛快。⑤不融洽。⑥不順眼。

おもちゃにする【玩具にする】　耍笑，戲弄，調戲，把…當作玩具。✦前接助詞"を"。

おもったこともつつみかくさずいう【思ったことも包み隠さず言う】　有什麼說什麼，打開天窗說亮話。

おもったとおりに【思った通りに】　隨便地，隨心所欲地=思う通りに。

おもったとおりになる【思った通りになる】　可以了，如願以償=思う通りになる。

おもったほど…ではない【思ったほど…ではない】　並不如想像那樣…。

おもったほど…ない【思ったほど…ない】　不像想像那樣…。

おもったより【思ったより】　①意外地，意想不到的。②比想的還…。

おもてつれなし【面つれなし】　恬不知恥。

おもてにまける【面に負ける】　見面生畏。

おもてむきにする【表向きにする】　①公開發表。②聲明出去。③提出訴訟。

おもてもふらず【面も振らず】　①頭

也不抬，專心致志，埋頭苦幹。②一往直前。

おもてをおかす【面を冒す】　不憚冒犯。

おもてをはる【表を張る】　①講究外表。②裝潢表面。

おもとして【主として】　主要…，多半…，主要是…=主に，しゅとして。

おもに【主に】　同上條。

おもにをおろす【重荷を卸す】　卸下重擔。

おもにをおろすように【重荷を卸すように】　如釋重負。

おもわくがはずれる【思わくが外れる】　①期待落空。②事與願違。③出乎意料。

おもわくとおりになる【思わく通りになる】　如願以償=思う通りになる。

おもわくをする【思わくをする】　搞投機，搞投機買賣。

おもわしくない【思わしくない】　①不好。②不如意，不順心，令人失望，令人不滿意。

おもわず【思わず】　①不由得，不禁…。②不知不覺地=知らずに，知らず知らず，思わず知らず，うっかり。

おもわずしらず【思わず知らず】　同上條。

おもわせぶりをいう【思わせぶりを言う】　①暗示，話裏有話。②煞有其事地說。

おもわせぶりをする【思わせぶりをする】　①故弄玄虛。②賣弄風情。

おもわぬ【思わぬ】　①格外…，意想不到…。②不覺得…。③不想…。④不認為…。

おもわれぬ【思われぬ】　…是難以想像的。✦前接詞組"とは"。

おもわれるものである【思われるものである】　一般認為…，可以認為…。

おやくにたてば【お役に立てば】　如果能為您效勞。

おやすいごよう【お易い御用】　好說，沒什麼，小事一段，一定照辦=たやすい御用。

おやすくないあいだがらだ【お安くな

い間柄だ】　親密極了＝お安くない
仲になる。

おやすくないなかになる【お安くない
仲になる】　同上條。

おやのすねをかじる【親の脛を齧る】
靠父母生活。

おやのよくめ【親の欲目】　父母偏愛.
孩子是自己的好。

おやはなくともこはそだつ【親はなく
とも子は育つ】　①父母早逝子女也
早成人。②車到山前必有路。

おやぶねにのったよう【親船に乗った
よう】　安心，放心。

おやまのたいしょう【お山の大将】
（當一個小首領而）自鳴得意的人。

おやもおやなら，こもこだ【親も親な
ら，子も子だ】　有其父必有其子。

およそ…ない【凡そ…ない】　太…，
非常…，一點也沒…，一點…也沒有。

およそ…ばかり【凡そ…ばかり】　大
約，…左右＝やく。

およそ…ものである【凡そ…ものであ
る】　凡是…都…。

およばずながら【及ばずながら】　願
盡…，願盡所能…。

およばない【及ばない】　①不必…，
不要…，用不着。♦前接格助詞"
に"或"には"。②不如…，趕不上
…，比…差。③也來不及了，…也
晚了。♦前接格助詞"ても"。

およばぬ【及ばぬ】　①達不到的，做
不到的。②不能如願的。♦作定語用
。

およびません【及びません】　不必…，
不要…，用不着…。

およびもつかぬ【及びもつかぬ】　①
絕對比不上。②絕對辦不到。③萬難
達到。

およびもつかぬほど【及びもつかぬほ
ど】　比…差遠了，絕對趕不上…
♦"ほど"是修飾助詞，同前面詞組
一起構成修飾語。

およびもない【及びもない】　①談不
到…。②決達不到…。

およぶところではない【及ぶところで
はない】　趕不上…，非…所能及，

不是…所能達到的，辦不到。

おらない【居らない】　①不…，沒…。
②沒有…＝居ない。

おらねばならず　一定，要…，必須
…。

おられない【居られない】　①不…。
②不能…。

おりあいがいい【折合がいい】　關係
很好↔折合が悪い。

おりあいがつく【折り合いがつく】
和解，和好，講和。

おりあいがわるい【折り合いが悪い】
關係不好，彆扭，處不好↔折り合い
がいい。

おりあいをつける【折り合いをつける】
和解，和好，講和，說和。

おりがみつきの【折り紙つきの】　①
帶保證書的，可靠的，有保證的，鑒
定過的。②著名的，有名的，聞名的，
遠近馳名的。③質量好的，質量可靠
的。④臭名遠揚的。

おりがみをつける【折り紙をつける】
保證…，可以保證…。♦前接格助詞
"に"和"と"。

おりがよい【折りがよい】　正是時候，
正合時機↔折りが悪い。

おりがわるい【折りが悪い】　不是時
候，不合時宜↔折りがよい。

おりさえあれば【折りさえあれば】
只要有機會＝折りさえすれば。

おりさえすれば【折りさえすれば】
同上條。

おりにふれて【折に触れて】　①有時，
偶爾。②有機會，遇到機會…＝ま
たに，まれに，機会があって。

おりもあろうに【折りもあろうに】
偏偏這個時候。

おりもおり（とて）【折りも折り（と
て）】　①恰在那個時候，偏巧。②
偏偏不湊巧。

おりをまつ【折を待つ】　等待機會，
等待時機＝機会を待つ。

おりをみる【折りを見る】　看機會，
瞧機會，找機會＝機会を見る。

おるがごとし【織が如し】　絡繹不絕。

おるすにする【お留守にする】　忽略，

把…丢在一邊，把…抛在腦後。❖前接格助詞 " を "。＝お留守だ，お留守になる。

おれいをいう【お礼を言う】 道謝，致謝＝お礼を述べる。

おれいをする【お礼をする】 向…送禮。❖前接 " に "。

おれいをのべる【お礼を述べる】 道謝，致謝。

おれがひきうける【己が引き受ける】 由我來負責，我來承擔。

おろか…すら…ない【疎か…すら…ない】 別説…就連…也沒有＝おろか…も…ない。❖ " すら " 是文語修飾助詞，意思是 " 連…甚至… "，相當於口語的 " さえ "。

おろか…も…ない【疎か…も…ない】 別説…就連…也不（沒）…＝どころか…もない。

おろか…もできる【疎か…もできる】 別説…連…也會。

おろそかにする【疎かにする】 ①忽視。②荒廢。③怠慢。❖前接格助詞 " を "。

おろそかにはしない【疎かにはしない】 絶不忽視…。❖前接格助詞 " を "。" は " 是提示助詞，表示強調否定，譯爲 " 絶不… "。

おわびもうしあげる【おわび申しあげる】 表示歉意。

おわりに【終りに】 將要結束，臨到完了，臨到完了的時候＝終りに臨んで。

おわりにする【終りにする】 ①結束，完了，告終＝終りをつげる，おしまいになる。

おわりになる【終りになる】 ①結束，完了，告終。②完蛋了。

おわりまで【終りまで】 一直到完，一直到末了。

おわりをつげる【終を告げる】 告終，結束＝終りにする。

おわりをまっとうする【終りを全うする】 全始全終，有頭有尾，貫徹始終。

おをひく【尾を引く】 ①遺留後患。②留下影響。③造成…影響。④藕斷絲連。

おをみせる【尾を見せる】 露出馬脚，露出破綻。

おんなをはる【女を張る】 爭女人。

おんなをひっかける【女を引掛ける】 騙女人。

おんばひがさでそだつ【乳母日傘で育つ】 嬌生慣養。

おんをあだ【恩を仇】 ①恩將仇報，以怨報德。②過河拆橋＝恩を仇で返す。

おんをあだでかえす【恩を仇で返す】 同上條。

おんをうる【恩を売る】 花言巧語地讓人家領情＝恩に着せる。

おんをわすれぎにそむく【恩を忘れ義に背く】 忘恩負義。

か

かあるいは ①…或…，或者…或者…。②有的是…，有的是…。

かいあつめる【買い集める】 採買，採購，採辦。

がいいをまとっている【外衣を纏っている】 披着…的外衣。

かいがある【甲斐がある】 ①値得…，沒白…。②有價值，有好處，有效果

かいかをおりる【階下をおりる】 下樓。

がいかんをつくろう【外観をつくろう】 裝門面，裝體面，維持面子。

かいぎにかける【会議にかける】 提交會議討論＝かいぎに附する。

かいきゅうをおろす【階級を下す】 降級。

かいけいがゆるさない【会計が許さない】 花不起，負擔不起。

かいけいをかんりする【会計を管理する】 管帳。

かいけつにこまる【解決に困る】 不好解決，很難解決。

かいけつをみた【解決を見た】 解決了＝解決した。

がいげんすれば【概言すれば】 簡而言之，概括來說＝簡単に言えば。

がいけんだけで【外見だけで】 只憑外表。

がいしていえば【概して言えば】 大致來說，概括來說。

かいしてであった【介してであった】 是經過…的介紹，是通過…。

かいしめてうりおしみする【買い占めてうりおしみする】 囤積居奇。

かいしゃをやすむ【会社をやすむ】 不上公司上班。

かいしょうのある【甲斐性のある】 ①有志氣的，有魄力，能幹的。②勤快的↔甲斐性のない。◆作修飾語用，主謂詞組作修飾語時，主詞用“の”來表示。

かいじょうをかりる【会場を借りる】 借會場。

かいたいしてばらばらになる【解体してばらばらになる】 分崩離析。

がいだけでえきはない【害だけで益はない】 有害無益。

がいちばんだ【…が一番だ】 …是最好的，最好是…。

かいちゅうがふくらむ【懐中が脹む】 腰纏萬貫。

かいつまんでいえば 扼要地說。

がいとうにくりだす【街頭にくり出す】 上街，湧上街。

かいとうらんまをたつ【快刀乱麻を断つ】 快刀斬亂麻。

がいどくをあたえる【害毒を与える】 毒害。◆前接格助詞“に”。

がいになる【害になる】 有害…，對…有害，妨礙…＝害がある。◆前接“の”。

がいのひと【我意の人】 利己主義者，有私心的人。

がいぶから【外部から】 從旁。

がいぶからあれこれいう【外部からあれこれ言う】 從旁說長道短，敲鍋邊。

かいほうきんし【開放禁止】 隨手關門。

がいめんをかざる【外面を飾る】 粉飾外面，裝潢外表。

かいやか【…か否か】 是否…，是…還是…。

かいわをかわす【会話を交す】 交談。

がいをおよぼす【害を及ぼす】 危害…，危及…，對…有害。◆前接“に”。

かいをかさねる【回を重ねる】 ①重覆，反覆。②再三，屢次，三番五次＝重ねて。

がいをはる【我意を張る】 固執己見。

がうまい【…が甘い】 善於…，很會…，很能…。◆“が”是格助詞。

がうまくいかない【…が旨く行かない】 …進行得不順利。

かえって…なる 反而會…。

かえってまずい 反倒不好。

かえってよくない【却ってよくない】 對…反而不好。前接格助詞“に”。＝却ってまずい。

かえりみてたをいう【顧みて他を言う】 顧左右而言他。

かえりみてはじない【顧みて恥じない】 問心無愧，於心無愧，對得起良心＝顧みてやましくない，恥ずかしくない。

かえりみてはんせいする【顧みて反省する】 反躬自省。

かえりみてやましいところはない【顧みてやましいところはない】 問心無愧。

かえりみてやましくない【顧みてやましくない】 問心無愧，於心無愧，對得起良心＝省みて疚しい所はない。

かえりみるひまもない【顧みる暇もない】 無暇顧及…，哪兒還有…的工夫。

かえるにいえがない【帰るに家がない】 無家可歸。

かえるのこはかえる【蛙の子は蛙】
龍生龍鳳生鳳老鼠的兒子會打洞，有
其父必有其子，烏鴉窩裏生不出鳳凰，
什麼藤結什麼瓜。

かえるのつらにみず【蛙のつらに水】
滿不在乎。毫不在意＝平気だ。

かえれない【帰れない】　回不來，不
能回來。

かおいろがくもっている【顔色がくも
っている】　愁容滿面。

かおいろがすぐれない【顔色が優れな
い】　氣色不好＝顔色が悪い。

かおいろがわるい【顔色が悪い】　臉
色不好，氣色不好。

かおいろをうごかさない【顔色を動か
さない】　不動聲色。

かおいろをする【顔色をする】　現出
…的神色。◆前接格助詞“の”或用
言連體形。

かおがあおくなる【顔が青くなる】　
臉都青了（白了）。

かおがあわせられない【顔が合わせら
れない】　沒臉見人。

かおがうれる【顔が売れる】　①有名，
有名望，名聲大。②面子大。

かおがきく【顔がきく】　①有勢力。
②有面子，面子大。

かおがすぐれない【顔が優れない】　
臉色不好＝顔色が優れない。

かおがそろった【顔が揃った】　全來
了，到齊了。

かおがたたない【顔が立たない】　①
丟臉，丟人，臉上無光。②不夠面子
＝顔がつぶれる。＝顔をつぶす。↔
顔が立つ。

かおがたつ【顔が立つ】　有面子，保
全面子＝面目が立つ。

かおがつぶれる【顔がつぶれる】　丟
人，丟臉，丟醜＝顔が立たない。

かおがひやけてくろくなった【顔が日
やけて黒くなった】　臉曬黑了。

かおがひろい【顔がひろい】　交遊廣，
交際廣＝交際が広い。

かおがぶあいそうになった【顔がぶあ
いそうになった】　板起臉。

かおがぽっとあかくなる【顔がぽっと
赤くなる】　臉上發紅，臉發燒。

かおがまっかになる【顔がまっかにな
る】　臉漲得通紅。

かおがまっさおになる【顔がまっさお
になる】　臉色蒼白。

かおがよごれる【顔がよごれる】　丟
臉。

かおからひがでる【顔から火が出る】
羞愧得面紅耳赤，臊得臉上冒火＝面
から火が出る。

かおさえみせない【顔さえ見せない】
連面都不見了。

かおつきがおもおもしい【顔つきが重
重しい】　表情嚴肅。

かおにあかみがさす【顔に赤味がさす】
臉發紅。

かおにえみをうかべる【顔に笑を浮べ
る】　面帶笑容。

かおにけんがある【顔に険がある】　
面帶凶相，面帶凶氣。

かおにしゅをそそぐ【顔に朱を注ぐ】
滿臉通紅。

かおにしんぱいのいろがあらわれてい
る【顔に心配の色があらわれている】
面帶愁容。

かおにどろをぬる【顔に泥を塗る】　
給…丟臉，往…臉上抹黑，敗壞…的
名譽＝名誉にきずをつける。

かおにわらいをただよわす【顔に笑い
を漂わす】　面帶笑容↔顔に険があ
る。

かおのどうぐがわるい【顔の道具が悪
い】　五官不正。

かおはまるつぶれた【顔はまるつぶれ
た】　臉都丟盡了。

かおみしりする【顔みしりする】　認
生。

かおむけができない【顔向けができな
い】　拉不下臉來。

かおもったら【…か思ったら】　以爲
…原來…。

かおをあたる【顔を当る】　刮臉＝顔
をそる。

かおをあわせる【顔を合わせる】　碰
頭，會面，遇見，碰見。

かおをいろどる【顔を彩る】　化妝＝

顔をこしらえる，顔を作る。

かおをかす【顔をかす】　①應約到場。
②替別人出頭。

かおをきかす【顔をきかす】　憑勢力。

かおをくもらす【顔を曇らす】　使…
面帶愁容，皺起眉頭。

かおをこしらえる【顔を拵える】　化
妝，打扮＝顔をいろどる，顔を作る。

かおをしかめる【顔を顰める】　皺
眉，皺着眉頭＝額に八の字を寄せ
る。

かおをしたにふす【顔を下に伏す】
趴着。

かおをしる【顔を知る】　熟識，認識。

かおをそむける【顔を背ける】　背着
臉，背過臉去。

かおをそらす【顔をそらす】　把臉轉
過去。

かおをださなかった【顔を出さなかっ
た】　沒露，沒見，沒來↔顔を出す。

かおをだす【顔を出す】　①出面。②
出席。③出頭露面。④露了，來了
。

かおをたてる【顔を立てる】　①作臉。
②賞臉。

かおをつくる【顔を作る】　化妝，梳
洗打扮＝顔をこしらえる，顔を色取
る。

かおをつぶす【顔をつぶす】　使…丟
臉，讓…出醜＝面目をつぶす。

かおをほころばせる【顔をほころばせ
る】　喜笑顔開。

かおをまっかにしてりきむ【顔を真赤
にして力む】　把臉憋得通紅。

かおをみあわせる【顔を見合わせる】
面面相覷。

かおをみかわす【顔をみかわす】　彼
此，對視。

かおをみせる【顔をみせる】　露面，
照面。

かおをみる【顔を見る】　看見某人。

かおをよこなぐりになぐる【顔を横殴
りに殴る】　打嘴巴子。

か…か…還是…，是…還是…，或者
…或者。◆“か”是並列助詞，表示
選擇。

かがくちしきをひろめる【科学知識を
ひろめる】　普及科學知識。

かかくをかんていする【価格を鑑定す
る】　估價＝価格をみつもる。

かかくをつける【価格をつける】　定
價，作價。

かかくをみつもる【価格を見積る】
估價＝価格を鑑定する。

かかさず【欠かさず】　不間斷地。

か…か，そのどちらかである。不是…
就是…，或者是…或者是…。

か…かと　或者…或者。

か…かということである　就是…或…，
就是能夠…或…，就在於能否…或
…。

かかとでずつうをやむ【踵で頭痛を病
む】　本末倒置。

かがみとそうだんしてこい【鏡と相談
してこい】　要自量，照照鏡子看。

かがみにかけてみるがごとし【鏡にか
けて見るが如し】　昭然若揭。

かかりから【掛りから】　一開始就…，
一上來就…，剛着手就…。

かかりのひと【係りの人】　負責人。

かかわらず【拘らず】　不管…，不顧
…。②儘管…，即或…。③不論…，
不拘…。④就是…也…。◆前接“に”
或“にも”。

かきができた【垣が出来た】　有了隔
閡。

がきかない【…が利かない】　①不能
…。②…沒有效，…不起作用。◆“
不能…”是轉義。“が”是格助詞。

かぎって【…限って】　唯有…，只有
…。◆前接格助詞“に”，來自動詞
“かぎる”的連用形加“て”。

かきとめにする【書留にする】　…寄
掛號。◆前接格助詞“を”。

かきとめをだす【書留を出す】　寄掛
號。

かきにみみ【垣に耳】　隔牆有耳。

かきによって【書きによって】　根據
注解。

かぎのあなからてんのぞく【鍵の穴か
ら天のぞく】　坐井觀天，以管窺天。

かきのとおり【下記の通り】　如下＝

次の通り。

かぎは…うるかいやかにある【かぎは
…うるか否かにある】　關鍵在於能
否…。

がきもにんずう【餓鬼も人数】　人多
智廣，人多力量大。

かぎょうをおしえる【課業を教える】
授課，教課＝課業をさずける。

かぎょうをしらべる【課業を調べる】
備課。

かぎられたことではない【…限られた
ことではない】　不但…而且，不但
如此…而且…。

かぎり…ことはできない【…限り…こ
とは出来ない】　只要不…就不能…
←→…限り…のである。

かぎりでは【…限りでは】　就…，據
…。前接格助詞"の"或動詞連體形。

かぎりではない【…限りではない】
並不限於…。❹如果前面再加上"そ
の"意思是＝"不在此限，…不在這
個範圍"。

かぎりなく【限りなく】　非常…，無
限…＝果てしがなく，この上なく。

かぎり…のである【…限り…のである】
只要…就…。

かぎり…わけにはいかない【…限り…
わけには行かない】　只要不…就不
能…＝…限り…ことはできない。

かぎりをしつくす【限りを為尽す】
幹盡…，做盡了…。

かぎをかける【鍵をかける】　鎖上。

かぎをつかむ【鍵をつかむ】　抓住關
鍵。

かくいえばとて【斯言えばとて】　話
雖如此，話雖然這樣說。

かくいなく【隔意なく】　坦率地。

かくことのできない【欠くことのでき
ない】　不可缺少的。

かくじおもいおもいにやる【各自思い
思いにやる】　各行其是。

かくしことはかならずあらわれる【隠
しことは必ず現れる】　紙包不住火。

かくじそののうりょくをつくす【各自
その能力を尽す】　各盡所能。

かくしていわない【隠して言わない】

瞞着不說。

かくじんかくせつ【各人各説】　各持
己見，各人有各人的說法。

かくじんかくようにふるまう【各人各
様に振舞う】　①各行其是。②各自
爲政。

かくしんがゆるぎだした【確信が揺る
ぎ出した】　信心動搖了，信心不足。

かくしんをいだく【確信を抱く】　確
信…。

かくしんをもつ【確信を持つ】　確信
…，有信心…，對…有信心。

かくすよりあらわれるはなし【隠すよ
り現われるはなし】　欲蓋彌彰。

かくせいをたかめる【覚醒を高める】
提高覺悟。

かくそうとするほどあらわれる【隠そ
うとするほど表れる】　欲蓋彌彰。

かくなわにおもひみだれて【結果に思
ひ乱れて】　心亂如麻。

がくにしわをよせる【額に皺をよせる】
皺眉頭。

がくになる【…が苦になる】　爲…而
苦惱。

かくにはずれている【格にはずれてい
る】　不合規定，不合格式。

かくのごとき【斯くの如き】　這樣的。

かくのごとく【斯くの如く】　這樣，
如此。

かくのごとくして【斯くの如くして】
這樣，如此。

かくばったかお【角張った顔】　四方
臉。

かくべからざる【欠くべからざる】
不可或缺的，不可缺少的。

かくみるならば【斯見るならば】　這
樣看來，如此看來。

がくめんどおりに【額面通りに】　不
折不扣。

がくもんがない【学問がない】　不學
無術。

がくもんがすすむ【学問が進む】　長
學問，學業進步。

がくもんにかぎりはない【学問に限り
はない】　學無止境。

がくもんにはげむ【学問に励む】　拼

命用功。

がくもんをする【学問をする】 學習，求學。

がくもんをはなにかける【学問を鼻にかける】 賣弄知識，炫耀學問＝学問をひけらかす。

かくもんをひけらかす【学問をひけらかす】 賣弄學問。

がくやからひをだす【楽屋から火を出す】 ①起內閧。②自找的災禍。

かくやくはできない【確約はできない】 不能保證。

がくやでこえをからす【楽屋で声を嗄す】 勢而無功，費力不討好。

がくやをのぞける【楽屋を覗ける】 揭穿內幕。

かくれもない【隠れもない】 盡人皆知的，掩蓋不住的，人所共知的。

かくをあげる【格を上げる】 提高水準，提高標準＝水準を上げる。

かけあしで【駆足で】 ①急忙地。②草率地。

かけあしでみる【駆足で見る】 走馬看花。

かけいがゆたかだ【家計が豊かだ】 ①生活富裕。②物價高。

かけいのきりまわしがうまい【家計の切回しがうまい】 會料理家務。

かげがうすい【影が薄い】 快死了。

かげぐちをいう【陰口を言う】 背地裏說壞話。

かげぐちをきく【陰口をきく】 背地裏罵人＝陰で悪口を言う。

かげぐちをたたく【陰口をたたく】 造謠中傷。

かけごえたおれ【掛声倒れ】 雷聲大雨點小。

かけごえばかりで【掛声ばかりで】 光是空喊，虛張聲勢。

かけだしのもの【駆出の者】 生手，新手。

かけたやま 考前猜題。

かけたら 剛要…。

かけて【…掛けて】 剛要…，眼看着就要…。◆前接動詞連用形。作輔助動詞使用。也有人把這種動詞叫"補助

動詞"。

かけて【…掛けて】 到…，一直到…＝まで。◆一般用"から"一起構成慣用型"…から…にかけて"。

かげであれこれという【陰であれこれと言う】 在背後亂說。

かげでいとをひく【陰で糸を引く】 暗中操縱。

かけては【…掛けては】 論…，就…來說，在…上，在…方面。◆前接格助詞"に"。

かげでひとをうらむ【陰で人をうらむ】 背後埋怨。

かげでわるくちをいう【陰で悪口を言う】 背地裏罵人，背地裏說壞話＝陰口を言う。

かげながら 老是…。

かけにする【掛けにする】 記在帳上，賒賬。

かけにまける【賭に負ける】 賭輸了↔かけにかつ。

かけねなし【掛値なし】 不折不扣，言不二價。

かけねをする【掛値をする】 討價。

かげのかたちにそうように【影の形にそうように】 如影隨形。

かけのかわをはぐ【化の皮を剥ぐ】 揭破真相，揭穿假面具。

かけひきがうまい【掛引がうまい】 很會討價還價。

かげひなたがある【陰日向がある】 言行不一，表裏不一，當面一套背後一套↔かげひなたがない。＝うらおもてがある。

かげひなたなく【陰日向なく】 言行一致地，表裏如一地。

かげもかたもない【影も形もない】 ①踪影全無，無影無踪。②完全變樣了。

かけらほどもない【欠片ほどもない】 一點也沒有，絲毫沒有＝かけらもない。

かけらもない【欠片もない】 同上條。

かげろうのいのち【蜉蝣の命】 短促的生命。

かげをかくす【影を隠す】 不露面，

藏起來。

かげをさがす【陰を捜す】　找個陰涼
地方。

かけをとる【掛を取る】　記帳。

がげんいんだ【…が原因だ】　因爲…，
由於…，其原因在於…＝原因で，…
原因して。

がげんいんで【…が原因で】　同上條。

かげんがわるい【加減が悪い】　不舒
服＝工合が悪い。

かげんしながら【加減しながら】　斟
量…。

かげんで【…加減で】　由於…的影響
＝…のせいにする。

かげんにはあきれる【加減には呆れる】
…眞叫人沒辨法，…令人目瞪口呆。

かげんをみる【加減を見る】　嘗嘗味
道，嘗嘗鹹淡。

かごにのる【駕籠に乗る】　坐轎子。

かこみをきりぬける【囲を切抜ける】
突破包圍。

かこみをとく【囲を解く】　解圍。

かこみをやぶる【囲を破る】　突破包
圍。

かごをかつぐ【駕籠をかつぐ】　抬轎
子。

かこをしのぶ【過去を偲ぶ】　緬懷過去。

かごんではない【過言ではない】　並
不過火，並不誇張。

かざいをかたむける【家財を傾ける】
傾家蕩產＝家財を蕩尽する。

がさがさとおとをたてる【がさがさと
音を立てる】　沙沙作響。

かざかみにおけぬ（ない）【風上に置
けぬ（ない）】　頂風臭四十里，臭
不可聞。

かざくちのろうそく【風口の蠟燭】
風前燭。

かざけがとれない【風気が取れない】
感冒老不好＝風邪はなかなか抜けな
い。

かさけとうぬぼれのないものはない
【瘡気とうぬぼれのない者はない】
人沒有不自負的。

かさなりをさける【重なりを避ける】
避免重覆。

かさにかかる【嵩に掛かる】　①驕橫，
跋扈，霸道，盛氣凌人，耍派頭。②
趁勢。

かざむきがよくない【風向がよくない】
①情形不好。②情緒不好，心情不痛
快＝気持が悪い。

かざむきがわるい【風向が悪い】　①
情形不好，情況不妙。②情緒不佳。

か，さもなくば…かだ　不是…就是…。

がさようする【…が作用する】　起…
作用，有…作用。

かざりがない【飾りがない】　①樸實，
樸素。②純樸，忠厚。

かざりたてる【飾り立てる】　打扮得
花枝招展。

かさをさす【傘をさす】　打傘。

かさをすぼめる【傘を窄める】　把傘
放下來。

かさをひらく【傘を開く】　打開傘。

かしこさぶる【賢さ振る】　賣弄聰明。

かしつけをする【貸付をする】　放款。

かじになる【火事になる】　失火。

かしのじょうたい【仮死の状態】　休
克，昏迷不醒。

かじばどろぼう【火事場泥棒】　趁火
打刼。

かしゃくなくげんばつする【仮借なく
厳罰する】　嚴懲不貸，從嚴懲處，
決不寬恕。

かしょうにひょうかする【過小に評価
する】　過低地估計了…，對…估計
過低＝かしょうに見積る。◈前接格
助詞“を”。

かしょうにみつもる【過小に見積る】
同上條。

かしらになる【頭になる】　當領導，
當頭頭。

かしらにゆきをいただく【頭に雪を戴
く】　白髮蒼蒼。

かしらをたてにふる【頭を縦に振る】
點頭，同意↔頭を横に振る。

かしらをよこにふる【頭を横に振る】
搖頭，不同意↔頭を縦に振る。

かしをかえる【河岸を替える】　換個
地方，換個買賣。

かじをけす【火事を消す】　救火。

かじをとる【舵を取る】　掌舵。

かじをみる【家事を見る】　管家，操持家務。

かずある【数ある】　許多，很多。❖作修飾語用＝多くの。

かずあるなかで【数ある中で】　在許多之中。

かずある…なかで【数ある…中で】　在許多…之中。

ガスがかかる　下大霧。

かすかなきぼう【微かな希望】　一線希望。

かすかなささやき【微かなささやき】　竊竊私語。

かすかなせいかつをおくる【微かな生活を送る】　過窮日子。

かずにはいる【数にはいる】　算…，被列爲…，算在…數之內。

かずにものをいわせる【数に物を言わせる】　以多爲勝。

かずをしらない【数を知らない】　無數，衆多，不計其數。

かずをそろえる【数をそろえる】　湊數。

かずをとる【数を取る】　①記數。②數數＝数をとっておく。

ガスをはなつ【ガスを放つ】　放屁。

かせいをたのむ【加勢を頼む】　求人幫忙。

かせいをもとめる【加勢を求める】　請求援助。

かぜあたりがつよくなる【風当りが強くなる】　①越發受到反對，越發受到責難，越發受到抨擊。②越發招風。

かぜがあたる【風があたる】　有風，迎風。

かぜがたつ【風が立つ】　起風。

かぜがとおらない【風が通らない】　不通風。

かぜがふきすさぶ【風が吹き荒ぶ】　風勢猛烈。

かぜがわるい【風が悪い】　不好看，不像樣子。❖"かぜ"作爲詞尾使用表示"…的樣子不好看"。

かせぎにでる【稼に出る】　出外做工

かせぐにおいつくひんぼうなし【稼ぐに追いつく貧乏なし】　只要苦幹不會受窮。

かぜなくなみしずか【風なく波しずか】　風平浪靜。

かぜにあたる【風にあたる】　吹吹風。

かぜにかかる【風にかかる】　傷風，感冒＝風を引く。❖"かぜ"的漢字也可寫成"風邪"。

かぜにさらす【風に晒す】　讓風吹一吹。

かぜにはためく【風にはためく】　隨風飄揚。

かぜのたよりにきく【風のたよりに聞く】　聽說，風聞。❖前接格助詞"を"。

かぜのふきまわし【風の吹き回し】　緣由，緣故，情由，原因。❖這個詞組常同下列詞組搭配構成新詞組。"とういう風の吹き回しで"由於什麼緣故；"どうした風の吹き回しか"哪一陣風。

かぜをいれる【風を入れる】　透透風，換換氣。

かぜをきって【風を切って】　①勁頭十足地。②開足馬力地。③風弛電掣地。④迎風，逆風。

かぜをくらう【風を食う】　慌張，慌忙。

かぜをくらってにげる【風を食って逃げる】　慌忙逃跑，慌慌張張地跑了，聞風而逃，落荒而逃，抱頭鼠竄。

かぜをさえぎる【風を遮る】　擋風，遮風。

かぜをたてる【風を立てる】　起風。

かぜをひく【風を引く】　傷風，感冒＝風にかかる。

かぜをひっこむ【風を引っ込む】　傷風，着涼。

かぜをふかす【風を吹かす】　擺出一付…架子。

かぜをめされました【風をめされました】　着涼了。

かせんか　剛…就…，剛一…就…。❖前接動詞終止形。

かぞえあげたりきりがない【数え上げ

たり切りがない】　擧不勝擧，不勝枚擧。

かぞくのこと【家族の事】　家務事。

か，それとも…か　是…還是…。◆“か”是疑問助詞，表示疑問，前接動詞終止形。也有人把“か”看成感嘆助詞。“それとも”是接續詞。

かぞえきれない【数えきれない】　不勝枚擧。

かぞえるにいとまがない【数えるに暇がない】　不勝枚擧。

かぞえるほどしかない【数えるほどしかない】　爲數不多。

かたあげをとる【肩揚を取る】　已經成年＝一人前になる。

かたあしをかんおけにつっこんでいる【片足を棺桶につっこんでいる】　土埋半截了，行將就木，一隻脚已經進棺材了。

かたいおんな【堅い女】　貞節烈女。

かたいしょうばい【固い商売】　有賺沒賠的買賣。

かたがいい【肩がいい】　投擲力很好。

かたがかるくなる【肩が軽くなる】　如釋重負，這下子可輕鬆了。

かたがきがおおい【肩書がおおい】　頭銜太多。

かたがつく【方がつく】　得到解決。

かたがつく【形がつく】　留下痕迹。

かたきにつく【敵につく】　投敵。

かたきをうつ【敵を討つ】　報仇＝仇を討つ。

かたきをうってうらみをはらす【敵を討って恨みを晴す】　報仇雪恨。

かたくしんじてうたがわない【固く信じて疑わない】　深信不疑。

かたくなって【堅くなって】　①緊張地。②嚴肅地。③拘謹地。

かたことまじり【片言まじり】　話說得很笨，話說得笨笨呵呵，話說得含混不清。

かたことをはなす【片語を話す】　伊啞學語。

かたずをのんで【固唾を呑んで】　緊張地，提心吊膽地。

かたちがつく【形がつく】　告一段落

かたちである【…形である】　還會有…，還可能存在…。◆“形”在這裏是轉義，意思是“情況、狀態”。“還會有…”是意譯。前接連體形或格助詞“の”。

かたちにばかり【形にばかり】　只是表面（地）。

かたちばかりの【形ばかりの】　只是表面上的，只是外表上的，只是擺擺樣子的。

かたっぱしから【片っ端から】　①全…，全都…。②依次地。③一個一個地，一件一件地，一本一本地＝片端から。

かたでいきをする【肩で息をする】　呼吸困難，喘不上氣來＝息ずかいが苦しい。

かたておちである【片手落である】　偏向，不公平。

かたでかぜをきる【肩で風を切る】　洋洋得意，大搖大擺。趾高氣揚，耀武揚威＝いせいがよく得意する。

かたてできりはもてぬ【片手できりは持てぬ】　孤掌難鳴。

かたてまに【片手間に】　在業餘時間。

かたどおりにする【型通りにする】　照樣做。

かたどおりにつくる【型通りにつくる】　如法泡製。

かたときやすまずに【片時やすまずに】　一刻不停地。

かたなしだ【形無しだ】　不成體統，不像樣子，不像話。

かたなしになった【形無しになった】　徒勞，白費，白搭了，歸於泡影。

かたなのさびになる【刀の錆になる】　作刀下鬼。

かたにとらわれる【型に捕われる】　拘泥慣例＝慣例にとらわれる。

かたにのしかかる【肩にのしかかる】　落到…肩上。

かたにはまったもんく【型にはまった文句】　老一套，官樣文章，千篇一律。

かたのごとく【型の如く】　照例,照樣。

かたのこらない【肩の凝らない】　輕

鬆的＝らくな。

かたのどおりにしょりする【型の通り
に処理する】　照例辦理。

かたのどおりにする【型の通りにする】
如法泡製。

かたのにがおりる【肩の荷が下りる】
如釋重負，卸下重擔，輕鬆＝肩が軽
くなる。

かたはしをききかじる【片端を聞きか
じる】　一知半解。

かたほうのいいぶん【片方の言い分】
一面之詞，片面之詞。

かたぼうをかつぐ【片棒を担ぐ】　①
同心協力…，協助…工作，同…一起
工作。②當…的伙伴。③給…當走狗。

かたみがせまい【肩身が狭い】　覺得
丟臉，臉上無光↔肩身が広い。

かたみがひろい【肩身が広い】　①覺
得光彩。②感到自豪。③有面子。

かたるにおちる【語るに落ちる】　不
打自招。

かたるにたる【語るに足る】　像樣的，
說得出的。✦作定語用↔語るに足ら
ない。

かたるにたる…ない【語に足る…ない】
沒有像樣的…，沒有說得出的…。

かたわになった【片輪になった】①
成爲殘廢。②失去作用。③陷於癱瘓。

かたをいからす【肩を怒らす】①端
肩,端着肩膀　。②擺架子,裝腔作勢。

かたをおく【形を置く】　印上花紋，
印上花樣。

かたをかす【肩を貸す】　①替別人張
羅，給別人幫忙。②替別人扛東西。

かたをすくめる【肩をすくめる】聳肩。

かたをたたく【肩をたたく】　拍肩膀。

かたをつける【方をつける】　加以處
理，加以解決。

かたをならべる【肩をならべる】　①
並肩。②可以和…相比…，和…並駕
齊驅。③平起平坐。✦前接格助詞"
と"。

かたをぬく【肩を抜く】　①擱下，放
下，丟下。②同…斷絕關係。✦表示
"同…斷絕關係"時，前接格助詞"
から"。

かたをぬぐ【肩を脱ぐ】　光着膀子，
光着脊梁＝肌を脱ぐ。

かたをもつ【肩を持つ】　①對…表示
好意(好感，善意)。②袒護…，偏
向…。③仗着膽子＝…好意を持つ，
…味方になる。

かたをやぶる【型を破る】　破例，破格。

かちがあがる【価値があがる】　漲價
↔価値が下がる。

かちがある【…価値がある】　①値得
…。②配當…，配做…。③有…價值。

かちがさがる【価値が下がる】　貶值
↔価値が上がる。

かちにじょうずる【勝に乗ずる】　乘
勝。

かちめのない【勝ち目のない】　不可
能取勝的，沒有希望的，不可能佔上
風的，沒有勝算的＝勝ち味のない。

かちゅうのくりをひろう【火中の栗を
拾う】　火中取栗。

かちをいそぐ【勝を急ぐ】　急於求成。

かっかそうよう【隔靴搔痒】　隔靴搔
癢，不解決問題,不解渴,不過癮。

がつがつくう【がつがつ食う】　狼呑
虎嚥。

かっかをなまける【学課をなまける】
不用功。

かっきがある【活気がある】　生動活潑。

かっきづく【活気づく】　活躍起來。

かっこうがつく【恰好がつく】　夠樣，
夠格局，夠局面。

がっこうがない【学校がない】　沒課，
不上課＝授業がない。↔学校がある。

がっこうがはじまる【学校が始まる】
開學。

がっこうがひける【学校がひける】
下學，放學＝学校から下がる。

がっこうからさがる【学校から下がる】
同上條。

がっこうがわるい【学校が悪い】　教
得不好。

かっこうがわるい【恰好が悪い】　①
難爲情,不合適。②不好意思。

がっこうです【学校です】　上學，上
課＝学校へかよう。

がっこうにいれる【学校にいれる】

叫…上學。

がっこうにはいる【学校にはいる】
入學＝入学する，学校に上がる。

がっこうのできがいい【学校の出来が
いい】　成績好＝成績がいい。

がっこうへかよう【学校へ通う】　上
學校，去學校。

がっこうをおえる【学校を終える】
結業，畢業＝卒業する，學校を出
る。

がっこうをけっせきする【学校を缺席
する】　缺課，不上課，不上學。

がっこうをさぼる【学校をさぼる】
逃學＝学校をなまける。

かっこうをする【恰好をつける】　裝
成…的樣子。

かっこうをつける【恰好をつける】
敷衍局面，使…過得去。

がっこうをでる【学校を出る】　畢業
＝卒業する，学校を終える。

がっこうをやすむ【学校を休む】　曠
課，沒上學。

がっこうをやめる【学校を止める】
退學＝退学する，学校をよす。

がっこうをよす【学校をよす】　同上
條。

かつぜんとしてさとる【豁然として悟
る】　恍然大悟，原來如此呀。

かってがいい【勝手がいい】　合適，
方便＝工合がいい。↔勝手が悪い。

かってがちがう【勝手が違う】　①不
熟習，不清楚，摸不着門，還沒門路。
②情況不一樣。

かってがわからない【勝手が分らない】
同上條。

かってがわるい【勝手が悪い】　不合
適，不方便＝工合が悪い。↔勝手が
いい。

かってきまま【勝手気まま】　任性，
任着性子。

かってきままにする【勝手きままにす
る】　放蕩不羈。

かつて…こともある【曾て…こともあ
る】　曾經…。♣“こともある”的
意思是“有過…經驗（經歷、體會）”因
此,譯成漢語時有時就可以不譯出來。

かってしだいに【勝手次第に】　隨便，
任意＝勝手に。

かつて…ない【曾て…ない】　從未…，
從來沒…＝…たことがない。

かってなおこないをする【勝手な行い
をする】　任意行動。

かってなげんどうをする【勝手な言動
をする】　亂說亂動。

かってなことをいいくさる【勝手な事
を言い腐る】　信口開河，隨便云云，
胡說八道＝勝手な熱を吹く。

かってに【勝手に】　隨便，隨意，任
意＝気の向くままに。

かってにしろ【勝手にしろ】　隨他去
吧，隨他便吧，別管他了，愛怎麼樣
就怎麼樣吧。

かってにはいかない【勝手には行かな
い】　不能作主。

かってにふるまう【勝手に振舞う】
任意而爲，獨斷獨行＝独り決めてや
る。

がってんがいかない【合点が行かない】
不能理解，莫明其妙。

がってんがはやい【合点が早い】　理
解得快。

かっとおこる【赫と怒る】　勃然大怒。

かっとなる　①火了，動了肝火。②賭
氣。

かっぱにすいえいをおしえる【河童に
水泳を教える】　班門弄斧，關公門
前耍大刀。

かっぱのかわながれ【河童の川流れ】
淹死會游泳的。

かっぱのへ【河童の屁】　①沒什麼，
算不了什麼，輕而易舉，易如反掌。
②一點也不在乎，一點也不介意＝屁
の河童。

かっぷくがよくなってきた【恰幅がよ
くなったきた】　發起福來了。

かつらをおる【桂を折る】　考上，考
中，及第＝及第する。

かつろをひらく【活路を開く】　打開
一條生路。

かつをいやす【渇を医す】　解渴。

かていをもつ【家庭をもつ】　成家。

かててくわえて【糅てて加えて】　並

且，更加，加之，更兼，又加上＝その上，それにまた，さらに。

かという 是否…這樣的，能否…這種的。◆“か”是修飾助詞，表示疑問。“と”是格助詞，“いう”是動詞，已失去原來的意義，同“と”構成一不可分的詞組特指前面所敘述的事情，可以譯成“這種的、這樣的、這…”。

かということである 就在於能否…，就是能否…。

かというと【…かと言うと】 要說…，要論…＝…かと言えば。

かといえば【…かと言えば】 同上條。

かといったら【…かと言ったら】 一提起…就…，一說…就＝…と言って。

かといって【…かと言って】 同上條。

かどうか ①是否…，能否…。②究竟…＝…か否か。◆前接動詞終止形。

かどうかは 同上條。◆“は”是提示助詞，在這裏只起強調作用。

かとうなしゅみ【下等な趣味】 低級趣味。

かとおもうと【…かと思うと】 ①一…就…，剛一…就…，剛一…馬上就…。②一想起…就…，一想到…就…。③一會兒…一會兒…。④以爲是…却是…＝…かと思ったら。◆前接動詞終止形或其它體言。“思う”前面的“と”是格助詞，後面的“と”是接續助詞。

かとおもうと…いっぽうではまた…【…かと思うと…一方ではまた…】 又…又，一方面…一方面…。

かとおもうと…たり【…かと思うと…たり】 忽…忽…，一會兒…一會兒…。◆“たり”是並列助詞，前接動詞連用形，表示“又…又…”，或…或…”。

かとおもえば【…かと思えば】 ＝かとおもうと。

かとおもえば…かとおもえば【…かと思えば…かと思えば】 有的是…有的是…。

かとおもったら【…かと思ったら】

＝…かとおもうと。

かとおもって【…かと思って】 ①一想到…就…，一提起…就…。②以爲是…。

かどがある【廉がある】 ①有些事。②有…之點。

かどがある【角がある】 爲人耿直，有稜角。

かどがたつ【角が立つ】 ①生硬，有稜角，不夠圓滑。②叫人生氣。

かどがとれない【角が取れない】 同上條。

かどで【廉で】 由於…，因爲…。

かとなったわけである【可となったわけである】 均可，都可以。

かどにはいる【門にはいる】 拜在…的門下。

かとまがう【かと紛う】 宛如…一樣。

かどをまがる【角を曲る】 拐彎。

かどをもって【廉を持って】 由於…，因爲…。

かなえのけいちょうをとう【鼎の軽重を問う】 問鼎之輕重，懷疑…的能力（威信）。

かなえのわくがごとし【鼎の沸くが如し】 如同鼎沸。

かなきりごえでさけぶ【金切声で叫ぶ】 尖聲叫喊。

かなしいかな【悲しいかな】 很遺憾，很可惜，很抱歉。

かなしいことには【悲しいことには】 遺憾的是…，可悲的是…＝かなしむべきは。

かなしいはなしをする【悲しい話をする】 說傷心的話，訴苦。

かなしいめにあう【悲しい目に会う】 傷心，悲傷。

かなしみにしずむ【悲しみに沈む】 同上條。

かなしみにたえられない【悲しみにたえられない】 非常悲傷。

かなしむべきは【悲しむべきは】 ＝かなしいことには。

かなづちのかわながれ【金槌の川流れ】 沒有出頭露面的日子，沒有發迹的日子。

かなにか【…か何か】　…什麼的，…之類的。

かなひばしのようにやせている【金火著のように痩せている】　骨瘦如柴。

かなぼうをひく【金棒を引く】　到處撥弄是非，到處散佈謠言。

かならずしも…だとはいえない【必ずしも…だとは言えない】　未必就…，不一定就…＝必ずしも…とは言えない。

かならずしも…とはいえない【必ずしも…とは言えない】　同上條。

かならずしも…とはかぎらない【必ずしも…とは限らない】　同上條。

かならずしも…ない【必ずしも…ない】　未必…，不一定…，未必是…。

かならずしも…ならず【必ずしも…ならず】　同上條。

かならずしも…にはよらない【必ずしも…にはよらない】　未必就取決於…，不一定就決定於…。

かならずしも…わけではない【必ずしも…訳ではない】　並不一定…。

かならずしも…をえるにははらない　不一定就能夠…。

かならず…だろう【必ず…だろう】　一定要…。

かならずとりかえる【必ず取替える】　管換。

かならず…ものである【必ず…ものである】　一定要…。❖“ものである”起加強語氣作用，可譯爲“要”。

かならずや…こととなる【必ずや…こととなる】　勢必要…。

かなりしてから　過了相當久。

かなりのそんざいだ【かなりの存在だ】　有相當地位。

かなりよい　還好，還算好，還算不錯。

かなわない【敵わない】　①趕不上…，敵不過…。②…得不了…。❖①前格助詞“に”。②前接“ては”。＝やりきれない。

かなわぬねがいだ【叶わぬ願いだ】　不能如願，不能達到願望。

かなをおくる【仮名を送る】　注上字母，標上字母＝かなをふる。

かにのねんぶつ【蟹の念仏】　嘟嘟囔囔。

かにはこうらににせてあなをほる【蟹は甲羅に似せて穴を掘る】　做事要量力而行。

かねあればばかでもだんな【金あればばかでも旦那】　有錢的王八大三輩，有錢的王八坐上席。

かねがうなる【金が唸る】　有得是錢，錢多得很＝金が唸るほど持っている。

かねがかたき【金が敵】　錢能迭命，金錢可以招來不幸，金錢是災難之源。

かねがこをうむ【金が子を生む】　利生利，利滾利。

かねがてにはいる【金が手にはいる】　錢到手，得了錢。

かねがものをいう【金が物を言う】　有錢可以使鬼推磨，金錢萬能，錢能通神＝金の世の中。

かねづかいがあらい【金遣いが荒い】　揮金如土，揮霍，亂花錢＝むやみに金を使う。

かねづかいがきたない【金遣いが汚ない】　吝嗇，小氣。

かねづまりがひどい【金詰りがひどい】　錢緊得很。

かねてから【予てから】　老早，很早，很久以前＝前前から。

かねでつる【金で釣る】　用金錢引誘。

かねでどうにでもなる【金でどうにでもなる】　有錢什麼都行，見錢眼開。

かねない【兼ねない】　很可能…。❖前接動詞連用形。

かねならふだんにある【金なら不断にある】　錢有得是。

かねにあかす【金に飽す】　豁出錢來，不惜資金，不惜本錢，不惜重金。

かねにいとめをつけず【金に糸目をつけず】　不惜花錢，揮金如土。

かねにきたない【金にきたない】　吝嗇。

かねにこまる【金に困る】　錢緊，缺錢，拮据＝金に詰る，金に不自由する。

かねにさしつかえる【金に差支える】

錢不方便。

かねにする【金にする】　把…賣了，把…變成錢。◆前接格助詞"を"。

かねにつまる【金に詰る】　缺錢。

かねになる【金になる】　來錢，賺錢，來財，有利。

かねにふじゆうする【金に不自由する】　＝かねにこまる。

かねにまかせる【金に任せる】　豁出錢來＝金にあかす。

かねにめがくらむ【金に目が眩む】　利令智昏，見錢眼開，利欲薰心＝慾に目が眩む。

かねのきれめがえんのきれめ【金の切れ目が縁の切れ目】　錢了緣分盡，錢不在人情也不在。

かねのしゃくよう【金の借用】　借錢，借款。

かねのたいしゃくはふわのもと【金の貸借は不和のもと】　親戚不過財，過財兩不來。

かねのなるき【金の生る木】　搖錢樹。

かねのひかりはあみだほど【金の光は阿弥陀ほど】　睹子見錢也眼開。

かねのゆうずうがつかない【金の隔通がつかない】　錢接不上來。

かねのよのなか【金の世の中】　金錢萬能，有錢可使鬼推磨＝金が物を言う。

かねばなれがわるい【金ばなれが悪い】　吝嗇，花錢小氣↔かねばなれがいい。

かねまわりがよい【金まわりがよい】　手裏寬綽，經濟情況好↔金まわりが悪い。

かねもうけにきゅうきゅうとする【金儲に汲汲とする】　一心想發財。

かねもうけになる【金儲になる】　有利，賺錢，掙錢＝金もうけをする。

かねもちはばかもりこうにみえる【金持はばかも利口に見える】　有錢的王八大三輩。

かねをあずける【金を預ける】　存錢，儲蓄。

かねをあつめる【金を集める】　湊錢。

かねをあらためる【金を改める】　點錢，數錢。

かねをうかせる【金をうかせる】　匀出錢來。

かねをかける【金をかける】　①花錢。②賭錢。

かねをかりいれる【金を借入れる】　借錢，跟…借錢。◆前接格助詞"から"。

かねをぎえんする【金を義捐する】　義捐，捐助。

かねをきふする【金を寄付する】　捐款。

かねをきょうようする【金を強要する】　勒索錢。

かねをくう【金を食う】　費錢。

かねをくずす【金を崩す】　破錢，換成零錢。

かねをくめんする【金を工面す】　籌款＝金を算段する。

かねをごまかす【金を誤魔化す】　貪汚，舞弊。

かねをころしてつかう【金を殺して使う】　亂花錢，浪費金錢。

かねをさんだんする【金を算段する】　籌款＝金を工面する。

かねをししゅつする【金を支出する】　撥款。

かねをしぼりとる【金を絞り取る】　勒索錢＝金を強要する。

かねをしゅうとくしてもねこばばしない【金を拾得してもねこばばしない】　拾金不昧。

かねをしょうじてつかう【金を生じて使う】　把錢花在刀双上。

かねをしんぱいする【金を心配する】　張羅錢，籌款。

かねをせびる【金をせびる】　①央求着要錢，鬧着要錢。②勒索錢＝金をねだる，金をせがむ。

かねをだす【金を出す】　出錢，花錢。

かねをちょうたつする【金を調達する】　籌款。

かねをつかいきる【金を使い切る】　把錢花光了。

かねをとりだす【金を取出す】　取錢，提錢。

かねをにぎらせる【金を握らせる】

行賄，賄略，買通。

かねをねかす【金を寝かす】　錢白白
地放着。

かねをばらまく【金をばら蒔く】　到
處花錢。

かねをひきだす【金を引き出す】　取
款。

かねをふりまく【金をふりまく】　花
錢大方。

かねをまきあげる【金を巻上げる】
搶錢。

かねをまく【金を撤く】　揮霍，揮金
如土＝金ずかいが荒い。

かねをまわす【金をまわす】　①運用
資金，投資。②通融錢。

かねをむしんする【金を無心する】
乞錢，求錢，要錢，讓人幇錢。

かねをもうける【金を儲ける】　發財，
賺錢，掙錢↔かねを損する。

かねをゆする【金を揺する】　勒索錢。

かのうなかぎり【可能な限り】　盡量，
盡可能。

かのくうほどおもわぬ【蚊の食うほど
思わぬ】　無關痛癢，滿不在乎。

かのすねのようなあし【蚊の脛のよう
な足】　腿瘦得像麥桿兒似的。

がのぞましい【…が望しい】　希望…。

かのなくようなこえ【蚊の鳴くような
声】　聲音像蚊子似的。

かのなみだ【蚊の涙】　很少，一點點。

かはしゅうにてきせず【寡は衆に敵せ
ず】　寡不敵衆。

かはも…かはも　…方面…方面都很…，
不管是…不管是…都很…。◆"か"
是並列助詞，"は"是提示助詞，提
示兩種並列的事情並充當主格助詞，
"も"也是提示助詞，除提示兩種事
情外，還有總括的意思，即"都…"。

がはやいか【…が早いか】　剛一…就
…，…之後馬上就…＝…かと思うと
。

かびがはえる【黴が生える】　發霉。

かふうにたつ【下風に立つ】　居於下
風，在別人手下工作。

かびがつく【黴がつく】　①發霉。②
陳腐＝黴が生える。

かふきゅうなく【過不及なく】　適合
地，適度地，恰當地。

かぶとをぬぐ【兜を脱ぐ】　認輸，投
降＝降参する。

かぶりするあいだ【頭する間】　轉瞬
間，轉眼間。

かぶりをふる【頭を振る】　搖頭，不
同意。

かぶをひきうける【株をひきうける】
認股。

かぶんにする【寡聞にする】　孤陋寡
聞。

かべいにきす【画飾に帰す】　成爲畫
餅，歸於泡影。

かべにつきあたる【壁に突当る】　碰
壁，遇到阻礙，碰到極大的困難。

かべにぶちあたる【壁にぶちあたる】
碰壁。

かべにみみ【壁に耳】　隔牆有耳＝か
べにみみあり。

か…まいか　…還是不…。

かまいません【構いません】　沒關係，
沒什麼，不要緊。

かまうもんか【構うもんか】　管他什
麼事。

かまきりのおのをもってりゅうしゃに
むかうがごとし【螳螂の斧を以って
竜車に向うが如し】　如螳臂擋車。

かまっておられない【構っておられな
い】　顧不上，顧不了，顧不得，管
不着。

かまどのかみ【かまどの神】　灶王爺。

かまどをたてる【竈を立てる】　成家，
立業＝かまを起す。

かまどをわける【竈を分ける】　分家
↔かまを起す。

かまわない【構わない】　①不在乎，
不介意。②不聞不問。

かまをおこす【竈を起す】　成家↔竈
を分ける。

かまをかける【鎌をかける】　用策略
套出秘密，拿話套。

がまんができない【我慢が出来ない】
忍不住了，熬不過了，耐不住了，憋
不住了。

がまんがならぬ【我慢がならぬ】　忍

無可忍，令人不能容忍。

がまんして【我慢して】　強…，硬…，勉強…，耐着性子…，將就着…，掙扎着…＝我慢をして。

がまんしてきれない【我慢してきれない】　忍耐不住。

がまんするにもげんどがある【我慢するにも限度がある】　忍耐也有個限度。

がまんのおがきれた【我慢の緒が切れた】　忍無可忍，再也忍不住了。

かみかけて【神掛けて】　向老天爺起誓。

かみがさかだつ【髪が逆立つ】　怒髮衝冠。

かみがたつ【髪が立つ】　頭髮竪立。

かみくずどうようだ【紙屑同様だ】　一文不値。

かみくずをひろう【紙屑を拾う】　揀廢紙，揀破爛。

かみくだくように【噛み砕くように】　詳細地，善於誘導地，深入淺出地＝噛んで含めるように，噛み砕いて。

かみくだくようにいってきかせる【噛み砕くように言って聞かせる】　諄諄教誨＝噛んで含めるように教える。

かみこきてかわへはまる【紙子着て川へはまる】　魯莽，輕率，冒失，胡鬧，瞎胡鬧。

かみそりのような【剃刀のような】　痛快的，乾脆的，俐落的，果斷的。

かみならぬみ【神ならぬ身】　凡身，凡人，肉體凡胎。

かみなりがなる【雷が鳴る】　打雷，雷鳴。

がみにつく【…が身につく】　學會…，掌握…，養成…。

かみにのべたとおり【上に述べた通り】　如上所述＝上に述べたように。

かみにパーマをかける【髪にパーマをかける】　電燙髮。

かみのけをばらばらにする【髪の毛をばらばらにする】　披頭散髮。

かみのひきあわせ【神の引合わせ】　真是天意。

かみはみとおし【神は見通し】　老天爺有眼，神明鑒察。

かみをおろす【髪を落す】　削髮爲僧（尼）。

かみをけずる【髪をけずる】　梳頭。

かみをすく【髪を梳く】　梳頭＝髪をなでつける。

かみをみならうしも【上を見習う下】　上行下效。

がむしゃらなひと【我武者羅な人】　冒失鬼，魯莽漢。

がむしゃらにやる【我武者羅にやる】　死皮賴臉地要做。❖前接“を”。

かめのこうよりとしのこつ【亀の甲より年の功】　人老閱歷多，薑是老的辣。❖“功”也可以寫成“劫”。

かめんをかぶる【仮面をかぶる】　①帶上假面具。②假相，虛假，虛情假意。

かめんをつける【仮面をつける】　帶假面具。

かめんをぬぐ【仮面を脱ぐ】　露出本性，露出真相，露出真面目。

かもがねぎをしょってくる【鴨が葱をしょってくる】　肥豬拱門，越發順心，越發隨心所欲，求之不得。

かもしれない【…かも知れない】　也許…，可能…，説不定…，保不齊…。

かもなくふかもない【可もなく不可もない】　無所謂，無可無不可。

かもわからない　也許。

かゆいところにてがとどくように【痒い所に手が届くように】　無微不至地。

かゆいところをひっかく【痒い所を引掻く】　搔癢處＝かゆいところをかく。

かゆくもいたくもない【痒くも痛くもない】　不疼不癢。

かゆをすする【粥を啜る】　喝粥。

かゆをたべる【粥を食べる】　吃稀飯。

かようかくかくと【斯様かくかくと】　如此這般地。❖“斯様”是文語形動詞詞幹加上文語副詞“かくかく”構成一個詞組。“と”是格助詞可以放

在名詞後構成副詞，也可放在副詞後面起加強語氣的作用。

かようなしだいで【斯様な次第で】 由於這樣，在這種情況下＝このような次第で。

かようにかんがえてみますと【斯様に考えてみますと】 這麼一想。

かようにかんがえると【斯様に考えると】 這樣一想＝このように考えると。

かようにみれば【斯様に見れば】 這樣看來。如此看來＝このように見れば。

からいのちをたすかった【辛い命を助かった】 險些喪命。

からいえば【…からいえば】 就…來說，從…來看＝…からいったら。

からいったら 就…來說。

からいめにあう【辛い目にあう】 ①受虐待。②備受艱辛。

からうまにけがなし【空馬に怪我なし】 不做就不犯錯誤。

からおこるのである【…から起るのである】 是由…引起的，原因在於…，是由…所造成的。

からかたをぬく【…から肩を抜く】 ①同…斷開，同…隔開。②同…斷絕關係。

がらがわるい【柄が悪い】 低級，下流，下賤。

からきし…ない 完全不…，一點也不…，簡直不…。

からくもききをのがれた【辛くも危機を逃れた】 逃出虎口，虎口餘生。

からくりがばれた 詭計暴露了。

からくりをする 搞鬼。

からこそ 正因為…，正由於…。✧“こそ”是修飾助詞，意思是“因為與“から”同。兩個相同意義的詞重疊使用時，後者起加強語氣的作用。譯成漢語時也可譯為“正…，恰巧…等”。

からこそ…のである 都是因為…才…，正是因為…所以才，恰巧是由於…才…。

から…さらに…へすすむ【…から…さらに…へ進む】 從…進一步發展到…。

からさわぎをする【空騒ぎをする】 大驚小怪。

からしぜん【…から自然】 因為…自然就…。✧“から”之後也可用逗號。

からして 就…來說，從…來看，從…就知道，一看…就知道＝…から見て。

がらじゃない【…がらじゃない】 不配…，沒資格…。✧“じゃ”是“では”的音變。

からすると 按…來說，從…來看＝…から言うと，…から見ると。

からすれば 同上條。

からせじをいう【空世辞を言う】 假奉承，假意奉承。

からそせいされている【…から組成されている】 由…所組成。

からだいちめんのあせ【体一面の汗】 滿身是汗。

からだがあかない【体が空かない】 忙得很。

からだがぐったりする【体がぐったりする】 身體軟得像棉花。

からだがだるい【体がだるい】 身體酸懶。

からだがつづかない【体が続かない】 身體累壞了，性命難保，身體累垮了＝体が持たない。

からだがぽかぽかしている【体がぽかぽかしている】 渾身發熱。

からだがほそる【体がほそる】 身體消瘦。

からだがもたない【体が持たない】 體力支持不住。

からだじゅうがふるえる【体中が震える】 混身亂抖。

からだじゅうさむけがする【体中寒気がする】 渾身發冷。

からだじゅうほこりだらけ【体中ほこりだらけ】 滿身是土。

からだつきがよい【体付がよい】 身材好，姿態好，長得好。

からだにきく【体に利く】 對身體有影響，對身體有作用。

からだにさわる【体に障る】 傷身

體。

からだにちからがない【体に力がない】
身上一點勁也沒有。

からだによくあう【体によく合う】
①很合身。②很適合…的體質。

からだのこころがよわい【体の心が弱
い】 體質不好。

からたのまれる【…から頼まれる】
受…委託。

からだろうか 可能是由於…。

からだをいためる【体を痛める】 傷
身，有害身體。

からだをおしむ【体を惜む】 ①惜力，
偷懶，懶惰。②惜命，怕死。

からだをぐるりとまわす【体をくるり
と回す】 轉過身來。

からだをこなにする【体を粉にする】
粉身碎骨。

からだをこわす【体をこわす】 把身
體搞壞了。

からだをねじる【体を振る】 轉過身
來。

からだをはすにする【体を斜にする】
斜着身。

からだをはる【体を張る】 豁出命來。

からだをめぐらす【体をめぐらす】
轉過身來。

からだをもぞもぞうごかす【体をもぞ
もぞ動かす】 亂動，坐臥不安。

からだをやすめる【体を休める】 休
息，休息休息身體。

からだをよこにする【体をよこにする】
側着身子。

からだんぎ【空談議】 空話，空談。

からって ①雖然…可是…，雖說…但
是…。②不要以為…就…。③剛…就
…。④由於…=からとて，…から
といって。

からてがたになる【空手形になる】
落空。

からてがたをふりだす【空手形を振出
す】 說空話，開空頭支票。

からです ①是因爲…。②是在…之後
=からである。

からてでかえらせる【空手で帰らせる】
讓…空手而回。

からでないと 因爲還沒…所以…。

からではない 並不是由於…，並不是
因爲…。

がらではない【…柄ではない】 不配
…，不適合…。✿前接動詞連體形。

からではなく…からだ 不是因爲…而
是因爲…，不是由於…而是由於…。

からといえば【…からと言えば】 就
…來說，按…來說。

からといって【…からと言って】 =
からって。

からといって…になる【…からと言っ
て…になる】 剛一…就…。

からとおもって【…からと思って】
就…來說，按…來說=から言えば。

からとて =からって。

からとて…とはかぎらない【…からと
て…とは限らない】 不見得…就…。

からとて…ない 即使…也不…，雖然
…也不…。

から…ない 一點也不…，毫不…，完
全不…。

からなる【…から成る】 由…構成，
由…組成。

からなるのである【…からなるのであ
る】 …是由…構成的（組成的）。

からに 既要…就…，既然…就…，只
要…就…，一…就…=…からには，
…からと言って。

からに…いこうする【…からに…移行
する】 由…過渡到…。

から…にいたるまで【…から至るま
で】 從…一直到…。

から…にかけて 從…到…，從…至…
=から…まで。

がらにない【柄にない】 不合身份的，
不配的。

からには 要…就…，既然…就…，既
要…就…，一…就…=からに。

からには…ひつようがある【…からに
は…必要がある】 既然…就應該…，
既然…就需要…，既然…就必須…=
からには…必要である。

からには…ひつようである【…から…
必要である】 同上條。

からにも 即或…也…，縱然…也…。

からにも…ない　即或…也不…，即使
　…也不…。

からにも…ならない　千萬別…，一點
　也不…。

からぬけだす【…から抜け出す】　擺
　脱…，脱離…。

からねんぶつ【空念仏】　空話，空談。

からのけものにされる【…から除者に
　される】　從…被排擠出來。

からは　既然…就…，要…就…，只要
　…就…＝からには。

から…へと　從…向…。

から…まで　從…到…＝…から…にか
　けて。

から…までの　從…到…的。

から…まもる【…から…守る】　使…
　免受…的損害。

からまわりをする【空回りをする】
　①空轉。②空忙。

からみて【…から見て】　從…來看。

からみるかぎり【…から見る限り】
　只從…來看＝…から見るばかり。

からみるばかり【…から見るばかり】
　只從…來看。

からみれば【…から見れば】　①根據
　…來看…，從…來看，由…來看。②
　在…來看，讓…來看，依…看。

からめてからとりいる【搦手から取り
　入る】　走後門。

からめてからはめる【搦手を攻める】
　走後門。

からめてをせめる【搦手を攻める】
　攻其不備。

からも…からも　無論從…還是從…。

からも…また…からも　同上條。

からも…また…からも…のである　無
　論從…還是從…都…。

から…もらう【…から…貰う】　是…
　給的，是從…哪兒得到的。

からるいすいするに【…から類推する
　に】　從…來類推。

かられいしょうをあびる【…から冷笑
　を浴びる】　受到…的嘲笑，受到…
　的奚落。

から…わけである　因爲…所以才…。

からんどうになる　空空如也，什麼也

没有。

かりがある【借りがある】　欠錢，欠債。

かりかりにあげる【かりかりに揚げる】
　炸得酥脆。

カリキュラムをきめる【カリキュラム
　を定める】　訂學習計畫，確定課程。

かりそめにしてはならない　不能忽視
　…，對…不能等閑視之↔かりそめに
　する。✧前接格助詞"を"。

かりそめにする　忽視，等閑視之↔か
　りそめにしてはならない。

かりそめにも…てはならない　決不可
　…，決不要…，千萬別…＝けっして
　…ない。

かりそめにも…な　千萬別…，決不可
　…。

かりそめにも…なら　既然想…就…，
　既然要…就要…。

かりそめのえん【かりそめの縁】　偶
　然的因緣。

かりそめのふるまい【かりそめの振舞
　い】　輕浮的行動。

かりそめのよろこび【かりそめの喜び】
　一時高興。

かりたかねをかえさない【借りた金を
　返さない】　借錢不還。

かりに…だとすれば　如果是…。

かりに…としたら　①假定…，假設…。
　②即使…，即便…。③假如…，如果
　…＝かりにとして，かりに…として
　も。

かりに…として　同上條。

かりに…としても　同上條。

かりに…とすれば　如果…。

かりにも…からには　①既然…。②假
　定…。③如果…。

かりにも…であるからには　①既然是
　…就…。②如果是…就…。

かりにも…であるからには…はずであ
　る　既然是…就應該…。

かりにも…てはならない＝かりそめに
　も…てはならない。

かりょくのよわいひ【火力の弱い火】
　文火↔火力の強い火。

かりをこしらえる【借りを拵える】
　欠債。

かりをふみたおす【借りを踏倒す】
欠債不還，賴帳。

かるいきもちで【軽い気持で】　輕鬆
地，愉快地＝気持を楽にして。

かるいしょくじ【軽い食事】　小吃，
便飯。

かるいへんじにおもいしり【軽い返事
に重い尻】　嘴勤腿懶。

かるがるしいことをしてはならない
【軽軽しいことをしてはならない】
不要輕舉妄動。

かるがるしく…てはならない　不要輕
易地…。

かるがるしく…をしんじる【かるがる
しく…を信じる】　輕信…。

かるくちがすきである【軽口がすきで
ある】　愛說俏皮話。

かるくちをたたく【軽口を叩く】　①
閑聊，講廢話。②多嘴多舌。

かるくない【軽くない】　不輕，不輕
鬆。

かるくみてはならない【軽く見てはな
らない】　不能輕視…。◆前接格助
詞“を”。

カルタをくばる【カルタ配る】　發牌。

カルタをめくる【カルタを捲る】　翻牌。

かるはずみなことをする【軽はずみな
ことをする】　輕舉妄動。

かれきにはなをさかす【枯木に花を咲
かす】　①使枯樹開花。②返老還童，
起死回生。

かれきもやまのにぎわい【枯木も山の
にぎわい】　有勝於無，有比沒有好。

かれこれしあんする【かれこれ思案す
る】　左思右想。

かれこれするうちに【かれこれするう
ちに】　不大工夫，一轉眼工夫。

かれこれという【かれこれと言う】
說長論短，百般挑剔＝何や彼やと言
う。

かれこれ…ほど　大約…，…左右，將
近…。

かれのきままにさせる【彼の気ままに
させる】　隨他去吧，隨他便吧。

かれをしりおのれをしる【彼を知り己
を知る】　知彼知己。

かろうじてたすかる【辛うじて助かる】
好容易才脫險，險些沒喪命。

かろうじて…ところだ【辛うじて…と
ころだ】　險些沒…，差點沒…。

かわいいこにはたびをさせ【可愛い子
には旅をさせ】　不打不成材，棍下
出孝子。

かわいてかちかちである【乾いてかち
かちである】　乾巴巴的。

かわがいちまいむける【皮が一枚剝け
る】　脫了一層皮。

かわがひあがる【川が乾上がる】　河
水乾了。

かわきがよい【乾きがよい】　易乾。

かわぐちでふねをやぶる【川口で船を
破る】　功虧一簣。

かわざんようをする【皮算用をする】
打如意算盤，指望過早。

かわむこうのかじ【川向うの火事】
隔岸觀光。

かわりあって【代り合って】　輪流，
輪班＝かわりばんこに。

かわりがあさい【交わりがあさい】
交情淺。

かわりに【代に】　①代替…。②雖然
…可是…。③＝…がそのかわり。

かわりばんこに【代り番こに】　輪流，
輪番，輪班。

かわりみがはやい【変り身がはやい】
搖身一變。

かわりようがはやい【変りようが早い】
變得快。

かわをくだる【川をくだる】　順流而
下。

がをおる【我を折る】　屈服，放棄己
見，認輸，退讓。

がをだす【我を出す】　露出本性。

がをとおす【我を通す】　固執己見。

がをはる【我をはる】　固執己見，執
意不肯，我行我素，我做我的，抬死槓。

かんいっぱつのところでにげられる
【間一髪のところでにげられる】
僅以身免。

かんおけにかたあしをつっこんでいる
【棺桶に片足を突っ込んでいる】
土埋半截，行將就木。

がんかいかつぜんとしてひらく【眼界
豁然として開く】 豁然開朗。

かんかいがふかい【感慨が深い】 不
勝感慨。

がんかいのひろい【眼界の広い】 眼
界寬的，見識廣的，認識人多的。

かんかいむりょうだ【感慨無量だ】
無限感慨。

かんがえおよばず【考えおよばず】
①想不到，想不出，不可想像。②想
不起來＝考えつかぬ。

かんがえがあう【考えが合う】 想法
一致，思想一致。

かんがえがあさい【考えが浅い】 想
法浮淺。

かんがえがある【考えがある】 有個
主意。

かんがえがあわない【考えが合わない】
意見不合，意見不一致↔考えが合う
。

かんがえがうかぶ【…考えが浮ぶ】
想起…。

かんがえがきたならしい【考えがきた
ならしい】 想法很骯髒。

かんがえがきまった【考えが決まった】
主意拿定了。

かんがえがきまらない【考えが決まら
ない】 拿不定主意，舉棋不定。

かんがえがさだまらない【考えが決ま
らない】 舉棋不定，沒準主意，拿
不定主意。

かんがえがしっかりしている【考えが
しっかりしている】 很有主意。

かんがえがじみだ【考えがじみだ】
思想穩健。

かんがえがつく【考えがつく】 ①想
起，想出。②可以想像↔考えがつか
ない。

かんがえがまとまらない【考えがまと
まらない】 ①考慮不成熟。②思想
不集中。③想不出主意來，理不出個
頭緒來。④想法不一致。

かんがえがわかい【考えが若い】 想
法幼稚。

かんがえごとがある【考え事がある】
①有心事，有掛心的事。②有擔心的

事。

かんがえごとにふける【考え事にふけ
る】 沉思＝考えにしずむ。

かんがえごとをする【考え事をする】
想事，考慮問題。

かんがえだ【…考えだ】 想…，打算
…，準備…＝…つもりだ。

かんがえつくかぎりの【考えつく限り
の】 凡是能想到的。

かんがえにおもわない【考えに思わな
い】 萬沒想到＝考えもおよばない
。

かんがえにしずむ【考えに沈む】 沉
思＝考え事にふける，思案に沉む。

かんがえにふける【考えにふける】
沉思。

かんがえのない【考えのない】 沒加
考慮的，輕率的。

かんがえはない【…考えはない】 不
想…，不打算…，不準備…＝…気が
しない。

かんがえはもうとうない【…考えは毛
頭ない】 絲毫沒有…的意思。

かんがえほど…ない【考えほど…ない】
不像想像那樣…。

かんがえもおよばなかった【考えも及
ばなかった】 想不到的。

かんがえもしないで【考えもしないで】
不加思索地。

かんがえもよい【考えもよい】 也可
以認爲。

かんがえるだけでもたまらない【考え
るだけでもたまらない】 不堪設想。

かんがえるちからがない【考える力が
ない】 不能思考了，腦袋麻木了。

かんがえると【考えると】 想起來，
回想起來，反省起來，一想起…。

かんがえをおこす【考えを起す】 起
了…的念頭。

かんがえをかえる【考えを変える】
①變掛。②換腦筋。③改變主意。

かんがえをきめる【考えを決める】
拿定主意。

かんがえをはっきりさせる【考えをは
っきりさせる】 使想得正確。

かんがえをまとめる【考えをまとめる】

①思想集中。②考慮成熟。③理出頭緒來了，把思緒理理。

かんがえをめぐらす【考えを廻らす】
想主意，想辦法＝思案を廻らす。

がんがかなう【願がかなう】 如願以償。

かんかくがなくなる【感覚がなくなる】
麻木，沒感覺了。

かんがたかい【癇が高い】 肝火大，脾氣暴躁。

がんとべばいしがめもじだんだ【雁が飛べば石亀も地団太】 不知自量。

かんがにぶい【勘が鈍い】 感覺麻木，理解能力差。

がんかにみおろす【眼下に見下ろす】
①俯瞰。②瞧不起，看不起，輕視，蔑視，藐視＝眼下に見る。

がんかにみる【眼下に見る】 同上條。

かんがよい【勘がよい】 ①知覺力強。②理解力強。

かんかんにおこる【かんかんに怒る】
大發雷霆＝かんかんになって怒る。

かんかんになっておこる【かんかんになって怒る】 同上條。

かんきがつのる【寒気がつのる】 冷起來了，越來越冷。

かんきにたえる【寒気に耐える】 耐寒。

かんきょうがわく【感興が湧く】 發生興趣，興致勃勃，來情緒了，來精神了。

かんきょうにのって【感興にのって】
乘興之所至。

かんきょうをあたえる【感興を与える】
使…產生興趣，讓…感興趣＝興味を与える。

かんきょうをさそう【感興をさそう】
引起興趣。

かんきょうをそぐ【感興をそぐ】 掃興↔興味をそそる。＝興味をそぐ。

かんきょうをそそる【感興をそそる】
引人入勝，引起興趣。

かんきんをひしょうする【官金を費消する】 私用公款，挪用公款，侵吞公款＝公金を費消する。

がんくびをきりおとす【雁首を切落す】

砍掉腦袋。

かんけいがある【関係がある】 牽涉到…，與…有關係。

かんけいしてはならない【…関係してはならない】 別參與…。◆前接格助詞"に"

かんけいする【…関係する】 ①參與…。②對…有影響。◆前接格助詞"に"。

かんけいで【…関係で】 ①由於…的關係。②通過…的關係。③仗着…。

かんけいのないことにはらをたてる【関係のないことに腹をたてる】
生悶氣。

かんけいのないひと【関係のない人】
旁人，局外人。

かんけいをたつ【関係を絶つ】 斷絕關係。

かんけいをつくる【関係をつくる】
拉關係。

かんけいをむすぶ【関係を結ぶ】 拉關係。

かんげきしょうずる【間隙を生ずる】
產生隔閡＝かんげきができる。

かんげんすれば【換言すれば】 換言之，換句話說。

かんげんで…をまどわす【甘言で…を惑わす】 用花言巧語迷惑…。

かんげんをもってひとをあざむく【甘言を持って人を欺く】 花言巧語騙人。

がんこいってんばり【頑固一点ばり】
頑固到家。

がんこうきょのごとし【眼光炬の如し】
目光炯炯＝眼光炯炯として。

がんこうけいけいとして【眼光炯炯として】 同上條。

がんこうしはいにてっする【眼光紙背に徹する】 ①一眼就能看穿。②深刻理解…的含義，一下子就能抓住文章的要點。

がんこうらんらんたり【眼光らんらんたり】 目光炯炯。

かんこどりがなく【閑古鳥が鳴く】
①閑靜，寂靜。②蕭條，冷落。

がんこにしゅちょうする【頑固に主張する】 固執己見。

かんじがある【感じがある】　感到…，覺得…＝…気がする。

かんじがする【感じがする】　叫人感到…。

かんじがない【感じがない】　①沒反應，沒效果。②沒有…感覺，麻木。

かんじがなくなる【感じがなくなる】失去感覺，麻木，麻木不仁。

かんしゃくだまがはれつする【癇癪玉が破裂する】　暴怒，大發脾氣＝かんしゃくをおこす，怒りを破裂する。

かんしゃくをおこす【癇癪を起す】同上條→癇癪を押える。

かんしゃのいをあらわす【謝感の意を表わす】　表示謝意。

かんしゃのねんでいっぱいである【感謝の念でいっぱいである】　心裏充滿了感激之情。

かんしゃのねんをうしなう【感謝の念を失う】　忘恩負義。

かんしゅうとして【慣習として】　習慣上＝…＝習慣として。

かんじょうしてくれ【勘獎してくれ】算帳。

かんじょうだかいがっちりや【勘定高いがっちり屋】　很會持家的人，很會打算盤的人，很會算計的人。

かんじょうてきなかんがえ【感情的な考え】　①不冷靜的想法。②多愁善感。

かんじょうてきになりやすい【感情的になりやすい】　①容易激動。②容易感情用事。＝感情にはしりやすい。

かんじょうてきになる【感情的になる】動起感情來。

かんじょうではうごかない【感情では動かない】　不爲感情所動。

かんじょうにあわない【勘定に合わない】　划不來，不划算，不合算。

かんじょうにいれる【勘定に入れる】把…估計在內。

かんじょうにかられる【感情に駆られる】　爲感情所驅使。

かんじょうにながれる【感情に流れる】感情用事。

かんじょうにはしりやすい【感情に走りやすい】　容易激動，好感情用事。

かんじょうにまかせてことをする【感情に任せて事をする】　感情用事。

かんじょうのこもったことば【感情のこもったことば】　充滿感情的話。

かんじょうをいためる【感情を痛める】傷感情，得罪了…。

かんじょうをおさえきれない【感情を押えきれない】　情不自禁。

かんじょうをしめきる【勘定を締切る】結帳。

かんじょうをとる【勘定を取る】　記帳。

かんじょうをひょうめんにださない【感情を表面に出さない】　不露聲色。

かんじょうをむきだしにして【感情を剝出しにして】　毫不留情地。

がんしょくがさえない【顔色が冴ない】氣色不好。

がんしょくなし【顔色なし】　①不光彩。②面無人色。

かんしょくにつく【官職につく】　當官。

かんしょくをうしなう【官職を失う】丟官，丟了烏紗帽。

かんしょくをする【間食をする】　吃零嘴，吃零食。

かんじるところがある【感じるところがある】　有所感。

かんじをあたえる【感じを与える】①給人…印象。②讓人產生…感覺。

かんしんさせる【感心させる】　令人欽佩。

かんしんにたえない【寒心に堪えない】不勝寒心。

かんしんをかう【歓心を買う】　討…喜歡，讓…高興，討好＝気に入るようにする。

かんしんをはらう【関心をはらう】關心…。

かんしんをひく【関心を引く】　引起…的關心。

かんしんをもつ【関心を持つ】　①對…關心，關懷…。②對…感興趣→関

心を持たない。◆前接格助詞 " に "。
＝関心をはらう。

かんしんをよせる【関心を寄せる】
同上條↔関心をよせない。

かんせいかみなりのごとし【鼾声雷の如し】 鼾聲如雷。

かんせいをあげる【喊声を揚げる】 吶喊。

かんせいをあげる【歓声を揚げる】 發出歡呼聲。

かんせつがはずれる【関節がはずれる】 關節脫節（脫臼）。

かんぜんするところがない【間然するところがない】 無可非議，無懈可擊。

かんぜんとはいかない【完全とは行かない】 還不行，還不成熟，還不完備。

がんぜんにせまっている【眼前に迫っている】 迫在眉睫。

かんぜんむけつ【完全無欠】 完美無缺，完美無疵。

かんそんへきち【寒村僻地】 窮鄉僻壤。

かんだいにしっする【寛大にしっする】 過於寬大。

かんだかいこえ【甲高い声】 尖聲。

かんたんあいてらす【肝胆相照らす】 肝膽相照。

かんたんにいうならば【簡単に言うならば】 簡單來說。

かんたんをくだく【肝胆を砕く】 絞盡腦汁，費盡心機＝くふうをこらす。

かんたんをひれきする【肝胆を披瀝する】 披肝瀝膽。

がんちくのある【含蓄のある】 含蓄的，意味深長的。

かんちにある【閑地にある】 賦閑。

かんちにたけた【奸智に長けた】 老奸巨滑的。

かんちにつく【閑地につく】 引退，隱退＝引退する。

がんちゅうにおかない【眼中に置かない】 不放在眼裏，…算不了什麼，藐視。

がんちゅうにない【眼中にない】 眼睛裏沒…，根本不把…放在眼裏，目

空一切。

がんちゅうひとなし【眼中人無し】 目中無人，眼裏沒人，白眼瞧人。

かんではきだすようにいう【嚙んで吐き出すように言う】 惡言惡語地說。

かんでゆく【勘で行く】 全憑直覺。

かんどころをさがす【勘所をさがす】 找竅門。

かんどころをちゃんとおさえている【勘所をちゃんと押えている】 掌握住要點（關鍵）。

かんとにつく【官途につく】 當官，登上宦途。

かんにさわる【癇にさわる】 觸怒。

かんにつく【官につく】 就官職，當官

かんにじょうじて【間に乗じて】 趁機，乘機。

かんにめいする【肝に銘する】 銘記在心。

かんにんするわけにはゆかない【勘忍するわけには行かない】 令人不能容忍。

かんにんならない【勘忍ならない】 不能容忍，不能寬恕。

かんにんはいっしょうのたから【勘忍は一生の宝】 忍爲貴。

かんにんぶくろのおがきれる【勘忍袋の緒が切れる】 忍無可忍。

かんぬきをかける【閂を掛ける】 閂門。

かんねんのほぞをかためる【観念のほぞを固める】 ①下定決心。②作好精神準備＝覚悟を決める，決心のほぞを固める。

かんのむしがおさまる【癇の虫が収まる】 息怒。氣消了↔癇の虫が起る。

かんばしからぬもんだい【芳しからぬ問題】 醜事，丟人的事情。

かんばしくない【芳しくない】 ①名聲不好，名譽不好。②不好的，不妙的＝名声が悪い，評判が悪い。

がんばってゆずらない【頑張って譲らない】 互不相讓，僵持不下。

かんはつをいれず【間髪を入れず】 間不容髮。

かんばつをふせぐ【旱魃を防ぐ】 抗

旱。

がんばりがきかぬ【頑張りがきかぬ】
堅持不住，頂不住。

かんばんにいつわりあり【看板に偽り
あり】　徒有其表，名不副實。

かんばんにいつわりなし【看板に偽り
なし】　表裏一致，名符其實↔うら
おもてがある，かんばんにいつわり
あり。

かんばんをかかけて【看板を掲げて】
打着…的招牌。

かんばんをだす【看板を出す】　打出
…的招牌。

かんばんをぬりかえる【看板を塗り替
える】　①改變策略。②改頭換面＝
計略を変える。

かんびょうのかいもない【看病の甲斐
もない】　醫治無效。

かんぷうはだにてっする【寒風肌にて
っする】　寒風刺骨。

かんふなし【完膚なし】　體無完膚。

かんべんできない【勘弁できない】
不能饒恕，不能容忍。

がんぼうがかなえられる【願望がかな
えられる】　如願以償。

かんむりをかける【冠を掛ける】　掛
冠，辭職。

かんむりをまげる【冠をまげる】　鬧
情緒，發脾氣。

かんめいがうすい【感銘がうすい】
印象不深，印象淡薄。

がんめいできとらない【頑迷で悟らな

い】　執迷不悟，頑固不化。

かんめいをおびる【官命を帯びる】
奉命。

かんようにかなっている【慣用に適っ
ている】　合乎慣例。

かんらくきわまってあいじょうおおし
【歓楽極まって哀情多し】　樂極生
悲。

かんりゃくにいえば【簡略に言えば】
簡單來說。

かんりょうふうをふかす【官僚風をふ
かす】　擺官僚架子。

かんれいにしたがう【慣例に従う】
照慣例，按照慣例＝先例に照す。

かんれいにそむく【慣例に背く】　違
反慣例。

かんれいにより【慣例により】　根據
慣例。

かんれいをやぶる【慣例を破る】　打
破慣例↔かんれいを守る。

かんろくをそこなう【貫禄を損う】
損害尊嚴。

かんをおおいてことさだまる【棺を蓋
いて事定まる】　蓋棺論定。

かんをおこす【癇を起す】　發脾氣，
動肝火＝癇癪をおこす。

がんをかける【願を掛ける】　許願。

がんがかなう【願が叶う】　如願以償，
順心＝思うようになる。

かんをりして【間を利して】　抓住這
個機會。

き

きあいにさわる【気合に触わる】　觸
怒…，傷了…的感情＝感情をいため
る。

きあいのよい【気合のよい】　性情溫
和的＝せいしつのやさしい。

きあいまけをする【気合負けをする】
被對方氣勢壓倒。

きあいをあわす【気合を合わす】　採

取一致步調。

きあいをいれる【気合を入れる】　鼓
起幹勁做…。◆前接格助詞"に"。

きあいをかける【気合を掛ける】　①
運氣。②吶喊。③加油幹，鼓起幹勁。

きあいをのみこむ【気合を呑み込む】
①知趣。②找着竅門了。

きいたふうなくちをきく【利いた風な

口をきく】 吹牛，説大話。

きいたふうなかおをする【利いた風な顔をする】 ①裝懂。②自命不凡。

きいていていやになる【聞いていていやになる】 聽膩了。

きいてうっとりする【聞いてうっとりする】 聽得出神。

きいてごくらくみてじごく【聞いて極楽見て地獄】 見景不如聽景＝きいて千金見て一文。

きいてせんきんみていちもん【聞いて千金見て一文】 同上條。

きいてはならぬ【聞いてはならぬ】 聽不得。

きいろいこえ【黄色い声】 尖聲，假聲，尖聲尖氣，假聲假氣。

きうけがいい【気受けがいい】 人緣好，受…歡迎，受到…重視。

きうんがじゅくした【機運が熟した】 時機成熟了，時機已到。

ぎえんしてたすける【義捐して助ける】 義賑，捐助。

きえんはんじょう【気炎方丈】 聲勢浩大，浩浩蕩蕩，氣焰萬丈。

きおくがうすらいだ【記憶が薄いだ】 記不清了。

きおくにうかぶ【記憶に浮かぶ】 想起，回想起。

きおくにとめる【記憶に止める】 記住。

きおくにのこる【記憶に残る】 記得…，還記得…，…還沒忘。

きおくはたしかでない【記憶は確かでない】 記不清了，記不確實了。

きおくをよびおこす【記憶を呼び起す】 提醒，喚起記憶。

きか…【…気か】 ①想…嗎，打算…嗎。②敢…嗎。

きがあう【気が合う】 投緣，合得到，氣味相投，情投意合。

きがあせるばかりで【気があせるばかりで】 乾着急。

きがあって【気があって】 存心…，故意…，有意識地…。

きがあらい【気が荒い】 ①性急，性子暴，脾氣暴。②粗心，粗野。③粗魯。

きがある【気がある】 ①愛慕，喜歡，傾心。②羨慕。③想…，打算…，有心思…。

きがいい【気がいい】 心好，性情好，脾氣好。

きがいがある【気概がある】 有魄力。

きかいがあれば【機会があれば】 有機會，一有機會，一旦有機會。

きかいがじゅくする【機会が熟する】 時機成熟了，機會到了＝きがじゅくする。

きかいなようす【奇怪な様子】 怪模怪樣。

きかいに【機会に】 趁機。

きかいにおもう【奇怪に思う】 覺得奇怪。

きかいにじょうじて【機会に乗じて】 乘機…＝きにじょうじて。

きかいのありしだい【機会のありしだい】 一旦有機會＝機のあり次第。

きがいらいらする【気が苛苛する】 焦心，心裏煩躁。

きがいらだつ【気が苛立つ】 同上條。

きがいれる【気がいれる】 心煩，心裏煩躁＝きがいらいらする。

きかいをいっする【機会を逸する】 失掉機會，錯過機會＝きかいをにがす。

きかいをつかまえる【機会を捕える】 抓住機會↔きかいをとりにがす。

きかいをとめる【機械を停める】 停車。

きかいをとりにがす【機会を取り逃がす】 錯過機會，失掉機會。

きかいをとりはずす【機会を取り外す】 同上條。

きかいをにがす【機会を逃がす】 錯過機會，失掉機會。

きかいをねらう【能会を狙う】 瞧機會，等機會，伺機＝きをみて。

きかいをのがす【機会を逃がす】 ＝機会をにがす。

きかいをみすごす【機会を見過す】 錯過機會，失掉時機。

きがうく【気が浮く】 痛快，高興。

きかえがない【着替がない】　没有換
　的衣服。

きがえをする【着替をする】　換衣服。

きがおおい【気が多い】　①浮躁，不
　定性，見異思遷。②反覆無常。③多
　情。④没主意。

きがおおきい【気が大きい】　大方，
　豪邁，氣量大，寛宏大量，胸襟磊落。

きがおけない【気が置けない】　①没
　有隔閡，不隔心的。②毫無拘束的↔
　きがおける。

きがおける【気が置ける】　①隔閡。
　②拘束。③發窘。

きがおこらない【気が起らない】　不
　起勁，鼓不起勁，情緒不高。

きがおちつかない【気が落着かない】
　①心神不安，心神不定。②沉不住氣。

きがおちつける【気が落着ける】　沉
　下心來，鎮靜下來＝心がおちつく。

きがおもい【気が重い】　鬱悶，不舒
　暢，心情沉重，心情煩悶，心裏不痛
　快。心裏悶得慌。

きがかりになる【気掛りになる】　換
　心，掛心，操心＝気になる。

きがかわる【気が変る】　①變心，變
　掛，反悔，改變主意。②心不定。

きがきかぬ【気が利かぬ】　不利索↔
　気が利く。

きかきく【気が利く】　①伶俐，乖巧。
　②機靈，機敏，心眼快↔気が利かぬ。

きがきでない【気が気でない】　焦慮，
　坐立不安，憂心，心情煩躁。

きがくさくさする【気がくさくさする】
　心裏鬱悶，悶悶不樂＝気がくすむ。

きがくさる【気が腐る】　氣餒，意氣
　消沉，心裏厭煩。

きがくじける【気が挫ける】　灰心，
　氣餒，心灰意冷，心情沮喪。

きがくしゃくしゃする【気がくしゃく
　しゃする】　心煩，心裏煩躁，心裏
　亂糟糟的。

きがくすむ【気がくすむ】　鬱悶，精
　神不振。

きかくにあわない【規格に合わない】
　不合格，不符合規格，不符合標準。

きがくるう【気が狂う】　發狂，發瘋
　＝気が違う。

きがこもる【気が籠もる】　憋悶，透
　不過氣來。

きがさす【気が差す】　①不好意思。
　②預感不妙。

きがさっぱりする【気がさっぱりする】
　覺得爽快，感到舒坦，心裏痛快。

きがしずむ【気が沈む】　心情鬱悶，
　意志消沉。

きがしない【気がしない】　不想…，
　不打算…，不願意…，不高興…。

きがしれぬ【気が知れぬ】　不知眞意，
　不知怎麼想的。

きがすすまない【気が進まない】　①
　不起勁，沒心思，懶得…，不感興趣，
　打不起精神來。②心裏難過。③心裏
　不安，心裏過意不去。

きがすすむ【気が進む】　高興，樂得…。

きがすまない【気が澄まない】　心神
　不安，心裏不踏實＝心が落着かない
　。

きがすむ【気が済む】　①舒心，滿意，
　心淨，心安理得。②死心了。

きがする【気がする】　①想…，願意
　…。②打算…。③好像…，彷彿…。
　④覺得…，認爲…↔気がしない。

きがせいせいする【気がせいせいする】
　心裏痛快。

きがせく【気が急く】　着急，焦急。

きがそそうする【気が沮喪する】　士
　氣沮喪。

きがたしかだ【気が確かだ】　神志清
　醒。

きがたつ【気が立つ】　激昂，激憤。

きがちいさい【気が小さい】　①膽小，
　怯懦。②小心眼，氣量小。

きがちがう【気が違う】　發瘋，發狂
　＝気がくるう。

きがちる【気が散る】　①不專心，精
　神渙散，精神不集中，心不在焉。②
　心亂。

きがついていない【気がついていない】
　①没發現，没發覺。②没有認識到，
　没有理會到。

きがつかれなく【気が付かれなく】

暗中，悄悄地，偷偷地，秘密地。

きがつきる【気が尽きる】 悶倦，不
舒暢↔気が晴れる。

きがつく【気が付く】 ①發覺，發現，
覺察到。②想起。③認識到，理會到。
④注意到。⑤關照，照顧。⑥看見，
看到。⑦周到。◆前接格助詞"に"。

きがつまる【気が詰まる】 上氣不接
下氣，喘不上氣來。

きがつよい【気が強い】 ①剛強，剛
毅。②好勝。③心腸硬。④膽子大。

きがてんとうする【気が顛倒する】
神魂顛倒。

きがどうてんする【気が動転する】
受驚，大吃一驚。

きがとおくなる【気が遠くなる】 ①
暈過去了，神志昏迷。②失神。③頭
暈，頭昏眼花。

きがとがめる【気が咎める】 ①自疚，
問心有愧。②不好意思，過意不去，
心裏不安。

きがない【気がない】 ①不敢…。②
不想…，無心…，不打算…。

**きがないふうをする【聞かない風をす
る】** 充耳不聞，置若罔聞。

きがながい【気が長い】 ①沉着，沉
得住氣。②慢性子。

きがぬける【気が抜ける】 ①失神，
失魂。②走味了。③漏氣了。④洩氣，
洩勁。⑤心虛。

きがねをする【気兼をする】 拘束，
拘泥。

きがのる【気が乗る】 ①起勁。②感
興趣。

きがはやい【気が早い】 性急，臉急，
脾氣急。

きがはやる【気がはやる】 心裏癢癢。

きがはる【気が張る】 ①精神集中。
②精神緊張。

きがはれる【気が晴れる】 痛快，愉
快，暢快，心情舒暢＝心が晴れる。

きがひきたたない【気が引立たない】
心情不大好。

きがひけていえぬ【気がひけて言えぬ】
真不好意思張口。

きがひける【気が引ける】 ①羞愧，

慚愧。②寒酸，難看。③畏縮。④不
好意思，拉不下臉來。

きがふさぐ【気ぎ塞ぐ】 ①鬱悶，憂
鬱，不痛快，悶悶不樂。②憋在心裏
＝気がくさくさする。

きがふれる【気が狂れる】 發瘋，發
狂，精神失常＝きちがう，きがく
るう。

きがまえで【気構えで】 ①…在即。
②以…決心，抱着…的決心。③作好
…的準備。

きがまぎれる【気が紛れる】 ①消愁，
解悶。②注意力分散。

きがまわる【気が回る】 ①細心，周
到。②猜疑起來。

きがみじかい【気が短い】 性急，性
子急，脾氣暴＝気が早い。↔気が長
い。

きがみなぎる【気が漲る】 充滿…的
氣氛。

きがむく【気が向く】 ①高興，愉快。
②心血來潮。

きがむすぼれる【気がむすぼれる】
心裏納悶。

きがむずむずする【気がむずむずする】
心裏癢癢，躍躍欲試，心裏急得慌。

**きがめいってしかたがない【気がめい
って仕方がない】** 悶得慌，悶得很。

きがめいる【気が滅入る】 ①消沉，
鬱悶，沉悶，憋悶。②氣餒。

きがめいるような【気が滅入るような】
令人沮喪的。

きがもめる【気が揉める】 着急，焦
慮，煩躁，煩惱，憂愁。

きがゆるせない【気が許せない】 不
放心。

きがゆるむ【気が緩む】 精神渙散，
精神懈怠。

きがよい【気がよい】 心地善良，性
情溫和。

きがよわい【気が弱い】 ①膽小，怯
懦，懦弱。②心軟。③不爭氣。④臉
皮嫩。

きがらくだ【気が楽だ】 輕鬆，愉快，
舒暢。

きがらくになった【気が楽になった】

①感到輕鬆，感到愉快。②鬆了一口氣。

きがわかい【気が若い】　精神不衰，精神不減當年，人老心不老，帶孩子氣。

きかんがすぎる【期間が過ぎる】　過期。

きかんをかんそかする【機関を簡素化する】　精簡機構。

ききめきた【聞き厭きた】　聽膩了，聽夠了，聽煩了，聽厭了。

ききいっぱつ【危機一髪】　千鈞一髮。

ききいれない【聞き入れない】　①不聽，不採納。②不答應。

ききおよんだところで【聞き及んだところで】　聽說，據說。

ききかじりのちしき【聞きかじりの知識】　一知半解的知識。

ききかたにまわる【聞き方に廻る】　聽聽。

ききがない【利きがない】　無效，不起作用。

ききがにぶい【利きが鈍い】　效力慢，見效慢。

ききぐるしい【聞き苦しい】　難聽的，不好聽的。

ききぐるしいことば【聞き苦しいことば】　粗話，髒話，難聽的話。

ききざけをする【聞き酒をする】　嘗酒。

ききたくもない【聞きたくもない】　不想聽，不愛聽。

ききつたえによると【聞き伝えによると】　據說，傳聞。

ききつたえによると…そうだ【聞き伝えによると…そうだ】　同上條。

ききつたえるところによると【聞き伝えるところによると】　據說，據聞，據悉，據傳說。

ききつたえるところによれば…そうだ【聞き伝えるところによれば…そうだ】　據說好像…。

ききみみをたてる【聞き耳を立てる】　豎着耳朵聽，側耳細聽，傾耳靜聽，凝神靜聽。

ききみみをつぶす【聞き耳を潰す】　假裝沒聽。

ききめがおそい【利目がおそい】　見效慢，效力慢。

ききめがない【利目がない】　不靈，沒效力，無濟於事。

ききゅうをつげる【危急を告げる】　告急。

ききよい【聞きよい】　好聽的，順耳的，中聽的。

ききょうにあつい【義侠にあつい】　急公好義。

ききわけがよい【聞きわけがよい】　聽話，懂話，通情達理。

ききをのがれる【危機をのがれる】　脫險，脫離虎口，死裏逃生。

ききをはらんでいる【危機を孕んでいる】　醞釀着危機。

ききをほうかつする【危機を包括する】　包藏着危機。

ききんになる【飢饉になる】　①缺乏…。②鬧飢荒。

きくところによると【聞くところによると】　據聞，據說，據悉，據傳聞＝聞き伝えるところによると。

きくところによると【聞くところによれば】　同上條。

きくところによると…そうだ【聞くところによると…そうだ】　據說好像…。

きくにならぬ【聞くにならぬ】　不值一聽。

きくみみもたぬ【聞く耳持たぬ】　①不注意聽。②不願意聽。

きぐらいがたかい【気位が高い】　①自高自大，自傲，自負，架子大，自以爲了不起。②品格高尚。

きぐろうがおおい【気苦労が多い】　操心事多。

きけいをもてあそぶ【詭計をもてあそぶ】　耍詭計，玩弄陰謀。

きけばききばら【聞けば聞腹】　不聽還好，一聽就生氣。

きけばきのどくみればめのどく【聞けば気の毒見れば目の毒】　眼不見爲淨，耳不聽心不煩。

きげんがうるわしい【機嫌がうるわしい】　心情舒暢，心情開朗。

きげんがきれた【期限が切れた】　過期了，過期的。

きげんがよい【機嫌がよい】　愉快，高興，快活，心情舒暢。

きげんがわるい【機嫌が悪い】　不高興，不痛快↔きげんがよい。

きげんきれでむこう【期限きれで無効】　過期無效。

きげんになる【機嫌になる】　高興起來，快活起來。

きけんにぶつかる【危険にぶつかる】　碰到了危險。

きけんにみをさらす【危険に身を晒す】　置身險境。

きげんをうかがう【機嫌をうかがう】　問好，問候，請安。

きげんをおかさせる【危険をおかさせる】　讓…冒險。

きげんをきって【期限をきって】　限期。

きけんをきりぬける【危険をきりぬける】　脱離險境。

きげんをそこねる【機嫌を損ねる】　得罪了…，讓…不高興＝きげんを損う。

きげんをつけない【期限をつけない】　沒有期限。

きげんをつける【期限をつける】　限期。

きげんをとる【機嫌を取る】　哄…，討…好，奉承，取悅，使…高興。

きげんをなおす【機嫌を直す】　情緒好起來了，快活起來了。

きげんをはからない【機嫌をはからない】　不看時候，不看場合，不擇時機。

きけんをまぬがれる【危険を免れる】　免得危險，擺脱了危險。

ぎげんをろうする【戯言を弄する】　玩笑，戲言，說笑話。

きごうをつける【記得をつける】　打上記號，標上符號。

きこうをへらす【機構を減す】　精簡機構。

きこえた【聞えた】　知名的，著名的＝有名な。

きこえぬ【聞えぬ】　沒條理的，難以理解的。

きこえのいい【聞えのいい】　名聲好的。

きこえよがし（に）【聞えよがし（に）】　故意大聲地。

きごこちがよい【着心地がよい】　穿着舒服。

きこつのある【気骨のある】　有骨氣的，有志氣的。

きさえあれば【気さえあれば】　只要想…，只要有意…。

きさきをくじく【気先を挫く】　①灰心，掃興。②挫其銳氣。

きさきをさける【気先を避ける】　避其銳氣。

きざしがあらわれる【兆が現れる】　出現了…預兆，出現…苗頭。

きざしがみえる【兆が見える】　同上條。

きざなひと【気障な人】　令人討厭的人，令人覺得肉麻的人。

きざなものいいをする【気障な物言をする】　說話怪腔怪調，說話裝模作樣。

きざみあしであるく【刻み足で歩く】　走碎步。

きじがあらわれる【生地が現れる】　露出本來面目，露出眞面目＝きじをだす。

ぎしきばる【儀式ばる】　講求虛禮，講求形式，拘泥禮節。

きしつがあう【気質が合う】　對勁，對路，對脾氣，合得來。

きしつがあっさりする【気質があっさりする】　生性直爽。

きしつがよい【気質がよい】　性情好，脾氣好＝気がよい。

きじつどおりに【期日どおりに】　按期。

ぎじにっていにのせる【議事日程にのせる】　提到議事日程上來。

きじのかくれ【雉の隠れ】　藏頭露尾，顧頭不顧屁股。

きじもなかずばうたれまい【雉も鳴かずば打たれまい】　禍從口出。

きしゃのあとおし【汽車の後押し】
白搭，白費，沒用，徒勞，白費勁。

ぎじゅつがしっかりしている【技術が
しっかりしている】　技術純熟。

きしょうがしっかりしている【気性が
しっかりしている】　性格堅強。

きしょうがはげしい【気性が激しい】
性子烈，性格暴躁↔きしょうがやさ
しい。

きしょうがやさしい【気性が優しい】
性格溫和，脾氣好＝きしつがよい。

きじょうのくうろん【机上の空論】
紙上談兵。

きじょうぶにおもう【気丈夫に思う】
以爲萬全，滿懷信心，覺得放心，心
裏踏實，覺得膽子壯了。

きしょくがわるい【気色が悪い】　氣
色不好，臉色不好。

きしょくまんめん【喜色満面】　滿面
喜色，喜氣洋洋，喜笑顏開。

きしょくをうかがう【気色をうかがう】
看臉色，偷顏色。

きしょくをうかがってことをする【気
色をうかがってことをする】　看臉
色行事。

ぎしをいれる【義歯をいれる】　鑲牙。

きじをだす【生地を出す】　露出眞面
目，露出本來面目＝きじがあらわれ
る。

ぎしをつける【義肢をつける】　安假
肢，安假手，安假脚。

きしんやのごとし【帰心矢の如し】
歸心似箭。

きずあとができる【傷痕ができる】
留下疤瘌，結成傷疤。

きずあとのあるめ【傷痕のある眼】
疤瘌眼。

きづかいなく【気遣いなく】　放心，
安心，不客氣地。

きづかいはない【気遣いはない】　不
會…，沒有顧慮。

ぎすぎすしたたいど【ぎすぎすした態
度】　死板的態度。

きずなをたちきる【絆を断切る】　①
擺脫累贅。②斬斷情絲。

きずまをあわす【気棲を合す】　逢迎，

取悅。

きするところ【帰するところ】　①總
之。②結果…，歸根結底…。

キスをする　接吻，親嘴。

きずをつける【傷をつける】　①弄傷。
②沾汚。③敗壞…。④造成缺陷。

きせいをあげる【気勢をあげる】　抖
擻精神，鼓起勁來。

きせいをじょちょうする【気勢を助長
する】　助長了…的氣焰，助成聲勢。

ぎせいをはる【擬声を張る】　虛張聲
勢。

きせずして【期せずして】　不期而然
地。

きせずしてあう【期せずして会う】
不期而遇。

きせずしておなじ【期せずしておなじ】
不約而同。

きせずにあう【期せずに会う】　不期
而遇，不謀而合，不約而同。

きせつはずれ【季節はずれ】　不是時
候了，過景了。

きせんをせいする【機先を制する】
先下手，先發制人。

きそうてんがいよりおつ【奇想天外よ
り落つ】　異想天開

きそくどおりにやる【規則どおりにや
る】　照章辦事。

きそくをのばす【驥足を伸ばす】　施
展大才。

きそがある【基礎がある】　有根底。

きそをおく【基礎を置く】　奠基，奠
定…的基礎。

きそをかためる【基礎を固める】　打
基礎，加強…的基礎。

きそをさだめる【基礎を定める】　奠
定基礎。

きそをつくる【基礎をつくる】　打好
基礎，奠定基礎。

きだ【…気だ】　想…，打算…，準備…。

きたいがはずれた【期待がはずれた】
期望落空了，出乎意料。

きたいにひんする【危殆に瀕する】
瀕臨危殆，陷於極其危險的境地。

きたいをいだく【鬼胎を抱く】　①疑

慮。②懐着鬼胎。

きたえにきたえた【鍛えに鍛えた】
千錘百煉。

きだてがよい【気立てがよい】 性情
好，脾氣好，性情溫柔。

きたとうざは【来た当座は】 剛來的
時候。

きたら【来たら】 一提到…，一說起
…，至於…。➔前接格助詞"と"。
＝…について言えば。

**きたるものはこばまず【来るものは拒
まず】** 來者不拒。

きたんなくいう【忌憚なく言う】 直
言不諱，坦率地說，不客氣地說。

**きちがいじみたはなし【気違い染みた
話】** 宛如瘋話，如同瘋話。

**きちがいじみたわめき【気違い染みた
わめき】** 狂妄地叫罵。

**きちきちにまにあう【きちきちに間に
合う】** 剛剛趕上…。➔前接格助詞
"に"。

**きちゃくするところは【帰着するとこ
ろは】** 結果…，結局是…。

きちょうなことば【貴重なことば】
金玉良言。

**きちょうめんに…をまもる【几帳面に
…を守る】** 嚴守…。

きちれいにならって【吉例にならって】
按照吉例，照慣例，照老規矩＝吉例
により。

きっかけにして【切っ掛けにして】
剛一…就…，一…就…。

ぎっしりあう【ぎっしり合う】 嚴實
合縫。

ぎっしりたちならぶ【ぎっしり立並ぶ】
…林立。

ぎっしりつまる【ぎっしり詰る】 ①
裝得滿滿的，塞得滿滿的。②擠個嚴
實，擠得嚴嚴的。

きってもきれない【切っても切れない】
分不開的，割不斷的，拆不散的，切
不斷的。

**きつねとらのいをかる【狐虎の威を藉
る】** 狐假虎威。

**きつねにつままれたように【狐につま
まれたように】** ①像被狐狸迷住了

似的。②如墜五里霧中。

きつねのこはつらじろ【狐の子は煩白】
有其父必有其子，老子英雄兒好漢。

きつねのよめいり【狐の嫁入り】 晴
天下雨。

**きつねをうまにのせたよう【狐を馬に
乗せたよう】** ①搖搖晃晃。②搖擺
不定。③根基不穩。

きっぱりいう【きっぱり言う】 一口
咬定，乾脆說，斬釘截鐵地說。

**きっぱりしたはなしはない【きっぱり
した話はない】** 沒句痛快話。

**きっぱりといいきる【きっぱりと言い
切る】** ①一口咬定。②說個明白，
說個痛快。

**きっぱりはなしをする【きっぱり話を
する】** 說句痛快話。

きっぷがいい【気風がいい】 慷慨，
大方。

きっぷをあらためる【切符を改める】
查票，驗票。

きていやせいど【規定や制度】 規章
制度。

きできをやむ【気で気を病む】 自找
苦惱，自尋煩惱，庸人自擾。

きてはなをくくる【木で鼻を括る】
帶答不理，非常冷淡。

きてんがきく【機転が利く】 機敏，
機智，機靈，伶俐，心眼快。

きどうにのった【軌道にのった】 走
上軌道。

きどって【気取って】 裝模作樣地…。

**きどってはなもちならない【気取って
鼻持ならない】** 擺臭架子。

きなしに【気なしに】 無精打采的。

きにあう【気に合う】 中意，滿意，
合意。

きにいらない【気に入らない】 ①討
厭，嫌惡，膩歪。②不稱心，不順心，
不如意，不可以。③不喜歡。④不滿
意↔気に入る。

きにいらないこと【気にいらないこと】
刺耳的話，不中聽的話。

きにいられる【気にいられる】 受到
…的賞識＝眼鏡にかなう。

きにいる【気に入る】 ①喜歡，喜愛。

②順心，稱心，如意，中意，滿意。

きにいるようにする【気に入るように
する】①討…喜歡，令…喜愛。②
受到…寵愛。③受到…的器重。

きにおうじてやる【機におうじてやる】
隨機應變＝機に臨みへんに応ずる。

きにかかる【気にかかる】擔心，掛
心，掛念，惦念，惦記，懸念，不放
心＝心に掛かる。

きにかけない【気に掛けない】不擔
心，不掛心↔気にかける。

きにかけなさる【気にかけなさる】
放在心上。

きにかける【気に掛ける】＝気にか
かる。

きにくわない【気に食わない】①討
厭。②不順心，不稱心，不如意。③
叫人生氣。

きにくわないと【気に食わないと】
一不如意就…，不稱心就…。

きにさわる【気に触わる】①得罪了
…，不愉快。②令人生氣，讓人氣
憤。③傷了…的感情＝いやな気を
する。

きにしない【気にしない】①不介意，
不在乎。②別在意，別介意。③別掛
心，別擔心，別惦念↔気にする。

きにする【気にする】①介意，在意，
放在心裏。＝気にとめる。②掛心，
擔心，怕，惦念＝気に掛かる。③
注意，講究。♣前接格助詞 “を”。

きにたけをつぐ【木に竹を接ぐ】不
衝接，不連貫，不協調。

きにとうじてうまいことをする【機に
投じてうまいことをする】投機取
巧。

きにとうじてもうける【機に投じて儲
ける】趁機撈一把，趁機賺錢。

きにとめる【気に留める】介意，在
意，放在心裏↔きにとめない。

きにならない【気にならない】不想
…，不打算…，沒心思…，無心做，
沒有…的心情。♣前接動詞連體形。

きにならぬ【気にならぬ】同上條。

きになる【気になる】①想…，打
算…，有心…，有心思。②擔心，

掛念，不放心，叫人擔心，令人嘀咕
。

きにまかす【気にまかす】隨意，任
意，隨心所欲。

きにめさぬ【気に召さぬ】看不上
眼。

きにもくさにもこころをおく【木にも
草にも心を置く】草木皆兵，風聲
鶴唳。

きにやむ【気に痛む】①擔憂，擔心。
②憂悶。③納悶。

きによりてさかなをもとむ【木に縁り
て魚を求む】緣木求魚。

きねであたり，しゃくしであたる【杵
であたり，杓子であたる】這也不
對那也不對，什麼事都要找碴，事事
吹毛求疵。

きねんをとく【疑念を解く】解開疑
團＝ぎねんをはらす。

きのあった【気の合った】情投意合
的，對勁的，對脾氣的。

きのうのつづれきょうのにしき【昨日
の綴れ今日の錦】榮枯無常。

きのうのはなきょうのゆめ【昨日の花
今日の夢】同上條。

きのうのふちはきょうのせ【昨日の淵
は今日の瀬】榮枯無常，宦海浮沉。

きのうはひとのみきょうはわがみ【昨
日は人の身今日は我身】昨天看到
別人今天輪到自己，十年風水輪流轉
。

きのうやきょう【昨日や今日】①昨
天和今天。②這兩天，最近兩天＝昨
日今日。

きのおけない【気のおけない】①不
隔心的，沒有隔閡的。②心直口快的。

きのかわりやすい【気の変りやすい】
心情浮躁的，三心二意的，見異思遷
的，三分鐘熱度，不定性的。

きのきかぬ【気のきかぬ】愚蠢的。

きのせいだ【気の所為だ】精神作用，
神經過敏。

きのつく【気のつく】發覺，察覺，
理會到，想起。

きのどくです【気の毒です】①抱歉，
對不起。②可惜，遺憾。③不好意思
。

きのない【気のない】　冷淡的，帶答不理的。

きのながいはなし【気の長い話】　①漫長。②前途遙遠。

きのぬけたひと【気の抜けた人】　①虛心的人。②喪氣的人，沮喪的人。

きのぬけたように【気の抜けたように】　無精打采地，像掉了魂似地。

きのぼりはきではてる【木登りは木で果てる】　淹死會游泳的。

きのまよいで【気の迷いで】　由於錯覺。

きのみはもとへ【木の実は本へ】　萬象歸宗。

きのむくままに【気の向くままに】　隨意，任意，隨心所欲。

きのむくままにあるく【気の向くままに歩く】　信步而行。

きのゆるみだ【気の弛だ】　疏忽。

きのよい【気のよい】　性情溫和的。

きのわかい【気の若い】　朝氣蓬勃的。

きばかりせいて【気ばかり急いて】　心裏光着急。

きはこころ【気は心】　略表寸心，小意思，那末一點意思，千里送鵝毛禮輕情意重。

きはたしかである【気は確かである】　神志清醒。

きばって【気張って】　①慷慨地，大方地。②奮發地，幹勁十足地。

きはない【気はない】　不想…。

きばらなくてもよい【気張らなくてもよい】　不必裝腔作勢。

きばをかむ【牙を嚙む】　咬牙切齒＝切歯やくわんする，はぎしりする，牙を鳴す。

きばをとぐ【牙を研ぐ】　①磨牙。②想害…，想加害於…。

きばをならす【牙を鳴す】　①咬牙。②懊悔。

きはんをしめす【規範を示す】　示範。

きひしていわない【忌避して言わない】　諱而不言。

きびにふする【驥尾に付する】　追隨先進。

きひんがたかい【気品が高い】　品格高尚。

きぶつかなぶついしほとけ【木仏金仏石仏】　①非常冷酷無情的人。②非常薄情的人。③沒有表情的人。④沉默寡言的人。

きぶんがあかるい【気分が明るい】　心裏快活。

きぶんがいい【気分がいい】　①舒服。②痛快，愉快，高興，情緒好，心情舒暢。

きぶんがうっとうしい【気分が鬱陶しい】　心裏鬱悶＝気がくさくさする。

きぶんがおちつく【気分が落着く】　心裏踏實，心裏有底了↔気分がおちつかない。

きぶんがおもい【気分が重い】　心情沉重。

きぶんがおもくるしい【気分が重苦しい】　心情憂鬱。

きぶんがおもたい【気分が重たい】　心情沉重，心裏不痛快＝気分がおもい，気が重い，気持がおもい。

きぶんがかるくになる【気分がかるくになる】　心情輕鬆起來，覺得舒服了。

きぶんがさえている【気分が冴えている】　心裏敞亮。

きぶんがさわやかになった【気分が爽やかになった】　心裏爽快些了。不舒服。

きぶんがすぐれない【気分が優れない】　①不舒服。②不高興，不痛快，心情不好，情緒不好＝気分が悪い。↔気分がいい。❖一般不說“気分がすぐれる”，而是說“気分がいい”。

きぶんがそうかいだ【気分が爽快だ】　精神爽快。

きぶんがたかまる【気分が高まる】　氣氛高漲起來。

きぶんがちいさい【気分が小さい】　心眼小，氣量小。

きぶんがちがう【気分が違う】　氣氛不同。

きぶんがはずむ【気分が弾む】　高興起來，快活起來，愉快起來。

きぶんがほがらかだ【気分が朗らかだ】
心情愉快，心情舒暢＝きぶんがゆる
やかだ。

きぶんがむらだ【気分がむらだ】　不
定性，沒準性子。

きぶんがゆるやかだ【気分が緩やかだ】
心情舒暢＝きぶんがほがらかだ。

きぶんがわるい【気分が悪い】　①不
舒服，不舒適。②不痛快，不愉快，
不高興＝気持が悪い。

きぶんにあふれる【気分に溢れる】
充滿了…的氣氛。

きぶんになれない【気分になれない】
不想…，不打算…，沒心思…，沒…
的心腸，沒…的心情＝気にならない。

きぶんのいい【気分のいい】　①舒適
的，舒服的。②心眼好的，心地善良
的。

きぶんのようきな【気分の陽気な】
快活的，樂天的，爽朗的。

きぶんをおちつける【気分をおちつけ
る】　穩定情緒。

きぶんをこわす【気分を壊す】　①鬧
情緒。②傷感情。③破壞情緒。

きぼうがある【希望がある】　①有希
望，有指望。②有把握。

きぼうがもてない【希望が持てない】
沒望，沒希望，沒指望。

きぼうてきかんそく【希望的観測】
根據主觀推測。

きぼうにみちあふれる【希望に満ち溢
れる】　充滿希望。

きぼうにみちる【希望に満ちる】　同
上條。

きぼうにもえる【希望にもえる】　充
滿…的希望。

きぼうをいだく【希望を抱く】　抱着
希望。

きぼねがおれる【気骨が折れる】　叫
人操心，真費事，實在操心。

きまえがいい【気前がいい】　①大方，
磊落。②慷慨。③花錢大方，大手筆
。④度量大，氣量大。

きまえよく【気前よく】　慷慨地，大
方地。

きまえをみせる【気前を見せる】　顯
示大方。

きまかせにあるく【きまかせに歩く】
信步而行。

きまぐれなきょうみ【気紛れな興味】
一時的興致。

きまずいこと【気不味いこと】　難爲
情的事。

きまずくなった【気不味くなった】
失和。

きまずげに　不好意思…。

きまったように【決ったように】　①
照例，仍舊，照舊。②總是，老是。

きまよいしてけっしんがつかない【気
迷いして決心がつかない】　猶疑不
決。

きまりがつく【極りがつく】　①結束，
了結。②說妥，定下來。③拾掇，收
拾。

きまりがない【極りがない】　沒一定，
沒定規，沒準譜。

きまりがわるい【極りが悪い】　害羞，
不好意思，難爲情，拉不下臉來。

きまりわるげに【極りわるげに】　難
爲情地，不好意思地。

きまりわるそうに【極り悪そうに】
羞答答地。

きみがある【気味がある】　有點…，
有些…，覺得有點…＝気味だ。

きみがいい【気味がいい】　①覺得爽
快，感到痛快。②活該，報應＝気味
がよい。

きみがわるい【気味が悪い】　①令人
害怕，叫人發怵。②讓人討厭，令人
作嘔。

きみだ【気味だ】　有點…，有些…，
感到有點…，彷彿有些…。

きみつをもらす【機密を洩す】　洩密
↔きみつをまもる。

きみのかってだ【君の勝手だ】　由你，
在你，隨你便。

きみのきままにさせない【君の気まま
にさせない】　由不得你了。

きみゃくをつうじている【気脈を通じ
ている】　串通一氣。

きみゃくをつうじてわることをする

【気脈を通じて悪事をする】　狼狽
爲奸，合謀做壞事。

きむずかしいかおをする【気難しい顔
をする】　板着臉，繃着臉，哭喪着
臉，拉長臉。

きめて【…極め手】　①按…。②規定
爲…。

きめてがない【極め手がない】　沒法
…，沒法決定…，沒有解決…。

きめんひとをおどす【鬼面人を嚇す】
①裝鬼臉嚇人。②虛張聲勢。

きもおこらない【気もおこらない】
沒意思，打不起精神。

きもがすわってくる【胆が坐って来る】
①膽子壯起來了，壯起膽來了。②沉
着＝きもがすわっている。

きもがふとい【胆がふとい】　大膽，
膽子大。

きもちがいじける【気持がいじける】
畏縮了，退縮了。

きもちがうちとける【気持がうちとけ
る】　心情融合，感情融洽，沒有隔
閡。

きもちがうっとうしい【気持が鬱陶しい】
心裏鬱悶，心情沉重＝きぶんがうっ
とうしい，きもちがおもくなった。

きもちがおちつかない【気持がおちつ
かない】　心神不定，心裏悶得慌。

きもちがおちつく【気持がおちく】
①心裏踏實，安心。平心靜氣。

きもちがおもくなった【気持がおもく
なった】　心情沉重＝きもちがうっ
とうしい。

きもちがかわる【気持が変わる】　變
心了＝こころがかわる。

きもちがきたない【気持がきたない】
卑鄙，無恥，心裏骯髒＝こころがき
たない。

きもちがくだける【気持が砕ける】
情緒低落，心情不好＝気持がくらく
なる。

きもちがくらくなる【気持がくらくな
る】　同上條。

きもちがぐらぐらしている【気持がぐ
らぐらしている】　游移不定。

きもちがさっぱりする【気持がさっぱ

りする】　神清氣爽。

きもちがすっきりした【気持がすっき
りした】　心情舒暢，心情愉快，心
情輕鬆。

きもちがすっとした【気持がすっとし
た】　心裏痛快了。

きもちがする【気持がする】　覺得…
＝気かする。

きもちがはれやかだ【気持が晴やかだ】
心情爽快，情緒開朗。

きもちがまっすぐだ【気持が真直ぐだ】
①直爽，坦率。②正直。③老實。

きもちがみだれる【気持が乱れる】
心亂，心裏亂糟糟的。

きもちがむずむずしてきた【気持がむ
ずむずしてきた】　心裏癢癢，躍躍
欲試。

きもちがゆるむ【気持が緩む】　精神
懈怠，注意力不集中＝気がゆるむ。

きもちがよい【気持がよい】　①舒服，
舒適，好受。②高興，痛快，心情舒
暢。

きもちがわかやぐ【気持が若やぐ】
心情變得年輕起來。

きもちがわるい【気持が悪い】　①難
過，難受，彆扭。②不舒服，不得勁。
③不高興，不痛快，心情不佳，情緒
不好↔気持がよい。

きもちになった【気持になった】　想
…，願意…，有意思…。

きもちはおちついた【気持はおちつい
た】　心情平定下來了。

きもちはさっせられる【気持はさっせ
られる】　心情是可以理解的。

きもちよく【気持よく】　①輕鬆地，
愉快地。②順利地，容易地。③和和
氣氣地。

きもちよくおもわない【気持よく思わ
ない】　討厭，厭惡。

きもちをあらわす【気持を表わす】
表示心願，表示心意。

きもちをおちつける【気持を落付ける】
沉下心來，平心靜氣，抑制情緒。

きもちをかるくする【気持をかるくす
る】　使心情輕鬆。

きもちをひきたてる【気持を引立てる】

提起精神。

きもちをやわらげる【気持をやわらげる】　緩和情緒。

きもちをよむ【気持をよむ】　了解…的心意，知道…的意思。

きもちをらくとして【気持を楽として】　①輕鬆地，愉快地。②順利地，容易地＝気持よく，かるい気持で。

きもったまをおおきくする【胆っ玉を大きくする】　壯膽子，放大膽子。

きもにしむ【胆に染む】　銘刻於心，銘記不忘＝胆に銘ずる。

きものにきりをふく【着物に霧を吹く】　噴衣服＝着物にきりふきをする。

きものをまげる【着物を曲げる】　當衣服，典當衣服。

きももきょうもさむ【胆も興も醒む】　掃興，大煞風景。

きもをいる【胆を煎る】　①焦慮，焦心，着急。②操心，擔心。③幹旋・調解。

きもをすえる【胆をすえる】　壯起膽子。

きもをひやす【胆を冷す】　①膽戰心驚光提心吊膽。②嚇破膽。③虛驚。

きゃくあしがおちる【客足が落ちる】　顧客少，買主不多。

きゃくがきた【客が来た】　來客人了，客人來了。

ぎゃくコースをたどる【逆コースを辿る】　開倒車。

ぎゃくさつじけん【虐殺事件】　慘案。

ぎゃくてんかちする【逆転勝ちする】　反敗爲勝。

ぎゃくなことをいう【逆なことを言う】　說反話。

ぎゃくなばあいとして【逆な場合として】　恰恰相反。

ぎゃくにいえば【逆に言えば】　反過來說，反着說。

ぎゃくにいうならば【逆に言うならば】　同上條。

ぎゃくにする【逆にする】　反過來，倒過來。

ぎゃくにもつ【逆に持つ】　反着拿，倒着拿。

きゃくにゆく【客に行く】　去作客。

きやくをきめる【規約をきめる】　訂合同。

きゃくをつる【客をつる】　招攬客人。

きゃくをとどめる【客を留める】　留客。

ぎゃくをとる【逆を取る】　①把對方的手擰到背後。②等着瞧他好看。

きゃくをひく【客を引く】　招攬顧客，招攬買主。

きゃくをもてなす【客を持成す】　招待客人。

きゃくをよぶ【客を呼ぶ】　①請客。②招攬顧客。

きやすめにことをする【気休めにことをする】　敷衍了事。

きやすめのことばをいう【気休めのことばを言う】　①說句安慰話。②說句敷衍話，說不可靠的話＝きやすめのもんくをいう。

きゃっこうをあびる【脚光を浴びる】　①上演。②登臺，登上…的舞台。③漸露頭角，逐漸引起人們的注意。

キャンプにゆく【キャンプに行く】　去露營，去野營。

キャンプをする　野營，露營。

キャンプをはる【キャンプを張る】　搭帳篷。

きゅうかくをだっする【旧殼を脱する】　打破舊傳統。

きゅうかになる【休暇になる】　放假了，休假了。

きゅうかをとる【休暇をとる】　請假。

ぎゅうぎゅうのめにあう【ぎゅうぎゅうの目に合う】　叫人趕盡殺絕。

きゅうきょくのところ【究極のところ】　結果…，畢竟是…，畢竟還是…，歸根結底…＝究竟のところ。

きゅうきんをうけとる【給金を受取る】　領工資。

きゅうきんをはらう【給金を拂う】　發工資。

きゅうしにいっしょうをえる【九死に一生を得る】　九死一生，死裏逃生，絕處逢生＝九死に一生。

きゅうしゅうをぼくしゅうする【旧習を

墨守する】　墨守成規，因循守舊。

きゅうじょうをうったえる【窮状を訴える】　訴苦。

きゅうしょにあたった【急所に当った】　擊中要害＝きゅうしょをつく。

きゅうしょをおさえる【急所を押える】　抓住要害，抓住要點＝きゅうしょをつかむ。

きゅうしょをつく【急所を突く】　擊中要害，攻擊要點。

きゅうしょをにぎる【急所を握る】　抓住要點，抓住關鍵。

きゅうじをかたる【旧時を語る】　話舊，敍舊，說古。

ぎゅうじをとる【牛耳を執る】　執牛耳，領導，左右。

きゅうじんのこうをいっきにかく【九仞の功を一簣に欠く】　功虧一簣。

きゅうすればとおす【窮すれば通す】　窮極智生，窮則思變，絕處逢生，車到山前必有路，船到橋頭自然直。

きゅうせきをともにする【休戚を共にする】　休戚與共，休戚相關。

きゅうそかえってねこをかむ【窮鼠かえって貓を嚙む】　窮鼠反嚙，耗子急了也咬貓，狗急跳牆。

きゅうたいいぜん【旧態依然】　依然故我，毫無長進，還是老樣子。

きゅうたいにもどる【旧態に戻る】　故態復萌。

きゅうちょうふところにいる【窮鳥懐に入る】　①窮鳥入懷。②為窮困所迫而依人門下。

きゅうてんちょっか【急転直下】　急轉直下。

きゅうなことで【急なことで】　由於事出突然，所以…。

きゅうに【急に】　突然…＝にわかに。

きゅうにそなえる【急に備える】　應急。

きゅうにはおもいだせない【急には思い出せない】　一時想不起來了。

きゅうにふくする【旧に復する】　①復舊。②復原。

きゅうにふけこんだ【急に老けこんだ】　一下子變得蒼老了。

きゅうにまにあわない【急に間に合わない】　一時來不及。

きゅうにめまいがする【急にめまいがする】　一陣頭暈。

きゅうのまに【急の間に】　①馬上，立刻。②一下子，一時間。③一旦緊急。

きゅうのまま【旧のまま】　仍舊，照舊。

きゅうばしのぎをする【急場凌ぎをする】　權宜之計，臨時對付，敷衍一時。

きゅうばのいえ【弓馬の家】　武士之家。

きゅうばのみち【弓馬の道】　武術，武藝。

きゅうばをこす【急場をこす】　越過難關。

きゅうばをすくう【急場を救う】　救急。

きゅうよのいっさく【窮余の一策】　窮極之策，最後手段，最後一招，最後一手。

きゅうりょうをまえがしする【給料を前貸する】　預付工資。

きゅうりょうをまえがりする【給料を前借する】　預借工資。

きゅうりょうをもらう【給料を貰う】　領工資＝給金を受け取る。

きゅうりをきる【久離を切る】　斷絕父子關係。

きゅうれきのしょうがつ【旧暦の正月】　春節，舊曆年。

きゅうをすえる【灸をすえる】　①用艾灸。②懲處，懲治。

きゅうをすくう【急を救う】　救急。

きゅうをつげる【急をつげる】　告急，報警。

きょうあす【今日明日】　今明兩天，一兩天，最近這兩天。

きょうあすのうちに【今日明日の内に】　一兩天內。

きょうあってあすないみ【今日あって明日ない身】　①人世無常。②死期臨近。

きょうかあすかという【今日か明日かという】　命在旦夕，過不了一兩天

了，也就這兩天了。

きょうかいをはっきりひく【境界をは
　っきりひく】　劃清界限。

きょうかいをさだめる【境界を定める】
　劃定疆界。

きょうがさめる【興が冷める】　掃興，
　敗興＝きょうをさます。

きょうかつにでる【恐喝にでる】　採
　取恐嚇手段。

きょうから【今日から】　從今後，從
　今天起。

きょうかんをよせる【共感をよせる】
　給以同情。

ぎょうぎがよい【行儀がよい】　①有
　禮貌，懂規矩。②擧止端莊↔ぎょう
　ぎがわるい。

ぎょうぎがわるい【行儀が悪い】　沒
　禮貌，沒規矩。

ぎょうぎにかつ【競技に勝つ】　賽贏
　了↔きょうぎにまける。

ぎょうぎのいいものではない【行儀の
　いいものではない】　不禮貌。

きょうきゅうがじゅようにおうじられ
　ない【供給が需要に応じられない】
　供不應求。

ぎょうぎょうしいことをいう【仰仰し
　いことを言う】　誇大其詞＝仰仰し
　く言う，仰山に言う。

ぎょうぎょうしくいう【仰仰しく言う】
　同上條。

ぎょうぎょうしくする【仰仰しくする】
　①大驚小怪。②小題大作。

ぎょうぎよく【行儀よく】　①端正地。
　②有禮貌地，規規矩矩地。③按次序
　地。

ぎょうぎをしらない【行儀を知らない】
　不懂規矩，不懂禮貌。

ぎょうぎをしる【行儀を知る】　懂規
　矩，懂禮貌。

きょうきんをひらく【胸襟をひらく】
　推心置腹。

きょうきんをひれきして【胸襟を披瀝
　して】　開誠佈公地。

きょうぐうがちがう【境遇が違う】
　處境不同。

きょうくんとする【教訓とする】　作

爲…的教訓。

きょうくんをうる【教訓を得る】　得
　到教訓。

きょうくんをくみとる【教訓を汲取る】
　吸取教訓。

きょうげんをしくむ【狂言を仕組む】
　設騙局，設圈套。

きょうごうするかたちとなる【競合す
　る形となる】　處於同…相競爭的狀
　態，正在和…相競爭。

きょうさくにそなえる【凶作に備える】
　備荒。

きょうさくのとし【凶作の年】　荒年。

きょうざめがする【興醒めがする】
　叫人掃興。

ぎょうさんかねがある【仰山金がある】
　有的是錢。

ぎょうさんなもののいいかたをする
　【仰山なもののいい方をする】　說
　得太誇張，說得太過火。

ぎょうさんにある【仰山にある】　多
　極了，多得很，多得是。

ぎょうさんにいう【仰山に言う】　誇
　大其詞＝言うことが仰山だ，ぎょう
　ぎょうしく言う。

きょうしつにおけるきょういく【教室
　における教育】　課堂教育。

きょうしゅくです【恐縮です】　（表
　示客氣或謝意）①抱歉，感到惶恐，
　對不起。②麻煩你了。③難爲情，不
　好意思，不敢當。

きょうしゅてぼうかんする【拱手し
　て傍観する】　袖手旁觀。

きょうじゅつしたことば【供述したこ
　とば】　供詞。

きょうじんにたおれる【兇双に倒れる】
　死於凶殺，被刺，被暗殺，遭殺害。

きょうじんにもの【狂人に双物】
　瘋子操刀，危險萬分。

きょうじんはしればふきょうじんもは
　しる【狂人走れば不狂人も走る】
　一犬吠形，百犬吠聲。

ぎょうせきをのこす【業績を残す】
　留下了功績，有了功勞。

きょうだいのようにしたしい【兄弟の
　ように親しい】　親如兄弟。

きょうだいのようになかがよい【兄弟
のように仲がよい】　親如手足。

きょうだいぶん【兄弟分】　盟兄弟，
拜把兄弟。

きょうだいぶんのやくそくをする【兄
弟分の約束をする】　結義，拜把子。

きょうたいをえんずる【狂体を演ずる】
擧止狂亂。

きょうたいをつくす【嬌態を尽す】
嬌態百出。

きょうだんにたつ【教壇に立つ】　①
登上講臺。②當教師，執教鞭，任教。

きょうちゅうにうかぶ【胸中に浮ぶ】
想起…，…浮現在腦海中。

きょうちゅうにひめておく【胸中に秘
めておく】　藏在心裏。

きょうちゅうをあかす【胸中を明かす】
吐露心事。

きょうちゅうをよむ【胸中を読む】
猜度…的心事。

きょうというきょうは【今日という今
日は】　今天就…，今天一定要…，
◆“という”在這裏表示強調和限定
。

ぎょうとする【業とする】　①以…爲
職業。◆前接格助詞“を”。

ぎょうにたえぬ【技痒に堪えぬ】　懷
技欲試，躍躍欲試。

きょうにのる【興に乗る】　乘興。

きょうのきょうまで【今日の今日まで】
直到今天。

きょうはくにくっしない【脅迫に屈し
ない】　嚇不住，嚇不倒，威嚇不了。

きょうふうがあれくるう【狂風が荒れ
狂う】　狂風怒吼。

きょうふにおそわれる【恐怖に襲われ
る】　感到恐怖，感到害怕。

きょうべんをとる【教鞭を取る】　執
教，教書，當教員。

きょうぼうせいをはっきする【兇暴性
を発揮する】　逞凶，蠻橫。

きょうみがある【興味がある】　有興
趣，對…感情趣＝きょうみをもつ。
↔きょうみがうすれる。

きょうみがうすれる【興味が薄れる】
興趣淡薄，對…興趣不大。

きょうみがわく【興味が湧く】　發生
興趣，對…産生興趣。

きょうみさくぜんたるものがある【興
味索然たるものがある】　索然無味
↔興味津津。

きょうみしんしん【興味津津】　津津
有味，趣味盎然。

きょうみぶかい【興味ぶかい】　很有
興趣，興趣很濃厚。

きょうみをおぼえる【興味を覚える】
覺得有趣，覺得挺有意思↔きょみを
かんじない。

きょうみをかんじない【興味を感じない】
不感興趣。

きょうみをしめす【興味をしめす】　一
點興趣也沒有了。

きょうみをそぐ【興味を殺ぐ】　掃興，
敗興，煞風景＝きょうみを冷やす。

きょうみをそそる【興味をそそる】　引
起興趣，引人入勝。

きょうみをもつ【興味を持つ】　喜好…，
對…感興趣。◆前接格助詞“に”。

きょうらくてきなせいかつをする【享
楽的な生活をする】　過着享樂生活，
過着驕奢淫逸的生活。

きょうらくにふける【享楽に耽ける】
一味追求享樂。

ぎょうれつをつくる【行列をつくる】
排隊。

ぎょうをあける【行をあける】　空行，
空一行。

ぎょうをあらためる【行を改める】
另起一行。

ぎょうをおえる【業を終える】　結業，
畢業。

きょうをこえる【境を越える】　過境，
越境。

きょうをさます【興を冷す】　掃興，
敗興＝興味をそぐ，興味を殺がれる
。

きょうをそえる【興を添える】　助興。

きょうをつくす【興を尽す】　盡興。

ぎょうをならう【業を習う】　學藝。

きょえいしんがつよい【虚栄心が強い】
虚榮心很強。

きょきんをもとめる【醵金を求める】

募捐。

きょくがいものからみる【局外者から見る】　從局外人來看。

きょくがないはなしだ【曲がない話しだ】　眞沒趣，沒意思。

きょくげんすれば【極言すれば】　極端來說。

きょくじつしょうてんのいきおい【旭日昇天の勢】　蒸蒸日上之勢，旭日東昇之勢。

きょくたんにはしる【極端に走る】　走極端。

きよくみずにながす【清く水に流す】　既往不咎。

きよくわすれる【清く忘れる】　①付之流水。②不存介蒂，說完就完。③早忘了，忘得一乾二淨。

きよしない【寄与しない】　無助於…，對…沒有好處，對…沒有影響，對…不起作用＝きよはない。↔きよするところがある。❖前接格助詞“に”。

きょしんへいきで【虚心平気で】　平心靜心地。

きよするところがある【寄与するところがある】　有助於…，對…有好處，對…有作用，對…有影響。❖前接格助詞“に”。

きょせいをはる【虚勢を張る】　虚張聲勢。

きよはない【寄与はない】　＝きよしない。

きょふのりをしめる【漁夫の利を占める】　坐收漁翁之利，從旁佔便宜。

きょほうにおののく【虚報におののく】　虚驚一場。

きょほうをつたえる【虚報を伝える】　散佈謠言。

きよみずのぶたいからとびおりるよう【清水の舞台から飛び下りるよう】　下定決心。

きょめいをようする【虚名を擁する】　徒有其名。

きょをつく【虚をつく】　冷不防，出其不意。

きよをなす【寄与をなす】　做出貢獻。

きらいがある【嫌いがある】　①有…之嫌。②有點…，有些…。

きらいなく【嫌いなく】　不分…。

きらいになる【嫌いになる】　忌…，與…相忌。

きらいはない【嫌いはない】　不嫌…，不挑揀…。

きらをかざる【綺羅を飾る】　滿身綺麗，身着華麗。

きらをはる【綺羅を張る】　炫耀華麗，炫耀華麗的衣着。

きりあげてはなせば【きりあげて話せば】　簡短來說，簡捷來說。

ぎりいっぺんで【義理一遍で】　只是走走形式，只是迎迎過場。

ぎりいっぺんのこと【義理一遍のこと】　走形式，走過場。

きりがおりる【霧が降りる】　下霧。

きりがかかる【霧がかかる】　有霧，下霧。

きりがたつ【霧が立つ】　同上條。

ぎりがたつ【義理が立つ】　盡情分，盡情面。

きりがでる【霧が出る】　＝きりがおりる。

きりがない【切りがない】　沒完，無止境，沒有限度，沒完沒了。

きりがはれる【霧が晴れる】　霧散了。

きりがふかい【霧が深い】　霧大，霧濃，大霧彌漫。

きりかぶにもいしょう【切株にも衣裳】　人是衣馬是鞍。

きりさめがふる【霧雨が降る】　下毛毛雨，下濛濛雨。

きりさめにけぶる【霧雨にけぶる】　細雨濛濛。

ぎりしらず【義理知らず】　不懂人情。

きりすてごめん【切捨てごめん】　格殺無論。

きりだしにくいはなし【切出しにくい話】　說不出口的話，不好意思說出來的話。

きりつがゆるんだ【規律が弛んだ】　紀律鬆弛。

きりつをひきしめる【規律をひきしめる】　整頓紀律。

きりで ①只有…。②到…爲止，以…爲限，以…爲期。

きり…ない 只…，僅僅…，只有…＝…しか…ない，…きりありません。

きりなしにしゃべる 說個沒完。

ぎりにからまる【義理に絡らまる】 礙於情面。

ぎりにほだされる【義理に絆される】 抹不開，抹不開面子，礙於情面。

ぎりにも【義理にも】 看在情面上，看在情分上，於情義上…。

ぎりのあに【義理の兄】 姐夫。

ぎりはことわりにくい【義理は断わりにくい】 情面難卻。

きりはなれがよい【切り離れがよい】 ①想得開，思想開朗，思想豁達。②花錢大方。

きりふだできる【切札で切る】 拿出王牌，使出王牌＝きりふだをだす。

きりぼしいも【切干いも】 白薯乾。

きりぼしだいこん【切干だいこん】 蘿蔔乾。

きりめがつく【切り目がつく】 ①有眉目了，有譜了，有着落了。②告一段落＝一つ切り目がつく。

きりめがよい【切り目がよい】 正好是一段＝きれめがよい。

きりもりのうでがある【切り盛りの手腕がある】 有經營手腕。

きりょうがある【器量がある】 有才幹，有…的才幹。

きりょうがよい【器量がよい】 有姿色，長得俊，長得美，長得好看，長得標緻。

きりょうがわるい【器量が悪い】 長得醜，長得難看。

きりょうをはなにかける【器量を鼻にかける】 賣弄姿色。

きりょくがおとろえる【気力が衰える】 精力衰退。

きりょくをおとす【気力を落す】 喪氣。

ぎりをかく【義理を欠く】 缺禮，欠人情。

ぎりをしらない【義理を知らない】 不懂人情。

ぎりをたてる【義理を立てる】 盡情分，維持情面。

きりをつける【切りをつける】 把…告一段落。

きれあじのよい【切味のよい】 鋒利的。

きれあじをためす【切味をためす】 試刀快不快。

きれいなことをいう【奇麗なことを言う】 說漂亮話。

きれいにこしらえる【綺麗に拵える】 打扮得漂漂亮亮。

きれいにことわる【綺麗に断る】 乾脆拒絕。

きれがとまった【切れが止まった】 鈍了，不快了。

きれはなれがよい【切れ離れがよい】 心寬，想得開。

きろくをつくる【記録をつくる】 創記錄。

きろにいる【岐路に入る】 離題，走板。

きろにたつ【岐路に立つ】 徘徊於岐路。

きろにつく【帰路につく】 就歸途，往回家的路上走。

ぎろんがふんきゅうする【議論が紛糾する】 議論紛紛，爭論不一。

ぎろんであいてをへこます【議論で相手を凹ます】 駁倒對方。

ぎろんにはながさく【議論に花が咲く】 熱烈爭辯。

ぎろんひゃくしゅつ【議論百出】議論紛紛。

ぎわくをいだく【疑惑を抱く】 懷疑，對…有懷疑，對…抱懷疑態度。

ぎわくをまねく【疑惑を招く】 受…懷疑，惹起…懷疑，引發…懷疑。

ぎわくをもつ【疑惑を持つ】 有疑問，懷疑。

きわだったことをする【際立ったことをする】 標新立異。

きわどいしつもんをする【際疾い質問をする】 提出故意難爲人的問題。

きわどいところでたすかる【際疾いところで助かる】 險些喪命。

きわどいはなしをする【際疾い話をする】 說下流話。

きわまるところをしらぬ【極まるところを知らぬ】　無止境，無窮盡。

きわめてしんぴてきだ【きわめて神秘的だ】　神乎其神，玄乎其玄。

きわめてふきげんのかお【きわめて不機嫌の顔】　非常不高興的面孔。

きわめてまずい【きわめて不味い】　非常笨拙，極不高明。

きわめてまずい【きわめて貧しい】　極其貧乏。

きをいっせず【機を逸せず】　及時地，趕快地，不失時機地。

きをいつにする【軌を一にする】　同出一轍。

きをいれる【気を入れる】　加油，賣勁，用心。

きをうかがう【機をうかがう】　伺機。

きをうしなう【機を失う】　錯過機會，失掉機會。

きをうしなう【気を失う】　暈過去了，昏過去了。

きをおこした【気を起した】　有…的興趣。

きをおちつけて【気を落着けて】　①冷靜地，鎮靜。②心平氣和地，平心靜氣地。③安心地，沉下心來。

きをおとす【気を落す】　氣餒，沮喪，灰心，喪氣，失望。

きをおもんずる【義を重んずる】　重義氣。

ぎをかわす【技をかわす】　鬥招。

きをきかせる【気を利かせる】　使點心眼。

きをくばる【気を配る】　①小心，留神，注意。②警戒。③照顧。◆前接格助詞“に”。

きをくるわせる【気を狂わせる】　發瘋，要發狂。

きをくさらす【気を腐らす】　沮喪，令人沮喪，心灰意冷，悶悶不樂，無精打采。

きをさわる【気を触る】　得罪…，觸怒了，傷了…的感情，使…不舒服，令…生氣＝気を悪くする。

きをしずめる【気を静める】　安下心來，靜下心來。

きをじょうぶにもつ【気を丈夫にもつ】　抖擻精神。

きをそこなう【気を損う】　觸怒了…，令…生氣，傷了…感情，使…不痛快。

きをそそぐ【気を注ぐ】　集中精神於…。◆前接格助詞“に”。

きをたしかにもつ【気を確かに持つ】　保持清醒頭腦。

きをちらさず【気を散さず】　精神集中地，聚精會神地。

きをちらす【気を散す】　精神渙散，注意力分散。

きをつかう【気を使う】　①勞心，費心，操心。②照料。

きをつけ【気をつけ】　立正。

きをつける【気をつける】　①注意，留神。②當心，提防。③留心，留意。④保重…。

きをつめる【気を詰める】　專心致志，集中精神。

きをとめない【気を留めない】　①不注意…。②不在乎。

きをとめる【気を留める】　注意…，留心…。

きをとられる【気を取られる】　只顧…，只注意…。

きをとりなおす【気を取直す】　①打起精神，振作精神，振作起來。②回心轉意。

きをながくもつ【気を長く持つ】　耐心等待，放長線釣大魚。

きをにぎる【機を握る】　掌握住時機，掌握住火候。

きをのまれる【気を呑まれる】　①發怵，怯場，膽怯。②懾服，嚇倒。

きをはく【気を吐く】　①增光。②揚眉吐氣。

きをはらす【気を晴す】　①散心，解悶，消愁解悶。②消除疑慮。

きをはりつめる【気を張詰める】　使精神緊張起來。

きをひいてみる【気を引いて見る】　刺探心意。

きをひきしめる【気を引締める】　打起精神，振作起精神，振奮精神。

きをひきたてる【気を引立てる】　鼓
　勵，給…打氣。

きをひく【気を引く】　①引誘。②刺
　探心意。

きをまつ【機を待つ】　等待機會。

きをまわしすぎる【気を廻しすぎる】
　太多心了，太多疑了。

きをまわす【気を廻す】　多心，多疑，
　好懷疑，好猜疑。

きをみて【機を見て】　趁機，找機會，
　瞧機會。

きをみてもりをみない【木を見て森を
　見ない】　只見樹木不見森林。

きをみる【機を見る】　觀風，看風向，
　看機會。

きをみると【機を見ると】　一有機會
　就…。

きをみるに【機を見るに】　趁機，找
　機會，瞧機會。

きをもたせる【気を持たせる】　①引
　誘。②使人抱某種希望。③賣弄風情。

きをもむ【気を揉む】　①擔心。②操
　心。③憂慮，煩惱，焦慮。④着急，
　急着…。⑤勾心鬥角。

きをやしなう【気を養う】　養神。

きをやむ【気を病む】　①擔憂，憂悶。
　②納悶＝気がふさぐ。

きをやめる【気をやめる】　放心。

きをゆるしてはならない【気を許して
　ならない】　①不能疏忽大意。②對
　…不放心。

きをゆるす【気を許す】　①疏忽大意，
　喪失警惕。②放心。③鬆心。

きをゆるめる【気を緩める】　放鬆警
　惕，不加提防。

きをわるくしない【気を悪くしない】
　別誤解，別誤會，別見怪，別生氣。

きをわるくする【気を悪くする】　得
　罪…，觸怒…，傷了…感情，使…不

快＝気をきわる。

きんかぎょくじょうとする【金科玉条
　とする】　把…當成金科玉律。

きんがんになる【近眼になる】　眼睛
　近視了。

きんきんのことだ【近近のことだ】
　快要…。

きんげんみみにさからう【金言耳に逆
　う】　忠言逆耳。

きんこんいちばん【緊褌一番】　①勒
　緊褌帶。②發奮，下定決心。

きんじゅうにもおとる【禽獣にも劣る】
　禽獸不如。

きんじょとなり【近所となり】　左鄰
　右舍。

きんせんにふれる【琴線に触れる】
　動人心弦，扣人心弦。

きんたまがちぢみあがる【金玉が縮み
　上がる】　非常害怕，嚇得發抖，毛
　骨悚然。

きんちゃくきり【吊着切り】　扒手。

きんてきをいおとす【金的を射落す】
　①達到了最大目的。②獲得了極大成
　功。③得了最大幸福。

きんときのかじみまい【金時の火事見
　舞】　喝得紅頭漲臉。

きんにくろうどう【筋肉労働】　體力
　勞動。

きんねんにない【近年にない】　近年
　罕見的。

きんぱくがはげる【金泊が剥げる】
　原形畢露。

ぎんまくのスター【銀幕のスター】
　電影明星。

きんれいをおかす【禁令を犯す】　犯
　禁。

きんれいをとく【禁令を解く】　解除
　禁令。

く

ぐあいがいい【工合がいい】　①舒服，舒適。②體面。③好使，好用。④方便。⑤順利＝都合がいい。↔工合が悪い。

ぐあいがわるい【工合が悪い】　①不舒服。②不好使。③不方便。④不順利。⑤不好意思。

ぐあいよく【工合よく】　①順利。②方便。③舒服地＝都合よく。

くいいじがはっている【食意地が張っている】　嘴饞得很。

くいきれない【食切れない】　吃不了。

くいけがさかんだ【食い気が盛んだ】　食欲旺盛。

くいしんぼうでなまけもの【食客坊でなまけもの】　好吃懶做。

くいぜをまもる【株を守る】　守株待兔。

くいちがいがある【食違いがある】　有矛盾，有分歧，不一致。

くいちがいがおきた【食違いが起きた】　發生了矛盾，産生脱節現象，産生差錯，發生爭執。

くいちがいがしょうずる【食違いが生ずる】　發生偏差。

くいついてはなれない【食い付いて離れない】　①堅守…，固守…。②埋頭…。③對…很感興趣。④抓住…不放。◆前接格助詞"に"。

くいでのある【食出のある】　實惠的。

くいでもおよばない【悔でも及ばない】　後悔也來不及了。

くいをせんざいにのこす【悔を千載に残す】　遺恨千古↔名を千載に残す。

くいをのこす【悔を残す】　後悔，遺恨。

くうかくわれるか【食うか食われるか】　拼個你死我活，不是你死就是我活。

くうかくわれるかのあいだがら【食うか食われるかのあいだがら】　死對頭。

くうきょなぎろん【空虚な議論】　空洞的議論。

くうきをつくる【空気をつくる】　製造空氣。

くうきをやわらげる【空気をやわらげる】　緩和一下空氣。

くうぜんぜつご【空前絶後】　空前絶後。

ぐうぜんなこと【偶然な事】　偶然事件，意外事件。

ぐうぜんにあう【偶然に会う】　下期而遇，偶然遇見。

ぐうぜんにいっちする【偶然に一致する】　不約而同。

ぐうぜんにおこる【偶然に起る】　偶然發生。

くうぜんにしてぜつご【空前にして絶後】　空前絶後。

ぐうぜんをあてにする【偶然をあてにする】　指望偶然的機會。

くうそうにふける【空想に耽ける】　耽於幻想，一味空想。

くうそうをえがく【空想を描く】　幻想，空想。

くうそうをはしらせる【空想を走らせる】　同上條。

くうたらになる　①游手好閑。②無所事事。③吊兒郎噹。

くうちゅうろうかくをえがく【空中樓閣を描く】　幻想，空想。

くうにきす【空に帰す】　①落空。②白搭，白費，白費心，沒用＝空になる。

くうになる【空になる】　同上條。

くうにはこまらない【食うには困らない】　不愁吃穿。

ぐうのねもでない【ぐうの音も出ない】　一聲不吭，一聲不響，啞口無言。

くうふくでしにそうだ【空腹で死にそうだ】　餓死要死。

くうふくになる【空腹になる】　餓了

＝空腹を訴える。

くうふくにまずいものなし【空腹にま
ずいものなし】　飢不擇食，飢者易
爲食。

くうふくをがまんする【空腹をがまん
する】　忍着餓。

くうふくをかんじる【空腹を感じる】
覺得餓了。

くうふくをみたす【空腹を満たす】
充飢。

くうやくわず【食うや食わず】　①幾
乎什麼也沒吃。②吃一餐沒一餐。

クエスチョンマーク　問號，疑問號。

くえない【食えない】　①吃不起。②
不能維持生活。③狡猾，不好對付。

くぎがきく【釘が利く】　沒白說，沒
白提。

くぎづけにされたようにたたずむ【釘
付にされたように佇む】　呆立不動。

くぎづけにする【釘付にする】　釘死。

くぎってよむ【句切って読む】　分開
讀。

くぎになる【釘になる】　手腳凍僵。

くきょうにおちいる【苦境に陥いる】
陷入窘境，進退兩難。

くぎりをつける【句切りをつける】
把…告一段落。

くぎをうつ【釘を打つ】　說妥，說好，
釘死，釘規矩＝釘を刺す。

くぎをさす【釘を刺す】　同上條。

くくりをつける【括りをつける】　結
束…。◆前接格助詞"に"。

くさいところもない【臭いところもな
い】　沒有可疑的地方。

くさいめしをくう【臭いめしを食う】
坐牢，坐監。

くさいものにふたをする【臭いものに
蓋をする】　遮醜，遮蓋壞事，家醜
不可外揚。

くさいものみしらず【臭い物身知らず】
看不見自己的短處（缺點、錯誤）。

くさきにもこころをおく【草木にも心
を置く】　草木皆兵。

くさきもなびく【草木も靡く】　望風
歸順。

くさきもねむるうしみつどき【草木も

眠る丑三つ時】　深更半夜，萬籟俱
寂。

くさきもゆるがぬ【草木も揺がぬ】
太平，昇平。

くさくてかげない【臭くてかげない】
朦臭難聞。

くさってもたい【腐っても鯛】　痩象
倒地千斤肉，價値永不消失。

くさのねをわけてさがす【草の根を分
けて捜がす】　仔細尋找，遍尋無遺。

くさばのかげ【草葉の陰】　黄泉，九
泉之下。

くさめがでる【嚔が出る】　打噴嚔＝
くしゃみがでる，くさめをする。

くじがあたる【くじが当る】　中彩。

くじびきをする【籤引きをする】　抽
籤。

ぐしゃもいっとく【愚者も一得】　愚
者千慮必有一得。

くじゅうをなめる【苦汁を嘗める】
①備嘗辛酸，備嘗艱苦。②受寃枉。

くじゅのひでん【口授の秘傳】　口訣。

くじょうがない【苦情がない】　沒什
麼抱怨，沒什麼不滿。

くじょうをいう【苦情を言う】　訴苦，
抱怨，不滿，挑剔，發牢騷。

くじょうをいうものではない【苦情を
言うものではない】　不應該有所挑
剔。

くじょうをうったえる【苦情を訴える】
訴苦，抱怨，發牢騷。

くじょうをもちこまれる【苦情を持込
まれる】　受到人家責問。

くじをひく【籤を引く】　抽籤。

くしんさんたん【苦心慘憺】　煞費苦
心＝いろいろくしんする。

くしんさんたんしたかいがある【苦心
慘憺した甲斐がある】　苦心弧詣。

くしんしてけいえいする【苦心して経
営する】　苦心經營。

くしんしてことをはこぶ【苦心して事
を運ぶ】　同上條。

くしんのかいがある【苦心の甲斐があ
る】　苦心沒白費，沒白費苦心。

くしんむなしからず【苦心空しからず】
同上條。

ぐずぐずいう【ぐずぐず言う】　嘟囔，嘮叨。

ぐずぐずしないで　別磨磨蹭蹭了＝ぐずぐずせずに。

ぐずぐずできない　不能耽擱。

ぐずぐずなくようになった【ぐずぐず泣くようになった】　抽抽嗒嗒地哭起來了。

くすくすわらう【くすくす笑う】　笑嘻嘻的，癡癡地笑。

くすぐったいようなきがする【くすぐったいような気がする】　覺得不好意思，覺得難爲情＝くすぐったがる

くすりきゅうそうばい【薬九層倍】　賣藥，一本萬利。

くすりです【薬です】　有效，有益，有好處。

くすりとなる【薬となる】　取得教訓，對…有益，對…有好處＝くすりになる。

くすりとわらう【くすり笑う】　噗嗤一笑。

くすりにしたくもない【薬にしたくもない】　一點也沒有＝少しもない。

くすりになる【薬になる】　有益，對…有益。

くすりはない【薬はない】　無效，無益，毫無辦法。

くすりをあわせる【薬を合わせる】　配藥。

くすりをかう【薬を買う】　抓藥。

くすりをつける【薬をつける】　上藥，敷藥。

くせあるうまにのうあり【癖ある馬に能あり】　有脾氣的人必有擅長。

くせがある【癖がある】　①有脾氣。②有…習慣，有…毛病，有…習氣。③好…，愛…。

くせがつく【癖がつく】　①養成…習慣。②沾染上…習氣。③…慣了。④心野了。

くせがぬける【癖が抜ける】　改掉…習慣，把…毛病去掉＝癖が直る。

くせがわるい【癖が悪い】　①脾氣不好。②性子烈，性子野。③手不穩。

くせに【癖に】　雖然…可是…＝…のに。

くせになる【癖になる】　養成…習慣，上癮了。

くせもののからわらい【曲者のから笑い】　笑面虎。

くせをつける【癖をつける】　①養成…習慣。②沾染上…習氣。

くそいまいましい【糞いまいましい】　①該死。②見鬼。

くそくらえ【糞食え】　①扯淡。②活該。③狗屁。④王八蛋＝くそでもくらえ。

くそちからがある【糞力がある】　有點笨力氣。

くそたれめ【糞たれめ】　該死，該死的東西。

くそっ【糞っ】　媽的，該死，見鬼。

くそどきょうがある【糞度胸がある】　有點蠻勁兒，有點傻大膽。

くそのやくにもたぬ【糞の役にも立たぬ】　不中用。

くそまじめ【糞まじめ】　一本正經。

くそみそにいう【糞味噌に言う】　破口大罵。

くそみそにけなす【糞味噌にけなす】　把…貶得一錢不值。◆前接格助詞“を”。

くそをする【糞をする】　大便，出恭，拉屎。

くそをたれる【糞をたれる】　同上條。

くだいて【砕いて】　淺顯地，通俗地＝砕けて。

くだいていえば【砕いて言えば】　通俗地說＝砕けて言えば，砕けて言うと。

くだいてはなす【砕いて話す】　同上條。

くだけたいいかた【砕けた言い方】　通俗的說法。

くだけて【砕けて】　淺顯地，通俗地。

くたばってしまえ　見鬼去吧。

くたばれ　該死。

くたびれがでた【草臥が出た】　覺得累了。

くたびれて【草臥て】　累得…＝つか

れて。

くたびれてぐったりした【草臥れてぐったりした】　累得精疲力盡＝ぐったり疲れた。

くたびれもうけをする【草臥れ儲をする】　徒勞無功。

くだらないことをいう【くだらないことを言う】　瞎說，胡說。

くだらないじまんをする【くだらない自慢をする】　往臉上貼金。

くだらぬはなし【くだらぬ話】　廢話，沒用的話。

くだりざかになる【下り坂になる】　①走下坡路。②背運，衰退，變壞。

くだをまく【管を巻く】　說醉話，撒酒瘋，胡言亂語，絮絮叨叨說醉話。

くだをもっててんをのぞく【管を以って天を覗く】　以管窺天，坐井觀天。

くだんのもんく【件の文句】　老一套。

くちあたりがよい【口当りがよい】　好吃，順口，味道好，合乎口味↔口当りが悪い。

くちあたりのよい【口当りのよい】　①味道好的。②善於奉承的。

くちあんぐり【口あんぐり】　目瞪口呆。

くちいれをする【口入れをする】　①多嘴。②斡旋，介紹。

くちうつしにおしえる【口移しに教える】　口授。

くちうらをひいてみる【口裏を引いて見る】　摸底，探口氣＝くちうらをさぐる。

くちうるさいひと【口煩い人】　碎嘴子，好嘮叨的人。

くちがあいた【口が開いた】　破了，裂口了，裂縫了，開綻了，出了窟窿。

くちがあう【口が合う】　①言語相符。②談得來，談得攏，談得投機↔口があわない。

くちがうまい【口がうまい】　嘴巧，嘴甜，能說會道，善於奉承＝口先がうまい。

くちがおおい【口が多い】　人口多。

くちがおごる【口が奢る】　口味高，嘴刁，吃東西挑剔。

くちがおもい【口が重い】　話少，寡言，不愛說話。

くちがかかる【口がかかる】　聘請，被邀請。◆前接格助詞“に”。

くちがかたい【口が固い】　嘴緊，嘴嚴，不亂說↔口が軽い。

くちがかるい【口が軽い】　①嘴快，亂說，瞎說，信口開河。②油嘴滑舌，貧嘴。

くちがきけない【口がきけない】　不會說話。

くちがきたない【口がきたない】　嘴饞。

くちがきつい【口がきつい】　嘴厲害，嘴不讓人，嘴不饒人。

くちかしこい【口かしこい】　有口才。

くちがすくなる【口がすくなる】　苦口相勸，苦口婆心。

くちかずすくない【口数少ない】　不愛說話的，不言不語的↔くちかず多い。

くちがすっぱくなる【口が酸っぱくなる】　費盡唇舌，嘴皮子都磨破了，苦口相勸。

くちかずのおおい【口数の多い】　多嘴多舌，七嘴八舌。

くちがすべる【口が滑べる】　失言，說溜嘴了＝くちがはしる，くちをすべらす。

くちがぜいたくだ【口が贅沢だ】　好吃，講究吃。

くちがたっしゃだ【口が達者だ】　口才好，口齒伶俐，能說會道，能言善辯＝くちきさがうまい。

くちがためをする【口固めをする】　講好保密，約好保密。

くちがない【口がない】　失業，沒有工作。

くちがはしる【口が走る】　走嘴，失言，說走漏了。

くちがひあがる【口が干上る】　無法生活，無法糊口＝あでがひあがる。

くちがへらない【口が減らない】　①能說善辯。②說廢話，嘴硬。

くちがみつかった【口が見付かった】　找到頭緒了。

くちからくちへとつたわる【口から口
へと伝わる】　一個傳一個。

くちからさきにうまれる【口から先に
生れる】　①能說善辯。②喋喋不休
＝口先がうまい。

くちからついてでる【口からついてで
る】　衝口而出。

くちからでまかせにいう【口から出任
せに言う】　胡說，亂說，信口開河，
胡說八道＝出任せにしゃべる。

くちからでまかせにくだらないことを
いう【口から出任せにくだらないこ
とを言う】　信口開河，胡說八道，
亂說。

くちからでまかせにしゃべる【口から
出任せにしゃべる】　同上條。

くちからでまかせをいう【口から出任
せを言う】　同上條。

くちがわるい【口が悪い】　說話損人
說話帶刺，說話挖苦。

くちぐせのようにいう【口癖のように
言う】　經常掛在嘴上，像口頭禪地
說個沒完。

くちぐちいう【くちぐち言う】　口口
聲聲地說，異口同聲地說。

くちぐるまにのせる【口車に乗せる】
花言巧語地騙人，用甜言蜜語騙人。

くちぐるまにのる【口車に乗る】　上
了他的甜言蜜語的當，讓他的花言巧
語給騙了。

くちげんか【口喧嘩】　吵嘴，吵架。

くちごたえしてひとをそしる【口答え
して人を謗る】　反唇相譏。

くちごもっていう【口籠って言う】
結結巴巴地說，說話吞吞吐吐。

くちさきがうまい【口先がうまい】
能說會道，能言善辯＝口先が達者だ。

くちさきがじょうずだ【口先が上手だ】
花言巧語，能言善辯。

くちさきだけでじっこうしない【口先
だけで実行しない】　光說不練＝く
ちさきばかりでじっこうしない。

くちさきだけの【口先だけの】　只是
口頭上的＝くちさきばかりの。

くちさきばかりだ【口先ばかりだ】
只是說說而已，光動嘴皮子。

くちざわりのよい【口触りのよい】
可口的，順口的。

くちざわりはわるくない【口触りは悪
くない】　不難吃，吃起來還可以。

くちづたえにきく【口伝に聞く】　聽
人家說過。

くちぞえをする【口添をする】　①吹
噓。②美言幾句，說說好話。

くちだしをする【口出をする】　①挿
嘴，挿話。②多管閑事＝くちにだす。

くちつきたばこ【口つきたばこ】　帶
過濾嘴香烟。

くちでいえない【口でいえない】　說
不出來的。

くちとおこないがうらおもてだ【口と
行いが裏表だ】　言行不一，表裏不
一。

くちとこころはうらはらだ【口と心は
裏腹だ】　口是心非，口蜜腹劍。

くちとはらがちがう【口と腹が違う】
心口不一，嘴不對心，口是心非＝口
と腹がべつべつだ。

くちとめでしらせる【口と目で知らせ
る】　又咧嘴又遞眼神。

くちにあう【口に合う】　合口味。

くちにしまりがない【口に締りがない】
嘴不嚴，嘴靠不住，信口開河，多嘴
多舌。

くちにする【口にする】　①吃，喝。
②說，講。

くちにせいはかからぬ【口に税は掛ら
ぬ】　瞎說，胡說，信口開河，隨便
說說＝口がかるい。

くちにださない【口に出さない】　①
說不出來。②不讓人知道。

くちにだす【口に出す】　挿嘴，挿話。

くちにとはたてる【口に戸を立てる】
堵嘴，封嘴。

くちにのる【口に乗る】　上當，受騙
＝くちぐるまにのる。

くちにまかせる【口に任せる】　信口
開河，胡說八道＝くちからでまかせ
にいう。

くちのさきでうまいことをいう【口の
先でうまいことをいう】　光是說得

好聽。

くちばしがきいろい【嘴が黄色い】
①幼稚，不會辦事。②乳齒未退，乳
毛未乾。

くちばしをいれる【嘴を入れる】　①
插嘴，插話。②干預，多管閑事。＝
口を出す。

くちばしをならす【嘴を鳴らす】　絮
叨，喋喋不休。

くちはばがひろい【口幅が広い】　①
誇大，誇張。②大言不慚。

くちはわざわいのかど【口は禍の門】
禍從口出。

くちひげをはやす【口髭を生す】　留
鬍子＝ひげをはやす。

**くちびるほろびてはさむし【唇亡びて
歯寒し】**　唇亡齒寒。

くちびるをかえす【唇を返す】　還嘴，
頂嘴，反罵，反唇相譏。

くちびるをかむ【唇を嚙む】　咬嘴唇。

くちびるをとがらす【唇を尖らす】
撅嘴。

くちぶえをふく【口笛を吹く】　吹口
哨。

くちぶしょうだ【口無精だ】　嘴懶。

くちぶちょうほうだ【口不調法だ】
嘴笨，笨嘴拙腮，笨嘴拙舌＝口下手
だ。

**くちぶりからおすと【口振りからおす
と】**　從口氣上來看。

くちまえがうまい【口前がうまい】
會說話，善於辭令。

くちもきけない【口もきけない】　連
話也說不出來。

**くちもとをほころばせる【口元を綻ば
せる】**　微微一笑。

**くちもはっちょうてもはっちょう【口
も八丁手も八丁】**　嘴也巧手也巧，
又能說又能做。

くちをあける【口をあける】　張口，
張嘴。

くちをあわせる【口を合わせる】　異
口同聲＝くちをそろえる。

**くちをあんぐりあけている【口をあん
ぐり開けている】**　目瞪口呆＝口あ
んぐり。

くちをいれる【口を入れる】　①插嘴，
插話。②斡旋。③推薦。

くちをおさえる【口を押える】　捂嘴。

くちをかえす【口を返す】　還嘴，還
口。

くちをきく【口をきく】　①說話，講
話，交談。②說和。

いちをきくまい【口をきくまい】　不
跟…講話。◆前接格助詞"と"。

くちをきる【口を切る】　①先說，先
講。②開口。

くちをきわめて【口を極めて】　極其
…，極力…，滿口…。

**くちをきわめてののしる【口を極めて
罵る】**　破口大罵，罵得狗血臨頭。

**くちをきわめてほめる【口を極めて褒
める】**　極力稱讚，讚不絕口。

ぐちをこぼす【愚痴を零す】　訴苦，
訴委曲，發牢騷。

くちをこやす【口を肥す】　飽口福，
飽嘗美味。

くちをさがす【口を探す】　找工作。

くちをしばる【口を縛る】　緊閉着嘴。

くちをすう【口を吸う】　接吻，親嘴。

**くちをすっぱくしていう【口を酸っぱ
くして言う】**　苦口相勸，把嘴都說
破了。

**くちをすべらしていう【口を滑らして
言う】**　脫口而出。

くちをすべらす【口を滑らす】　失言，
說走了嘴，說漏了嘴。

くちをそえる【口を添える】　①推薦，
推舉。②幫腔。

くちをそろえる【口を揃える】　齊聲，
異口同聲。

くちをだす【口を出す】　①插嘴，插
話。②干預。③說話。

くちをたたく【口を叩く】　①絮絮叨
叨，喋喋不休。②多嘴多舌。

くちをついてでる【口を衝いて出る】
脫口而出，一下子就說出來了。

くちをつぐむ【口を噤む】　①緘默，
閉口不言，一言不發。②抿嘴。③噤
若寒蟬。

くちをつつしむ【口を慎しむ】　愼言，
說話謹愼。

くちをとがらす【口を尖らす】　撅嘴。

くちをとじてかたらない【口を閉じて
語らない】　閉口無言，閉口不談。

くちをぬぐう【口を拭う】　①擦嘴。
②若無其事，假裝不知道。

くちをぬらす【口を濡す】　僅僅糊口，
勉強維持生活＝くちをのりする。

くちをのりする【口を糊する】　同上
條。

くみをはさむ【口を挟む】　挿嘴，打
岔。

くちをふさぐ【口を塞ぐ】　①閉嘴，
閉口。②堵嘴，封住嘴。

くちをもだしてかたらない【口を黙し
て語らない】　默默不語，閉口不談。

くちをゆがめる【口を歪める】　咧嘴，
撇嘴。

くちをゆすぐ【口を濯ぐ】　漱口。

くちをわる【口を割る】　坦白，招供，
供認。

くつがあたる【靴が当る】　鞋緊，擠
脚。

くつじょくをうける【屈辱を受ける】
受侮辱。

ぐっすりとねむる【ぐっすりと眠る】
酣睡，睡得很熟。＝熟睡する。

くったくない【屈託ない】　無憂無
慮的，暢快的，心寛的。

ぐったりすると　精疲力盡，頽然地。

ぐっといい　好得多。

ぐっとおちる【ぐっと落ちる】　差得
多，次得多。

ぐっとじょうとうだ【ぐっと上等だ】
最好的，最上等的，頂好的。

ぐっとつまる【ぐっと詰る】　啞口無
言，閉口無言。

くろいで【寛いで】　隨便…（不拘禮
節）。

くつろいではなす【寛いで話す】　①暢
談。②閑聊＝くつろいではなしをする。

くつろぎがある【寛ぎがある】　舒暢，
暢快。

くつろぎをつける【寛ぎをつける】
①留有餘地。②弄得寛綽點。

くつわをならべてすすむ【轡を並べて
進む】　並駕齊驅＝馬を並べて進む，

肩をならべる。

くつわをならべる【轡を並べる】　排
在一起。

くつわをはめる【轡を嵌める】　①給
…帶上嚼子。②用賄賂封住嘴。

くつをはく【靴をはく】　穿鞋。

くとうてんをうつ【句読点を打つ】
點上標點符號。

くどきおとす【口説きおとす】　說服
了，說通了。

くどくどいう【くどくど言う】　嘮叨，
絮叨，囉嗦＝くどくどしゃべる。

くにくのさく【苦肉の策】　苦肉計。

ぐにする【具にする】　作爲…的工具，
當作…的手段。❖前接格助詞“の”。

くにする【苦にする】　認爲…是苦差
事，爲…而苦惱，愁…。❖前接格助
詞“を”。

くになる【苦になる】　愁…，發愁…，
把…當成苦惱，認爲…是苦差事。❖
前接格助詞“が”。

ぐにもつかない【愚にも付かない】
太愚蠢，愚蠢透頂＝愚の極だ，愚の
骨頂。

ぐにもつかぬはなし【愚にも付かぬは
なし】　胡話，胡說，無所謂的話，
沒用的話。

くにをあげていわう【国を挙げて祝う】
舉國慶祝。

くねつとたたかう【苦熱と戦う】　不
避炎熱，不避酷暑。

ぐのきょくだ【愚の極だ】　愚蠢透頂，
太愚蠢＝ぐにもつかない。

ぐのこっちょう【愚の骨頂】　同上條。

くはいをなめる【苦杯を嘗める】　嘗
到苦頭，得到了痛苦的經驗。

くはらくのたね【苦は楽の種】　苦盡
甜來。

くびがあぶない【首が危い】　①保不
住職位，保不住飯碗。②有被職退的
危險。

くびがとぶ【首が飛ぶ】　掉頭，腦袋
搬家。

くびがまわらぬ【首が回らぬ】　債臺
高築，愁困不堪，無法維持生活。

くびすをせっしていたる【踵を接して

至る】 接踵而至，脚跟脚地來了。

くびにかじりつく【首にかじりつく】
摟着脖子＝くびにだきつく。

くびにする【首にする】 解雇，撤職，
開除＝首を斬る。

くびになる【首になる】 被解雇，被
開除，被撤職。

くびのすじをちがえた【首の筋を違え
た】 扭了脖筋＝首がすじちがいに
なった。

くびれてしぬ【縊れて死ぬ】 吊死，
絞死。

くびをかける【首を賭ける】 賭腦袋。

くびをかしげる【首を傾げる】 ①歪
着腦袋。②納悶。

くびをかたむける【首を傾ける】 沉
思，默想。

くびをきる【首を斬る】 ①斬首，砍
頭。②開除，撤職，解雇，罷免。

くびをくくる【首を括る】 上吊。

くびをしめる【首を締める】 ①勒脖
子。②勒死，吊死。

くびをすげかえる【首をすげ替える】
換人，調換人。

くびをすじちがいする【首を筋違いす
る】 扭了脖筋。

くびをだす【首を出す】 探頭。

くびをたてにふる【首を竪に振る】
點頭，同意↔首を横に振る。

くびをたれた【首を垂れた】 低下了
頭。

くびをちぢめる【首を縮める】 縮脖，
端肩。

くびをつなぐ【首を繋ぐ】 ①免死。
②保住飯碗。

くびをつる【首を吊る】 上吊。

くびをながくしてまつ【首を長くして
待つ】 引頸而待，伸着脖子等着。

くびをはねる【首を刎ねる】 砍頭。

くびをひねる【首を捻る】 ①思索，
思量，揣摩，左思右想。②扭了脖子
。

くびをまわす【首を回す】 轉過臉來。

くびをよこにふる【首を横に振る】
搖頭，不同意。

くふうがつかない【工夫がつかない】

想不出主意。

くふうにとむ【工夫に富む】 很機智，
很有策略。

くふうをこらす【工夫を凝す】 ①找
竅門，動腦筋，想辦法。②費盡心機。
③悉心鑽研。

くみしないで【与しないで】 不參與
…。✦前接格助詞“に”。

くみしやすい【組しやすい】 好對付。

くみたてうんどう【組立運動】 疊羅
漢。

くみになる【組になる】 一付，一對，
一雙。

くめんがよい【工面がよい】 ①手頭
富裕，經濟條件好。②有財産。

くもなく【苦もなく】 容易，簡單。

くもにかくれる【雲に隠れる】 ①
藏在雲彩裏。②失踪，不知去向。

くもにそびえる【雲に聳える】 高聳
入雲。

くものこをちらすようににげる【蜘蛛
の子を散らすように逃げる】 四散
奔逃。

くもゆきがわるい【雲行が悪い】 ①
天氣要變壞了。②形勢不妙，風雲險
惡。

くもりがない【曇がない】 ①沒有汚
點。②沒有嫌疑。

くもをかすみと【雲を霞と】 踪影全
無。

くもをかすみとにげる【雲を霞と逃げ
る】 一溜烟跑了。

くもをつかむ【雲を攫む】 ①沒準譜，
沒準章程。②不着邊際。③迷迷糊糊。
④撲朔迷離。⑤不得要領＝雲をつか
むよう。

くもをつかむようなはなし【雲を攫む
ような話し】 不着邊際的話，空泛的
話，靠不住的話。

くもをつく【雲を衝く】 衝天，頂天。

くもをみる【雲を見る】 觀望形勢。

くやしくてたまらない【悔しくてたま
らない】 ①氣死了，氣極了。②窩
囊極了。

くやみをのべる【悔を述べる】 致悼
詞。

くやんでもおいつかない【悔んでも追付かない】　後悔也來不及了。

くやんでもおそい【悔んでもおそい】　同上條。

くよくよかんがえる【くよくよ考える】　老是放在心裏。

くよくよしない　滿不在乎,不放在心裏。

くらいいっきゅうをくわえる【位一級を加える】　加一級,升一級。

くらいうちに【暗いうちに】　朦朧亮。

くらいがすすむ【位が進む】　升級。

ぐらいせいぜいだろう　充其量不過…。

くらいがつく【位がつく】　取得顯要地位。

くらいです【位です】　甚至…。

くらいところで【暗いところで】　在暗地裏,在背地裏。

くらいところにいれてやる【暗いところにいれてやる】　投入監獄。

くらい…ない　沒有比…更…了,像…那樣的很少。

くらいなら【…位なら】　與其…不如…,與其…寧可…。

くらいなら…ほうがいい【…位なら…方がいい】　同上條。

くらいなら…ほうがましだ【…位なら…方が増だ】　與其…不如…,與其…寧可…。

くらいなら…むしろ…ほうがいい【…位なら…寧ろ…方がいい】　同上條。

くらいをおとす【位を落す】　降級,降職。

くらがたつ【倉が建つ】　賺大錢,發大財。

くらくをともにする【苦楽を共にする】　同甘共苦,共同奮鬥,同舟共濟。

くらざらえおおうりだし【蔵浚え大売り出し】　大拍賣。

くらざらえをする【蔵浚えをする】　清倉,盤庫。

くらしがくるしい【暮らしが苦しい】　生活苦。

くらしがこまる【暮らしが困る】　生活困難。

くらしがぜいたくだ【暮らしが贅沢だ】　生活奢侈。

くらしがたつ【暮がたつ】　尚能糊口,日子還過得下去,生活還可以維持。

くらしがふにょいだ【暮らしが不如意だ】　生活困難,家計艱難。

くらしがゆたかだ【暮らしが豊かだ】　生活富裕,生活寬綽。

くらしがよい【暮らしがよい】　生活不錯,家道殷實＝くらしがゆたかだ。

くらしがらくだ【暮らしが楽だ】　日子過得不錯,日子過得挺好。

くらしにこまる【暮らしに困る】　生活陷入困境。

くらしにたらぬ【暮らしにたらぬ】　不夠生活。

くらしむきがよい【暮らし向きがよい】　生活不錯,生活潤綽,家道殷實＝くらしがよい。↔くらしがわるい。

くらしむきのひよう【暮らし向きの費用】　生活費。

くらしをたてる【暮らしを立てる】　①過日子。②維持生活＝生活をして行く。

くらべものにならない【比べ物にならない】　不能比,比不了,比不過,不能相提並論＝比較にならない。

くらやみからうしをひきだす【暗闇から牛を引き出す】　動作緩慢,動作遲鈍。

くらやみをてさぐりする【暗闇を手さぐりする】　摸黑。

くりあわせがつく【繰合わせがつく】　勻出,騰出。

くりかえしくりかえし【繰返し繰返し】　反覆地,再三地。

くりがえしていう【繰返して言う】　反覆說,來回說。

くりくりとしため【くりくりとした目】　圓溜溜的眼睛。

くりくりふとる【くりくり太る】　胖嘟嘟,胖得溜圓。

くりごとがおおい【繰言が多い】　碎嘴子,愛嘮叨。

クリスマスプレゼント　聖誕節禮物。

くるいがある【狂いがある】 失常，不正常，有毛病。

くるいがない【狂いがない】 沒錯＝くるいはない。

くるくるまきにする 五花大綁。

くるしいたちばにある【苦しい立場にある】 處境困難。

くるしいときのかみだのみ【苦しい時の神頼み】 平時不燒香臨事抱佛脚。

くるしいめにあう【苦しい目にあう】 吃苦頭，受痛苦，遇到困難。

くるしさをうったえる【苦しさを訴える】 訴苦，訴委屈。

くるしまぎれに【苦し紛れに】 被迫，出於無奈，迫不得已。

くるしみをいとわない【苦しみを厭わない】 不怕苦。

くるしみをいとわないで【苦しみを厭わないで】 不辭辛苦地。

くるしみをうけぬく【苦しみを受けぬく】 飽受折磨，飽經風霜。

くるしみをうったえる【苦しみを訴える】 訴苦，叫苦，訴委屈。

くるしみをしぬいた【苦しみをしぬいた】 夠苦了。

くるしみをすくう【苦しみを救う】 救苦救難。

くるしみをなめつくす【苦しみを嘗めつくす】 吃盡了苦頭。

ぐるになる 串通一氣，狼狽爲奸，通同作弊，一個鼻孔出氣。

くるぶしをくじく【踝を挫く】 扭了脚腕。

くるまおきば【車置場】 存車處。

くるまにつみこむ【車に積込む】 裝車。

くるまのりょうりん【車の両輪】 唇齒相依，相輔相成。

くるまをおくな【車を置くな】 不准放車。

くるまをおす【車を推す】 推車。

くるまをひく【車を挽く】 拉車。

くるまをもとす【車を戻す】 倒車。

くるまをやとう【車を雇う】 雇車。

くるめて 總共…，一共…。

くれぐれもいいきかす【くれぐれも言い聞かす】 再三囑咐。

くれぐれもおねがいします【くれぐれもお願いします】 千萬千萬，懇切拜託。

ぐれつにみえる【愚劣に見える】 顯得愚蠢。

くれないか 能否…，是否可以…。◆ "くれ"是"くれる"的連用形，作輔助動詞使用。

くろうがたえない【苦労が絶えない】 淨是受累，淨是受苦。

くろうしたかいがある【苦労した甲斐がある】 沒白受累，沒白辛苦，沒白費勁。

くろうともかおまけだ【玄人も顔負けだ】 行家也比不上，行家也趕不上。

くろうにめげない【苦労にめげない】 吃苦耐勞＝くろうをこらえる。

くろうをいとわぬ【苦労を厭わぬ】 不辭辛苦，不辭勞苦。

くろうをかける【苦労を掛ける】 叫…操心。◆前接格助詞"に"。

くろうをかさねる【苦労を重ねる】 下苦功夫。

くろうをこらえる【苦労を堪える】 吃苦耐勞＝くろうにめげない。

くろうをしらない【苦労を知らない】 不知勞苦，嬌生慣養。

くろうをなめつくす【苦勞を嘗めつくす】 飽嘗辛酸，飽經風霜。

くろやまのように【黒山のように】 成群地，潮水般地，人山人海地。

くろをしろといいくるめる【黒を白と言いくるめる】 把黑的說成白的，顛倒黑白。

くわされる【食わされる】 受騙，上當。

くわだておよぶところではない【企て及ぶところではない】 不是…所能辦到的，不是…所能趕得上的。

ぐんかのじゅうりん【軍靴の蹂躪】 鐵蹄踩躪。

ぐんばいがあがる【軍配が上がる】 判定爲勝，判定…爲優。◆前接格助詞"に"。＝ぐんばいをあげる。

ぐんびをきんしゅくする【軍備を緊縮

する】　裁軍＝ぐんびを縮小する。

ぐんもうぞうをひょうす【群盲象を評
す】　瞎子摸象。

ぐんもんにくだる【軍門に降る】　投
降，認輸。

くんをぬく【群を抜く】　超群，出類
拔萃。

け

けいいをあらわす【敬意を表わす】
表示敬意，致敬。

けいいをささげる【敬意を捧げる】
同上條。

けいいをはらう【敬意を拂う】　表示
敬意。

けいいをよくしっている【経緯をよく
知っている】　熟習情況。

けいえいあいともなう【形影相伴う】
形影不離，形影相隨。

けいかいこころをたかめる【警戒心を
高める】　提高警惕。

けいかいしんをなくす【警戒心を無く
す】　喪失警惕，鬆懈大意。

けいいにせっする【警咳に接する】
面會…。◆前接格助詞“の”。

けいかいのめをおこたらない【警戒の
目を怠らない】　不放鬆警惕。

けいかいをげんにする【警戒を厳にす
る】　嚴加警戒，戒備森嚴。

けいかいをゆるめる【警戒を緩める】
放鬆警戒。

けいかくがたつ【計画が立つ】　計劃
定下來了。

けいかくがとれる【圭角が取れる】
磨去稜角，變圓滑。

けいかくてきに【計画的に】　有計劃
地。

けいかくをたてる【計画を立てる】
訂計劃。

げいがこまかい【芸が細かい】　①手
藝精巧。②演技很好。③做得很周到。

げいがない【芸がない】　①平常，一
般，平凡，没什麽新鮮的。②没有本
事，不學無術。

げいがみのあだ【芸が身の仇】　藝喪

其身。

げいがみをたすける【芸が身を助ける】
一藝在身勝積千金。

けいかくをぶちこわす【計画をぶちこわ
す】　打亂計劃。

けいきがよい【景気がよい】　①興旺，
興隆，繁榮，景氣。②活潑，熱鬧↔
景気が悪い。

けいきずいてきた【景気ずいで来た】
有好轉，好轉起來，有起色，又活動
起來了。◆“ずいで”是“ずく”的
連用形加“で”表示即將…，…起來。

けいきとする【契機とする】　以…爲
轉機，成爲…的主要原因。

けいきのいいことをいう【景気のいい
ことを言う】　挑好的說，說大話，
誇下海口＝威勢のいいことを言う。

けいきよく【景気よく】　鬧哄哄地，
盡情地，勁頭十足地。

けいきょをなす【軽挙をなす】　輕舉
妄動。

けいきをそえる【景気を添える】　助
威。

けいきをつける【景気をつける】　提
神，提提精神＝威勢をつける。

けいけいに…をしんじる【軽軽に…を
信じる】　輕信…。

けいけんがありこころえる【経験があ
り心得る】　在行，有經驗。

けいけんにとむ【経験に富む】　經驗
豐富。

けいけんをくみとる【経験を汲取る】
吸取經驗。

けいけんをつんだ【経験が積んだ】
積累了經驗。

げいごうすることはできない【迎合す

ることはできない】　不能迎合…，不能遷就…。➡前接格助詞“に”。

けいこうとなるもぎゅうごとなるなかれ【鶏口となるも牛後となる勿れ】　寧爲鶏口不爲牛後，寧可在小單位當個頭兒不在大單位跑龍套。

けいこうにある【…傾向にある】　往往，常常，有…傾向。

けいざいがくるしい【経済が苦しい】　生活苦，經濟條件不好。

けいざいをはかる【経済を図る】　節省…，節約…。

けいさんにいれる【計算に入れる】　把…算進去，把…考慮進去，把…打進去。

けいさんをたてる【計算を立てる】　估計。

けいしきてきなことばをならべる【形式的なことばを並べる】　說客套話。

けいしきにこだわらない【形式にこだわらない】　不拘形式，不拘一格。

けいしきにこだわる【形式にこだわる】　拘泥形式，墨守成規。

けいしきにとらわれる【形式にとらわれる】　墨守成規，拘泥形式。

けいしてとおざく【敬して遠ざく】　敬而遠之。

けいじょうのつゆときえる【刑場の露と消える】　被處死刑。

けいせいかいのわらじははかず【傾城買の草鞋ははかず】　大處不算小處算。

けいせいがおもしろくない【形勢が面白くない】　形勢不妙→形勢がすばらしい。

けいせいがひっくりかえった【形勢がひっくりかえった】　形勢轉變過來了。

けいせいがまずい【形勢が不味い】　形勢不妙。

けいせいにある【…形勢にある】　趨向於…，有…可能。

けいせいふおんである【形勢不穏である】　形勢不穩，形勢險惡＝形勢が不穏になる。

けいせつのこうをつむ【蛍雪の功を積む】　刻苦用功。

けいそつしてはならない【軽率してはならない】　切勿草率從事。

けいそつにことにあたる【軽率に事にあたる】　草率從事。

けいたりがたくていたりがたし【兄たり難く弟たり難し】　難兄難弟，不相上下，不分優劣。

けいちょうをとう【軽重を問う】　掂掂份量。

けいていかきにせめぐ【兄弟牆に鬩ぐ】　兄弟鬩於牆，兄弟不和，兄弟反目。

けいとうたてる【系統立てる】　系統化。

げいはさっぱりだ【芸はさっぱりだ】　演技好。

けいばつにしょする【刑罰に処する】　處以刑罰，把…判罪。➡前接格助詞“に”＝…に刑罰を加える。

げいはてにいったものだ【芸は手に入ったものだ】　手藝高超，手藝巧極了。

けいむしょからにげる【刑務所から逃げる】　越獄。

けいむしょにいれる【刑務所に入れる】　下獄，使…坐牢。

けいむしょにはいる【刑務所にはいる】　進監獄，下獄，坐牢。

けいようしがたい【形容しがたい】　難以形容。

けいりしゅにん【経理主任】　會計主任。

けいりゃくにかかる【計略にかかる】　上當，受騙。

けいりゃくにのった【計略にのった】　中計了，上當了。

けいれきがあさい【経歴が浅い】　資歷淺,閱歷淺,經驗少→経歴が深い。

けいれきがすくない【経歴が少ない】　同上條。

けいれきがない【経歴がない】　沒有閱歷，沒有經驗。

けいれきがふかい【経歴が深い】　資歷深,閱歷深,經驗豐富→経歴が浅い。

けいろのかわった【毛色の変わった】　脾氣古怪，別具一格的。

けいろをたどる【経路を辿る】　經過

…的途徑＝経路を取る。

げいをうる【芸を売る】　賣藝。

げかいにおりる【下界に降りる】　下界，下凡。

けがのこうみょう【怪我の功名】　一時僥倖，僥倖成功。

けがのまけ【怪我の負け】　偶然失敗。

けかびがはえる【毛黴が生える】　發霉＝けかびがつく。

けがらわしいおんな【汚らわしい女】　淫蕩的女人。

けがらわしいかね【汚らわしい金】　臭錢，橫財，不義之財。

けがらわしいはなし【汚らわしい話】　髒話，下流話。

けがれのない【汚れのない】　純潔的，天眞的。

げきとしてこえない【闃として声ない】　寂靜無聲＝水を打ったように静かになる。

げきりんにふれる【逆鱗に触れる】　觸怒，惹…生氣，讓…發怒。◆前接格助詞“の”。

げきをうかがう【隙を伺う】　伺機，瞧機會。

けげんなかおで【怪訝な顔で】　驚訝地，半信半疑地。

けげんにおもう【怪訝に思う】　覺得奇怪。

けしからぬ（ん）　①奇怪，出奇。②作風惡劣，行爲不正。③蠻不講理。④不像話，豈有此理。⑤不要臉，沒羞恥心。⑥下流，猥褻。

けしきがすぐれない【気色が優れない】　①氣色不好，臉色不好，面色不好。②情緒不佳。

けしきがない【気色がない】　沒有…的樣子，沒有…的神氣。

けしきがみえる【気色が見える】　顯得…的樣子。

けしきばんできた【気色ばんで来た】　①變臉，怒形於色。②有好轉，有起色，活躍起來。

けしきもみえない【気色も見えない】　不形於色。

けしつぶほど（も）…ない【芥子粒ほ　ど（も）…ない】　一點…也沒有。

けじめをくう【差別をくう】　被人疏遠，受到歧視。

けじめをつける【差別をつける】　把…區分開，把…分開，劃清界限。◆前接格助詞“の”。

けすじほどのことをおおげさにいう【毛筋ほどのことを大架裟に言う】　小題大做。

けすじほどのことをぼうほどにいう【毛筋ほどのことを棒ほどに言う】　誇大其詞，說得玄乎。

けずってたいらにする【削って平らにする】　縫平，削平。◆前接格助詞“を”。

げすのいっすんのろまのさんずん【下種の一寸のろまの三寸】　半斤八兩，不相上下。

けずりおとす【削り落とす】　刪掉…。◆前接格助詞“を”。

けせない【解せない】　令人不解，不能理解。

げせわに【下世話に】　俗話說，常言道。

げせわにもいうとおり【下世話にも言う通り】　俗話說得好，俗話說得不錯，像俗話所說的。

けたがちがう【桁が違う】　相差懸殊，天壤之別。

けたはずれに【桁はずれに】　①驚人地。②破格地。③盡情地。④超群地。

けたをはずして【桁を外して】　同上條。

けちがいがおこった【蹴違いが起った】　出了差錯。

けちがつく　要倒霉，有不吉之兆。

けちくさいことをいう【けちくさい事を言う】　說小氣話。

けちけちせずに　大方地，大手大腳地。

けちけちせずにかねをつかう【けちけちせずに金を使う】　花錢大方，花錢大手大腳的，不吝惜花錢。

けちなかおをしている【けちな顔をしている】　其貌不揚。

けちなさんだんをする　打小算盤。

けちになる　變得吝嗇起來。

けちょんけちょんにやっつけた　①打得落花流水。②批得體無完膚。

けちをつける　①有不祥之挑。②挑毛病。③說壞話。④說不吉利的話。

けちんぼうのかきのたね【けちん坊の柿の種】　守財奴，吝嗇鬼＝けちんぼう。

けついをかためる【決意を固める】　下決心。

けっかとして【結果として】　結果…。

けっかのいきおい【決河の勢】　破竹之勢。

けつからいちばん【穴から一番】　倒數第一。

けっかんがでる【欠陥が出る】　出了毛病。

けっきさかんな【血気さかんな】　血氣方剛的。

けっきにはやる【血気に逸る】　感情用事，意氣用事＝血気にはやって事をする。

げっきゅうがあがる【月給が上る】　漲薪，漲工資。

げっきゅうをうけとる【月給を受けとる】　領工資。

げっきゅうをもらう【月給を貰う】　領工資。

けっきょくするところ【結局するところ】　結局，歸根結底＝けっきょくのところ。

けっきょくなきねいりになる【結局泣き寝入りになる】　結果只好忍氣吞聲。

けっきょくものにならない【結局物にならない】　終究一事無成。

けっこうおもしろい【結構おもしろい】　滿高興，滿愉快。

けっこうずくめ【結構ずくめ】　萬事大吉。

けっこうたいしょできる【結構対処できる】　滿可以對付。

けっこうなかんがえ【結構な考え】　好主意，好想法。

けっこうなはなし【結構な話し】　好消息。

けっこうなみぶん【結構な身分】　處境很好，境遇很好。

けっこうやくにたつ【結構役に立つ】　滿好用，滿好使。

げっこうをあびる【月光を浴びる】　在月光下。

けっこんのあいてをさがす【結婚の相手を探す】　找對象。

けっこんのもうしこみ【結婚の申し込み】　求婚＝けっこんをもうしこむ。

けっしておとさない【決して落さない】　決丟不了。

けっして…できないものである【決して…できないものである】　決不能…。

けっして…てはいけません【決して…てはいけません】　千萬不要…。

けっして…てはなりません【決して…てはなりません】　決不再…。

けっして…ない【決さて…ない】　決不…，一定不…，千萬別…，千萬不要…。

けっしてにごんしない【決して二言しない】　絕無二話，絕不食言。

けっして…にはおよばない【決して…には及ばない】　決不…，一定不…，千萬別…，千萬不要…。

けっしてゆるせない【決してゆるせない】　決不能容忍。

けっしょくがわるい【血色が悪い】　氣色不好，面色難看。

けっしょくのいいかお【血気のいい顔】　滿面紅光。

けっしんがくずれる『決心が崩れる】　決心動搖了。

けっしんがぐらつく【決心がぐらつく】　決心動搖了，三心二意，游移不定。

けっしんがつきかねる【決心がつきかねる】　下不了決心，難以下決心。

けっしんがつく【決心がつく】　下決心＝決心をかためる。↔決心がつかない。

けっしんができません【決心ができません】　下不了決心，拿不定主意。

けっしんがにぶる【決心が鈍る】　決

心發生動搖。

けっしんのほぞをかためる【決心のほ
ぞを固める】　下定決心＝決心をか
ためる。

けっしんをかためる【決心を固める】
同上條＝腹をきめる。

けっしんをする【決心をする】　決心
…。

げつぜんのほし【月前の星】　相形見
絀，小巫見大巫。

けっそうをかえる【血相を変える】
變色，變臉色。

けったくしてあくじをする【結託して
悪事をする】　狼狽爲奸。

けつだんがつかない【決断がつかない】
猶豫不定，下不了決心。

けつだんがにぶい【決断が鈍い】　優
柔寡斷。

けつだんがはやい【決断が早い】　果
斷，果決，果敢。

けつだんのいい【決断のいい】　果斷
的，果決的，果敢的。

けつだんりょくがある【決断力がある】
有果斷力。

けつだんりょくにとぼしい【決断力に
乏しい】　不果斷，缺乏決斷能力。

けっちゃくがついた【決着がついた】
有結果了，有着落了，解決了。

けってんばかりで【欠点ばかりで】
淨是缺點。

けってんをつくろう【欠点を繕う】
掩飾缺點。

けってんをひろいあげる【欠点を拾い
上げる】　挑毛病。

けつにくあいはむ【血肉相食む】　骨
肉相殘。

げっぷがでる【げっぷが出る】　打嗝。

けつまつがついた【結末がついた】
解決了，了結了，已成定局。

けつろをきりぬける【血路を切抜ける】
殺出一條血路。

けつろをきりひらく【血路を切開く】
同上條。

けつろをもとめる【血路を求める】
找到活路。

けつろんとして【結論として】　結論
是…。

けつろんをいそぐ【結論を急ぐ】　急
於作結論。

けつろんをくだす【結論を下す】　下
結論。

けつろんをだす【結論を出す】　作出
結論。

けつをとる【決を取る】　表決。

けつをふく【穴を拭く】　擦屁股。

げどうめ【外道め】　壞蛋。

けにもはれにも【褻にも晴れにも】
不論在家不論出門都…，經常。

げのげた【下の下駄】　太壞了，太差
了。

けのはえた【毛の生えた】　①歳數大
些的。②比較好的。③比較成熟的。

けはいがある【気配がある】　有…傾
向，總感覺…。＊前接格助詞"の"。

げびたこうどうをする【下卑た行動を
する】　做下流事，行爲下流。

げびたはなしをする【下卑た話をする】
說下流話。

けひょうをつかう【仮病を使う】　裝
病，僞病。

けほどのきょり【毛ほどの距離】　毫
釐之差。

けほどのさ【毛ほどの差】　間不容髮，
一髮之差。

けむしのようにきらう【毛虫のように
嫌う】　①令人噁心，令人厭惡，非
常討厭。②視爲蛇蝎。

けむりがでる【煙が出る】　冒烟＝煙
を吐く。

けむりときえる【煙と消える】　過眼
烟雲。

けむりとなってきえる【煙となって消
える】　燒光了。

けむりにつつまれる【煙に包まれる】
①被火包圍。②如墜五里霧中。

けむりになる【煙になる】　①死，火
葬。②消失。③歸於泡影。④白白糟蹋。

けむりにまかれる【煙に巻れる】　①
被火包圍。②如墜五里霧中。

けむりにまかれてしんだ【煙に巻れて
死んだ】　被火燒死了。

けむりにまく【煙に巻く】　迷惑人。

けむりにむせる【煙に噎せる】　讓烟
嗆了，被烟嗆得喘不過氣來。

けむりのような【煙のような】　不着
邊際的。

けむりのようにきえる【煙のように消
える】　烟消雲散。

けむりをはきだす【煙を吐出す】　冒
烟。

げらげらわらう【げらげら笑う】　儍
笑，哈哈大笑。

けりがつく【けりがつく】　①完了，終
了，結束。②有着落了。

けりをつける【けりをつける】　同上條。

ければ…だけよい　越…越好。

ければ…ほど　越…越…。

けろりとしたかおをする【けろりとし
た顔をする】　滿不在乎，心不在焉，
若無其事。

けろりとして　同上條。

けわしいかお【険しい顔】　①神色慌
張。②怒容滿面＝険しい顔色。

けわしいめつき【険しい目付】　凶惡
的目光，瞪起眼睛。

けをふいてきずをもとめる【毛を吹い
て疵を求める】　吹毛求疵。

けんあくなかおつき【険悪な顔つき】
凶相，凶惡的面孔。

けんあくなくうきをかきたてている
【険悪な空気を搔立てている】　煽
起了緊張的氣氛，鬧得烏烟瘴氣。

けんあくなくもゆきになる【険悪な雲
行になる】　形勢險惡起來＝情勢が
険悪になる。

けんいをかさにきる【権威を笠に着る】
仗着權勢。

けんいをもつ【権威を持つ】　有權威。

げんいんしきこうをかんそかする【減
員し機構を簡素化する】　精兵簡政。

げんいんはひとつにかかって…ある
【原因は一つに掛かって…ある】
原因之一在於…。

げんいんをきわめる【原因を極める】
査明原因。

けんえんのあいだがら【犬猿の間柄】
形同水火，針鋒相對，針鋒對麥芒。

けんえんもただならぬ【犬猿もただな

らぬ】　關係惡劣，水火不相容。

けんかいがせまい【見解が狭い】　見
解狹隘，一孔之見。

げんがいにいみがある【言外に意味が
ある】　意在言外，話裏有話，言外
有意，弦外之音。

げんがいににおわせる【言外に匂わせ
る】　言外之意是…，言外之意暗示
…。

げんがいのよじょう【言外の余情】
言外之意，弦外之音。

けんがいをことにする【見解を異にす
る】　見解不同，意見不合。

げんかいをはっきりさせる【限界をは
っきりさせる】　劃清界限。

げんかいをやぶる【限界を破る】　打
破界限，打破局限。

けんかかい【喧嘩買い】　①愛吵架，
愛抬槓。②愛吵架的人，愛抬槓的人
＝喧嘩早い。

げんかくにいうと【厳格に言うと】
嚴格地說＝厳格に言えば。

けんかこしで【喧嘩腰で】　粗暴地，
氣沖沖地，氣勢凶凶地＝恐しい劍幕
で。

けんかすぎてのぼうちぎり【喧嘩過ぎ
ての棒千切】　雨後送傘。

げんかにこたえる【言下に答える】
馬上回答。

けんかにはながさく【喧嘩に花が咲く】
越吵越凶，越吵越熱鬧。

けんかのすけだちをする【喧嘩の助太
刀をする】　拉偏架。

けんかのたねをまく【喧嘩の種を蒔く】
造成不和的原因，埋下不和的種子。

けんかばやい【喧嘩早い】　愛吵架，
愛打架，愛抬槓＝けんかかい。

けんかりょうせいばい【喧嘩両成敗】
打架雙方都有責任。

けんかをうる【喧嘩を売る】　挑釁，
找碴，找碴打架。

けんかをおだてる【喧嘩を煽てる】
煽動打架，挑撥吵架。

けんかをかう【喧嘩を買う】　找架打，
跟他打，跟他吵。

けんかをしかける【喧嘩を仕掛ける】

挑釁，找碴打架。

けんかをしむける【喧嘩を仕向ける】 挑唆打架。

けんかをはじめた【喧嘩をはじめた】 打起來了。

けんかをひきわける【喧嘩を引き分ける】 勸架，拉架。

けんかをふきかける【喧嘩を吹き掛ける】 找碴打架。

けんかをわける【喧嘩を分ける】 勸架，拉架。

げんかんばらいをくわされる【玄関拂いを食わされる】 吃閉門羹。

げんかんをはる【玄関を張る】 裝門面，裝飾外表。

げんきいっぱい【元気いっぱい】 活潑，生氣勃勃地，朝氣蓬勃地，精力充沛地，勁頭十足地，精神抖擻地。

げんきおういつ【元気横溢】 精神飽滿，精力充沛＝元気が横溢している。

げんきがあふれて【元気が溢れて】 精神飽滿地，幹勁十足地。

げんきがある【元気がある】 有精神，有銳氣↔げんきがない。

げんきがおういつする【元気が横溢する】 精神飽滿，精力充沛，幹勁十足。

げんきがおとろえる【元気が衰える】 精力衰退，精力不夠，精神頭兒差了。

げんきがくじける【元気が挫ける】 氣餒，膽怯，精神沮喪。

げんきがたらぬ【元気が足らぬ】 元氣不足，底氣不足。

げんきがつく【元気がつく】 精神起來了，情緒高漲起來了。

げんきがでてきた【元気が出て来た】 勁頭又上來了，情緒又高起來了。

げんきがでない【元気が出ない】 沒有積極性，打不起精神來。

げんきがない【元気がない】 沒精神，沒有生氣，死氣沉沉。

げんきがよい【元気がよい】 精神飽滿，生氣勃勃。

げんきついてくる【元気付いて来る】 來勁了，精神起來了，積極性上來了。

げんきで【元気で】 ①健康地，體力充沛地。②生氣勃勃地，精神飽滿。

げんきなくうなだれる【元気なく項垂れる】 垂頭喪氣。

げんきのよい【元気のよい】 精神飽滿的，生氣勃勃的，活潑的。

けんきゅうすべき【研究すべき】 值得研究的。⇨後續名詞作定語。

けんきゅうにけんきゅうをかさねる【研究に研究を重ねる】 反覆研究。

けんきゅうをつむ【研究を積む】 經常研究…。⇨前接格助詞“の”。

けんきょうふかい【牽強附会】 牽強附會。

げんきよく【元気よく】 精神飽滿地，精力充沛地，精神抖擻地，幹勁十足地，生氣蓬勃地＝元気いっぱい。

げんきをうしなう【元気を失う】 無精打采。

げんきをくじく【元気を挫く】 精神受挫，情緒受打擊。

げんきをしっする【元気を失する】 元氣損傷，氣血衰敗。

げんきをだしてくる【元気を出してくる】 提起精神來。

げんきをだす【元気を出す】 加油，加把勁，拿出精神來。

げんきをつける【元気をつける】 打氣，給…加油。

げんきをとりもどす【元気を取り戻す】 振作起來了，精神起來了，幹勁又上來了。

げんきをなくす【元気を無くす】 頹唐，氣餒，精神萎靡不振。

けんぎをはらす【嫌疑を晴す】 洗清嫌疑。

げんきをふるいおこす【元気を奮起す】 振作起精神，鼓起勇氣。

けんぎをまねく【嫌疑を招く】 讓人犯疑。

けんけんごうごうとなる【喧喧囂囂となる】 喧囂起來。

けんこうがおとろえる【健康が衰える】 身體不好。

げんこうをつつしむ【言行を慎しむ】 謹言慎行。

けんこうをとりもどす【健康を取り戻

す】　健康情況有好轉，恢復健康。

げんこつをかためる【拳骨を固める】
握緊拳頭。

げんこつをひとつくらう【拳骨を一つ食う】　挨了一拳。

げんごにぜっする【言語に絶する】
無法形容的。

げんこをくらわす【拳固を食わす】
叫…飽嘗一頓老拳，拿拳頭打人。

げんごをつつしむ【言語を慎しむ】
謹言，說話要小心。

けんこんいってき【乾坤一擲】　孤注一擲，破釜沉舟。

げんざいのところ【現在のところ】
現在，現時，眼下，目前。

けんしきがいやしい【見識がいやしい】
見識淺薄。

けんしきがさがる【見識が下がる】
有損品格。

けんしきがせまい【見識が狭い】　目
光短淺，目光狹隘。

げんじゅうなとりしまりをする【厳重な取締りをする】　嚴加取締。

げんじゅうにとりしまる【厳重に取締まる】　同上條。

げんじょうで【現状で】　按現在的狀況，根據現在的情况。

げんじょうにあんじる【現状に安じる】
安於現狀，滿足於現狀。

げんじょうのままで【現状のままで】
①根據目前情況。②照實際情況。③
按現有情况。

けんせいにげいごうする【権勢に迎合する】　趨炎附勢。

けんせいをふるう【権勢を振る】　有
權有勢，作威作福。

けんせいをほこる【権勢を誇る】　稱
雄。

けんせいをもっぱらにする【権勢を専らにする】　專權跋扈。

げんそうをいだく【幻想をいたく】
抱幻想。

げんそくてきに【原則的に】　原則上
＝原則として。

げんそくとして【原則として】　原則
上，作爲一種原則。

げんそくにもとずいて【原則に基いて】
根據原則，按照原則＝原則によって。

げんそくによって【原則によって】
同上條。

けんたいしたようなかおつきをする【倦怠したような顔付をする】　面
帶倦容。

けんつくをくう【剣突をくう】　讓人
臭罵一頓，受人痛斥一頓。

けんつくをくわせる【剣突をくわせる】
臭罵一頓，痛斥一頓。

けんとうがつかない【見当がつかない】
①心中無數。②沒着落，沒頭緒。③
難以估計。

けんとうがつく【見当がつく】　①確
定方向，確定目標。②主意已定，打
好主意了。③心裏有數，心裏有譜。
④估計對了。

けんとうがはずれる【見当が外れる】
期待落空了＝期待が外れる。

けんとうをつける【見当をつける】
預料。

けんとうをようする【検討を要する】
需要研究。

げんどをこえる【限度を越える】　超
過限度。

げんにこのめでみた【現にこの目で見た】　確實親眼看見的。

げんぶんがひろい【見聞が広い】　見
聞廣。

けんぺいずくで【権柄ずくで】　仗勢
…，強迫…＝けんぺいずくに。

けんめいにもがく【懸命に跪く】　拼
命掙扎。

げんめいをさける【言明をさける】
不願明說。

けんもほろろに【剣もほろろに】　極
其冷淡地。

けんりょくをにぎっているとう【権力を握っている党】　執政黨。

けんりょくをにぎる【権力を握る】
掌權。

けんりょくをはつどうする【権力を発動する】　行使權力。

こ

こあじがいい【小味がいい】　有點味道，味道還好。

こあたりにあたってみる【小当りに当ってみる】　試試看，摸摸底。

こいつはうまくない【こいつは甘くない】　這種東西不好吃。

こいなかになった【恋仲になった】　發生了戀愛關係。

こいのたきのぼり【鯉の滝登り】　出息，發迹，鯉魚登龍門，一登龍門聲價百倍。

こいのやまい【恋の病】　相思病。

こいはもうもくくせもの【恋は盲目曲者】　戀愛這種事無理可說。

こいびとをする【恋人をする】　找情人。

こいぶみをかく【恋文をかく】　寫情書＝ラブレターをかく。

こいをいれる【請を入れる】　答應請求。

こいをえらぶ【語彙を択ぶ】　選詞。

こいをする【恋をする】　談戀愛。

こういう【斯ういう】　這樣的，這個，這種＝こうした，こういった。

こういうふうに【こういう風に】　這樣＝このように。

こういうわけで　正因為如此，正由於這個緣故。

こういからでたものだ【好意から出たものだ】　出自一番好意。

こういにかんしゃする【好意に感謝する】　多謝您的盛情，感謝您的好意。

こういをうらぎる【好意を裏切る】　辜負了…的好意。◆前接格助詞“の”。

こういんやのごとし【光陰矢の如し】　光陰似箭。

こううんがまいこんできた【幸運が舞込んできた】　忽然走起運來。

こううんがむいてくる【幸運が向いて来る】　時來運轉。

こううんにも【幸運にも】　幸而，幸虧。

こうえいにぞんじます【光栄に存じます】　實在榮幸得很。

こうえんをぶらつく【公園をぶらつく】　逛公園。

こうおつなし【甲乙なし】　不分上下，不分高低，毫無區別＝甲乙がない。

こうおつのさがない【甲乙の差がない】　差不多，不相上下，沒什麼差別。

こうおつをつける【甲乙をつける】　分上下，分高低，判別優劣。

ごうがいがでる【号外が出る】　出號外。

こうかいさきにたたず【後悔先に立たず】　後悔也沒用了，事到臨頭後悔也晚了。

こうがいしてはならぬ【口外してはならぬ】　不要說出去。

こうかいしてもおいつかない【後悔しても追付かない】　悔之莫及，後悔也晚了＝くやんでもおいつかない。

こうがいしようとしない【口外しようとしない】　不肯說出來。

こうかがあがる【効果が上がる】　見效，有效果。

こうかがあらわれない【効果が現われない】　不見效，沒有效果＝こうかがあがらない。

こうかがない【効果がない】　對…無效。◆前接格助詞“に”。

こうかくにたばぬ【高閣に束ぬ】　束之高閣＝こうかくにつかねる。

こうかくにつかねる【高閣につかねる】　同上條。

こうかつきわまるやつ【狡猾きわまるやつ】　老奸巨滑。

ごうがにえる【業が煮える】　發急，急得發脾氣＝業を煮やす。

こうかをあげる【効果をあげる】　見

効，奏効。

こうがんむちにも【厚顔無恥にも】　厚顔無恥地。

こうかんをいだく【好感を抱く】　有好感，抱好感。

こうかんをもつ【好感を持つ】　有好感，對…抱好感。◆前接格助詞“に”。

こうきのめで【好奇の目で】　用好奇的眼光。

こうぎをきく【講義をきく】　聽講，聽課。

こうきをとらえる【好機を捕える】　抓住好機會↔こうきをいっする。

こうきんをおうりょうする【公金を横領する】　私挪公款，侵吞公款。

こうきんをくすねる【公金をくすねる】　同上條。

こうきんをひしょうする【公金を費消する】　私挪公款，侵吞公款。

こうげがつけにくい【高下がつけにくい】　難分優劣，難分高低，難分上下。

こうけつをしぼる【膏血を絞る】　搾取民脂民膏。

こうげにかかわらず【高下に拘らず】　不論身分高低＝こうげのくべつなく。

こうげのくべつなく【高低の区別なく】　不分身分高低。

こうげんをはく【広言を吐く】　說大話，吹牛，誇口＝ほらをふく。

こうこくをのせる【広告を乗せる】　登廣告。

こうこのうれい【後顧の憂】　後顧之憂。

こうさいりくり【光彩陸離】　光彩陸離。

こうさいをおもんずる【交際を重ずる】　講究應酬，注重交際。

こうさいをそえる【光彩を添える】　增光，增加光彩。

こうさいをたつ【交際を絶つ】　絕交＝つきあいをきる。

こうさいをはなつ【光彩を放つ】　放光彩。

こうざをひらく【口座を開く】　開戶頭。

こうさんがない【公算がない】　沒有…的可能。◆前接格助詞“の”。

こうした　這樣的，這種＝こういう，このような，こんな。

こうしたことからわかるように。　由此可知。

こうじつとして【口実として】　以…為藉口。◆前接格助詞“を”。

こうじつをもうける【口実を設ける】　藉口，託故。

こうして　這樣，如此，這樣一來＝このように，このようにして。

こうしておこう　就這樣吧，就這麼放吧。

こうしてみると【こうして見ると】　這樣看來，這麼一來。

こうしなければ…ことはできない　不如此就不能…，不這樣做就不能…。

こうじにかかる【工事にかかる】　開始施工。

こうじにかこつけてしふくをこやす【公事に託けて私腹を肥やす】　假公濟私。

こうじにとりかかる【工事に取掛かる】　開工，動工。

こうじはじめ【工事始め】　開工，破土。

こうじまおおし【好事魔多し】　好事多磨，禍不單行。

こうしょうがある【交渉がある】　有聯繫，有來往。

こうじょうでのべる【口上で述べる】　口述＝口上で言う。

こうじょうをつたえる【口上を伝える】　傳口信，帶口信＝口をのべる。

こうじょうをはる【強情を張る】　固執，頑固，剛復＝意地が強い。

こうしょうをもたない【交渉を持たない】　和…沒關係，和…沒聯繫。

ごうじょっぱりなおとこ【強情っ張りな男】　牛脾氣(的人)，死頑固。

こうじんをはいする【後塵を拝する】　步…後塵，甘拜下風。

こうせいおそるべし【後生畏るべし】　後生可畏。

こうせいにする【豪勢にする】　擺闊

氣。

こうせいにでる【攻勢に出る】　採取
攻勢＝こうせいをとる。

こうせいをかける【攻勢をかける】
發動攻勢＝こうせいをはつどうする。

こうせいをしゅちょうする【公正を主
張する】　主持公道。

こうぜんのひみつ【公然の秘密】　公
開秘密＝こうぜんたるひみつ。

こうずいになる【洪水になる】　發大
水，漲大水。

こうたいがくる【交替が来る】　來接
班，來換班。

こうたいで【交替で】　輪流，輪班＝
交替に。

こうつごうにいけば【好都合に行けば】
若是順利的話。

こうである　…是這樣。

こうとうしけん【口頭試験】　口試＝
こうとう試問。

こうどうにうつす【行動に移す】　開
始行動。

こうとうむけいなはなし【荒唐無稽な
話し】　荒唐無稽之談，無稽之談，
瞎扯談。

こうとうをやる【強盗をやる】　搶劫，
行搶＝ごうとうをはたらく。

こうなったら　若是這樣的話。

こうなりなとぐ【功成り名遂ぐ】　功
成名就。

こうなりゃ　這樣一來，若是這樣。◆
“なりゃ”是“なれば”的音變＝こ
うなれば，こうしたら。

こうなると　同上條。

こうなれば　①這樣一來。②事到如今
。

こうなんだ　是這樣。

こうなんりょうようのてをもちいる
【硬軟両様の手を用いる】　軟硬兼
施。

こうにんをうける【公認を受ける】
取得許可。

こうねつをだす【高熱を出す】　發高
燒。

こうはいがあきらかならぬ【向背が明
らかならぬ】　態度不明確，態度不

明朗。

こうひのつたえるところによれば【口
碑の伝えるところによれば】　根據
傳說。

こうふくにめぐりあわせる【幸福にめ
ぐりあわせる】　走運。

こうふんをさぐる【口吻をさぐる】
探探口氣。

こうふんをもらす【口吻をもらす】
露出口氣。

こうへいにいえば【公平に言えば】
公平說。

こうへいにみて【公平に見て】　公平
而論。

こうへいむしである【公平無私である】
大公無私。

こうへいをかく【公平を欠く】　不公
平，不公正，有欠公正。

こうぼうにもふでのあやまり【弘法に
も筆の誤り】　智者千慮必有一失＝
猿も木から落ちる，明鏡も裏を照ら
ず。

こうまつも…ない【毫末も…ない】
毫無…，毫不…，一點也不…，一點
也沒有…＝少しも…ない。

こうまでに　到這種地步，到這種天地，
事已至此＝かくまでに，こんなにま
で。

こうまんしんをおこす【高慢心をおこ
す】　驕傲起來。

こうまんなふるまいをする【高慢な振
舞をする】　擧止傲慢。

こうまんのかおつきをする【高慢の顔
つきをする】　擺出一副了不起的架
子，擺出一副自命不凡的面孔＝こう
まんちきなかおをする，こうまんな
かおをする。

こうまんのはなをくじく【高慢の鼻を
くじく】　挫其傲氣，殺殺他的威風。

こうまんのはなをへしおる【高慢の鼻
をへし折る】　同上條。

こうみると【こう見ると】　如此看來，
這樣看來。

ごうも…ない【毫も…ない】　毫無…，
毫不…，絲毫也不…，一點也不…＝
毫末…ない，少しも…ない，全く…

でない。

こうやのあさって【紺屋のあさって】
約定的日期不可靠。✦“紺屋”也可
讀爲“こんや”。

こうやのしろばかま【紺屋の白袴】
無暇自顧，白爲別人忙碌。

こうらのはえた【甲羅の生えた】 久
經世故的。

こうらをへる【甲羅をへる】 ①長命。
②老練，久經世故，經驗豐富，見過
世面。

こうりょうをはらう【稿料を拂う】
付稿費。

こうりょにいれる【考慮に入れる】
考慮，加以考慮＝こうりょをはらう
。

こうりょをはらう【考慮を拂う】 考
慮一下，考慮考慮。

こうりょをめぐらす【考慮を廻す】
好好考慮，仔細考慮。

こうりょをようする【考慮を要する】
需要考慮。

こうりをまとめる【行李を纏める】
打行李，收拾行李。

こうれいにしたがう【恒例に従う】
按照慣例＝慣例にしたがう。

こうれいどおりに【恒例どおりに】
同上條。

こうれいによって【恒例によって】
根據慣例，按照慣例。

ごうれいをかける【号令をかける】
下令，喊口令，發號施令。

こうれいをやぶる【恒例を破る】 破
例，打破慣例＝慣例をやぶる。

こうろんおつばくでまとまらない【甲
論乙駁で纏らない】 甲論乙駁意見
不一，你一言我一言地吵個不休。

こうをあせる【功を急る】 急於求成。

こうをおこす【稿を起す】 起草，打
個稿。

こうをけす【香を消す】 去味。

こうをさかんにする【行を盛んにする】
壯行。

こうをそうする【功を奏する】 奏效，
見效＝効果をあげる。

こうをたててつみをつぐなう【功を立

てて罪を償う】 立功贖罪。

こうをつむ【功む積む】 用功，下功
夫。

こうをへる【劫を経る】 歷盡苦難，
飽經滄桑。

こうをほこる【功を誇る】 誇功。

こえがうつくしい【声がうつくしい】
嗓子好，聲音好聽。

こえがかかる【声か掛かる】 ①受到
賞識,受到重視。②叫座,博得觀衆喝采。

こえがする【声がする】 ①說，講。
②叫了一聲，喊了一聲。

こえがたかい【声が高い】 高聲，大
嗓門，嗓門大。

こえがとどかない【声が届かない】
聽不到。

こえがふるえる【声が震える】 聲音
發抖，聲音發顫。

こえがよくとおる【声がよくとおる】
嗓音宏亮，聲音鈴亮。

こえて【越えて】 過了年。

こえにおうずる【声に応ずる】 答應，
應聲。

こえのしたから【声の下から】 剛說
完。

こえもでない【声も出ない】 不作聲，
連話都說不出來。

こえをあげてなく【声をあげて泣く】
放聲大哭。

こえをあげてわらう【声をあげて笑う】
放聲大笑。

こえをあげる【声をあげる】 放聲。

こえをおおきくにさけぶ【声を大きく
して叫ぶ】 大聲喊叫。

こえをおとしてはなす【声を落して話
す】 小聲說話。

こえをおとす【声を落す】 放低聲音。

こえをかぎりにさけぶ【声をかぎりに
叫ぶ】 大聲叫喊，拼命叫喊，儘嗓
門喊。

こえをかけられる【声をかけられる】
被…叫住。

こえをかける【声をかける】 ①招呼，
叫住。②喝采，叫好。

こえをからす【声を嗄す】 嗓子都喊
啞了，嘶啞着嗓子，聲嘶力竭。

こえをくもらす【声をくもらす】　哽咽，聲音悲悽，聲音顫抖。

こえをそろえる【声を揃える】　異口同聲，齊聲。

こえをたかくする【声を高くする】　提高聲音，放大聲音。

こえをたてる【声を立てる】　大聲叫喊，大聲叫嚷。

こえをちいさくする【声を小さくする】　放低聲音，再小點聲。

こえをとがらしていう【声を尖らして言う】　粗聲粗氣地說，抬高嗓門說。

こえをとがらす【声を尖らす】　①大聲嚷嚷。②大聲申訴。③提高嗓門。

こえをのむ【声を呑む】　呑聲，說不出話來＝声がでない。

こえをはりあげる【声を張上げる】　大聲喊，提高嗓門，把聲音放大點。

こえをひきしぼる【声を引絞る】　拼命叫喊＝声をかぎりに叫ぶ。

こえをふりたててさけぶ【声を振立てて叫ぶ】　大聲叫嚷，大聲叫喊＝声を立てる。

ごえんりょなさらずに【ご遠慮なさらずに】　請不要客氣。

こおりがとける【凍が解ける】　解凍。

こおりがはる【氷が張る】　凍冰，結冰。

こおりをあゆむ【氷を歩む】　冒險，履冰。

こおりをすべる【氷を滑る】　滑冰。

ごかいをさける【誤解を避ける】　避免誤會。

ごかいをとく【誤解を解く】　消除誤會。

ごかいをひきおこす【誤解を引き起す】　引起誤會。

ごかいをまねく【誤解を招く】　引起誤會。

ごかくのしょうぶ【互角の勝負】　不分勝負，不相上下，勢均力敵。

こかくをまねく【顧客を招く】　招攬顧客。

こがたなざいくをやる【小刀細工をやる】　搞小動作，玩小聰明，搞小把戲。

ごがつのせっく【五月の節句】　端午節。

こができる【子ができる】　有小孩了。

こがやどる【子が宿る】　懷孕。

ごかんべんを【ご勘弁を】　請高抬貴手。

ごきげんをうかがう【ご機嫌を伺う】　問好，問候。

ごきげんをとる【ご機嫌を取る】　奉承，逢迎…。

こぎてんがきく【小機転がきく】　有點小聰明，有點小機靈＝小才がきく。

こきみがよい【小気味がよい】　痛快，叫人心裏痛快＝気持がよい。↔小気味が悪い。

こきみのよいたんかをきる【小気味のよい啖呵を切る】　說乾脆的，說痛快話。

こきみよく【小気味よく】　痛快地，痛痛快快地。

こきゅうがあう【呼吸が合う】　①對勁，對脾氣，合得來，意氣相投。②合拍，步調一致。

こきゅうがある【呼吸がある】　有竅門，有絕招。

こきゅうがたえる【呼吸が絶える】　斷氣，氣絕身死。

こきゅうがわかる【呼吸がわかる】　學會了…竅門，掌握了…技巧＝こきゅうをのみこむ。

こきゅうをおぼえる【呼吸を覚える】　同上條。

こきゅうをのみこむ【呼吸を呑み込む】　學會了…竅門，掌握了…技巧。

こきょうがこいしい【故郷が恋しい】　懷念故郷。

こきょうににしきをかざる【故郷に錦を飾る】　衣錦還郷。

こきょうをあとにする【故郷を後にする】　背井離郷。

こきょうをしたう【故郷を慕う】　思郷，懷念故郷。

ごくあくひどうな【極悪非道な】　①凶狠殘暴的，窮凶極惡的，十惡不赦的。②蠻不講理的，霸道的。

ごくありふれたもの【極有触れたもの】　最常見的東西。

こくうをつかんでくるしむ【虚空を攫んで苦しむ】　作垂死挣扎。

こぐちになる【小口になる】　有線索了,有頭緒了＝心あたりがついた。

こぐちのちゅうもん【小口の注文】　零星的訂貨,小批訂貨。

ごくどうなむすこ【極道な息子】　浪子,敗家子。

ごくないのはなし【極内の話】　絕密,極其秘密的事。

こくびをかしげる【小首を傾げる】　思量,思考,思索,歪着頭想＝くびをかしげる。

ごくろうさまでした【ご苦労さまでした】　勞您駕了,您受累了,您辛苦了。

ごくろうなはなしだ【ご苦労な話だ】　眞是自尋煩惱。

ごくろうをかける【ご苦労をかける】　叫您受累。

こけがはえる【苔が生える】　①長苔。②陳舊,古老＝こけがむす。

こけがむす【苔がむす】　同上條。

こけつにいらずんばこじをえず【虎穴に入らずんば虎児を得ず】　不入虎穴焉得虎子。

こけのした【苔の下】　九泉之下。

ごけをたてる【後家を立てる】　守寡＝ごけになる。

こけんにかかわる【沽巻にかかわる】　降低身份,有失體面,有失身份。

こけんをおとす【沽巻を落す】　丟臉,有損體面。

ここうのとをもとめる【糊口の途を求める】　謀生。

ごこうはいをうける【ご高配を受ける】　蒙您關照。

ここうをしのぐ【糊口を凌ぐ】　勉強糊口＝その日その日を凌ぐ。

ここうをだっする【虎口を脱する】　脫險,逃出虎口。

ごくのおに【護国の鬼】　爲國捐軀的烈士。

ここだけのはなしだ【ここだけの話だ】　說說罷了,這話只能在屋裏講,這

話可不能對外人講。

ここだというときに【ここだという時に】　在緊要關頭。

ここちがいい【心地がいい】　痛快,舒服,愉快＝きもちがいい。

ここちがしない【心地がしない】　沒心…,不想…,沒心思…。

ここちよく【心地よく】　①順利地。②痛快地,舒服地。

ここちよくねる【心地よくねる】　睡得香。

ここで　①現在。②這裏,此地。③到此,就此,就這麼。

こごとがおおい【小言が多い】　什麼事都管着我。

こごとをいいつめる【小言を言いつめる】　碎嘴子,嘮叨個沒完。

こごとをいう【小言を言う】　①不滿,抱怨,牢騷,嘮叨。②罵,責備。

こごとをいわれる【小言を言われる】　挨斥,受申訴,挨罵,挨訓。

こごとをくう【小言をくう】　同上條。

ここに　①就…。②在此,於此。

ここに【個個に】　各自,個別,各各。

ここにいたって【ここに至って】　到此,至此,事已至此,到這種地步。

ここにおいては【ここに於ては】　①在此,在這裏。②就…,就是…。③於是,於是就…。④在這方面,就這方面來說。

ここにげんいんするのだ【ここに原因するのだ】　這就是…的原因,…的原因就在於此。

ここべつべつにことをする【個個別別に事をする】　各做各的。

ここまでいえば　這麼一說。

こころあたりがある【心当りがある】　①有頭緒了,有眉目了,有線索了,有譜了。②猜得到。

こころあたりがつく【心当りがつく】　同上條。

こころあたりをたずねてみる【心当りを尋ねて見る】　找找線索看看。

こころあってちからたらず【心あって力たらず】　心有餘而力不足。

こころあてにする【心当てにする】

①指望，期待。②料想，預期。

こころありげなはなし【心有りげな話】
意味深長的話。

こころありげに【心有りげに】　意味
深長地。

こころある【心ある】　①有心的，有
心眼的，有心計的。②懂得人情的，
懂得事理的，通情達理的。

こころいきです【心意気です】　一點
心意，一點心思，一點小意思。

こころえがある【心得がある】　有…
知識（心得，經驗，體會）。

こころえがおをする【心得顔をする】
自作聰明，顯得什麼都懂的樣子。

こころえがたいことだ【心得難いこと
だ】　眞是令人難以理解，實在讓人
想不通。

こころえちがいのこうい【心得違いの
行爲】　輕率的行爲＝こころえちが
いのおこない。

こころえちがいをする【心得違いをす
る】　①誤以爲…，誤解了…。②做
壞事。

こころおきなくちかい【心置きなく近
い】　不隔心的，毫無隔閡的，無話
不談的。

こころおきなくはなしあう【心置きな
く話し合う】　暢談，談心。

こころおきなくやってくれ【心置きな
くやってくれ】　放心做吧。

こころおくれがする【心後れがする】
發怵，膽怯，怯陣。

こころおぼえがする【心覚えがする】
記，記得，記住。

こころがあせる【心が焦る】　心急，
心焦。

こころがある【心がある】　想…，有
心…＝気がする。

こころがいじける【心がいじける】
性格乖僻，脾氣彆扭。

こころがいたむ【心が傷む】　難過，
傷心＝こころをいためる。

こころがうきうきしている【心がうき
うきしている】　喜不自禁。

こころがうごく【心が動く】　動心。

こころがうつくしい【心が美しい】

心眼好。

こころがおおきい【心が大きい】　①
心寬，心胸大。②寬宏大量。

こころがおちつく【心が落付く】　心
安，心靜，心裏平靜，心裏踏實↔心
が落付かない。

こころがおどる【心が跳る】　興奮，
心情激動。

こころがかよいあっている【心が通い
あっている】　一條心。

こころがかよう【心が通う】　心心相
通，互相了解。

こころがかりでしかたがない【心掛か
りで仕方がない】　非常擔心，實在
不放心。

こころがかりになる【心掛かりになる】
擔心，掛心＝気掛かりになる。

こころがかわる【心が変る】　變心了，
變掛了。

こころがきまらない【心が決らない】
猶豫不定，沒準主意，拿不定主意＝
心が定まらない。

こころがきょうあいだ【心が狭隘だ】
心眼窄。

こころがくうきょである【心が空虚で
ある】　內心空虛。

こころがくうになる【心が空になる】
心不在焉。

こころがくつろぐ【心が寛ぐ】　心裏
高興，心情舒暢＝気持がいい。

こころがくもる【心が曇る】　發愁，
心情黯淡。

こころがくろい【心が黒い】　心黑，
心毒，心眼壞，心術不正。

こころがけがいい【心掛けがいい】
①品行好，作風正派。②努力，用功。
③很注意，很留心。

こころがさだまらない【心が定まらな
い】　猶豫不決，沒準主意，拿不定
主意。

こころがさわぐ【心が騷ぐ】　心神不
安＝気持が落着かない。

こころがすすまぬ【心が進まぬ】　①
不願意，沒有興趣，沒有心思。②不
高興。

こころがしずむ【心が沈む】　消沉，

心情鬱悶，心灰意懶。

こころがねじれる【心が捩れる】　性情乖僻＝こころがひねくれる。

こころがはれる【心が晴れる】　痛快，舒暢，心情開朗。

こころがひかれる【心が引かれる】　爲…所吸引。

こころがひねくれる【心が捻れる】　性情乖僻。

こころがひろい【心が広い】　心寬。

こころがへいせいでない【心が平静でない】　心裏不平靜。

こころがへきする【心が僻する】　心術不正，淨壞心眼。

こころがまがる【心が曲る】　①心術不正。②性情乖僻。

こころがまじめだ【心がまじめだ】　心誠，誠心誠意。

こころがまっとうだ【心が真っ当だ】　心地光明正大。

こころがみちたりだ【心が満ちたりだ】　心滿意足。

こころがもやもやする【心がもやもやする】　心裏亂糟糟的，心裏頭亂。

こころがやさしい【心がやさしい】　心軟。

こころがやすまらない【心が休まらない】　心神不安，安不下心來。

こころがやすらかである【心が安らかである】　心裏很安閑，心裏很平靜。

こころがゆがんでいる【心が歪んでいる】　心地不正，淨壞心眼。

こころがよろこびにあふれる【心が喜びにあふれる】　心裏充滿了喜悅。

こころから【心から】　打心眼裏，衷心地，誠心地，誠心誠意地。

こころがわりがする【心変りがする】　變心，變掛，改變主意＝心が変る。

こころがわるい【心が悪い】　心眼不好，心腸狠毒。

こころがわるくない【心が悪くない】　心眼不錯。

こころこめた【心込めた】　誠懇的，誠心誠意的＝こころをこめた。

こころざしあるものはことついになる【志ある者は事ついになる】　有志

者事竟成。

こころざしをあまえる【志を甘える】　承您盛情＝ごしんせつにあまえる。

こころざしをたてる【志を立てる】　立志做…，立志當…，立志做一個…。

こころして【心して】　注意，留心。

こころじょうぶになる【心丈夫になる】　①放心，安心。②膽子壯起來了。

こころだのみにする【心頼みにする】　指…，指望…，期待…。◆前接格助詞"を"。

こころだのみにならぬ【心頼みにならぬ】　不可靠，靠不住＝当てにならない。

こころでおこってかおでわらう【心で怒って顔で笑う】　惱在心裏笑在面上。

こころないしわざ【心ない仕業】　做得太絕。

こころなく【心なく】　①輕率地，莽撞地。②無心地，無意…。

こころならずも【心ならずも】　違心地，迫不得已，出於無奈。

こころにうかぶ【心に浮ぶ】　想起…。

こころにえがく【心に描く】　想像。

こころにおいていない【心に置いていない】　不放在心裏。

こころにおうのうをいだく【心に懊悩を抱く】　心裏懊惱。

こころにおさえる【心に押える】　悶在心裏。

こころにおちつかない【心に落着かない】　心神不定，沉不下心來。

こころにおにをつくる【心に鬼をつくる】　疑神疑鬼。

こころにおもったことをそのままいう【心に思ったことをそのまま言う】　心直口快，怎麼想就怎麼說，暢所欲言。

こころにおもう【心に思う】　心想。

こころにかかる【心に掛かる】　掛心，擔心，惦念，掛念。

こころにかきをせよ【心に恒をせよ】　要提高警惕。

こころにかなう【心に適う】　如意，順心，稱心，正合心意。

こころにかんじたこと【心に感じたこと】　心得，感想，體會。

こころにきざす【心に萌す】　起了…的念頭。

こころにきざむ【心に刻む】　銘記，銘刻於心＝心に銘ずる。

こころにきめる【心に決める】　認定，斷定。

こころにくいばかりに【心憎いばかりに】　很，特，十分，非常。

こころにくいほど【心憎いほど】　同上條。

こころにくいまで【心憎いまで】　很，特，十分，非常。

こころにくつろぎがある【心に寛ぎがある】　心情舒暢＝こころがくつろぐ。

こころにさとる【心に悟る】　心領神會。

こころにとまる【心に留まる】　留在心裏，記在心裏。

こころにまかせぬ【心に任せぬ】　不順心，不稱心，不如意，不隨心。

こころにまかせる【心に任せる】　順心，稱心，隨心＝こころにかなう。

こころにめいきする【心に銘記する】　銘記。

こころにめいずる【心に銘ずる】　銘記，銘刻於心＝心に刻む。

こころにもない【心にもない】　言不由衷的，非出自本心的。

こころにもないおせじをいう【心にもないお世辞を言う】　言不由衷地奉承。

こころにゆだんがある【心に油断がある】　大意，馬虎，疏忽，粗心。

こころによみかえってきた【心によみかえってきた】　想起了…。

こころねがいい【心根がいい】　①脾氣好。②心眼好。

こころねがいじらしい【心根がいじらしい】　至誠得令人感動。

こころねがやさしい【心根がやさしい】　性情溫柔，心地善良。

こころねがよい【心根がよい】　心眼好，心地善良。

こころねがよくない【心根がよくない】　心眼不好。

こころねがわるい【心根が悪い】　①心胸壞，心眼不好，居心不良。②脾氣暴，脾氣不好。

こころのうち【心のうち】　心中，心裏。

こころのおくそこをうちあける【心の奥底を打ちあける】　說心裏話，打開窗子說亮話。

こころのおにがみをせめる【心の鬼が身を責める】　受到良心譴責。

こころのきんせんにさわる【心の琴線に触る】　觸動人心弦，扣人心弦。

こころのきんせんにふれる【心の琴線に触れる】　同上條。

こころのくも【心の雲】　①疑心，猜疑。②煩惱。

こころのくもり【心のくもり】　疑心，疑惑。

こころのこもった【心のこもった】　誠懇的。

こころのそこ【心の底】　本心。

こころのそこがわからない【心の底が分らない】　居心叵測，不知什麼居心。

こころのそこをうちあける【心の底を打ちあける】　說出心裏話，打開天窗說亮話＝こころのおくそこをうちあける。

こころのそこをよむ【心の底を読む】　看破心事，看破真意。

こころのとも【心の友】　知心朋友。

こころのなかにしまっておけない【心の中にしまっておけない】　心裏擱不著事情。

こころのなかはとてもつらい【心の中はとても辛い】　心裏非常難過。

こころのほっするところにしたがう【心の欲するところに従う】　隨所欲，任意而為，想怎麼樣就怎麼樣。

こころのままに【心のままに】　任意，任性，隨意＝心まかせに，おもうままに。

こころのままにふるまう【心のままに振舞う】　任意而為，隨心所欲，想怎麼做就怎麼做。

こころのもだえ【心の悶え】　心中苦悶。

こころのやさしい【心のやさしい】　①性情溫柔的，性情溫和的。②心地善良的，心腸好的＝心根のやさしい。

こころのやまいはいやしがたい【心の病は癒しがたい】　心病難醫。

こころばかりで【心許で】　一點心思，一點小意思。

こころはずかしい【心はずかしい】　心裏慚愧。

こころはすっきりしている【心はすっきりしている】　心情舒暢，心裏敞亮。

こころはふたつみはひとつ【心は二つ身は一つ】　脚踏兩條船。

こころはやすまらない【心は休まらない】　不安心。

こころひそかにおもう【心密かに思う】　心中暗想＝心密かに考える。

こころひそかにかんがえる【心密かに考える】　同上條。

こころひそかにねたむ【心密かに妬む】　暗中嫉妒。

こころひそかによろこぶ【心密かに喜ぶ】　心中暗喜，暗自歡喜。

こころぼそいこと【心細いこと】　洩氣話。

こころぼそくなる【心細くなる】　①感到揪心。②感到不安。③感到發毛。④感到寂寞。⑤覺得不妥。⑥感到沒有把握。

こころまかせに【心任せに】　任性，任意＝おもうままに，きまかせに。

こころまかせにさせておく【心任せにさせておく】　聽其自然，隨他便吧，隨他去吧！

こころまかせにする【心任せにする】　隨…便。

こころまかせになる【心任せになる】　聽…擺佈，任憑…擺佈。

こころまちにまつ【心待ちに待つ】　一心等待，暗中盼望，心裏期待着。

こころまでくさった【心まで腐った】　腐敗透頂。

こころみがある【試みがある】　想，打算，企圖，準備。

こころもちおおきい【心持大きい】　稍大一點，有點大。

こころもちがいい【心持がいい】　舒服，精神好，心情舒暢。

こころもちがする【心持がする】　覺得，感覺，像要…，好像…。

こころもちがわるい【心持が悪い】　難受，不舒服。

こころもちよく【心持よく】　痛快地，舒舒服服地。

こころもちをそこなう【心持を損う】　傷感情。

こころもとない【心許ない】　靠不住。

こころもとなくおもう【心許なく思う】　①感到擔心，覺得不放心。②覺得靠不住。

こころゆくばかりで【心行くばかりで】　盡情地，充分地，痛快地。

こころゆくまで【心行くまで】　同上條。

こころゆくまでうたう【心行くまで歌う】　盡情歌唱。

こころゆくまでなく【心行くまで泣く】　痛哭。

こころよからずおもう【心よからず思う】　覺得不痛快。

こころをあわせる【心を合せる】　齊心，同心合力。

こころをいためる【心を痛める】　痛心。

こころをいれかえてさいせいする【心を入れ替えて再生する】　改過自新，革面洗心重新作人，痛改前非。

こころをいれかえる【心を入れ替える】　同上條。

こころをいれる【心を入れる】　注意，留神，小心，用心。

こころをうごかす【心を動かす】　打動心弦。

こころをうちあける【心を打ち開ける】　吐露心事，表明心迹。

こころをうちこむ【心を打ち込む】　埋頭…，專心致志於…＝こころをそそぐ。

こころをうばう【心を奪う】　迷人，

吸引人，使人心醉。

こころをうばわれる【心を奪われる】
出神，入迷，被…弄得精神恍惚。

こころをおこす【心を起す】　起了…
念頭。

こころをおちつけて【心を落着けて】
①沉着地，鎮定地。②安心地，沉下
心來。

こころをおにする【心を鬼にして】
硬着心腸，硬着頭皮。

こころをかたむける【心を傾ける】
①一心一意，全心全意。②傾心。

こころをかためる【心を固める】　決
心…。

こころをきめる【心を決める】　決心
…。

こころをくだく【心を砕く】　焦慮，
操心，絞盡腦汁，費盡心機。

こころをくばる【心を配る】　①小心，
留神。②照顧。◆前接格助詞“に”。

こころをくむ【心を汲む】　體諒。

こころをくるしめる【心を苦しめる】
①操心。②爲難。③苦惱。

こころをこめて【心を込めて】　①誠
懇地，誠心誠意地。②細心地。③專
心致志地。

こころをこらす【心を凝す】　聚精會
神。

**こころをささえてくれる【心を支えて
くれる】**　給以安慰。

こころをさだめる【心を定める】　下
決心，打定主意。

こころをすえる【心を据える】　下定
決心，拿定主意。

こころをすます【心を澄す】　沉下心
來，安下心來。

こころをそそぐ【心を注ぐ】　專心…，
注視…，埋頭…，留心…，專心致志
於…＝心を打ち込む。

こころをそそる【心をそそる】　使…
動心。

こころをつかう【心を使う】　操心，
勞心，勞神，費盡心血，傷腦筋，絞
盡腦汁＝心を砕く，気をつかう。

こころをつくす【心を尽す】　用心，
盡心。

こころをとめる【心を留める】　留心，
注意。

こころをなぐさめる【心を慰める】
消遣，娛樂，解悶。＝たいくつしの
ぎ。

こころをひきつける【心を引付ける】
迷入，吸引人。

こころをひく【心を引く】　同上條。

こころをひるがえす【心を翻す】　變
心。

こころをひろくする【心を広くする】
放寬心，把心放寬點。

こころをむける【心を向ける】　①注
意。②嚮往，③感到有興趣。

**こころをむなしくして【心をむなしく
して】**　虛心地。

こころをもちいる【心を用いる】　用
心，小心，留神，注意。

こころをやすめる【心を休める】　安
心，養心。

こころをやる【心をやる】　開心，散
心，解悶，消遣。

こころをゆすぶる【心を揺振る】　①
激動人心。②心砕砰直跳。

こころをゆるす【心を許す】　知心，
知己，心心相印。

こころをよせる【心を寄せる】　傾心，
戀慕。

こころをわずらわす【心を煩わす】
操心。

こころをわったはなし【心を割った話】
心裏話。

ここんにつうじる【古今に通じる】
博古通今。

ここんにれいがない【古今に例がない】
史無前例。

こさいがきく【小才がきく】　有點小
聰明。

ごさんこうまでに【ご参考までに】
僅供參考。

こしがいたい【腰が痛い】　腰痛。

こしがういている【腰が浮いている】
不沉着，心情浮躁＝気がういている
。

こしがおもい【腰が重い】　懶得動。

こしがかなしみいたむ【腰がかなしみ

痛む】　腰酸疼。

こしがくだける【腰が砕ける】　①鬆
勁了。②態度軟了。③半途而廢。

こしがすわる【腰がすわる】　站穩。

こしがたかい【腰が高い】　驕傲，狂
妄，自高自大。

こしがたたない【腰が立たない】　伸
不直腰，直不起腰。

こしかたゆくすえをかんがえる【来し
方行末を考える】　思前想後。

こしがつよい【腰が強い】　①態度強
硬。②黏度強。↔こしがよわい。

こしがぬける【腰が抜ける】　嚇癱了，
嚇破了膽。

こしがひくい【腰が低い】　謙遜，謙
虛，謙恭，和藹。

こしがよわい【腰が弱い】　①態度軟
弱，沒有骨氣。②(年糕等)黏性不
高。③勁頭不大。

こしきにざするがごとし【甑に坐する
が如し】　如同坐在蒸籠裏。

こしくだけになる【腰砕けになる】
半途而廢。

ごしどうごべんたつをねがいます【ご
指導ご鞭撻を願います】　請多加指
教。

こしぼねがある【腰骨がある】　有耐
心，有耐力＝腰骨が強い。

こしもまがらずしゃんとしている【腰
も曲がらずしゃんとしている】　腰
板挺直。

こしゃくなことをいう【小癪なことを
言う】　①說大話。②說刺話，說話
刺耳。

こしゃくにさわる【小癪にさわる】
①令人生氣。②令人討厭。

こしょうのまるのみ【胡椒の丸呑み】
囫圇吞棗。

こしょうをもうしたてる【故障を申し
立てる】　反對…，對…提出異議。

こしらえができた【拵えができた】
打扮好了。

こしらえがわるい【拵えが悪い】　打
扮得難看。

こしらえていう【拵えて言う】　捏造，
虛構。◆前接格助詞“を”。

こしをいれる【腰を入れる】　埋頭於
…，專心做…，認真地做…。

こしをおす【腰を押す】　挑唆，在背
後支持。

こしをおちつける【腰を落ち着ける】
坐穩。

こしをおる【腰を折る】　①彎腰。②
屈服。③半途而廢。④打斷話頭。

こしをおろす【腰を下す】　坐，坐下，
落坐＝腰をかける。

こしをかける【腰をかける】　同上條。

こしをくじく【腰を挫く】　扭了腰。

ごしをくっする【五指を屈する】　屈
指可數。

こしをすえてかかる【腰を据えてかか
る】　①沉着地做…，安心做…。②
拿定主意做…。

こしをすえる【腰を据える】　①下定
決心。②坐着不動。③專心做…，安
心做…。

こしをぬかす【腰を抜かす】　嚇人，
非常吃驚。

こしをのばす【腰を伸す】　伸懶腰。

こしをひくくする【腰を低くする】
打躬作揖。

こじんでしごとをする【個人で仕事を
する】　單獨做事。

こじんのそうはくをなめる【古人の糟
粕を嘗める】　步前人之後塵。

こすいことをする【狡いことをする】
玩弄詭計。

こすいてをつかう【狡い手を使う】
採取狡猾手段。

こづかいをかせぐ【小使を稼ぐ】　賺
點零用錢。

こづつみをおくる【小包を送る】　寄
包裹。

こせせしないで　不計較…。不小裏
小氣地。

こせつかぬ　不拘小節。

こそ…けど　雖然…可是…。

こそ…けれど　同上條＝…こそ…けれ
ども。

こそ…ことができる　只有…才能…。

こそすれ（ば）…けっしてしない【こ
そすれ（ば）…決してしない】　只

能…，決不…。

こそすれば（ば）…はずがない　只有
…哪裏會…呢。

こぞって【挙って】　舉，全，都，全
部，全都，大家都。

こだいしていう【誇大して言う】　誇
大其詞＝衛大層なことを言う。

こだいにいう【誇大に言う】　同上條。

こたいのげん【誇大の言】　誇大其詞。

こたえがでる【答えが出る】　①得到
答覆。②得出答數。

こたえられない【答えられない】　說
不上來，答不上來，回答不出。

こたえることばがない【答えることば
がない】　無話回答。

こたえをあやまる【答えを誤る】　答
錯。

こたえをだす【答えを出す】　解答。

こたえをもとめる【答えを求める】
解，求解，解答。

ごたごたがおきる【ごたごたが起きる】
發生糾紛。

ごたごたしている　亂七八糟。

ごたぶんにもれず【御多分に洩れず】
不例外，並不例外。

ごちそうさま（でした）【御馳走さま
（でした）】　打擾打擾。

ごちそうさまです【御馳走さまです】
盛饌，佳肴，豐盛的飯菜，好吃好喝。

ごちそうになる【御馳走になる】　①
打擾打擾。②被請吃飯。

ごちそうによぶ【御馳走によぶ】　請
人吃飯。

ごちそうはありません【御馳走はあり
ません】　簡慢得很。

ごちそうをする【御馳走をする】　請
客，請…吃飯。

こちらのしったことではない【こちら
の知ったことではない】　與我無關。

こっきをたてる【国旗を立てる】　掛
國旗＝国旗を掲げる，国旗を出す。

こっけいでしかたがない【滑稽で仕方
がない】　可笑極了，滑稽極了。

こっけいなはなしだ【滑稽な話だ】
簡直可笑。

こっけいのかぎりだ【滑稽のかぎりだ】

可笑極了，滑稽極了。

こつこつと【矻矻と】　刻苦地，勤奮
地，孜孜不倦地。

こっしょにふする【忽諸に附する】
輕視，無視，置之度外。

ごったがえす【ごった返す】　弄得亂
七八糟。

ごったにならぶ【ごったに並ぶ】　亂
七八糟地堆着，亂七八糟地擺在一起。

こつにくあいはむ【骨肉相食む】　骨
肉相殘。

こつにくのつながり【骨肉の繋り】
血肉相連。

こっぱみじんにする【木端徽塵にする】
粉碎…。　◆前接格助詞“を”

こっぴどくしかる【こっぴどく叱る】
嚴加申斥。

こっぴどくやっつける【こっぴどく遣
付ける】　狠狠整一頓，給以沉重打
擊。

ごてになる　已經晚了，落後一步。

ことあたらしいことはなにもない【事
新しい事は何もない】　沒什麼新鮮
的，沒什麼特別的。

ことあたらしく…ない【事新しく…な
い】　無需再…，用不着特別…了，
不必再…了。

ことあるとき【事あるとき】　一旦緊
急，一旦有什麼大事。

ことあれかし【事あれかし】　希望起
點風波，唯恐天下不亂。

ことおびただしい【こと夥しい】　…
得很，…極了，…得厲害。

ことがある　①有時，往往，常常。②
曾經。③可以。④就…，就能…。⑤
有過…。　◆作形式體言用的“こと”
不使用漢字。

ことがいちばんたいせつだ【…ことが
一番大切だ】　最要緊的是…。

ことがいりくむ【事が入組む】　事情
很複雜。

ことがおおい【…ことが多い】　往往
…，大多數…，主要是…。

ことがかのうである【…事が可能であ
る】　就能夠…，就可以…。

ことがかんたんなものだ【…ことが簡

単なものだ】 …很容易，…很簡單。

ことがかんようだ【…ことが肝要だ】
最主要的是…，最要緊的是…。

ことかく【事欠く】 ①缺…，缺少…，
缺乏…。②窘手，不方便。

ことがこうになれば【事がこうになれ
ば】 事已至此，事情已經到這種地
步=事すでにここに至る。

ことがことだ【事が事だ】 非同小可。

ことがたいせつである【…ことが大切
である】 非常重要的是…，非常要
緊的是…。

ことができない【…ことが出来ない】
不會…，不能…。

ことができなくない【…ことが出来な
くない】 會，能…，可以…。

ことができる【…ことが出来る】 同
上條。

ことができることである【…ことが出
来ることである】 就會…，就能夠
…，就可以…。◆“ことである”在
這裏起加強語氣的作用，可釋爲“就
…，才…”。

ことができるものである【…ことが出
来るものである】 就能夠…，就會
…，才可能…。

ことができるようになった【…ことが
出来るようになった】 已經能夠…，
已經可以…，已經會…。

ことがない ①少有。②没有…。③不
可以…。④從來没…過。◆前接助動
詞“た”。

ことがねがわしい【…ことが願わしい】
最好…，希望…＝…ことがのぞまし
い。

ことがのぞましい【…ことが望ましい】
同上條。

ことがひつようだ【…ことが必要だ】
要…，需要…，必須…。

ことがよくある【…ことが良くある】
常常…，經常…。

ごとくする【如くする】 像…，如…
＝ごとくである。

ごとくである【如くである】 同上條。

ことここにいたる【事ここに至る】
事已至此，已經到這種地步。

ことこころざしとちがう【事志と違う】
事與願違。

ことこどくあいいれない【尽くあいい
れない】 格格不入。

ことごとにうまくゆかない【事毎にう
まく行かない】 事事不順心，事事
不順利。

ことこまかに【事細かに】 詳細地，
詳盡地。

ことさら…のではない 並不是故意…
＝こいに…のではない。

ことさらにほうりつをおかす【ことさ
らに法律を犯す】 明知故犯，知法
犯法。

ことすでにここにいたる【事すでにこ
こに至る】 事已至此＝ことここに
いたる。

ことだ ①是，是…的，…才是。②要
…。③眞…。④都…。⑤一定…。⑥
最好…。◆也可跟其它詞搭配使用表
示強調。如“なんと…ことだ”多…
啊。

ことだけは 唯有…。

ことだけは…ことができる【…ことだ
けは…ことが出来る】 唯有…才能
…。

ことである ①是…，就是…，即是…。
②就…。③一定…。④要…。⑤眞…。
⑥才…。

ことではない 不是…，並不是…。

ことでもある 也就是…。

こととする ①需要。②應該。③應由。
④決定。

こととするにはたりない【異とするに
は足りない】 不足爲奇。

こととて 由於…，因爲…。

こととなる ①共，總共。②決定。③
還可以。④就要…。

こととなろう ①就要…。②…開來，
…起來。

ことともしない【事ともしない】 不
想…，不打算…，不準備…。

ことない ①不會…。②不…。

ことなく【事なく】 平安無事。

ことなら ①如果…。②只要…。

ことなるのみである【異なるのみであ

る】 不同的只是。

ことなろう 即將…，將要…。

ことにあたる【事に当る】 搞，做，幹，從事，幹活，工作。

ことにある 在於…，就在於…。

ことにきをつけなくてはならぬ【殊に気を付けなくてはならぬ】 要格外注意，要特別留神。

ことにして ①就…。②至於…。③決定。

ことにしよう 一定…吧，再說，再定。

ことにする ①要…。②就…。③總…。④常常…。⑤一定…。⑥可以…。⑦決定…。⑧決心…。

ことにのぞむ【事に臨む】 事到臨頭。

ごとに…という【毎に…という】 每…就要…。

ことになり 由於…。

ことになる ①並。②就。③要。④可以。⑤應該。⑥規定。⑦預定，準備。⑧就算…，算是。⑨決定，決心。⑩將要，即將。⑪已經。⑫落得…。

ことになると 對…，至於…，就…來說。

ことになろう ①就…，需要…。②將…，即將…。

ことにふれて【事に触れて】 一有事，一有問題，一遇到事情。

ことにほかならない 不外是，只能是…。

ことによって【…ことに依って】 按照…，根據…。

ことにより【…ことに依り】 同上條。

ことによると【ここに依ると】 或許，也許，碰=ことによったら，もしかすると，ひょっとすると，ひょっとしたら。

ことによると…かもしれない【ことに依ると…かも知れない】 也許…，或許…，碰巧…也未可知。

ことによれば【ことに依れば】 也許…，或許…碰巧…。

ことによれば…かもしれない【…ことに依れば…かも知れない】 也許…，或許…，碰巧，也許…也未可知=ひょっとしたら…かもしれない，もし

かすると…かもしれない。

ことのきょくちょくをあきらかにする【事の曲直を明らかにする】 弄清是非曲直。

ことのついで【事のついで】 順便，就便=ついでに，ついでながら。

ことのほか【殊のほか】 格外，意外，特別。

ことのほかつつしみぶかい【殊のほか慎み深い】 格外謹慎。

ことばあらそいをする【言葉争いをする】 爭論，口角，吵架=口舌の爭い。

ことはありません ①不…。②沒有…。

ことはいりません 不必…，用不着…。

ことはおさまらない【事は収まらない】 ①解決不了問題。②收不了場。

ことばがあらい【言葉が荒い】 粗話，說話粗野。

ことばがいきちがう【言葉が行違う】 話不投機。

ことばがおだやかである【言葉が穏やかである】 說話和氣，說話溫和。

ことばかずがすくない【言葉かずが少ない】 沉默寡言。

ことばがたりない【言葉が足りない】 詞不達意。

ことばがつかえる【言葉が支える】 語塞，無詞以對。

ことばがでない【言葉が出ない】 說不出話來。

ことばがはっきりしている【言葉がはっきりしている】 說得清楚。

ことばがみにしみる【言葉が身に染みる】 語重心長。

ことばがさわやかだ【言葉がさわやかた】 說話乾脆，說話直爽。

ことばかりだ ①光是…，只是…。②都覺得…。

ことばがわるい【言葉が悪い】 ①措詞不當。②說話粗魯。

ことばしりをとらえる【言葉尻を捕える】 挑字眼，抓別人話柄。=ことばの端をとらえる。

ことはじんいてきなものだ【事は人為的なものだ】　事在人為。

ことばづかい【言葉遣い】　說法，用詞。

ことばづかいがあらい【言葉遣いがあらい】　說話粗魯。

ことばたくみに【言葉巧に】　花言巧語地。

ことはできない【…ことは出来ない】　不能…，不會…，決不能…，決不會…，並不能…。

ことはできる【…ことは出来る】　會…，能夠…，可以…。

ことはできるし，…またそうなければならない　可以…而且必須…。

ことはない　別…，不必…，無需…，沒…的必要，用不着…，何必…，不會。

ことはないでしょう　何必…＝…こともあるまい。

ことばにあやがある【言葉にあやがある】　話裏有話。

ことばにはながさく【言葉に花が咲く】　談笑風生。

ことばのあや【言葉の文】　用詞，措詞。

ことばのさきをおる【言葉の先を折る】　搶話，打斷別人的話。

ことばのはしをとらえる【言葉の端を捕える】　挑字眼，抓別人話把兒＝ことばしりをとらえる。

ことばのもちいかた【言葉の用い方】　用詞，措詞，說法。

ことばのゆきちがい【言葉の行違い】　話不投機。

ことばはげしくきついかおをする【言葉激しくきつい顔をする】　疾言厲色。

ことはまれだ【…ことは稀だ】　很少…。

ことはまれにしか…ない【…ことは稀にしか…ない】　很少…。

ことばもおるか【言葉もおるか】　不消說。

ことはもちろんである【…ことは勿論である】　當然，自不待言。

ことばもでなかった【言葉も出なかった】　連話也說不出來。

ことはよくない　不要…。

ことばをかえす【言葉を返す】　①答覆，回答，回信。②頂嘴。③抗議。

ことばをかきさす【言葉を書きさす】　信沒寫完＝手紙をかきさす。

ことばをかける【言葉をかける】　招呼人，跟人搭話。

ことばをかざらずにいえば【言葉を飾らずに言えば】　坦率地說，不加掩飾地說。

ことばをかわす【言葉を交す】　交談。

ことばをごまかす【言葉を誤魔化す】　含糊其詞，模稜兩可，把話含開。

ことばをつがえる【言葉を番える】　約定。

ことばをつくす【言葉を尽す】　費盡唇舌。

ことばをとがめる【言葉を咎める】　挑字眼，抓別人話把兒＝ことばのはしをとらえる。

ことばをにごす【言葉を濁す】　含糊其詞＝はっきり言わない。

ことばをはさむ【言葉を挟む】　插嘴。

ことばをひかえる【言葉を控える】　愼言，少說話。

ことほどさように　到這種程度。

こともある　①也有…。②也曾…，曾經…。③有時也…。

こともあるし…ものある　有的是…有的是…。

こともあるまい　何必…。

こともしない【事もしない】　不介意，不在乎。

こともなげに【事も無げに】　若無其事地。

こともみこまれている【…ことも見込まれている】　可以預料…，可以相信…。

こともむずかしい【…ことも難しい】　就連…也困難。

ことわざにもあるとおり【諺にもある通り】　俗話說，就像俗話所說。

ことわりもなく【断りもなく】　沒打招呼就…。

ことわりをいう【断りを言う】 道歉，賠不是。

ことをえる【…ことを得る】 能夠…，可以…。

ことをおこす【事を起す】 ①起事。②鬧事。③發動某種重大事件。

ことをこのむ【事を好む】 喜歡動亂，惟恐天下不亂。

ことをたてる【異を立てる】 ①標新立異。②提出異議。

ことをとりはからう【事を取計う】策劃。

ことをはかるはひとにそんし，ことのなるはてんにそんする【事を謀るは人に存し，事の成るは天に存する】謀事在人成事在天。

ことをゆるがせにする【事を忽せにする】 草草了事，馬虎從事。

ことをわけて【事を分けて】 詳細地，詳盡地＝詳しく。

こなごなにうちくだく【粉粉に打ちくだく】 打個粉碎。

こなごなになる【粉粉になる】 打個粉碎。

ごにちあらためて【後日改めて】 改天再…。

こぬかさんごうもったら【小糠三合持ったら】 只要有碗飯吃。

コネをつくる 拉關係＝コネをつける。

このあいだから【この間から】 ①最近，近來，這些日子。②前些天，前些日子。

このあいだまで【この間まで】 前些天，前些日子，直到最近。

このあんばいでは【この塩梅では】看情形，看情況。

このいきおいはとてもすごい【この勢はとてもすごい】 來勢凶猛。

このいっきょにある【この一挙にある】在此一擧。

このうえ【この上】 再，還，更，更加。

このうえ…ない【この上…ない】 最，非常，實在。

このうえなく【この上なく】 最，頂，非常，特別，無限＝このうえもなく。

このうえなく…ことです【この上なく…ことです】 …是再…不過了。

このうえはけっして…ない【この上は決して…ない】 決不再…了。

このうえはなんの…もない【この上はなんの…もない】 再也沒有…了。

このうえは…よりほうほうがない【この上は…より方法がない】 既然如此，就只好…了＝こうなった以上は…仕様がない。

このうえもなく【この上もなく】 最，頂，非常，特別。

このうえ…ものはない【この上…ものはない】 …是最好的，…是最好不過了，沒有比…更…的了。

このおこりをおさえきれなかった【この怒りを押えきれなかった】 忍不住這口氣，按捺不住怒氣。

このかぎりにあらず【この限りにあらず】 不在此限。

このかん【この間】 這個時期，這段期間。

このきかいに【この機会に】 藉此機會。

このきかいをかりる【この機会を借りる】 藉此機會。

このぐあいじゃ【この工合じゃ】 看這種情況，看這種樣子。＊“じゃ”是“では”的音變。

このさいだから【この際だから】 既然是這樣，既然在這種時候。

このたぐいのもろもろのもの【この類のもろもろのもの】 諸如此類的東西。

このため（に） 為此，因此。

このちかくに【この近くに】 這一帶，這附近。

このちちにしてこのこあり【この父にしてこの子あり】 有其父必有其子。

このちょうしだと【この調子だと】 從這種情況來看。

このつぎに【この次に】 ①這次。②這回。③下次，下面。最近。④將來。

このてんから【この点から】 根據這點，從這點來看。

このてんにかかっている【この点にか
　かっている】　就在這一點。

このときほど…ことはなかった【この
　時程…ことはなかった】　從來沒有
　像現在這樣…。

このところ　現時，現在，這幾天。

このとしになるまで…たことがありま
　せん【この年になるまで…たことが
　ありません】　長這麼大還沒…。

ここのち　今後，將來＝今から。

このばあいにおよんで【この場合に及
　んで】　到了現在。

このばにおよんで【この場に及んで】
　臨場，臨陣。

このぶんだと【この分だと】　看樣子，
　照這種情況＝このぶんで。

このぶんなら【この分なら】　這樣，
　若是這樣。

このへちまやろう【この糸瓜野郎】
　你這個廢物。

このへんで【この辺で】　①這一帶。
　②這樣，到這種程度。③差不多。

このへんで…ほうがいい【この辺で…
　方がいい】　最好就此…。

このほか【この外】　此外，另外。

このほかに…ある【この外に…ある】
　此外還有…。

このほかに…ことができる【この外に
　…ことが出来る】　此外還可以…，
　此外還會…。

このまえ【この前】　①上面，前面。
　②上次，上回。③前些日子。

このましからざる【好ましからざる】
　①不愉快的。②有問題的。

このましくない【好ましくない】　①
　討厭。②不愉快。③不滿意。④不理
　想。

このまま　就…，就這樣，就那樣，就
　那麼擺着吧。

このまますすむと【このまま進むと】
　長此以往，這樣下去。

このままでは　如此，這樣下去，長此
　以往。

このままにして　就，就這樣，就那麼
　擺着吧。

このみがちがう【好みが違う】　興趣

不同，愛好不同，嗜好不同。

このみにあう【好みに合う】　合乎…
　的口味。

このめで【この目で】　親眼…。

このめでみたのだ【この目で見たのだ】
　是我親眼看見的。

このもようで【この模様で】　看樣子，
　看情形，看光景。

このよ【この世】　人間，人世，今世。

このようではない【この様ではない】
　不是這樣，並不是這樣。

このような　這樣，這種

このように　這樣，這麼一來，因此。

このようにして　同上條。

このようにしてこそ　只有這樣做才…
　…。

このようにすることにより　由於這樣，
　由於這樣做的結果。

このようにすると　這樣，這麼一來。

このようになれば　如果這樣的話。

このよのけがれをそまらない【この世
　の汚れを染らない】　一塵不染，不
　染紅塵。

このんで【好んで】　①甘願，情願。
　②好…喜歡。專好…，專愛…。

このんで…する【好んで…する】　①
　熱心於…。②專愛搞…，專愛弄…。

こばなをうごかす【小鼻を動かす】
　洋洋得意，沾沾自喜。

こははのかたapplied【子は母の片割れ】
　兒是娘的連心肉。

こばらがたつ【小腹が立つ】　有點生
　氣。

ごはんですよ【御飯ですよ】　飯好了，
　吃飯了，開飯了。

ごはんにしるをかける【御飯にしるを
　かける】　泡飯。

ごはんにする【御飯にする】　吃飯，
　開飯。

ごはんにそえてたべる【御飯に添えて
　たべる】　就飯吃。

ごはんのおかわりをする【御飯のおか
　わりをする】　添飯，再來碗飯。

ごはんをいる【御飯を炒る】　炒飯。

ごはんをたべる【御飯を食べる】　吃
　飯。

ごはんをたく【御飯を炊く】　煮飯。

ごはんをむす【御飯を蒸す】　蒸飯。

ごはんをむらす【御飯をむらす】　悶飯。

ごはんをもる【御飯を盛る】　盛飯。

コピーをとる　①複寫。②印拷貝。

こびをふくんだめ【媚を含んだ目】　含有媚氣的眼神。

ごぶごぶ【五分五分】　相等，不相上下，半斤八兩。

ごぶごぶのいきおい【五分五分の勢】　均勢，勢均力敵。

ごぶごぶにみえる【五分五分に見える】　同上條。

ごぶごぶにわける【五分五分に分ける】　平分，二一添作五。

ごぶごぶのしょうぶ【五分五分の勝負】　平局，勢均力敵。

ごぶのすきもない【五分の隙もない】　無懈可擊。

こ…ほど　大約，左右。Φ "こ"是接頭詞，後續體言＝こ…ばかり。

こぼねがおれる【小骨が折れる】　有點費勁，有點費事，有些吃力。

こぼれるようなえみをたたえている【溢れるような笑みを湛えている】　滿面笑容＝満面にえみをたたえている。

ごほんのゆびにかぞえられるほどである【五本の指に数えられるほどである】　…是第一流的，…是屈指可數的。

こまかいかねがある【細かい金がある】　有零錢。

こまかいところまでてがゆきとどいている【細かいところまで手が行届いている】　照顧得無微不至。

こまかくけいかくする【細かく計画する】　精打細算。

ごまかして【誤魔化しで】　打馬虎眼

ごまかしではなさそうだ【誤魔化しではなさそうだ】　不像是說瞎話。

ごまかしにかかる【誤魔化しにかかる】　上當，受騙。

ごまかしはゆるさない【誤魔化しは許さない】　不許打馬虎眼。

ごまかしや【誤魔化し屋】　騙子。

こまごまと【細細と】　詳細地，一五一十地。

こまたのきれあがったおんな【小股の切れ上がった女】　身材苗條的女人。

こまたをすくう【小股を掬う】　①出人意外地撈一把。②乘機撈一把。

こまったことには【困ったことには】　無奈…，糟糕的是…。

ごまめのはぎしり【ごまめの歯軋り】　沒能耐生氣也沒用，乾着急使不上勁，切齒扼腕。

こまらずにすむ【困らずにすむ】　免得爲難。

こまらない【困らない】　不成問題。

ごまをする【胡麻を擦る】　逢迎，阿諛，諂媚，拍馬。

こみあってちょっとのすきもない【込みあってちょっとの隙もない】　擠得水洩不通，擠得風雨不透。

ごみためにツル【芥溜めにツル】　鶴立難群。

ごめいわくをおかけしました【ご迷惑をおかけしました】　麻煩您了。

こめとぎみず【米とぎ水】　泔水，淘米水。

こめをつく【米を搗く】　舂米。

こめをとぐ【米をとぐ】　淘米。

こやしをくむ【肥やしを汲む】　掏糞。

こやしをやる【肥やしをやる】　上糞，施肥。

こゆびにもたりない【小指にも足りない】　遠不如…，望塵莫及。

ごようきき【御用聞き】　跑外的，推銷員。

こようじをつかう【小楊枝を使う】　剔牙。

ごようになる【御用になる】　被捕。

ごようめいください【御用命下さい】　請吩咐。

こらいから【古来から】　從來，自古以來。

こらいから…ない【古来から…ない】　從來就沒…，一直沒有…。

こらえきれず【堪えきれず】　忍住。

…。

こらえて【堪えて】 想着，忍着，將就着。

こらえてください【堪えて下さい】 請多擔待，請多包涵。

こらえなくてはならぬ【堪えなくてはならぬ】 將就，對付。

こりしょうもなく【懲性もなく】 毫不洩氣。

こりつむえんとなる【孤立無援となる】 孤立無援。

ごりむちゅうにまよう【五里霧中に迷う】 如墮五里霧中。

これいがいに【これ以外に】 除此之外。

これいがいに…ない【これ以外に…ない】 此外別無…。

これいじょう【これ以上】 更…，再…，進一步。

これいじょうこらえきれない【これ以上堪えきれない】 忍無可忍。

これいじょう…ても【これ以上…ても】 就是再…，即或再…。

これいじょう…でもない【これ以上…でもない】 再也不能…了。

これいじょう…ない【これ以上…ない】 再沒…了，再也不…了。

これいじょうは…ない【これ以上は…ない】 再也不能…了，再也…不下去了。

これいじょうもう…ない【これ以上もう…ない】 再也不…。

これかあれか 哪一個。

これがもとで 因此，由於這種原因。

これからあとも 今後還，以後還…。

これからさき【これから先】 將來。

これからは 從此。

これこそ…だ 這才是…，這正是…，這就是…＝これこそ…である。

これじゃ 這樣，這樣一來。

これすなわち【これ即ち】 此即，這就是＝それがすなわち。

これだけ 這點，這些。

これだけいっても【これだけ言っても】 這麼說還…。

これだけです 就是這些，就這麼多。

これだけの 這麼一點。

これで ①至此，到此，就此。②這才…。③這一下子，這麼一來，這樣的話。④根據這點。⑤在這種情況下。

これでおしまい 到這兒為止。

これでおわります【これで終ります】 就此結束，就到這裏。

これでは…どころか，まるで…だ 這那是…簡直就是…。

これではならぬ 這樣下去不行。

これでもうかった【これで儲った】 這一下子揀了便宜。

これという 一定的。

これとはぎゃくに【これとは逆に】 反之，與此相反。

これとはべつに【これとは別に】 另外。

これとはべつに…ある【これとは別に…ある】 另有…，另外還有…。

これなら 若是這樣。

これにすぎるものはない【これに過ぎるものはない】 莫過於此。

これにたいして【これに対して】 ①與此相對。②另外，另一方面。

これには 這樣，這麼一來。

これにようするには【これに要するには】 總而言之。

これによって【これに依って】 ①由此。②因此。③根據這點。

これによってみれば【これに依って見れば】 由此可見，根據這點可以看出。

これのみにとどまらない【これのみに止まらない】 …不止於此，…不限於此。

これのみならない 不只這些，不僅這些。

これはおめずらしい【これはお珍しい】 少見少見，久違久違。

これは…ことになった 這麼一來就…了，這麼一來可就…了。

これはよだんです【これは余談です】 附帶提一下。

これまで 從來，歷來。

これまで…ことがない 從來不…，從

來沒有…。

これまでずっと　歷來就…。

これまでです　①完了。②光了。③沒治了，沒救了。

これまでとおり【これまで通り】　仍舊，仍然，照例。

これまでに　①以前，以往，從前。②今後，後來。③下次。④下面。⑤到此，至此。

これより　比這個…，比這個更…。

これよりのち　從此以後。

これよりほかにしかたがない【これより外に仕方がない】　別無他法，沒有別的辦法。

これらすべては…ものである　所有這些都是…。

これらのけっかから【これらの結果から】　從這些結果來看。

これをおいてかまわない【これを置いてかまわない】　置之不理。

これをきとして【これを機として】　趁此機會。

これをきりかけに【これを切掛に】　同上條。

これをどがいにおく【これを度外におく】　置之度外。

これをもってしても　只憑這一點。

ころあいをみはからう【頃合を見はからう】　伺機。

ころあわせ【頃合わせ】　雙關語。

ころおいをみて【頃おいを見て】　瞧機會，看時候。

ころがってわらう【転がって笑う】　捧腹大笑。

ごろごろ…ばかりだ　到處都是…，滿處都是…。

ころしあう【殺し合う】　互相殘殺。

ころだ【…頃だ】　該…了吧，到…時候了。

ころばぬさきのつえ【転ばぬ先の杖】　未雨綢繆，事先做好準備。

ころをみはからう【頃を見はからう】　瞧機會。

ころんでもただではおきない【転んでもただでは起きない】　撈一把，雁過拔毛，黏手三分利。

こわいめにあう【恐い目に合う】　受驚，受了一場驚。

こわくてたまらない【恐くて堪らない】　怕得要死，怕死人了。

こわしみたし【恐し見たし】　又害怕又想看，越怕越想看。

こわばりにでる【強張りに出る】　採取強硬態度。

こをうつ【碁を打つ】　下圍棋。

こをもってしるおやのおん【子を持って知る親の恩】　養兒才知父母心。

こんがつきる【根が尽きる】　精疲力盡。

こんがつづかない【根が続かない】　堅持不下去了。

こんきがない【根気がない】　沒有毅力。

こんきょがある【根拠がある】　有根據。

こんきよく【根気よく】　堅持…，耐心地。

こんきょなく【根拠なく】　毫無根據地，平白無故地。

こんきょはなにもない【根拠は何もない】　沒什麼理由，沒什麼根據。

こんきゃくのいたりである【困却の至りである】　十分爲難。

こんきをかく【根気を欠く】　缺乏毅力，缺乏耐性。

こんげんをきわめる【根元を究める】　追根問底，追究根源。

ごんごどうだん【言語道断】　①非言語所能說明。②蠻不講理。

ごんごにぜっする【言語に絶する】　沒法形容的，不可言狀的。

こんじょうがある【根性がある】　①有耐心。②有骨氣。

こんじょうがいい【根性がいい】　脾氣好。

こんじょうがくさる【根性がくさる】　心壞了，壞了心腸。

こんじょうがまがっている【根性が曲っている】　性情彆扭。

こんじょうがわるい【根性が悪い】　①脾氣不好。②居心不良。

こんじょうをいれかえる【根性を入替

える】　洗心革面。

こんどから【今度から】　①下次，下回。②今後，將來。

こんどだけは【今度だけは】　這一次，這一回。

こんたんがある【魂胆がある】　①深謀遠慮。②心裏懷着詭計。

こんなかっこうで【こんな恰好で】　這樣裝束，這身打扮。

こんなぐあいに【こんな工合に】　照這樣，看這種樣子。

こんなけんかがもちあがる【こんな喧嘩が持上がる】　鬧到這種地步，鬧到這個份上。

こんなしまつになってしまった【こんな始末になってしまった】　落到這種地步。

こんなに…ことはありません　實在沒有…。

こんなふうに【こんな風に】　這樣＝こういうふうに。

こんなものだ　就是這樣。

こんなんにうちかつ【困難に打勝つ】　戰勝困難。

こんなんをきりぬける【困難を切抜け

る】　排除困難。

こんなんをまえにして【困難を前にして】　在困難前面。

こんにちおよんだ【今日に及んだ】　直到今天。

こんにちは【今日は】　你好，您好。

こんばんは【今晩は】　晚上好。

こんぽんから【根本から】　根本…，從根本上…。

こんぽんにさかのぼる【根本に溯る】　溯本求源。

こんぽんまでつきつめる【根本まで突詰める】　追根，溯源。

こんみょうにちちゅうに【今明日中に】　一兩天內。

こんやくをかいしょうする【婚約を解消する】　解除婚約。

こんやのあさって【紺屋のあさって】　再三拖延，一天拖一天。

こんやのしろばかま【紺屋の白ばかま】　①自顧不暇。②給人白忙活。

こんらんがおきる【混乱が起きる】　出了亂子，鬧出亂子。

こんりんざい…ない【金輪際…ない】　絕對不…＝絶対に…ない。

さ

さあらぬ【然有らぬ】　①不然，不是這樣。②若無其事，滿不在乎。◆"さらぬ"是"さあらず"的連體形。

さあらぬたいで【さあらぬ体で】　若無其事的樣子…。

さいがある【才がある】　有才能，有天才。

さいがいがおきる【災害が起きる】　鬧災荒。

さいかくがつかぬ【才覚がつかぬ】　計窮智絀。

さいかくのきく【才覚のきく】　機靈的，機警的，機智的。

さいかをひきおこす【災禍を引き起す】　招災惹禍。

さいぎしんがつよすぎる【猜疑心が強すぎる】　疑心太重。

さいきんのことだ【最近の事だ】　最近的事兒，剛…，最近才…。

さいきんまで【最近まで】　直到最近。

さいくがせいこうでてんぜんにすぐれる【細工が成功で天然に優れる】　巧奪天工。

さいくがまずい【細工が不味い】　手藝差。

さいくはりゅうりゅうしあげをごろうじろ【細工は流流仕上げを御覧じろ】　做法各有不同，有沒有功夫要看結果如何。

さいくをろうする【細工を弄する】

要花招，玩弄權術。

さいくんにのろい【細君に鈍い】　聽
老婆話的丈夫。

さいげつながれるごとし【歳月流れる
如し】　歳月如流。

さいけつにはいる【採決にはいる】
進行表決＝決決を行う。

さいげつはゆめのように【歳月は夢の
ように】　歳月如夢。

さいげつひとをまたず【歳月人を待た
ず】　歳月不待人，時不待我。

さいげんがない【際限がない】　沒有
限度，無盡無休，沒完沒了。

さいこうほうをきわめる【最高峰を極
める】　登峰造極。

さいごがくる【最期が来る】　末日到
來，末日來到。

さいごだ【最後だ】　…就完了，…就
不得了。

さいごっぺ【最後っ屁】　①黄鼬爲抵
抗追捕而放出的臭氣。②最後一招。

さいごになって【最後になって】　到
了最後。

さいごのあがきをする【最後の足搔を
する】　最後掙扎，垂死掙扎。

さいごのいきをひきとる【最後の息を
取取る】　使出最後一招。拿出最後
王牌。

さいごのきりょくをしぼる【最後の気
力を絞る】　用盡最後氣力。

さいごのて【最後の手】　最後一招。

さいごのどたんば【最後の土壇場】
絕境。

さいごのひ【最後の日】　末日。

さいごまで【最後まで】　到底，到最
後。

さいごまでせきにんをとる【最後まで
責任を取る】　負責到底。

さいごまでねばれ【最後まで粘れ】
堅持到最後＝最後までがんばれ。

さいごまでふみとどまる【最後まで踏
み止まる】　堅持到最後。

さいごまでもちこたえる【最後まで持
ち堪える】　堅持到底。

さいごをとげる【最期を遂げる】　死，犠牲。

さいごをみとる【最後をみとる】　送
終。

さいさいとけむりをたてる【細細と煙
を立てる】　過窮日子。

さいさんがあう【採算が合う】　合算，
上算，划得來＝合う，引合う。↔引
合わない。

さいさんがとれる【採算が取れる】
同上條。

ざいさんとうじんする【財産蕩尽する】
傾家蕩産。

ざいさんをきずく【財産を築く】　攢
下財産。

ざいさんをつくる【財産をつくる】
發財，掙下家當。

ざいさんをなくする【財産をなくする】
破産。

さいしきをほどこす【彩色を施す】　上色。

さいしさいにたおる【才子才にたおる】
聰明反被聰明誤。

さいしょくけんび【才色兼備】　才貌
雙全。

さいしょのあいだ【最初の間】　開頭。

さいしょのあいだはむずかしい【最初
の間は難しい】　開頭難。

さいしんのちゅういをはらう【細心の
注意を払う】　嚴密注意。

サイズにあわせる【サイズに合わせる】
量好尺寸。

さいぜんのどりょくをはらう【最善の
努力を払う】　竭盡全力。

さいぜんをつくす【最善を尽す】　同
上條。

さいだいもらさず【細大漏らさず】
詳盡無遺地,巨細無遺地,一點也不漏地。

さいちにたけた【才知に長けた】　才
多智廣的，精明強幹的。

さいちのひらめき【才知のひらめき】
才智煥發。

さいちゅうに【最中に】　正在…，正
在…的時候，正是…的時候。

さいてんがあまい【採点が甘い】　給
分寬↔採点はきびしい，採点が辛い。

さいてんがからい【採点が辛い】　給
分嚴＝採点がきびしい。

さいなんがまいこむ【災難がまいこむ】
災難降臨。

さいなんにあう【災難に会う】　倒霉，遭殃，遭難。

さいのうがひぼんである【才能が非凡である】　才能出衆，才能非凡，才高八斗。

さいのうにとぼしい【才能に乏しい】　没能耐，没什麼才幹。

さいのうのところをみせる【才能のところを見せる】　賣弄才能。

さいのうをいかす【才能を生す】　施展才能，發揮才能。

さいのうをころす【才能を殺す】　埋没才幹。

さいのうをしめす【才能を示す】　顯示出才能。

さいのうをのばす【才能を伸す】　施展才能。

さいのうをふりまわす【才能を振回す】　賣弄才能。

さいはいをふるう【采配を振るう】　①主持。②指揮。③擺布…。④操縦…。✿前接格助詞"に"。

さいはじけた【才弾けた】　鋒芒外露的。

さいはてのところ【最果てのところ】　窮郷僻壤。

さいはなげられたり【采は投げられたり】　大勢已定，大局已定。

さいばんにうったえる【裁判に訴える】　打官司，提出訴訟。

さいひつをふるう【才筆を振るう】　寫…，大展文章的才華。

さいふがかるくなる【財布が軽くなる】　錢不多了，没多錢了。

さいぶにわたって【細部にわたって】　非常詳細地。

さいふのくちをしめる【財布の口を締める】　①手緊，不亂花錢。②緊縮開支＝財布のひもを締める。

さいふのそこをはたく【財布の底を叩く】　傾嚢，罄其所有，全花光了，分文不留。

さいふのひもがながい【財布の紐が長い】　吝嗇，一毛不拔。

さいふのひもをしめる【財布の紐を締める】　①手緊，不亂花錢。②緊縮開支＝財布の口を締める。

さいふをにぎる【財布を握る】　當家，掌握財政。

さいまつにこうでいする【細末に拘泥する】　拘泥細節。

さいめいをおう【罪名を負う】　背上罪名。

さいやくがふりかかる【災厄が降りかかる】　災難降臨。

さいらいのしきたりによって【在来の仕来りに依って】　根據以往的慣例。

さいりょくにたけた【才略にたけた】　足智多謀的。

さいりょくにひっかかる【才略に引っ掛かる】　中了巧計。

さいわいから【幸いから】　幸而，幸虧。

さいわいなことには【幸いなことには】　幸運的是…。

さいわいに（にも）【幸いに（にも）】　幸而，幸好，好在，正好，多虧。

さいわいまだ【幸いまだ】　好在還…。

さいわんをふるう【才腕を振るう】　發揮才能。

さいをたのむ【才を頼む】　恃才。

さえあれば　只要…，只有…。

さえすれば　只要…，只要…就會…。

さえすればいいんだ　只要…就行，只要…就好。

さえすれば…ことができる【…さえすれば…ことが出来る】只要…就能夠…。

さえすれば…のだ　只要…就…。

さえすればよい　只要…就行，只要…就好。

さえ…だから　連…都…，若是…就…。

さえ…たことがない　連…都不…，連…都没。✿"た"是時態助動詞。

さえ…たら　只要…，只要有…。

さえない　連…都没有。

さえ…ないわけにはいかない　就是…也不能不…。

さえ…なら　只要…就…。

さえ…ば　只…，只要…就…。

さえも　甚至…。

さえわかれば【…さえ分れば】　只要抓住…，只要掌握…，只要了解…。

さえわかれば…ようになる【…さえ分れば…ようになる】　只要能抓住…就能…，只要能掌握…就能…，只要能了解了…就能…。

さがある【差がある】　有差別，有距離，有出入。

さかいをさまよう【…境をさ迷う】　處在…關頭，彷徨於…。

さかうらみをうける【逆恨みを受ける】　好心當成驢肝肺，受人誤解。

さかさなことばかりいう【逆さなことばかり言う】　光說反話。

さがしらける【座が白ける】　冷場，使在場人感到掃興。

さかずきをあげる【杯をあげる】　舉杯。

さかずきをかえす【杯を返す】　回敬一杯。

さかずきをさす【杯をさす】　敬一杯酒。

さかずきをもらう【杯をもらう】　拜師傅。

さかねじをくわす【逆捻を食す】　反駁，反責。加以反駁。

さかのぼってげんいんをしらべる【溯って原因を調べる】　追究原因。

さかやへさんりとうふやへにり【酒屋へ三里豆腐屋へ二里】　打酒走三里，買豆腐走二里，（喻）居住偏僻，買東西不方便。

さかりがつく【盛りがつく】　壯陽。

さかりにある【盛りにある】　正是…的時候，正是…的時候，正是…期。

さかりをすぎる【盛りを過ぎる】　走下坡路。

さかんに【盛んに】　①熱烈地。②大力地。③不斷地。④使勁地。⑤旺地。⑥大肆地。

さかんにする【盛んにする】　大力發展…，大力推廣…。

さかんになる【盛んになる】　①盛行，流行。②茂盛。③繁榮，興旺起來。④活躍起來。

さかんにのみくいする【盛んに飲食する】　大吃大喝。

さかんにふきとばす【盛んに吹き飛ばす】

大吹大擂＝大げさに吹聴する。

さかんにふきまくる【盛んに吹き捲る】　大吹大擂。

さきがない【先がない】　沒有前途。

さきがながい【先が長い】　來日方長，前程遠大↔先が短い。

さきがみえる【先が見える】　可以預見，看到將來。

さきがみじかい【先が短い】　①行將就木。②沒多大搞頭了，前途有限。

さきざきから【先先から】　老早，很早＝今よりもまえ。

さきざきのことまでかんがえる【先先のことまで考える】　往遠處想，考慮得很遠。

さきたつものは【先立つものは】　首先，當先。

さきたつものはかね【先立つものは金】　凡事錢當先。

さきてをとる【先手を取る】　先下手，先發制人。

さきにことわる【先に断る】　①事先請示。②事先聲明。

さきにたつ【先に立つ】　①帶頭。②領先。③站在前頭＝先をかく。

さきにでかける【先に出掛ける】　先走一步。

さきにのべたように【先に述べたように】　①如上所述。②就像以前所說的那樣＝先に述べた通り。

さぎにひっかかる【詐欺に引っ掛かる】　受騙，上當＝騙に乗る。

さきののぞみがない【先の望みがない】　沒有前途，前途無望。

さきのみえない【先の見えない】　一眼望不到頭的。

さきばしりをしてくちをだす【先走りをして口を出す】　多嘴多舌。

さきばしりをする【先走りをする】　①多事。②搶先。③出風頭＝先走る。

さきほどの【先ほどの】　剛才的。

ざきょうにもうしあげた【座興に申しあげた】　湊湊熱鬧。

ざきょうをそえる【座興を添える】　助興。

さきをあらそう【先を争う】　爭先，

争先恐後。

さきをあらそってあとをおそれる【先を争そって後を恐れる】 争先恐後。

さきをあるく【先を歩く】 在前頭走。

さきをいそぐ【先を急ぐ】 ①趕路。②奔前程。

さきをおる【先を折る】 挫人銳氣。

さきをかく【先を駆く】 帶頭，領先＝先に立つ。

さきをこす【先を越す】 ①超過對方。②超過以前。③佔先，搶先。

さぎをはたらく【詐欺を働く】 欺騙，騙人，詐騙。

さきをみずに【先を見ずに】 不考慮後果，不考慮將來。

さきをよんでください【先を読んで下さい】 往下念。

さきんずればひとをせいす【先んずれば人を制す】 先發制人，先下手爲強。

さくいがある【作意がある】 別有用心。

さくいてきに【作意的に】 故意地。

さくにこまる【策に困る】 計窮，無計可施，沒辦法了，想不出法子來。

さくにとむ【策に富む】 足智多謀↔策に困る。＝策略に富む。

さくのほどこしようがない【策の施しようがない】 無計可施＝施す術（すべ）がない，さ，にこまる。

さくぶんをなおす【作文を直す】 批改作文。

さくぼうにひっかかった【策謀に引っ掛かった】 中了奸計。

さくりゃくにはめる【策略に嵌める】 設圈套，騙…上套。

さくりゃくをめぐらす【策略を廻らす】 施策略，策劃。

さぐりをいれる【探りを入れる】 試探，探探口氣。

さくをあやまる【策を誤る】 失策。

さくをさずける【策を授ける】 授計，教給對策。

さくをねる【策を練る】 研究對策。

さくをほどこす【策を施す】 用計，用計謀，用策略＝策を用いる。

さくをめぐらす【策を巡らす】 策劃，籌劃。

さくをろうする【策を弄する】 耍手腕，耍花招，玩手段。

さけえない【避けえない】 不可避免。

さけがいける【酒がいける】 海量，酒量大。

さけがきつい【酒がきつい】 酒很厲害。

さけがさけをのむ【酒が酒を飲む】 越喝越能喝。

さけがたい【避けがたい】 …是難免的。

さけがつよい【酒が強い】 能喝（酒），酒量大。

さけがまわる【酒が廻る】 喝醉。

さけくせがわるい【酒癖が悪い】 好耍酒瘋。

さけでしんぱいことをまぎらす【酒で心配事を紛らす】 借酒澆愁＝心配事を酒に紛らす，さけできをまぎらす，さけでうれいをまぎらす。

さけにうさをまぎらす【酒に憂を紛らす】 同上條。

さけにうさをやる【酒に憂をやる】 借酒澆愁。

さけにのまれる【酒に呑まれる】 喝醉了，喝得不省人事。

さけにようと【酒にようと】 一喝醉就…。

さけによった【酒によった】 喝醉了。

さけのうえのことだ【酒の上の事だ】 酒後失言。

さけのさかな【酒のさかな】 酒菜，下酒菜。

さけのみともだち【酒飲友だち】 酒肉朋友。

さけのみほんしょうたがわず【酒飲本性違わず】 酒不亂性。

さけのよいがさめる【酒の酔が醒める】 酒勁過去了，醒過酒來。

さけはうれいのたまほうき【酒は憂いの玉帚】 一醉解千愁。

さけはつよい【酒は強い】 酒勁大。

さけもってしりきられる【酒盛って尻切れる】 恩將仇報。

さけをくむ【酒を酌む】 斟酒。

さけをそそぐ【酒を注ぐ】 斟酒。

さけをたつ【酒を断つ】　忌酒，戒酒。

さけをのんでぐでんぐでんによう【酒を飲んでぐでんぐでんに酔う】　爛醉如泥，酩酊大醉。

さこそとおもう【さこそと思う】　想當然，想必如此。

さこそとさっせられる【さこそと察せられる】　可想而知。

ささえのために【支えのために】　①爲了維持。②爲了支持…。

ささやかなくらしをおくる【細やかな暮らしを送る】　生活簡樸，生活簡單

ささやきせんり【私語千里】　秘事傳千里。

さしあいがあったら【差合があったら】如果有不妥當的地方，如果有不周到的地方，如果有冒犯的地方。

さしあって【差合って】　因爲另外有事＝他に用事があって。

さしさわりがあって【差障りがあって】因故＝差支があって。

さしずで【指図で】　根據…的指示（命令，吩咐）。

さしずにしたがう【指図に従う】　聽從吩咐。

ざしするにしのびない【坐視するに忍びない】　不忍坐視…。◈前接“を”。

さしずをあたえる【指図を与える】①下指示，下命令。②吩咐，囑咐。

さしずをする【指図をする】　同上條。

さしずをまつ【指図を待つ】　待命，聽候吩咐，聽候發落。

さしたるもんだいではない【さしたる問題ではない】　是個無關緊要的問題。

さしつかえがあって【差支えがあって】因故＝差障りがあって。

さしつかえがある【差支えがある】妨礙…，與…相抵觸。

さしつかえがない【差支えがない】沒事兒，無妨。

さしつかえない【差支えない】　不妨礙…，對…沒影響，無礙，沒關係。

さしでがましいことをいう【差出がましいことを言う】　多嘴，多嘴多舌。

さしでぐちをする【差出口をする】同上條。

ざしてくらえばやまもむなし【坐して食えば山も空し】　坐吃山空。

さして…ことはない　並不怎麼…，並不那麼…＝あまり…ない。

さじにおわれる【瑣事に追われる】瑣事纏身。

さじにこだわる【瑣事にこだわる】拘泥細節。

さじょうのろうかく【砂上の楼閣】①砂上樓閣，沒有根基，沒有基礎。②幻想，想入非非。

さじをなげる【匙を投げる】　①放棄。②沒望了。③不可救藥。

さすが（に）…だけあって【流石（に）…だけあって】　不愧…，不愧是…，到底還是…。

ざせきにすわる【座席に坐る】　就座，入席。

ざせきにつく【座席につく】　同上條。

ざせきをとる【座席を取る】　佔座。

させる…ない　沒有多大…，不值得一提的…，沒有什麼了不起的…。◈“させる”是連體詞。

させればよい　可以…。

さそいをかける【誘いをかける】①誘使，引誘。②試探。③慫恿。

さぞかし…だろう　想必…吧，一定…吧。

さぞ…だろう　想必…吧，諒必…吧，一定…吧＝さぞ…でしょう。

さたなしだ【沙汰なしだ】　沒有下文＝何のたよりもない。

さたなしになる【沙汰なしになる】不究了，不追究了，不了了之。

さたのかぎり【沙汰の限り】　荒謬絕倫，豈有此理。

さだめし…だろう【定めし…だろう】一定…了吧，想必…吧＝さぞ…だろう。

さだめて…だろう【定めて…だろう】同上條。

さちおおかれといのる【幸多かれと祈る】　祝…幸福。◈前接格助詞“に”。

さちゅうのぐうご【砂中の偶語】　謀反。

さついがおこる【殺意が起る】　起殺機。

さっかくをおこす【錯覚を起す】　發生錯覺，錯以爲…。

さっきから　①剛，才，剛才，方才，剛剛。②一直…＝さっきから…いる。

さっきたった【殺気立った】　氣氛非常緊張的，殺氣騰騰的。

さっき…ところだ　＝さっきから。

さっき…ばかりだ　同上條。

さっきまで　剛才還…。

さっきをおびる【殺気を帯びる】　帶有殺氣。

さっくばらんにいう【さっくばらんに言う】　直言不諱，坦率地說，打開天窗說亮話。

さっさとにげる【さっさと逃げる】　逃之夭夭。

さっしがつく【察しがつく】　體會到，想像到。

さっしがにぶい【察しが鈍い】　①腦筋遲鈍。②不懂人情＝察しが悪い。

さっしがよい【察しがよい】　①腦子機靈，腦筋靈活，理解力強。②體貼人，通曉人情。

さっしがわるい【察しが悪い】　①腦筋遲鈍，腦子笨。②不體貼人，不通人情。

さっするにあまりある【察するに余りある】　可想而知。

さっそくだが【早速だが】　我也不用客套直接說吧。◆"が"是接續助詞表示委婉語氣＝早速ですが。

さっそくには【早速には】　①趕快…。②快點，要不然就…了。

ざっといえば【ざっと言えば】　大致來說，簡單來說。

ざっとうにまぎれて【雑沓に紛れて】　趁着混亂…。

さっとすがたをくらました【さっと姿を暗ました】　忽然不見了，一溜烟不見了。

ざっとはなすと【ざっと話すと】　大體上講，簡單來說。

ざっとめをとおす【ざっと目を通す】　粗略一看。

ざつなあたま【雑な頭】　①粗心。②腦筋不清楚。

ざつねんをさる【雑念を去る】　消除雑念，去掉雑念。

さっぱりかんじない【さっぱり感じない】　毫無感覺，毫無效果，毫無反應。

さっぱりしたきもち【さっぱりした気持】　神清氣爽，精神很好＝気持がよい。

さっぱりしたせいかく【さっぱりした性格】　性格爽快，性格直爽。

さっぱり…ない　完全不…，根本不…，一點也不…，壓根兒沒…，一直沒…＝全く…ない，ちょっとも…ない。

さつびらをきる【札びらを切る】　揮霍，揮金如土。

さっぷうけいなこと【殺風景なこと】　掃興的話。

ざつようにおわれる【雑用に追われる】　忙於雜事，忙於瑣事。

さておいて　①先別…。②先別管…。③別說…就連…也…。

さてそこで　然後。

さてつぎに【さて次に】　①其次，另外。②外面。③下一次，下回。

さてほんだいにもどりまして【さて本題に戻りまして】言歸正傳。

さとごころがつく【里心がつく】　想家，思郷。

さとへきす【里へ帰す】　休妻。

さとりがよい【悟りがよい】　腦筋快，腦瓜兒好使，領會得快↔悟りが悪い。

さとりがわるい【悟りが悪い】　腦筋遲鈍，笨，腦瓜兒笨＝察しが悪い。

さにあらず【さに非ず】　不然，並非知此。

ざにつく【座につく】　就席，入座，入席。

さはいえ【さは言え】　話雖如此，話雖然這樣說。

さばかり…ない　不要因爲那麼一點…就…，一點也沒…。

さばきをつける【捌きをつける】　①推銷。②處理。

さばけぐちがせまい【捌け口が狭い】

銷路窄↔捌け口が広い。

さばけぐちがわるい【捌け口が悪い】
銷路不好。

さばをよむ【鯖を読む】　（在數量上）
打馬虎眼。

さびがつく【銹がつく】　生銹，長銹
＝さびつく。

サービスがよい　服務態度好。

さびのあるこえ【寂のある声】　蒼老
的聲音。

さびをとめる【銹を止める】　防銹＝
さびどめをする。

さほど…ない　並不太…，不很…，不
太…，並不怎麼…，沒什麼…＝あま
り…ない…。

さほどまで　竟那麼，竟那樣，竟然那
麼…。

さまざまなしょくぎょう【さまざまな
職業】　各種各樣職業，三教九流，
五行八作。

さまざまなほうほう【さまざまな方法
】　千方百計。

さまたげになる【妨げになる】　妨礙。

さまで…ではない　並不太…，並不那
麼…＝さほど…ない。

さまで…ない　不太…，不很…，不那
麼…＝さほど…ない。

さまで…にはおよばない【さまで…に
は及ばない】　不必那麼…，用不着
那麼…。

さまでのことではない　並不那麼嚴重，
並沒有到那程度。

ざまをみろ【ざまを見ろ】　活該＝つ
らを見ろ。

さみだれがつづく【五月雨が続く】
梅雨連綿。

さむいめにあう【寒い目に会う】　受
凍，挨凍。

さむくてふるえあがる【寒くて震え上
がる】　冷得混身發抖。

さむけがする【寒けがする】　身上發
冷，渾身發冷。

さむさをしのぐ【寒さを凌ぐ】　禦寒。

さむさをはらう【寒さを拂う】　趕趕
寒氣，驅驅寒氣。

さむさをふせぐ【寒さを防ぐ】　防寒，

禦寒。

さもあらばあれ　既然這樣，既然如此
＝それならそれで，どうあろうとも。

さもありなん　①可能是那樣。②那是
意料得到的。③理所當然＝そうであ
ろう。

さもいわれたり【さも言われたり】
誠如所言，你說得很對。

さもじしんありげに【さも自信ありげ
に】　自作聰明地…。

さもそうず　＝さもありなん。

さも…そうに　好像…似的。

さもないかぎり【さもない限り】　否
則，不然的話。

さもないと　同上條。

さもなくば　同上條。

さもなければ　同上條。

さもにたり【さも似たり】　酷似。

さゆうをみまわしてためらう【左右を
見回してためらう】　左顧右盼。

さようしからば【然様然らば】　①（
擺重其事打官腔的客套話）是的，如
果那樣的話。②那麼。

さようでございます【然様でございま
す】　是，是的，不錯。

さようならば【然様ならば】　那麼＝
そうならば。

さようなわけで　因此，所以。

さようをおよぶ【作用を及ぶ】　對…
起作用。⇨前接格助詞“に”。

さらさら…ない【更更…ない】　一點
也不…，絲毫也不…少しも…ない。

さらしものになる【晒者になる】　被
人嘲笑。

さらずば【然らずば】　否則，不然的
話＝そうでなければ。

さらとは　那，那樣，要是那樣＝そう
とは，そうであるとは。

ざらにある　多得很，不稀罕，到處都
是，俯拾皆是。

さらにいっそうわるいことには【更に
一層悪いことには】　更糟糕的是
。

さらにそのうえ【更にその上】　再，
更，更加。

さらに…ない【更に…ない】　再沒有

…，毫不…，一點也不…，絲毫也不
…＝少しも…ない。

さらにない【更にない】　再也没有…
＝その上…ない。

ざらにない　不多，稀少，不常見。

**さらに…なるように【更に…なるよう
に】**　爲了使…更…。

さらに…のはない　没有再…的了。

**さらには…にいたっている【更には…
に至っている】**　進一步還可以…，
進一步還可以達到…。

さらにまた【更にまた】　①其次，另
外。②更加。

さらに…まで【更に…まで】　甚至…。

さらに…ようになった　更加…了。

**さらに…をようする【さらに…を要す
る】**　需要進一步…。

さらぬがお【然らぬ顔】　若無其事的
神色＝さらぬ体。

ざるべからず　必須，不可不。

**さるもきからおちる【猿も木から落ち
る】**　①智者千慮必有一失。②淹死
會游泳的。

ざるをえない　①只好…，只能，不得
不…。②不能不…。

ざれごとをいう【戯れ言を言う】　說
着玩，開玩笑，鬧着玩。

さればこそ　正因爲如此才…，正因爲
這樣才…＝やっぱり，それだから。

さればといって【さればと言って】
雖然如此，可是…。

さわぎがおきた【騒ぎが起きた】　鬧
出騷亂來了。

**さわぎがずともよい【騒ぎがずともよ
い】**　①不必着忙。②不必張羅。◆
"ずとも"是文語＝なくても。

**さわぎがなかなかおわらない【騒ぎが
なかなかおわらない】**　鬧個没完。

さわぎじゃない【騒ぎじゃない】
①豈止…。②談不到…，哪裏談得到
…。

さわぎたてる【騒ぎたてる】　大驚小
怪。

さわぎをおさめる【騒ぎを収める】
平息風潮。（騷動，騷亂，糾紛，鬧
事等）。

**さわぎをまきおこす【騒ぎをまきおこ
す】**　掀起風潮（騷動，騷亂，糾紛，
鬧事等）。

**さわらぬかみにたたりなし【触らぬ神
にたたりなし】**　①敬而遠之。②若
不觸怒鬼神，鬼神就不會作祟。

**さわることがあって【障ることがあっ
て】**　因故＝障りがあって。

ざをさます【座をさます】　使大家掃
興。

ざをはずす【座を外す】　離席，離座。

ざをもつ【座をもつ】　席間應酬。

**さんうきたらんとほっしてかぜろうに
みつ【山雨来たらんと欲して風楼に
満つ】**　山雨欲來風滿樓。

さんぎをおく【算木を置く】　預卜未
來。

さんこうになる【参考になる】　供參
考。

さんこうのころ【三更の頃】　三更半
夜。

**ざんこくにとりつかう【残酷に取り使
う】**　虐待。

さんざいをかけた【散財をかけた】
叫你破費了。

**さんざっぱらあくたいをつく【さんざ
っぱら悪態をつく】**　大罵特罵。

さんざんくろうして　辛辛苦苦。

**さんさんちょうだいしました【散散頂
戴しました】**　酒足飯飽。

**さんざんなめにあった【散散な目に合
った】**　倒了大霉了，搞得狠狠不堪，
弄得焦頭爛額。

**さんざんにあぶらをしぼられる【散散
に油を絞られる】**　被狠狠地訓了一
頓（斥責了一頓，兒了一頓，整了一
頓）。

**さんざんになぐられた【散散になぐら
れた】**　被打得落花流水。

**さんじせいけんをする【産児制限をす
る】**　節育，避孕。

さんしのれい【三枝の礼】　三枝之禮
（小鴿子總是停站在母鴿所壊樹枝以
下第三枝上，以示尊敬父母）。

さんしゃをさく【三舎を避く】　退避
三舍。

さんじゅうろっけいにぐるにしかず【三十六計逃ぐるに如かず】 三十六計走爲上策。

さんしょうはこつぶでもひりりとからい【山椒は小粒でもひりりと辛い】 麻雀雖小五臟俱全（喩）身材雖小但精明强悍，不可輕侮。

さんずんのしたをふるう【三寸の舌を振う】 雄辯，搖動三寸不爛之舌。

ざんぜんとうかくをあらわす【嶄然頭角を現わす】 出人頭地，嶄露頭角。

さんちゅうれきじつなし【山中暦日なし】 與天無爭悠閑過活，隱居。

さんとしてめをそむける【惨として目を背ける】 惨不忍睹。

ざんにんなこころ【惨忍な心】 殘忍的心，狼心狗肺，狼子野心。

さんにんよればもんじゅのちえ【三人寄れば文殊の知恵】 三個臭皮匠頂個諸葛亮，人多出韓信，人外智廣。

ざんねんでならない【残念でならない】 ①非常抱歉。②實在可惜。③非常遺憾。

ざんねんなことだ【残念なことだ】 ①實在遺憾。②非常可惜。

ざんねんなことには【残念なことには】 ①遺憾的是。②可惜的是。

ざんねんにおもう【残念に思う】 ①感到抱歉。②感到遺憾。③感到可惜。

ざんねんにたえません【残念にたえません】 覺得後悔，覺得失望，覺得惋惜。

さんびょうしそろう【三拍子そろう】 萬事俱備，一切就緒。

さんぴをとう【賛否を問う】 付表決。

さんぶんしちぶんのわりでわける【三分七分のわりでわける】 三七分。

さんまんになりやすい【散漫になりやすい】 容易鬆懈。

さんもんのねうちもない【三文の値打もない】 一文不值，一錢不值。

さんをなす【産をなす】 發財，致富。

さんをみだしてにげる【算を乱して逃げる】 四散奔逃。

さんをやぶる【産を破る】 破產。

し

しあいのくみあわせ【試合の組合わせ】 比賽編組。

しあいをもうしこむ【試合を申し込む】 ①提議比賽。②挑戰。

しあがりがおくれた【仕上りが遅れた】 未能如期完成。

しあげをいそぐ【仕上を急ぐ】 急於完成，加緊做完。

しあわせがよい【仕合わせがよい】 走運，幸運，運氣好，有造化↔仕合わせが悪い。

しあわせに（も）【仕合わせに（も）】 幸而，幸好，多虧，好在，幸虧＝仕合わせなことに。

しあわせになる【仕合わせになる】 走運。

しあんがつく【思案がつく】 有辦法了，有主意了，想出辦法了，想出主意了↔思案がつかない。

しあんなげくび【思案なげくび】 怎麼也想不出主意。

しあんにあまる【思案に余る】 ①怎麼也想不出主意來，一籌莫展。②歪着頭沉思。

しあんにおちぬ【思案に落ちぬ】 想不通，百思莫解。

しあんにくれる【思案に暮れる】 ①冥思苦想，想不出主意來。②理不出個頭緒來＝考えがましらない。

しあんにしずむ【思案に沈む】 沉思＝じっと考える。

しあんにつきる【思案に尽きる】 沒主意了，不知所措，不知如何是好。

しあんのたね【思案の種】 擔心事，

憂心事。

しあんをこらす【思案を凝らす】　凝思，仔細考慮＝考えを凝らす。

しあんをめぐらす【思案を廻らす】想辦法，動腦筋。

しいて【強いて】　強行，強逼，硬逼着，勉強＝無理に。

しいてがまんする【強いて我慢する】勉強忍住。

しいて…ようとはしない　並不一定想要…。

しいられて【強いられて】　被迫，迫不得已。

しうちがよくない【仕打がよくない】對待…的態度不好。❖前接“…に対する”。

しうちはけしからん【仕打はけしからん】　蠻横地對待…，粗暴地對待…。❖前接“…に対する”。

しうちはにくらしい【仕打は憎らしい】①作爲惡劣。②行爲可惡。

しえんをいだく【私怨を抱く】　記仇，記私仇＝しえんをむくいる。

しえんをはらす【私怨をはらす】　報私仇。

しえんをむくいる【私怨を報いる】報私仇。

しおかげんがあまい【塩加減があまい】淡，不夠鹹。

しおがしむ【塩が滲む】　備嘗艱辛，酸甜苦辣都嘗到了，生活經驗多。

しおからいものがすきだ【塩辛いものがすきだ】　口味，喜歡鹹的。

しおけがない【塩気がない】　沒鹹味。

しおどきをもつ【潮時を持つ】　等待時機（好機會）。

しおのごとくおしよせる【潮の如く押寄せる】　蜂擁而來（至）。

しおをふむ【塩を踏む】　備嘗辛酸＝塩が浸む，潮を踏む。

しおをみる【潮を見る】　看機會，找機會＝機会を見る。

しおんをうる【私恩を売る】　賣好，賣人情。

しかいない　只有…才有，只在…才有，只有…＝しかいません。

しかいをさる【視界を去る】　看不見了。

しかいをひろめる【視界を広める】打開眼界，開濶眼界。

しかおもえない【しか思えない】　只當…，只認爲是…，只看作…。

しかおもっていない【しか思っていない】　只當…，只看作…，只認爲…。

じかくがたりない【自覚が足りない】缺乏自覺。

しかくがない【資格がない】　沒資格…。

しかくばって【四角張って】　嚴肅地，鄭重其事地，一板正經地。

しかくばらずに【四角張らずに】　別那麼繃着臉兒，別那麼一板正經的。

しかくをとる【資格を取る】　取得…資格。

じかくをもつ【自覚を持つ】　有覺悟。

じがじさん【自画自讃】　自誇，往自己臉上貼金。

しかず【如かず】　不如，莫如。

しがせっぱくする【死が切迫する】死期臨頭。

しかたがない【仕方がない】　①很…，老…，非常…，…得很，…極了，…得要命，…透了，…得不得了。②不得已，迫不得已。③沒有辦法。④沒有用處。⑤不可救藥。⑥沒什麼意思。⑦沒什麼用處。⑧無可奈何。①＝…の限りだ；前接“て”。②＝やむを得ず。③＝仕様がない。

しかたがないから【仕方がないから】只得…，只好…，不得已才…。

しかたはなっていない【仕方はなっていない】　不得法，不成樣子。

しかつめらしいかおをして【鹿爪らしい顔をして】　一本正經地，鄭重其事地。

しかできない　只會…，專會…。

じかどうちゃく【自家撞着】自相矛盾。

しか…ない　只，僅僅，只有，只能，只好＝…しかない。それだけだ，ほかにはない。

しかない　同上條。

しかなくなった　只是…了。

しかならない　只得…，也不過…。

しがにかける【歯牙に掛ける】　提，
說，掛在嘴邊上，議論。

しがにかけるにたらない【歯牙に掛け
るに足らない】　不足掛齒，不值得
提。

しかねない【仕兼ねない】　能夠，可
以，可能。

じがのつよいひと【自我の強い人】
自私的人，個性強的人。

しかもっていない　只有…。

しかりといえども　然而，可是。

しかりをうける【叱を受ける】　挨訓，
挨斥。

しかるにまた【然るに又】　然而又…。

しかるべき【然るべき】　適當的，相
當的，合適的，反應的，應有的，理
所當然。

しかるべきだ【然るべきだ】　應當，
應該，…是自然的。

しかるべく【然るべく】　適當地，妥
善地。

しかわあれど【然わ有れど】　（文）
雖然如此＝そうではあるが。

しかをおう【鹿を逐う】　逐鹿，爭奪
政權。

しかをおうものはやまをみず【鹿を逐
う者は山を見ず】　①逐鹿者不見山，
廢寢忘食地做…。②利欲薰心不顧一
切地做…。

しかをさしてうまとなす【鹿を指して
馬となす】　指鹿爲馬，故意顛倒是
非。

じかんがおそい【時間が遅い】　時間
晚了。

じかんがかかる【時間が掛かる】　①
費時間，費工夫。②耽誤時間＝時日
が掛かる。

じかんがきた【時間が来た】　時間到了。

じかんがくる【時間が来る】　到時間
了＝時間になる，時間が来た。

じかんがつまっている【時間がつまっ
ている】　時間緊。

じかんがふさがっている【時間がふさ
がっている】　騰不出時間。

じかんどおりに【時間通りに】　按時，

準時，正點。

じかんにおくれる【時間に後れる】
①誤時。②耽誤工夫。

じかんになった【時間になった】　時
間到了，到時間了。

じかんばかりかかる【時間ばかり掛か
る】　光是磨蹭時間。

じかんはない【時間はない】　没時間，
没工夫。

じかんもない【…時間もない】　連…
的工夫都没有。

じかんをかける【時間をかける】　①
豁出時間，豁出工夫。②費時間，花
時間。

じかんをきりつめる【時間を切りつめ
る】　抓緊時間。

じかんをくう【時間をくう】　費時間。

じかんをくめんする【時間を工面する】
騰出時間。

じかんをくりあわせる【時間を繰合わ
せる】　安排時間。

じかんをさく【時間を裂く】　找個時
間，騰出時間，勻出時間，抽時間。

じかんをずらす【時間をずらす】
錯開時間。

じかんをたがえる【時間を違える】
錯開時間。

じかんをつぶす【時間を潰す】　①浪
費時間。②消磨時間。

じかんをとる【時間を取る】　耗時間，
費時間，費工夫＝時間が掛かる。

じかんをのばす【時間を伸す】　延長
時間。

じかんをはぶく【時間を省く】　省時
間。

じかんをひきのばす【時間を引き延す】
拖延時間。

じかんをひねりだす【時間をひねりだ
す】　騰出時間來。

じかんをまちがえる【時間を間違える】
弄錯時間，把時間弄錯了。

じかんをやりくりする【時間を遣繰す
る】　安排時間。

じかんをようせず【時間を要せず】
省時間，省工夫。

しきいがたかい【敷居が高い】　門檻

兒高，不好意思登門。

しきいをまたがない【敷居を跨がない】
不登門，不來。

しきおおいにふるう【士気大いに振う】
士氣大振。

しきがある【識がある】　有見識，有
見地。

しきがおうせいである【士気が旺盛で
ある】　士氣旺盛＝士気が盛んであ
る。

じきがはやい【時機が早い】　時機還
早。

しきがふるわない【士気が振わない】
士氣不振，士氣低落。

しきけんがじりゅうをぬいている【識
見が時流を抜いている】　見識過人，
見識出衆。

しきじょうをそそる【色情をそそる】
挑動春心，引起情欲。

しきじをのべる【式辞を述べる】　致
詞，祝詞，講話。

じきそばです【じき側です】　就在跟
前，就在眼前，就在身邊。

しきたりになる【仕来りになる】　已
成慣例，已經是慣例。

しきたりによって【仕来りに依って】
根據慣例，按照慣例。

しきたりをうちやぶる【仕来りをうち
破る】　打破慣例，打破常規。

じきちかくです【じき近くです】　就
在附近。

じきにかなう【時機に適う】　逢時，
及時，合乎時機。

しきにでる【式に出る】　參加儀式。

じぎにひとしいとかんがえる【児戯に
等しいと考える】　視同兒戯。

じぎょうをおこす【事業を記す】　創
業。

しきりにうなずく【頻りにうなずく】
不住點頭。

しきりにせきこむ【頻りにせきこむ】
直咳嗽。

じきをいっする【時機を逸する】　失
掉時機＝じきを失する。

じきをうかがう【時機を伺う】　伺機。

しきをこうようする【士気を高揚する】

提高士氣。

しきをこぶする【士気を鼓舞する】
鼓舞士氣。

じきをしっすることなく【時機を失す
ることなく】　及時地，不失時機地。

じぎをする【辞儀をする】　鞠躬行禮。

しきんをくめんする【資金を工面する】
籌款，籌集資金，張羅資金＝資金を
工夫する，資金を集める，資金を調
達する。

しきんをだす【資金を出す】　投資。

じくのはいち【字句の配置】　措詞。

しくはっくしても【四苦八苦しても】
想盡辦法也…，東奔西走也…。

しくものはない【如くものはない】
無可匹敵，無與倫比，沒有趕得上的。

しけいにしょする【死刑に処する】
處死，處以死刑。

しけいになる【死刑になる】　被處死。

しげしげとながめる【繁繁と眺める】
仔細打量，仔細端詳。

じけんがかいけつした【事件が解決す
る】　事情解決了，破案。

しけんにうかる【試験に受かる】　考
上，考中＝受かる。◆前接格助詞“
に”。

しけんにきゅうだいした【試験に及第
した】　及格了，考上了。

しけんにすべった【試験に滑った】
沒考上，沒考中＝試験に落第した。
↔しけんにうかった。

しけんによれば【私見によれば】　據
我看，據我個人看。

じけんのないよう【事件の内容】　案
情。

じけんをうやむやにする【事件を有耶
無耶にする】　把事情敷衍過去。

じげんをことにする【次元を異にする】
立場不同。

じけんをしでかす【事件をしでかす】
鬧出事來。

しけんをとおる【試験を通る】　考上，
考中。

じけんをひきおこす【事件を引き起す】
挑起事端。

じけんをもみけす【事件をもみ消す】

把事情暗中了結。

じこうあたり【時候当り】 犯節氣，時令病。

しこうにとうずる【嗜好に投ずる】 投其所好。

じごうにとうずる【時好に投ずる】 迎合時尚。

じごくきょくらくはこのよにあり【地獄極楽はこの世にあり】 所謂天堂地獄就在人間，善惡報應今生不爽。

じごくではとけにあったよう【地獄で仏に逢ったよう】 絕處逢生，遇難得救。

じごくにもおにばかりではない【地獄にも鬼ばかりではない】 世上也有善人君子。

じごくのいっちょうめ【地獄の一丁目】 險些遇難。

じごくのうえのひとあしとび【地獄の上の一足飛】 危險萬分。

じごくのうまはかおばかりがひと【地獄の馬は顔ばかりが人】 人面獸心。

じごくのさたもかねしだい【地獄の沙汰も金次第】 有錢能使鬼推磨。

じごくはかべいちじゅう【地獄は壁一重】 一失足成千古恨。

じごくもすみか【地獄もすみか】 哪裏住慣了哪裏就舒服，金窩銀窩不如家裏的狗窩。

じこしょうかいをおこなう【自己紹介を行う】 自我介紹，毛遂自薦。

しごとがおわった【仕事が終った】 工作完了，工作結束了，事完了。

しごとがかたまる【仕事がかたまる】 事情都擠到一塊了，事情都湊到一塊了。

しごとがつかえる【仕事が支える】 有事。

しごとがつまる【仕事がつまる】 工作很多，工作堆了一大堆。

しごとができない【仕事が出来ない】 不能工作，工作不下去。

しごとがてにつかない【仕事が手に付かない】 不能專心工作，工作做不下去。

しごとがはかどらない【仕事が捗らない】 工作進展緩慢。

しごとがはる【仕事が張る】 工作太忙，任務太重。

しごとがみつかる【仕事が見付かる】 找到工作。

しごとし【仕事師】 企業家，策劃者。

しごとにかからせる【仕事にかからせる】 動工。

しごとにかかる【仕事に掛かる】 開始工作，上工，着手工作＝仕事を始める。

しごとにくいついてはなれない【仕事に食付いて離れない】 埋頭工作，一工作起來就沒完。

しごとにせいをだす【仕事に精を出す】 努力工作。

しごとにぜんりょくをけいちゅうする【仕事に全力を傾注する】 埋頭工作。

しごとにつく【仕事につく】 找到工作。

しごとにてをだす【仕事に手を出す】 搞工作，做工作。

しごとにとりかかる【仕事に取掛かる】 上工，動手幹活。

しごとのあいま【仕事の相間】 業餘時間。

しごとのてぬきをしざいりょうをごまかす【仕事の手抜きをし材料をごまかす】 偷工減料。

しごとのよか【仕事の余暇】 業餘。

しごとはていねいである【仕事は丁寧である】 ①工作細心，工作仔細。②工作謹慎。

しごとをいそぐ【仕事を急ぐ】 趕活兒，趕工作。

しごとをうけおう【仕事を請け負う】 包工。

しごとをうしなう【仕事を失う】 失業，失掉工作。

しごとをおえる【仕事を終える】 完工，下班了，收工了。

しごとをおくらせる【仕事をおくらせる】 課事，耽誤工作。

しごとをごまかす【仕事を誤魔化す】 敷衍了事。

しごとをさがす【仕事を捜す】　找工作＝ロを捜す。

しごとをさしおく【仕事をさしおく】　抛開工作。

しごとをサボる【仕事をサボる】　磨洋工，怠工，偸懶。

しごとをしまう【仕事をしまう】　收工。

しごとをてきばきやる【仕事をてきばきやる】　工作俐落。

しごとをてつだう【仕事を手伝う】　幫工。

しごとをなげだす【仕事を投げ出す】　放棄工作，挑子不幹。

しごとをのみこむ【仕事を呑込む】　熟習工作，熟習業務。

しごとをふりあてる【仕事を振当てる】　分配工作，分派工作。

しごとをほったらかす【仕事をほったらかす】　（俗）扔下工作。

しごとをみいだす【仕事を見出す】　找到工作＝仕事を見付ける。

しごとをわける【仕事をわける】　分派工作。

しごとをわりあてる【仕事を割当てる】　分配工作。

じこのたいどをぼかしている【自己の態度を暈している】　不表態。

じこのつごうのよいことばかりかんがえる【自己の都合よい事ばかり考える】　自私自利。

じこひはんしょ【自己批判書】　檢討書。

じこをかえりみる【自己を省みる】　反省。

じこをしらず【自己を知らず】　不自量，沒有自知之明。

じこをたのむ【自己を頼む】　靠自己。

しごをたのむ【死後を頼む】　拜託後事。

じこをちゅうしんにする【自己を中心にする】　以自我爲中心。

じこをほこる【自己を誇る】　誇耀自己，自我吹噓，自誇。

じこをぼっきゃくする【自己を没却する】　忘我。

じこをめっきゃくしておおやけにつくす【自己を滅却して公に尽す】　克己奉公。

しざいにする【死罪にする】　處以死罪。

しざいにしょせられる【死罪に処せられる】　被處死刑。

じざいにへんつうする【自在に変通する】　隨機應變，見機行事。

いさいらしく【仔細らしく】　裝模作樣地。

しさくはじゅうぶんでない【施策は十分でない】　沒有充分採取措施，措施不夠充分。

しさくをこうずる【施策を講ずる】　採取措施。

しさをあたえる【示唆を与える】　①唆使，教唆。②暗示。③啓發。◆前接格助詞 "に"。

ししくったむくい【獣食った報い】　自作自受，報應。

ししししんちゅうのむし【獅子身中の虫】　內奸，害群之馬。

じじつがかかる【時日が掛かる】　費時間，費工夫＝時間が掛かる。

じじつがない【時日がない】　沒時間了，來不及了。

じじつがゆうべんにものがたる【事実が雄弁に物語る】　事實勝於雄辯。

じじつはじじつである【事実は事実である】　事實總是事實。

じじつはゆうべんにまさる【事実は雄弁にまさる】　事實勝於雄辯。

じじつをあげる【事実を挙げる】　舉出事實。

じじつをまげる【事実をまげる】　歪曲事實。

ししてのちやむ【死して後止む】　死而後已＝倒れて後止む。

ししとしてどりょくする【孜孜として努力する】　孜孜不倦。

ししにひれ【獅子に鰭】　如虎生翼。

ししにぼたん【獅子に牡丹】　相得益彰。

ししのけんたい【四肢の倦怠】　四肢無力。

ししのはがみ【獅子の歯噛】　氣勢凶凶。

しじのよわいをかぞえる【死児の齢を数える】　追悔莫及。

ししふんじんのいきおいで【獅子奮迅の勢で】　以雷霆萬鈞之勢。

しじゅう…ばかりいっている【始終…ばかり言っている】　光講究…。

じじょうがゆるすかぎり【事情が許す限り】　只要情況許可＝事情の許す限り。 ✚主謂詞組作定語時其主詞一般用の來表示，但也有用が表示的，如本條。

じじょうじばく【自縄自縛】　作繭自縛。

ししょうしらず【死生知らず】　不知生死。

しじょうとしては【私情としては】　從私情來說，從個人感情來說。

しじょうにうごかされる【至情に動かされる】　爲至誠所感動。

しじょうにこだわらない【私情にこだわらない】　不講面子。

しじょうにでまわる【市場に出回る】　上市。

しじょうにとらわれない【私情にとらわれない】　不循私，不講面子。

ししょうのおかみさん【師匠のおかみさん】　師母。

しじょうのくうろん【紙上の空論】　紙上談兵。

じじょうやむなく【事情已むなく】　迫不得已。

じしょでしらべる【字書で調べる】　查詞典，用詞典查出來了＝辞書を引く。

じしんがある【自信がある】　有信心，有把握＝自信をかける，自信がつく。

じしんがしゅになる【自身が主になる】　自己作主。

じしんがつよい【自信が強い】　自信心很強，滿有把握。

じしんがない【自信がない】　沒信心，沒把握。

じしんまんまんとしている【自信満満としている】　滿懷信心。

じしんをうしなう【自信を失う】　失掉信心，喪失信心。

じしんをかける【自信を掛ける】　有信心，有把握＝自信がある，自信がつく。

じしんをもつ【自信を持つ】　有把握，有信心。

しずかになった【静かになった】　消沉下來。

しずかによをおくる【静かに世を送る】　安閑度日。

しずむせあればうかぶせあり【沈む瀬あれば浮ぶ瀬あり】　人生榮枯無常。

しずんだきもちになる【沈んだ気持になる】　變得消沉，變得沉悶。

しずんだようすをする【沈んだ様子をする】　消沉，沉悶。

じせいがかわる【時世が変る】　時代變了，改朝換代。

しせいてんにつうす【至誠天に通す】　至誠感天。

しせいにあふれる【至誠に溢れる】　①非常至誠的。②滿腔熱情的。

じせいにおくれる【時勢に遅れる】　落後於時代。

じせいにさからう【時勢に逆らう】　反潮流。

じせいにしたがう【時勢に従う】　順應時勢，隨時局，隨波逐流。

しせいのさかい【死生の境】　生死關頭＝死ぬか生きるかの境，生死の境。

しせいめいあり【死生命あり】　生死有命。

しせいをともにしてかんなんをともにする【死生を共にして患難を共にする】　同生死共患難。

しせいをともにする【死生を共にする】　共生死，同生共死。

じせいをわきまえない【時勢をわきまえない】　不識時務。

じせつがくる【時節が来る】　時機到了，機會到了＝機が来る。

じせつがらにつれて【時節がらにつれ

て】 由於目前形勢，鑒於目前局勢。

しせつひしょ【私設秘書】 私人秘書。

じせつをかたくじする【自説を堅く持する】 固執己見＝自説を曲げない，自説を固執する，自説を強調する。

じせつをぼくしゅする【自説を墨守する】 堅持己見。

しぜんでない【自然でない】 不自然。

しぜんのいきおいにまかせる【自然の勢にまかせる】 聽其自然＝自然の成り行きに任せる。

しぜんのなりゆきにまかせる【自然の成行に任せる】 聽其自然＝成行に任せる，自然の勢に任せる。

しせんをうつす【視線を移す】 轉移視線。

しせんをくぎづけにした【視線をくぎづけにした】 釘住看。

しせんをこえる【死線を越える】 越過了死亡線，揀條命，死裏逃生。

しせんをさまよう【死線をさ迷う】 徘徊於死亡線上，死去活來＝生死の境をさ迷う。

しそうがかたまる【思想がかたまる】 思想定型了。

しそうがけいがいかした【思想が形骸化した】 思想僵化了。

しそうてきにすじがねをいれる【思想的に筋金を入れる】 搞通思想。

しそうにとぼしい【思想に乏しい】 缺乏思想性。

しそうによって【指喉によって】 由於…的唆使。

しそうもぎじゅつもすぐれている【思想も技術も優れている】 觀念技術俱優。

しそうをあらためる【思想を改める】 改造思想。

しぞくのしょうほう【士族の商法】 外行人作買賣。

じそんしんをきずつける【自尊心を傷つける】 傷害自尊心。

したあごとうわあごのぶっつかりほうだい【下顎と上顎のぶっつかり放題】

胡說八道，信口雌黃。

したたらず【舌足らず】 ①大舌頭。②笨嘴拙腮，詞不達意。

じだいにあわない【時代に合わない】 不時興，不符合時代潮流。

しだいで【次第で】 ①看…，全看…，全憑…，要看…如何。②一…就…。③由於…所以。

しだいに【次第に】 逐漸，漸漸＝だんだん。

したいにもんだいがある【自体に問題がある】 本身有問題。

しだいによっては【次第によっては】 看情形，看情況，如果必要的話。

したいほうだいのことをする【したい放題のことをする】 為所欲為，想幹什麼就幹什麼。◆ "し"是"する"的連用形。

したうちする【舌打ちする】 咋舌頭。

したがながい【舌が長い】 長舌多話，貧嘴多舌，饒舌＝喋る。

したがまわらない【舌がまわらない】 說話不利落。

したがまわる【舌が廻る】 ①口若懸河。②喋喋不休＝のべつ幕なしに喋る。

したがもつれる【舌が縺れる】 大舌頭，說話不利落，說話含混不清，舌頭繞不過來。

したからうえと【下から上と】 由下而上地。

したからって 雖然…可是…。◆ "し"是"する"的連用形，"からって"是接續助詞"から"加修飾助詞"って"。

したくてはならない 必須做，應該做。

したごころがある【下心がある】 ①用心，用意。②有心，有意。③預謀…。

したさきさんずんで【舌先三寸で】 憑三寸不爛之舌。

したさきで【舌先で】 ①拿話(搪塞)。②含糊其詞…。

したさきでごまかす【舌先でごまかす】 用話搪塞。

したしみやすい【親しみやすい】 容易接近。

したしみをかんじる【親しみを感じる】

對…感興趣。

したしみをこめてかたりあう【親しみをこめて語りあう】　親切交談。

したしらべをする【下調べをする】①事先調查。②預習。

したづみになる【下積になる】　壓在底下。

したそうだんをする【下相談をする】　事先商量。

したたらずのてんがおおい【舌足らずのてんが多い】　有許多地方不清楚。

したたりつもりてふちとなる【滴り積りて淵となる】　滴水成河，積少成多。

じたともにゆるしているということだ【自他共に許しているということだ】　是衆人所公認的＝自他共に許すところである。

したにいる【下にいる】　①蹲下。②跪下。

したにつく【下につく】　①居於人下。②甘拜下風。＝下手につく，下に立つ。

したのさきでごまかす【舌の先で誤魔化す】　光嘴頭說說，支吾搪塞，拿話搪塞。

したのしょうがつ【舌の正月】　有口福，解饞。

したのねがかわかないうちに【舌の根が乾かないうちに】　話剛說完就…，言猶在耳就…。

したのもの【下の者】　①下級，部下，手下人。②大小便。

したはわざわいのね【舌は禍の根】　嘴惹禍，禍從口出。

したへもおかぬ【下へも置かぬ】　格外熱情地，特別懇切地，無微不至。

したまわりのしごとをする【下回りの仕事をする】　打雜兒。

したりがおをする【したり顔をする】　得意揚揚。

したをかむ【舌を噛む】　咬舌頭。

したをだす【舌を出す】　①伸舌頭，吐舌頭。②暗中嗤笑。

したをにまいにつかう【舌を二枚に使う】　撒謊，表裏不一，話前後不一致。（要兩面手法。）＝二枚舌（

じた）を使う。

したをふるう【舌を振う】　雄辯，振振有詞。

したをひかず【舌を引かず】　話沒說完就…。

したをまく【舌を巻く】　①驚嘆，讚嘆。②吐舌頭。

じだんだをふむ【じだんだを踏む】　頓足捶胸，跺腳，悔恨，懊悔。

じたんをかまえる【事端を構える】　尋釁，找碴。

しちがながれた【質が流れた】　當死了，贖回的期限已過。

しちてんはっき【七顛八起】　跌倒了又爬起來，頑強奮鬥。

しちてんはっとう【七顛八倒】　①疼得亂滾。②左一次右一次地栽倒。

しちにいれる【質に入れる】　當東西。

しちにおとしいれてあといく【死地に陥れて後生く】　置之死地而後生。

しちにおもむく【死地に赴く】　前去送命。

しちにとる【質に取る】　作為抵押。

しちょうをあつめる【視聴を集める】　引人注目，聳人聽聞。

しちをうけだす【質を受けだす】　贖當。

じついのこもった【実意のこもった】　有誠意的。

しついのどんぞこにある【失意のどん底にある】　處在非常失意的環境裏。

じつがある【実がある】　有誠意，誠實。

じつがともなわない【実が伴わない】　沒有實在的，淨是虛假，淨耍花招。

しっかりしろ　振作起來，堅持下去，別鬆懈。

しっかり…にちからをいれる【しっかり…に力を入れる】　緊抓…。

しっかりやれ　加油，好好幹。

しっかり…をする　把…弄緊，把…弄牢靠。

しっきをよぶ【湿気を呼ぶ】　起潮濕。

しっくりあう【しっくり合う】　①吻合。②適合。

しっくりいかない【しっくり行かない】

不合，不融洽，合不來，不對勁。

じっくりじかんをかけてせいこうをま
つ【じっくり時間をかけて成功をま
つ】　放長線釣大魚。

しっけいなことをいう【失敬なことを
言う】　胡説，説沒禮貌的話。

しつけたやりかた【仕付けたやりかた】
慣用的手法。

じっけんからすれば【実験からすれば】
從經驗來看。

しつこくたずねる【しつこく尋ねる】
追根究底，打破沙鍋問到底。

しつこくつきまとう【しつこく付纏う】
糾纏不休，沒完沒了。

じっさいからりだつする【実際から離脱
する】　脱離實際。

じっさいにそぐわない【実際にそぐわ
ない】　不切合實際，不着邊際。

しっさくをやる【失策をやる】　失策，
失算＝失策をする。

じっしつにおいては【実質においては】
實質上，實際上，事實上＝實質的に
は。

じつじょうをあかさない【実情を明か
さない】　不説實話，不吐露真情。

じっせきをあげる【実績を上げる】
做出成績，創造成績。

じっせんのともなわないりろん【実践
の伴わない理論】　理論脱離實際。

しったいをえんじる【失態を演じる】
失態，出醜，丟臉。

しったかおをする【知った顔をする】
裝懂。

しったかぶりをする【知ったか振りを
する】　不懂裝懂，硬充內行。

じっちにやってみる【実地にやって見
る】　實際上做做看，實踐實踐看。

しっちをばんかいする【失地を挽回す
る】　收復失地＝失地を回復する。

しっていることはぜんぶはなす【知っ
ていることは全部話す】　知無不言。

しつてきには【質的には】　質量上，
就質量來説。

しつてきにもりょうてきにも【質的に
も量的にも】　不論質量或數量都…。

じっとがまんする【じっと我慢する】

一聲不響地忍耐着＝じっと堪（こら）
える。

じっとかんがえる【じっと考える】
沉思＝しあんにしずむ。

じっとこらえる【じっと堪える】　沉
着，耐心。

じっとして　老老實實地，一動不動地

じっとしていられない　①不老實。②
坐立不安，忐忑不安＝じっとしてお
られない，じっとしてはいられませ
ん。

じっとしてまつ【じっとして待つ】
靜候。

しっとしんをもやす【嫉妬心を燃す】
引起嫉妬。

じっとみみをすます【じっと耳を澄ま
す】　凝神傾聽。

じっとみる【じっと見る】　緊盯著瞧，
凝視＝じっと見つめる。

じつに【実に】　真，實在，的確。

しつにいれた【質に入れた】　典當，
當東西。

じつにそわず【実にそわず】　名不副
實。

じつに…はなしだ【実に…話だ】　真
…，實在…。

じつに…べきことである【実に…べき
ことである】　實在是…。

じつに…べきものがある【実に…べき
ものがある】　實在令人…。

じつに…ものがあった【実に…ものが
あった】　真是…，實在是…。

じつによく【実によく】　真能…。

じつのところ【実のところ】　説實在
的，説實話，老實説，其實。

じつのないほんのみせかけ【実のない
ほんの見せかけ】　華而不實。

しっぱいばかりしている【失敗ばかり
している】　錯誤百出。

しっぱいはせいこうのはは【失敗は成
功の母】　失敗爲成功之母。不經一
事不長一智。

しっぱいはせいこうのもと【失敗は成
功の本】　失敗爲成功之母。

しっぱいをうんめいづけられている

【失敗をうんめいづけられている】
注定要失敗。

しっぱいをまねく【失敗を招く】　招
致失敗。

じっぱひとからげにする【十把一絡に
する】　①混爲一談。②全都放在一
起。③不分青紅皂白。

じっぴをしきゅうされる【実費を支給
される】　實報實銷。

しっぷうじんらいのいきおいで【疾風
迅雷の勢で】　以迅雷不及掩耳之勢。

しっぷうにけいそうをしる【疾風に勁
草を知る】　疾風知勁草。

しっぽうらくたんする【失望落胆する】
大失所望，灰心喪氣。

しっぽをだす【尻尾を出す】　①露出
弱點。②露出破綻，露出馬腳，露出
狐狸尾巴。

しっぽをたてる【尻尾を立てる】　翹
尾巴。

しっぽをつかむ【尻尾を攝む】　抓住
弱點，抓辮子，抓住狐狸尾巴。

しっぽをふるう【尻尾を振う】　搖尾。

しっぽをまいてにげる【尻尾をまいて
逃げる】　夾着尾巴跑了。

しっぽをまく【尻尾をまく】　夾着尾
巴。

じつもって【実以て】　眞，實在，的
確＝実に，全く。

しつもんのれんぱつ【質問の連発】
紛紛質問。

しつもんをそらす【質問を逸す】　①
避而不答。②答非所問。

しつようにからみつく【執拗にからみ
つく】　死纏活纏。

じつようむき【実用向き】　合乎實用
的。

しつよりりょうのほうがたいせつだ
【質より量の方が大切だ】　重量不
重質。

しつれいします【失礼します】　打攪
您了，失陪了。

しつれいなことをいう【失礼なことを
言う】　說不禮貌的話。

しつれいをおびる【失礼をおびる】
賠禮。

じつをいうと【実を言うと】　說實在
的，眞的，說實話。

しつをさった【室を去った】　走出屋
子。

しつをとわない【質を問わない】　不
講質量。

してから　過，…之後。❖"して"是
文語格助詞,意思是"經過…之後"。

して…しめる　使，令，讓，叫。❖
"して"是文語格助詞，在這裏表示
使役。前接格助詞"を"。

しては　就…來說，對…來說，照…看
來＝…に対して，…について。❖常用
"…にして"和"…として"等句型。

してはいけない　不，別，不行，不要，
不許，不准＝…してはならない。❖
"して"是"する"的連用形"し"
加接續助詞"て"。

してはどうですか　…好不好，…行不
行，…怎麼樣。

してはならない　＝…してはいけない。

しても　即使…，即便…。❖常用"…
にしても"和"…としても"等句型。

してもいい　①無妨，沒關係。②…也
可以，即使…也可以。

してもさしつかえがない【…しても差
支えがない】　同上條。

じてんをひく【辞典を引く】　查字典。

しどうをかきょうする【指導を加強す
る】　加強指導。

しないまでのことだ　不做就算了。

しながおちる【品が落ちる】　①質量
下降了。②品質不好。

しながくだる【品が下る】　①質量下
降了。②品質不好＝品が落ちる。

しながてうすになる【品が手薄になる】
缺貨。

しながれになる【品枯れになる】　缺
貨＝品が手薄になる。

しなぎれになる【品切れになる】　傾
銷，賣光。

しなくてすむようにする　省得…。

しなくてもよい　不…也可以。

しなだまもたねから【品玉も種から】
戲法全伏毯子蒙。

しなによったら【品によったら】　看

情況如何。

しなものをあげる【物品をあげる】
送東西。

しなものをあずかる【物品をあずかる】
存放東西。

しなをつくる【科を作る】 ①故作文
雅清秀，裝模作樣的。②賣弄風情。

しにうまにはりをさす【死馬に針を刺
す】 根本沒用，根本不起作用，毫
無效果。

しにかかる【死にかかる】 臨死，臨
終。

しにがくもんをする【死に学問をする】
白學，學了也沒用。

しにがねをつかう【死に金を使う】
白花錢。

しにがねをつかう【死金を使う】 錢
花得不是地方，錢花在刀背上了。

しにはじをさらす【死に恥をさらす】
死得不光彩。

しにばながさく【死に花が咲く】 死
得光榮，光榮犧牲＝死に花をさかす。

しにひんする【死に瀕する】 臨死，
垂死。

しにみになって【死に身になって】
拼命地，玩命地，不顧死活地，豁出
命來。

しにものぐるいになって【死に物狂い
になって】 同上條＝命を的に懸け
る。

しにものぐるいのたたかいをする【死
に物狂いのたたかいをする】 垂死
掙扎。

しにんにくちなし【死人に口なし】
死無憑證。

しぬかいきるかのさかい【死ぬか生き
るかの境】 生死關頭＝死生の境。

しぬにばしょをえる【死ぬに場所を得
る】 死得其所。

しぬほど【死ぬほど】 拼命地，死命
地，豁出命來，…得要命。

しぬほどおこる【死ぬほど怒る】 氣
得要命，氣得要死。

しねばちょうけし【死ねば帳消】 一
死了之，一死萬事休。

しのぎがつかない【凌がつかない】

無法應付，一籌莫展。

しのぎをけずる【鎬を削る】 ①激烈
交鋒，激烈論戰，激烈辯論。②針鋒
相對。

しのぎをつける【凌をつける】 應付，
敷衍。

しのごとき【死のごとき】 死一般的。

しのごのいう【四の五の言う】 說三
道四，品頭論足。

しのごのいわずに【四の五の言わずに】
別說三道四＝なんのかんの言わずに，
かれこれ言わないで。

しのびごえではなす【忍声で話す】
私語，小聲說話，嘁嘁喳喳。

しのんで【忍んで】 悄悄地，偷偷地
＝ひそかに。

しはあるいはたいざんよりもおもくあ
るいはこうもうよりもかるし【死は
あるいは泰山よりも重くあるいは鴻
毛よりも軽し】 死有重於泰山，有
輕於鴻毛。

しばいがうまい【芝居がうまい】 撒
謊撒得圓全。

しばいがかりで【芝居がかりで】 矯揉
造作地，像演戲似地。

しばいがはねる【芝居がはねる】 散
戲。

しばいぎがある【芝居気がある】 裝
模作樣，假惺惺的。

しばいぎたっぷりな【芝居気たっぷり
な】 愛裝模作樣的，好耍花招的。

しばいぎちがい【芝居気違い】 戲迷。

しばいのたちまわり【芝居の立ち回り】
武打。

しばいをうつ【芝居打つ】 ①要花招。
②設圈套。③演戲。

しはおのれをしるもののためにしす
【士はおのれを知る者のために死す】
士爲知己者死。

じはくしたものはかんだいにしょりす
る【自白したものは寛大に処理する】
坦白從寬。

じはくをきょうようする【自白を強要
する】 逼供。

しばもおうあたわず【駟馬も追う能わ
ず】 （一言既出）駟馬難追。

しばらくこのままにしましょう【暫く
　このままにしましょう】　暫時就這
　様吧。

しばらくして【暫くして】　過一會再
　…。

しばらくしてからまた【暫くしてから
　また】　過一會再…。

しばらくすると【暫くすると】　過一
　會…。

しばらくでした【暫くでした】久違久
　違，少見少見，好久不見＝しばらく
　だね。

しばらくぶりで【暫くぶりで】　①好
　久，半天。②隔了好久才。

しばらくろんがいにおく【暫く論外に
　置く】　姑且不論。

じばらをきる【自腹を切る】　自己掏
　腰包。

じびきをひく【字引を引く】　査字典。

じひしんをおこす【慈悲心を起す】
　發善心。

じひつのてがみ【自筆の手紙】　親筆
　信。

しひゃくしびょうにきくくすり【四百
　四病に効く薬】　萬靈藥。

しひゃくしびょうのほか【四百四病の
　外】　戀愛的煩惱。

しびれをきらす【痺れを切らす】　①
　腿都坐麻了。②等得不耐煩。

しぶいかおをする【渋い顔をする】
　沉悶的臉色，快快不樂，臉色陰沉，
　愁眉苦臉。

しぶいやつ【渋いやつ】　吝嗇鬼，小
　氣鬼。

しふくをきる【私腹を切る】　掏腰包。

しふくけいじ【私服刑事】　便衣刑警。

しふくをこやす【私腹を肥す】　肥己，
　飽私囊。

しぶといやつ　頑固的傢伙。

じぶんかってなことをする【自分勝手
　なことをする】　只爲自己打算，只
　顧自己，自私自利＝自分のためを考
　える。

じぶんかってにふるまう【自分勝手に
　振舞う】　獨斷專行。

じぶんからもとめる【自分から求める】

自找。

じぶんこそりこうだとうぬぼれる【自
　分こそ利巧だと自惚れる】　自作聰
　明。

じぶんだけがとくをしようとする【自
　分だけが得をしようとする】　光爲
　自己打算，光想自己佔便宜。

じぶんだけ…ことはできない【自分だ
　け…ことはできない】　不能光自己
　…。

じぶんでえらいとおもう【自分でえら
　いと思う】　自以爲了不起。

じぶんでえらいとかんがえる【自分で
　偉いと考える】　自以爲了不起。

じぶんでかんがえる【自分で考える】
　獨立思考。

じぶんできめることはできない【自分
　で決めることはできない】　不能作
　主。

じぶんでしたことはじぶんでせきにん
　をおう【自分でした事は自分で責任
　を負う】　一人做事一人當。

じぶんでじぶんのくびをしめる【自分
　で自分の首を縛める】　作繭自縛。

じぶんでじぶんのことをする【自分で
　自分の事をする】　各做各的，自個
　兒做自個兒的，自己做自己的。

じぶんでじぶんのしまつをする【自分
　で自分の始末をする】　自己張羅自
　己。

じぶんでじぶんをしんぱいする【自分
　で自分を心配する】　①自己張羅自
　己。②自己替自己操心＝自分で自分
　の始末をする。

じぶんでじぶんをなぐさめる【自分で
　自分を慰める】　自慰，自我安慰，
　自己找寬心。

じぶんでしをまねく【自分で死を招く】
　自己找死，找死。

じぶんですばらしいとおもっている
　【自分ですばらしいと思っている】
　自以爲了不起，自鳴得意，自命不凡。

じぶんでせいかつする【自分で生活す
　る】　自食其力。

じぶんでつごうのよいほうほうをえら
　ぶ【自分で都合のよい方法を選ぶ】

悉聽尊便，請便。

じぶんでどりょくする【自分で努力する】　自強。

じぶんでは…とかんがえる【自分では…と考える】　自以為…，自認為…。

じぶんでみとる【自分で見取る】　親眼看到，親自看到。

じぶんでもとめてくろうする【自分で求めて苦労する】　①庸人自擾。②自尋苦惱。

じぶんでゆく【自分で行く】　親自去。

じぶんでよいとおもう【自分でよいと思う】　自以為是。

じぶんとかんけいのないこと【自分と関係のないこと】　不相干的事情。

じぶんにおよぶものがない【自分に及ぶ者がない】　自認天下第一，沒有趕得上自己的。

じぶんにつごうよいようにする【自分に都合よいようにする】　淨顧自己合適。

じぶんのいけんをとおす【自分の意見を通す】　一意孤行。

じぶんのかけたわなにかかる【自分のかけた罠にかかる】　自作自受。

じぶんのからだがおもいどおりにならない【自分の体が思い通りにならない】　身不由己。

じぶんのくちでいった【自分の口で言った】　親自講，親口説的。

じぶんのこころがら【自分の心柄】　自作自受＝じぶんのかけたわなにかかる。

じぶんのことばかりかんがえる【自分の事ばかり考える】　光為自己打算，光想自己合適。

じぶんのためをかんがえる【自分のためを考える】　替自己打算。

じぶんのてあしのように【自分の手足のように】　隨便地，隨心所欲地。

じぶんのにんむをおこたる【自分の任務を怠る】　玩忽職守。

じぶんのひょうげんがうまい【自分の表現がうまい】　善於表現自己。

じぶんのみをかえりみない【自分の身を顧みない】　不顧自己。

じぶんのものにする【自分の物にする】　把…據為己有。❖前接格助詞“を”。

じぶんはたいしたものだとじふする【自分は大したものだと自負する】　自以為是，自以為了不起。

じぶんをあざむいてひとをあざむく【自分を欺いて人を欺く】　自欺欺人。

じぶんをあざむく【自分を欺く】　瞞心昧己。

じぶんをこうそくする【自分を拘束する】　約束自己。

じぶんをころして【自分を殺して】　捨己，奮不顧身地。

しふんをはらす【私憤を晴す】　洩私憤。

じぼうじきになる【自暴自棄になる】　自暴自棄。

しぼうつうち【死亡通知】　喪帖，訃告，訃聞。

しぼうつうちをだす【死亡通知を出す】　發訃告。

しほうにあみをはる【四方に網をはる】　四方撒網。

しぼうをきめる【志望を決める】　立下志願。

しほんをくめんする【資本を工面する】　籌劃資金。

しまいからにばんめ【しまいから二番目】　倒數第二。

しまいぎわに　臨終，臨完，臨到末尾。

じまいで　終於＝しまいに（は）。❖前接否定助動“ず”，表示終於沒有，未得…。

しまいに（は）　①最後。②終於，到了最後，最後終於。

しまいになった　①終於。②…已經過了。

しまいまで　到最後，直到最後。

しまつがついていない【始末がついていない】　沒着落，沒頭緒↔始末がつく。

しまつがつかぬ【始末がつかぬ】　不好辦，不好收拾。

しまつがわるい【始末が悪い】　難辦，難纏，棘手，難對付，不好處理，真

没辦法＝始末に負えない，始末に困る。

しまつしてつかう【始末して使う】
節省，節約，節儉，節省用，省着點…。

しまった　糟了，糟糕，完了。

しまったことをした　同上條。

しまっておく【仕舞っておく】　①收拾起來。②放到…裡。

しまつにおえない【始末に負えない】
很棘手，沒辦法治＝しまつが悪い。

しまつにこまる【始末に困る】　同上條。

しまつにこまるほど【始末に困るほど】
…得不知怎麼辦，…得不知怎麼好。

しまつになってしまう【始末になってしまう】　落得…樣子，鬧到…地步，落到…地步。

しまつもできない【始末も出来ない】
還不能應付…，還不能處理…，還不能對付…。

しまつをただす【始末を糺す】　盤問始末根由。

しまつをつける【始末をつける】　解決，處理，收拾，善後。

じままにふるまう【自儘に振舞う】
任意行動，任意而爲。

しまりのない【締りのない】　①冗長的。②懈怠的。

しまりのよい【締りのよい】　①謹愼的。②節省的，節儉的。

しまりをする【締りをする】　上門，關門。

しまるところはしまる【締るところは締る】　該省的地方就要省。

じまんこうまんばかのうち【自慢高慢馬鹿の内】　聰明人不自滿。

じまんするものにろくなものはいない【自慢する者にろくな者はいない】
眞人不露相，有能耐的人不吹牛。

じまんにもならない【自慢にもならない】　不值得吹噓，不值得自誇。

じまんのはなをひしぐ【自慢の鼻を拉ぐ】　挫其傲氣。

じまんはちえのゆきづまり【自慢は知恵の行詰り】　驕傲使人落後。

しみがある【染がある】　①有汚點，

有汚穢，有油漬，有汚泥，弄髒了。
②有雀斑。

しみがつく【染がつく】　弄上汚點（汚泥，汚垢，油跡，水跡等）。

しみができた【染が出来た】　同上條。

しみじみいいきかす【しみじみ言い聞かす】　好好開導，諄諄規勸。

しみじみいやになる【しみじみ嫌になる】　感到厭惡極了，煩透了。

しみじみかんずる【しみじみ感ずる】
痛感…，深切感到…。

しみじみきく【しみじみ聞く】　細聽＝よくきく。

しみじみきらいになる【しみじみ嫌いになる】　煩透了，討厭極了。

しみじみしたはなし【しみじみした話】
心裏話，內心話。

しみじみとかたる【しみじみと語る】
深有感觸地說。

しみじみはなしをする【しみじみ話しをする】　談心，親切交談。

しみだらけの【染だらけの】　滿是汚垢的。

じみちにしごとにうちこむ【じみちに仕事に打込む】　埋頭工作。

じみちにはたらく【じみちに働く】
勤勤懇懇地工作。

しみていたい【染て痛い】　刺骨之痛，刺痛。

じみにあふれる【滋味に溢れる】　極有意味的。

じみにかせぐ【地味に稼ぐ】　老老實實工作。

じみにとぼしい【滋味に乏しい】　①沒滋味，不好吃。②乏味的。

じみにとむ【滋味に富む】　①好吃，味道好。②有趣的，富有意義的。

じむてきに【事務的に】　秉公，照章。

じむてきにしょりする【事務的に処理する】　照章處理。

じむてきにする【事務的にする】　公事公辦。

じむのひきつぎをする【事務のひきつぎをする】　交代工作。

じむをしまう【事務を仕舞う】　下班。

じむをとる【事務を執る】　辦公。

しめいてはいをする【指名手配をする】
通緝。

じめいのりである【自明の理である】
不言而喻。

しめいをかたる【氏名を騙る】　冒名
頂替。

しめくくりがつかぬ【締括りがつかぬ】
管不住，管不了。

しめくくりのない【締括の無い】　①
不加管教的。②拖泥帶水的。

しめしがつかぬ【示しがつかぬ】　①
不能起帶頭作用，不能起示範作用，
不能帶動。②不能管教。

しめくくりをつける【締括りをつける】
①總結。②結束。

しめだしをくう【締出しを食う】　吃
個閉門羹。

しめたもんだ　順心，稱心，隨心，隨
心所欲，有把握了，錯不了了。

しめっぽいはなし【しめっぽい話し】
陰鬱的話，不痛快的話。

しめてかかる【締めてかかる】　加油，
全力以赴。

しめやかなくうき【しめやかな空気】
凄涼的氣氛。

しめやかにかたる【しめやかに語る】
小聲私語，說得很親密。

しめんそか【四面楚歌】　四面楚歌。

しめんにかぎりがあるために【紙面に
限りがあるために】　由於篇幅所限。

じもくとしてはたらく【耳目となっ
て働く】　①輔佐…，協助…，工作，
做…的助手。②充當…的耳目。

じもくをいっしんする【耳目を一新す
る】　耳目一新，耳目為之一新。

じもくをしょうどうさせる【耳目を聳
動させる】　聳人耳目，聳人聽聞。

じもくをたのしませる【耳目を楽しま
せる】　悅目耳目＝耳目を喜ばせる。

じもくをとざす【耳目を鎖す】　閉目
塞聽。

じもくをひく【耳目を引く】　引人注
目。

じもくをよろこばせる【耳目を喜ばせ
る】　悅耳目。

しもじものじじょう【下下の事情】民情。

じもとはゆうりだ【地元は有利だ】
強龍難敵地頭蛇。

しもまたこのむところだ【死もまた頼
むところだ】　死也心甘情願。

しもやけができる【下霜が出来る】
凍傷。

しゃかいのふうちょうにしたがう【社
会の風潮に従う】　順應時勢＝世の
風潮に従う。

しやがせまい【視野が狭い】　目光短
淺，眼光狹隘。

しゃかにせっぽう【釈迦に説法】　班
門弄斧，聖人門前賣百家姓，關公門
前要大刀。

しゃがんで　蹲着。

しゃがんにみる【斜眼に見る】　斜着
眼瞧，斜眼看。

じゃきのない【邪気のない】　天眞的，
純眞的。

しゃくがおこる【癪が起る】　胃疼，
胃痙攣。

しゃくざいがひどくかさむ【借財がひ
どく嵩む】　債臺高築。

しゃくしじょうぎに【杓子定規に】
死板地。

しゃくしじょうぎの【杓子定規の】
①死板的。②死腦筋的。③墨守成規
的。

しゃくしではらをきる【杓子で腹を切
る】　絕對辦不到。

しゃくしゃくとしてよゆうがある【綽
綽として余裕がある】　綽綽有餘。

しゃくぜんたるたいど【綽然たる態度】
從容不迫的態度。

しゃくぜんとしてさとる【釈然として
悟る】　恍然大悟＝釈然として悟る
ところがあった。

じゃくてんにじょうずる【弱点に乗ず
る】　利用弱點。

じゃくてんをすっぱぬく【弱点を素っ
破抜く】　（俗）揭短。

じゃくてんをつかむ【弱点を摑む】
抓弱點，抓辮子。

じゃくてんをにぎる【弱点を握る】
同上條。

じゃくてんをみぬく【弱点を見抜く】

看破弱點。

じゃくとしてこえなし【寂として声なし】　寂靜無聲，鴉雀無聲。

じゃくにくきょうしょく【弱肉強食】　弱肉強食，大魚吃小魚。

しゃくにさわる【癪に障る】　氣人，叫人生氣。

しゃくやさかえておもやたおれる【借家栄えて母屋倒れる】　喧賓奪主。

しゃこうかいのヒロイン【社交界のヒロイン】　交際花。

しゃこうせいがある【社交性がある】　好交際，會交際。

しゃこでたいをつる【蝦蛄で鯛を釣る】　抛磚引玉＝えびで鯛を釣る。

しゃじくをながすおおあめ【車軸を流す大雨】　傾盆大雨。

じゃしんぶっこう【蛇心仏口】　口蜜腹劍。

しゃしんをげんぞうする【写真を現像する】　顯影，洗相片。

しゃしんをとる【写真を撮る】　攝影，照相。

しゃちほこばっているるな【鯱張っているるな】　別拘束。

しゃっきりと　①一動不動地。②直挺挺地。

しゃっきんがひどくかさむ【借金がひどく嵩む】　債臺高築。

しゃっきんだらけ【借金だらけ】　滿屁股是債。

しゃっきんのさいそくをする【借金の催促をする】　要帳，討債。

しゃっきんのやりくりをする【借金の遣繰をする】　摘東補西，折東牆補西牆。

しゃっきんはくろうのもと【借金は苦労のもと】　無債一身輕。

しゃっきんをせおう【借金を背負う】　負債。

しゃっきんをこしらえる【借金をこしらえる】　負債，借錢。

しゃっきんをふみたおす【借金を踏み倒す】　賴帳，借錢不還。

シャッタをきる【シャッタを切る】　按快門。

シャッポをぬぐ【シャッポを脱ぐ】　服了，折服，認輸，投降＝かぶとを脱ぐ。

じゃどうをあゆむ【邪道を歩む】　走邪道。

じゃない　不是…，並不是…＝ではない。

じゃないか　不是…嗎。

しゃにむにやる【遮二無二やる】　蠻幹。

じゃねんのない【邪念のない】　純眞的。

じゃのみちはへび【蛇の道は蛇】　英雄識英雄，哪一行的人懂哪一行的事。

しゃばけが多い　名利心重＝しゃばけが多い。

じゃはせいにかたず【邪は正に勝たず】　邪不壓正，邪不侵正。

しゃばふさぎ【娑婆塞】　醉生夢死＝しゃはふさげ。

じゃまになる【邪魔になる】　礙事，礙手礙脚↔じゃまにならない。

じゃまものあつかいにする【邪魔物扱いにする】　把…當作眼中釘。◆前接格助詞“を”。

しゃみからちょうろうにはならぬ【沙弥から長老にはならぬ】　不能一步登天。

しゃりがこうになる【舎利が甲になる】　永遠，永久＝甲が舎利になる，舎利が灰になる。

しゃれいをいう【謝礼を言う】　道謝，致謝。

しゃれっけがある【洒落気がある】　①很風趣。②好打扮，好時髦。

しゃれをいう【洒落を言う】　說俏皮話。

しゃらくさいいまねはよせ【洒落臭いいまねはよせ】　①別逞能，別出風頭。②不要太神氣了。

しゃらくさいことをいうな【洒落凍いことを言うな】　①少說廢話。②別那麼臭美。

シャワをあびる【シャワを浴びる】

淋浴。

じゃをあらためてせいにつく【邪を改めて正に就く】　改邪歸正＝邪を改めて正に帰する。

しゃをはったまど【紗を張った窓】　紗窗。

しゅいはよくくみとれない【趣意はよく汲み取れない】　對…的意義體會不深。

じゅういにおちいる【重囲に陥る】　陷入重圍。

しゅういのえいきょうをうける【周囲の影響を受ける】　受環境影響。

じゅうおうにはしっている【縦横に走っている】　四通八達。

しゅうかてきせず【衆寡敵せず】　寡不敵衆。

しゅうかんがせいかくになる【習慣が性格になる】　習以成性。

しゅうかんがつく【習慣がつく】　養成習慣。

しゅうかんはだいにのてんせいなり【習慣は第二の天性なり】　習慣乃第二天性。

しゅうきがてんをつく【臭気が天を突く】　臭氣沖天。

しゅうきがはなをつく【臭気が鼻を突く】　臭氣沖鼻。

しゅうぎぶしゅうぎ【祝儀不祝儀】　紅白喜事。

しゅうげんをのべる【祝言を述べる】　致賀辭。

しゅうしいっかんして【終始一貫して】　始終一貫地。

しゅうこういっちする【衆口一致する】　①異口同聲。②全體一致。

しゅうごうもおかさず【秋毫も犯さず】　秋毫不犯。

しゅうしあいつぐなわず【収支相償わず】　入不敷出。

しゅうしがちがう【宗旨が違う】　①宗旨不同。②愛好不同，興趣不同。

しゅうしがつぐなわない【収支が償わない】　入不敷出↔しゅうしがつぐなう。

しゅうしぜんしょ【終始善処】　善始善終。

しゅうしそのせきにんをまっとうする【終始その責任を全うする】　全始全終。

しゅうしのバランスがとれている【収支のバランスがとれている】　收支平衡。

しゅうじゃくもなにもない【執着も何もない】　毫不留戀。

しゅうしゅうがつかない【収拾がつかない】　不可收拾。

しゅうしゅかんして【袖手傍観して】　袖手旁觀，不參與。

しゅうしゅうろうばい【周章狼狽】　①狼狽不堪。②驚慌失措。

しゅうしょくができない【就職が出来ない】　找不到工作。

しゅうしょくぐちをさがす【就職口を探す】　求職，找工作。

しゅうしをかえる【宗旨を変える】　①改行。②改變信仰。③改變宗旨。④改變興趣。

しゅうじんかんしのした【衆人環視の下】　在衆目睽睽之下。

しゅうじんかんしのまととなる【衆人環視の的となる】　成爲衆矢之的，成爲大家的目標。

しゅうしんどくしんですごした【終身独身で過した】　一輩子也沒結婚，打了一輩子光棍。

しゅうせいのふかく【終生の不覚】　終生大錯。

じゅうぜんのとおり【従前の通り】　一如既往。

しゅうそうれつじつのごとし【秋霜烈日の如し】　刑罰嚴明。

じゅうだいになる【重大になる】　嚴重了，可嚴重了。

しゅうたいをえんじる【醜態を演じる】　出醜，丟人，丟臉。

じゅうだいをきわめる【重大を極める】　極其嚴重。

しゅうたいをさらす【醜態を晒す】　丟臉，現眼，暴露出醜態。

しゅうちのごとく【周知の如く】　衆所周知，正像大家知道的那樣。

しゅうちのとおりである【周知の通り
である】 同上條。

しゅうちのねんがない【羞恥の念がな
い】 不知羞恥。

しゅうちのように【衆知のように】
＝周知の如く。

じゅうちゅうはっく【十中八九】 十
之八九，八九不離十。

しゅうちをあつめる【衆智を集める】
集思廣益。

じゅうてんてきに【重点的に】 有重
點地。

じゅうてんをおく【重点を置く】 把
重點放在…方面。◆前接格助詞"に"。

しゅうとのなみだじる【姑の涙汁】
很少，微末。

しゅうとのまえのみせおごけ【姑の前
の見せ麻せ小箸】 假装積極工作。

じゆうにされる【自由にされる】 ①
被解救。②被釋放。

しゅうにしめす【衆に示す】 示衆。

じゅうにならない【自由にならない】
①不自由了。②不聽話了。

しゅうにひいでる【衆に秀でる】 出
類拔萃。

しゅうにゅうがししゅつにたりない
【収入が支出に足りない】 入不敷
出。

しゅうにゅうにみあったししゅつをす
る【収入に見合った支出をする】
量入爲出。

じゅうにんといろ【十人十色】 各有
所好，百人吃百味，十個指頭没有一
般齊的。

じゅうにんなみいじょう【十人並以上】
超群，出衆。

しゅうねんぶかく【執念深く】 ①執
拗地，固執己念。②愛記仇。

じゅうばこのすみをしゃくしてはらえ
【重箱の隅を杓子で拂え】 不必追
究細節。

じゅうばこのすみをようじでほじくる
【重箱の隅を楊子でほじくる】 追
究細節，鑽牛角尖，吹毛求疵，難蛋
裏挑骨頭。

しゅうはをおくる【秋波を送る】 送

秋波。

じゅうぶんありうる【十分ありうる】
完全可能。

じゅうぶん…なくてはならない【十分
…なくてはならない】 要好好地…，
要充分地…。

じゅうぶんなけいけんをつんでいる
【十分な経験を積んでいる】 功夫
深，下了很大的功夫，積累了充分的
經驗。

じゅうぶんにゆきとどいていない【十
分に行届いていない】 不夠周到。

しゅうほうのきするところ【衆望の帰
するところ】 衆望所歸。

しゅうぼうをおう【衆望を負う】 負
衆望。

しゅうめいたかい【醜名高い】 臭名
昭著，惡名昭彰。

しゅうめいをのこす【醜名を残す】
遺臭。

しゅうもくのまととなる【衆目の的と
なる】 成爲大家注視的目標。

しゅうもくのみとめるじじつである
【衆目の認める事実である】 衆目
昭彰的事實。

しゅうもくのみるところである【衆目
の見るところである】 有目共睹。

しゅうようがたりない【修養が足りな
い】 修養不夠，涵養不夠。

しゅうようがない【修養がない】 没
有涵養，没有修養。

じゅうようなうえにもじゅうような
【重要なうえにも重要な】 最重要的。

じゅうようなかぎ【重要なかぎ】 ①
樞紐。②重要關鍵。

じゅうようなじき【重要な時機】 重
要關頭，關鍵時刻。

じゅうようなポイント【重要なポイン
ト】 關鍵。

じゅうよくごうをせいす【柔よく剛を
制す】 柔能克剛。

しゅうをさらす【醜を晒す】 出醜。

しゅうをたのむ【衆を頼む】 恃衆。

しゅうをひきいる【衆を率いる】
率領大衆，帶着大夥兒。

しゅかくてんとうする【主客転倒する】

主次顛倒，喧賓奪主。

じゅきゅうのバランスがとれていない【需給のバランスが取れていない】
供求不平衡，供不應求。

じゅぎょうがおわる【授業が終る】
下課。

じゅぎょうにでる【授業に出る】
上課＝授業をする。

じゅぎょうのしらべ【授業の調べ】
備課。

じゅぎょうをうける【授業を受ける】
聽課。

じゅぎょうをサボる【授業をサボる】
曠課，逃學。

じゅぎょうをする【授業をする】　上
課。

しゅぎょうをつむ【修業を積む】　練
工夫，下工夫，很有工夫。

しゅぎょうをつんでいる【修業を積ん
でいる】　很有工夫，道行很高。

じゅぎょうをはじめる【授業を始める】
開課。

じゅぎょうをボイコットする【授業を
ボイコットする】　罷課。

じゅぎょうをやめる【授業をやめる】
停課。

しゅきをおびる【酒気を帯びる】　①
帶酒氣。②有醉意，有點醉了。

しゅくいをはたす【宿意を果す】　宿
願以償。

しゅくいをはらす【宿意を晴す】　報舊仇。

しゅくぜんとしてえりをただす【粛然
として襟を正す】　肅然起敬。

しゅこうしがたい【首肯しがたい】
①令人難以贊同。②令人難以接受。

しゅこうをこらす【趣向を凝す】　①
對…狠下工夫。②獨出心裁。

しゅじゅのかんけいで【種種の関係で】
由於種種原因。

しゅしょうなおこない【殊勝な行い】
値得稱讚的行為。

しゅしょうなこころがけだ【殊勝な心
がけだ】　其志可欽。

しゅしょうらしい【殊勝らしい】　①
一本正經的樣子。②很有志氣的樣子。

しゅしょくにふける【酒色にふける】

沉溺於酒色＝しゅしょくにすさみふ
ける。

しゅしをのこす【種子を残す】　傳種。

しゅじんやくをつとめる【主人役をつ
とめる】　作東道主。

しゅぞくべっし【種族蔑視】　種族歧
視。

しゅそくところをことにす【首足処を
異にす】　斬首，身首異處。

しゅそくをおくところなし【手足を措
く処なし】　手足無所措。

しゅそりょうたんをじす【鼠首両端を
持す】　①搖擺不定。②採取觀望態
度。

しゅたいてきに【主体的に】　①主動
地。②自主地。③獨立地。

しゅたいとなる【主体となる】　以…
爲主體。◆前接格助詞“を”。

しゅだんがつきた【手段が尽きた】
想盡了辦法，山窮水盡。

しゅだんはあまりひどすぎる【手段は
あまりひど過ぎる】　這一招太絕了，
這一手眞属害。

しゅだんをえらばない【手段を選ばな
い】　不擇手段。

しゅだんをこうずる【手段を講ずる】
①想辦法，設法。②講究方法。

しゅだんをろうする【手段を弄する】
耍手段，耍手腕，耍花招。

しゅちゅうにきする【手中に帰する】
歸…所有，落到…手中。

しゅちゅうににぎる【手中に握る】
掌握，把…掌握在手中。◆前接格助
詞“を”。

しゅっきんにつける【出勤につける】
簽到。

しゅっきんのてんこをとる【出勤の点
呼を取る】　點名。

しゅっけつをとる【出欠を取る】　點
名＝しゅっけつをしらべる。

じゅっさくにおちいる【術策に陥る】
中計，陷入圈套，上當。

しゅっしょをゆるされる【出所を許さ
れる】　被釋放出獄。

しゅっせがはやい【出世が早い】　①
發跡得快。②升得快。

しゅっせきをとる【出席を取る】點名。

しゅっせのいとぐちとなる【出世の糸口となる】　成了發跡的開端。

しゅっせのいとぐちをつかむ【出世の糸口をつかむ】　登上龍門，找到上升的門路。

しゅっぴをかける【出費をかける】　把錢花在…身上（方面）。◆前接格助詞“に”。

しゅつらんのほまれ【出藍の誉】　出藍之譽，青出於藍而勝於藍。

しゅではない【主ではない】　不是以…爲主。

しゅてんは…にある【主点は…にある】　主要之點在於…。

しゅとして【主として】　主要，主要是＝おもに。

しゅとして…にある【主として…にある】　主要在於…。

しゅになって【主になって】　帶頭…，由…做主。

しゅにまじわればあかくなる【朱に交われば赤くなる】　近朱者赤，近墨者黑。

しゅびいっかんしない【首尾一貫しない】　前後不符，前言不搭後語。

しゅびがわるい【首尾が悪い】　①不投緣，不投機。②不受重視。③不受寵愛。

しゅびしてあう【首尾して逢う】幽會。

しゅびよく【首尾よく】　①僥倖。②順利地。③成功地。④勝利地。

じゅみょうでしぬ【寿命で死ぬ】　壽終正寢。

じゅみょうはもうしれている【寿命はもう知れている】　壽命不長了，不久即將垮臺。

じゅみょうをちぢめる【寿命を縮める】　減少壽命，折磨得要死。

しゅみをもつ【趣味を持つ】　愛好…，對…有興趣。◆前接格助詞“に”。

しゅらんをおこす【酒乱を起す】　耍酒瘋，酒後無德。

しゅりょうがおおい【酒量が多い】　海量，酒量大↔酒量は大したものではない。

しゅりょくをそそぐ【主力を注ぐ】　把主力放在…方面，把主要力量放在…方面。

しゅれんのはやわざ【手練の早業】　奇技，神速的技巧。

しゅわんがある【手腕がある】　有能力，有本領，有才能。

しゅわんをふるう【手腕を振う】　施展本領，施展才能。

しゅをいれる【朱を入れる】　用紅筆批改。

しゅんげんをきわめる【峻厳を極める】　極其嚴峻＝非常にきびしい。

じゅんこくのしとなる【殉国の士となる】　爲國捐軀。

しゅんじにして【瞬時にして】　一刹那，轉瞬間，一眨眼工夫。

しゅんじもやすまず【瞬時も休まず】　①一刻也不停地，片刻不停。②一會兒也不老實。

しゅんじゅうにとむ【春秋に富む】　年紀尚輕前途不可限量。

じゅんじょがちがう【順序が違う】　順序不同，不對頭。

じゅんじょで【順序で】　按照順序，按程序。

じゅんじょである【順序である】　照理應該…，按順序應該。

じゅんじょにりょうこうである【順序に良好である】　最好是按…的順序。

じゅんじよく【順序よく】　有條不紊地，按步就班地，按次序地，一個一個＝順を追って。

じゅんじょをたてて【順序を立てて】　①有步驟地。②系統地。③順序地。

じゅんばんによる【順番による】　按順序。

じゅんぷうにのる【順風に乗る】　一帆風順＝順風に帆を上げる。

じゅんぷうにほをあげる【順風に帆を上げる】　同上條。

しゅんみんあかつきをおぼえず【春眠暁を覚えず】春眠不覺曉。

じゅんをおって【順を追って】　依次，排隊，按步就班。

しょいなげをくう【しょい投げを食う】
背信，背叛，出賣。

しょういをのこしてだいどうにつく
【小異を残して大同につく】 求大
同存小異。

じょうえんをもやす【情炎を燃やす】
慾火中燒＝情火を燃やす。

しょうがあわない【性が合わない】
性情不合。

じょうがいっする【情が逸する】鍾情。

しょうがいにぶつかる【障害にぶつか
る】 碰壁，遇到障礙。

しょうがいをきりぬける【障害をきり
ぬける】 突破阻礙。

じょうがおりた【錠がおりた】 上鎖。

じょうがかからない【錠がかからない】
鎖不上。

じょうがかけてある【錠が掛けてある】
上着鎖，鎖着。

じょうかくをもうけない【城郭を設け
ない】 沒有隔閡，對人坦率。

じょうがつうじない【情が通じない】
不能表達感情。

しょうがない【仕様がない】 ①十分，
非常，…得很，…得要命，…得不得
了。②沒辦法，沒法子＝仕方がない
。

じょうかのちかい【城下の盟】 城下
之盟。

じょうがはげしい【情が激しい】 感
情強烈。

じょうぎにすぎる【情誼に縋る】 求
情，託人情。

じょうきのごとく【上記の如く】 如
上所述＝上述の如く。

じょうきょうにある【常況にある】
經常…。

しょうぎょうにつく【商業につく】
經商。

じょうきょうをかんがえておこなう【情況
を考えて行う】看情況辦事，量身裁
衣。

じょうきょうをかんがえてことをおこ
なう【情況を考えてことを行なう】
量身裁衣，看情況行事。

しょうきょくてきなきぶん【消極的な
気分】 消極情緒。

じょうぎをあてたような【定規を当て
たような】 ①合乎標準的。②一本
正經的。

じょうきをいっする【常軌を逸する】
越軌，逸出常軌。

しょうきをうしなう【正気を失う】
①失掉理智。②昏過去了，不省人事。

しょうきをうしなわずにいる【正気を
失わずにいる】 頭腦還清醒。✿“
に”是格助詞，同前面動賓詞組一起
構成狀語。“いる”表示某種狀態的
繼續。

しょうきんをかける【奨金をかける】
懸賞。

じょうげのさべつなく【上下の差別な
く】 不分上下，不分高低。

じょうけんがきつい【条件がきつい】
條件太苛。

じょうけんつきで【条件付で】 有條
件地，附帶條件地。

じょうけんとする【条件とする】 以
…爲條件。✿前接格助詞“を”。

じょうけんにあう【条件に合う】 符
合條件。

じょうけんをつける【条件をつける】
提出條件。

しょうこがあきらかである【証拠が明
らかである】 證據確鑿。

しょうことする【証拠とする】以…爲證。

しょうことなしに【しょう事なしに】
無奈，不得已＝やむを得ず。

じょうしきで【常識で】 根據常識，
按照常識＝常識的に。

じょうしきてきにいって【常識的に言
って】 按常識來說。

しょうじきにいえば【正直に言えば】
老實說＝正直のところ。

じょうしきにはずれる【常識に外れる】
反常，不合乎常識。

しょうじきのところ【正直のところ】
老實說。

じょうしきをかく【常識を欠く】 缺
乏常識。

しょうしせんばんだ【笑止千万だ】
①實在可笑，可笑之極。②非常可憐。

＝①笑止の至りだ。②気の毒だ。

じょうじつにほだされる【情實に絆される】　拘於情面，礙於情面，拉不下臉來，拋不開，不好意思＝情に絆される。

じょうじつによって【情実によって】　靠人情，託人情。

じょうじつぬきにする【情実ぬきにする】　打破情面。

じょうじつをふりすてきれない【情実を振捨てきれない】　情面難卻，撕不開情面＝情実に絆される。

じょうじつをゆるす【情実を許す】　徇私。

しょうじにあくせくする【小事にあくせくする】　拘泥小節，爲小事而煩惱＝こせつく。

しょうじにこうでいする【小事に拘泥する】　同上條。

じょうしにみとめられる【上司に認められる】　受到上司器重。

しょうじのためだいじをうしなう【小事のため大事を失う】　因小失大。

しょうじはだいじ【小事は大事】　小事能釀成大事（要防微杜漸）。

じょうじゅつのごとく【上述の如く】　如上所述＝上記の如く。

じょうしゅにとむ【情趣に富む】　富有情趣，富有風趣。

しょうじょうのさ【霄壤の差】　霄壤之別，天壤之別，天淵之別，差距甚遠。

しょうしょうひだりまきだ【小小左巻きだ】　有點彆扭。

しょうしんしょうめいまちがいない【正真正銘まちがいない】　一點不假，絕對沒錯。

しょうじんをおとす【精進を落す】　開葷，開齋＝精進葉し。

じょうずでなければならないばかりでなく…じょうずでなければならない【上手でなければならないばかりでなく…上手でなければならない】　不但要善於…而且要善於…。

じょうずにできない【上手にできない】　做得不好。

じょうずのてからみずがもれる【上手の手から水が漏れる】　智者千慮必有一失，高明的人有時也會犯錯誤。

じょうずのねこがつめをかくす【上手の猫が爪を隠す】　眞人不露相，有能耐的人不外露。

じょうすべきすきがない【乗すべき隙がない】　無隙可乘。

じょうせいがよくなれば【情勢がよくなれば】　如果形勢好轉就…。

じょうせいにおうじててをうつ【情勢に応じて手を打つ】　因勢利導，因地制宜，根據情況採取對策。

じょうせいをみてことをおこなう【情勢を見て事を行う】　見機行事。

しょうそくつう【消息通】　消息靈通人士。

しょうたいがなくなる【正体がなくなる】　神志不清，人事不省。

しょうたいをあらわす【正体を現す】　現原形，露出本來面目。

しょうたいをうける【招待を受ける】　接受邀請＝招待に応じる↔招待を断る。

しょうだくするもしないも【承諾するもしないも】　依不依，答應不答應。

じょうだんがすぎる【冗談が過ぎる】　玩笑開得太過火。

しょうだんがまとまる【商談がまとまる】　買賣成交，講妥買賣，談定交易。

じょうだんじゃない【冗談じゃない】　這可不是鬧着玩的，(你)別開玩笑了。

じょうだんはんぶんにわるくちをいう【冗談半分に悪口を言う】　打着哈哈罵人。

じょうだんをいう【冗談を言う】　說笑話，開玩笑。

しょうちしない【承知しない】　①非…不可。②不答應。

しょうちのうえでわるいことをする【承知の上で悪い事をする】　明知故犯。

しょうどうてきに【衝動的に】　情不自禁地，衝動地。

しょうどうをうける【衝動を受ける】

①受到打擊。②受到震驚。

じょうにうったえる【情に訴える】
求情，講情，說情。

しょうにしては…だいにしては…【小
にしては…大にしては…】　小則…
大則…，往小處說…往大處說…。

しょうにして【小にして】　往小處說。
小則…。

じょうにたえず【情に絶えず】　依依
不捨。

じょうにほだされる【情に絆される】
礙於情面。

じょうにもろい【情に脆い】　心軟，
感情脆弱，富於同情心。

しょうねがまがる【性根が曲る】　性
情乖僻。

しょうねをいれかえる【性根を入れ換
える】　革面洗心，重新做人，脫胎
換骨＝性根を直す。

しょうねをすえる【性根をすえる】
下定決心。

じょうのぶです【上の部です】　①上
等，優等，優秀。②最好的部分。

しょうのむしをころしてだいのむしを
たすける【小の虫を殺して大の虫を
助ける】　捨車保帥。

しょうばいがひまです【商売がひまで
す】　蕭條，買賣不好，生意不佳。

しょうばいがふるわない【商売がふる
わない】　生意蕭條。

しょうばいぎをだす【商売気を出す】
①想賺錢。②發揮專業意識。

しょうばいちがいのことはまったくわ
からないものだ【商売違いの事はま
ったく分らないものだ】　隔行如隔
山。

しょうばいにする【商売にする】　專
門…。◆前接格助詞" を"。

しょうばいになる【商売になる】　有
利可圖↔商売にならない。

しょうばかりなら【小ばかりなら】
如果為數不多。

しょうばいがえをする【商売替をする】
改行，轉業＝商売を替える。

しょうばつをあきらかにする【賞罰を
明らかにする】　賞罰分明。

じょうはひとのためならず【情は人の
ためならず】　互相同情。

しょうびのきゅう【焦眉の急】　燃眉
之急，火燒眉毛。

しょうひんがでまわる【商品が出回る】
上市。

じょうひんながらです【上品な柄です】
雅緻的花樣。

じょうひんなめはなだち【上品な目鼻
だち】　眉清目秀。

じょうひんぶる【上品ぶる】　假裝文雅。

しょうひんをしいれる【商品を仕入れ
る】　進貨。

しょうひんをしこむ【商品を仕込む】
辦貨，採購。

しょうひんをとりあつかう【商品を取
扱う】　經銷商品。

しょうひんをひきわたす【商品を引き
渡す】　交貨。

しょうひんをへんきゃくする【商品を
返却する】　退貨。

しょうぶがつかず【勝負がつかず】
不分勝負。

しょうぶにならない【勝負にならない】
敵不過，不是對手。

しょうぶはみずものだ【勝負は水物だ】
勝敗無常。

しょうぶをかける【勝負をかける】
賭輸贏。

しょうぶをつける【勝負をつける】
見個高低。

しょうぶをわける【勝負をわける】
打個平手。

しょうへきをもうける【牆壁を設ける】
造成隔閡。

しょうべんしやがる【小便しやがる】
食言，毀約。◆" やがる"是詞尾，
表示" 不滿" 的意思。

しょうべんをもらす【小便を漏す】
遺尿，尿床。

じょうほうにあかるい【情報に明るい】
消息靈通↔情報にくらい。

じょうほうをさぐる【情報を探る】
刺探情報，搜集情報。

じょうほうをしらせあう【情報を知ら
せ合う】　互通情報。

じょうほうをつかむ【情報をつかむ】
得到情報。

じょうほうをもらす【情報を洩らす】
洩漏情報。

しょうもんのだしおくれ【証文の出し
おくれ】　馬後炮，已無效，已經晚
了，雨後送傘。

しょうもんをかく【証文をかく】　寫
字據，立字據。

しょうもんをまく【証文を巻く】　把
字據作廢。

しょうようとしてしにつく【従容とし
て死につく】　従容就義。

しょうらいきをつけなさい【将来気を
つけなさい】　以後要注意，以後要
小心。

しょうらいせいがある【将来性がある
】　有前途↔将来性が無い。

しょうらいせいがない【将来性がない】
没有前途。

しょうらいのみとおしにたつ【将来の
見通しに立つ】　有遠見。

しょうらいをみとおす【将来を見とお
す】　高瞻遠矚。

しょうりのほどはおぼつかない【勝利
の程はおぼつかない】　勝利的希望
渺茫。

しょうりをえる【勝利を得る】　得勝，
取勝，獲勝。

しょうりをかちとる【勝利をかちとる】
爭取勝利。

しょうりをしらせる【勝利を知らせる】
告捷，報捷。

じょうりをつくす【情理を尽す】　合
情合理，盡情盡理。

じょうりをわきまえない【情理を弁え
ない】　不講理。

じょうをあきらかにする【情を明らか
にする】　説明真情。

しょうをあたえる【賞を与える】　授
奬。

じょうをいだく【情を抱く】　心懷…
之情。

しょうをうける【賞を受ける】　得奬。

じょうをうりものにする【情を売り物
にする】　賣弄人情。

じょうをおって【条を逐って】　逐條，
逐項，逐款。

しょうをかける【賞をかける】　懸賞。

じょうをかける【錠を掛ける】　上鎖。

じょうをかわす【情を交す】　發生關
係。

じょうをしりながら【情を知りながら】
雖然知情。

しょうをだす【賞を出す】　①懸賞。
②投予奬金。

しょうをたちぎをとる【章を断ち義を
取る】　斷章取義。

じょうをつうじる【情を通じる】　發
生關係，通姦。

じょうをとる【滋養を取る】　攝取營
養，滋養，滋補。

しょうをとる【賞を取る】　得奬。

じょうをはる【情を張る】　任性，固
執。

じょうをよせる【情を寄せる】　想念…。

しょきにあたる【暑気に当る】　中暑
＝暑気中り，暑さに負ける。

しょきをはらう【暑気を払う】　去暑。
↔暑さに負ける。

しぐうをあやまる【処遇を誤る】
大材小用。

しょくがすすむ【食が進む】　能吃，
胃口好，食慾旺盛。

しょくがほそくなる【食がほそくなる】
飯量減少了。

しょくぎょうとする【職業とする】
以…爲職業。

しょくぎょうにつく【職業につく】
就職，擔任=職務に職につく。

しょくぎょうをあたえる【職業を与える】
給…找職業。◆前接格助詞“に”。

しょくぎょうをかえる【職業を変える】
改行，轉業=職を変える。

しょくじがまずい【食事がまずい】
飯不香↔食事がうまい。

しょくししきりにうごく【食指し
きりに動く】　極爲垂涎，垂涎三尺
。

しょくじつき【食事つき】　帶飯。

しょくじにする【食事にする】　開飯。

しょくじふしんとなる【食事不振とな

る】　食慾不振。

しょくしゅをのばす【触手を伸す】
①進行拉攏。②伸出魔掌。

しょくじをうけおう【食事を請負う】
包伙，包飯。

しょくじをさしひかえる【食事をさし
ひかえる】　吃八分飽。

しょくじをしてもまずい【食事をして
もまずい】　飯不香。

しょくじをとる【食事を取る】　叫飯，
叫菜，吃飯。

しょくせきをけがす【職責を汚す】
瀆職。

しょくぜんにつく【食膳につく】　就
席。

しょくちゅうどくする【食中毒する】
食物中毒。

しょくにつく【職につく】　就職，就
業，擔任…職務＝職業につく。

しょくにとどまる【職に留る】　留職
＝現職に留る。

しょくにはしる【私欲に走る】　追求
私慾。

しょくにめがくらむ【私欲に目がくら
む】　利令智昏。

しょくばをかえる【職場を変える】
轉廠，轉到別的工廠。

しょくばをはなれる【職場を離れる】
①辭職。②脱離工作崗位。

しょくぶんをつくす【職分を尽す】
①盡職。②盡本分。

しょくむがいれかわる【職務がいれか
わる】　對調工作。

しょくよくがない【食欲がない】　不
想吃，食慾不振。

しょくをうしなう【職を失う】　失業。

しょくをかえる【職を変える】　改行。

しょくをけがす【職を汚す】　瀆職。

しょくをさがす【職を捜す】　找工作。

しょくをしりぞく【職をしりぞく】
退職。

しょくをはなれる【職を離れる】　離
職。

しょくをほうずる【職を奉ずる】　供
職。

しょくをみつける【職を見つける】

找工作＝職をさがす。

しょくをみにつける【職を身につける】
學手藝。

しょくをめんじる【職を免じる】　免
職。

じょげんをきかない【助言を聞かない】
不聽別人的忠告，不聽勸告。

じょさいがない【如才がない】　①機
敏，很圓滑，很會辦事。②決不疏忽
。

しょざいがない【所在がない】　無事
可做，無所事事。

しょざいがなくてたいくつだ【所在がな
くて退屈だ】　沒事可幹，無聊得很
。

しょざいがふめいになる【所在が不明
になる】　下落不明＝行方がわから
ない。

じょさいなく【如才なく】　①機敏地，
機智地。②圓滑。③周到。

じょさいなくたちまわる【如才なく立
廻る】　①應付自如。②辦事周到。

じょさいのないことをいう【如才のな
いことを言う】　說話婉轉，說話委
婉。

しょざいをくらました【所在を暗まし
た】　①躲藏起來。②下落不明。

しょせいじゅつがうまい【処世術がう
まい】　善於處世。

しょせいじゅつにつたない【処世術に
拙い】　不善於處世。

しょせいはだところがある【書生はだ
ところがある】　有股書呆子氣。

しょせつふんぷんとしている【所説ふ
んぷんとしている】　衆說紛紜，莫
衷一是。

しょたいのもちかたをしらない【所帯
の持ち方を知らない】　不會持家，
不會理家務＝所帯持が下手だ。

しょたいもちがへただ【所帯持が下手
だ】　同上條。

しょたいをきりまわす【所帯を切り回
す】　當家，主持家務，料理家務＝
家事を切り回す。

しょたいをたたむ【所帯を畳む】　①
散伙。②拆散家庭。

しょたいをもつ【所帯を持つ】　成家立業，安家落戶。

しょちがとうをえていない【処置が当を得ていない】　處理不當，措施不當↔処置が当りを得る。

しょちなしだ【処置なしだ】　①無計可施，束手無策，一點轍也沒有。②無法處理，沒法辦。

しょちにきゅうする【処置に窮する】　同上條。

しょちよろしきをえる【処置よろしきを得る】　處理得當，處理得挺好，處理得很圓滿＝処置が当りを得る。

しょちをあやまる【処置を誤る】　失策，失算，辦錯了。

しょちをとる【処置を取る】　採取措施。

しょちをまちがえる【処置をまちがえる】　錯辦。

ショックをうける【ショックを受ける】　受打擊（衝擊，衝動，震驚）。

しょっけんをらんようする【職権を濫用する】　濫用職權。

しょってる【背負ってる】　自負，自命不凡，自以爲了不起＝えらいだと思う。

しょっぱいかおをする【しょっぱい顔をする】　作苦臉。

しょてから【初手から】　從一開始就…＝序（じょ）の口から。

しょにつく【緒につく】　就緒。

しょねつをさける【暑熱を避ける】　避暑。

じょのくちから【序の口から】　從一開始就…＝初手から。

じょのくちにすぎない【序の口に過ぎない】　只不過是剛剛開始。

しょぶんにこまる【処分に困る】　沒法弄，沒法處理，沒法處置。

じょめいをこう【助命を請う】　討求饒命。

しらかみをだす【白紙を出す】　交白卷。

しらざるをしらずとせよ，これしれるなり【知らざるを知らずとせよ，是知れるなり】　不知爲不知是知也。

しらじらしいうそをつく【白白しいうそをつく】　當面撒謊。瞪着眼睛說瞎話。

しらじらしいかおをする【白白しい顔をする】　假裝不知道，佯作不知。

しらずしらずに【知らず知らずに】　同下條。

しらずしらずのうちに【知らず知らずのうちに】　①無意中。②不知不覺地＝知らぬ間に。

しらずに【知らずに】　同上條。

しらなみをけたててすすむ【白浪を蹴立てて進む】　破浪前進＝白浪けたてて進む，波を切って進む。

しらぬかおのはんべえ【知らぬ顔の半兵衛】　①假裝不知道，假裝沒聽見，佯作不知。②若無其事。③翻臉不認帳。

しらぬかおはできない【知らぬ顔はできない】　脫不了關係，脫不了乾淨。

しらぬかおをきめこむ【知らぬ顔を極め込む】　佯作不知，假裝不知道＝知らぬ顔をする，知らん顔をする，しらを切る。

しらぬかおをする【知らぬ顔をする】　①假裝不知道。②裝聾作啞，置若罔聞。

しらぬがほとけ【知らぬが仏】　眼不見嘴不饞，耳不聽心不煩。

しらぬふりをする【知らぬふりをする】　假裝不知道。

しらぬまに【知らぬ間に】　①不知不覺地。②無形中。

しらはのやをたてる【白羽の矢を立てる】　指定，選定。

しらべものをする【調べ物をする】　①預習。②作調查工作。

しらべをうける【調べを受ける】　被查問，受到調查。

しらみつぶしに【虱潰しに】　一個不漏地。

しられないように【知られないように】　不讓…知道。

しらをきる【しらを切る】　假裝不知道。

しりうまにのる【尻馬に乗る】　盲從，

随聲附和，作…的尾巴，跟着跑。

しりうまにのってさわぐ【尻馬に乗って騒ぐ】　跟着起哄。

しりがあたたまる【尻が暖まる】　住久了，住慣了，久居。

しりがおちつかない【尻が落ち着かない】　坐不穩站不安＝じっとしておられない。

しりがおもい【尻が重い】　①懶惰。②遲鈍。③不活潑。④懶得動。⑤穩重↔尻が輕い。

しりがかるい【尻が輕い】　①敏捷。②活潑。③輕率。④輕浮。

しりがくる【尻が来る】　興師問罪，找上門來，追究責任。

しりがこそばい【尻がこそばい】　穩不住神，難爲情。

しりがすえる【尻が据える】　專心做事。

しりがすわらぬ【尻が据わらぬ】　①不能專心做事。②沒耐性，待不住。

しりがながい【尻が長い】　坐得太久，坐下就不動，屁股沉坐下就不走。

しりがまわる【尻が回る】　把責任推到…身上。

しりから【尻から】　倒數。

しりからぬける【尻から抜ける】　過後就忘。

しりからやけてくるよう【尻から焼けて来るよう】　驚慌失措的樣子。

しりがわれる【尻が割れる】　暴露出，露出破綻，露出馬脚。

じりきでせいかつする【自力で生活する】　自食其力。

しりくせのある【尻癖のある】　①好尿床的。②淫蕩的。

しりげをぬく【尻毛を抜く】　嚇人，使大吃一驚。

しりさがりにわるくなってゆく【尻さがりに悪くなって行く】　越來越糟，越來越壞，每況愈下。

しりすぼまりである【尻すぼまりである（細）】　①越來越窄（細）。②虎頭蛇尾。③每況愈下。

しりすぼまりにわるくなってゆく【尻すぼまりに悪くなって行く】　越來

越壞。

しりすぼまりのじょうたいである【尻すぼまりの状態である】　越來越壞，每況愈下。

しりながらわるいことをする【知りながら悪いことをする】　明知故犯。

じりにくらい【事理にくらい】　不明事理。

しりにしく【尻に敷く】　欺壓，壓制。◈指欺壓丈夫，前接格助詞“を”。

しりにつく【尻につく】　當…的尾巴，跟在…後頭跑。

しりにひがあたる【尻に日があたる】　太陽曬到了屁股。

しりにひがつく【尻に火がつく】　燃眉之急，火燒眉毛，火燒屁股，事在燃眉。

しりにほをあげてにげる【尻に帆をあげて逃げる】　一溜烟逃跑，溜之大吉，溜之乎也。

しりにほをかける【尻に帆を掛ける】　一溜烟跑了，逃之夭夭＝尻に帆を掛けて逃る。

しりのあながちいさい【尻の穴が小さい】　度量小，心裏攔不住事情。

しりのもっていくところがない【尻の持っていくところがない】　互相推委責任，没人肯負責，誰也不肯認眼。

しりめがつっている【尻目が吊っている】　吊眼梢。

しりまったし【尻全し】　①有膽量。②穩坐不動。

しりもちをつく【尻餅をつく】　屁股著地摔倒。

しりもむすばぬいと【尻も結ばぬ糸】　①虎頭蛇尾，有始無終。②顧前不顧後。

じりゅうにおもねる【時流におもねる】　趨時髦。

じりゅうにしたがう【時流に従う】　追隨潮流。

じりゅうにのる【時流に乗る】　趨潮流，趨時髦。

しりょくをつくす【死力を尽す】　拼命，盡最大力量。

しりょのない【思慮のない】　①魯莽

的，沒分寸的，楞頭楞腦的。②不識
好歹的，不知好歹的。

しりょのふかい【思慮の深い】 深思
熟慮的，考慮周到的。

しりょをかく【思慮を欠く】 欠考慮，
不夠慎重。

しりょをはたらかす【思慮を働かす】
考慮，動腦筋。

しりょをめぐらす【思慮を廻らす】
仔細考慮。

しりをおろす【尻を落す】 坐下＝腰
を落す。

しりをくらえ【尻を食え】 吃屎去吧。

しりをすえる【尻を据える】 專心做
事。

しりをすてる【私利を捨てる】 破私，
拋棄私利→私利を図る。

しりをぬぐう【尻を拭う】 處理善後，
替別人擦屁股＝穴をぬぐう。

しりをはかる【私利を図る】 貪圖私
利。

しりをひく【尻を引く】 沒完沒了。

しりをまくる【尻をまくる】 ①撩起
後衣襟。②準備打架。

しりをわる【尻を割る】 揭露…幹的
壞事。

しるしとして【印として】 作爲…的
一種表示（記號，象徵，證據）。

しるしばかり【印ばかり】 ①稍微。
②一點，很少＝わずか。

**しるところではない【知るところでは
ない】** ①別管。②別打聽。

**しるひともなくとちにもうとい【知る
人もなく土地にも疎い】** 人地兩生，
人地生疏。

**じれいにたくみである【辞令に巧みで
ある】** 善於辭令，巧於辭令，能說
善道。

じれいをつくす【辞令を尽す】 費盡
唇舌。

しれた【知れた】 不消說的，不用說
的，自不待言的＝言うまでもない。

しれたことさ【知れたことさ】 同上
條。

しれたことだ【知れたことだ】 同上
條。

しれたものさ【知れたものさ】 ①…
是有限的。②沒什麼了不起。

しれたものだ【知れたものだ】 同上
條。

しれんにたえる【試練に堪える】 經
得起考驗。

**ジレンマにおちいった【ジレンマに陥
った】** 陷入進退維谷境地，陷入進
退兩難境地。

しろいめでみる【白い目で見る】 用
白眼瞧人。

しろいめにあう【白い目に会う】 遭
到白眼。

**しろうとくさいことをいう【素人臭い
ことを言う】** 說外行話。

しろうとめでみたら【素人目で見たら】
用外行人眼光來看的話。

**しろうとめにも…わかる【素人目にも
…わかる】** 外行也看得出…。

**しろくろをあきらかにする【白黒を明
らかにする】** 弄清是非＝是非を明
らかにする，曲直を明らかにする。

**しろくろをはっきりにする【白黒をは
っきりにする】** 同上條。

しろめをだす【白目を出す】 翻白
眼。

じろりとにらむ【じろりと睨む】 瞪
…一眼。

しわがよる【皺が寄る】 ①有褶子。
②有皺紋。

しわがれたこえ【嗄れた声】 沙啞聲，
嗓音沙啞。

しわだらけの【皺だらけの】 滿是褶
子的，滿是皺紋的。

しわのよった【皺のよった】 ①有褶
子的。②有皺紋的。

じをうった【地を打った】 老一套的，
口頭禪的。

しをうやまう【師を敬う】 尊師。

しをおそれない【死を恐れない】 不
怕死。

しをけっする【死を決する】 決死，
下定殊死的決心。

しをこわがる【死を恐がる】 怕死。

しをせいする【死を制する】 制其死
命。

しをのがれる【死を逃れる】　死裏逃
　生。

じをのべる【辞を述べる】　致辭。

じをまちがえる【字を違える】　寫錯
　字。

しをまつ【死を待つ】　等死。

しをみることきするがごとし【死を視
　ること帰するが如し】　視死如歸。

しをもじさない【死をも辞さない】
　雖死不辭。

しんあんにかかる【新案にかかる】
　創造出來的。

しんいをあらわす【心意を表わす】
　表示心意。

じんいんをせいりする【人員を整理す
　る】　裁員，減員，精減。

じんえんまれだ【人煙まれだ】　人烟
　稀少。

しんがある【心がある】　有生心，沒
　熟的。

しんがいです【心外です】　遺憾，沒
　想到。

しんがいなことです【心外なことです】
　意想不到的事情，令人遺憾的事情。

しんがいにおもう【心外に思う】　感
　到遺憾＝残念に思う。

しんがつかれる【心が疲れる】　勞神，
　操心。

しんがつよい【心が強い】　①硬朗，
　結實，生命力強。②有骨氣。

しんがへだたる【心が隔る】　發生隔
　閡。

しんがみだれる【心が乱れる】　心裏
　亂。

しんがゆがんでいる【心が歪んでいる】
　心眼不好，心地壞。

しんから【心から】　衷心，打心眼裏
　＝こころから。

しんからすきだ【心から好きだ】　眞
　心喜歡。

しんだりから【殿から】　倒數＝尻か
　ら。

しんがりをつとめる【殿をつとめる】
　殿後，殿軍，押後陣，擔任後衛。

しんかをみいだす【真価を見いだす】
　看出眞本事，看出眞價值。

しんかをみとめる【真価を認める】
　①認識到…的眞本事。②認識到…的
　眞正價值。

しんがんがかなう【心願がかなう】
　宿願以償，多年的心願實現了。

しんがんをたてる【心願を立てる】
　許願。

しんかんをひらく【心肝を披く】　披
　肝瀝膽。

しんきじくをだす【新機軸をだす】
　別出心裁，推陳出新，搞新花樣。

じんぎにかける【仁義にかける】　不
　仗義，不講義氣↔仁義を重ずる。

しんぎにもとる【仁義にもとる】　背
　信棄義。

じんぎのし【仁義の師】　仁義之師。

しんきまきなおし【新規蒔き直し】
　從新開始，重整旗鼓，另起爐灶。

しんきょうがいちじるしい【進境が著
　しい】　大有進步。

しんきょうがこんめいした【心境がこ
　んめいした】　心裏亂。

じんぎをおもんずる【仁義を重する】
　仗義，講義氣↔仁義にかける。

しんぎをきわめる【真偽をきわめる】
　查明眞僞。

しんきをこらす【新奇をこらす】　標
　新立異。

じんぎをたてる【仁義を立てる】　盡
　情義，盡義氣。

しんぎをみわける【真偽を見分ける】
　辨別眞僞。

しんぎをやぶる【信義を破る】　背信
　棄義↔信義を守る。

しんくして【辛苦して】　辛辛苦苦地，
　辛苦地。

しんくをいとわぬ【辛苦を厭わぬ】
　不辭辛苦，不辭勞苦＝苦労を厭わぬ。

しんくをなめる【辛苦を嘗める】　備
　嘗辛苦。

しんけいがにぶい【神経が鈍い】　感
　覺遲鈍。

しんけいがふとい【神経がふとい】
　①感覺遲鈍。②臉皮厚。③不要臉。
　④不拘小節。⑤鎭靜，沉着。

しんけいしつすぎる【神経質すぎる】

太神經質，神經過敏。

しんけいにこたえる【神経に堪える】
累腦筋。

しんけいのするどい【神経の鋭い】
①敏感的。②神經過敏的。

しんけいのとがった【神経の尖った】
同上條。

しんけいをおこす【神経を起す】　神
經質，神經過敏。

しんけいをしずめる【神経を静める】
鎮定神經。

しんけいをすりへらす【神経をすりへ
らす】　勞神，傷神，費神。

しんけいをとがらす【神経を尖らす】
神經過敏＝しんけいをおこす。

しんけつをそそぐ【心血を注ぐ】　費
盡心血。

しんけんさがたりない【真剣さが足り
ない】　不夠嚴肅，不夠認眞。

じんけんじゅうりん【人権蹂躙】　蹂
躙人權，侵犯人權＝人権を蹂躙する。

しんけんになっては【真剣になっては】
一本正經地，嚴肅認眞地。

しんけんになる【真剣になる】　認眞
起來。

しんけんみにとぼしい【真剣みに乏し
い】　不夠嚴肅，不夠認眞。

しんけんみをおびる【真剣みをおびる】
嚴肅認眞。

しんげんをいれる【進言をいれる】
接受建議，採納意見。

じんこうてきにあめをふらす【人工的
に雨をふらす】　人工降雨。

じんこうにかいしゃする【人口に膾炙
する】　膾炙人口。

じんこうもやかずへもひらず【沈香も
焚かず屁もひらず】　不香不臭，無
優點無缺點，不好也不壞。

じんごにおちる【人後に落ちる】　落
在別人後面＝他人に劣る。

しんこんにてっしてわすれない【神魂
に徹して忘れない】　銘記不忘。

しんこんをかたむける【心魂を傾ける】
傾注身心，全心全意，全神貫注。

しんこんをてんとうする【神魂を顛倒
する】　神魂顛倒。

しんこんをなげうって【身魂を投げ打
って】　①以身…。②全心全意…。

じんさいがおおい【人材が多い】　人
材濟濟。

じんざいがはいしゅつする【人材が輩
出する】　人材輩出＝英才が輩出す
る。

じんざいをえる【人材を得る】　得人
材。

しんさつをうける【診察を受ける】
看病。

しんじつだとしんじる【真実だと信じ
る】　信以爲眞。

しんじつではない【真実ではない】
不是眞的，並不是眞的。

しんじつのしょうこ【真実の証拠】
眞憑實據。

しんじつのところは【真実の所は】
①老實說。事實是…。

しんじつをいう【真実を言う】　說實
話，說眞話，實話實說＝真実を話る。

しんじつをかたる【真実を語る】　說
眞話，說實話。

しんしゅのきせい【進取の気性】　進
取心。

しんじょうがこもっている【真情がこ
もっている】　充滿眞實感情。

しんじょうをくむ【心情を汲む】　體
諒…的心情。

しんじょうをつぶす【身上を潰す】
①敗家。②破產＝家を潰す，財産を
潰す。

しんじょうをとろする【真情を吐露す
る】　①吐露眞情。②說出眞情實
況。

しんじょうをもつ【身上を持つ】　安
家落戶，成家立業。

しんしょくをともにする【寝食を共に
する】　寝食與共，同吃同住。

しんしょくをわすれる【寝食を忘れる】
廢寝忘食。

しんじられない【信じられない】　信
不過，信不得，不能信。

じんじをつくしててんめいをまつ【人
事を尽して天命を待つ】　盡人力而

聽天命。

しんしんがふあんていだ【心神が不安
定だ】　心神不安。

じんしんこうげき【人身攻撃】　人身
攻撃。

しんしんそうかいになる【心身爽快に
なる】　身心爽快。

しんしんともにつかれる【心身共に疲
れる】　精疲力盡。

しんしんともにやむ【心身共に病む】
身心交瘁。

じんしんのおなじからざるはそのつら
のごとし【人心の同じからざるはそ
の面の如し】　人心不同有如其面。

じんしんのきすう【人心の帰趨】　人
心所向。

じんしんのこうはい【人心の向背】
人心向背。

じんしんのむこうところ【人心の向う
所】　人心所向。

じんしんをおさめる【人心を収める】
收買人心，籠絡人心。

じんしんをしゅうらんする【人心を収
攬する】　同上條。

じんしんをまどわす【人心を惑わす】
蠱惑人心，擾亂人心。

しんしんをゆだねる【心身を委ねる】
忘我地做…，一心一意地做…，全心
全意地做…。

じんすけをおこす【甚助を起す】　吃
醋，嫉妬。

しんずべきすじから【信ずべきすじか
ら】　從可靠方面…。

しんせいにしておかすべからず【神聖
にして犯すべからず】　神聖不可侵
犯。

しんせいめんをひらく【新生面をひら
く】　別開生面。

じんせいをしく【仁政を敷く】　施仁
政＝仁政を施す。

しんせきづきあいにする【親戚付合い
にする】　走親戚。

しんせつがめだになる【親切が仇にな
る】　好心當成驢肝肺，好心沒好報。

しんせつぎ【親切気】　好意，懇切心。

しんせつぎがない【親切気がない】

冷淡。②不講人情。③沒有熱心腸。

しんせつこがしで【親切こがしで】
假情假意，虛情假意的，假裝親切。

しんせつこがしをする【親切こがしを
する】　虛情假義，賣弄假人情。

しんせつなどくすりにしたくもない
【親切などくすりにしたくもない】
毫不體貼。

しんせつにあまえる【親切に甘える】
①利用人家好意。②蒙您厚意＝親切
につけこむ。

しんせつにとりあつかう【親切に取扱
う】　親切地(親熱地)對待…。❖
前接格助詞"を"。

しんせつのおしうりだ【親切の押し売
りだ】　假裝親切，賣弄人情。

しんせつをつくす【親切を尽す】　對
…好，待…好。❖前接格助詞"に"。

しんせつをむにする【親切を無にする】
辜負人家一番好意。

しんそうがあきらかになる【真相が明
らかになる】　露出眞相，水落石出，
眞相大白。

しんそうがすっかりわかってきた【真
相がすっかり分ってきた】　眞相大
白。

しんぞうがつよい【心臓が強い】　臉
皮厚，厚臉皮＝厚かましい。↔心臟
が弱い。

しんそうにあっていない【真相に合っ
ていない】　失眞。

しんぞうにも【心臓にも】　映着臉，
竟厚着臉皮＝ずうずうしくも。

しんそうをあきらかにする【真相を明
らかにする】　弄清眞相。

しんそうをあばく【真相を発く】　揭
穿眞相＝真相をうがつ。

しんそうをうがつ【真相を穿つ】　同
上條。

しんそうをきわめる【真相をきわめる】
査明眞相。

しんそうをこらす【新装を凝らす】
裝潢一新，裝飾一新。

しんそうをみきわめる【真相を見きわ
める】　看穿眞相。

しんそこから【心底から】　衷心，打

心眼裏＝心から。

しんそこをうちあける【心底を打ちあける】　吐露心事，說心裏話，說眞心話，打開窗戶說亮話＝心を打ち明ける。

しんたいきわまる【進退谷まる】　進退兩難，進退維谷，左右爲難＝進退両難，進退に窮する。

しんたいにきゅうする【進退に窮する】　同上條。

しんだいをきずく【身代をきずく】　發財，致富。

しんだいをこしらえる【身代を拵える】　發家致富，發財＝身代をつくる，身代をきずく。

しんだいをつくる【身代をつくる】　發財，致富。

しんだいをつぶす【身代を潰す】　破產，敗家，傾家蕩產＝身代を使い果す。

しんだこのとしをかぞえる【死んだ子の年を数える】　覆水難收，追悔莫及。

しんだってむだじにだ【死んだって徒死だ】　死也白死。

しんだふりをする【死んだふりをする】　裝死。

しんだまねをする【死んだまねをする】　裝死。

しんちゅうおだやかでない【心中穏やかでない】　憤憤不平，心中不滿。

しんちゅうにひそかによろこぶ【心中にひそかに喜ぶ】　心中暗喜。

じんちゅうにぼっする【陣中に殁する】　陣亡。

しんちゅうのうらみ【心中の恨み】　心頭恨。

しんちゅうはれやかだ【心中晴れやかだ】　心情舒暢。

しんちゅうひそかにおもう【心中ひそかに思う】　暗中思量，心中暗想。

しんちゅうひそかにおどろく【心中ひそかに驚く】　心中暗自一驚。

しんちゅうひそかによろこぶ【心中ひそかに喜ぶ】　心中暗喜。

しんちゅうをうちあける【心中を打ち明ける】　吐露心事，傾吐衷曲，打開天窗說亮話＝心底を打ち明ける。

しんつうのいろがみえる【心痛の色が見える】　面帶愁容，心配そうな顔をする。

しんでもほんもうだ【死んでも本望だ】　死了也甘心。

しんでもめいすることができない【死んでも瞑することができない】　死不瞑目。

じんどうをおもんじない【人道を重じない】　不講人道。

じんどうをむししたざんこくな【人道を無視した残酷な】　慘無人道的。

しんとうをめっきゃくすればひもまたすずしい【心頭を滅却すれば火も亦涼しい】　滅却心頭火亦涼。

しんにゅうをかける【しんにゅうを掛ける】　①誇大。②更甚，更厲害＝輪を掛ける。

しんにんをうらぎる【信任を裏切る】　辜負…的信任＝信頼をうらぎる．信任を無にする。

しんねんおめでとう【新年おめでとう】　新年好，恭賀新年。♣"めでとう"是"めでたい"的音變。

しんねんがかたまる【信念が固まる】　信心堅定了。

しんねんがゆるぐ【信念が揺るぐ】　信心動搖了。

しんねんのあいさつをする【新年のあいさつをする】　拜年。

しんねんにみちみちて【信念に満ち満ちて】　滿懷信心地。

しんのつよい【心の強い】　有骨氣的，有志氣的。

しんぱいがない【心配がない】　不愁…，不擔心…。

しんぱいがなくなった【心配がなくなった】　沒什麼可擔心的了，沒什麼可憂慮的了，沒什麼可不安的了。

しんぱいことがある【心配ことがある】　有心事，有心病。

しんぱいそうなかおをしている【心配そうな顔をしている】　①面帶愁容②面色不安＝心痛の色が見える。

しんぱいそうに【心配そうに】　①不安地。②憂慮地。

しんぱいはみのどく【心配は身の毒】　憂慮傷身。

しんぱいをかける【心配を掛ける】　①掛心，掛念。②叫人費心，叫人掛心。

しんぱいをしてやる【心配をしてやる】　①操心。②張羅。③介紹。

しんはよい【心はよい】　心眼好。

しんぱんがくだる【審判がくだる】　①審判。②判決。

しんぴょうにたりない【信憑に足りない】　不足爲憑。

しんぷくして【心服して】　心服口服地。

じんぶつがよくない【人物がよくない】　人品不好，爲人不好。

しんぶつにすがる【神仏にすがる】　求神拜佛。

しんぶんにのる【新聞に載る】　上報，登報＝新聞に出る。

しんぶんのきりとり【新聞の切取り】　剪報。

しんぶんをきりぬく【新聞を切抜く】　剪報。

しんぶんをとる【新聞を取る】　訂報。

しんぼうえんりょをめぐらす【深謀遠慮をめぐらす】　深謀遠慮。

じんぼうがある【人望がある】　①有聲望，有威望。②受…歡迎，受…愛戴。

しんぼうしきれない【辛抱しきれない】　忍不住，憋不住。

しんぼうしたかいがあった【辛抱した甲斐があった】　熬出頭了，熬出結果了。

しんぼうしたまえ【辛抱したまえ】　將就點吧，湊合點吧。

しんぼうしなければこうたいする【進歩しなければ後退する】　不進則退。

しんぼうづよく【辛抱強く】　耐心地，耐着性子地。

しんぼうできない【辛抱できない】　①忍不住。②没耐性，没耐心。

しんまでつかれた【心まで疲れだ】　累透了。

じんみんをふるいたたせる【人民を奮い立たせる】　激勵人民。

じんめいにかかわる【人命にかかわる】　人命攸關。

しんめいをささげる【身命を捧げる】　捐軀＝身命をなげうつ，命をなげうつ。

しんめんもくをていする【新面目を呈する】　面貌一新，呈現出新面貌。

しんもつにする【進物にする】　作爲禮物，用作禮品。

しんもつをおくる【進物をおくる】　送禮物。

しんらつにこきおろす【辛辣に扱下ろす】　①尖刻地批評。②把人貶得一錢不值。

しんらつひにく【辛辣皮肉】　辛辣的諷刺。

しんようがまったくちにおちる【信用がまったく地に落ちる】　信用掃地。

しんようできない【信用できない】　不可靠，靠不住。不足信。

じんようをたてなおす【陣容をたてなおす】　重整旗鼓，重新佈署。

しんらつをきわめる【辛辣を極める】　極其挖苦，極其尖刻。

じんりょくにあまる【人力に余る】　人力做不到的。

じんりょくによって【尽力によって】　由於…的努力（幫忙）

じんりんのみちをみだす【人倫の道を乱す】　亂倫。

しんろうのあまりびょうきになる【辛労の余り病気になる】　辛勞成疾。

しんをいれかえる【心をいれかえる】　改過自新，改邪歸正，脱胎換骨。

しんをおう【新を追う】　追求新奇，追逐時尚。

す

すあしで【素足で】　光脚，赤脚＝素
足に。

すいかにおもむく【水火に赴く】　赴
湯蹈火＝水火に踏む。

すいかのなか【水火の仲】　水火不相
容，冰炭不相容。

すいかもいとわない【水火も厭わない】
赴湯蹈火也在所不辭＝水火も辞せず。

すいがんもうろうとしている【酔眼朦
朧としている】　醉眼朦朧。

すいきょうから【粋狂から】　①由於
一時好奇。②由於一時高興。

すいきょうなことをかんがえる【粋狂
なことを考える】　想入非非，異想
天開。

すいぎょのまじわり【水魚の交わり】
魚水之交，非常親密。

すいさつどおりだった【推察通りだっ
た】　正如所料。

すいそくがあたる【推測が当る】　猜
中，猜着。

スイッチをいれる【スイッチを入れる】
合閘，按電門。

すいてすかれて【好いて好かれて】
要好・相好，相戀。

ずいてきた【…付いて来た】　…起來。
❖ "ずい"是詞尾"ーずく"的"い"
音變。詞尾"ーずく"表示加添、帶
有的意思。

ずいとくじをきわめる【随徳寺を極め
る】　溜之乎也，溜之大吉，逃之夭
夭。

ずいぶんしんぞうだね【随分心臓だね】
臉皮眞厚。

すいほうにきする【水泡に帰する】
落空，歸於泡影。

すいぼうのとじょうにある【衰亡の途
上にある】　走上衰亡的道路。

すいまにおそわれる【睡魔におそわれ
る】　昏昏欲睡。

すいみんがよくとれない【睡眠がよく
とれない】　失眠。

すいみんをとる【睡眠を取る】　睡覺，
睡眠＝ねむる。

すいみんをむさぼる【睡眠を貪る】
貪睡，睡懶覺。

すいはみをくう【粋は身を食う】　風
流足以喪命。

すいもあまいもかみわけた【酸いも甘
いも嚙み分けた】　飽經風霜的，飽
嘗辛酸的，久經事故的。

すいりゅうがはやい【水流が早い】
水流湍急。

すいりょうがあたった【推量が当った】
猜對了，猜中了，猜着了。

すいりょうしたはんいをでない【推量
した範囲を出ない】　不出所料。

すいりょうにすぎないものだ【推量に
過ぎないものだ】　只不過是猜測而
已。

すいをきかす【粋を利かす】　①體貼
人。②懂得風流。

すうきのしょうがいをおくる【数奇の
生涯を送る】　坎坷一生。

ずうずうしくいすわっている【図図し
く居すわっている】　賴着不走。

すえおそろしい【末恐しい】　前途不
堪設想。

すえしじゅうよりいまのさんじゅう
【末始終より今の三十】　十鳥在林
不如一鳥在手。

すえぜんでくう【据膳で食う】　坐享
其成，吃現成的＝据ぜんを食う。

すえたにおい【饐えたにおい】　餿味。

すえに【末に】　結果，結局，最後，
…之後。

すえにはしるというものだ【末に走る
というものだ】　捨本逐末。

すえのこと【末のこと】　未來，前途，

すぎききすぎた【酢が利き過ぎた】
　過頭，過火，過度。

すかさず　馬上，立刻，緊跟着，緊接
　着，間不容髮＝すぐに。

すかしたりおどしたりする【賺したり
　嚇したりする】　連哄帶嚇。

ずがたかい【頭が高い】　自高自大，
　傲慢，無禮＝おうへいである，無礼
　である。

すがたをあらわす【姿を現わす】　顯
　出，出現。

すがたをかえる【姿を変える】　變成
　…。◆前接格助詞“に”。

すがたをかくす【姿を隠す】　失踪，
　下落不明。

すがたをくらます【姿を暗ます】　躲
　起來不露面，藏起來。

すがたをみなかった【姿を見なかった】
　沒露，沒露面。

すがたをやつす【姿をやつす】　化裝
　成…。◆前接格助詞“に”＝身をや
　つす。

すから【図から】　從圖可以看出。

すかれません【好かれません】　討厭，
　不喜歡＝好かぬ。

すかをくう【すかを食う】　（期待的
　事情）落空。

すかんぴんなやつ【素寒貧なやつ】
　窮光蛋，窮棒子，窮鬼。

すかんぴんになる【素寒貧になる】
　窮得精光，赤貧如洗。

すきがあったらつけこむ【隙があった
　ら付込む】　見縫就鑽。

すきがない【隙がない】　①沒有漏洞，
　周到，仔細。②沒有餘地。

ずきがまわる【ずきが回る】　被便衣
　跟上，被偵探跟上。

すきこそもののじょうずなれ【好きこ
　そ物の上手なれ】　有了愛好然後才
　能做到精巧。

すきこのんでいるのではない【好き好
　んでいるのではない】　並不喜愛…，
　並不喜歡…，並不願意…。

すきこのんでくるしいめにあう【好き
　好んで苦しい目に合う】　自討苦吃。

すぎさろうとしている【過ぎ去ろうと
　している】　…即將過去。

ずきずきいたむ【ずきずき痛む】　抽
　痛，刺痛。

すぎたるはおよばざるがごとし【過ぎ
　たるは及ばざるが如し】　過猶不及。

すきっぱらをかかえる【空っ腹をかか
　える】　空着肚子。

すきでくろうしている【好きで苦労し
　ている】　自找苦吃。

すぎない【…過ぎない】　只有…，只
　不過…。

すぎないことだ【…過ぎないことだ】
　只不過是＝すぎないものである。

すきなことばかりいっている【好きな
　ことばかり言っている】　光說好聽
　的。

すきなことをいう【好きなことを言う】
　隨便說，暢所欲言＝思うままに言う。

すきなひと【好きな人】　風流人物。

すきなようにしたまえ【好きなように
　し給え】　隨您的便吧！

すきなようにしなさいな【好きなよう
　にしなさいな】　愛怎麼做就怎麼做
　吧，隨您便吧！好きなようにしろ，
　好きなようにし給え。

すきにじょうじて【隙に乗じて】　①
　乘機。②乘隙。③乘虛。

すきにじょうじてはいる【隙に乗じて
　はいる】　乘虛而入。

すきにじょうじられた【隙に乗じられ
　た】　乘虛而入。

すきにつけこむ【隙に付込む】　①乘
　機。②乘隙。③乘虛。④利用機會。
　⑤利用漏洞。

すぎはしないかね　未免太…了吧。

すきばらにまずいものなし【空腹にま
　ずいもの無し】　饑不擇食，饑者易
　為食，餓了什麼都香。

すきほうだいのことをする【好き放題
　のことをする】　為所欲為＝したい
　放題の事をする。

すきまをみて【隙間を見て】　有工夫
　就…，有空就…＝手すきになって。

すぎるきらいがある【…過ぎる嫌があ
　る】　有點過於…。

すぎると【…過ぎると】　如果過於…。

すきをこらす【数寄を凝らす】　考究，講究。

すきをねらう【隙を狙う】　伺機＝機を狙う，機會を狙う。

すきをねらわれる【隙を狙われる】　被乘虛而入。

すきをみせない【隙を見せない】　無隙可乘，無空可鑽，抓不着漏洞。

すきをみて【隙を見て】　乘隙，抓着空子就…。

すくいのてをさしのべる【救いの手を差し延べる】　設法援助，伸手援助。◆前接格助詞“に”。

すくうことができない【救うことができない】　不可救藥。

すくなからず【少なからず】　①不少，很多。②很大。③非常＝すくなからぬ。

すくなくつもっても【少なく積っても】　至少説也得…。

すくなくとも【少なくとも】　至少，最低限度＝すくなくみても。

すくなくとも…だけ【少なくとも…だけ】　同上條。◆“だけ”起加強語氣作用。

すくなくない【少なくない】　很多，爲數不少。

すくなくなる【少なくなる】　減少。

すくなくみつもっても【少なく見積っても】　往少裏估計。

すくなくみても【少なく見ても】　至少，最少＝すくなくとも。

すくなくも【少なくも】　至少。

すくなげなかおをする【少なげな顔をする】　表示嫌少。

すぐ…になる【直ぐ…になる】　①馬上就要…。②馬上就到…了。

すぐには…られない【直ぐには…られない】　一時不能…。

すくわれない【救われない】　沒治了，不可救藥。

ずけずけとものをいう【ずけずけと物を言う】　直言不諱，心直口快，毫不客氣地説。

すけだちをたのむ【助太刀を頼む】　懇求幇助。

すげなくことわる【すげなく断る】　乾脆拒絶。

すごいあたりをみせる【凄い当りを見せる】　得心應手。

すごいかおつき【凄い顔つき】　一臉凶相。

すごいけんまくで【凄い剣幕で】　氣勢凶凶地。

すこしあがりめだ【少し上がり目だ】　見漲，看漲。

すこし…あるなら【少し…あるなら】　如果多少有點…。

すこしおかしいひと【少し可笑しい人】　半瘋子，瘋瘋癲癲的。

すこしおちつくんだ　安靜點吧，別作聲了。

すこし…があれば【少し…があれば】　哪怕有一點…。

すこし…がすぎるようだ　好像有點過於…。

すこしかたくなった【少し硬くなった】　有點不自然，有些拘束。

すこし…がのこっている【少し…が残っている】　還剩點…。

すこし…きみだ【少し…気味だ】　有點…，覺得有點…。

すこしぎょうぎよくしなさい【少し行儀よくしなさい】　規矩點吧。

すこしくらい…ても　即使多少有些…。

すこしさしひかえなさい【少し差控えなさい】　少出點風頭吧！稍微控制一下自己吧！

すこしずつ【少しずつ】　一點點地，逐漸地。

すこしだけ【少しだけ】　只有一點。

すこしたてば…になる　等一會兒就…。

すこしで…ところだった【少しで…ところだった】　差一點＝すこしで…ところである。

すこしでもおおく…ておきなさい【少しでも多く…ておきなさい】　希望多…一點。

すこしでも…があれば【少しでも…が

あれば】　哪怕有一點…。

すこし…ところがある【少し…ところ
がある】　有點…，有些。

すこしのくったくもない【少しの屈託
もない】　沒有一點牽掛，沒一點顧
慮。

すこしのけってんもない【少しの欠点
もない】　完美無缺。

すこしのところで…ところだった　差
一點沒…。

すこしばかり【少しばかり】　有些，
有點，一些，一點，稍微。

すこしへんた【少し変だ】　①有點異常。
有點不正常。②有點奇怪。

すこしほらがある【少し法螺がある】
有點吹牛。

すこしまえに【少しまえに】　剛才，
剛剛…，不大工夫。

すこしもうたがうようちもない【少しも
疑う余地もない】　毫無疑義。

すこしもきにかけない【少も気にかけ
ない】　滿不在乎，毫不介意。

すこしもしらない【少しも知らない】
一點也不知道，毫無所知，一無所知。

すこしもそんしょくがない【少しも遜
色がない】　毫不遜色。

すこしも…ところがない【少しも…と
ころがない】　一點也不…，絲毫
不…，毫不＝少しでも…ない。

すこしもとりえがない【少しも取柄が
ない】　毫無可取之處。

すこしも…ない【少しも…ない】　一
點也不…，絲毫不…，毫不…。

すこしも…にならない【少しも…にな
らない】　①絲毫沒有…。②一點也
不…。

すこしもひるまずに【少しも怯まずに】
毫無畏懼地。

すこしももちものがない【少しも持物
がない】　一無所有。

すこしもりすることろがない【少しも
利するところがない】　毫無益處。

すこしまえから【少しまえから】　剛
剛…，不久。

すこし…ようだ【少し…ようだ】　好
像有點…。

すこぶるあやしい【頗る怪しい】　很
值得懷疑。

すこぶるつきの【頗るつきの】　（俗）
非常的，極端的。

すこぶるとくいになる【頗る得意にな
る】　揚揚得意。

すこぶる…にとむ【頗る…に富む】
頗有…。

すごみのある【凄味のある】　令人可
怕的，驚人的。

すごみをきかせる【凄味を利かせる】
嚇唬人。

すさまじいいきおいで【凄じい勢で】
①蓬勃地，轟轟烈烈地。②勢如破竹。

すさまじいはなしだ【凄じい話だ】
可真糟透了，可真糟糕透了。

すさんだせいかつをする【荒んだ生活
をする】　生活散漫。

すじあいではない【筋合ではない】
沒有理由…，不應該…。

すじがきどおりに【筋書通りに】　按
計劃，按照預想。

すじがたつ【筋が立つ】　合乎道理，
合乎邏輯，有條理。

すじがつる【筋がつる】　抽筋。

すじがとおせる【筋が通せる】　講得
通，講得過去。

すじがとおる【筋が通る】　①有條理。
②有道理。③合情合理。④井井有條。
⑤還說得過去＝筋道が通る。

すじがないことにもむりにすじをつけ
る【筋がないことにも無理に筋をつ
ける】　無理矯三分，強詞奪理。

すじがねいりの【筋金入りの】　經過
千錘百煉的。

すじがねがいっていない【筋金が入っ
ていない】　①有顧慮。②思想不通。

すじから【筋から】　從…方面。

すじちがいになる【筋違いになる】
扭了筋。

ずして【ず…して】　不…。◆ "ず"是否定助動詞，
"して"是修飾助詞。

すじにあわない【筋に合わない】　不
合道理。

すじのとおった【筋の通った】　①合
理的。②有條理的，合乎邏輯的。

ずじまい　終於没有…，終於未能…。
◆ "ず" 是否定助動詞，"じまい"
是接尾詞。

すじみちがたつ【筋道が立つ】　①有
條理。②有道理。③合情合理。④井
井有條。

すじみちのただしい【筋道の正しい】
有條理的，合情合理的。

すじみちをたてて【筋道を立てて】
有條不紊地，按步就班地。

すじみちをふんで【筋道を踏んで】
按照程序。

すじょうがはっきりしない【素姓がは
っきりしない】　來歷不明，來路不
明＝すじょうがわからない。

すじりもじりにことをいう【すじりも
じりにことを言う】　說話拐彎抹角。

すじをとおす【筋を通す】　講理，說
理。

すじをひく【筋を引く】　①遺傳，有
…血統＝血を引く。②劃道。◆ず…ず。
既不…也不…。

すずしいかお【涼しい顔】　若無其事
的樣子，滿不在乎的神色。

すずしいかおをしている【涼しい顔を
している】　假裝不知道，滿不在乎，
若無其事＝知らない顔をしている
。

すすまぬかお【進まぬ顔】　①不高興
的樣子。②不願意的樣子。③不服氣
的樣子。

すすめにしたがう【勧めに従う】　聽
勸。

すずめのなみだ【雀の涙】　少許，一
點點＝雀の涙ほど。

すずめのなみだほど…ない【雀の涙ほ
ど…ない】　没有一丁點…。

すずめひゃくまでおどりわすれぬ【雀
百まで踊り忘れぬ】　江山易改，秉
性難移。

すすをはらう【煤を払う】　掃塵，掃
除。

すすんだりおくれたりする【進んだり
遅れたりする】　時快時慢。

すすんで【進んで】　自動地，主動地，
自願地。

すそをからげる【裾を紮げる】　撩起
衣裳。

すたこらにげだす【すたこら逃げ出す】
拔腿就跑，急急忙忙逃跑。

すたすたあるく【すたすた歩く】　急
走，小跑似地急走。

スタートをする　①開始。②出發。

スタミナがない　①没有精力。②没有
耐久力。

スタミナをつける　補養身體。

すだれをおろす【簾を下す】　放下簾
子↔すだれをかける。

ずつうはちまきで【頭痛はち巻きで】
絞盡腦汁＝心をくだく。

すっからかんになる　空空如也，什麼
也没有。

すっからかんにまける【すっからかん
に負ける】　輸個精光。

すっかりききあきた【すっかり聞き厭
きた】　聽膩了。

すっかりこまりきる【すっかり困り切
る】　進退兩難，一籌莫展。

すっかりのみこんだ【すっかり飲み込
んだ】　全摸透了，完全了解。

すっかりへばる　精疲力盡。

すっかりぼろをだす【すっかり襤褸を
出す】　醜態百出。

すっかりみとおす【すっかり見通す】
①猜透了。②看透了。

すっこんでいろ　你少出風頭！你少插
嘴！

すったもんだのさわぎになった【擦っ
た揉んだの騒ぎになった】　鬧得天
翻地覆。

ずっといっしょに【ずっと一緒に】
一直在一塊兒，始終在一起。

ずっといままで【ずっと今まで】　一
直到現在。

ずっと…くだす【ずっと…下す】　一
直…下去。

ずっと…ずめだ　一直…。

ずっととおくから【ずっと遠くから】
從很遠，從老遠。

ずっと…ない　一直没…。

ずっとまえから…なくなっていた【ず
っと前から… なくなっていた】

早就不…了。

ずっとまえに【ずっと前に】 老早，很早。

ずっと…までまっていた【ずっと…まで待っていた】 一直等到…。

すっぱだかで【素っ裸で】 光着身子，赤條條地。

すっぱだかになる【素っ裸になる】 脱光，衣服全脱了。

すっぱぬいてやる【素破抜いてやる】 給你說穿了。

ずて 不…＝ないで。

すていしとなる【捨石となる】 成爲…的基礎。

すでからざいをきずく【素手から財を築く】 白手起家。

ステップがそろう【ステップが揃う】 歩調整齊。

すでで【素手で】 空手，赤手空拳。

すでに…ことができるようになった【すでに…ことが出来るようになった】 已經能夠…。

すでにのべたところによって【すでに述べたところによって】 根據上述。

すでにふるい【すでに古い】 已經陳舊，已經過時。

すてばちになる【捨鉢になる】 自暴自棄，破罐破摔，破罐破摔。

すてみになって【捨身になって】 拼命地，奮不顧身地＝捨身で。

すてるかみあればたすけるかみあり【捨てる神あれば助ける神あり】 天無絕人之路。

ストーブがつく 生火，生爐子＝ストーブをたく。

ストーブがもえたつ【ストーブが燃立つ】 火正旺。

ずとも 既使不…也…。

ずともよい 不必。

ストライキをきりくずす【ストライキを切崩す】 破壞罷工，分裂罷工。

すなわち…ことがある 即是…，也就是…＝すなわち…ことである。

すなをかむよう【砂を嚙むよう】 味如嚼蠟，一點意思也沒有。

すなをかむようなおもいだ【砂を嚙む

ような思いだ】 覺得乏味，覺得沒意思。

ずにあたる【図に当る】 ①走運。②恰中心意。③如願以償。

ずにいらない 不能不…。

ずにおられない 不能不…，不得不…。

すにかえる【巣にかえる】 回窩，回巢。

ずにすむ【…ずに済む】 不至於…。

すにつく【窩につく】 伏巢。

ずにのる【図に乗る】 逞強，逞能，得意忘形。

ずにはいられない 不能不…，不得不…。

すねたところがある【拗ねたところがある】 有點彆扭。

すねにきずもつ【脛に傷持つ】 內疚，有虧心事，思想有不妥＝すねに傷を持つ。

すねをかじる【脛を嚙る】 靠…養活。

ずば 如果不…＝…なければ。

ずばずばとものをいう【ずばずばと物を言う】 毫不客氣地說，拉下臉來說。

すばらしいマスクをしている【素晴しいマスクをしている】 長得挺漂亮。

ずばりといえば【ずばりと言えば】 乾脆說。

ずばりといってのける【ずばりと言ってのける】 一語道破。

ずばりとしてきする【ずばりと指摘する】 一針見血地指出。

ずばりとものをいう【ずばりと物を言う】 乾脆說，直截了當地說。

ずぶのしろうと【ずぶの素人】 外行，生手。

すべからく…べきである【須く…べきである】 必須…。

すべからく…べし【須く…べし】 同上條。

すべからざるところだ 是…所不能。

すべきか…すべきか 是…還是…。

スペースをとる【スペースを取る】 留空格。

すべていのまま【すべて意のまま】 盡如人意。

すべておもいのままになった【すべて

思いのままいなった】　萬事如意。

すべて…ことだ　都是…，全是…。

すべきではない　不應該…。

すべてのてんから【すべての点から】
從整體，從全面，從各方面（來看）。

すべてのてんにおいて【すべての点に
おいて】　在各方面＝在各方面，
在各方面。

すべてのてんにおいて…ものである
【すべての点において…ものである】
在各方面都…。

すべて…ものである　一切都…。

すべてをかえりみない【すべてを顧み
ない】　不顧一切。

すべてをさらけだす【すべてを暴出す】
和盤托出。

ずぼしをさす【図星を指す】　猜着了
心事,說中了心事,猜對了對方的企圖。

スポーツにすぐれたひと【スポーツに
優れた人】　運動健將。

すますことができる【済すことができ
る】　可以對付過去。

すまないことだ【済まないことだ】
難爲情,不好意思。

すみからすみまで【隅から隅まで】
到處,各個角落,所有的地方。

すみにくい【住みにくい】　住着不舒
服。

すみにはおけない【隅には置けない】
有些本領的,不可輕視的,精明的。

すみまして【済みまして】　將就着,
…也過得去。

すみません【済みません】　對不起,
勞駕,借光＝御免ください,失礼な
がら,おそれながら,すまない。

すみをうつ【墨を打つ】　（木匠）打
墨線。

すむことだ【…済むことだ】　…就行
了,…不就得了。

スムースにゆかない【スムースに行か
ない】　不順利。

すめばみやこ【すめば都】　久居爲安。

すもうにかってしょうぶにまける【相
撲に勝って勝負に負ける】　實力很
強結果却輸了。

すもうにならない【相撲にならない】
敵不過,不是對手,根本不能相比。

すもうをとる【相撲を取る】　摔跤。

すらすらといえた【すらすらと言えた】
說順嘴了。

すらすらとはなす【すらすらと話す】
說得流利。

すらできません【…すら出来ません】
連…都不能,連…都不會,連…都不
行。◆“すら”是文語修飾助詞,等
於口語的“さえ”。

すらない　連…都不…。

すりがわるい【刷りが悪い】　印得不好。

すりをはたらく【掏りを働く】　當小
偸。

ずるくかまえる【ずるく構える】　要
滑頭,賴皮。

することなすこと【する事なす事】
所作所爲。

することなすことみな【する事なす事
皆】　一切事情都…。

ずるで　偸懶,狡滑。

するどくきりこむ【鋭く切込む】　嚴
屬追究。

するとすぐ　①馬上…。②一…就…。
◆“する”是さ變動詞詞尾。

するとどうじに【…すると同時に】
一面…一面…。

するほかはない【…する外はない】
只能…,只好…＝…外仕方がない。

するりととおりすぎる【するりと通り
過ぎる】　溜過去了。

ずるをきめる【ずるを決める】　決
心要滑頭。

ずるをやる　搞鬼,作弊。

すれたおとこ【擦れた男】　油條,滑頭。

すれちがいに【擦違いに】　剛…不久
就…。

すれば　如果…,假如…。

すれば…ことができる【…すれば…こ
とが出来る】　如果…就能夠…,如
果能夠…那麼就能夠…。

すれば…ことができるのである【…す
れば…ことが出来るのである】　如
果能…也就能。

すれば…するほど　…越…就越…。

すれば…それだけ　…多少就…多少。

すれば…よくなる　越…越好。

すわってぼんやりしている【坐ってぼんやりしている】　坐着發楞。

すわりかたがぶざまだ【坐りかたが無様だ】　沒有個坐樣。

すわりがわるい【坐りが悪い】　坐不穩，立不穩。

すをつくる【巣をつくる】　搭窩，築巢。

ずをひく【図を引く】　繪圖。

すんかをぬすんで【寸暇を盗んで】　抓緊時間，把握時間。

すんごうもない【寸毫もない】　絲毫沒有…。

すんこくかたときをあらそう【寸刻片時を争う】　分秒必爭。

すんでのことに…ところだった　差一點沒…＝すんでのことで…ところだった。

すんでのところで…はずだった　同上條。

すんぼうはできる【寸法は出来る】　胸有成竹。

せ

せいあのけん【井蛙の見】　見識短，井蛙之見。

せいいっぱいに【精一杯に】　盡力，竭盡全力，全力，拼命地。

せいいをかく【誠意を欠く】　缺乏誠意。

せいいをしめす【誠意を示す】　表示誠意，拿出誠意。

せいいをもって【誠意を以て】　開誠布公地。

せいいをもってひとにのぞむ【勢威を以て人に臨む】　以勢壓人。

せいいをもってまじわる【誠意を以て交わる】　推心置腹。

せいうなくおこなう【晴雨なく行う】　晴雨無阻。

せいうにかかわらず【晴雨に拘らず】　晴雨無阻。

せいうんにむかう【盛運に向かう】　走運，交好運。

せいうんのこころざし【青雲の志】　凌雲志。

せいかがすくない【成果が少ない】　成效甚微。

せいかくがあう【性格が合う】　性情相投，脾氣對路↔性格がちがう。

せいかくがあかるい【性格が明るい】　性格開朗。

せいかくがきつい【性格がきつい】　性格剛強↔性格が弱い。

せいかくがぐどんである【性格が愚鈍である】　性情愚鈍。

せいがぐどんである【性が愚鈍である】　生性愚鈍。

せいかくにいえば【正確に言えば】　正確地說，確切來說，說準確點。

せいかくははげしい【性格は烈しい】　性格暴，脾氣暴。

せいかくをことにする【性格を異にする】　性格不同。

せいかくをのみこむ【性格を呑み込む】　摸着脾氣，摸準了脾氣。

せいかつがくうきょである【生活が空虚である】　生活空虛。

せいかつにおわれる【生活に追われる】　生活所迫，不得不辛苦工作。

せいかつにこまらない【生活に困らない】　不愁吃喝，不愁吃穿。

せいかつのけいざいをはかる【生活の経済をはかる】　省吃儉用。

せいかつのとをうしなう【生活の途を失う】　丟了飯碗。

せいかつのとをもとめる【生活の途を求める】　另謀生路。

せいがでる【精が出る】　有幹勁，加油幹，拼命幹。

せいがのびる【背がのびる】　長個子，個子長高了。

せいがわるい【性が悪い】　脾氣不好。

せいかをたかめる【声価を高める】　提高聲價，抬高聲價。

せいかをとり，そうはくをのぞく【精華を取り，糟粕を除く】　去粗取精，取其精華去其糟粕。

せいがんをかける【誓願をかける】　①發誓，起誓。②許願。

せいかんをきわめる【盛観をきわめる】　極其壯觀。

せいかんをたのしむ【清閑を楽しむ】　享清福。

せいきあふれる【生気溢れる】　朝氣蓬勃的。

せいきがある【生気がある】　有朝氣。

せいきがない【生気がない】　沒有生氣，無精打彩。

せいきにかえる【生気にかえる】　蘇醒過來。

せいきにみちている【生気に満ちている】　充滿生機。

せいきはつらつ【生気はつらつ】　朝氣蓬勃。

せいぎょうのないもの【生業のないもの】　無業遊民。

せいきょくにあたる【政局に当る】　當政，執政，當權＝政權を握る。

せいきをうしなう【生気を失う】　昏過去了，不省人事。

せいぎをしゅちょうする【正義を主張する】　①主張正義。②堅持原則。

ぜいぎんがかかる【税金がかかる】　需要上稅。

ぜいきんをおさめる【税金を納める】　納稅。

ぜいきんをかする【税金を課する】　課稅。

ぜいきんをごまかす【税金を誤魔化す】　偸稅，漏稅，逃稅。

ぜいきんをだす【税金を出す】　捐款。

ぜいきんをとる【税金を取る】　抽稅。

せいけいがくるしい【生計が苦しい】　生活艱難。

せいけいがゆたかである【生計が豊かである】　生活富裕。

せいけいをいとなむ【生計を営む】　謀生。

せいけいをたてる【生計を立てる】　謀生，維持生活。

せいけんがこうたいする【政権が交替する】　變天，政權交替。

せいけんのたらいまわし【政権のたらいまわし】　輪流執政。

せいげんをかんわする【制限を緩和する】　放寬限制。

せいけんをにぎる【政権を握る】　掌握政權光當政，執政。

せいけんをにぎるグループ【政権を握るグループ】　執政集團，當權派。

せいけんをにぎるじんぶつ【政権を握る人物】　當權人物。

ぜいげんをようしない【贅言を要しない】　勿庸贅言，不必多說，不必廢話。

せいこうあるのみ，しっぱいはゆるされぬ【成功あるのみ，失敗は許されぬ】　只許成功不許失敗。

せいこううらに【成功裏に】　成功地，勝利地。

せいこうのひがんにたっする【成功の彼岸に達する】　大功告成。

せいこうはおぼつかない【成功はおぼつかない】　沒有成功的希望。

せいこうをあせる【成功を焦る】　急於求成。

せいこくをえる【正鵠を得る】　①抓住重點。②擊中目標。③非常中肯。

せいこんつきはてる【精根尽き果てる】　精疲力盡＝精力が尽きる。

せいこんをうちこむ【精根を打ち込む】　全心全意做…，悉心，把全副精力都投入了…。◇前接格助詞“に”。

せいこんをかたむける【精根を傾ける】　竭盡全力，拿出全副精力。

せいこんをつくす【精根を尽す】　同上條。

せいさいがない【精彩がない】　①不精彩。②不生動。③無精打彩。

せいさくをしっこうにうつす【政策を執行に移す】　落實政策。

せいさんからはなれる【生産から離れ

る】 脱産，脱離生産。

せいさんのオートメか【生産のオート
メ化】 生産自動化。

せいさんのコスト【生産のコスト】
生産成本。

せいさんむねにある【成算胸にある】
胸有成竹。

せいさんをうながす【生産を促す】
促生産。

せいしきに…たことはない【正式に…
たことはない】 没正式…過，没正
經…過。

せいしするにしのびない【正視するに
忍びない】 不忍正視。

せいじだいいち【政治第一】 政治掛
帥。

せいしつがあわない【性質が合わない】
性情不合，不對脾氣。

せいしつはふうがわりだ【性質は風変
りだ】 性格古怪。

せいじつをかく【誠実を欠く】 不誠
實。

せいしにかかわる【生死に係わる】
生死攸關，性命攸關。

せいしになをとめる【青史に名を留め
る】 名垂青史。

せいしのきわ【生死の際】 生死關頭。

せいしのさかいをかける【生死の境を
かける】 出生入死。

せいしのさかいをさまよう【生死の境
をさ迷う】 徘徊在生死線上，死去
活來。

せいしのわかれめ【生死の別れ目】
生死關頭。

せいしめいあり【生死命あり】 生死
有命。

せいじゃをみわける【正邪を見分ける】
辨別是非，辨別好壞=正邪を弁える。

せいしょくともにきびしい【声色とも
にきびしい】 聲色倶厲↔声色とも
によい。

せいしょくをうしなう【生色を失う】
面無人色。

せいしょくをはげます【声色を励す】
正顏厲色↔声色をやわらげる。

せいしょくをやわらげる【声色を柔げ

る】 和顏悅色。

せいしをかえりみない【生死を顧みな
い】 不顧死活。

せいしをかけて【生死をかけて】 出
生入死地。

せいしをともにする【生死を共にする】
生死與共。

せいしんいっとうなにごとかなりざら
ん【精神一到何事か成りざらん】
有志者事竟成，只要功夫深鐵杵磨成
針。

せいしんてきにうちのめされた【精神
的に打ちのめされた】 精神上受到嚴
重打擊。

せいしんにいじょうがある【精神に異
状がある】 精神失常。

せいしんのおもにになる【精神の重荷
になる】 成了精神負擔。

せいしんはたしかだ【精神は確だ】
精神正常↔せいしんにいじょうがあ
る。

せいしんをうちこむ【精神を打ち込む】
埋頭於…，專心致志地做=…=魂を打
ち込む。◆前接格助詞"に"。

せいしんをこめて【精神を込めて】
專心地，專心致志地，集中精神。

せいしんをしゅうちゅうする【精神を
集中する】 集中精神。

せいしんをしゅうちゅうできない【精
神を集中できない】 不能專心…。
◆前接格助詞"に"。

せいしんをそそぐ【精神を注ぐ】 集
中精神，把精神貫注在…方面。

せいすいにさかなすまず【清水に魚棲
まず】 水清則無魚。

せいぜい…にすぎない【精精…にすぎ
ない】 頂好不過是…罷了。

せいぜいのところだ【精精のところだ】
最多也只能…，充其量也不過…。

せいぜいほねおる【精精骨折る】 盡
最大努力。

せいせきがふるわない【成績が振わな
い】 成績不佳。

せいだくあわせのむ【清濁併せ呑む】
度量大，有雅量，不分好壞人一概容
納。

ぜいたくをいえばきりがない【贅沢を言えばきりがない】　慾望没有止境，得隴望蜀，得寸進尺。

せいちゅうにどうあり【静中に動あり】　静中有動。

せいである　是由於…。

せいていのかわず【井底の蛙】　井底之蛙。

せいてはことをしそんずる【急いては事を仕損ずる】　忙中有錯。

せいではない　不怪…。

せいてんのへきれき【青天の霹靂】　青天霹靂。

せいてんはくじつのみとなる【青天白日の身となる】　昭雪，洗刷罪名，判明了無罪。

せいどうにたちかえる【正道に立ち返る】　改邪爲正。

せいどうにみちびく【正道に導く】　把…引上正路（正道）。

せいどうをとる【正道を取る】　沿着正確的道路。

せいどうをふみはずす【正道を踏みはずす】　走邪道，走上邪路。

せいとにつく【征途につく】　出征＝征伐に行く。

せいとにのぼる【征途に上る】　出發，出征，走上征途。

せいにしゅうじゃくする【生に執着する】　貪生怕死＝生をぬすむ。

せいにする【…所爲にする】　①怪…，怨…，歸因於…，歸咎於…。②認爲是受…影響。

せいにめざめる【性に目覚める】　知春，情竇初開。

せいのくべつなく【性の区別なく】　不分性別。

せいばいはこのいっきょにある【成敗はこの一挙にある】　成敗在此一舉。

せいぶんがつく【精分がつく】　增強體力。

せいぶんのある【精分のある】　有養分的，有營養的。

せいへいひゃくまん【精兵百万】　精兵百萬。

せいへきがある【性癖がある】　有…毛病。

せいみつにけいさんする【精密に計算する】　精打細算。

せいむをとる【政務を取る】　辦公＝政務を担当する，政務を見る。

せいめいにかかわる【性命に係わる】　性命攸關。

せいめいはおぼつかない【性命はおぼつかない】　性命難保。

せいめいをうしなう【性命を失う】　死了，把命丟了。

せいめいをかけて【性命をかけて】　誓死…。

せいめいをさしょうする【姓名を詐称する】　①化名。②冒名。

せいめいをとする【生命を賭する】　豁出命來＝性命を顧みない。

せいめんからしょうとつする【正面から衝突する】　正面發生衝突。

せいめんをひらく【生面を開く】　別開生面。

せいもこんもつきはてる【精も根も尽き果てる】　精疲力盡＝精が尽きる，根が尽きる。

せいりタンス【整理タンス】　五屜櫃。

せいりゃくをもちいる【政略を用いる】　耍手腕，使用策略。

せいりょうがゆたかだ【声量が豊かだ】　聲音宏亮。

せいりょくがあふれるばかり【精力が溢れるばかり】　精力充沛。◆“ばかり”在這裏起加強語氣的作用。

せいりょくがおおきい【勢力が大きい】　勢力雄厚。

せいりょくがぜつりんだ【精力が絶倫だ】　精力絶倫，精力過人，精力特別充沛。

せいりょくがつよい【精力が強い】　精力旺盛＝精力が盛んである。

せいりょくをあらそう【勢力を争う】　爭權奪勢。

せいりょくをかいふくする【精力を回復する】　恢復元氣。

せいりょくをかさにきてひとをいじめる【勢力を笠に着て人をいじめる】

仗勢欺人，狐假虎威。

せいりょくをけいちゅうする【精力を傾注する】　集中精力做…＝精力を集中する。

せいりょくをはる【勢力を張る】　擴張勢力。

せいりょくをふるう【勢力を振う】　行使權利。

せいりょくをぶんさんする【精力を分散する】　分散精力。

せいりょくをもりかえす【勢力を盛返す】　重新得勢。

せいるいともにくだる【声涙ともに下る】　聲淚俱下。

せいをいとなむ【生を営む】　生活，營生。

ぜいをごまかす【税を誤魔化す】　偸税。

せいをだす【精を出す】　努力，賣力氣，加油幹，鼓足幹勁，竭力…。◆前接“に”。

ぜいをつくす【贅を尽す】　極盡豪華。

せいをつける【精をつける】　補身，壯陽。

せいをぬすむ【生を盗む】　苟且偸生，貪生怕死＝せいにしゅうじゃくする。

せいをはげます【精を励ます】　發奮。

せいをまげる【背をまげる】　彎腰，哈腰。

せいをむける【背をむける】　轉過身去，轉身。

せかいにきこえている【世界にきこえている】　世界聞名。

せかいにるいのない【世界に類のない】　舉世無雙。

せかいをまたにかける【世界を股にかける】　走遍天下。

ぜかひかをわける【是か非かをわける】　明辨是非。

ぜがひでも【是が非でも】　務必，無論如何。

ぜがひでも…なければならない【是が非でも…なければならない】　無論如何也要…。

せきがある【籍がある】　①在…地方有戶口。②是…的成員。

せきがふさがった【席が塞がった】　沒座位了，沒空座了，滿座，滿員。

せきじつのひではない【昔日の比ではない】　非昔日可比。

せきしんをおしてひとのふくちゅうにおく【赤心を推して人の腹中に置く】　推心置腹。

せきしんをひれきする【赤心を披瀝する】　披肝瀝膽＝赤誠を表す。

せきたんのもえがらをひろう【石炭のもえがらを拾う】　揀煤核。

せきにつく【席につく】　就座，就位，就席。

せきにんがおいきれない【責任が負いきれない】　擔不起責任。

せきにんはおわない【責任は負わない】　不負責任。

せきにんはもてません【責任はもてません】　概不負責。

せきにんをいいかげんにする【責任をいい加減にする】　搪塞責任。

せきにんをおう【責任を負う】　負責，對…負責，承擔責任。◆前接“に”。

せきにんをおえない【責任を負えない】　擔（負）不起責任。

せきにんをおしつける【責任を押付ける】　推卸責任。

せきにんをかいひする【責任を回避する】　迴避責任。

せきにんをかぶる【責任をかぶる】　把責任攬過來。

せきにんをたにてんかできない【責任を他に転嫁できない】　責無旁貸。

せきにんをとる【責任を取る】　負責，承擔責任＝責任を持つ，責任をおう。

せきにんをのがれる【責任を逃れる】　逃避責任，推卸責任＝責任逃れをする。

せきにんをはたす【責任を果す】　盡責任。

せきにんをひとにおしつける【責任を人におしつける】　把責任推給別人。

せきにんをもつ【責任を持つ】　負責，承擔責任。

せきにんをもってかえる【責任をもっ
てかえる】　管換。

せきのあたたまるひまもない【席の暖
まる暇もない】　席不暇暖，忙得很。

せきのとりあいをする【席の取合いを
する】　搶座位。

せきはみんなふさがっている【席はみ
んな塞がっている】　沒座位了，沒
位置了。

せきひんあらうがごとし【赤貧洗うが
如し】　一貧如洗。

せきへいをのぞく【積弊を除く】　除
去積弊。

せきめんのいたり【赤面の至り】　實
在難爲情，慚愧之至。

せきをおく【籍をおく】　隸屬於…,
是…的成員。

せきをおさえる【咳を押える】　壓抑
咳嗽。

せきをきったように【堰を切ったよう
に】　潮水般地，像潮水一樣，突然。

せきをきっておとしたように【堰を切
って落したように】　同上條。

せきをきる【堰を切る】　打開水閘，
洪水奔流。

せきをさがす【席を探す】　找座，找
座位，找位置。

せきをしずめる【咳を鎮める】　止咳。

せきをたつ【席を立つ】　離座，離席,
退席＝席を外す。

せきをとっておく【席を取っておく】
佔座位，佔位置＝せきをふさぐ。

せきをとる【席を取る】　同上條。

せきをゆずる【席を譲る】　①讓座。
②讓位。

せけんがせまい【世間が狭い】　①交
遊少。②吃不開↔世間が広い。

せけんがひろい【世間が広い】　①交
遊廣。②吃得開。

せけんからほうむられる【世間から葬
られる】　被世人遺忘。

せけんしらず【世間知らず】　不懂世
故，閱歷淺。

せけんしらずのたかまくら【世間知ら
ずのたかまくら】　閱歷淺的人不知
天高地厚。

せけんずれしたひと【世間磨れした人】
老江湖，油條，久經世故的人。

せけんていがわるい【世間体が悪い】
不體面，不光彩。

せけんでは…おもっている【世間では
…思っている】　一般認爲…。

せけんとかくぜつしている【世間と隔
絶している】　與世隔絶＝せけんと
はぼっこうしょうだ。

せけんのありさま【世間のありさま】
世面，世道。

せけんのうわさ【世間のうわさ】　街
談巷議，人們的閑話，社會上的傳言。

せけんのくちがうるさい【世間の口が
うるさい】　人言可畏。

せけんのことをかいしない【世間のこ
とを解しない】　不懂世故＝世間知
らず。

せけんのてまえ【世間の手前】　面子,
臉面，體面。

せけんのてまえがはずかしい【世間の
手前が恥ずかしい】　沒臉見人。

せけんはつめたいものだ【世間はつめ
たいものだ】　世態炎涼。

せけんばなしをする【世間話をする】
閑聊，聊天，話家常。

せけんはれて【世間晴れて】　公開地。

せけんをあざむく【世間を欺く】　掩
人耳目。

せけんをさける【世間をさける】　隱
居。

せけんをさわがせる【世間を騒がせる】
鬧得人心不安，鬧得大家不安。

せけんをしっている【世間を知ってい
る】　善於處世，懂得世故↔世間を
知らない＝世事に通じている。

せけんをせまくする【世間を狭くする】
弄得越來越吃不開。

せけんをちゃかしてへいきである【世
間をちゃかして平気である】　玩世
不恭。

せけんをはばかる【世間を憚る】　怕
人說閑話。

せけんをみる【世間を見る】　見世面。

せけんをわたりあるいてせいかつする
【世間を渡り歩いて生活する】　吃

江湖飯。

せけんをわたりあるく【世間を渡り歩く】　跑江湖。

せこにうとい【世故に疎い】　閲歴淺,不善處世,不懂世故人情＝世事に疎い。

せこにたける【世故にたける】　飽經風霜,善於處世,通達事故,見過世面＝世事に通じている。↔世慣(よな)れていない。

セコンドをきざむ【セコンドを刻む】　鐘錶滴滴答答地走。

せじがうまい【世辞がうまい】　善於奉承,善於巴結。

せじにうとい【世事に疎い】　閲歴淺,書呆子,不善於處事,不懂世路人情＝世間に疎い。

せじにつうじている【世事に通じている】　飽經風霜,善於處世,通達事故,見過世面＝世故にたける。↔世の中を知らない。

せじょうのうわさ【世上のうわさ】　街談巷議,社會上的傳言＝世間のうわさ。

せじをいう【世辞を言う】　說奉承話。

セスチュアたっぷりに　比手劃脚地。

せぞくだ【世俗だ】　俗裏俗氣的。

せぞくにとらわれない【世俗に捕らわれない】　不爲世俗所拘束。

せちがらいおとこ【せちがらい男】　弄小聰明的人,貪圖小便宜的人。

せちにたけたひと【世ちにたけた人】　①滑頭,老油條。②很世故,善於處世。

せっかくですが【折角ですが】　對不起,很抱歉。

せっかくのきかいをうしなう【折角の機會を失う】　失之交臂,失掉了好機會。

せっかくのこういをむにする【折角の好意を無にする】　辜負一番好意。

せっかく…むだになる【折角…むだになる】　好容易…結果却白費了。

せっきょくせいをひきだす【積極性を引き出す】　引出積極性。

セックスにめざめる【セックスに目覚める】　知春,情竇初開。

せつじつにかんずる【切実に感ずる】　痛感…,深感…＝痛切に感ずる。

せっしょうなことをするな【殺生なことをするな】　別做得太過分了,別做殘忍的事情,別做那種殘酷的事情。

ぜったいぜつめいのききゅうちにおちいる【絶体絶命の窮地に陥る】　陷入絕境,陷於一籌莫展的境地。

ぜったいぜつめいのときたすけられる【絶体絶命のとも助けられる】　絕處逢生。

ぜったいぜつめいのところにいたる【絶対絶命のところに至る】　窮途末路。

ぜったいにかくじつだ【絶対に確実だ】　千眞萬確,絕對可靠。

ぜったいにしてはならない【絶対にしてはならない】　萬萬使不得。

ぜったいにたしかだ【絶対に確かだ】　①千眞萬確。②絕對可靠＝絶対に確実だ。

ぜったいに…ない【絶対に…ない】　肯定沒…。

ぜったいに…ならない【絶対に…ならない】　千萬不能…。

ぜったいにやめない【絶対に休めない】　絕不罷休。

ぜったんひをはく【舌端火を吐く】　舌鋒逼人,言詞激烈。

せっちんづめにする【せっちん詰めにする】　被逼得走投無路。

せつないむねのうち【せつない胸のうち】　苦悶的心情,難受的心情。

せつのせつなるものだ【拙の拙なるものだ】　再策不過的。

せっぱつまったとき【切羽詰ったとき】　萬不得已的時候,走投無路的時候。

せっぱつまって【切羽詰って】　①萬不得已。②走投無路。③無可奈何。④啼笑皆非。

せっぱつまってよいかんがえがうかぶ【切羽詰ってよい考えが浮ぶ】　急中生智,情急生智。

せっぱつまるな【切羽詰るな】　別爲難。

ぜつむにちかい【絶無に近い】　絶無
　僅有。

せつやくできない【節約できない】
　省不下。

せなかをかく【背中をかく】　搔背。

せなかをながす【背中を流す】　搓背。

ぜにづかいがあらい【銭使いが荒い】
　亂花錢，揮金如土。

せにする【背にする】　以…爲背景。

せにはらはかえられぬ【背に腹は変えら
　れぬ】　逼得無可奈何。

ぜにをにぎらせる【銭を握らせる】
　行賄。

せねばならぬ　必須…。✤“せ”是
　“する”的未然形，“ね”是“ぬ”的假定
　形。

せのび【背のび】　伸懶腰。

ぜひとも…といきこむ【是非とも…と
　意気込む】　一心想要…。

ぜひとも…なければならない【是非と
　も…なければならない】　千萬…，
　一定要…，務必↔ぜひ…ないとうに。

ぜひとも…ねばならない【是非とも…
　ねばならない】　一定…，非…不可，
　無論如何也要…。

ぜひないこと【是非ないこと】　不得
　已的事情。

ぜひ…ないように【是非…ないように】
　千萬不要…，務必不要…。

ぜひにおよばず【是非に及ばず】　①
　沒辦法，沒法子。②不得已＝①仕方
　がない。②やむをえない。

ぜひ…ねばならない【是非…ねばなら
　ない】　一定…，務必…＝ぜひとも
　…なければならない。

ぜひのくべつがあいまい【是非の区別
　があいまい】　是非不清，是非不分。

ぜひのくべつがつく【是非の区別がつ
　く】　能夠辨別是非。

ぜひのくべつがはっきりしている【是
　非の区別がはっきりしている】　涇
　渭分明。

ぜひひつようだ【是非必要だ】　急需，
　非常需要。

ぜひもない【是非もない】　①沒辦法，
　沒法子。②不得已＝ぜひに及ばず。

ぜひをあきらかにする【是非を明らか
　にする】　分清是非。

せひをおこなう【施肥を行う】　施肥。

ぜひをきゃくする【是非を逆する】
　顚倒是非。

ぜひをくべつしない【是非を区別しな
　い】　不分青紅皀白。

ぜひをてんとうする【是非を顚倒する】
　顚倒是非。

せまいけんしき【狭い見識】　一孔之
　見，見識短淺。

せまられてあがきがとれない【逼られ
　て足搔きが取れない】　被逼得走投無
　路。

せみしぐれ【蟬しぐれ】　百蟬齊
　鳴。

せめて…だけでも　至少…，哪怕，總
　得…＝せめて…だけは。

せめて…だけなりとも…よい　哪怕…
　也好。

せめて…だけは　至少…，哪怕…，總
　得…。

せめて…でも　即或…，哪怕…，就是
　…也好。

せめても　同上條。

せめてもの　總算…。

せめをおって【責を負って】　引咎。

せめをおってじにんする【責を負って
　辞任する】　引咎解職＝責任をおっ
　て辞職する。

せめをくう【責を食う】　受申斥，挨
　斥。

せめをたにんにおわせる【責を他人に
　負わせる】　把責任推給別人。

ゼロにひとしい【ゼロに等しい】　等
　於零。

せろんがやかましい【世論が喧しい】
　輿論轟動。

せろんをさかりあげる【世論を盛り上
　げる】　動員輿論。

せろんをつくりだす【世論を造りだす】
　造成輿論。

せろんをみみにかたむける【世論を耳
　に傾ける】　傾聽輿論，注意輿論。

せわがやける【世話が焼ける】　麻煩
　人，給人添麻煩。

せわがゆきとどかない【世話が行届か
ない】 ①管不了。②照顧不了，照
顧不到。

せわことば【世話ことば】 俗語。

せわずき【世話ずき】 好管閑事，好
幫助人。

せわにいえば【世話に言えば】 俗話
說。

せわにくだける【世話に砕ける】 和
藹可親。

せわになる【世話になる】 ①受到照
顧。②得到幫助＝面倒をかける。

せわのやける【世話の焼ける】 麻煩
人的，給人添麻煩的。

せわばかりやかせる【世話ばかりやか
せる】 打攪…，淨給…添亂。◆前
接格助詞“に”。

せわをかける【世話をかける】 打攪
…，給…添麻煩。

せわをする【世話をする】 ①照料，
照顧。②周全。

せわをやかせる【世話を焼かせる】
＝世話をかける。

せわをやきたがる【世話を焼きたがる】
愛管閑事，多管閑事＝世話ずき。

せわをやく【世話を焼く】 幫助，照
顧照料＝面倒を見る。

ぜをぜとしてひをひとする【是を是と
して非を非とする】 對就是對，不
對就是不對，以是爲是以非爲非。

ぜんあくをしらず【善悪を知らず】
不知好歹。

ぜんあくをわきまえる【善悪を弁える】
辨別是非。

ぜんいんひとしく【全員等しく】 全
體都…，大家全都…。

せんえつながら【僭越ながら】 冒昧
得很。

せんがくひさい【浅学非才】 學疏才
淺。

せんから【先から】 早就…，老早就
…。

ぜんきしたとおりである【前記した通
りである】 如上所述，就像上面所
說的。

せんきのごときげんいんで【前記のご
とき原因で】 根據上述原因，由於
上述原因。

ぜんきのごとききりゆうで【前記の如き
理由で】 根據上述理由。

ぜんきょくにめをそそぐ【全局に目を
注ぐ】 照顧全局。

せんきょをあらそう【選挙を争う】
競選。

せんぐんばんば【千軍万馬】 ①千軍
萬馬。②身經百戰。

ぜんけいのとおりである【前掲の通り
である】 如上所述。

せんげんしたごとき【前言した如き】
①如上所述。②像以前所說。

せんけんのめい【先見の明】 先見之
明。

せんげんばんごをついやす【千言万語
を費す】 費盡唇舌。

ぜんげんをひるがえす【前言を翻す】
食言。

ぜんごあわせて【前後あわせて】 前
前後後。

せんこうはなびのようにながつづきし
ない【線香花火のように長続きしな
い】 ①沒常性，忽冷忽熱，沒有耐
性。②見異思遷。

ぜんごくかくちからくる【全国各地か
ら来る】 來自四面八方，來自全國
各地。

ぜんごくにひろまる【全国に広まる】
遍及全國。

ぜんこくにわたっている【全国に亘っ
ている】 遍及全國。

ぜんこくをくまなくあるきまわる【全
国をくまなく歩きまわる】 走遍天
下，走遍全國。

ぜんごにくれる【前後に暮れる】 ①
沒有辦法，茫然不知所措。②迷失方
向＝途方に暮れる。

ぜんごにてきをうける【前後に敵を受
ける】 腹背受敵。

ぜんごのわきまえなくてをだす【前後
の弁えなく手を出す】 冒然從事。

ぜんごふかくにねむる【前後不覚に眠
る】 ①昏睡，昏迷不醒。②昏昏沉
沉，迷迷糊糊。

ぜんごふぞろいのことをいう【前後不揃のことを言う】　講得前後矛盾。

ぜんごをぼうきゃくする【前後を忘却する】　忘其所以。

ぜんごをみまわす【前後を見回す】　①瞻前顧後。②四下張望。

ぜんごをよくかんがえる【前後をよく考える】　思前想後。

ぜんごをわすれる【前後を忘れる】　①不顧深淺。②忘却所處環境。

せんざいいちぐうのこうき【千載一遇の好機】　千載難逢的良機。

せんざいになをのこす【千載に名を残す】　千載留名，名垂千古。

せんざいりょくをはっきする【潜在力を発揮する】　發揮潛力。

せんざいりょくをほりおこす【潜在力を掘り起す】　發揮潛力。

せんじつめれば【煎じ詰めれば】　歸根結底，歸根到底，總而言之，究竟。

ぜんしゃのくつがえるはこうしゃのいましめ【前者の覆えるは後車の戒め】　前車既覆後車當戒。

せんしゅうのこんじ【千秋の恨事】　千秋憾事。

せんじゅつがへただ【戦術が下手だ】　不策略，手段策拙。

ぜんじゅつのとおり【前述の通り】　如上所述。

せんじょうにのぞむ【戦場に臨む】　上戦場。

ぜんしんうえからしたまで【全身上から下まで】　渾身上下。

ぜんしんがぐったりする【全身がぐったりする】　混身一點勁也沒了，混身精疲力盡了。

ぜんしんがたがたふるえる【全身がたがた震える】　渾身哆嗦，渾身顫抖，渾身發抖。

ぜんしんがやたらにふるえる【全身がやたらに震える】　同上條。

ぜんしんぜんれいをささげる【全身全靈を捧げる】　全心全意為…服務，把整個身心都獻給…。⊕前接格助詞“に”。

ぜんしんどろにまみれる【全身泥に塗れる】　弄了一身泥。

ぜんしんにたちかえる【善心に立ち返る】　①悔悟，醒悟過來。②改邪歸正。

ぜんしんにちからがみなぎる【全身に力が漲る】　渾身是勁→全身に力がない。

ぜんしんはいかがわしい【前身は如何わしい】　歴史可疑。

せんしんばんくをなめる【千辛万苦を嘗める】　歴盡千辛萬苦。

ぜんしんをあらう【前身を洗う】　查清以前的歴史。

せんじんをのりこえる【先人を乗越える】　超過前人。

ぜんしんをみみにして【全身を耳にして】　全神貫注地。

センスがない　①沒有審美感。②沒有判斷能力。

センスがにぶい【センスが鈍い】　①不機靈，感覺遲鈍。②判斷差。

せんすべなし【詮術なし】　無計可施，沒有辦法。

せんずるところ【詮ずるところ】　歸根結底，一言以蔽之，總而言之，總之。

せんすをつかう【扇子を使う】　扇扇子。

ぜんせからのいんか【前世からの因果】　前世報應。

ぜんせからのいんねん【前世からの因縁】　前世因緣。

ぜんせからのきゅうてき【前世からの仇敵】　前世宛家。

ぜんせからのやくそくことだ【前世からの約束ことだ】　前世注定的。

センセーションをまきおこす【センセーションを巻起す】　引起轟動，聳人聽聞。

ぜんぜん…ない【全然…ない】　簡直不…，根本不…，完全不…，絲毫不…。

せんそうきちがい【戦争きちがい】　戦争狂人。

せんそうせとぎわせいさく【戦争せとぎわ政策】　戦争邊緣政策。

せんそうのじゅんびをすすめる【戦争

の準備を進める】　備戰。

せんそうをおこす【戦争を起す】　發
　動戰爭。

せんそうをしかける【戦争を仕掛ける】
　①挑釁，挑戰。②發動戰爭。

せんそくりょくをだす【全速力を出す】
　開足馬力。

ぜんたいがめつぼうにきする【全体が
　滅亡に帰する】　同歸於盡。

ぜんたいのしまりにあたる【全体のし
　まりに当る】　擔任總管。

ぜんだいみもん【前代未聞】　前所未
　聞。

せんたくがきく【洗濯が利く】　經洗，
　耐洗。

せんたくにまよう【選択に迷う】　眼
　花撩亂，不知挑哪個好。

せんたくをあやまる【選択を誤る】
　挑錯了，選得不對。

せんだんはふたばよりかんばし【栴檀
　は二葉よりかんかんばし】　①棟樹
　一出芽就香。②偉大人自幼就與衆不
　同。

ぜんてつをふむ【前轍を踏む】　重蹈
　覆轍。

せんてをうつ【先手を打つ】　先下手，
　先發制人。

せんてをとる【先手を取る】　同上條。

せんどうおおくしてふねやまにのぼる
　【船頭多くして船山に上る】　人多
　反礙事，木匠多了蓋歪房子。

せんとうにたつ【先頭に立つ】　帶頭，
　站在前頭。

ぜんとにのぞみがない【前途に望みが
　ない】　前途無望，沒有前途。

ぜんとはまっくらだ【前途は真暗だ】
　前途黯淡，前途黑暗＝お先真暗だ。

ぜんとはようようたるものだ【前途は
　洋洋たるものだ】　前途光明，前途
　遠大，鵬程萬里。

ぜんとをあやまる【前途を誤る】　斷
　送前途＝前途を駄目にする，前途を
　葬る。

ぜんとをほうむる【前途を葬る】　葬
　送了前途。

せんないこと【詮ないこと】　①沒用，

白費。②沒有辦法。

せんにいる【選に入る】　入選，當選
　↔選に洩れる。

ぜんにはぜんのむくいがある【善には
　善のむくいがある】　善有善報。

せんにひとつ【千に一つ】　千裡挑一。

せんにゅうかんにとらわれる【先入観
　に囚われる】　①先入爲主。②拘於
　成見＝先入主となる。

せんにゅうかんをのぞく【先入観を除
　く】　消除成見。

せんにゅうかんをだく（いだく）【先
　入観を抱く】　有成見。

せんにゅうしゅとなる【先入主となる】
　①先入爲主。②拘於成見＝先入観と
　囚われる。

せんのふとい【線の太い】　①粗線條
　的。②氣魄大的。

ぜんはいそげ【善は急げ】　好事要快
　做。

せんぱいぶりをふかす【先輩風をふか
　す】　以老賣老＝先輩ぶる。

せんばんてをつくす【千万手を尽す】
　千方百計，想盡一切辦法。

ぜんばんに【全般に】　全都…。

せんびをくいる【先非を悔いる】　悔
　悟前非。

せんびをさとる【先非を悟る】　認識
　到以前的錯誤。

ぜんぶをみさかいなく【全部を見さか
　いなく】　籠統地。

ぜんぺんこれくうろん【全編これ空論】
　空話連篇。

せんべんをつける【先鞭をつける】
　①搶先，最先。②佔先。③走在別人
　前頭。

せんぼうにたえない【羨望に堪えない】
　不勝羨慕。非常羨慕。

ぜんまいをまく【発条をまく】　上弦。

せんもなし【詮もなし】　沒法子，沒
　辦法＝仕方がない，詮なし。

ぜんもんのとら，こうもんのおおかみ
　【前門の虎，後門の狼】　前門拒虎，
　後門進狼。

せんりのみちもいっぽよりはじまる
　【千里の道も一歩より始まる】　千

里之行始於足下。

せんりのゆきもそっかにはじまる【千里の行も足下に始まる】 同上條。

ぜんりょくをあげて【全力をあげて】 全力…，拼命，狠命。

ぜんりょくをかたむける【全力を傾ける】 ①傾全力，盡全力，全力以赴。②全神貫注＝全力を尽す。

ぜんりょくをけいちゅうする【全力を傾注する】 同上條。

ぜんりょくをしゅうちゅうする【全力を集中する】 集中全力。

ぜんりょくをつくす【全力を尽す】 盡全力，竭盡全力，全力以赴。

せんれいにならう【先例に倣う】 仿

照先例，按照先例。

せんれいになる【先例になる】 成爲先例。

せんれいをうける【洗礼を受ける】 受到…的洗禮，受到…的考驗。

ぜんれいをやぶる【前例を破る】 ①破例。②破格。

ぜんれきがあきらかない【前歴が明らかない】 歷史不清楚。

ぜんをこす【先を越す】 搶先，佔先，先下手。

ぜんをなす【善をなす】 爲善，行善，做點好事。

せんをひく【線を引く】 畫線。

そ

そいつはおんのじだ【そいつは恩の字だ】 那是求之不得的。

そうあるならあって 既然如此，既然這樣＝さもあらばあれ。

そういう ①這樣的，這種的。②那樣的，那種的，那些。

そういうことにして 就這樣吧，就這麼辦吧。

そういうふうに【そういう風に】 那樣，那麼＝そんなふうに，そのように↔こういうふうに。

そういうようなわけで 因此，正因爲如此，由於這種原因。

そういうわけで 同上條。

そういくふうをこらす【創意工夫を凝す】 別出心裁。

ぞうかすることがあってもげんしょうすることはない【増加することがあっても減少することはない】 有増無減。

そうかつしていえば【総括して言えば】 總之，總而言之，一言以蔽之。

そうかつてきにいって【総括的に言って】 概括來說，總括來說，總而言

之＝そうたいに言えば。

そうかといって【そうかと言って】 ①雖然如此，可是…。②話雖這樣說，不過…＝そうかとおもって。

そうかとおもうと【そうかと思うと】 ①雖然…可是…。②話雖然這樣說，不過…。

そうかね 原來如此。

ぞうげのとうの【象牙の塔の】 象牙之塔的，脫離實際的，不切合實際的。

そうけんにとむ【創見に富む】 很有創見，很有獨到見解。

ぞうげんひご【造言蜚語】 流言蜚語。

そうこうがわるい【操行が悪い】 品行不好，作風不好，操行不好。

そうこうするうちに【そうこうする内に】 不知不覺地＝思わずに。

そうこうをくずす【相好を崩す】 非常高興，笑容滿面，喜笑顏開。

そう…こともない 何必那麼…，用不着那麼…。

ぞうごんをあびる【雑言を浴びる】 挨了一頓臭罵，讓人痛罵一頓＝悪罵を浴びる。

ぞうさなく【造作なく】 不費事就…
了，很容易就…了。

ぞうさもない【造作もない】 不費事，
不痲煩。

そうしくもをしのぐ【壮志雲を凌ぐ】
壮志凌雲。

そうした これ個，這種，這種的，這樣
的＝そのような。

そうしたとき【そうした時】 這樣，
於是，這樣一來，緊接着…＝そうす
ると，そうしたら。

そうしたものだ 就是那樣，就是那麼
回事。

そうしたら 這樣，這麼一來。

そうじて【総じて】 總括來說，一般
來說，概括來說＝がいして，一般に
。

そうしてこそ 只有這樣，只有那樣。

そうしてこそ…のである 只有這樣才
能…。

そうしないと 如果不這樣的話。

そうしましょう 就這麼辦吧。

そうすることによって 以便於…。

そうすると 於是，這樣，這麼一來＝
そうしたら，そうすれば。

そうすれば 同上條。

そうせざるをえない【そうせざるを得
ない】 不得不這樣做＝そうしない
わけには行かない。

そうぞういじょうだ【想像以上だ】
①…得不得了，比預想的要好。②出
乎意料之外。

そうそういつまでも 總是，老是，一
味。

そうそういつまでも…てはいられない
不能老是…（總是…，一味…）。

そうぞうがつく【想像がつく】 可以
想像，可想而知↔そうぞうがつかな
い。

そうぞうするにかたくない【想像する
に難くない】 不難想像，可想而知。

そうぞうにおよばない【想像に及ばな
い】 不堪設想。

そうぞうもおよばない【想像も及ばな
い】 萬沒想到。

そうぞうをぜっする【想像を絶する】
不可想像，無法設想。

そうぞうをたくましゅうする【想像を
逞ましゅうする】 異想天開，胡思
亂想＝空想をたくましゅうする。

そうぞうをちょうえつする【想像を超
越する】 出乎意料之外。

そうそつとして【忽卒として】 倉促
（之間），匆促＝そうそつのかんに。

そうそつのかんに【忽卒の間に】 同
上條。

そうだ ①要…，就要…。②是的，不
錯。③聽說，據說。④好像，似乎。
⑤可能…。⑥看來，看起來。⑦太…。
⑧簡直。

そうだから 好像要…，好像是由於
…。

そうだった 好險…，差一點…。

そうだったのです 原來是這樣。

そうだということである 據說，聽說
＝…そうだ。

そうだとすれば 若是那樣的話，如果
是那樣的話＝とすれば，としたら。

そうだともそうでもないともいわない
【そうだともそうでもないとも言わ
ない】 不置可否,不說是也不說不是。

そうだんがある【相談がある】 和…
商量。✧前接格助詞"に"。

そうだんがまとまった【相談が纏まっ
た】 商量好了，商量妥了。

そうだんしてきめる【相談して決める】
商定。

そうだんしてけんとうする【相談して
検討する】 商討。

そうだんしてほうほうをかんがえる
相談して方法を考える】 商討。

そうだんにのる【相談に乗る】 參與
商談＝相談にあずかる。

そうだんやく【商談役】 顧問。

そうだんやくをつとめる【商談役をつ
とめる】 當顧問。

そうだんをまとめる【相談をまとめる】
商量好了，商量妥了。

そうだんをもちかける【相談を持ちか
ける】 把問題拿出來商量。

そうであるとは 若是那樣＝そうとは，
さりとは。

そうであろう　很可能是那樣。

そうです　＝そうだ。

そうですとも　一點不錯，可不是，可不是嗎。

そうでないか　不是嗎？豈不是嗎？

そうでなかったら　如果不是…，如果不是這樣的話。

そうでなくてさえ　本來就已經…。

そうでなくも　即使不是…，縱令不是…，即使不是這樣也…。

そうでなくとも　同上條。

そうでなければ　否則…，不然的話。

そうではあるが　雖然…可是…。

そうではない　不是，不對，不是這樣，不以爲然＝そうでない。

そうとうなじしんをもっている【相当な自信を持っている】　頗有把握，頗有信心，頗有自信。

そうどうをおこす【騒動を起す】　惹出麻煩，出了紕漏。

そうとしか…ない　只能是那樣。

そうとは　若是那樣＝そうであるとは，さりとは。

そうとばかりはいいきれない【そうとばかりは言切れない】　①不能一概而論。②不能肯定地那麼說。

そうとをいだく【壮図を抱く】　胸懷壯志。

そう…ない　不很…，不那麼…。

そうなきがする【そうな気がする】　覺得好像…。

そうなら　能這樣才…了。

そうならば　若是那樣的話＝そうであるとは，そうとは，さりとは。

そうなると　這麼一來，這一下子。

そうなるりゆうがわからない【そうなる理由が分らない】　不知所以然。

そうなんです　一點也沒錯，就是這樣。

そうに　…地，看來，好像，似乎。

そうになった　要…，就要…，剛要…。

そうになる　要…，就要…，剛要…，想…，好像要…，似乎要…。

そう…にはいかない【そう…には行かない】　不能那麼…。

そうにみえる【…そうに見える】　看來好像…，顯得好像…。

そうはいうものの【そうは言うものの】　話雖那麼說，可是…＝…とは言え。

そうはいかぬ【そうは行かぬ】　①不能那麼說。②沒那麼便宜。

そうはいっても【そうは言っても】　話雖那麼說，可是。

そうばがさがった【相場が下った】　①行市下降了。②聲價降低了↔相場があがった。

そうはかんがえない【そうは考えない】　不以爲然。

そうばにてをだす【相場に手を出す】　搞投機買賣。

そうはゆかない【そうは行かない】　不能那樣，那樣不行。

そうばをあおる【相場を煽る】　哄抬物價，哄抬行市。

そうひどくない【そう酷くない】　並不嚴重，並不厲害，沒那麼嚴重。

そうほうにいいぶんがある【双方に言分がある】　各有各的理，各有各的主張。

そうほうのちからがひってきしている【双方の力が匹敵している】　勢均力敵。

そうみにちからをこめる【総身に力をこめる】　渾身使勁，使盡全身力量。

そうめいじんにまさるものがある【聡明人に優るものがある】　聰明過人。

そうもない　看來不能，看來不會…。

そう…もない　不很…，不那麼…。

そう…ものでもない　也還有點…之處。

そうよりごのみせず【そう選り好みせず】　不那麼挑剔。

そうりつじむしょ【創立事務所】　籌備處。

そうりょうのじんろく【総領の甚六】　老大常常是傻瓜（呆子），傻老大。

そうろんがたえない【争論が絶えない】　不斷爭論（吵架）。

そうろんをはじめる【争論を始める】　吵起來了，爭論起來。

そうばをあげる【相場を上げる】　抬高身價。

そうをねる【想を練る】　①構思，構

想。②想主意。

ぞくしゅうでたえられない【俗臭で堪えられない】　非常俗氣，俗氣極了，俗不可耐＝俗っぽくて見られたものじゃない。

そくしをとげる【即死を遂げる】　當場死亡。

そぐぞくあらわれる【そぐぞく現われる】　層出不窮，陸續出現。

ぞくっぽくてみられたものじゃない【俗っぽくて見られたものじゃない】　俗不可耐，俗氣極了。

ぞくにいう【俗に言う】　一般所謂，通常所說，通俗來說。

そくばくからのがれる【束縛から逃れる】　擺脫…的羈絆。

そくぶんするところによれば【仄聞するところによれば】　據說，聽說，據傳說，聽人說＝そくぶんするところでは。

そくりょくをあげて【速力をあげて】　加速…，全速…。

そこいがある【底意がある】　另有用意。

そこいがわからない【底意が分らない】　不知眞意如何，不知眞實意圖如何。

そこいじがよい【底意地がよい】　心眼好，心腸好，心地善良↔底意地が悪い。

そこいなくはなす【底意なく話す】　談心，暢談，暢所欲言，開誠布公地說。

そこくにそむく【祖国に背く】　背叛祖國。

そこここに　到處＝そこやここ，あちらこちら，いたるところに。

そこぢからがある【底力がある】　有潛力。

そこぢからをだす【底力をだす】　拿出潛力。

そこぢからをほる【底力を掘る】　挖潛力。

そこなしに【底無しに】　無止境地，沒完沒了地。

そこに　①在那裏。②在那一方面，在那一點上。③這時，正在這個時候。

そこに…ある　在這一點上有…，在這

一方面有…。

そこぬけのおひとよし【底抜けのお人よし】　老好人。

そこびえがする【底冷えがする】　透心涼，刺骨地涼。

そこへ　正在這個時候。

そこへゆくと【そこへ行くと】　到那種地步。

そこまではできない【そこまでは出来ない】　達不到那種程度，做不到那種程度。

そこやここ　到處。

そこをたたく【底を叩く】　用光，用盡，用完＝底を拂う。

そこをわって【底を割って】　推心置腹地。

そしたら　那麼，如果那樣，若是那樣＝そうしたら，すると。

そじょうにのせる【俎上に載せる】　把…提出來討論。✧前接格助詞"を"。

そしょうにまける【訴訟に負ける】　敗訴，官司打輸了。

そしょうをおこす【訴訟を起す】　打官司，起訴。

そしらぬかおをする【素知らぬ顔をする】　若無其事，假裝不知道。

そしらぬふりをする【素知らぬ振りをする】　同上條。

そしをつらぬいた【素志を貫いた】　達到了平素的願望。

そせいらんぞう【粗製濫造】　粗製濫造。

そそうで【粗相で】　稍一疏忽，一不留神＝そそうして。

そそくさと　急忙，急急忙忙地，慌慌張張。

そそっかしいひと【そそっかしい人】　冒失鬼。

そちをあやまる【措置を誤る】　處理不當↔処置よろしきを得る。

そつがない　無懈可擊，圓滑周到。

そっくりかえってたおれる【そっくりかえって倒る】　仰面跌倒，摔個仰面朝天。

そっくりそのまま　就…，就那樣…，照原樣，原封不動＝そのまま（で）。

そっけつをようする【即決を要する】
需要立即決定。

そっこうがある【即効がある】　立見
功效。

ぞっこんほれこんでいる【ぞっこんほ
れ込んでいる】　對…佩服得五體投
地。

そっせんして【率先して】　帶頭…,
率先…。

そっせんしょうにあたる【率先衝に当
る】　首當其衝。

そつぜんとしてくいあらためる【卒然
として悔い改める】　翻然悔改。

そっちのけにする【其方退にする】
把…放一放,把…扔在一邊兒。◆前
接格助詞“を”。

そっちょくにいう【率直に言う】　直
率地說,坦率地說。

そっとみみうちする【そっと耳打ちす
る】　咬耳朵,說悄悄話。

そつのない【①周到的。②圓滑的。③
無懈可擊的。

そっぽをむく【外方を向く】　把臉扭
向一旁,不加理睬。

そでにすがる【袖に縋る】　求助,懇
求,乞憐,求人憐惜。

そでにする【袖にする】　①抛棄,遺
棄。②不理睬。③用冷眼看待。◆前
接格助詞“を”。

そでになる【袖になる】　被甩,被抛
棄。

そでのかわかぬはおんなのみ【袖の乾
かぬは女の身】　女人好哭。

そでのしたをつかう【袖の下を使う】
行賄,賄賂,遞腰包。

そでのしたをとる【袖の下を取る】
受賄,接受賄賂。

そでふりあうもたしょうのえん【袖ふ
り合うも多生の縁】　有緣千里來相
會,無緣對面不相逢。

そでをしぼる【袖を絞る】　淚流滿面。

そでをつらねる【袖を連ねる】　①伴
同…,同…一塊。②共同行動。

そでをぬらす【袖を濡す】　落淚,哭
泣。

そでをはらってさる【袖を拂って去る】

拂袖而去,一甩袖子就走了。

そでをひく【袖を引く】　①勾引,引
誘。②暗示,偷偷提醒。

そでをまくりあげる【袖を捲り上げる】
捲起袖子,挽起袖子。

そとをうちにする【外を家にする】
常在外面不回家＝家を外にする。

そなえなきにじょうじて【備え無きに
乗じて】　乘…不備。

そなえをげんじゅうにする【備えを厳
重にする】　嚴加防備。

そのあと（で）　①然後,後來,以後。
②結果…＝そのご。

そのいちをしりてそのにをしらず【そ
の一を知りてその二を知らず】　只
知其一不知其二。

そのうえ…ある【その上…ある】　既
有…又有…。

そのうえと【その上と】　再者,加之,
並且。

そのうえに【その上に】　同上條。

そのうえまた【その上また】　再者,
還有。

そのうちでも【その内でも】　特別是
…＝とりわけ,なかにも。

そのうちに【その内に】　①其中,那
裏＝その中に。②不久,一會兒,不
大工夫＝まもなく,やがて,すでに
して,しかるあいだに,さるほどに。
③改天,改日,過幾天,過些日子＝
ごじつ。

そのうちにまた【そのうちにまた】
①其中還有…。②不久還會…。③改
一天再…。④過一會再…。⑤改日見,
改天見吧。

そのうちのひとつ【その内の一つ】
其中之一。

そのおりは【其の折は】　當時。

そのおりも【其の折も】　當時就…,
當時已經…。

そのかぎりでない【その限りでない】
…是例外,…不在此限。

そのかずをしらない【その数を知らな
い】　不計其數。

そのかみ【その上】　①當時。②當年。
③以前。

そのかわり（に）【その代り（に）】
但是，雖然…可是。

そのぎ【その儀】　那件事，那樣事。

そのくせ【その癖】　儘管…可是＝
それなのに。

そのご（で）【その後（で）】　後來，
以後＝そののち。

そのごのしゅび【その後の首尾】　結
果，下場，收場，後來的情形。

そのごろまで【その頃まで】　①那個
時候。②在那之前。③一直到那時。

そのさい【その際】　當時，那時。

そのじつ【その実】　其實，實際上。

そのすじ【その筋】　①這行，這方面，
那行，那方面。②當局，主管單位。

そのせいか【その所為か】　也許是因
為…，可能是由於…。

そのせつ【その節】　①那時，當時。
②那次，那回＝その時。

そのた【その他】　其它，其餘，另外，
別的。

そのため　①因此。②為此＝そのため
に，そのためには。

そのつぎに【その次に】　其次，另外
＝その次は。

そのつど【その都度】　①每次，每回。
②每逢＝たびに，ごとに。

そのつもりになる【その積りになる】
下決心。

そので【その手】　①那種手段，那種
花招，那種計策。②那樣事情。

そのてにのらない【その手に乗らない】
不上那個當，不吃那一套＝その手は
くわぬ。

そのてはくわなのやきはまぐり【その
手は桑名の焼蛤】　同上條。

そのてはくわぬ【その手は食わぬ】
不上那個當，不吃那一套。

そのでん【その伝】　那種想法，那種
做法。

そのでんでゆくと【その伝で行くと】
照那種想法。

そのとおりだ【その通りだ】　是，是
的，就是那樣＝そうだ，さよう，しかり。

そのとおりに【その通りに】　①這樣，
那樣。②對的，不錯，可以。

そのとき【その時】　那時，當時，那
個時候。

そのときそのときだ【その時その時だ】
一時一樣，那個時候嗼是那個時候。

そのときそのば【その時その場】　①
當時當地。②隨時隨地＝そのときそ
のばで。

そのときになった【その時になって】
①到時。②臨時。

そのにんではない【その任ではない】
不勝任＝任に堪えない。

そののち【その後】　以後，其後。

そのばかぎりの【その場限りの】　敷
衍一時的，權宜之計的。

そのば（で）【その場（で）】　①當
場。②當地。③當時，那時。

そのはず　理所當然。

そのばでおちゃをにごす【その場でお
茶をにごす】　敷衍一時．權宜之計，
得過且過，當一天和尚撞一天鐘。

そのばでしょけいする【その場で処刑
する】　就地處決，就地正法。

そのばでまにあわせをする【その場で
間に合わせをする】　臨時湊合。

そのばにいあわせた【その場に居合わ
せた】　當時在場，當時在座。

そのばにおよんでにげだす【その場に
及んで逃げ出す】　臨陣脫逃，臨場
溜掉。

そのばをごまかしすごす【その場を誤
魔化し過ごす】　蒙混過去，搪塞過
去。

そのひ【その日】　當天，那一天。

そのひぐらし【その日暮らし】　得過
且過，苟且偷安，敷衍一時，當天掙
當天花，今日有酒今日醉，當一天和
尚撞一天鐘，混。

そのひそのひ【その日その日】　每天，
每日。

そのひそのひのかぜしだい【その日そ
の日の風しだい】　隨風倒。

そのひそのひのくらしにこまる【その
日その日の暮らしに困る】　飽一餐
餓一餐。

そのへん【その辺】　①那方面，那一
點。②那一帶。

そのへんだ【その辺だ】　大約，左右，差不多。

そのほか【その外】　此外，另外，其次。

そのまま【その儘】　①即是，就是，簡直是。②仍舊，仍然。③照樣，就那麼，就那樣，原封不動地。④直接…。⑤繼續…。⑥一模一樣＝すなわち，ただちに，とりもなおさず，そっくり。

そのままで【その儘で】　同上條＝そのままに。

そのままにして【その儘にして】　＝そのまま。

そのままにして…わけにはいかない【その儘にして…わけには行かない】　不能就那麼…。

そのままはっきり【その儘はっきり】　照直，直截了當地。

そのみち【その道】　①那一方面，那一行。②色慾方面，女色方面。

そのみちのひと【その道の人】　內行，行家。

そのむかし【その昔】　往日，往昔，舊時，以前。

そのもの【その物】　①那個東西。②本身。③非常。④名副其實。

そのものずばり【その物ずばり】　直接了當，開門見山，不兜圈子。

そのものずばりようてんをつく【その物ずばり要点をつく】　一針見血地。

そのものだ【…その物だ】　非常…，極其…，簡直是…，確實是…。

そのものではない【その物ではない】　並不等於…。

そのように【その様に】　那樣，那麼＝そんなに。

そのように…うれない【その様に…得れない】　不能那樣…。

そのわけで【その訳で】　由於…，因爲…，由於那種原因，由於上述原因。

そのわけは【その訳は】　因爲…＝なぜなら，なぜというと。

そばから【傍から】　①一邊…一邊，一面…一面，隨…隨…。②…之後馬上…。③從旁邊＝かたわら。

そばづえをくう【傍杖を食う】　受…

連累，遭魚池之殃。

そぶりがあやしい【素振りが怪しい】　形跡可疑，擧止可疑。

そまつにする【粗末にする】　①盜用，浪費。②冷待，簡慢。

そもそもから　從頭。

そもそもからはなす【そもそもから話す】　從頭說起。

そやにふるまう【粗野に振舞う】　擧止粗魯。

そらいちめん【空一面】　滿天…。

そらいびき【空いびき】　假裝打鼾（呼嚕）。

そらきかず【空聞かず】　假裝聽不見。

そらごとをいう【空言を言う】　說謊，說假話，造謠。

そらしらず【空知らず】　故作不知，假裝不知。

そらせんでん【空宣伝】　雷聲大雨點小。

そらぞらしいうそをいう【空空しいうそを言う】　瞪着眼睛撒謊＝そらそらしいうそをつく。

そらぞらしいおせじをいう【空空しいお辞を言う】　假奉承。

そらぞらしいかおつきをする【空空しい顔つきをする】　故作不知，假裝不知道的樣子，若無其事的樣子。

そらだのみになる【空頼みになる】　落空，白盼望，空歡喜，白指望了。

そらで【空で】　憑記憶。

そらでおぼえる【空で覚える】　背，背誦，暗記，憑腦子記＝空で読む。

そらでよむ【空で読む】　同上條。

そらとぼけて【空惚けて】　假情假義地，假惺惺地。

そらとぼけてきく【空惚けて聞く】　明知故問。

そらとぼけるのがうまい【空惚けるのがうまい】　很會裝糊塗。

そらにきす【空に帰す】　落空。

そらふくかぜとききながす【空吹く風と聞き流す】　充耳不聞，當耳邊風，假裝聽不見。

そらみみをつかう【空耳を使う】　①裝聽不見，裝聾作啞。②假裝不懂。

そらめをつかう【空目を使う】　裝看不見，睁一個眼閉一個眼。

そらわらいをする【空笑いをする】　假笑，乾笑。

そらをうつ【空を打つ】　撲空。

そらをつかう【空を使う】　假裝不知道。

そりがあわない【反が合わない】　不對勁，不對路，不對脾氣，合不來。

そりゃくにあつかう【粗略に扱う】　慢待…。◆前接格助詞"を"。

それいがいで【それ以外で】　此外，另外，除此以外。

それいじょう【それ以上】　更…，再…。

それいじょうになる【それ以上になる】　超過了…，比…更好。

それかあらぬか　不知是不是那個緣故。

それから　①現在。②還有…。③後來，從那以後，自從那次以後。

それからそれと　這個那個。

それからそれへと　這個那個的。

それからというものは　後來，打那以後。

それきり　①此外。②後來，以後，從那以後。③只有那些。④以此為限，只限這一次。

それきり…ない　從那以後就沒…。

それきりになる　①不聞不問。②沒有下文。

それくらい【それ位】　那麼些，那麼多。

それこそ　那才…哪。

それこそ…である　眞是…，簡直是…，那倒是…，那才是…。

それこそ…ところだ　那就是…。

それじたいに【それ自体に】　它本身。

それじゃ　那麼。◆"じゃ"是"では"的音變。

それそうおうな【それ相応な】　適當的，恰如其分的。

それで　是的，不錯不錯，就是這樣。

それぞれすきずきがある【それぞれ好き好きがある】　各有所好。

それぞれ…ずつ　各自…。

それぞれところをえる【それぞれ所を得る】　各得其所。

それぞれのみちをゆく【それぞれの道を行く】　各行其道，分道揚鑣。

それだからして　因此，所以＝そうであるから，そういうわけだから。◆"して"是修飾助詞，在這裏起加強語氣作用。

それだからといって【それだからと言って】　儘管如此。

それだけ　那麼多，那麼些＝それくらい。

それだけあれば　若是有那麼多就…了。

それだけで　光是…，只是…，僅僅…。

それだけののうりょく【それだけの能力】　就這麼點本事，就這麼大本事。

それだけではなく　不只是…而且…，不僅是…而且…＝それに加えて。

それだけではなく…である　不僅是…而且是…。

それだけに　因為如此。

それだけはんめんにおいて【それだけに反面において】　只是與此相反。

それで　①於是…，那麼。②因此，所以。③後來。

それでこそ　這才…，這就…。

それでは　這樣，那樣，若是那樣＝もしそうなら。

それではごきげんよ【それでは御機嫌よ】　祝你一路平安。

それではなく　而且，加之，不僅如此而且…，不僅…而且…。

それではまるはんたいだ【それではまる反対だ】　恰恰相反。

それでも　還是…。

それでも…ない　還是不…，還是沒…。

それでも…ほうだ　還算…。

それでもまだ　還…，仍然…＝なおかつ，なおそのうえ。

それどころか…さえ…　儘管…仍然，甚至就連…也…。

それどころか…さえも　甚至就連…也…。

それどころか…ない　別說那個，就連

…也不…。

それとともに　①同時，並且。②隨之
＝同時に，かつ。

それとなく　①暗中。②委婉地。③若
無其事地，不露痕跡地＝それとなし
に。

それとなくいう【それとなく言う】
說得很委婉，委婉地說。

それとなくことわる【それとなく断わ
る】　婉言拒絕。

それとなくちゅうこくする【それとな
く忠告する】　婉言相勸。

それとなくもらす【それとなく漏す】
透露了點口風。

それとなくわるくちをいう【それとな
く悪口を言う】　背地裏繞彎罵人，
背地裏轉彎抹角地罵人。

それとなしに　①暗中。②委婉地。③
若無其事地，不露痕跡地＝それとは
なしに。

それともあれ　那個先別管，那暫且不
說＝それはさておき。

それとひきかえ【それと引換】　反之，
與此相反＝それにひきかえ。

それとも　或者，還是＝あるいは。

それなのに　儘管…可是…，儘管…可
是仍然…＝それにもかかわらず，そ
のくせ。

それなら　那麼，那樣的話，如果那樣
＝しからば。

それならこれで　…既然如此，那麼
就…。

それならなお　那就更…了。

それならば　那麼，若是那樣＝さよう
しからば，さようならば。

それにしても　即便如此，即便是那樣，
雖然如此還是…，儘管如此可是仍然
…，話雖那麼說可是…。

それにつれて　因此，從而，由此，隨
此。

それには　爲此，爲了這個。

それには…ひつようである【それには
…必要である】　這就需要…，爲此
必須…。

それにひきかえ【それに引換】　反之，
與此相反＝それとひきかえ。

それにひきつづく【それに引続く】
隨之而來的。

それにまた　又…，更…，再…，更加
…，加之…，進一步…。

それにもかかわらず【それにも拘らず】
儘管那樣，雖然那樣，儘管…可是，
雖然…可是＝それなのに。

それによって　①藉以…，據此…。②
以資…。③根據這點。

それのみならず　①不但…，不僅…。
②不但如此，而且…＝そればかりで
なく，しかのみならず。

そればかりか　不僅如此，而且…；不
但這樣，而且還…＝…ばかりか，そ
ればかりでなく。

そればかりの　這麼點…，這麼一點…。

それはさておき　那且不管，那且不
說＝それはそれとして，それはとも
あれ。

それはそれとして　同上條。

それはそれは　那太好了，那太感謝了，
那可不敢當。

それは…ただにすぎない【それは…た
だに過ぎない】　那只不過…。

それはできない【それは出来ない】
幹不了那個，幹不了那種事，做不出
來那種事。

それはともかく　①顯然…。②總之
…。

それは…にすぎない【それは…に過ぎ
ない】　那不過是…而已。

それは…ようするに【それは要するに】
總之，歸根結底。

それは…ようものだ　那等於…。

それほど…ことはありません　用不着
那麼…，用不着那樣…。

それほど…ではない　還不至於…。

それほど…でもない　不那麼…，並不
那麼…。

それほど…ない　不太…，不怎麼…，
並不那麼…＝あまり…ない，たいし
た…ない。

それほど…なくても　雖然並不那麼…
可是。

それほど…なら　既然那樣，那麼就…；

既然如此，那麼…。

それまで　到那時。

それまでだ　那就算了。

それみたことか【それ見たことか】
（對方不聽勸告而搞糟時）你看怎麼
樣，你瞧瞧，糟了吧！

それも　而且，並且。

それもそうだが　雖然那麼說，可是…。
雖然如此，可是…。

それゆえに　因爲…所以…。

それよりほとんど【それより殆ど】
大約，大概，左右，上下。

それよりも…ほうがいい　與其…不如
…＝…よりもむしろ…ほうがい
い。

それをもって　就此…。

そろいもそろって…ばかり【揃いも揃
って…ばかり】　全是…，都是…，
毫無例外都是…，青一色都是…。

そろそろ…ころだ【そろそろ…頃だ】
不久就要…了。

そろそろ…なってきた　漸漸…起來＝
そろそろ…になる。

そろぞろゆく【そろぞろ行く】　魚貫
而行。

そろって【揃って】　一起，一塊兒。

そろってうまい【揃ってうまい】　都
好，全好。

そろばんがあわない【算盤が合わない】
不划算，划不來＝損をする。

そろばんがとれない【算盤が取れない】
同上條。

そろばんどおりにいかない【算盤通り
に行かない】　不能盡如人意。

そろばんをいれる【算盤をいれる】
用算盤打打。

そろばんをはじく【算盤を弾く】　盤
算，打算盤，考慮得失。

そわそわしてばかりいないで　別坐不
穩站不安的。

そんがいをべんしょうする【損害を弁
償する】　賠償損失。

ぞんざいなことばづかいをする【ぞん
ざい言葉使いをする】　說粗話，說
話粗魯。

そんざいをみとめられる【存在を認め
られる】　受到尊敬。

そんしてとくとれ【損して得とれ】
放長線釣大魚，吃小虧佔大便宜。

ぞんじのほか【存じの外】　意外。

そんだいにかまえる【尊大にかまえる】
擺架子。

そんだいのたいどをとる【尊大の態度
を取る】　妄自尊大。

そんとくつぐなわず【損得償わず】
得不償失。

そんとくにかかわらず【損得に拘らず】
不拘得失，不顧得失。

そんなかってをいわないで【そんな勝
手を言わないで】　不要那麼任性，
不要那麼隨便。

そんなことはあかんべいだ　不行，辦
不到。

そんなことはおおきなおせわだ【そん
なことは大きなお世話だ】　那是多
管閑事。

そんなじじょうで【そんな事情で】
在那種情況下。

そんなにも　像那樣。

そんなばかなはなしはない【そんな馬
鹿な話しはない】　豈有此理。

そんなはなしはなかった【そんな話し
はなかった】　沒那麼說，沒那種話。

そんなふうに　那樣。

そんをする【損をする】　吃虧，不合
算，划不來。

た

だいいちに【第一に】　①首先。②首
要的是…，最重要的是…。

だいいちにじゅうような【第一に重要
な】　首要的，最主要的，最重要的。

だいいちにする【第一にする】　以…
爲首位，把…看得最重要。◆前接格
助詞“を”。

たいがいにして【大概にして】　大致
上，大體上。

たいがいにしておかない【大概にして
置かない】　過於…，…得過分。

たいがいにしておきなさい【大概にし
て置きなさい】　要適可而止。

たいがいのいちぞく【大海の一栗】
蒼海之一栗。

たいがいのところでやめる【大概のと
ころでやめる】　適可而止。

だいがくにあがる【大学に上がる】
上大學＝大学にはいる。

だいがくをでた【大学を出た】　大學
畢業。

たいかんにうんげいをのぞむがごとし
【大旱に雲霓を望むが如し】　如大
旱之望雲霓。

たいがんのかじ【対岸の火事】　隔岸
觀火。

たいぎしんをめつす【大義親を滅す】
大義滅親。

たいぎになる【大儀になる】　懶得…
＝…気がしない，いやになる。

たいきんをかける【大金を掛ける】
花錢很多＝大金を使う。

たいきんをもうけた【大金をもうけた
】　發了大財。

たいくつしきったかおをする【退屈し
切った顔をする】　非常無聊的様子。

たいくつしのぎに【退屈凌ぎに】　爲
了解悶。

たいくつそうなかおをする【退屈そう
な顔をする】　顯得無聊的様子。

たいくつにかんずる【退屈に感ずる】
覺得無聊，感到寂寞。

たいくつにくるしむ【退屈に苦しむ】
無聊得很，寂寞得很。

たいくつまぎれに【退屈まぎれに】
爲了解悶…。

たいくつをおぼえる【退屈を覚える】
覺得無聊，感到寂寞。

たいくつをなぐさめる【退屈をなぐさ
める】　消遣。

たいくつをまぎらす【退屈を紛らす】
消遣，解悶＝たいくつをなぐさめ
る。

たいけつをくりかえす【対決をくり返
す】反覆較量。

たいげんしてはじない【大言して恥な
い】　大言不慚。

たいけんはおろかなるがごとし【大賢
は愚なるが如し】　大智若愚。

たいげんをこのむ【大言を好む】　愛
說大話，誇大其詞。

たいげんをはく【大言を吐く】　說大
話＝おおげさにものを言う。

たいこうはさいきんをかえりみず【大
行は細謹を顧ず】　大行不顧細謹。

たいこうはせつなるがごとし【大巧は
拙なるが如し】　大巧若拙。

たいごからだつらくする【隊伍から脱
落する】　①掉隊。②離隊。

たいごてっていする【大悟徹底する】
徹底醒悟。

たいこばし【太鼓橋】　(半圓的)拱形橋。

たいこもちだ【太鼓持ち】　專拍…的
馬屁。

たいこもちになりさがる【太鼓持ちに
成下がる】　淪爲…的幫閑。

たいこをたたく【大鼓を叩く】　逢迎，
奉承。

たいごをととのえる【隊伍を整える】
整隊。

たいさくがない【対策がない】　没有對策，對付不了，没法對付。

たいさくをこうじる【対策を講じる】　①講究對策。②研究對策。

たいさくをたてる【対策を立てる】　同上條。

たいさくをねる【対策をねる】　想辨法，考慮對策。

たいざんのやすきにおく【泰山の安きに置く】　使…穩如泰山。◆前接“を”。

たいざんめいどうしてねずみいっぴき【大山鳴動して鼠一匹】　①虎頭蛇尾。②雷聲大雨點小。

たいしたことがない【大したことがない】　不怎麽樣，没什麽。

たいしたことではない　①不太…，不怎麽…，不值得…。②算不了…，没多大…。

たいしたことはありません【大したことはありません】　没什麽了不起的

たいしたことはない　不是什麽了不起的，没什麽了不起的。

たいした…ではない　＝たいしたことではない。

たいした…ない　同上條。

たいしたもうけがない　没多大賺頭。

たいしたもうけしごとではない　同上條。

たいしたものだ　眞行，眞了不起，眞不簡單。

たいしてうまくない　①不太好。②不大高明。

たいしてかんしんしていない【大して感心していない】　不甚佩服。

たいして…ない　不太…，不很…，不怎麽…，不那麽…，並不太…＝あまり…ない。それほど…ない。

たいして…ものだ　了不起，不簡單＝たいして…ものだ。

だいじない【大事ない】　算不了什麽，没什麽大不了的＝大事にない。

だいじなばめんになると【大事な場面になると】　一到緊要關頭。

だいじにする【大事にする】　①愛護，愛惜，珍惜。②保重＝大切にす

る。

だいじにちょくめんする【大事に直面する】　大事當前。

だいじになさい【大事になさい】　請保重。

だいじのまえのしょうじ【大事の前の小事】　小事也能影響大局，爲了成大事不能忽略小事。

だいじぶぞろい【大事不揃】　大小不一，七大八小。

だいしゃりんで【大車輪で】　拼命地，盡心竭力地。

たいしゅうにおくれる【大衆に遅れる】落後於大衆。

たいしゅうのめんぜんで【大衆の面前で】　當衆，當面，在大衆面前＝人人の面前で。

だいしょうさまざまの【大小さまざまの】　大小不一的，七大八小的＝だいじぶぞろいの。

だいじょうてきけんちにたつ【大乗的見地に立つ】　從大局着眼。

だいじょうぶだ【大丈夫だ】　没關係，不要緊，靠得住，没問題。

たいしょうりょうほうをする【対症療法をする】　對症下藥。

だいじをとりすぎる【大事をとりすぎる】　太過慮，顧慮太多。

だいじをとる【大事を取る】　做事小心，謹愼從事。

だいじをひきおこす【大事をひきおこす】　闖出事來。

だいじんかぜをふかす【大尽風を吹かす】　擺濶，揮金如土。

たいせいがきまった【大勢が定まった】　①大局已定。②大勢已去。＝大勢はすでに定まった。

たいせいのおもむくところ【大勢の赴くところ】　①大勢所趨。②形勢逼人。

たいせいをばんかいする【頽勢を挽回する】　挽回頽勢，挽回敗局。

たいせつなかしょ【大切な箇所】　要點，重要的地方。

たいせつなところ【大切なところ】　同上條。

たいせつにする【大切にする】　①珍
視，愛惜，愛護。②保重，重視，看
重＝大事にする。◆前接"を"。

たいぜんじじゃく【泰然自若】　泰然
自若＝泰然自若としている。

たいそうなことをいう【大層なことを
言う】　①誇張，誇大。②説大話。

たいそうなにんきだ【大層な人気だ】
很受歡迎。

だいそれたかんがえ【大それた考え】
狂妄的想法（念頭）。

だいそれたやしんをいだく【大それた
野心を抱く】　懷有狂妄野心，心懷
回測。

だいたいいかのように【大体以下のよ
うに】大致如下。

だいたいかたづいた【大体片付いた】
①大致解決了。②大致收拾了。

だいたいからいえば【大体から言えば
】　大體上來說。

だいたいこんなものだ【大体こんなも
のだ】　大致如此。

だいたいそろった【大体そろった】
大體上齊了，大致差不多了。

だいたいつぎのとおり【大体次の通り
】大致如下＝大体次のように。

だいたいつぎのように【大体次のよう
に】　同上條。

だいたいにおいて【大体において】
大概，大體上。

だいたいのこと【大体のこと】　大概，
梗概。

だいたんかつさいしん【大胆かつ細心
】大膽而細心。

だいたんでやたらなことをする【大胆
で矢鱈なことをする】　膽大妄爲

だいたんふてき【大胆不敵】　①好大
膽子，膽大包天。②旁若無人，厚顏
無恥。

たいちはぐのごとし【大智は愚の如し】
大智若愚。

たいていじゃない【大抵じゃない】
不那麼容易＝大抵ではない。

たいていなところで【大抵なところで
】　差不多就…。

たいていなところで…がよい【大抵な

ところで…がよい】差不多就…吧！
差不多就可以…了。

たいてい…ものだ【大抵…ものだ】
大概都…。

たいとおもう【…たいと思う】　想…，
希望…。◆"たい"是願望助詞，
上接動詞或助動詞連用形。

たいどがあやしい【態度が怪しい】
舉止可疑。

たいどがおおようだ【態度が大様だ】
①態度沉着，從容不迫。②態度大
方。

たいどがぎこちない【態度がぎこちな
い】　①態度冷淡。②態度生硬。

たいどがきちんとしている【態度がき
ちんとしている】　態度端正。

たいどがきつい【態度がきつい】　態
度嚴厲。

たいどがくだける【態度が砕ける】
①態度和藹起來。②態度謙虚起來。

たいどがせんめいだ【態度が鮮明だ】
態度明朗（明確）↔態度があいまい
だ。

たいどがふそんだ【態度が不遜だ】
態度傲慢，舉止傲慢。

たいどがものやわらかだ【態度が物柔
らかだ】　態度和藹↔態度があら
い。

たいどをあきらかにする【態度を明ら
かにする】　表明態度。

たいどをあらためる【態度を改める】
改變態度。

たいどをきめる【態度を決める】　決
定態度。

たいどをしめす【態度を示す】　表態，
表示態度。

たいどをほしゅする【態度を保守する
】保留態度。

だいなしにする【台無しにする】　①
弄壞了…。②糟蹋…。◆前接"を"。

だいなしになった【台無しになった】
①白費了。②吹了。③沒用了。④白白
過去了。

だいなれしょうなれ【大なれ小なれ】
不管大小，不論大小。

たいのおよりいわしのあたま【鯛の尾

より鰯の頭】　寧為難頭不為牛後。

だいのむしをいかししょうのむしをこ
ろせ【大の虫を生し小の虫を殺せ】
捨車保帥，犧牲小的保留大的。

だいはしょうをかねる【大は小を兼ね
る】寧大勿小，大點比小點好。

たいはない【他意はない】　別無他意，
沒有別的意思。

たいびょうにくすりなし【大病に薬な
し】　①無法醫活。②無計可施。

だいぶかねをくう【大分金を食う】
耗費巨款。

たいべつすることができる【大別する
ことができる】　大體上可以分為…，
大致上可以分為…。◆前接格助詞
"に"。

たいべつすると【大別すると】　大致
上分時，大體來分時。

たいべつすると…される【大別すると
…される】　大體上可以分為…。

たいへんさいわいでした【大変幸いで
した】　眞是萬幸，眞是幸運，眞是
造化。

たいへんだ【大変だ】　了不得了。

たいへんなこと【大変なこと】　大事，
大的事情，了不得的事情。

たいへんなことになった【大変なこと
になった】　可不得了啦，鬧出大事
來了。

たいへんなじたい【大変な事体】　嚴
重的局勢。

たいへんなてちがいになる【大変な手
違いになる】　鬧出大禍來。

たいへんなばあい【大変な場合】　緊
要關頭。

たいへんなほねをおってやっと【たい
へんな骨を折ってやっと】　費了很
大勁才…。

たいへんなめにあう【大変な目にあう
】　吃了苦頭，倒了大霉。

たいへんなよろこびよう【大変な喜び
よう】　歡天喜地，樂壞了。

たいぼくはかぜにおられる【大木は風
に折られる】　樹大招風。

たいめんもない【体面もない】　連面
子也不顧，顧不得體面。

たいめんをうしなう【体面を失う】
丟面子＝失去體裁。

たいめんをおもんずる【体面を重んず
る】　好面子，講究體面。

たいめんをきずつける【体面を傷付け
る】　傷面子，有傷體面。

たいめんをたもたせてやる【体面を保
たせてやる】　給…留面子。

たいめんをたもつ【体面を保つ】　保
持面子。

たいめんをとりつくろう【体面をとり
つくろう】　粉飾表面。

たいもうをいだく【大望を抱く】　①
有雄心大志。②懷有野心。

たいものだ　要…，眞想…，很想…。
◆"たい"是願望助動詞，上接動詞、
助動詞連用形後面。

たいようがまばゆい【太陽がまばゆい
】太陽晃眼。

たいよくはむよくににたり【大慾は無
慾に似たり】　大慾似無慾。

たいらにする【平らにする】　①弄平。
②烙平。

たいりょくがおとろえる【体力が衰え
る】　體力衰弱↔体力が強い。

たいりょくがつづかない【体力がつづ
かない】　體力不夠，體力不繼。

たいりょくがつよい【体力が強い】
體力好↔体力が衰える。

たいりょくがまだない【体力がまだな
い】　身體還弱。

たいりょくてきにおとる【体力的に劣
る】　體力上不行。

だいをつける【題をつける】　加標題。

たいをなさぬ【体を成さぬ】　不成樣
子，不像樣子，不成體統。

たうえで【…た上で】　…之後。

たえいるばかりに【絶え入るばかりに
…】　…得幾乎暈過去，…得將要暈
過去，…得死去活來。

たえがたいほどの【堪えがたいほどの
】　忍無可忍的，難受的。

たえず【絶えず】　經常，不斷＝常に，
続いて，不斷，絶えずに。

たえず…ものである【絶えず…もので
ある】　總是…，老是…。

たえて…ことがない【絶えて…ことがない】　向來不…，從來不…，一直沒…。

たえて…ない【絶えて…ない】　總也沒…，完全不…，一點也不…＝少しも…ない。

たえまなく【絶え間なく】　不停地，不斷地＝絶えず。

たえるときがない【絶える時がない】　不斷…，經常…。

たおれてのちやむ【倒れて後止む】　死而後已＝倒れて後止む。

たおれになった【倒れになった】　落空了。

たかいちょうしでうたう【高い調子でうたう】　唱高調。

たがいにおぎないたすけあう【互におぎない助けあう】　相輔相成。

たがいにかばう【互に庇う】　互相包庇。

たがいにけったくする【互に結託する】　互相勾結，串通一氣。

たがいにこころがぴったりする【互に心がぴったりする】　互相心貼心。

たがいにこころをくばる【互に心をくばる】　互相關心。

たがいにたすけあう【互に助け合う】　互相幫助。

たがいにたすける【互に助ける】　互相幫助，互利互助。

たがいにめくばせしあった【互に目配せしあった】　互相交換了一下眼神。

たがいにゆずらない【互に譲らない】　互不相讓，相持不下。

たかいものにつく【高いものにつく】　費錢。

たかがしれる【高が知れる】　①有限的。②沒什麼了不起的。

たかが…ばかりのものだ【高が…ばかりのものだ】　至多不過…，最多不過…。

たががゆるむ【箍が緩む】　①箍兒鬆了。②老朽無用。

たかくつもっても【高く積っても】　最多也不過…，往多估計也不過…。

たかさがまちまちである【高さがまちまち

まちである】　高高矮矮，高低不平。

だかつのごとくきらう【蛇蝎の如く嫌う】　厭如蛇蝎。

たかねのはな【高嶺の花】　高不可攀，可望而不可及。

たかのしれたものだ【高の知れたものだ】　…是很有限的，…是沒什麼了不起的。

たかはうえてもほをつまず【鷹は飢えても穂をつまず】　節義之士雖貧但不貪無義之財。

たかびしゃなやりかた【高飛車なやり方】　高壓手段。

たかびしゃにでる【高飛車に出る】　玩硬的，動粗的，採取高壓手段。

たかみのけんぶつ【高見の見物】　看熱鬧，袖手旁觀，坐山觀虎鬥。

だからこそ　正因爲這樣，正因爲如此。

だからこそ…ものである　正因爲如此，所以才…

だからといって　儘管如此，還是…＝だからとて。

だからといって…わけではない　並不是因爲…就…。

だからとて　儘管…，儘管如此＝だからと言って。

たからのもちぐされ【宝の持腐れ】　空藏寶玉，懷才不遇，白白糟蹋東西。

たからのやまにいりながら，てをむなしくしてかえる【宝の山に入りながら，手を空しくして帰る】　雖入寶山却空手而歸。

たかをくくる【高を括る】　①輕視，瞧不起，不把…放在心上。②掉以輕心，漫不經心。

たかをしっている【高を知っている】　①有限的。②沒什麼了不起的。

たがをはずしてさわぐ【箍を外して騷ぐ】　①狂歡。②大鬧，胡鬧。

たがをはずす【箍を外す】　①去掉箍兒免去一切束縛(拘束)。②隨便，盡興。

たきぎにあぶらをそえる【薪に油を添える】　火上加油。

たきぎをいだきてひをすくう【薪を抱きて火を救う】　抱薪救火。

たくさんだ【沢山だ】　夠了。足夠了。

たくてしかたがない【…たくて仕方がない】　…得很，…得要命，…得不得了。

タクトをとる【タクトを取る】　打拍子，指揮。

たくない　不想…，不願意…。

たくましいからだ【逞しい体】　體格魁梧（魁偉），強健的身體。

たくましいせいしん【逞しい精神】　頑強的精神。

たくましいちから【逞しい力】　強大的力量。

たくましくせいちょうする【逞しく成長する】　茁壯成長。

たくみがない【巧みがない】　樸實，老實，不矯揉造作。

たくみさ【巧みさ】　巧妙。

たくみなうそをつく【巧みなうそをつく】　巧妙地撒謊，謊撒得巧妙。

たくみなことば【巧みな言葉】　花言巧語。

たくみにいいぬける【巧みに言い抜ける】　巧妙地蒙騙過去。

たくみにやろうとしてしくじる【巧みにやろうとしてしくじる】　弄巧成拙。

たくみをみぬく【巧を見抜く】　看破詭計，識透陰謀。

たくらみがある【企らみがある】　有鬼，有鬼主意，詭計多端，心懷不軌。

だけさ　不過是…。

だけしか…ない　①只…，僅僅…。②只有…，唯有…。③只能…，只好…＝…のみ，…しかない。

だけしかみえない【…だけしか見えない】　只看到…。

だけだ　①只是。②只＝…だけである。

だけだからである　只是因爲…，只是由於…。

だけで　①只是，僅僅。②都是…，只根據…。③只由於…。

だけである　＝だけだ。

だけできる　只能…，只會…。

だけです　不過是…。

だけでなく　不僅…而且，不只…而且。

だけではありません　不只是…。

だけではない　不僅…，不只…。

だけではなく　不僅…而且…，不只…而且…＝だけでなく。

だけでも　①至少…。②一…就，只要一…就＝少なとも。

だけでも…ない　連…也不…，連…也没有…＝…さえ…ない。

だけでよい　只要…就可以了。

だけに　①由於只…。②不愧，無怪乎…。③正因爲…所以…＝…だけあって。

だけにとまらない【…だけに止まらない】　不僅…，不止…。

だけによって　只是以…，只根據…。

たけのカーテン【竹のカーテン】　竹幕。

たけのこいしゃ【筍医者】　庸醫，江湖醫生＝藪医者。

たけのこせいかつをする【筍生活をする】　靠變賣過日子。

たけのこのおやまさり【筍の親まさり】　子勝其父。

だけ…ばよい　只要…就可以了，只要…就行了。

だけべつだ【…だけ別だ】　唯獨…是例外。

たけへとつぐ【他家へ嫁ぐ】　出嫁。

たけやのかじ【竹屋の火事】　氣得暴跳如雷。

たけやぶにやをいる【竹藪に矢を射る】　徒勞，白費力氣。

たければ…がよい　想…就…吧，愛…就…吧。◆“たければ”是“たい”的假定形後續“ば”。

だけをみる【…だけを見る】　只看…。

たけをわったような【竹を割ったような】　①乾脆的，爽快的。②心直口快的。③斬釘截鐵的。

たげんはわざわいのもとだ【多言は災のもとだ】　禍從口出。

たげんをようしない【多言を要しない】　無須多説，不用多講。

たこくをする【他国をする】　①出國。②去他鄉↔他国を去る。

たこでつく【蛸でつく】　打夯。

たことがある　①曾經，曾有過…。②有時，往往←…たことがない。

たことにする　就算…。

たことはある　同たことがある。

たことはなかった　從未…，從來没…，從來不…。

たこともある　曾…，也曾…。

たこのともぐい【蛸の友食い】　同類相殘。

たごんできない【他言できない】　別往外講，不能説出去。

たごんむようだ【他言無用だ】　別對別人説。

たさいなひと【多才な人】　多才藝的人。

ださんてきな【打算的な】　自私自利的。

だしあいで【出合いで】　湊錢，互相拿出湊合。

たしかとはうけあわない【確とは受合わない】　説不定，不敢保證。

たしかなしらせ【確かな知らせ】　確實的通知。

たしかなすじから【確かな筋から】　從可靠方面得知。

たしかなニュースによって【確かなニュースによって】　根據可靠消息。

たしせいせい【多士済済】　人材濟濟。

たじたじとなる　畏縮。

たじたじのていだ【たじたじの体だ】　招架不住。

たしなみがある【嗜みがある】　①有…嗜好。②有…修養。

たしなみがよい【嗜がよい】　很留心，非常用心＝心がけがよい。

たしなみのない【嗜のない】　①没有教養的。②不謹慎的＝つつしみのない。

たしに【…足しに】　爲了補貼…。◆前接“の”。

たしにする【…足しにする】　用以補助…。

だしにつかう【出しに使う】　利用…，把…當工具。◆前接“を”。

たしになる【…足しになる】　對…有好處，對…有作用。

たしょうさがある【多少差がある】　多少有點出入，多少有點差別，差一點兒。

たしょうしっている【多少知っている】　略知一二。

たしょう…ところがある【多少…ところがある】　多少有點…。

たしょうとも【多少とも】　或多或少…。

たしょうにかかわらず【多少に拘わらず】　不拘多少。

たしをだす【足しを出す】　不足，不夠＝たりなくなった。

たすからない【助からない】　没救了，無可挽救了。

たすけるほうほうがなくなった【助ける方法がなくなった】　没救了，没治了。

たすけをかりる【助けを借りる】　借助於…。

たすけをたのむ【助けを頼む】　求助，求救，求援。

たすけをもとめる【助けを求める】　同上條。

たぜいにぶぜい【多勢に無勢】　寡不敵衆，三拳難敵四手。

たそくをそう【蛇足を添う】　畫蛇添足＝蛇足を加える。

たたあることだ【…多多あることだ】　…多得是，…多得很，…有的是。

ただ…あるのみ　惟有…而已，只有…而已。

ただいちをしってにをしらない【ただ一を知って二を知らない】　只知其一不知其二。

ただいまから【只今から】　從現在起。

ただいま…ところです【只今…ところです】　剛…，剛剛…，剛才…＝只今…ばかりです。

ただいま…になったところです【只今…になったところです】　同上條。

ただいま…ばかりです【只今…ばかりです】　同上條。

ただいままみえます【只今見えます】　（他）馬上就回來，（他）馬上就來。

ただおかないぞ【ただ置かないぞ】　不能白饒你，不能白白放過你。

ただかいをいどむ【戦いを挑む】 ①
挑戰。②挑釁。

たたかれたのでおかえしにこちらもた
たく【叩かれたのでお返しにこちら
も叩く】 一報還一報。

ただけでも 只要…，一…就…。

ただけでも…のだ 同上條。

ただこうしてこそ 只有這樣做才能
…。

ただことではない 不是小事，非同小
可，不是鬧着玩的。

ただ…さえあれば 只要有…。

ただしいみちをふみはずす【正しい道
をふみはずす】 誤入歧途。

ただ…しか 只…，僅僅…。

ただ…しかしらない【ただ…しか知ら
ない】 只知道…。

ただそれだけの 只是這樣的。

ただ…だけ（で） 只是…，光是…，
老是…，一心…。

ただ…だけである 同上條。

ただ…だけになる 只…，只有…。

ただただ…あるのみ ＝ただ…あるの
み。◆“ただ”的重疊使用表示加強
語氣。

ただちに…ことができない【直ちに…
ことができない】 ①不能親自…。
②不能直接…。③不能馬上…。

ただで【只で】 ①白…，白白…。②
白給，白送，免費。

ただであげます【只で上げます】
免費奉送。

ただ…である【只…である】 只是…，
只不過是。

ただでさえ 本來就…。

ただでさえ…のに 本來就已經…。

ただですまさない【ただで済まさない
】 不能白拉倒，不能那麼就完了。

ただでもらうことはできない 不能白
要。

ただでもらうわけにはいかない 同上
條。

ただならぬ 非同小可。

ただ…にすぎない【ただ…に過ぎない
】 僅僅…，只不過…。

ただに…ばかりでなく，また… 不僅

…而且…。

ただ…のみ 光…，只…，只有…，唯
有…。

ただ…のみだ 不過是…而已。

ただ…ばかりいる ①光…，只…。②
光是…，淨是…。

ただ…ばかりしか…ない 同上條。

ただ…ばかりだ ①只是…，光是…，
淨是…。②剛剛。③只能是…而已。

ただ…ほかはない 只有…，唯有…。

たたますますべんず【多多益益弁ず】
多多益善，越多越好。

たたみかけて【畳み掛けて】 一個勁
地，接二連三地。

ただみたいに 白給一樣＝ただのよう
に。

たたみのうえでしぬ【畳の上で死ぬ】
善終，壽終正寢。

たたみのうえのすいれん【畳の上の水
練】 紙上談兵。

ただみる【ただ見る】 只見…。

たたらをふむ【たたらを踏む】 ①踩
風箱。②後悔得直跺脚。

ただをこねる【駄駄をこねる】 ①撒
嬌。②鬧小性子，要小孩子脾氣。

たちあがりがおそかった【立上りがお
そかった】 動手（着手，下手）晚了。

たちあがりに【立上りに】 一開始就
…。

たちいりむよう【立ち入り無用】 禁
止入內。

たちがはやい【立が早い】 …過得快。

たちされしない【立ち去れしない】
捨不得離開。

たちどころに 立即＝すぐさま，ただ
ちに。

たちのはやい【立ちの早い】 ①好燒
的。②不經燒的。

たちのよい【質のよい】 ①質量好的，
優質的。②品質好的。③性情好的。

たちまちのうちに【忽ちの内に】 不
一會兒，轉瞬之間。

たちまわりがうまい【立回りがうまい
】善於鑽營，會鑽營。

たつせがない【立つ瀬がない】 ①没
有立足點（立場）。②没有立足之地，

處境困難，進退兩難。③没有面子，没臉見人。

たったいま…ところだ　剛剛…＝ただ…ところだ。

たったいま…ばかりだ　同上條。

たった…しか…ない　只…，僅僅…＝ただ…しか…ない。

だったとおもうが　①記得是…可是…。②以爲是…可是…。

たった…のさで【たった…の差で】只差…。

だって…ことはある　即便是…有時也…，即使是…有時也…＝だって…ことがある，…でも…ことがある。

だって…だって　不只…而且連…也…。

だってできる　連…也會，連…也能辦到。

だって…ない　連…也不…。

だって…なくて，また…　連…也不…，還…。

たってもいってもいられない【立っても居ても居られない】站也不是坐也不是。

たていたにみず【立板に水】説話流利，口若懸河。

たていたにみずをながすように【立板に水を流すように】口若懸河似地＝立板に水のこどく。

たてからみてもよこからみても【縦から見ても横から見ても】無論從那方面看。

たでくうむしもすきずき【蓼食う虫も好き好き】人各有所好，百人吃百味，海濱有逐臭之夫。

たてつづけに【立続けに】①一口氣。②接連不斷地。

たてにとる【盾に取る】①藉口…，把…作爲擋箭牌。②依仗…，以…爲後盾。◆前接"を"。

たてのいちめんだけをみる【盾の一面だけを見る】片面地看問題↔盾の両面を見る。

だてのうすぎ【伊達の薄着】俏皮人不穿棉衣服。

たてのはんめん【盾の半面】片面。

たてのりょうめんをみる【盾の両面を見る】全面地看問題↔盾の一面だけを見る。

たてをつく【盾を突く】①反抗，對抗，抵抗。②反對。

だと…いい　但願…，若是…才好，若是…就好了＝…ば…いい。

だという　據説…，根據…。

だということにしておこう【…だということにして置こう】就算…好了，算是…好了。

だということをわかる【…だということを分る】可見是…。

たとい…うと　①即使，那怕…。②不管…，無論…＝たとい…ても。

だというのに　①然而…。②可以説是…。

だというはなしだ【…だという話だ】據説，聽説…そうだ。

だといえば【…だと言えば】雖説…，雖然…。

だといって【…だと言って】同上條。

たとい…ても＝たとい…うと。

だといわれる【…だと言われる】①號稱…。②可以説是…。

たとえていうと【譬えて言うと】打個比喩來説。

たとえ…ても　即使…，縦令…，哪怕…，雖然…也…＝たとえ…でも。

たとえ…としても　同上條。

たとえ…とも　同上條。

たとえ…にしても　同上條。

たとえようもない【譬えようもない】無法形容＝たとえようのない。

たとえをひいてはなす【譬えを引いて話す】比方説，舉例來説。

たとえをひけば【譬えを引けば】譬如，例如＝たとえば。

たとおもうと【…たと思うと】剛…，剛剛…，剛一…就…。

だとおもうと【…だと思うと】一想到…。

だとおもったら【…だと思ったら】要想…。

だとおもって【…だと思って】①就當（作）…。②以爲是…，認爲是…。

だとおもっていた【…だと思っていた
】　認爲…，以爲…。

だとかいって【…だとか言って】　①
據說…。②所謂…。③叫做…。◆"
とか"，是修飾助詞，來表示某種不
確實和不肯定的情況。

だとかんがえられている【…だと考え
られている】　可以看作是…，可以
認爲是…。

たところ（が）　雖然…可是…。

だとしかおもわれない【…だとしか思
われない】　只能認爲是…，只能看
作是…。

だとしったら【…だと知ったら】　既
然知道是…。

たとする【多とする】　①感謝。②重
視。③認爲…很多。

だとはいえないことになる　也算不得
…，也不能算…，也不能說是…。

たなからぼたもち【棚から牡丹餅】
天上掉餡餅，福自天來，肥豬拱門。

たなごころのうち【掌の中】　掌中，
手中。

たなごころをかえす【掌を返す】　易
如反掌。

たなごころをかえすようにようい　【
掌を返すように容易】　易如反掌，
簡直算不了什麼＝掌をかえすごとく
容易に。

たなごころをさす【掌を指す】　①瞭
如指掌。②毫無疑問＝掌を指すよう
に明瞭だ（明白だ，明らかだ）。

たなにあげる【棚に上げる】　①假裝
不知道。②置之不理。③束之高閣，
把…擱置起來，把…掛起來。④蠻不
在乎。

たなのものをとってくるよう【棚の物
を取って来るよう】　如探囊取物，
不費吹灰之力。

たに【他に】　另外，其次。

たにひしてみおとりする【他に比して
見劣りする】　相形見絀。

たにるいひするものがない【他に類比
するものがない】　無與倫比。

たにんあつかいにする【他人あつかい
にする】　當外人。

たにんぎょうぎなことば【他人行儀な
ことば】　客氣話。

たにんにあつかい【他人に扱い】　當
外人看待。

たにんにさゆうされる【他人に左右さ
れる】　受人指揮，受別人左右。

たにんにつみをきせる【他人に罪をき
せる】　嫁禍於人，嫁罪於人。

たにんのせわをやくまえにじぶんのこ
とをしなさい【他人の世話をやく前
に自分のことをしなさい】　自掃門
前雪，莫管他人瓦上霜。

たにんのせんぎをずつうにやむ【他人
の疝気を頭痛に病む】　替別人擔憂。

たにんのびをかすめる【他人の美をか
すめる】　奪人之美。

たにんのふこうをよろこぶ【他人の不
幸をよろこぶ】　幸災樂禍。

たにんのふんどしですもうをとる【他
人の禅で相撲を取る】　借花獻佛，
借風使船，順水推舟。

たにんのめしをくう【他人の飯を食う
】　到外面闖一闖，到外邊歷經艱苦。

たにんのわざわいをよろこぶ【他人の
災いを喜ぶ】　幸災樂禍＝他人の不
幸をよろこぶ。

たにんをふみだいにする【他人を踏み
台にする】　拿別人作墊腳石。

たねあかしをする【種明しをする】
洩底，揭穿秘密。

たねなしになる【種なしになる】　吃
虧，大賠本。

たねになる【種になる】　是…的原因，
成爲…的原因。

たねもしかけもありません【種も仕掛
けもありません】　沒什麼秘密。

たねをまく【種を蒔く】　播種，播下
…的種子。

たねんなく【他念なく】　專心，專心
致志。

たのうなひと【多能な人】　有才能，
多才多藝的人＝多才の人。

たのしみきまってかなしみができる
【楽しみきまって悲しみができる】
樂極生悲。

たのしみつきてかなしみくる【楽しみ

尽きて悲しみ来る】　樂極生悲。

たのしめるのにたのしまうとしない【
楽しめるのに楽しまうとしない】
有福不享。

たのみがある【頼みがある】　有事相求。

たのみたいことがある【頼みたいこと
がある】　有事拜託。

たのみになる【頼みになる】　可以信
賴，可以依靠↔頼にならない。

たのみのつな【頼みの綱】　①靠山。
②命根子。

たのみのつなとする【頼みの綱とする
】　把…當靠山。

たのみをきく【頼みを聞く】　答應…
的請求。

たはおしてしるべし【他は推して知る
べし】　其他可想而知。

たばかりだ　剛…，剛剛…。

たばかりに　只因…，正因爲…。

タバコをすう【タバコを吸う】　吸烟
＝タバコをふかす（くゆらす，のむ）。

たばこをやめる　戒烟。

たばになってかかる【束になって掛か
る】　群起而攻之。

たびからたびにさすらう【旅から旅に
さすらう】　到處流浪。

たびごとに　每次，每…一次就…。

たびたびのことでした【度度のことで
した】　屢次麻煩。

たびに【度に】　①每次，每回，每逢
…。②一…就…。

たびにたつ【旅に立つ】　出去旅行。

たびにでる【旅に出る】　出門，外出。

だびにふする【茶毘に付する】　火葬。

たびゆきくれる【旅に行きくれる】
前不着村後不着店。

たびのそら【旅の空】　①旅途。②異
鄉。

たびはみちづれよはなさけ【旅は道連
れ世は情】　旅行要有伴，處世要互
助，在家靠父母出外靠朋友。

たびをかさねる【度を重ねる】　反覆，
再三。

たびをかさねるごとに【度を重ねるご
とに】　一次比一次（更）…。

たびをこして【度をこして】　過度地，

過分地＝必要以上に。

たぶん…だろう　大概…吧，恐怕…吧，
可能…吧＝多分…でしょう。

たぶん…ない　大概不…。

たぶん…ないだろう　大概不會…吧，
大概不能…吧。

だほらをふく【駄法螺を吹く】　①吹
牛，說大話。②胡說，胡說八道。

たましいがぬける【魂が抜ける】　掉
魂兒，失魂落魄。

たましいにふれる【魂に触れる】　觸
及靈魂。

たましいをいれかえる【魂を入替える
】　重新作人，脫胎換骨。

たましいをうちこんで【魂を打ち込ん
で】　聚精會神地，全神貫注地。

たましいをうばう　銷魂。

たましいをぬけたよう【魂を抜けたよ
う】　像掉了魂似地。

だましがきかない【騙しがきかない】
不受騙↔だましがきく。

だましにのる【騙しに乗る】　受騙，
上當＝計略にのる。

だますにてなし【騙すに手なし】　無
法防禦他人欺騙。

だませない【騙せない】　騙不過，瞞
不過。

だまって【黙って】默默地，不作聲地，
埋頭…。

たまにきず【玉に瑕】　白圭之玷，美
中不足。

たまにきず（あるの）は…である【玉
に瑕（あるの）は…である】　美
中不足的是…＝…が玉のきずだ。

たまに…だけだ【偶に…だけだ】　只
是偶爾…。

たまのあせ【玉の汗】　豆大的汗珠。

たまのあたり　命中率。

たまのおがたえる【玉の緒が絶える】
一命嗚呼。

たまのかんばせ【玉の顔】　長得如花
似玉。

たまのこしにのる【玉の輿に乗る】
①嫁給名門望族，嫁給富貴人家。②
一步登天。

たまみがかざればきをなさず【玉磨か

ざれば器を成さず】 玉不琢不成
器

たまみがかざればひかりなし【玉磨か
ざれば光なし】 同上條。

たまらない【堪らない】 …不堪，
…得很，…透了，…極了，…得要命，
…得受不了。

たまるもんか …怎麼行呢？…還得了
嗎？＝…たまるものか。

たまをうちこんで【玉を打ち込んで】
埋頭於…，聚精會神地做…，專心致
志地做…。

たまをうつ【玉を打つ】 射擊。

たまをころがすよう【玉を転がすよう
】聲音美妙，清脆悅耳＝玉をころば
すよう。

だみんをむさぼる【惰眠を貪る】 ①
睡懶覺。②無所事事。

ためいきをつく【溜息をつく】 嘆氣，
咳聲嘆氣，長吁短嘆。

ためいきをもらす【ため息をもらす】
同上條。

ためしがない【例がない】 没有先例，
從未…，没有…的經驗。

ためしにやってみよう【ためしにやっ
て見よう】 試試看。

ためである【…為である】 是為了…，
是因為…，是由於…。

ためではない【…為ではない】 不是
為了…，不是因為…，不是由於…。

ためではなく…ものである【…為では
なく…ものである】 並不是為了…
才…，並不是因為…才…。

ために【…為に】 為了…，因為…，
由於…。

ためにする【為にする】 有所圖，別
有用心，另有目的。

ためにそんだ【…為に損だ】對…不利，
對…沒好處＝…ために損。

ためにつごうのよいものだ【…為に都
合のよいものだ】 最足以…，最適
合…。

だめになった 事情壞了，事情糟了。

ためにならない 【…為にならない】
①有損於…，有傷…。②對…不利，
對…不好，對…沒好處＝…ために損

だ↔…ためになる。

ためにならば【…為にならば】 若是
能…的話。

ためになる【…為になる】 對…有
好處，對…有用處↔ためにならな
い。

ためにほかならない【…為に外ならな
い】 不外是為了…，無非是為了…，
就是為了…。

ための【…為の】 為…的，為了…的。

ためのものである【…為のものである
】 是為了…。正是為了…。

だめをおす【駄目を押す】 叮問，叮囑。

ためをおもう【…為を思う】 為…着想。

たもとをわかつ【袂を分つ】 ①分離，
分別，離別。②斷絕關係，分道揚鑣，
各走各的路。

たやすいごよう【容易い御用】 那好
說，没什麼，那好辦，那現成＝お易
い御用。

たやすくじょうじゅする【容易く成就
する】 一舉成功，一蹴而就。

たやすくできる【容易くできる】 好
辦，好解決。

たゆみなく【弛みなく】 不懈地，不
倦地。

たよりにする【頼りにする】 依靠…，
以…為靠山。◆前接“を”。

たよりになる【頼りになる】 可靠，
靠得住↔たよりにならぬ。

たよりをもとめる【頼りを求める】
託人，託人情，走後門，走門路，找
關係。

たらいい ①…才好，…就可以了。②
最好…。③應該…。

たら…いいか…たらいいか 是…好，
還是…好。

たらいいだろうか …才好呢。

だらけになる 滿是…，淨是…，全都
是…。

たらさいごだ【…たら最後だ】 一…
就完了，只要一…就没救了。

たらさいご…まで【…たら最後…まで
】 一…就一直到…，只要一…就一
直…。

だらしがない ①散漫。②邋遢。

だらしないふうをする【だらしない風
　をする】　衣冠不整。

たらふくくう【鱈腹食う】　吃得飽飽
　的，大吃特吃。

たら…ようになる　若是…就能…=たら
　ら…ようになる。

たらよかった　若是…就好了=たらよ
　かったのに。

たらよさそうなものを　…不就得了=
　…ばよいものだ。

たりきにたよる【他力に頼る】　借助
　他人力量。

たりきほんがん【他力本願】　依靠外
　力。

たりきほんがんしゅぎしゃにならぬ（
　ない）【他力本願主義者にならぬ（
　ない）】　不當凡事求人的人。

たり…たり　…或…，…又…=だり…
　だり。

たり…たりする　①又…又…。②有時
　…有時…。③一會兒…一會兒…，時
　而…時而…。

たりない【足りない】　①不夠的。②
　蠢。③笨。④低能。

たりないところ【足りないところ】
　①缺點。②不足的地方。

たりるをしるものはこうふくである
　【足りるを知る者は幸福である】
　知足者常樂。

だれかれなしに【誰彼なしに】　無論
　是誰。

だれかれのわけへだてなく【誰彼の別
　隔てなく】　一視同仁。

だれしも【誰しも】　不論誰。

だれだって【誰だって】　無論誰。

だれだって…ない【誰だって…ない】
　誰都不…。

だれなりと【誰なりと】　無論誰=誰
　でも。

だれにもゆずらない【誰にも譲らない
　】　不落於任何人。

だれのせいでもない【誰の所為でもな
　い】　誰也不怪。

だれひとり…ない【誰一人…ない】
　誰也不…。

だれひとり…ないものはない【誰一人

…ないものはない】　没有一個人不
…。

だれもかれも【誰も彼も】　①誰都…。
　②大家都…。

たれりと（は）しない【足れりと（は
　）しない】　不滿足。

たわいないことをいう【たわいないこ
　とを言う】　①説廢話。②説蠢話。
　③説夢話=たわいもないことを言
　う。

たわいもなく　①輕易地，一下子就…。
　②輕率的。③糊裏糊塗地=たわいな
　く。

たわいもなくねむった【たわいもなく
　眠った】　酣睡，睡得很香。

たわいもなくよった【たわいもなく酔
　った】　醉得不省人事。

たわけもの【たわけ者】　蠢才，笨蛋
　=ばかもの。

たわけをいう【たわけを言う】　説蠢
　話。

たわむれをいう【戯れを言う】　①戯
　言。②開玩笑。③説笑話。

たをたのむ【多を頼む】　仗着人多。

だんかいをおって【段階を追って】
　有步驟地，按步就班地，多階段地=
　だんどりを追って。

たんがすわる【胆が坐る】　有膽量=
　胆（きも）が坐る。

だんがちがう【段が違う】　①程度差，
　程度不同。②質量不同。

たんかをきる【啖呵を切る】　①大聲
　吆喝，大聲叫喊。②大聲叱責。③大
　聲吵罵。

だんがんのち【弾丸の地】　彈丸之地。

だんがんれっしゃ【弾丸列車】　特快，
　特別快車。

たんきはそんき【短気は損気】　①生
　氣傷神。②急性子容易吃虧。

たんきもの【短気者】　急性子，急脾
　氣。

たんきをおこす【短気を起す】　發脾
　氣。

たんげいすべからざる【端倪すべから
　ざる】　不可推測的。

たんげいをゆるさない【端倪を許さな

い】 不容推測。

だんげんできない【断言できない】
不敢断言↔断言できる。

だんげんできる【断言できる】 断言,
一口咬定。

だんことして【断乎として】 ①断乎,
断然,果断。②堅決。

だんごにめはな【団子に目鼻】 圓形
臉,柿餅臉。

だんごばな【団子鼻】 蒜頭鼻子。

だんじて…ない【断じて…ない】 決
不…=断然…ない,決して…ない。

だんじゃない【…段じゃない】 達不
到…程度=だんではない。

たんじゅんに…だとはいってはいけな
い【単純に…だとは言ってはいけな
い】 不能単純地説成是…。

たんじゅんに…できない【単純に…で
きない】 不能単純地…。

たんしょとなる【端緒となる】 成爲
…的開端,成爲…的起點。

たんしょをつかむ【端緒をつかむ】
找到頭緒,找到線索。

たんせいこめたけっさく【丹誠こめた
傑作】 精心傑作。

たんせいこめて【丹誠こめて】 ①精
心地。②竭盡心力地,費盡心血地=
丹精こめて。

たんせいをこらす【丹精を凝す】 竭
力,盡心=丹誠をこらす。

たんせいをつくす【丹精を尽す】 誠
心誠意。

たんせいをもらす【嘆声を漏らす】
嘆息,嘆氣。

たんぜんとすわる【端然と坐る】 端
坐。

だんぜん…ない【断然…ない】 決不
…=だんじて…ない。

たんだいしんしょう【胆大心小】 膽
大心細。

だんだんずぶとくなる【段段図太くな
る】 膽子漸漸大起來了,膽子越來
越大。

だんだん…なってくる【段段…なって
くる】 越來越…,漸漸…起來了。

だんちがいである【段違いである】

懸殊,差得遠,有天壤之別。

だんちょうのおもいがする【断腸の思
いがする】 ①肝腸寸断。②感到萬
分悲慟。

だんていはむずかしい【断定はむずか
しい】 很難判断,很難断定。

たんてきにいえば【端的に言えば】
乾脆説,直率地説,直截了當地説=
たんとうちょくにゅうに言えば。

たんてきにわかりよい【端的にわかり
よい】 簡單易懂,通俗易懂=端的
でわかりやすい。

たんとうちょくにゅうに【単刀直入に
】 乾脆地,單刀直入地,開門見山
地,直截了當地。

たんとのごとし【胆斗の如し】 膽大
包天,非常膽大。

だんどりよく【段取りよく】 有步驟
地,按步就班地=たんがいをおっ
て。

たんどりをおって【段取りを追って】
同上條。

たんなる…である【単なる…である】
只是…,僅僅是…。◆単なるは連體
詞,後續體言。

たんなる…にすぎない【単なる…にす
ぎない】 只不過是…而已。

たんに…だけだ【単に…だけだ】 只
是…,僅僅是…=ただ…のみである。

たんに…ではない【単に…ではない】
不只是…,不僅僅是…。

たんに…ではなく…ものである【単に
…ではなく…ものである】 不只是
…而是…。

だんになると【段になると】 ①一旦
…。②一到…時候。

たんに…にすぎない【単に…に過ぎな
い】 只不過是…。

たんに…にとまる【単に…に止まる】
①只是…而已。②只不過…而已。

たんに…のみならず【単に…のみなら
ず】 不只…,不僅…。

たんに…ばかりではない【単に…ばか
りではない】 同上條。

たんに…ばかりではなく…のである
【単に…ばかりではなく…のである

】 不單是…而且也是…。

たんのすわった【胆の坐った】 有膽量的。

だんまつまにせまる【断末魔に迫る】 臨終。

だんまつまのあがき【断末魔のあがき】 垂死掙扎。

だんろんふうはっする【談論風発する】 談笑風生。

たんをすててちょうをとる【短を捨て長を取る】 取長補短。

たんをはっする【端を発する】 發端於…，由…首先開始的。

たんをひらく【端を開く】 開端。

ち

ちいさいかね【小さい金】 零錢＝小錢。

ちいさいときからのなじみ【小さい時からの馴染】 青梅竹馬，兒童時代的朋友。

ちいさくなる【小さくなる】 ①小了。②（衣服）縮水。③低聲下氣，低三下四。④抬不起頭來。⑤縮成一團。

ちいさなことにこだわらない【小さなことに拘わらない】 不拘小節。

ちいにくらいつく【地位に食らい付く】 戀棧＝ちいにみれんをもつ。

ちいをぼうにふる【地位を棒に振る】 丟了工作，斷送了地位。

ちいをほしがる【地位を欲しがる】 鬧地位。

ちえがある【知恵がある】 有主意，有辦法，有頭腦。

ちえがつく【知恵がつく】 ①懂事，出息。②有主意，有智慧。

ちえくらべをする【智恵比べをする】 鬥智，鬥心眼。

ちえぶくろをしぼる【知恵袋を絞る】 想主意，絞盡腦汁＝知恵をしぼる。

ちえをかしてください【智恵を貸して下さい】 請出個主意。

ちえをかす【智恵をかす】 ①出主意。②替別人策劃。

ちえをかりる【智恵を借りる】 討教，請別人參謀參謀，找別人出個主意。

ちえをしぼる【智恵を絞る】 動腦筋，絞盡腦汁，冥思苦想＝智恵袋を絞る。

ちえをだす【知恵を出す】 出主意。

ちえをつける【智恵をつける】 ①煽動，挑唆，教唆。②給…灌輸思想。③出主意。

ちえをはたらかす【知恵を働かす】 動動腦筋＝頭を働かす。

ちがあがる【血が上る】 ①頭暈。②血往上衝。

ちかいうちに【近い内に】 ①最近，不久。②改天，改日。③過兩天＝いずれ。

ちがいなく【違いなく】 一定…，没錯＝きっと，まちがいなく。

ちがいはみとめられず【違いは認められず】 認爲…没有差別。

ちかいをする【誓をする】 立誓。

ちかいをそむく【誓を背く】 ①違背誓言。②背盟。

ちかいをたてる【誓を立てる】 起誓。

ちかいをむすぶ【誓を結ぶ】 結盟。

ちかくにある【近くにある】 在附近。

ちかくになる【近くになる】 將近…。❖前接 “に”。

ちがしたたる【血が滴る】 ①血淋淋。②往下滴血。

ちかづきにくい【近付きにくい】 很難接近。

ちかづきになる【近付きになる】 認識，熟識。

ちがったのは…ためである【…違ったのは…ためである】 …之所以不同是因爲…，…之所以有這種差別是由於…造成的。

ちがっためでみる【違った目で見る】
　另眼相看。

ちかって【誓って】　①一定要…＝か
　ならず。②堅決不…＝けっして。

ちかって…ない【誓って…ない】　①
　一定不…。②決不…＝必ず…ない，
　決して…ない。

ちかにふす【地下に伏す】　臥倒。

ちかにもぐる【地下に潜る】　轉入地
　下。

ちがまじる【血が交る】　混血。

ちかみちをする【近路をする】　走捷
　徑。

ちからいっぱい【力一杯】　全力，盡
　力，竭盡全力。

ちからおよばず【力及ばず】　①辦不
　到，力不從心。②鞭長莫及。

ちからがある【力がある】　①有能力。
　②有力量↔力がない。

ちからがいる【力がいる】　吃力，費
　勁。

ちからがたりない【力が足りない】
　力不從心，力量不夠。

ちからがつく【力がつく】　①起勁。
　②有進步，有長進。

ちからがでない【力が出ない】　使不
　上勁。

ちからがぬけてしまった【力が抜けて
　しまった】　没勁了。

ちからがはいる【力がはいる】　來勁，
　起勁。

ちからがはぶける【力が省ける】　省
　勁，省力。

ちからくらべものにならない【力比べ
　ものにならない】　力量懸殊。

ちからくらべをする【力比べをする】
　比力氣，跟…較量。✧前接“と”。

ちからこぶをいれる【力瘤を入れる】
　竭盡全力做…。✧前接“に”。

ちからしごと【力仕事】　力氣活，體
　力活。

ちからずくで【力尽で】　①極力，全
　力。②強制，強迫。

ちからだのみにする【力頼みにする】
　依靠，依賴。✧前接“を”。

ちからつきる【力尽きる】　精疲力盡。

ちからにあまる【力に余る】　力所不
　及，不能勝任。

ちからにおよぶかぎり【力に及ぶ限り
　】　盡力，力所能及，竭盡全力。

ちからにする【力にする】　指着…，
　依靠…。✧前接“を”。

ちからになる【力になる】　援助，幫
　助。✧前接“の”。

ちからによって【力によって】　①根
　據能力。②根據程度。

ちからのいるしごと【力のいる仕事】
　力氣活，體力活＝力仕事。

ちからのげんかいまでだして【力の限
　界まで出して】　盡力，盡量＝でき
　るだけ。

ちからをあわせる【力を合わせる】
　同心協力，通力合作。

ちからをいれる【力を入れる】　①加
　勁，使勁，用力。②着重於…。③加
　重。④大力…。

ちからをおとす【力を落す】　灰心，
　灰心喪氣，失望，洩氣。

ちからをかける【力をかける】　推…，
　用力推…。✧前接“に”。

ちからをかす【力を貸す】　幫助，援
　助。✧前接“に”。

ちからをくわえる【力を加える】　①
　加把勁，使點勁。②加壓力。

ちからをこめる【力をこめる】　使勁，
　用力。

ちからをそそぐ【力を注ぐ】　專心做
　…，努力於…，專心致志於…。

ちからをだす【力を出す】　使勁，用
　力。

ちからをつくす【力を尽す】　①盡力。
　②賣勁。

ちからをつけてやる【力をつけてやる
　】幫助，援助＝力になってやる。

ちからをつける【力をつける】　①掌
　握…。②具有…的能力。③培養…的
　能力。

ちからをなくする【力をなくする】
　没勁了，洩氣，灰心。

ちからをぬく【力を抜く】　鬆勁。

ちからをふりむける【力を振向ける】
　調動力量，調配力量。

ちがわく【血が沸く】　熱血沸騰。

ちきをえる【知己を得る】　遇到知己。

ちくごてきにやくする【逐語的に訳する】　逐字逐句地翻譯，直譯＝逐語訳。

ちくちくとひにくをいう【ちくちくと皮肉を言う】　尖刻地挖苦。

ちくりといたむ【ちくりと痛む】　刺痛，針扎似地疼。

ちしきがすぐれている【知識が優れている】　高明。

ちしきにとぼしい【知識に乏しい】　知識貧乏↔知識に富む。

ちしきにとむ【知識に富む】　知識豐富↔知識に乏しい。

ちしきはちからなり【知識は力なり】　知識就是力量。

ちしきをふりまわす【知識を振廻す】　賣弄知識，顯示知識。

ちしゃもせんりょのいっしつ【智者も千慮の一失】　智者千慮必有一失，聰明一世糊塗一時。

ちじょくをうける【恥辱を受ける】　受辱。

ちじょくをもたらす【恥辱をもたらす】　給…丟臉，給…帶來損失。

ちじんのたわごと【痴人の戯言】　痴人說夢。

ちじんをたよる【知人を頼る】　投奔熟人，依靠熟人。

ちすじはあらそわないものだ【血筋は争わないものだ】　種瓜得瓜，種豆得豆，有其父必有其子。

ちせいがある【知性がある】　聰明，聰穎，有才能。

ちたいなく【遅滞なく】　馬上，立刻，毫不延遲地，毫不拖延地。

ちたいをゆるさない【遅滞を許さない】　不容拖延。

ちだらけのひと【血だらけの人】　滿身是血的人。

ちちくさいこぞう【乳臭い小僧】　黃口孺子。

ちちはなれする【乳離れする】　斷奶。

ちちをしぼる【乳を搾る】　擠牛奶。

ちっとのところで　差一點…＝もうちっとのところで。

ちっとのところで…ところだ　差一點就…。

ちっとも…ところがない【ちっとも…所がない】　一點…的地方也沒有。

ちっとも…ない　①總沒…，總也沒有…。②毫不…，一點也不…，完全不…。

ちっとやそっとの　一星半點的。

ちてきのしごと【知的の仕事】　腦力勞動→力仕事。

ちでちをあらう【血で血を洗う】　①以血還血。②同室操戈，骨肉相殘。

ちとあせ【血と汗】　①頑強地，不屈不撓地。②堅韌不拔地。③血汗。

ちとなみだの【血と涙の】　血淚斑斑的。

ちとはやすぎる【ちと早過ぎる】　未免過早。

ちどりあしで【千鳥足で】　蹣跚，踉蹌，晃晃悠悠，趔趔趄趄地，東倒西歪地，歪裏歪斜地。

ちなまぐさいにおい【血腥いにおい】　血腥味。

ちにいてらんをわすれず【治に居て乱を忘れず】　治而不忘亂，居安而不忘亂，太平治世不忘武備。

ちにうえる【血に飢える】　充滿殺機。

ちにおちる【地に落ちる】　①落地，墜地。②…掃地，一落千丈。

ちについた【地についた】　踏實的，紮實的，腳踏實地的。

ちのあまり【血の余り】　最小的兒子。

ちのあめをふらす【血の雨を降す】　①打得頭破血流。②血肉橫飛。

ちのいけ【血の池】　血池。

ちのうみ【血の海】　血海，血泊，滿地是血。

ちのぎせいをはらう【血の犠牲を拂う】　流血犧牲。

ちのけ【血の気】　血色，血氣。

ちのけがおおい【血の気が多い】　①有血氣。②容易激動。③血氣方剛。

ちのけがない【血の気がない】　①沒血色。②沒血氣。

ちのつぐない【血のつぐない】 血債。

ちのでるようなかね【血の出るような金】 血汗錢。

ちのはて【地の果】 天南地北，天涯海角。

ちのめぐり【血の巡り】 ①血液循環。②理解力。

ちのめぐりがよい【血の巡りがよい】 ①血液循環良好。②聰明，機靈↔血のめぐりが悪い。

ちのめぐりがわるい【血の巡りが悪い】 ①血液循環不好。②笨，頭腦遲鈍，理解力差↔ちのめぐりがよい。

ちのめぐりのわるい【血の巡りの悪い】 同上條。

ちのめぐりのわるいにんげん【血のめぐりの悪い人間】 木偶，木頭人。

ちのりをえる【地の利を得る】 得地利。

ちのりをしめる【地の利を占める】 佔地利。

ちはあらそわないものだ【血は争わないものだ】 有其父必有其子＝血筋は争わないものだ。

ちほうなまり【地方訛】 土音，土腔。

ちぼうにとむ【智謀に富む】 足智多謀。

ちぼうをめぐらす【智謀をめぐらす】 定計，研究策略，研究戰術。

ちまきをつくる【粽をつくる】 包粽子。

ちまなこになって【血眼になって】 拼命地，紅了眼似地。

ちみちをあげる【血道を上げる】 ①迷戀異性。②神魂顚倒。

ちみどろのくとうをつづける【血みどろの苦闘を続ける】 和…作殊死的爭鬪。◆前接“と”。

ちみどろのどりょく【血みどろの努力】 玩命地做，奮不顧身地做。

ちもなみだもある【血も涙もある】 富有人情味兒↔血も涙もない。

ちもなみだもない【血も涙もない】 没有人情味，冷酷無情↔血も涙もある。

ちゃがきつい【茶がきつい】 茶很濃。

ちゃかしてにげる【茶化して逃げる】

捕塞過去，支吾過去，敷衍過去。

ちゃきをやる【茶気をやる】 開玩笑＝じょうだんを言う。

ちゃくがんがするどい【着眼が鋭い】 眼力好，眼力高。

ちゃとかし【茶と菓子】 茶點。

ちゃのはのくず【茶の葉のくず】 茶末。

ちゃのみともだち【茶のみ友達】 ①茶友。②老伴。

ちゃばらもいっとき【茶腹も一時】 喝足了茶也可以充饑於一時，有勝於無，有比没有強。

ちゃめなこ【茶目な子】 小鬼，小淘氣。

ちゃめをする【茶目をする】 ①開玩笑。②悪作劇。

ちゃをいれる【茶を入れる】 沏茶。

ちゃをそそぐ【茶を注ぐ】 倒茶。

ちゃをだす【茶をだす】 泡茶，沏茶。

ちゃをはこぶ【茶を運ぶ】 端茶。

チャンスをつかまえて 趁機…。

ちゃんと…のだ 確實，的確。◆“のだ”在這裏起加強“ちゃんと”的作用。

ちゅういがたりない【注意が足りない】 注意不夠。

ちゅういがとどきません【注意が届きません】 同上條。

ちゅういぶかい【注意深い】 特別小心的，特別謹愼的。

ちゅういをおこたる【注意を怠る】 大意，疏忽。

ちゅういをかたむける【注意を傾ける】 加以注意。

ちゅういをかんきする【注意を喚起する】 引起注意＝注意を引く。

ちゅういをけいちゅうする【注意を傾注する】 集中注意力。

ちゅういをそそぐ【注意を注ぐ】 集中注意。

ちゅういをはらう【注意を払う】 ①特別注意，深加注意。②環視周圍＝目をくばる。

ちゅういをひく【注意を引く】 引起注意＝注意を喚起する。

ちゅういをむける【注意を向ける】 對…注意。◆前接“に”。

ちゅういをようする【注意を要する】
需要注意。

ちゅういをよびおこす【注意をよび起
す】　喚起（引起）注意。

ちゆうかねそなえた【智勇兼ね備えた
】　智勇雙全的，能文能武的。

ちゅうかんしけん【中間試験】　①期
中考試。②中間試驗。

ちゅうかんをとる【中間を取る】　折
衷。

ちゅうきにかかった【中気に罹った】
中風了。

ちゅうきんをぬきんでる【忠勤を抽ん
でる】　鞠躬盡瘁，全心全意地服務。

ちゅうきんをはげむ【忠勤を励む】
勤奮地工作，孜孜不倦地工作。

ちゅうげんみみにさからう【忠言耳に
逆う】　忠言逆耳＝金言耳に逆う。

ちゅうこくをきく【忠告を聞く】　接
受忠告，聽從勸告＝忠告をききいれ
る。

ちゅうさいにたつ【仲裁に立つ】　從
中說和（調解，勸解）。

ちゅうじょうをうったえる【衷情を訴
える】　傾訴衷情。

ちゅうせいをつくす【忠誠を尽す】
盡忠，竭忠盡誠。

ちゅうせつをつくす【忠節を尽す】
爲…盡忠。

ちゅうちょすることなく【躊躇するこ
となく】　果斷地，果決地。

ちゅうどくしょうじょうになる【中毒
症状になる】　①上癮。②犯癮。

ちゅうどくになる【中毒になる】　①
中毒。②上癮。

ちゅうとでやめる【中途でやめる】
半途而廢，打退堂鼓。

ちゅうぶらりんのにんげん【宙ぶらり
んの人間】　①半吊子，半瓶醋。②
高不成低不就的人。

ちゅうもくをあびる【注目を浴びる】
受到…注目（注意，注視）。

ちゅうもんがあれば【注文があれば】
如果可能的話，如果有希望的話。

ちゅうもんとおりにいかない【注文通
りに行かない】　不能盡如人意。

ちゅうやけんこうで【昼夜兼行で】
晝夜不停地＝晝も夜も休まずに。

ちゅうややすみなく【昼夜やすみなく
】　晝夜不停。

ちゅうやをおかず【昼夜をおかず】
晝夜不停＝ちゅうやをわかたず。

ちゅうやをわかたず【昼夜を分かたず
】　同上條。

ちゅうをいれる【注を入れる】　加注
（解）＝注をつける。

ちゅうをとんで【宙を飛んで】　飛一
般地。

ちょうくしんにゅうする【長駆侵入す
る】　長驅直入，長驅侵入。

ちょうこうせい【聴講生】　旁聽生。

ちょうざいのぐあい【調剤の工合】
配方。

ちょうしがくるう【調子が狂う】　失
常，不正常＝異常がある。

ちょうしがつく【調子がつく】　來勁，
上勁。

ちょうしがでてきた【調子が出て来た
】　同上條。

ちょうしがよい【調子がよい】　①舒
服。②順利。③情況良好，狀態良好
↔調子がよくない。

ちょうしがわるい【調子が悪い】　①
不舒服，不合適。②不順利。③運轉
不靈。

ちょうしずいてくる【調子ずいて来る
】　①得意。②來勁，上勁。③有起
色。④順當起來。

ちょうしにのる【調子に乗る】　①趁
勢。②任性，盡着興。③得意忘形。

ちょうしのよい【調子のよい】　隨和
的。

ちょうしはずれになる【調子外になる
】　走調，離譜。

ちょうしょうをかう【嘲笑を買う】
受到…嘲笑。

ちょうしょをとりたんしょをおぎなう
【長所を取り短所を補う】　取長補
短。

ちょうしをあわせる【調子を合わせる
】　奉承，打幫腔，順着說。

ちょうだをいっする【長蛇を逸する】

失之交臂，失掉了難得的機會。

ちょうたんあいおぎなう【長短相補う】 取長補短＝長所を取り短所を補う。

ちょうちんでもちをつく【提灯で餅をつく】 能不得心應手。

ちょうちんにつりがね【提灯に釣鐘】 ①天淵之別。②分量懸殊。

ちょうちんもちをする【提灯持ちをする】 打幫腔，捧場，拍馬屁，替別人吹噓＝提灯を持つ。

ちょうちんをさげる【提灯を提げる】 打燈籠。

ちょうちんをもつ【提灯を持つ】 同上條。

ちょうちんをつける【提灯をつける】 點燈籠。

ちょうていやくをかう【調停役を買う】 作說和人，作調停人。

ちょうてんにたっする【頂点に達する】 達到頂點（極點，最高峰）。

ちょうどいいかげんだ【丁度いい加減だ】 正好，正合適。

ちょうどいいところに【丁度いいところに】正好，恰好，剛好，恰巧，正是時候＝丁度いい時に。

ちょうどいいときに【丁度いい時に】 同上條。

ちょうどいま…ばかり【丁度今…ばかり】 剛…，剛剛…，才…，剛才…，正好才…，正好要…＝ちょうど…ところだ。

ちょうど…うとおもっていたところだ【丁度…うと思っていたところだ】 剛要…，剛想…，剛打算…。

ちょうど…うとする【丁度…うとする】 同上條。

ちょうど…うとしたとたんに【丁度…うとした途端に】 同上條。

ちょうどずぼしだ【丁度図星だ】 正說到心坎上，正中下懷。

ちょうどそこへ【丁度そこへ】 正在這個時候。

ちょうどそっくりだ【丁度そっくりだ】 一模一樣。

ちょうどそのひに【丁度その日に】 就在那一天

ちょうど…だ【丁度…だ】 ①正是…。②正好是…。③整整是…。

ちょうど…とおりになる【丁度…通りになる】 ①正好…那樣。②正像…那樣。③正中了…。

ちょうど…ところだ【丁度…ところだ】 ＝丁度今…ばかり。

ちょうど…のようなものだ【丁度…のようなものだ】 就像…一樣，彷彿似的。

ちょうど…ばかり【丁度…ばかり】 ＝丁度今…ばかり。

ちょうどよいころおい【丁度よいころおい】 ①恰到好處。②正是好時候。

ちょうど…ようだ【丁度…ようだ】 像…一樣，彷彿…似的。

ちょうびのゆうをふるう【掉尾の勇を振う】 鼓起最後的勇氣。

ちょうもんのいっしん【頂門の一針】 ①當頭一棒。②一針見血。③非常中肯。

ちょうやのいん【長夜の飲】 徹夜長飲。

ちょうりょくがじゅうぶんでない【聴力が十分でない】 聽力不好，聽不清楚。

ちょうりょくがにぶる【聴力が鈍る】 耳朵背，耳朵有點聾。

ちょうをとりたんをおぎなう【長を取り短を補う】 取長補短＝長短相補う。

ちょきんをひきだす【貯金を引き出す】 提取存款。

ちょくごに【直後に】 剛…之後，緊接着，緊跟着，…之後立即。

ちょくぜんに【直前に】 ①正要…，正要…的時候。②即將…。③…之前不久。

ちょこざいなことをいう【猪口才なことを言う】 賣弄小聰明。

ちょさくにじゅうじする【著作に従事する】 從事寫作，從事著述。

ちょっかいをだす【ちょっかいを出す】 多管閑事＝余計な手を出す。

ちょっとおがめたかおだ【一寸拝めた顔だ】 長得還可以（還不難看）。

ちょっとおもいだせない【一寸思い出

せない】　一時想不起來。

ちょっと…かねる【一寸…かねる】
一時不好…。

ちょっとかんがえられない【一寸考え
られない】　難以想像，難以設想。

ちょっとした【一寸した】　①一點點
的，稍微的。②一時的。③偶然的。

ちょっとしたぎじゅつ【一寸した技術
】　薄技。

ちょっとしたきはいで【ちょっとした
気配で】　稍有一點動靜就…。

ちょっとしたことにいいがかりをつけ
て【一寸したことに言掛かりをつけ
て】　爲一點小事找碴。

ちょっとしたはずみ【一寸した弾み】
偶然的機會。

ちょっとしたびょうき【一寸した病気
】　小病，頭痛腦熱。

ちょっと…できない【一寸…出来ない
】　一時不能…，一時難以…。

ちょっとできない【一寸出来ない】
不容易辦到，不是那麼容易辦到的。

ちょっとでも【一寸でも】　盡量…。

ちょっと…と【一寸…と】　乍一…，
一…就…。

ちょっと…ところがある【一寸…所が
ある】　有點…。

ちょっと…とすぐ【一寸…とすぐ】
一…馬上就…，一…立刻就…。

ちょっと…ない【一寸…ない】　不太
…，難以…，不大容易…。

ちょっとのまに【ちょっとの間に】
一會兒。

ちょっとほのめかした　透露了一點口
風。

ちょっとみあたりがつかない【一寸見
当がつかない】　不大容易估計，不
大好估計。

ちょっとみがくと　稍微打扮一下。

ちょっとみがよい【一寸見がよい】
乍看不錯，初看不錯。

ちょっとみたところ【一寸見たところ
】　乍一看。

ちょっとみには　乍看，初看。

ちょっともうごかぬ【一寸も動かぬ】
動都不動。

ちょっともちがわない【一寸も違わな
い】　一點不錯，絲毫不錯。

ちょとつもうしんする【猪突猛進する
】　蠻幹，盲目冒進。

ちにつく【緒につく】　就緒。

ちょんになる　結束，完結。

ちらちらおちる【ちらちら落ちる】
紛紛落地。

ちらちらみえる【ちらちら見える】
時隱時現。

ちらちらみみにする【ちらちら耳にす
る】　恍惚聽見。

ちらっとみえた【ちらっと見えた】
晃了一下，閃了一下＝ちらと見えた。

ちらっとみみにする【ちらっと耳にす
る】　略有所聞。

ちらっとよこめでみる【ちらっと横目
で見る】　斜眼瞧。

ちりぢりになった【散散になった】
七零八落，四分五散。

ちりぢりばらばらになった【散散ばら
ばらになった】　亂七八糟。

ちりぢりばらばらになってにげる【散
散ばらばらになって逃げる】　四散
奔逃。

ちりっぱ…ない【塵っ葉…ない】　（
俗）一點也没…，絲毫不…＝ちりほ
ども…ない，少しも…ない。

ちりほどのかちもない【塵ほどの價値
もない】　没有一點價值，絲毫價值
也没有。

ちりほども…ない【塵ほども…ない】
没有一點…，絲毫也不…，一點也不
…＝ちりっぱ…ない。

ちりもつもればやまとなる【塵も積れ
ば山となる】　積少成多，積土成山。

ちわきにくおどる【血湧き肉躍る】
躍躍欲試。

ちをうける【血を受ける】　繼承血統
＝血を引く，血筋を引く，筋を引く。

ちをかえてかんがえてみる【地を変え
て考えて見る】　設身處地想一想。

ちをはくおもい【血を吐く思い】　沉
痛，痛心。

ちをはらう【地を払う】　一掃而光，
完全消失。

ちをひく【血を引く】　繼承血統＝血を受ける，血筋をひく，筋をひく。

ちをみる【血を見る】　見血，有傷亡。

ちをめぐらす【智を巡らす】　①動腦筋，想辦法。②策劃，出謀策劃。

ちをわけたきょうだい【血をわけた兄弟】　親兄弟，骨肉兄弟。

ちをわけたどうほう【血をわけた同胞】　骨肉同胞。

ちをわける【血を分ける】　骨肉至親，有血統關係。

ちんちくりんのひと【ちんちくりんの人】　矮子，小個子。

ちんばになった【跛になった】　腿跛了。

ちんばのくつ【跛の靴】　不成雙的鞋子。

ちんばのくつした【跛の靴下】　不成雙的襪子。

ちんばのひと【跛の人】　跛子，瘸子。

ちんぷんかんぷんなへんじ【珍紛漢紛な返事】　莫名其妙的回答。

ちんぷんかんぷんのことをいう【珍紛漢紛の事を言う】　說糊塗話（莫明其妙，叫人費解的話）。

ちんみょうなかおをする【珍妙な顔をする】　作（扮）鬼臉。

ちんもくをまもる【沈黙を守る】　保持沉默，不做聲。

つ

ついいましがた【つい今し方】　剛…，剛剛…，剛才。

ついいましがた…ところです【つい今し方…ところです】　剛…，剛才…，剛才還…。

ついさいきんのことだ【つい最近の事だ】　就是最近的事。

ついさきでる【つい先でる】　剛走。

ついさきほど【つい先ほど】　剛剛…，剛才。

ついさきまで【つい先まで】　剛…，剛剛…，剛才。

ついしけんをする【追試験をする】　補考。

ついじゅうするのみで（は）【追從するのみで（は）】　①只是追隨…，只迎合…。②一味效仿…＝追從するばかりで。

ついしょうわらいをする【追從笑いをする】　滿臉賠笑。

ついそこまで　到最近的地方。

ついぞ…ない【終ぞ…ない】　從未，未曾，從來沒…。

つい…だけ　剛…，剛剛…，剛才＝つい今し方。

ついちょうざした【つい長座した】　不知不覺地打攪了半天＝つい長居をしました。

ついて【就て】　關於…，就…而言，就…來說。◆前接“に”。

ついでがありしだい【序があり次第】　一有空馬上就…。

ついでがあれば【序があれば】　如果得便，如果有功夫，方便的時候。

ついできごころで【つい出来心で】　①由於一時衝動。②由於一時起壞心。

ついで…である【次いで…である】　其次是…，隨後是…。

ついでに【序に】　順便，順手，就便，繼續，一齊。

ついでに…つもりだ【序に…つもりだ】　順便打算…。

ついでのとき【序の時】　得便，有功夫，方便的時候。

ついでをたてて【序を立てて】　按次序，按步就班地。

ついでをまもる【序を守る】　守秩序。

ついに…ことができない【終に…ことが出来ない】　終於不能…，到底不會…。

ついに…ない【終に…ない】 終於没
…，到底没…。

ついになる【対になる】 成對，成雙。

ついのわかれ【終の別れ】 最後的離
別，永別。

つうくにたえない【痛苦に堪えない】
不堪痛苦。

つうくにたえる【痛苦に耐える】 忍
受痛苦。

つうくをなめつくす【痛苦を嘗めつく
す】 受盡了痛苦。

つうこうやめをする【通行止めをする
】 戒嚴。

つうじて【通じて】 總括說來，一般
來說，從大方面說來，從整體說來＝
総じて，一体に，一般に，一般的に。

つうしんにたえない【痛心に堪えない
】 不勝痛心，非常痛心。

つうせつに…をかんずる【痛切に…を
感ずる】 深感…，深切感到…＝…
を痛切に感ずる。

つうちのありしだいすぐ【通知のあり
次第すぐ】 通知一到馬上就…，一
接到通知立刻就…。

つうちをうける【通知を受ける】 接
到通知。

つうちをだす【通知を出す】 發通知。

つうなあそびをする【通な遊びをする
】 會玩，會逛。

つうぶる【通ぶる】 硬充内行（行家）。

つうぼうをくらう【痛棒を食う】 當
頭棒喝，受到嚴厲譴責。

つうようをかんじない 【痛痒を感じ
ない】 無關痛癢，不疼不癢。

つうれつにしかりつけた【痛烈に叱り
つけた】 痛罵了一頓。

つうわちゅうです【通話中です】 佔
線。

つえともはしらともたのむ【杖とも柱
とも頼む】 非常依靠…，非常依賴
…。❖前接“を”。

つえにたよる【杖に頼る】 拄拐杖＝
つえを頼りにする，つえをつく。

つえほどかかるこはない【杖ほどかか
る子はない】 比拐杖還可靠的兒子
是少有的。

つえもまごほどかかる【杖も孫ほどか
かる】 拐杖比孫子還可靠。

つえをひく【杖を曳く】 散步，閑逛，
溜達。

つえをやめる【杖をやめる】 止步，
停步。

つかいにくい【使いにくい】 不好用。

つかいにやる【使いにやる】 打發…
去辦事。

つかいにゆく【使いに行く】 被打發
出去買東西（辦事）。

つかいほうがはげしい【使い方が激し
い】 用的太勤，用得太厲害，用過
勁了。

つかいみちがある【使い道がある】
有用處。

つかいものにする【使い物にする】
把…當作禮物。

つかいものにならない【使い物になら
ない】 没有用。

つかいものをする【使い物をする】
送禮，行賄。

つかいやすい【使いやすい】 好使，
順手＝使いよい。

つかいをやる【使いをやる】 派人，
打發人＝使いを出す，使いを走らせ
る。

つかぬこと【付かぬ事】 突如其來的
事，冒然的事。

つかのまのいのち【束の間の命】 暫
短的生命。

つかのまもおこたらずに【束の間も怠
らずに】 毫不懈怠地，堅持不懈地，
孜孜不倦地。

つかみどころのないはなし【攝みどこ
ろのない話】 捕風捉影的話，摸不
着頭腦的話＝雲をつかむような話。

つかれがでる【疲れが出る】 感到疲
倦，累了＝疲を覚える。

つかれたように【憑れたように】 像
着了迷似地。

つかれはてる【疲れ果てる】 精疲力
盡，乏極了＝精が尽きる。

つかれをおぼえる【疲れを覚える】
累了，覺得累了。

つかれをとる【疲れを取る】 消除疲

勞，解乏。

つかれをやすめる【疲れを休める】
解乏。

つきあいがある【附合がある】　有來
往，有交情。

つきあいがひろい【附合が広い】　交
際廣，交遊廣↔附合が狭い。

つきあいにくい【附合にくい】　不好
共事，不好打交道。

つきあいをする【附合をする】　奉陪，
勉強應酬。

つきおくれのしょうがつ【月おくれの
正月】　春節＝陰暦の正月，旧暦の
正月。

つきがかわる【月が変る】　到下個月。

つきがけで【月掛けで】　按月。

つぎからつぎと【次から次と】　一個
接一個地，接連不斷地＝次から次に，
次から次へ，次から次へと。

つきがわるい【付が悪い】　不好點，
不好着，不好燒。

つきずえまでには【月末までには】
月底以前。

つきだしから【突出から】　一開始工
作就…，自從工作以來就…。

つきだしをくう【突出を食う】　被推
出去。

つぎつぎと【次次と】　相繼地，接連
不斷地，絡繹不絶地＝次次に。

つぎつぎとぼろがでる【次次と襤褸が
出る】　漏洞百出。

つきつめてかんがえる【突詰めて考え
る】　冥思苦想。

つきとすっぽん【月とすっぽん】　天
壤之別。

つきないくるしみ【尽きない苦しみ】
倒不盡的苦水。

つぎに【次に】　其次，下次。

つきにむらくもはなにかぜ【月に叢雲
花に風】　好景不常。

つぎのあたった【継ぎの当った】　補
着補丁的。

つぎのごとくである【次の如くである
】　…如下。

つぎのごとし【次の如し】　同上條。

つぎのとおり【次の通り】　同上條。

つぎのとおりである【次の通りである
】　同上條。

つぎのびんで【次の便で】　下次。

つぎのように【次のように】　…如下
＝次の通り。

つぎのようにして【次のようにして】
同上條。

つぎのようになる【次のようになる】
同上條。

つきはさえわたる【月は冴え渡る】　月
光如水。

つきばらいで【月払いで】　按月付款，
分月付款＝月賦〔げっぷ〕で。

つきひのたつのははやい【月日の立つ
のは早い】　日子過得眞快。

つきみをする【月見をする】　賞月。

つきものがする【憑き物がする】　邪
魔附體。

つきものをおとす【憑き物を落す】
避邪，驅除邪魔。

つきよにかまをぬかれる【月夜に釜を
抜かれる】　太大意，太疏忽。

つきよにちょうちん【月夜に提灯】
多餘，沒必要，多此一舉，畫蛇添足。

つきることのない【尽きることのない
】　無窮無盡的，沒完沒了的。

つきるところがない【尽きるところが
ない】　沒完沒了，無窮無盡。

つぎをあてがう【継を宛行う】　補補
丁。

つぎをあてる【継をあてる】　同上條。

つくづくいやになった【つくづく厭に
なった】　煩極了，膩極了，討厭透
了。

つくづくかんがえる【つくづく考える
】深思熟慮。

つくづくかんずる【つくづく感ずる】
①痛切地感到。②飽嘗…。

つくづくながめる【つくづく眺める】
①仔細看。②不住地打量。

つくったはなし【作った話】　①假話。
②託詞，藉口。

つくりごえで【作り声で】　用假嗓。

つくりごとをいう【作り事を言う】
說假話。

つくりなきをする【作り泣をする】

假哭。

つくりもの【作り物】　①假貨。②人造品。③手工製品。

つくりわらい【作り笑い】　①假哭。②陪笑。

つげぐちをする【告口をする】　告密，搬弄是非。

つけこみがうまい【付け込みがうまい】　善於鑽營＝付け込むのがうまい。

つけこんでくる【付け込んで来る】　抓人弱點，記上賬。

つけでかう【付で買う】　賒購。

つけやきばてきにやる【付け焼き刃的にやる】　敷衍了事。

つけやきばをする【付け焼き刃をする】　①臨陣磨槍。②蒙混過關。

つこうがつかない【都合がつかない】　匀不出，騰不出，擠不出，籌不出。

つこうがよい【都合がよい】　①舒服。②合適。③方便。④便宜↔都合が悪い。

つこうじょう【都合上】　①由於…原因。②由於…關係＝都合により。

つこうつきしだい【都合つき次第】　一有機會，情況一允許。

つこうで【都合で】　①由於…原因。②由於…關係＝都合により。

つこうです【都合です】　預定＝予定する。

つこうによって【都合によって】　看情況。

つこうにより【都合により】　①由於…原因。②由於…關係＝都合によって。

つこうのよいこと【都合のよいこと】　便宜事。

つこうのよいとき【都合のよい時】　得便，方便的時候。

つこうよく【都合よく】　恰好，正好↔都合わるく。

つこうわるく【都合わるく】　不巧↔都合よく。

つこうをつける【都合をつける】　擠出，匀出，騰出。

つじうらがよい【辻占がよい】　吉兆↔辻占が悪い。

つじうらがわるい【辻占が悪い】　不祥之兆↔辻占がよい。

つじつまがあう【辻褄が合う】　有道理，不矛盾，前後相符，合乎邏輯↔つじつまがあわない。

つじつまがあわない【辻褄が合わない】　没道理，前後抵觸，不合邏輯，前後不符↔辻褄が合う。

つじにたつ【辻に立つ】　站在街頭。

つづめていえば【約めて言えば】　簡單地說，簡而言之。

つずりかたをかく【綴り方を書く】　寫作文。

つずりかたをする【綴り方をする】　造句。

つたえきくところによると【伝え聞くところによると】　據說，據傳說。

つたえきくところによれば【伝え聞くところによれば】　同上條。

つたえきくところによれば…そうです【伝え聞くところによれば…そうです】　同上條。

つたえによれば【伝えによれば】　同上條。

つたえるところによれば【伝えるところによれば】　同上條。

つたえるところによれば…そうです【伝えるところによれば…そうです】　同上條。

つちいろのかおをする【土色の顔をする】　面色如土。

つちがつく【土がつく】　輸了，敗了，打敗了。

つちとなる【土となる】　入土，死了＝つちになる。

つちにかえる【土に帰える】　同上條。

つちになる【土になる】　同上條。

つちぼとけのみずあそび【土仏の水遊び】　不知大禍臨頭。泥菩薩過河自身難保。

つちぼとけのみずなぶり【土仏水なぶり】　不知大禍臨頭。

つちぼとけのゆうだちにあうたよう【土仏の夕立に逢うたよう】　淋的像落湯難似的。

つちをふむ【土をふむ】　來到…地方，

路上…土地。

つつある　正…，正在…。◆前接動詞連用形。

つつうらうらからあつまってきた【津津浦浦から集まって来た】　來自五湖四海。

つつうらうらに【津津浦浦に】　各處，各地。

つつうらうらにしれわたる【津津浦浦に知れわたる】　家喩戶曉。

つつがなくごりょこうを【恙なくご旅行を】　祝您一路平安。

つっけんどんなへんじ【突っ慳貪な返事】　粗暴地回答。

つっけんどんにあしらう【突慳貪にあしらう】　①粗暴對待。②對…冷淡。◆前接格助詞“を”。

つっけんどんにものをいう【突慳貪にものを言う】　說話冷冰冰的。

つっこみがたりない【突込みが足りない】　①不夠深刻。②不夠徹底。③不夠深入。

つつしみがたりない【慎みが足りない】　欠檢點，有失檢點，不夠謹慎。

つつましいせいかつをする【慎しい生活をする】　生活儉樸，生活樸素。

つつみかくさずに【包み隠さずに】　坦白地，毫不隱瞞地。

つつみかくすことなく【包み隠すことなく】　同上條。

つつも　雖然…可是…。◆“つつ”是接續助詞，“も”是提示助詞。

つつもたせにかかる【美人局にかかる】　中美人計。

つてがない【伝がない】　沒門路，沒後門，沒路子。

つてにきく【伝に聞く】　風聞，聽人說。

つてをもとめる【伝を求める】　找路子，找門路，找後門。

つとめがひける【勤めが引ける】　下班。

つとめがみつからない【勤めが見付からない】　找不到工作。

つとめぐちがない【勤め口がない】　沒有工作，失業。

つとめぐちをさがす【勤め口を捜す】　找工作。

つとめさきにかよう【勤め先に通う】　上班。

つとめさきはあきらかにしない【勤め先は明らかにしない】　工作地點不詳。

つとめて【勤めて】　盡量，盡力，竭力，盡可能＝できるだけ。

つとめにでる【勤めに出る】　上班，就業。

つとめにゆく【勤めに行く】　上班去。

つとめはなかなかつらい【勤めはなかなかつらい】　工作艱苦。

つとめをはたす【勤めを果す】　完成任務。

つとめをやめる【勤めを止める】　辭職，退職。

つながりがある【繋がりがある】　有關係，有聯繫↔つながりがない。

つながりがきれる【繋がりが切れる】　關係斷了，聯繫斷了。

つながりをつよめる【繋がりを強める】　加強聯繫。

つねとかわって【常と変って】　和平常不同。

つねとして【常として】　從常情來說。

つねなき【常なき】　無常。

つねならぬ【常ならぬ】　不平常，不尋常。

つねならば【常ならば】　若是平常。

つねになる【常になる】　成為常事。

つねに…のである【常に…のである】　老是…，總是…。

つねのように【常のように】　像平常那樣，和平常一樣。

つのつきあわせる【角突き合わせる】　衝突，鬧彆扭＝角突き合をする。

つのをためてうしをころす【角を矯めて牛を殺す】　矯角殺牛，矯枉過正。

つのをはやす【角を生やす】　女人吃醋（嫉妬）。

つばをはく【唾を吐く】　吐唾沫。

つばをひっかける【唾を引掛ける】　吐某人一口唾沫。

つぶがそろっている【粒が揃っている

】　①顆粒整齊。②都是好手的，都是優秀的。

つぶがよい【粒がよい】　質量好，水準高↔粒がよくない。

つぶさにしんさんをなめる【具に辛酸を嘗める】　飽嘗辛酸。

つぶさにそなわっている【具に備わっている】　齊全，一應倶全，一概倶全，一切倶全＝つぶさに取り揃える。

つぶさにとりそろえる【具に取り揃える】　同上條。

つぶしがきく【潰しがきく】　①有本領，有能耐，多才藝。②使用範圍廣泛。

つぶらなつき【つぶらな月】　一輪明月。

つぶらなめ【つぶらな目】　杏核眼。

つぼにはまる【壺にはまる】　正如所料，果然不出所料，正中下懷＝見込通りになる，図星が当る。

つぼみがつく【蕾がつく】　長花蕾，長花苞了。

つぼみのうちに【蕾の中に】　未成年時期。

つぼみのはな【蕾の花】　含苞欲放。

つぼみをつかむ【蕾を攝む】　抓住要點。

つまさきあがり【爪先上がり】　上坡，緩坡，上坡路。

つまさきでたつ【爪先で立つ】　翹着脚，踮着脚，用脚尖站着。

つまはじきをする【爪弾きをする】　①彈指頭。②藐視，厭惡。

つまらない【詰らない】　①無聊的。②没用的。③没意思的。④不值錢的。⑤不足道的，無謂的＝つまらぬ，つまらん。

つまらないいけん【詰らない意見】　餿主意。

つまらないこと【詰らない事】　不足道的事，芝蔴綠豆大的事。

つまらないことにかかずらうな【詰らないことにかかずらうな】　別管閑事，不要拘泥小節。

つまらないはなし【詰らない話し】

閑話，屁話，没用的話。

つまらないめにあう【詰らない目に会う】　落人埋怨，被人數落。

つまらぬことだ【詰らぬことだ】　没什麼意思。

つまらぬことをいうのはとめる【詰らぬことを言うのは止める】　別嘮叨。

つまり…ことである　就是說，也就是說。

つまり…ことになるのである　就等於說。

つまり…ためです　總之是爲了…

つまり…である　說到底是…

つまり…ということである　就是說，也就是說。

つまり…というわけである　同上條。

つまるところ【詰るところ】　①總之，總歸，歸根結底。②究竟＝つまり。

つまるところ…である【詰るところ…である】　歸根到底是…，總之是…，說到底是…。

つまをさとへかえす【妻を里へ返す】　休妻。

つまをとる【妻を取る】　娶妻＝嫁を取る，妻をむかえる。

つみがない【罪がない】　無罪的，純眞的，天眞無邪的，天眞爛漫的。

つみがふかい【罪が深い】　罪孽深重，罪過大。

つみつくりをする【罪作りをする】　①犯罪。②造孽。

つみにあんない【積荷案内】　發貨通知。

つみにうけとりしょ【積荷受取書】　託運單。

つみにおちる【罪に落ちる】　犯罪＝罪を犯す。

つみにしょする【罪に処する】　處罪，處罰。

つみにとう【罪に問う】　問罪。

つみにとわれる【罪に問われる】　被問以…之罪，被處以…之罪。

つみにふくする【罪に服する】　認罪，服罪。

つみのこ【罪の子】　私生子。

つみのない【罪のない】　①無害的。②没有悪意的。③天眞爛漫的。

つみをあやまる【罪を謝る】　謝罪，賠禮，道歉，賠不是。

つみをうけた【罪を受けた】　受到處罰。

つみをおう【罪を負う】　擔不是，承擔責任，承擔罪名。

つみをおわれる【罪を負われる】　被加上…罪名。

つみをきる【罪を着る】　負罪，承擔責任，承擔罪名，擔不是＝罪を負う。

つみをたにんにかぶせる【罪を他人にかぶせる】　嫁禍於人，歸罪於人，把責任推到別人身上，把罪名推到別人頭上。

つみをつぐなう【罪を償う】　①賠罪。②贖罪。③抵罪。

つみをつくる【罪を作る】　作孽，造孽。

つみをはくじょうする【罪を白状する】　認罪，坦白。

つむじまがり【旋毛曲り】　乖僻，彆扭，性情乖僻。

つむじをまげる【旋毛を曲げる】　彆扭。

つむりをまるめる【頭を丸める】　剃光頭＝あたまを丸める，頭を剃る。

つめこみいってんばり【詰込一点張り】　滿堂灌。

つめこみしゅぎ【詰込主義】　塡鴨式教學。

つめたいしうちをうける【冷たい仕打を受ける】　受到冷遇。

つめたいしょくひん【冷たい食品】　冷食。

つめでひろってみでこぼす【爪で拾って箕でこぼす】　滿地撿芝蔴大簸灑油。

つめにひをとぼす【爪に火を点す】　非常吝嗇，吝嗇鬼＝爪に火をともす。

つめのあかほど【爪の垢ほど】　極少，一點點，一丁點兒。

つめのあかをせんじてのむ【爪の垢を煎じて飲む】　學人之長，擇其善者

而從之，效法他人。

つめばらをきらされた【詰腹を切らされた】　被迫辭職。

つめをかむ【爪を嚙む】　咬指甲。

つめをきる【爪を切る】　剪指甲，修指甲。

つめをそめる【爪を染める】　染指甲。

つめをとぐ【爪を研ぐ】　伺機攫取…，張牙舞爪。

つもりだ【…積りだ】　①打算，估計，預定。②確信…，敢說…。

つもりつもった【積り積った】　積累已久的，日積月累的。

つもりで【積りで】　據…估計。✦前接“の”。

つもるうらみ【積る恨み】　積怨。

つもるくろうでびょうきになる【積る苦労で病気になる】　積勞成疾。

つやがでる【艶が出る】　發亮（光）＝つやを出す。

つやけしのガラス【艶消のガラス】　磨光玻璃。

つやけしのはなし【艶消の話】　掃興話，没趣的話，没意思的話。

つやつやとあおい【つやつやと青い】　綠油油的。

つやのあるかみ【つやのある紙】　亮光紙。

つやのないはなし【艶のない話】　乏味的話，没趣的話＝艶消の話。

つやものばなし【艶物話】　艶史。

つゆいささかも…ない【露聊かも…ない】　一點也不…，絲毫也不＝つゆ…ない。

つゆがひかる【露が光る】　①露珠發亮。②眼睛裏閃着淚珠。

つゆときえた【露と消えた】　死了，消失了。

つゆ…ない【露…ない】　一點也不…，絲毫也没…＝つゆいささかも…ない。

つゆになる【梅雨になる】　到了黄梅天，進入梅雨季節＝梅雨にはいる。

つゆのいのち【露の命】　短命。暫短的生命。

つゆのまも…ない【露の間も…ない】

片刻也不…。

つゆほど【露ほど】　一點點，一丁點兒。

つゆほど…ない【露ほど…ない】　一點也不…，絲毫也不…＝つゆ…ない，つゆほども…ない。

つよがりをいう【強がりを言う】　說硬話，說大話＝強がったことを言う。

つよがりをする【強がりをする】　逞強，逞能＝つよきをだす。

つよきにでる【強気に出る】　同上條。

つよきになる【強気になる】　同上條。

つよきをだす【強気を出す】　①逞能，逞強。②採取高壓手段。

つらあてに【面当てに】　和（跟）…賭氣。◆前接“の”或“に”。

つらあてをいう【面当てを言う】　①說諷刺話，說話帶刺。②指桑罵槐。

つらあみろ【面あ見ろ】　活該。

つらいおもいをさせる【つらい思いをさせる】　叫…受委屈。

つらいめにあう【辛い目に合う】　吃苦，嘗到了苦頭＝ひどい目に合う。

つらいめにあわせる【辛い目に合わせる】　給他點顏色看看，給他點厲害嘗嘗＝ひどい目に合わせる。

つらいもの【辛いもの】　難過，難過的事情。

つらまえがにくらしい【面構が憎らしい】　面容可憎。

つらからひがでる【面から火が出る】　羞得面紅耳赤。

つらくあたる【つらく当る】　①難為…。②刁難…，使…為難，苛待…。◆前接“に”。

つらくてたまらない【辛くて堪らない】　難過極了。

つらつらおもうと【つらつら思うと】　仔細一想，仔細一揣摩＝つくずく思うと，よくよく思うと。

つらつらかんがえてみると【つらつら考えて見ると】　同上條。

つらつらかんがえると【つらつら考えると】　同上條。

つらでひとをきる【面で人を切る】

驕傲自大。

つらとむかって【面と向って】　當面，面對面。

つらににせてへそをまく【面に似せてへそを巻く】　人心不同有如其面。

つらのかわがあつい【面の皮が厚い】　臉皮厚，恬不知恥，厚顏無恥↔面の皮が薄い。

つらのかわがせんまいばりだ【面の皮が千枚張りだ】　臉皮厚，厚顏無恥＝面の皮千枚張り。

つらのかわのない【面のかわのない】　臉皮厚。

つらのかわをはぐ【面の皮を剝ぐ】　叫人丟臉，撕人臉皮，揭破人的臉皮＝面の皮を剝ぐ。

つらのかわをひんむく【面の皮をひん剝く】　同上條。◆“ひん”是詞頭，起加強語氣的作用。

つらよごしになる【面汚しになる】　跟着丟臉，給…丟臉。◆前接“の”。

つらをする【面をする】　擺出一付…架子。

つらをふくらす【面を膨らす】　板起面孔。

つりあいがとれない【釣合いが取れない】　①不平衡。②不相稱。③不均衡↔釣合を取る。

つるがある【蔓がある】　有門路＝つてがある。

つるのひとこえ【鶴の一声】　一錘定音，一言千鈞，權威的一句話。

つるはせんねんかめはまんねん【鶴は千年亀は万年】　千年鶴萬年龜。

つるべおとしだ【釣瓶落しだ】　直落，急降，一落千丈。

つるをたぐる【蔓をたぐる】　順着線索。

つるをたどる【蔓を辿る】　找線索，追尋線索。

つるをもとめる【蔓を求める】　找門路＝つてを求める。

つれて【連れて】　①跟着…，隨着…。②所引起的。③越…越…。④由於…。◆前接“に”。

つれないことをいう【つれないことを

言う】　說話冷冰冰的，話說得無情。
つれなくする【つれなくする】　冷淡
　地對待…。
つんぼさじきにおかれる【聾桟敷に置

かれる】　①被蒙在鼓裏。②被當作
局外人。③被安置在不重要位置。
つんぼのはやがってん【聾の早合点】
聾子好打岔。

て

であいがしらに【出合頭に】　迎着頭，
迎頭碰上，迎面碰上。
であしがいい【出足がいい】　①起頭
快。②開端好，開始得順利。③來參
加（觀）的人多↔出足が悪い。
であしがおくれた【出足がおくれた】
遲了一步。
てあしがすりぎになる【手足が擂粉
木になる】　手脚累得像根木棍似的，
四肢累得發直。
てあしがはやい【手足が早い】　手急
眼快，眼明手快。
てあしとなる【手足となる】　①當狗
腿子。②充當左膀右臂。
てあしのやすむひまがない【手足の休
む暇がない】　沒有空閑下來的時
候。
てあしまとい【手足まとい】　礙手礙
脚。
てあしをしきりにうごかす【手足を頻
に動かす】　動手動脚。
てあしをすりごきにする【手足をすり
ごきにする】　拼命奔走。
てあたりしだいにたのみこむ【手当り
次第に頼み込む】　求親告友，逢人
就一再懇求，千求萬告。
てあたりしだいにとる【手当り次第に
取る】　看到什麼拿什麼。
であって　既…又…，既是…又是…。
であってみれば【…であって見れば】
①既然是…。②如果是…。
であっても　儘管是…。
であっても…ことができる　儘管是…
也能…，儘管是用來…也能…。
てあてがつく【手当がつく】　有津貼
（補貼，補助）。

てあてをする【手当をする】　①準備，
預備。②治療，醫治。
てあてをだす【手当を出す】　給津貼，
發津貼。
てあてをやる【手当をやる】　給小費，
給賞錢。
てあらいとりあつかいをうける【手荒
取扱いを受ける】　受到粗暴地對待。
てあらいをする【手荒をする】　粗暴
對待…。
であるいじょう【…である以上】　既
然…，既然是…。
であるか…である　是…還是…。
であるから　因爲…所以…，由於…所
以…。◆另一個"であるから"是接
續詞，要放在句首，當"因此"講。
であるからには　既然是…。
であるからには…なければならないも
のである　既然是…就必須…。
であるということ　據說…，據聞…，
聽說…。
であるところへ　當…時候。
であるのに　儘管…，雖然…＝…にも
拘らず。
であるわけだ　就是要…。
であれ…であれ　不管是…還是…，不
管…也好…也好。
であればであるほど…ますます…　越
是…就越要…。
であろう　①將…。②就會…，就要
…。
であろうと　不管…，無論…。
であろうと…であろうと　不論（是）
…不論（是）…
であろうと…であろうと，いずれも…
ものである　不論（是）…不論（是）

都…。

ていがない【…体がない】　没有…的樣子。

ていかのいっとをたどる【低下の一途をたどる】　直線下降。

ていけんがない【定見がない】　没有定見，没有主見，隨波逐流。

ていこうできない【抵抗できない】　抵抗不了，招架不住。

ていさいがいい【体裁がいい】　①體面，夠樣，像樣。②夠局面了↔体裁が悪い。

ていさいがよくない【体裁がよくない】　不體面，不像樣，不成體統，面子不好看↔体裁がいい。

ていさいがわるい【体裁が悪い】　同上條。

ていさいをかざる【体裁を飾る】　擺樣子，裝飾外表，裝飾門面＝体裁をつくろう。

ていしゅかんぱく【亭主関白】　男的當家，男的管事，男的是一家之主。

ていしゅをしりにしく【亭主を尻に敷く】　欺壓丈夫。

ていせいロシア【帝政ロシア】　沙皇俄國。

ていそうのかたい【貞操の堅い】　堅守貞操的。

ていそうをうしなう【貞操を失う】　失貞，失節，失身。

ていそうをまもる【貞操を守る】　守節，保持貞操。

ていたいそんがいをこうむる【手痛い損害を蒙る】　受到重大損失。

ていたいだげきをうける【手痛い打撃を受ける】　受到嚴重打擊。

ていたいひはんをうける【手痛い批判を受ける】　受到嚴厲的批評。

ていたいめにあう【手痛い目に合う】　吃大虧，碰大釘子。

ていちょうにほうむる【鄭重に葬る】　厚葬。

ていちょうをきわめる【鄭重を極める】　極其鄭重。

ていっぱいだ【手一杯だ】　忙不開，忙不過來，太緊張。

ていっぱいに【手一杯に】　盡力，開足馬力。

ていてはいけない　別…，不要…。

ていどがひくい【程度が低い】　程度低，水準低。

ていどにとどめない【程度に止めない】　過分。

ていどをこえる【程度を越える】　超過程度，超過水準。

ていない　不…，没…，没有…。

ていないので　因為不…，因為没有…。

ていなくてはならない　不得不…。

ていねいにものをいう【丁寧にものを言う】　說話很有禮貌。

ていのいいことをいう【体のいいことを言う】　說好聽的話，說漂亮話。

ていのよいどろぼう【体のよい泥棒】　變相小偸。

ていひょうがある【定評がある】　有定評，口碑載道。

ていへんにせいかつする【底辺に生活する】　生活在社會底層。

ていよくことわる【体よく断る】　婉言謝絕。

ていれいかいぎ【定例会議】　例行會議。

ていれいによって【定例によって】　按照慣例＝慣例によって。

ていれいをやぶる【定例を破る】　打破慣例＝慣例をやぶる。

ていれがわるい【手入れが悪い】　維修得不好，没修理好。

ていれをする【手入れをする】　①修理，維修。②拾掇，收拾。③檢舉。④搜捕。

ておく　①先…下來。②…著。

てがあかない【手が明かない】　没有功夫。

てがあく【手が開く】　有空，没事，閒著没事做，手頭没工作＝手がすく。

てがある【手がある】　有辦法。

でがある【出がある】　足夠…，足夠用一陣子，可夠花一陣子。

てがいい【手がいい】　有本領，有能耐，技術高，本領強。

てがいじける【手がいじける】　手凍

僵了。

てがうしろにまわる【手が後に廻る】
被抓走，被逮捕。

てがおちる【手が落ちる】　手生了。

てがかかる【手がかかる】　費事，麻
煩＝手間がかかる。

てがかりがつく【手掛かりがつく】
找到線索。

てがかりとする【手掛かりとする】
把…作爲線索。◆前接“を”。

てがかりにする【手掛かりにする】
同上條。

てがかりをつかむ【手掛かりを攝む】
抓住線索。

てがきかない【手がきかない】　手笨。

てがきつい【手がきつい】　手段厲害。

でかぎられる【…で限られる】　以…
爲界限。

てがきれる【手が切れる】　關係斷了
＝縁が切れる。

てがくろい【手が黒い】　手髒了。

てがこおりのようにつめたい【手が氷
の様に冷たい】　手冰涼。

てがこむ【手が込む】　①手續複雜。
②手工精緻。

てがさがる【手が下がる】　生疏，退
步了。

でかした　做得（好），好極了，棒極
了＝よくやった。

てかずがかかる【手数がかかる】　費
事。

てがすく【手が空く】　没事，有工夫
＝手があく。

てがすべって【手がすべって】　一失
手。

てかずのいる【手数のいる】　費事的。

てがそろう【手が揃う】　人手齊了，
人手齊備。

てがたりない【手が足りない】　人手
不夠。

てがちぢまっている【手が縮まってい
る】　縮手縮腳。

てがつけられない【手がつけられない
】　①不敢動，没法下手。②簡直没
有辦法，不好對付。③惹不得。

てがとどかない【手が届かない】　①

夠不着。②不周到。③不周密。④鞭
長莫及。⑤辦不到↔手が届く。

てがとどく【手が届く】　①搆得到。
②周到。③周密。④力所能及。⑤辦
得到。⑥接近…。

てがない【手がない】　①没有辦法。
②没有幫手，人手不夠。

てがながい【手が長い】　三隻手，好
偷東西。

てがなる【手が鳴る】　有人拍手招喚
（招呼）。

てがはいる【手がはいる】　警察前來
逮捕。

てがはなされない【手が放されない】
没功夫，没時間，騰不開身，騰不開
手，分不開身。

てがはなれる【手が離れる】　①不再
做…，不再從事…。②翅膀硬了。

てがはぶける【手が省ける】　省事。

てがふさがる【手が塞がる】　佔著手，
（不能接受新的工作）。

てがまわらない【手が廻らない】　騰
不出手。

てがまわる【手が廻る】　考慮周到（
仔細）。

てがみをくばる【手紙を配る】　送信。

でがよくない【出がよくない】　出勤
不好，出勤率低。

てがらがおをする【手柄顔をする】
居功自傲。

てから…をきめる【…てから…を決め
る】　…之後再決定。

てがらをたてる【手柄を立てる】　立
功。

てがわるい【手が悪い】　手裏的牌不
好。

でがわるい【出が悪い】　①流不出來，
不通暢。②人來的不多，參加的人少。

できあいのきもの【出来合いの着物】
成衣，現成的衣服＝出来合いの服。

できあいのくすり【出来合いの薬】
成藥。

できあいのふうふ【出来合いの夫婦】
露水夫妻，姘居的夫婦。

てきいをいだく【敵意を抱く】　敵視，
抱有敵意。

てきいをもつ【敵意を持つ】　同上條。

できええれば【出来えれば】　盡可能…
❹“えれ”是“える”的假定形。

てきがいしんをいだく【敵愾心を抱く
】　懐敵愾心。

できがよい【出来がよい】　①質量好。
②成績好。③産量高。④收成好↔出
来が悪い。

てきぎなしょちをこうずる【適宜な処
置を講ずる】　隨機應變，因時制宜，
因地制宜，採取適當措施＝適宜の処
置をする。

てきぎにする【適宜にする】　看着辦，
斟酌着辦，權宜行事。

てきぎにせつめいする【適宜に説明す
る】　任意解釋。

てきぎのこうどうをとる【適宜の行動
を取る】　採取隨意行動。

てきざいてきしょ【適材適所】　人盡
其才，量才而用。

てきざいをてきしょにおく【適材を適
所におく】　同上條。

てきしゃせいぞん【適者生存】　適者
生存。

てきじゅうするところをしらない【適
従するところを知らない】　無所適
従。

てきぜんとうぼう【敵前逃亡】　臨陣
脱逃。

できそこないだ【出来損いだ】　不成
材，不成器。

できた　…起來了。

てきたいてきかんじょうをいだく【敵
対的感情を抱く】　抱着敵對情緒。

できだかばらい【出来高払い】　計件
工資，按勞付酬。

てきでない【敵でない】　敵不過…，
不是…的對手。

てきとうにごまかしておく【適当に誤
魔化しておく】　敷衍了事，馬虎了事。

てきとうにしょりする【適当に処理す
る】　斟情處理，斟酌着辦。

てきとみかたのくべつ【敵と味方の区
別】　敵我界限。

てきとみかたをする【敵と味方をする
】　分淸敵我↔敵と味方をしない。

できない【…出来ない】　①不會，不
能。②辦不到，解決不了。

できないそうだん【出来ない相談】
無米之炊，緣木求魚，辦不到的事。

てきにかんをつうじる【敵に款を通じ
る】　通敵＝敵に通じる。

てきにつく【敵につく】　倒戈，投敵。

てきのはいご【敵の背後】　敵後。

てきのまわしもの【敵の廻し者】　間
諜，密探，特務＝てきのスパイ。

てきぱきしない　不俐落，不爽快，不
乾脆↔てきぱきする。

てきぱきと　乾脆，爽快，俐落。

できはしない【出来はしない】　不能
…，不會…，做不到，辦不到。

てきはほんのうじにあり【敵は本能寺
にあり】　①出奇制勝。②聲東擊西。
③歪打正着。④醉翁之意不在酒。

てきびしくやる【手厳しくやる】　玩
硬的，動橫的，給他個厲害。

てきふてきなく【適不適なく】　無所
謂合適不合適。

てきほんしゅぎ【敵本主義】　別有用
心，醉翁之意不在酒。

てきほんしゅぎにでる【敵本主義に出
る】　別有用心。

てきめんにきく【覿面に利く】　立刻
見效。

できもしない【出来もしない】　根本
做不到。

てきりょうをすごす【適量を過す】
過量。

できるかぎり【出来るかぎり】　盡量，
盡可能＝出来るだけ。

できるかどうか【出来るかどうか】
能否…，能不能…，…是否行。

できること【出来ること】　必須…，
一定要…。

できることなら【出来ることなら】
只要可能，只要辦得到。

できるだけ【出来るだけ】　盡量，盡
快，盡可能＝できるかぎり。

できるだけで【出来るだけで】　同上
條。

できるだけやってみます　盡力而為。

できるようでなければならない【出来

るようでなければならない】　一定
要…，一定能…。

できるように【出来るように】　能夠
…，爲了能夠…。

できるようになる【出来るようになる
】　能夠…，可以…。

できれば【出来れば】　可能的話。

てぎわがよい【手際がよい】　①手腕
高，手段高，會辦事。②有本領↔手
際が悪い。

てぎわのほどをみせる【手際のほどを
見せる】　顯示身手，露一手＝手際
を見せる。

てぎわのわるい【手際の悪い】　①不
會辦事的。②手段拙劣的。

てきをおびきよせる【敵を誘き寄せる
】　誘敵。

てきをつくる【敵をつくる】　樹敵，
得罪人。

てきをみてやをはぐ【敵を見て矢を矧
ぐ】　臨陣磨槍，臨渴掘井，平時不
燒香臨時抱佛脚。

てくせがわるい【手癖が悪い】　三隻
手，好偷東西。

てぐちがすごい【手口がすごい】　手
段毒辣。

テクニックをろうする【テクニックを
弄する】　耍花招，玩手段。

てごころがわからない【手心がわから
ない】　不得要領。

てごころをくわえる【手心を加える】
　緩一緩，行個方便，手下留情，酌情
處理。

てごころをもちいる【手心を用いる】
　斟酌，酌量。

てごたえがない【手応えがない】　①
不聽，没用，没反應。②無效，不靈
了。③不起勁，没意思。

てこでもうごかぬ【梃子でも動かぬ】
怎樣勸都無動於衷。死頑固，堅持己
見。

てこまる【…て困る】　①別…，可別
…，不要…，可不要…。②…得難受，
…得要命，…得不行＝…ては困る。

てごわいてき【手強い敵】　勁敵。

てごわいとうそう【手強い闘争】　艱
苦爭鬪。

てごわいひと【手強い人】　難鬥的人，
難纏的人，難對付的人。

でさえ　就連…也…。　❹前接體詞＝…
でさえも，…にさえ。

てさきがきようだ【手先が器用だ】
手巧。

でさきがわからない【出先がわからな
い】　去處不詳，下落不明。

てさきになる【手先になる】　當狗腿
子，當…的爪牙，當傀儡＝爪牙にな
る。

てさぐりで【手探りで】　摸索着。

でしいりする【弟子入りする】　投師，
拜老師，當徒弟。

でしかありえない【…でしか有得ない
】　只能是…。　❹“で”是“だ”的
連用形，“しか”是修飾助詞。

てぢかにある【手近にある】　就在眼
前。

てじかなれい【手近な例】　淺近的例子。

でしたら　若是…，假若是…，至於…。

てじなをする【手品をする】　①變戲
法。②玩弄詭計，玩鬼把戲＝手品を
使う。

でしにする【弟子にする】　收門生，
收徒弟。

でしになる【弟子になる】　當徒弟。

でしゃばりがちだ【出しゃばりがちだ
】　愛出風頭。

でしゃばりだ　出風頭。

でしゃばりはやめろ　①別插嘴。②別
露面。

でしゃばるな　少管閑事＝いらぬ手出
はよせ。

てじゅんがうまくついていない【手順
がうまくついていない】　還没安排
好。

てじゅんがくるった【手順が狂った】
①程序亂了。②打亂了計劃。

てじゅんよく【手順よく】　有計劃地，
有步驟地，按部就班地。

てじゅんをあらためる【手順を改める
】　改變程序，改變步驟。

てじゅんをきわめる【手順を極める】
安排好，計劃好。

てすうがいる【手数がいる】　費事，麻煩↔手数がいらない。

てすうがかかる【手数がかかる】　同上條。

てすうがとてもたすかる【手数がとても助かる】　很省事。

てすうがはぶける【手数が省ける】　省事，免麻煩。

てすうをかける【手数を掛ける】　受累，麻煩。

てすうをはぶく【手数を省く】　省事，免麻煩。

ですぎたことをいう【出過ぎたことを言う】　說話冒失。

ですぎたはなし【出過ぎた話】　冒失話，過頭話。

ですぎたまねをする【出過ぎたまねをする】　出風頭。

てすきでない【手隙でない】　没空，騰不出手來↔手隙になる。

ですぎもの【出過ぎ者】　①冒失鬼。②愛出風頭的人。③愛管閑事的人。

テストがある　①有試驗。②有考試。

テストケース　試點工作。

テストパイロット　試飛員。

ですむ【…で済む】　①可以將就，可以對付，可以解決。②…就可以，…就行了。◆前接體詞。

てづるをつかむ【手蔓をつかむ】　①找到線索。②找到門路。

てづるをもとめる【手蔓を求める】　託人情，找門路。

てだしをしてはいけない【手出しをしてはいけない】　別惹…，不要插手…。

てだしをする【手出しをする】　①插手，干涉，管閑事。②逗弄，挑逗。

てだすけをする【手助けをする】　幫助，幫助料理。

でたとこしょうぶ【出たとこ勝負】　①聽其自然，聽天由命，到時候再說②逢場作戲。

てだまにとる【手玉に取る】　擺佈人，玩弄人。

てたまらない【…て堪らない】　…得受不了，…得不得了，…得要命，…

得難受＝…てたまりません，てはたまらない。

て（は）たまるじゃない【…て（は）堪るじゃない】　夠無法忍受，要命。

て（は）たまるもんか【…て（は）堪るもんか】　…怎麼行＝てはたまるか，…てたまるものか。

でたらめないいぐさ【出鱈目な言種】　荒謬的說法。

でたらめなことば【出鱈目なことば】　瞎說，妄語，無理之詞。

でたらめなことをする【出鱈目なことをする】　亂搞，亂來，胡作非為。

でたらめにいう【出鱈目に言う】　胡說八道，信口開河，口出狂言。

てちがいになる【手違いになる】　①弄錯了。②鬧出岔子來了。

てちがいばかり【手違いばかり】　錯誤百出。

てちがいをおこす【手違いを起す】　出錯，發生差錯＝手違いを生ずる。

てつけながれになる【手付流れになる】　定金白給了。

てつけをうつ【手付を打つ】　付定金。

てつづきをする【手続をする】　辦理手續。

てつづきをふむ【手続を踏む】　履行手續。

てつだいがいる【手伝いがいる】　需要幫手。

てつだいをする【手伝いをする】　幫助。

てつだいをたのむ【手伝いを頼む】　求…幫助。

てっていてきにきく【徹底的に聞く】　追根究底。

てっていてきにぜひをあらためる【徹底的に是非を改める】　痛改前非。

てっていてきにやっつけてやる【徹底的に遣付けてやる】　跟…沒完，跟…幹到底。◆前接"を"。

てっとりばやく【手っ取早く】　①俐落。②迅速地。③直截了當地。

てっとりばやくいえば【手っ取早く言えば】　簡單來說＝簡単に言えば。

デッドロックにのりあげる【デッドロックに乗りあげる】　①擱淺。②陷

入僞局。

てつのカーテン【鉄のカーテン】　鐵幕。

てっぽうからせいけんがうまれる【鉄砲から政権が生まれる】　槍桿子裏出政權。

でていけ【出て行け】　滾出去。

てとりあしとり【手とり足とり】　親手，懇切地。

でない　不…，不是…。

でないと　否則。

てなおしをする【手直をする】　修改，修整。

でなかったら　如果不是…，不然的話。

でなくてはよもひもあけない【…でなくては夜も日も明けない】　跟…片刻也離不開。

でなくても　即使不…＝…でなくとも，…そうでなくても。

でなければ　①如果不…，若是不…。②否則…。

でなければ…できない【…でなければ…出来ない】　只有…才能…。

てなこと　那樣的事＝というようなこと。

てなみがあざやかだ【手並が鮮かだ】　手法高明，本事很大↔手並が劣とる。

てなみをみせる【手並を見せる】　顯身手。

てならない　…得不得了，…極了，非常…，…得很。

てにあうしごと【手に合う仕事】　合適的工作。

てにあせをにぎる【手に汗を握る】　提心吊膽，捏着一把汗。

てにあまる【手に余る】　難以處理，棘手，難辦，處理不了，解決不了，管不着＝手に合わない，手に負えない。

てにいれる【手に入れる】　得到，拿到，取得，到手＝手にいる。

てにおえない【手に負えない】　①没法治。②惹不起。③不可救藥。④處理不了，辦不了，解決不了。⑤做不過來，忙不過來。⑥管不了。

てにおえぬ【手に負えぬ】　同上條。

てにおえるはずはない【手に負えるはずはない】　解決不了，處理不了，不能解決。

てにおちる【手に落ちる】　歸…所有，落到…手裏＝手に渡る，手に帰する。

てにかかる【手にかかる】　落在…手裏。

てにかける【手に掛ける】　①照料，侍候。②處理。

てにかんをすてず【手に巻を捨てず】　手不釋卷。

てにしょくがある【手に職がある】　會（有）手藝，有技術。

てにする【手にする】　拿起，提起…，把…拿在手裏。◆前接 “を”。

てにつかない【手につかない】　靜不下心做…，没心思做…，不能安心做…，不能專心從事…。

てにてに【手に手に】　每個人手裏都…。

てにてに…をもっている【手に手に…を持っている】　每個人手裏都拿著…。

てにてをとる【手に手を取る】　①拉着手，手拉手。②並肩從事…。③共同做…。

てにとげがささった【手に刺が刺った】　手上扎了刺。

てにとってはいけない【手に取ってはいけない】　拿不得，動不得。

てにとる【手に取る】　拿在手裏。

てにとるように【手に取るように】　很清楚，很眞切，瞭如指掌＝手に取るようにはっきり。

てになった【手になった】　出自…之手。

てにのせられる【手に乗せられる】　中計，上當，上勾＝手に乗る。

てにのる【手にのる】　上圈套。

てにはいる【手に這入る】　①到手，落到…手裏。②弄到。③找到。④買到。

てにもちかえてもつ【手に持ち換えて持つ】　替換着手拿着。

てにわたる【手に渡る】　歸…所有＝

手に帰する。

てのあいている【手の開いている】
有空的，閑着的，没事的。

てのあがりがはやい【手の上がりが早
い】 技術提高得很快，學得很快。

てのうちにまるめこむ【手の内に丸め
込む】 ①巧妙籠絡。②隨便操縱。

てのうちをひとにみせる【手の内を人
に見せる】 攤牌。

てのうちをみすかす【手の内を見透す
】 ①看透內心。②看穿花招。

てのきれるよう【手の切れるよう】
嶄新。

てのこんだ【手の込んだ】 ①費事的，
費功夫的。②複雜的。③仔細的。④
精巧的。

てのすじをみる【手のすじを見る】
看手相，看手紋。

てのつけようがない【手のつけようが
ない】 無法着手，無法進行。

てのつけようもない【手のつけようも
ない】 没辦法。

てのとどくところ【手の届くところ】
手搆得着的地方。

てのとるよう【手の取るよう】 非常
明顯，非常清楚。

てのひらがべたつく【手の平がべたつ
く】 手心發黏。

てのひらでおもさをはかる【手の平で
重さを量る】 掂掂重量。

てのひらにのせる【手の平にのせる】
手托着…。

てのひらをうらかえすよう【手の平を
裏返すよう】 ①翻臉不認人。②突
然改變。③變得截然不同，翻手爲雲
覆手爲雨＝手の裏を返す。

てのほどこしようがない【手の施しよ
うがない】 無計可施，毫無辦法，
一籌莫展，束手無策＝手も足も出な
い。

てのほどをみせる【手のほどを見せる
】 顯身手。

てのまいあしのふむところをしらず
【手の舞い足の踏む所を知らず】
手舞足蹈。

てのもの【手の物】 拿手好戲，最擅

長的。

てのもの【手の者】 手下，部下。

では　①那麼…。②若是…，如果是
…。

ではありません　不…，不是…。

ではあるが　①雖然…可是。②儘管…
可是。

ではいけない　不要…，不可…，不許
…，不得…，別…，禁止…，不能…，
…不行＝では行かぬ，…ではいけ
ません。

てはいられない　不能…，不要…，可
不要…，可不能…。

ではおかれない【では置かれない】
不能容許…。

ではおたっしゃに【ではお達者に】
那麼，祝你健康。

てはかなわない【…ては叶わない】
…得受不了＝…てはたまらない。

てはくわぬ【手は食わぬ】 不上當，
不受騙。

てはこまる【…ては困る】 ①別…，
可別…，不要…，可不要…。②…得
難受，…得受不了，…得要命，…得
不行。

てはじめて【…て始めて】 …之後才
…，…之後第一次…，…才…。

てはじめて…になったのだ【…て始め
て…になったのだ】 是從…開始而
形成的，是從…才形成的。

てはたまらない【…ては堪らない】
…得受不了，…得可受不了＝…ては
やりきれない。

てはっちょうくちはっちょう【手八丁
口八丁】 手也巧嘴也巧，既能說又
能做＝口も八丁手も八丁。

てはとてもかなわない【…てはとても
叶わない】 …得簡直受不了。

ではない　①不…，不是…，並非…。
②別…，不要…。

ではないか　①不是…嗎？②…如何，
…怎樣。

ではないでしょうか　不是…嗎？

ではなかったであろうか　不就是…了
嗎？

ではなから【出端から】 一開始就…，

一開頭就…，剛一開始就…＝ではな
に。

ではなかろうか　豈不是…嗎？

ではなく…しかない　不是…而是…。

ではなく…のである　同上條。

てはならない【不要…，不可…，不能
…，不許…，不得…＝…てはならぬ。

てはやりきれない【…ては遣切れない
】　…得受不了＝…てはたまらない。

てびょうしをとる【手拍子を取る】
拍手。

てぶくろをあむ【手袋を編む】　織手
套。

てぶくろをする【手袋をする】　戴手
套。

てぶくろをぬぐ【手袋を抜ぐ】　同上
條。

てぶくろをはめる【手袋をはめる】
摘下手套＝手袋を取る。

てぶらで【手ぶらで】　空手，赤手空
拳。

てぶらでかえる【手ぶらで帰る】　空
手而歸。

てぶりよろしくしゃべる【手振りよろ
しく喋べる】　比比劃劃地說，比手
劃脚地說。

でほうだいにまくしたてる【出放題に
捲し立てる】　信口開河，胡說八
道。

てほしい【…て欲しい】　希望…。

てほんにする【手本にする】　以…爲
榜樣，拿…作標準。❖前接“を”。

てほんのとおり【手本の通り】　照樣。

てほんをしめす【手本を示す】　示範，
作榜樣。

てまえかって【手前勝手】　自顧自，
自己顧自己，只顧自己，只管自己方
便，自私自利。

てまえかってなことをする【手前勝手
なことをする】　隨心所欲，任着自
己的性做，任性而爲。

てまえみそをならべる【手前味噌を並
べる】　自我吹噓，自吹自擂，自賣
自誇。

てまがかかる【手間がかかる】　費事，
麻煩，費工夫＝手間隙がかかる。

でまかせでしょうこがない【出任せで
証拠がない】　空口無憑。

でまかせにうそをつく【出任せに嘘を
つく】　隨便撒謊＝出任せの嘘。

でまかせにしゃべる【出任せに喋る】
順口胡說，隨便瞎聊，東拉西扯。

でまかせにでたらめをいう【出任せに
出鱈目を言う】　胡說八道，信口開
河。

でまかせのうそ【出任せの嘘】　隨便
撒謊。

でまかせのおしゃべり【出任せのお喋
り】　瞎說，胡說，瞎扯，胡扯。

てまねあしまね【手まね足まね】　比
手劃脚地。

てまねしながらはなす【手まねしなが
ら話す】　一面比劃一面說

てまねではなす【手まねで話す】　打
啞語，用手勢談話。

てまねのことば【手まねの言葉】　手
勢語言。

てまねをする【手まねをする】　打手勢。

てまひまのかからない【手間隙のかか
らない】　不費事的，不費工夫的，
不麻煩的。

てまりをつく【手鞠をつく】　拍球＝
手毬をする。

てまわしがいい【手廻しがいい】　安
排周到。

てまわしをする【手廻しをする】　佈
置好。

てまをかける【手間を掛ける】　費事，
費工夫，麻煩＝手間を取る。

デマをとばしてひとをまどわせる【デ
マを飛ばして人を惑わせる】　造謠
惑衆。

デマをはなつ【デマを放つ】　造謠，
散佈謊言。

デマをふれまわる【デマを触れ回る】
傳佈謠言。

デマをまきちらす　散佈謠言＝デマを
飛す，デマを放つ。

てみじかにいうと【手短かに言うと】
同下條。

てみじかにいえば【手短かに言えば】
簡單地說，扼要地說，簡而言之。

てみじかにもうせば【手短かに申せば】　同上條。

でみせがならぶ【出店が並ぶ】　擺攤。

でみせをつくる【出店をつくる】　開設分店。

てみたいとおもう【…て見たいと思う】　正想…，正要…。

てみたくなった【…て見たくなった】　想…一下，想試試，想看看，要看看。

てみたら【…て見たら】　一…才知道。

てみる【…て見る】　一看，一瞧，試試，看看，…一下。

てみれば【…て見れば】　只要試着…。

でめきん【出目金】　龍井（金魚）。

てもあしもでない【手も足も出ない】　毫無辦法，束手無策，一籌莫展＝手の施しようがない。

でもある　也是…，也正是…，也有…。

でもあれば…でもある　既是…也是…。

てもいい　…也行，…也好，…都行，…也可以，…也没關係。

てもいいか　不怕…嗎？可以…嗎？

てもおいつかない【…ても追付かない】　…也來不及了，…也趕不上了，…也無濟於事了。

てもおよばず【…ても及ばず】　同上條。

でもかえらぬ【…でも返らぬ】　同上條＝…ても返らぬ。

てもかまわない【…ても構わない】　①…没關係，…不要緊，…不在乎。②…也成，…也可以。

ても…ことがある　不管…都能…，不論…都可以…。

てもことはない【…ても事はない】　即使…也不…。

てもさしつかえない【…ても差支えない】　…也無妨礙。

てもすむ【…ても済む】　…也行，…也可以。

てもちがない【手持がない】　手頭没有。

てもちはありません【手持はありません】　没有（存貨）。

てもちぶさたでこまる【手持ち無沙汰で困る】　①閑得無聊。②顯得彆扭，顯得拘謹。

てもつけられない【手も付けられない】　不可救藥。

でも…でも　無論…無論…，都…。

てもとがふにょいだ【手元が不如意だ】　手頭拮据↔手元が楽だ。

てもとがらくだ【手元が楽だ】　手頭寬綽↔手元が不如意だ。

てもとであそんでいるかね【手元で遊んでいる金】　浮財，手裏的閑錢。

てもとにある【手元にある】　①手邊的，手頭上的。②身邊的。

てもとにない【手元にない】　①手邊没有的，手裏没有的。②身邊没有的，現在没在身邊的。

でもない　也並不…，也並不是…。

でもないのだ　並不是…。

てもなく【手もなく】　①没本領，没能耐。②没辦法，没轍。③很容易，易如反掌。

てもはじまらない　…也没用，…也白費，即使…也没用，即使…也白費，即使…也來不及了。

てもよい　＝てもいい。

てもらいたい【…て貰いたい】　請幫我，求您給我…。

ても…わけにはいかない　即使…也不…，即使…也不能…。

てやまない【…て止まない】　…不已。

デラックスなしゅこうをこらす【デラックスな趣向を凝す】　擺濶氣。

でるくいはうたれる【出る杭は打たれる】　樹大招風，出頭椽子先爛，人怕出名豬怕肥。

でるところ【出るところ】　講理的地方，法院。

てれかくしです【照れ隠しです】　遮羞，解嘲。

てれかくしにすぎない【照れ隠しに過ぎない】　只不過是自我解嘲而已。

てれかくしをいう【照れ隠しを言う】　自我解嘲。

てれくさそうに【照れくさそうに】　害羞的，難為情的，不好意思地。

てれたように【照れたように】　同上條。

テレビスタジオ　電視攝影場。

テレビタレント　電視演員。

テレビでほうそうする【テレビで放送する】　放映電視。

テレビネットワーク　電視網。

テレビほうそう【テレビ放送】　電視廣播。

てれんてくだで【手練手管で】　花言巧語地，甜言蜜語地。

てれんてくだときたらすごくおおい【手練手管ときたらすごく多い】　鬼名堂可多了，鬼花招可多了。

てれんてくだをつかう【手練手管を使う】　耍花招，耍鬼把戲。

てをあげる【手を挙げる】　①舉起手。②認輸，舉手投降。

てをあける【手を開ける】　騰出手來。

てをあわせておがむ【手を合わせて拝む】　作揖懇求。

てをあわせる【手を合わせる】　合掌，作揖，懇求。

てをいれる【手をいれる】　①修改。②加工。③補充。④整理。

てをうごかす【手を動かす】　動手。

てをうしろにまわす【手を後に廻す】　①背手。②逮捕。

てをうつ【手を打つ】　①拍手，鼓掌。②採取措施（方法，手段）。③達成協議。

てをおさえる【手を押える】　拖住。

てをおしえる【手を教える】　支招兒。

てをかえしなをかえて【手を変え品を変えて】　用盡各種各樣手段。

てをかえる【手を変える】　換新招，改變手法。

てをかける【手を掛ける】　①照料，維護。②手扶着，把手搭在…上。

てをかす【手を貸す】　幫助別人，幫他人的忙。

てをかりる【手を借りる】　求別人幫助。

てをきる【手を切る】　斷絕關係。

てをくだす【手を下す】　①下手，着手，動手。②採取措施。

てをくむ【手を組む】　交叉兩手。

てをくわえる【手を加える】　①着手②進行。③加工。

てをこする【手を擦する】　搓手。

てをこまぬいてぼうかんする【手を拱いて傍観する】　袖手旁觀。

てをこまぬく【手を拱く】　拱手，袖手。

てをさす【手を刺す】　刺手，扎手。

てをしめる【手を締める】　拍手約定。

てをすべらす【手を滑らす】　失手。

てをせいにまわす【手を背に廻す】　背着手。

てをそでにいれる【手を袖に入れる】　袖手。

てをそめる【手を染める】　着手，開始，進行。

てをだす【手を出す】　①搞，幹，做。②開始搞，着手進行。③參與，插手。④動手，打人。⑤發生關係。⑥拿東西，偷東西。

てをたたく【手を叩く】　拍手，鼓掌。

てをたてる【手を立てる】　搭棚架。

てをつかねてぼうかんする【手を束ねて傍観する】　袖手旁觀＝手を拱いて傍観する。

てをつく【手を突く】　①兩手扶地或扶席行禮或賠不是。②低頭。

てをつくす【手をつくす】　用盡了各種辦法，採取了各種手段。

てをつけない【手をつけない】　沒有搞過的。

てをつける【手をつける】　①侵吞。②動手。③使用。④消耗。⑤着手做，開始做。

てをつなぐ【手を繋ぐ】　手拉手。

てをとっておしえる【手を取って教える】　拉着手教，盡心指導。

てをとめる【手を止める】　住手。

てをとりはずす【手を取り外す】　沒拿住。

てをとる【手を取る】　①拉着手，握着手。②盡心指導。

てをならす【手を鳴す】　拍手。

てをにぎる【手を握る】　握手，携手前進。

てをぬく【手を抜く】　①偷工減料。②潦草從事。

てをぬらさずに【手を濡さずに】　①
不沾手，不動手，什麼也不做。②不
費事。③別把手弄濕了。

てをぬらさずにもうける【手を濡さず
に儲ける】　不勞而獲。

てをのばす【手を伸す】　①伸手。②
放開手脚。③放手做。

てをはいしゃくする【手を拝借する】
請幫幫忙。

てをはなす【手を放す】　放（鬆，撒）手。

てをはなれる【手を離れる】　離手，
出手，讓出去。

てをはぶきざいりょうをおとす【手を
はぶき材料を落す】　偷工減料。

てをはぶく【手を省く】　省事，偷工
減料。

てをひいてしまう【手を引いてしまう
】　撒手不管。

てをひく【手を引く】　①撒手，甩手，
罷手，撒手不管。②洗手不幹。③斷
絕關係。④牽着手引路。

てをひくことができない【手を引くこ
とが出来ない】　撒不開手了，拔不
出腿來了。

てをひにかざす【手を火に翳す】　烤
手。

てをひろげる【手を広げる】　擴展營
業（業務）範圍。

てをふりきる【手を振切る】　掙開手，
甩開手。

てをふりはなす【手を振りはなす】
把手一甩。

てをふる【手を振る】　①擺手拒絕。
②打招呼，招手致意。

てをふれてはいけない【手を触れては
いけない】　別動，別摸。

てをふれる【手を触れる】　用手摸，
摸撫。◆前接“に”。

てをふれるな　請勿動手。

てをまねる【手を真似る】　模仿筆跡。

てをまわす【手を廻す】　①想辦法。
②各方面聯絡。③預先採取措施。

てをみせる【手を見せる】　顯示身手。

てをもむ【手を揉む】　搓手。

てをやく【手を焼く】　①棘手，辣手，
扎手，難辦，束手無策，一籌莫展。

②嘗到苦頭。

てをやめる【手を止める】　住手，罷
手，歇手。

てをゆるめる【手を緩める】　鬆勁，
放鬆…，鬆手。

てをわかつ【手を分つ】　分頭進行。

てをわずらわす【手を煩わす】　麻煩
別人，請別人幫助。

てんがあまい【点があまい】　分數給
得寬。

てんがおおいにさだまる【天下が大
いに定まる】　天下大治。

てんがからい【点が辛い】　打分嚴，
給分嚴。

てんかてきなし【天下敵なし】　天下
無敵。

てんかになをとどろかせる【天下に名
を轟かせる】　遠近馳名。

てんかになをはせる【天下に名をはせ
る】　同上條。

でんかのほうとうをぬく【傳家の宝刀
を抜く】　拿出看家本領，使出最後
一招，攤出最後王牌。

てんかはれて【天下晴れて】　公然，
公開地。

てんからふったかちからわいたか　【
天から降ったか地から涌いたか】
突然。

てんからふる【天から降る】　從天而
降。

てんかわけめ【天下分け目】　你死我
活，最後關頭，最後關鍵。

てんかをうしなう【天下を失う】　失
掉天下，失去政權↔天下を取る。

てんかをさだめる【天下を定める】
平定天下。

てんかをとる【天下を取る】　得天下，
取得政權↔天下を失う。

てんきがかわる【天気が変る】　變天。

でんきがきえる【電気が消える】　没
電。

てんきがさだまらない【天気が定まら
ない】　天氣不穩定，天氣變化不定。

でんきがついている【電気がついてい
る】　燈開着哪。

でんきがつかない【電気がつかない】

燈不亮。

てんきがわるい【天気が悪い】 ①天
氣不好。②不高興，情緒低落。

でんきにふれる【電気に触れる】 觸
電。

てんきもうすべからず【天機申すべか
らず】 天機不可洩露。

てんきやだ【天気屋だ】 忽冷忽熱，
喜怒無常。

でんきをかけられた【電気を掛けられ
た】 被電了一下。

でんきをかける【電気を掛ける】 通
電，過電。

でんきをけす【電気を消す】 關燈＝
電灯を消す。

でんきをつける【電気をつける】 開
燈，把燈開開＝電灯をつける。

てんぐになる【天狗になる】 驕傲起
來，自負起來。

てんぐのはなつまみ【天狗の鼻つまみ
】 藝高人膽大。

てんぐのはなならべをやる【天狗の鼻
並べをやる】 各自競相大吹大擂。

でんこうせっかのごとく【電光石火の
如く】 一眨眼工夫，閃電一般，像
閃電似地，風馳電掣地。

でんこうせっかのはやわざ【電光石火
の早わざ】 做得非常俐落。

てんこうのび【天工の美】 天然美。

てんこうはふじゅんだ【天候は不順だ
】 氣候反常。

でんごんをたのむ【伝言を頼む】 帶
話，帶口信，傳話。

てんさいにみまわれる【天災に見舞わ
れる】 遭受天災。

てんじょうしらずに【天井知らずに】
漲得沒有止境。

てんじょうてんかゆいがどくそん 【
天上天下唯我独尊】 老子天下第一，
無上天下唯我獨尊。

てんしるちしる【天知る地知る】 天
曉得，天知地知。

てんぜんとしてはじない【恬然として
恥じない】 恬不知耻。

てんたかくうまこゆ【天高く馬肥ゆ】
秋高馬肥。

てんちうんでいのさがある【天地雲泥
の差がある】 天壤之別，霄壤之別，
天淵之別＝天地の差がある。

てんちのさがある【天地の差がある】
同上條。

てんちのはて【天地の果】 天南地北，
天涯海角。

てんちむよう【天地無用】 請勿倒置。

てんちをあける【天地をあける】 上
下空出空白。

てんちをくつがえす【天地を覆えす】
翻天覆地。

てんで…ない 完全不…，簡直不…，
壓根兒沒…，根本不…＝まったく…
ない，まるっきり…ない。

てんでにかってなことをする【手手に
勝手なことをする】 各做各的，各
自為敵，各自為所欲為。

てんでにじぶんのすきなことをする
【手手に自分の好きなことをする】
同上條。

てんでは【…点では】 在…方面＝…
点においては。

てんてんとして【輾転として】 輾轉。

てんてんとしてかえる【転転として変
える】 左一次右一次地改變…。

てんてんはんそく【輾転反側】 輾轉
反側。

てんてんをつける【点点をつける】
圈點。

でんとうおんがく【伝統音楽】 傳統
音樂，民樂，民族音樂。

てんとううりをする【店頭売りをする
】 零售。

でんとうがつく【電灯がつく】 開燈，
點燈＝電灯をけす。

でんとうがひかれていない【電灯がひ
かれていない】 還沒安電燈。

てんとしてきにかけない【恬として気
にかけない】 滿不在乎。

てんとしてはじない【恬として恥じな
い】 恬不知耻。

てんちほどのちがいがある【天と地
ほどの違いがある】 天壤之別，霄
壤之別，天淵之別，有很大差別＝天
と地ほどの開き，雪と墨ほどの違

い。

てんとちほどのひらき【天と地ほどの開き】　同上條。

てんとりむし【点取り虫】　書呆子。

てんとりをする【点取りをする】　計分。

てんにある【…点にある】　在於…。

てんにあるのではなく…てんにある【…点にあるのではなく…点にある】　不在於…而在於…。

てんにおいては【…点においては】　在…方面＝…点では。

てんにつばきす【天に唾す】　害人反害己。

てんにならない【点にならない】　不算得分。

てんにもちにもたよらず【天にも地にも頼らず】　一不靠天二不靠地。

てんにものぼるごこち【天にも昇る心地】　歡天喜地。

てんばつきめん【天罰きめん】　該得報應，罪有應得。

てんはみえない【…点は見えない】　看不出…之點。

てんはみずからたすくるものをたすく【天は自ら助くる者を助く】　有志者事竟成，老天不負苦心人，世上無難事，只怕有心人。

でんぶんするところによると【伝聞するところによると】　據說，聽說，據傳說。

でんぶんするところによると…そうだ【伝聞するところによると…そうだ】　同上條。

テンポをはやめる【テンポを早める】　加快步伐。

てんまくをはる【天幕を張る】　搭帳篷＝テントを張る。

てんもうかいかいそにしてもらさず【天網恢恢疎にして洩さず】　天網恢恢，疏而不漏，天羅地網＝天網恢恢疎にして失わず。

でんわおことわり【電話お断り】　電話不外借。

でんわがかかる【電話が掛かる】　來電話，掛來電話。

でんわがきれた【電話が切れた】　電話斷了。

でんわがつうじない【電話が通じない】　電話不通。

でんわがとおい【電話が遠い】　電話聽不清。

でんわがひける【電話がひける】　裝（安）上電話。

でんわがふつうになる【電話が不通になる】　電話不通。

でんわぐちまでよんでください【電話口まで呼んで下さい】　請…來接電話。◈前接“を”。

でんわにでてくれ【電話に出てくれ】　…來接電話吧！

でんわをうける【電話を受ける】　接電話。

でんわをかけちがう【電話を掛け違う】　打錯電話。

でんわをかける【電話を掛ける】　打電話，掛電話。

でんわをかす【電話を貸す】　借電話＝電話を拝借する。

でんわをきる【電話を切る】　掛上電話↔でんわをきらない。

でんわをきれた【電話を切れた】　電話掛上了，電話斷了。

でんわをつなぐ【電話をつなぐ】　電話接通了。

でんわをはいしゃくする【電話を拝借する】　借電話。

でんわをひく【電話を引く】　安（裝）電話。

てんをあおいでちょうたんする【天を仰いで長嘆する】　仰天長嘆。

てんをいれる【点をいれる】　得分。

てんをつく【天をつく】　沖天。

てんをつける【点をつける】　打分，判分，給分，記分。

と

とあくしゅしようとする【…と握手
しようとする】　想同…合作（聯
合）。

ドアにかぎをかける【ドアに鍵を掛け
る】　鎖門＝戸にかぎをかける。

とある　①某，某個。②據説是。

といあわせてしらべる【問い合わせて
調べる】　查問，查詢。

といいきる　肯定…，一口咬定…。

といい…といい　無論…和…都…，無
論…還是…都…，…也好…也好都
…。

といい…という　既有…又有，又是
…又是…，無論…無論…。

という【…と言う】　①都…。②所謂
…。③這樣的，這個，這種的，這類
的。④叫做…。⑤像…。⑥所有的。
⑦…的。⑧這一…。⑨叫…，讓…。
⑩雖然是…，雖說…。

というあたまで　抱着…念頭。

というかたちだ【…という形だ】　可
以說是…，是處於這種狀態。

というかんがえをだく【…という考え
を抱く】　抱着…的念頭。

というぐあいだ【という工合だ】　就
是這樣，實際情況就是這樣。

ということが　雖然…可是…。

ということから　可以因其…而…。

ということだ　①要…。②應該…。③
是，就是，實在是。④據説…，聽説，
説是…＝…ということである，…と
いうことです。

ということなく　不能說，不要說，別
再說。

ということにありえない【…というこ
とに有得ない】　不可能…。

ということになる　①可以說是…，可
以算做…。②會…，就可以…。

ということになると　一說到…就…，
一提到…就…。

ということは　這種事，這樣的事情，
這一件事情。◆如果這個詞組前面的
詞是主詞時也可以不譯。

ということはありえない【…というこ
とは有得ない】　不可能…。

ということは…ことである　所謂…就
是…。

ということはない　都不能說…。

というじょうけんのもとに【…という
条件の下に】　在…條件下。

というじょうたい【…という状態】
就是這樣，就是這種狀態，實際情況
就是這樣＝というぐあいだ。

というちょうしだ　就是這樣，就是這
種狀態，實際情況就是這樣。

というですから　據説，聽説。

というてんにあるのではなく…てんに
ある【…という点にあるのではな
く…点にある】　不在於…而在於
…。

というと　一說…，一提…，一提起…，
至於…。

というところがあるらしい　有點…，
好像有點…。

というところだ　①大概都…，恐怕都
…，差不多都…。②可以說是…。

というなら　既然…。

というにはほどとおい【…というには
ほど遠い】　還談不上…。

というので　由於…。

というのです　就是…。

というのではなく…というのである
並不是…而是…。

というのに　雖說…，雖然…，雖然已
經…。

というのは　①所謂…。②就是說…。
③其原因是…，原因就是…。

というのは…ことである　所謂…就
是…。

というのも　這也就是說…。

というのもかごんではない【…という
のも過言ではない】　説…也不算爲
過，說…也不算誇張。

というはなしだ【…という話だ】　據
說，聽說＝…という評判だ。

というひょうばんだ【…という評判だ
】　據說…。

というほどでない　並不那麼…，還不
至於…。

というほどでもない　同上條。

というほど…ない　算不上＝…とえ
いるほど…ない。

というもの　表示強調。

というものがある　有一套…。

というものだ　①是…，就是…，簡直
是…，可以說是…，才算是…。②才
叫做，才稱得上…。③才有…。

というものです　同上條②。

というものの　雖然…可是…。

というものは　①凡屬…。②…這種東
西。

というような　…這樣的，…那樣的，
像…那樣的。

というようなわけだから　因爲…，正
由於…。

というように　這樣。

というより…といったほうがいい　與
其說是…不如說是…。

という…よりむしろ…だ【…という
より寧ろ…だ】　與其…不如…＝…
より字…方がいい。

というよりも…ある　除…而外還有
…。

というりゆうで【…という理由で】
根據這個理由，由於這個原因。

というわけだ　①就…。②要…，也要
…。③就是這個道理。④實際情況就
是這樣。⑤更是…＝…というわけで
ある。

というわけだから　因爲…，是因爲
…。

というわけです　就是…。

というわけではない　並不是…，並不
等於…。

というわけでもない　並未想…。

というわけにはいかない　不能…，不

というのもか　好…。

というんだ　要…呢。

といえども　①雖然…，雖說…。②即
使是…，即或是…。③不管…，不論
…。

といえば　①一般所謂，一般聽說。②
一提到…，提起…，說起…。③至於說
…。④說…就…。

といえようか　還算得上…呢？

といえる　可以說，也可以說。

といえるがらじゃない【…といえる柄
じゃない】　不配稱爲…，不配叫做
…。

といえるのか　也算…嗎？也得上…
嗎？

といえるほど…ない　算不上…。

といえるような　可以稱得上的。

といきをつく【吐息をつく】　嘆氣，
喚聲嘆氣＝吐息をはく，溜息をつ
く。

といけんがちがう【…と意見が違う】
和…意見不同。

といけんがぶつかる【…と意見がぶつ
かる】　和…意見衝突。

といっしょになる　和…打成一片。

といった　①…的，…之類的，…等等
的。②這樣的，这種的。

といったいになる　和…打成一片。

といったところ　講到…時候。

といったら　就…來說。

といったらすぐ　說…就…。

といって　雖說…，雖然是…。

といっていい　可以說…。

といっていいかもしれない【…といっ
ていいかも知れない】　也許可以說
…。

といっているのではありません　不是
說…。

といってうらんでいる【…といって怨
んでいる】　埋怨…。

といっても　①雖說，雖然。②儘管…。
③雖說有…，雖說是…。

といってもいいすぎではない【…とい
っても言い過ぎではない】　①說…
也不算過分。②有充分理由可以說
…。

といってもよいでしょう　可以說是…。

といってよい　可以說…，可以說是…＝…といってよかった，…と言える。

といっぱんだ【…と一般だ】　和…一樣。

といつわる【…と偽る】　冒充…。

といのこたえになっていない【問いの答になっていない】　答非所問。

トイレットペーパ　衛生紙。

といわず　別說，別再說,不要說…了。

といわず…といわず　…也好…也好，不論…不論…，…啦…啦，…都。

といわぬばかりに【…と言わぬばかりに】　簡直像，就是沒說…。

といわれている【…と言われている】　①聽說，據說，傳說。②所謂…。③一般認爲。

といをかける【問をかける】　發問＝問を発する。

どうあっても　一定要…，怎麼也要…，無論如何也要…。

とうあんをしらべる【答案を調べる】　評卷，判卷。

どういう　什麼樣的。

どういうふうに【どういう風に】　怎樣，怎麼，如何。

どういうふうにして【どういう風にして】　同上條。

どういうものか　①總覺得…。②不知爲什麼。

どういうわけか　不知爲什麼,不知什麼原因。

どういうわけで　爲什麼＝なぜ，どうして。

とういそくみょう【当意即妙】　機敏，隨機應變。

とういそくみょうのさいにとんでいる【当意即妙の才に富んでいる】　富有臨機應變之才。

どういたしまして【どう致しまして】　哪裏哪裏，哪兒的話，不敢當，豈敢豈敢，沒什麼。

どういったところで　無論怎麼說。

といつてきにけいかくする【統一的

に計画する】　統籌,統籌兼顧。

どういつてつをふむ【同一轍を踏む】　同出一轍。

どういつにあつかう【同一に扱う】　同樣對待…，對…一視同仁。♠前接"を"。

とういつをかく【統一を欠く】　①不齊。②不統一。

とういつをはかる【統一を図る】　謀求統一。

どういんをとく【動員を解く】　復員。

どうおもうか【どう思うか】　怎麼想。

どうか　怎麼樣。

とうがいにおちた【等外に落ちた】　落選了。

どうかおちゃを【どうかお茶を】　請喝茶。

どうか…おねがいします【どうか…お願いします】　請…＝どうぞ…お願いします。

とうかくをあらわす【頭角を表わす】　出頭，出人頭地，顯露頭角。

どうかこうか　好歹，總算，好容易…＝どうにかして，やっと，どうやらこうやら。

とうかしたしむべきこう【灯火親しむべき候】　秋高氣爽正是讀書的時候。

どうかしたひょうしに【どうかした拍子に】　偶然。

どうかして　設法，想辦法。

どうかしている　有點奇怪(不正常)。

どうかすると　①偶爾，有時，往往。②動不動。③或許，也許＝たまに，あるいは，ややもすれば。

どうかとおもう【どうかと思う】　不以爲然，很難同意，不大贊成，覺得有點那個。

どうかなりませんか　有什麼法子沒有？有什麼好辦法沒有？

とうかのおにとなる【刀下の鬼となる】　作刀下鬼。

とうから【疾うから】　早就，早已，老早。

どうかんがえても【どう考えても】　想來想去，無論怎麼想也…，怎麼想怎麼…。

どうかんがえてもわからない【どう考えてもわからない】　百思莫解。

とうかんにふしてはいけない【等閑に付してはいけない】　不能等閑視之。

とうかんにふすべきでない【等閑に付すべきでない】　不可忽視，不容忽視。

どうきがはげしい【動悸が激しい】　心怦怦跳，心慌得很，心跳得厲害。

どうぎょうしゃはかたきである【同業者は敵である】　同行是寃家。

どうぐにつかう【道具に使う】　把…當工具。◆前接“を”。

どうこういう【どうこう言う】　説三道四，説長論短。

どうこういきょく【同工異曲】　異曲同工。

どうこうをみる【動向を見る】　探聽動静，察看動静。

どうさがすばやい【動作が素早い】　動作快，動作敏捷，手急眼快＝動作が敏活だ。

どうさがにぶい【動作が鈍い】　動作遅鈍，動作緩慢，笨手笨脚＝動作がのろい↔動作がすばやい。

とうざしのぎがつく【当座凌ぎがつく】　暫時對付，目前還能應付，得過且過。

どうしうち【同志討】　內訌，同室操戈，大水沖了龍王廟＝同志打ち。

とうしがこうようする【闘志が高揚する】　鬥志昂揚。

どうしたかぜのふきまわしか【どうした風の吹き回しか】　不知那陣風，不知道什麼風，不知道什麼緣故。

どうしたらいいだろうか　怎麼辦好呢？

どうしたわけか　怎麼一回事。

どうじつのだんではない【同日の談ではない】　不可同日而語，不能相提並論＝同日の論ではない。

どうして　①怎麼…，怎麼能…。②爲什麼。

どうしである【同志である】　志同道合。

どうしてか　不知爲什麼。

どうして…か　哪能…，爲什麼會…。

どうしてこんなに　怎麼這樣…。

どうしても【如何しても】　①難免，還不免，免不了。②一定，務必，無論如何。③總…，總也…。

どうしても…うとする【如何しても…うとする】　硬要，一定要。

どうしてもうまくいかない【如何してもうまく行かない】　左也不是右也不是，怎麼做都不行。

どうしても…ことになる【如何しても…ことになる】　怎麼能不…，就不能不…，結果就不能不…。

どうしても…という【如何しても…という】　偏説…。

どうしても…ない【如何しても…ない】　總也不…，老也不…，一定不…，怎麼也不…，無論如何也不…。

どうしてもなおらない【如何してもなおらない】　總改不了。

どうしても…なければならない【如何しても…なければならない】　必須…，一定要…，非…不可，無論如何也得…。

どうしても…にきまっている【如何しても…決まっている】　…是注定要…的。

どうしても…ねばならない【如何しても…ねばならない】　總得…，好歹也得…，一定要…，無論如何非…不可，無論如何也得…，無論如何也要…。

どうしても…はずだ【如何しても…はずだ】　總該…。

どうしてよいかわからない【如何してよいかわからない】　不知如何是好，不知所措。

どうじに【同時に】　①同時。②既…又…。

どうしゅうあいすくう【同舟相救う】　同舟共濟。

どうしようか【如何しようか】　怎麼辦，可怎麼辦。

どうじょうしんがある【同情心がある】　富於同情心。

とうしょのころ【当初の頃】　剛開始的時候＝はじめのところ。

どうしようもない【如何しようもない
　】　不得已。

どうしようもなくてこまった【如何し
　ようもなくて困った】　簡直没有辦
　法。

とうじをよむ【悼辞を読む】　致悼辞
　＝悼辞を述べる。

とうじをよむ【答辞を読む】　致答辞
　＝答辞を述べる。

どうしんきょうりょくする【同心協力
　する】　同心協力。

とうしんでしゅみせんをひきよせる
　【灯心で須弥山を引き寄せる】　螞
　蟻撼泰山。

とうしんでたけのねをほるよう】灯心
　で竹の根をほるよう】　勞而無功。

とうじんのねごと【唐人の寝言】　不
　知在説些什麼,盡説些令人費解的話。

どうする　怎麼辦,怎麼可好,怎麼
　行。

どうすることもできない【どうするこ
　とも出来ない】　①毫無辦法。②不
　能把…怎麼樣。◆②前接“を”。

どうするのか　怎麼辦。

どうせいがつかめない【動静がつかめ
　ない】　摸不着動靜。

とうせいがとれない【統制がとれない
　】　管不了,制不了,制不住。

とうせいこうにゅう・はんばい【統制
　購入・販売】　統購統銷。

とうせいはやらない【当世はやらない
　】　現在不流行了。

とうせいふうでない【当世風でない】
　不時興,不時髦,不流行。

とうせきをはくだつする【党籍を剥奪
　する】　開除黨籍。

どうせてついでだから【どうせ手序だ
　から】　反正是順便。

どうせ…のだ　終歸是要…,反正是要
　…＝どうせ…ことだ。

どうせ…ものだから　反而是…。

とうぜんつくすべきどりょく【当然つ
　くすべき努力】　應有的努力,應盡
　的努力。

とうぜんとしてちをはらう【蕩然とし
　て地を拂う】　蕩然無存,一掃而光。

とうぜんのことです【当然のことです
　】　應該的,理所當然的。

とうぜんのことながら【当然のことな
　がら】　當然＝当然ながら。

とうぜんのむくい【当然の報い】　罪
　有應得。

とうそうをくわだてる【逃走を企てる
　】　企圖逃跑。

どうぞおてやわらかに【どうぞお手柔
　かに】　請多擔待,請手下留情,請
　高抬貴手。

どうぞおひらに【どうぞお平に】　請
　隨便坐。

どうぞおらくに　請隨便坐。

どうぞごずいいに【どうぞ御随意に】
　請便,請隨便。

どうだ　怎樣,怎麼樣,行不行。

どう…だろう　怎樣…。

とうちゃくのほうこくをする【到着の
　報告をする】　報導。

とうちょくをひきつぐ【当直を引き継
　ぐ】　（交）接班↔当直を引き渡す。

どうってことはない　算不了什麼,不
　在話下。

どうであるか　是否…,是不是…。

どうであろうとも　既然如此,儘管那
　樣＝さもあらばあれ。

とうてい…ない【到底…ない】　怎麼
　也不…,無論如何也不…＝とても…
　ない,どうしても…ない。

どうていひょう【道程標】　里程碑。

とうてい…られない【到底…られない
　】　實在令人難以…。

どうでも　必須…,一定要…,無論如
　何。

どうでもあれ　總之,反正,不管怎麼
　樣,無論如何＝いずれにしても。

どうでもいい　怎樣都行,無可無不可,
　無關緊要。

どうでもこうでも　總之,反正,不管
　怎麼樣,無論如何。

どうでも…とはみえない【どうでも…
　とは見えない】　怎麼也不像…。

どうでも…なければならない　非…不
　可,無論如何也得（也要）…＝どう
　しても…なければならない。

どうといじょうで【同等以上で】
　超過…、在…以上。

とうとう…ことができない【到頭…こ
　とが出来ない】　終於没能…。

とうとうたるべんぜつ【滔滔たる弁舌
　】　能言善辯、口若懸河＝弁舌さわ
　やかにまくしたてる。

とうとうとこたえる【滔滔と答える】
　對答如流。

どうとろうとも【どう取ろうとも】
　不管怎樣理解。

どうなったか　　怎樣了。

どうなりと　　無論如何、不管怎樣。❖
　“なりと”是修飾助詞、意思是“不
　管…”。

とうなんにあう【盗難に遭う】　被盗、
　失竊。

とうなんにかかる【盗難にかかる】
　失竊、鬧賊。

どうに　　如何、怎樣＝いかに、どのよ
　うに、どんなふうに。

どうにいったものだ【堂に入ったもの
　だ】　妙極了、好極了、爐火純青。

どうにいる【堂に入る】　…非常熟練、
　爐火純青。

とうにおちずかたるにおちる【問うに
　おちず語るに落ちる】　作賊心虛、
　不打自招、不攻自破。

どうにか【如何にか】　①設法、想點
　辦法。②好歹、總算。③勉強。

どうにかこうにか【如何にかこうにか
　】　好歹、總算、好歹算、好歹總算
　＝やっと、どうにか、やっとのことで。

どうにかして【如何にかして】　一定
　要…、無論如何也要…。

どうにか…ようになった【如何にか…
　ようになった】　總算能…了、好歹
　總算能…了。

どうにでもなる　　能夠運用自如。

どうにでもなれ　　不管三七二十一。

どうにならない【如何にならない】
　①不好辦、不好對付。②怎麼也不成。

とうにはいる【党にはいる】　入黨。

どうにも…しようがない【如何にも…
　しようがない】　很難…、實在没辦
　法…。

どうにも…ない【如何にも…ない】
　毫無…、怎麼也不…。

どうにもならない【如何にもならない
　】　一籌莫展、束手無策、没治了、
　没轍了、毫無辦法了、怎麼也不行了、
　無濟於事。

どうにもひっこみがつかなくなる【如
　何にも引っ込みがつかなくなる】
　欲罷不能、騎虎難下、下不了臺。

どうのくくれたこし【胴の括れた腰】
　拍腰。

どうのこうの　　這個那個的、這呀那呀
　＝なんのかの。

どうのように　　怎樣、如何。

とうはいちじのはじ、とわぬはまつだ
　いのはじ【問うは一時の恥、問わぬ
　は末代の恥】　問爲一時之恥、不問
　爲一生之恥。

とうびのゆうをふるう【掉尾の勇を奮
　う】　鼓足最後的幹勁。

どうびょうあいあわれむ【同病相憐れ
　む】　同病相憐。

とうふにかすがい【豆腐に鎹】　没用、
　無效、一點用都没有、瞎掰的事。

とうぶんにとりやめにする【当分に取
　止にする】　暫停、暫時停止。

とうぶんのあいだ【当分の間】　①暫
　時、目前。②一些日子。

とうほんせいそう【東奔西走】　到處
　奔走。

どうみても【どう見ても】　怎麼看也
　…、無論怎麼看也…。

とうめんじゅうらいとおり【当面従来
　通り】　現在和以前一様。

どうもおまちどおさま　　讓您久等了。

どうもしてないよ　　不怎麼着。

どうもどうも　　非常感謝、對不起。

どうも…とおもったら【どうも…と思
　ったら】　總覺得…＝どうも。

どうも…ない　　老不…、怎麼也不…、
　無論如何也不…＝どうしても…ない、
　どんなにしても…ない。

どうも…のようだ　　總好像＝どうも…
　みたいだ。

どうも…られない　　責任不能…、總
　能…。

どうやら　①好歹，好容易。②彷彿，大概。①＝やっと，どうにか。②＝そうだ，…ようだ。

どうやらこうやら　好歹，勉強，好容易。

どうやら…しないですんだ　好歹，總算没…。

どうやら…そうだ　好像，大概。

どうやら…ようだ　同上條。

どうやら…らしい　同上條。

どうようなものか　…是一樣的嗎？

どうようにみる【同様に見る】　等量齊觀。

どうりがないのにへりくつをこねる【道理がないのに屁理窟をこねる】　没理硬辯，強詞奪理。

どうりからいえば【道理から言ば】　按理說，照理說。

どうりからみてあたりまえ【道理から見て当り前】　理所當然。

どうりで【道理で】　怪不得。

どうりのうえ【道理の上】　佔理，有理。

どうりをむししてきょうこうする【道理を無視して強行する】　倒行逆施。

どうるいあいあわれむ【同類相憐れむ】　同類相憐，兔死狐悲。

どうるいである【同類である】　一夥的，同夥的。

とうれいのためほうもんする【答礼のため訪問する】　回拜，回訪。

とうろうのおの【蟷螂の斧】　蟷臂擋車。

どうろをよこぎる【道路を横切る】　穿過馬路，橫過馬路。

とうをえる【当を得る】　得當，得法，妥貼，中肯→当を得ない。

とうをだっする【党を脱する】　脱黨，退黨＝党を脱退する。

とおいしょうらい【遠い将来】　很久以後，遙遠的將來→とおいむかし。

とおいしんるいよりちかくのたにん【遠い親類より近くの他人】　遠親不如近鄰，遠水不解近渴，遠水救不了近火。

とおいむかし【遠い昔】　很久以前。

とおいみとおし【遠い見通し】　遠見。

とおかのきく【十日の菊】　明日黄花，雨後送傘。

とおきおもんぱかりなきものはかならずちかきうれいあり【遠き慮りなき者は必ず近き憂あり】　人無遠慮必有近憂。

とおきおもんぱかりなければかならずちかきうれいあり【遠き慮りなければ必ず近き憂あり】　無遠慮必有近憂。

とおくしょうらいをみとおす【遠く将来を見通す】　高瞻遠矚。

とおくてちかきはだんじょのみち【遠くて近きは男女の道】　千里姻緣來相會。

と…おっくうになる【と…億劫になる】　一…就懶得…了。

とおなじである【…と同じである】　和…相同，就等於…。✿“と”是格助詞。

とおぼしい【…と思しい】　好像…似的，可能是…，彷彿是…。

とおまわしに【遠回しに】　委婉地，轉彎抹角地。

とおまわりになる【遠回りになる】　繞遠路。

とおもう【…と思う】　①想，以爲，認爲，覺得。②記得。

とおもうが【…と思うが】　以爲是…可是…，認爲是…可是…。

とおもうと【…と思うと】　①剛一…就…。②一想起…就…＝と思うとすぐ。

とおもったら【…と思ったら】　①剛剛…。②以爲…，料想…。

とおもって【…と思って】　①想，料想，覺得。②爲了…。③就當作…，就像…一樣，就跟…一樣。

とおもっていたところ【…と思っていたところ】　正想…，正要…。

とおもわない【…と思わない】　①並不…。②不想…不認爲…。

とおもわれている【…と思われている】　一般認爲…。

とおもわれる【…と思われる】　可能

…，好像…，似乎。

とおりあめ【通り雨】 陣雨。

とおりいっぺんの【通り一遍の】 不關痛癢的，膚淺的，泛泛的，没有深交的。

とおりがよい【通りがよい】 ①流暢，通暢。②響亮。③受歡迎，人緣好。

とおりである【通りである】 ①像…，如…。②對，不錯＝とおりです。

とおりとする【…通りとする】 爲…所規定。

とおりに【通りに】 ①像…，如…。②依…，讓…。③按照…，照着…。④順着…。

とおりにはならぬ【通りにはならぬ】 不能恢復原樣。

とおりぬけができる【通り抜けが出来る】 可以穿行。

とおりぬけむよう【通り抜け無用】 禁止通行，禁止穿行。

とおりのつきあい【通りの付合い】 泛泛之交。

とおりまのような【通り魔のような】 神出鬼没的。

とかいう【…とか言う】 ①叫做什麼。②據説，聽説。

とかくいう【とかく言う】 説三道四，品頭論足。

とかくするうちに【とかくする内に】 眼看着，不大功夫。

とかくのうわさがある【とかくの噂がある】 説…的閑話，對…説長論短。

とかく…ふうがある 總是…。

とかく…ものだ 總是…。

とがたっている【戸が立っている】 關著門↔戸が立たない。

とかたをならべる【…と肩を並べる】 同…並駕齊驅。◆"と"是格助詞。

とかたをならべるものがない【…と肩を並べるものがない】 比不了…，趕不上…，没有…可以同…相比擬的。

とか…とか 和…，…啦…啦之類，…和…等等。

とか…とかいうものは …和…這一類東西。

とかなんとか …啦，之類。

とがめだてをする【咎立てをする】 吹毛求疵，挑剔，挑毛病。

とがめをこうむる【咎めを蒙る】 受…譴責＝咎めを受ける。

とがめをする 挑剔，吹毛求疵。

とがめをひく【咎めを引く】 引咎。

とかわらない【…と変らない】 和…差不多，和…一樣，同…没兩樣。

とかんがえてよい【…と考えてよい】 也可以認爲…。

とかんがえられている【…と考えられている】 可以説…，可以認爲…。

ときがあったら【時があったら】 有機會的話。

ときがおそすぎておくれである【時がおそすぎて手遅れである】 錯過時機，爲時已晚。

ときがたちじょうきょうがかわる【時がたち状況が変る】 時過境遷。

ときがときだから【時が時だから】 節骨眼兒上，緊要關頭，要緊的時候。

ときしもあれ【時しもあれ】 正在這時，就在這個時候，正在那時，就在那個時候。

どきしんとうをつく【怒気心頭を突く】 怒上心頭，怒從心頭起。

ときすでにおそし【時すでに遅し】 爲時已晚。

ときたら【…と来たら】 一提起…就…。

ときては【…と来ては】 論起…。

ときではなく…ときである【…時ではなく…時である】 不在於…而在於…。

ときとして【時として】 有時，偶爾。

ときとして…ことがある【時として…ことがある】 有時也會…，有時也免不了…。

ときとところをかまわず【時と所を構わず】 不管時間地點。

ときならぬ【時ならぬ】 意外的。

ときにあう【時にあう】 遇到時機，適逢其時。

ときにおうじてしょりする【時に応じて処理する】 因時制宜。

ときにしたがう【時に従う】 順應時

勢。

ときには【時には】　有時。

ときには…こともある【時には…こと
もある】　有時也…，偶爾也…。

ときによって　有時…。

ときのうじがみ【時の氏神】　正在節
骨眼上出來的調停人。

ときのうん【時の運】　運勢，運氣，
時運。

ときのこえ【鬨の声】　吶喊聲。

ときのひと【時の人】　紅人，吃得開
的人，哄動一時的人物，新聞人物。

ときのまに【時の間に】　眨眼工夫，
轉瞬間。

ときのまも…ない【時の間も…ない】
一會兒也不…。

ときはかねなり【時は金なり】　時者
金也，一寸光陰一寸金。

ときはひとをまたず【時は人を待たず
】　時不待我。

どきまぎして　慌神，張口結舌。

ときめてかかる【…と決めてかかる】
斷定…，以爲眞的要…，認爲眞的要
…。

ときもある【時もある】　有時也…。

どぎもをぬく【度胆を抜く】　使…大
吃一驚，嚇破…的膽子。

どきょうがある【度胸がある】　有膽
量＝きもたまがある。

どきょうがちいさい【度胸が小さい】
膽子小＝きもたまが小さい。

どきょうがない【度胸がない】　不敢
…，沒膽量…，沒那個膽子…＝きも
たまがない。

どきょうがふとい【度胸が太い】　膽
大＝きもたまが太い。

どきょうをきめる【度胸をきめる】
伏着膽子，作好精神準備。

ときりがない【…と切りがない】　一
…就沒完，一…就沒完沒了。

とぎれとぎれに【跡切れ跡切れに】
斷斷續續地。

ときをあげる【鬨を揚げる】　吶喊。

ときをあたえる【時を与える】　容空，
給個時間。

ときをうつさず【時を移さず】　立刻，

立即，馬上，登時，及時＝ただちに，
すぐ。

ときをおなじくして【時を同じくして
】　同時＝同時に。

ときをかす【時を仮す】　假以時日。

ときをかせぐ【時を稼ぐ】　爭取時間。

ときをかわさず【時をかわさず】　立
即，馬上，立刻＝ただちに，すぐ。

ときをきざむ【時を刻む】　（鐘滴滴
答答地）走，運轉。

ときをきって【時を切って】　限時，
規定時間。

ときをすごす【時を過ごす】　消耗時
間，消磨時間。

とぎをする【伽をする】　伺候，服侍。

ときをついやす【時を費す】　消磨時
間，浪費時間。

ときをつくる【時をつくる】　報曉。

ときをまつ【時を待つ】　等待時機，
等待機會＝機を待つ，機会を待つ。

ときをみてだんをくだす【時を見て断
を下す】　當機立斷。

ときをみる【時を見る】　找個機會，
找個時間。

ときをむだにする【時をむだにする】
浪費時間。

とくいかくしげい【得意隠し芸】　拿
手，拿手好戲，拿手玩藝兒＝得意や
つ。

とくいになってわれをわすれる【得意
になってわれを忘れる】　得意忘形
＝得意のあまり有頂天。

とくいのぜっちょうにある【得意の絶
頂にある】　得意到家了（到極點了）。

とくいまんめん【得意満面】　得意洋
洋，喜氣洋洋，滿面春風。

どくがにかかる【毒牙に罹る】　遭到
毒手，受害。

とくから【疾から】　（文）早就…，
老早就…。

とくぎをもつ【特技を持つ】　有絕技，
有絕招兒，有一技之長，有特殊技能。

どくけをふくむ【毒気を含む】　①含
有毒性。②含有病毒。③含有惡意。

とくしつをかんがえる【得失を考える
】　考慮得失。

どくじなかんがえをだす【独自な考え
を出す】　別出心裁。

どくじゃのくち【毒蛇の口】　災難臨
頭。

どくしゅにかかる【毒手に権る】　被
害，遭到毒手。

どくしゅにおちいる【毒手に陥る】
中了毒計。

とくしょひゃくべんいおのずからつう
ず【読書百遍意自ら通ず】　熟能生
巧，讀書百遍意自明＝読書百遍義自
ら見わる。

とくしんずくで【得心ずくで】　經雙
方同意。

どくぜつをふるう【毒舌を振う】　大
肆挖苦，冷嘲熱諷。

どくそうせいにとむ【独創性に富む】
富於創造性。

どくそうてきなかんがえをだす【独創
的な考えを出す】　別出心裁。

とくていのじょうけんのもとで【特定
の条件の下で】　在特定的條件下。

とくていのだい【特定の題】　專題。

とくとかんがえる【篤と考える】　好
好想想。

どくどくしいかおつき【毒毒しい顔付
】　一臉凶相，凶惡面貌。

どくどくしいことば【毒毒しい言葉】
惡毒的話。

どくどくしいもののいいかたをする
【毒毒しい物の言い方をする】　說
話惡毒。

どくどくしげにわらう【毒毒しげに笑
う】　獰笑。

とくとする【徳とする】　感謝。

とくにあずかる【徳に与る】　受到…
的恩惠。

とくに…である【特に…である】　特
別是…。

とくに…とはおもわない【特に…とは
思わない】　並不特別感到…，並不
覺得特別…。

とくにとりあげるほどの【特に取上げ
るほどの】　值得特別提的。

とくに…ない【特に…ない】　並不…，
並不特別…＝別に…ない。

どくになる【毒になる】　有害。

とくになれば【得になれば】　只要有
好處。

とくにはならない【得にはならない】
不合算，划不來。

とくに…べきことはない【特に…べき
ことはない】　沒有特別的，沒什麼
值得一提的…。

どくにもくすりにもならぬ【毒にも薬
にもならぬ】　①高不成低不就。②
無益也無害。③治不了病也要不了命。

とくべつにあつかう【特別に扱う】
①另眼相待。②特別處理。

とくべつき【特別機】　專機。

とくべつこうえん【特別講演】　專題
報告。

とくべつにたいぐうする【特別に待遇
する】　另眼相待，特殊待遇。

とくぼうがある【徳望がある】　德高
望重。

とくみあわせてもちいる【…とくみ合
せて用いる】　和…摻合使用。

とくむ　①和…摻合。②和…合夥。③
和…扭打。

どくりつどっぽじりきこうせい【独立
独歩自力更生】　獨立自主自力更生。

どくりょくでやる【独力でやる】　單
獨做。

とぐろをまいている【とぐろを巻いて
いる】　①盤據。②盤成一團。

とくをかく【徳を欠く】　缺德。

どくをくわばさらまで【毒を食わば皿
まで】　一不做二不休。

とくをつむ【徳を積む】　積德，修好，
行善。

とくをとるよりなをとれ【得を取るよ
り名を取れ】　金錢不如名譽。

どくをのむ【毒を飲む】　服毒。

とくをほめたたえる【徳を褒め称える
】　歌功頌德。

どくをもってどくをせいす【毒を持っ
て毒を制す】　以毒攻毒。

とけいがとまった【時計が止まった】
錶停了。

とけいのねじをまく【時計の捻子を巻
く】　上弦。

とけいのはりをまわす【時計の針を廻す】 撥針＝時のはりをもどす。

とけいをあわす【時計を合す】 對錶，對時＝とけいをあわせる。

とげとげしいいいざま【刺刺しい言いざま】 話裏帶刺，話裏藏刀。

とげとげしいことば【刺刺しい言葉】 挖苦話，刻薄話，冷言冷語。

とげとげしいちょうしで【刺刺しい調子で】 不客氣的口氣，帶刺兒的口氣。

とげのあることば【刺のある言葉】 話裏帶刺，話裏藏刀。

とこうさいをむすぶ【…と交際を結ぶ】 和…交朋友，和…結交。

とこうどうをともにする【…と行動を共にする】 和…一塊兒行動。

どこか ①哪裏，哪兒，什麼地方。②有點，總有點，有些。

どこかで ①在什麼地方。②找個地方。

どこか…ところがある ①有些地方，某些地方。②有些，有點，總有些（點）。

どこからともなく 不知從哪兒。

どこたって 到處，無論什麼地方。

と…ことがある ①如果…就會。②一…就…。❹"と"是接續助詞。

どことなく ①看來。②總覺得，有些，有點，總有些，總好像＝なんとなく，どこか。

とことなるところがない【…と異るところがない】 和…一樣，和…無異。

とことんまで 到家，到底，徹底。

とことんまでおつきあいしましょう【とことんまでお付合しましょう】 奉陪到底＝最後までお付合う。

とことんまでやる 幹到底。

とこにつく【床につく】 ①就寝，上床。②病倒，臥床不起。

とこにはいる【床に入る】 躺到床上，躺在床上。

とこばなれがわるい【床離れが悪い】 懶得起床。

どこふくかぜ【どこ吹く風】 當耳邊風，不當一回事。

どこまでも ①徹底。②絕對。③終究。④始終。⑤…到底。⑥無論什麼地方。⑦儘管。

どこまでもけんじする【どこまでも堅持する】 堅持到底。

どこまでも…である 終究是…，到底是…。

どこまでもといただす【とこまでも問質す】 追根究底，打破沙鍋問到底。

どこも 到處都…，無論哪裏都…。

どこもかしても 同上條。

どころか【…所か】 ①豈止…。②不但沒…還…，不但沒…反而…。③別說…就連…。④哪裏談得上…。

どころがあべこべに【…所があべこべに】 不但沒…反而…。

ところがある【…所がある】 ①很…。②有所…。③好像…。④有點…。⑤有些…。

どころかかえって ①豈止…。②不但沒…還…，不但沒…反而…。③別說…就連…。④哪裏談得上。

どころか…さえ 別說…就連…也…＝おろか…さえ。

どころか…すら 同上條。

どころか…ない【…所か…ない】 別說…就連…也不（也沒有）。

ところがない【…所がない】 沒有…，沒有…之處。

どころか，まるで…だ【…所か，まるで…だ】 哪裏是…簡直是…。

ところから【…所から】 因爲…，由於…。

ところかわればしなかわる【所変れば品変る】 百里不通風，隔道不下雨，一個地方有一個地方的風俗習慣。

ところきらわず【所嫌わず】 到處，隨地，不論哪裏，不管什麼地方。

ところだ【…所だ】 ①是…，是…的。②所…，有所…，正是…的…的。③差一點，險些…，幾乎沒…。④就…。⑤正…，正在…，正想…，正要…，正打算…，剛要…＝ところである，ところです，ところでした。

ところだが【…所だが】 應該…。

ところで【…所で】 ①據…，根據…。

②由於…。③凡屬…。④即使…，儘管…。

ところで…だけだ【…所で—だけだ】 就是…也是白…，即或是…也是白…。

ところでは【…所では】 據…，根據…＝…ところで。

ところではない【…所ではない】 不是…，並非…，非…所…，不是…所能…。

ところではない【…所ではない】 ①哪裏談得上…，哪裏有工夫…，根本談不上…。②不必，不要，不需要。

ところでむだです【…所で無駄です】 即使…也白費（没用）。

ところどころ【所所】 這兒那兒，有些地方。

ところとなる【…所となる】 被…，被…所…，受到…，遭到…，爲…所…。

ところにある【…所にある】 在於…＝…点にある。

ところにする【…所にする】 由…，由…來。

ところによって【…所によって】 據…，根據…，按照…＝…ところによると，…ところによれば。

ところのものしり【所の物知り】 熟習當地情況的人，萬事通。

ところへ【…所へ】 剛一…，剛要…，正在…時候，正…。

ところへ…さえ【…所へ…さえ】 不光…而且…，不只…連…也…。

ところもある【…所もある】 ①也…，都…。②也有…之處。

ところを ①正在…關頭。②本來應該…可是…。

ところをえたし【所を得た死】 死得其所。

ところをえる【所を得る】 得法，得其所。

とこをあげる【床をあげる】 疊被，收拾床＝とこをたたむ。

どこをかぜがふくかというふうをする【どこを風が吹くかと言う風をする】 毫不關心的樣子，若無其事的樣子。

とこをしく【床を敷く】 舖床＝床を取る。

とこをたたむ【床を畳む】 疊被，收拾床，捲舖蓋。

とし ①分…爲…。②設…爲…。③規定…爲…。❖“と”是補格助詞，“し”是“する”的連用形，表示中頓。

としうえにみえる【年上に見える】 顯得年長，顯得歲數大。

としうえのひと【年上の人】 長輩，前輩。

としがあけてから【年が明けてから】 過年之後。

としがあらたまる【年が改まる】 ①歲月更新，來到新年。②換年號，改元。

としがいもない【年甲斐もない】 白活，簡直白活。

としかおもえない【…としか思えない】 只能當作…，只能認爲…。❖“と”是格助詞，“しか”是修飾助詞同“ない”一起構成慣用句型，當“只…”講。

としかおもわれない【…としか思われない】 同上條。

としがかわってから【年が変ってから】 過年之後。

としがくれる【年が暮れる】 到了年底了，快過年了。

としがたつ【年が立つ】 歲月變遷，光陰消逝。

としこしのもち【年越しの餅】 年糕。

としこしをする【年越しをする】 過年。

とじこみをする【綴じ込みをする】 把…訂在一起＝とじこみをつくる。

としごろのむすめ【年頃の娘】 大姑娘，妙齡女子。

としたら 假如…，如果…，假定…，假設＝…とすれば，…とすると。

として ①是…。②當作…，作爲…，以…資格。③假如…，假定…，假設…。④就算是…。⑤依…來看，照…來看。⑥連…。

としてあらわれる【…として現れる】 表現爲…。

としてしられている【…として知られている】 以…而聞名，素以…而著名。

として…ない 没有…不…的。

として…である【…として…である】 就…來說是…。

としてならない 不要把…當成…。➋前接“を”。

としては 就…來說，作爲…來說，就…而言，照…說。

としてはわからない【…としては分らない】 同上條。

としても ①即使…，即或…，即便…。②雖然…。③如果說…。④即或作爲…來說。

として…ものがない 没有一個不…的。

として…ものはない 没有…不…的。

どしどしうれる【どしどし売れる】暢銷。

どしどししつもんする【どしどし質問する】 紛紛質問。

としなければならない 必須認爲…。

としなみにはかってない【年波には勝ってない】 歲數不饒人＝年は争わぬ。

とじにおわるものではない【徒爾に終るものではない】 不會白費。

としにしては【年にしては】 按歲數（年齡）來說。

としにふそくはない【年に不足はない】壽命不算短了，壽命夠長的了。

としのいかない【年の行かない】 年齡尚小的。

としのいち【年の市】 年貨攤，年貨市。

としのうち【年の内】 年內，今年內，本年內，一年之內。

としのくれ【年の暮】 年終，年末，歲末。

としのこう【年の功】 閱歷深。

としのせいで【年のせいで】 由於年齡關係，由於上了年紀。

としのたつのははやい【年の立つのは早い】 光陰似箭。

としはあらそえない【年は争えない】歲數不饒人＝年なみには勝てない。

としはあらそわぬ【年は争わぬ】 同上條。

としはくすり【年は薬】 老馬識途，歲數大了經驗多。

としよう ①假設…。②就算…吧。

としようか …吧，好嗎。

どしょうぼねがしっかりしている【土性骨がしっかりしている】 硬骨頭，骨頭硬。

どしょうぼねがない【土性骨がない】没骨氣（志氣），軟骨頭。

どしょうぼねはなおらない【土性骨は直らない】 秉性難移。

としょくのと【徒食の徒】 酒囊飯袋，遊手好閑之徒。

としよりかぜをふかす【年寄風を吹かす】 ①倚老賣老。②老氣橫秋。

としよりじみている【年寄染みている】 顯得蒼老，老聲老氣。

としよりのひやみず【年寄の冷水】 ①逞能，逞強。②不服老，年老人愛管閒事。

としよりのものわすれ，わかいもののものしらず【年寄の物忘れ，若い者の物知らず】 老年人好忘事，年輕人不懂事。

としをとってあたまがとぼける【年を取って頭が惚ける】 上了年紀腦筋遲鈍，老糊塗了。

としをとってわかがえる【年を取って若返る】 老當益壯，返老還童。

としをとる【年を取る】 上年紀，上歲數。

どじをふむ【どじを踏む】 ①失策，失利，不利，搞糟了。②落空。

とすぐ 剛…就…＝…とまもなく，…が早いか。

とする ①分爲…。②假定…，假設…。③作爲…，以…資格。④把…當作…，把…看作…，把…視爲…。⑤認爲…，以…爲…。⑥變成…，規定爲…。

とすると 若是…，如果…。

とすれば 同上條。

どすをのんでいる【どすを呑んでいる】腰裏藏著匕首，懷裏藏著短刀。

どすんどすんとしりをぶっつける【どすんどすんと尻を打っ付ける】 蹾得慌。

とせいびと【渡世人】 賭徒。

とせいをおくる【渡世を送る】 度世，

過活。

とぜんにまかせる【徒然に委せる】
閑散無聊，閑著没事。

とたいさがない【…と大差がない】
和…没有多大區別，跟…差不多。

とたいしつする【…と対質する】　和
…對質（對證）。

とだいする【…と題する】　以…爲題。

どだいなっていない【土台なっていな
い】　根本就不行，完全不成樣子。

どだいむりな【土台無理な】　根本就
行不通的，根本就不合理的。

どだいをつくる【土台をつくる】　打
下…的基礎。

とたかい【…と高い】　高於…，比…好。

とたたかう【…と戦う】　①不避…。
②同…爭鬪。

とたんに【途端に】　①剛一…就…，
…的時候。②隨一隨…。③正巧。

とたんのくるしみ【塗炭の苦しみ】
塗炭之苦，水深火熱。

とたんのくるしみにおとす【塗炭の苦
しみに落す】　陷入水深火熱之中，
陷入塗炭之苦。

どたんばで【土壇場で】　臨到末了，
到了最後關頭＝どひょうぎわ。

どたんばにおいこむ【土壇場に追い込
む】　逼入絶境，逼得走投無路。

どたんばのとき【土壇場の時】　千鈞
一髪之際。

とちかづきになる【…と近付になる】
和…認識（熟識）。

どちかぜがふく【何方風が吹く】　不
知何故。

とちにあかるい【土地に明るい】　熟
習當地情形。

とちのしょうもん【土地の証文】　地
契。

とちのなまり【土地の訛り】　當地口
音。

とちのひと【土地の人】　當地人，本
地人。

とちのふあんない【土地の不案内】
人地生疏。

とちのふらいかん【土地の無頼漢】
地頭蛇，地痞。

とちのボス【土地のボス】　地頭蛇，
土皇帝。

とちのわるいもの【土地の悪者】　地痞，
坐地虎。

どちゃくのじゅうみん【土着の住民】
土著，老戶，本地人。

どちゃくのボス【土着のボス】　土皇
帝，土豪劣紳。

とちゅうで【途中で】　①半路，中途，
半道上。②…還没完就…。

とちゅうではぐれた【途中ではぐれた
】　中途走散了。

とちゅうでやめる【途中で止める】
半途而廢。

とちゅうまでいったところで【途中ま
でいったところで】　剛走到半道上。

とちゅうまでみおくる【途中まで見送
る】　送到半道上。

どちらかといえば【どちらかと言えば
】　說起來。

どちらかというと【どちらかと言うと
】　同上條。

どちらかというと…ほうだ【どちらか
と言うと…方だ】　說起來還算…。

どちらさんでしょうか　（打電話時）
你是哪兒？你是哪裏？

どちらでもいい　都行，都可，哪個
（種）都行。

どちらともきまらない【どちらとも決
まらない】　猶豫不決，三心二意。

どちらにしても　①早晩，反正，歸根
結底。②不拘怎樣，不管如何，無論
如何＝どのみち，いずれ，いずれに
しても。

どちらも　①都…。②雙方都…。

とつおいつしあんする【とつおいつ思
案する】　左思右想＝かれこれ思案
する。

とっかかりがない【取掛りがない】
没有頭緒。

どっかりとこしをおろした【どっかり
と腰を落す】　一屁股坐下。

とっかんのこえをあげる【吶喊の声を
あげる】　吶喊，發出吶喊聲。

とつぎさき【嫁ぎ先】　婆家。

とっきにあたいする【特記に値する】

値得大書特書。

どっきのない【毒気のない】　①没有悪意的，没有壞心眼的。②没有毒的，無毒性的。

とっきょしゅつがんちゅう【特許出願中】　正在申請專利。

どっきをぬかれる【毒気を抜かれる】　嚇破膽，嚇了一大跳，嚇得目瞪口呆。

とっくのむかしに【とっくの昔に】　老早，很久以前，早先年。

どっこいどっこい　不相上下，不分優劣，相去無幾。

とっさにおもいつく【咄嗟に思いつく】　情急智生，急中生智，一時想起來。

とっさのま【咄嗟の間】　馬上，一轉眼，轉瞬間，一眨眼工夫。

どっさりある　有的是，多得很。

とつぜんのことで【突然のことで】　由於事出突然。

どっちかといえば【どっちかと言えば】　說起來…，無寧說是…。

どっちつかず【何方付かず】　①曖昧，不明確，搖擺不定。②不倫不類，非牛非馬。

どっちへころんでもそんはない【どっちへ転んでも損はない】　無論結果如何都没吃虧。

どっちもどっちだ【何方も何方だ】　半斤八兩，不相上下，差不多。

とっつきから【取っ付きから】　一開頭就…。

とっつきのわるい【取っ付きの悪い】　難接近的，没人緣的。

とっつきやすい【取っ付きやすい】　容易接近的，平易近人的。

とって【取って】　①（數歲數時）算上（今年）。②〔用（に取って）的語形〕對…說來。

とってかわる【取って代る】　取代，取而代之。

どっとあつまる【どっと集まる】　雲集。

どっとおしよせる【どっと押し寄せる】　一擁而上，蜂擁而來。

とつとつひとにせまる【咄咄人に迫る】　咄咄逼人。

とっとと　趕快，趁早。

どっとはやしたてる【どっと囃し立てる】　齊聲叫好，齊聲喝采。

どっとわらう【どっと笑う】　哄堂大笑。

とっぴなおとこ【突飛な男】　古怪的人。

とっぴなかんがえ【突飛な考え】　古怪的想法。

とっぴなことをかんがえる【突飛なことを考える】　想入非非。

トップかいだん【トップ会談】　高峰會談。

トップかがく【トップ科学】　尖端科學。

トップぎじゅつ【トップ技術】　尖端技術。

トップクラスの　第一流的。

トップすいじゅんにおいつきおいこす【トップ水準に追いつき追いこす】　趕上和超過先進水準。

トップでそつぎょうする【トップで卒業する】　畢業考第一。

トップニュース　頭條消息，頭條新聞＝トップ記事。

トップハット　大禮帽。

トップをきる【トップを切る】　領頭，走在…前頭。

とて　①說是…，想要…。②即使…。③因為…，由於…。④也…＝…と言って，…ても，…ゆえに，…も。

とていにはいる【徒弟に入る】　學徒，當徒弟。

とていのねんきがおわる【徒弟の年期が終る】　滿徒，出師。

とてつもない【途轍もない】　①混亂的，没有條理的。②不知深淺的。③糊塗透頂的。④極不合理的。

とてつもないことだ【途轍もないことだ】　①眞是糊塗透頂。②眞是不知深淺。

とてつもないことをいう【途轍もないことを言う】　說蠢話，說糊塗話。

とてつもないことをかんがえる【途轍もないことを考える】　想那些愚蠢事。

とでもいうのであろうか【…とでも言うのであろうか】　難道…嗎？⇔“と”是格助詞，“でも”是修飾助詞。

とてもうんがよい【とても運がよい】　運氣好極了。

とてもおもしろい【とても面白い】　有趣極了。

とてもかくても　總而言之，總之。

とてもがんばりやだ【とても頑張やだ】　①非常好強的人。②非常頑固的人。③非常固執己見的人。

とてもげんきだ【とても元気だ】　有精神的。

とても…できない【とても…出来ない】　無論如何也不能…。

とても…とはみえない【とても…とは見えない】　完全不像…，怎麼也不像…。

とても…ない　①很難…。②怎麼也不…。③無論如何也不…＝どうしても…ない，どんなにしても…ない，なんとしても…ない。

とてものこと　乾脆…，索性…，倒不如…＝いっそのこと。

とてもばかだ【とても馬鹿だ】　眞是十分愚蠢，非常糊塗。

とても…まい　未必能…。

とてもよい　好極了，棒極了。

とて…わけもあるまい【…とて…訳もあるまい】　即或…也不至於…吧。

と…と　…和…。

とどうようのものである【…と同様のものである】　和…是一樣的，同…是一樣的。

ととうをくむ【徒党を組む】　結黨聚衆。

と…とが　…和…＝…と…とは。⇔“が”表示主詞。

とどこおりなく【滞りなく】　順利地，暢通無阻地。

と…とにげんていされる【…と…とに限定される】　限於（限定）…和…，主要是…和…。

と…との　…和…的。

とどのつまりは　結果，最後，終於，歸根結底＝最終のところ，結局のところ。

ころ。

とどまるところをしらない【止るところを知らない】　没有止境，不知足。

とどめをさす【止めを刺す】　置…於死命。

とともに【…と共に】　①跟…，同…。②既…又…。③同時，與此同時。

となかなか…なおれない【…と中中…直れない】　一…就很難…，一…就不容易…。

とならんで【…と並んで】　和…並列，和…一樣，與…一樣。

となりあってすわる【隣り合って坐る】　緊挨著坐，並肩而坐。

となりうる　①可以是…。②可能是…。

となりきんじょ【隣近所】　左鄰右舍，街坊鄰居。

となりのじんだみそ【隣の糂粏味噌】　什麼都覺得別人的好。

となりのせんきをずつうにやむ【隣の疝気を頭痛に痛む】　看三國掉淚替古人擔憂。

となりのひと【隣の人】　鄰居，街坊。

となりのひととつきあう【隣の人とつきあう】　搭街坊，搭鄰居。

となりのむぎめしはうまい【隣の麦飯はうまい】　別人家的飯香。

となる【…と成る】　構成…，形成…，變成…，成爲…，當…。

となる【…と為る】　①當作…，作爲…。②變成…，變爲…，成爲…。

となると　①至於…。②如果…。③一…就…。

となるものである【…と為るものである】　是作爲…的，是當作…。

とにかぎをかける【戸に鍵をかける】　鎖門＝ドアにかぎをかける。

とにかくするうちに【兎に角する内に】　不大工夫，轉眼，眨眼工夫。

とにかくとして【兎に角として】　無所謂，如何均可，…倒無所謂。

とにつく【途につく】　首途，起身，動身，起程。

どのくらい【何の位】　①多…。②多少…，若干。

とのごとし【堵の如し】 …如堵。

とのきまガエル【殿様ガエル】 靑蛙，
田雞，金錢蛙。

とのさまくらしをする【殿様暮しをす
る】 過著豪華生活。

どのつらさげて【どの面下げて】 怎
麼好意思，有什麼臉＝何の面目があ
って。

どのみちしなければならない【どの道
しなければならない】 反正要…，
總之要…，反正必須＝どのみちしな
くてはならない。

どのみち…にきまっている【どの道…
に定っている】 反正一定要…。

どのみち…ねばならない【どの道…ね
ばならない】 反正要…，總之要…，
反正必須＝どのみちしなくてはなら
ない。

どのみちひまなんだ【どの道暇なんだ
】 反正閑著沒事。

どのようなものも 不論那種，不論那
樣。

どのように 如何，怎樣。

どのようにして 同上條。

どのようにしても…ない 怎麼也不…，
無論如何也不…＝どうしても…な
い。

どのようにしても…なければならない
無論如何也必須…，無論如何也得…
＝どうでもこうでも…なければなら
ない。

どのようにでもなる 無論怎樣都行，
能運用自如。

とは ①連…。②與…，和…。③所謂
…。④叫做…。✿當"連…"講時"
と"是接續助詞，"は"起加強語氣
作用，前接用言終止形。當"與…，
和…"講時"とは"是格助詞"と"
和"は"的重疊，前接體言。當"所
謂…"和"叫做…"講時，"とは"
是"と言うのは"之略，前接體言。

とはいいがたい【…とは言いがたい】
很難說…。

とはいいながら…ものだ 雖然是…但
畢竟…。

とはいうものの【とは言うものの】

雖然那麼說，但…，雖然是…，但…。

とはいえ【…とは言え】 雖說…，雖
然那麼說，可是…，雖然…可是…，
即使…。

とはいえない【…とは言えない】 ①
未必能說…，還不能說…，雖然不能
說…，不一定…。②不肯說…。③說
不上…，算不上…，算不了…，算不
得…。

とはいわず【…とは言わず】 不要說
…，別再說…。

とはいわれども【…とは言われども】
雖然那様，雖然那麼說，雖然如此。

とはおもいもよらなかった【…とは思
いも寄らなかった】 沒想到…，沒
有預料到…。

とはおもえない【…とは思えない】
簡直不像…，不能想像（是）…。

とはおもわなかった【…とは思わなか
った】 沒想到…，沒有預料到…。

とはかぎらない【…とは限らない】
不一定…，不見得…，未必就…。

とはかなしむべきことである【…とは
悲しむべきである】 ①…是可悲的
事情。②…是遺憾的事情。

とばかり ①顯出。②認為是…機會。

とばかりに 簡直就像…，幾乎像…似
的。

とばくじょうしゅうしゃ【賭博常習者
】 賭徒，賭棍。

とはくらべものにならない【…とは比
べものにならない】 和…是不能比
的。

とはこういうものだ 所謂…就是這麼
一回事。

とは…ことである 所謂…就是…＝…
と言うのは…ことである。

とはさようなら【…とは然様なら】
離開…，和…分別，和…分離。

とばしてよむ【飛して読む】 跳著看
＝とびとびよむ，とびとびによむ。

とばしりがかかる 濺上水點（飛沫）。

とばしりをくらう【とばしりを食う】
受到牽連，受到連累＝とばっちりを
食う。

どはずれに【度外れに】 ①出奇，出

衆，特出的。②非常，特別。

とはそうそうもおよばない【…とは想像も及ばない】　萬没想到…。

どはつてんをつく【怒髪天を衝く】　怒髪衝冠。

とは…である　①是…。②所謂…是…。

とはなしこむ【…と話込む】　只顧和…說話。

とはなにごとだ【…とは何事だ】　怎麼…，怎麼能…。

どばにむちうつ【駑馬に鞭打つ】　硬趕鴨子上架。

とはべつだ【…とは別だ】　和…不同。

とはべつなく【…とは別なく】　和…一樣，跟…没有差別。

とはべつに【…とは別に】　除了…，除…而外還。

とはみえない【…とは見えない】　不像…。

とはゆめにもおもわない【…とは夢にも思わない】　連作夢也没想到…。

とはわけがちがう【…とはわけが違う】　和…不同。

とは…をいう【…とは…を言う】　所謂…是指…。

とびがたかをうむ【鳶が鷹を生む】　子勝於父，雞窩裏出鳳凰，夕竹出好筍。

とひくい【…と低い】　低於…，不如…，比…低。

とびこみじさつ【飛込み自殺】　投河（海）自殺。

とびつかない【飛付かない】　不理。

とひとつにとけあう【…と一つに解合う】　①和…打成一片。②和…融和在一起。

とびにあぶらあげをさらわれたよう【鳶に油揚を攫われたよう】　①因遭受意外損失而發呆。②兩頭落空。③茫然若失。④不知所措＝とびに油揚を取られたよう。

どひのいちみ【土匪の一味】　匪幫。

とびばこをとぶ【飛箱を飛ぶ】　跳跳箱。

とびはなれた【飛離れた】　超群的，出衆的，出類拔萃的。

とひみつに【…と秘密に】　背著…，瞞著…。

どぶがつまる【溝が詰まる】　下水道堵了。

どぶどろにはまりこむ【溝泥に嵌り込む】　陷入爛泥裏。

とぶようにうれる【飛ぶように売れる】　①暢銷。②不翼而飛，不脛而走。

とぶようにして【飛ぶようにして】　飛速地，飛似地，飛也似地。

とぶようにはやく【飛ぶように早く】　同上條。

どぶをうめる【溝を埋める】　塡溝。

どべいかこい【土塀囲い】　土圍牆。

とほうにくれる【途方に暮れる】　①走投無路，不知如何是好，没辦法。②迷失方向。③想盡了辦法。④不知道…。

とほうもない【途方もない】　①毫無道理的。②驚人的。③不得了的。

とぼけづらをする【惚け面をする】　裝傻充楞，假裝不知（懂）。

とぼけもの【惚け者】　①呆子。②糊塗蟲。③滑稽可笑的傢伙。

ともまもなく【…と間もなく】　剛一…就…。

とまりがけで【泊掛けで】　住幾天，盤桓幾天。

とまれかくまれ　無論如何，不拘怎樣，不管怎麼說＝ともあれかもあれ，いずれにしても，ともかく。

とみえて【…と見えて】　看來。

とみえる【…と見える】　顯得…，似乎（是）…，好像（是）…。

とみくじにあたる【富籤に当る】　中彩＝富に当る。

とみとめられている【…と認められている】　一般認爲…。

とみにぜんひをくゆ【頓に前非を悔ゆ】　頓改前非。

とみにめぐまれている【…富に恵まれている】　富有…，…很豐富。✿前接“の”。

とみられている【…と見られている】　一般認爲…。

とむらいのかねがなった【弔いの鐘が

なった】 喪鐘敲響了。

とむらいのかねをつく【弔いの鐘を撞く】 敲響了喪鐘,敲響了…的喪鐘。

とむらいのことばをのべる【弔いのことばを述べる】 致悼詞。

とむらいにさんかする【弔いに参加する】 参加葬禮,参加追悼會。

とめどがない【止めどがない】 沒完,沒有止境,沒完沒了。

とめどもなく【止めどもなく】 不斷地,不住地,不停地。

ともあれかくもあれ 不拘怎樣,不管如何,無論怎麼說=どうでもあれ。

ともいいきれない【…とも言切れない】 還不能斷定説…。

ともいう【…とも言う】 也可以説。◆ "とも"是格助詞 "と"和提示助詞 "も"的重疊。

ともいえない【…とも言えない】 不一定…,還不能説…,很難説…。

ともおもわれない【…とも思われない】 不像…。

ともかぎらぬ【…とも限らぬ】 不一定就…。

ともかくとして …如何姑且不論,至於…先別管它。

ともかく…ねばならない【兎も角…ねばならない】 總之不…不行。

ともぐいになる【共食いになる】 兩敗俱傷,一塊兒受損失。

ともぐいをする【共食いをする】 自相殘殺,同類相殘。

ともしびのあかり【灯火の明り】 燈光,燈火。

ともしらない【…とも知らない】 不知…,不曉得…,不懂…,不理解…。

ともすると 常常,往往,每每,動不動=どうかすると,時に,よく,ともすれば,ややもすれば。

ともすると…ものである ①往往總是…,常常總是…,動不動…。②偶而也會…。

ともすれば 常常,往往,每每,動不動=どうかすると,時に,よく,ともすれば,ややもすれば。

ともすれば…がちである 總愛…,一

來就…。

ともたおれになる【共倒れになる】 兩敗俱傷,同歸於盡。

ともだちがいがない【友達甲斐がない】 不夠朋友。

ともだちができない【友達ができない】 找不到朋友。

とも…とも 是…還是…。

ともない 不想…,不願意…,不打算…,並沒想…=たくもない,…というわけでもない。

ともにっかのきゅうにおもむく【共に国家の急に赴く】 共赴國難。

ともにしらがのはえるまで【共に白髪の生えるまで】 白頭到老,百年偕老。

ともにてんをいただかず【共に天を戴かず】 不共戴天。

ともに…ともに 一起…一起…,一塊兒一塊兒…。

とも、また…ともいう【…とも、また…とも言う】 既叫…也叫…,既稱為…又稱為…,既叫做…也叫做…。

ともよい …也成,…也可以,…也行。◆前接否定助動詞 "ない" "ず"時,可以譯成 "不必…,用不著…"。

とやかくいう【とやかく言う】 議論,説三道四,説長道短。

どやどやはいってくる【どやどや入って来る】 一擁而進,蜂擁而來。

とやらいう【…とやら言う】 叫做什麼…。◆ "やら"是修飾助詞,表示 "…等等,之類"。

とやらいう…そうだ【…とやら言う…そうだ】 好像叫做…。

とよい【…と好い】 最好…。

どようやすみ【土用休み】 歇伏。

とよぶ【…と呼ぶ】 ①所謂…。②叫做…=と言う。

ドライアイス 乾冰。

ドライクリーニング 乾洗。

ドライシルク 奶粉。

ドライスタンプ 鋼印。

ドライヤをかける 吹風。

とらえどころのない【捕えどころのない】 捕風捉影的=つかみどころのない。

トラクターステーション　拖拉機站。

とらになる【虎になる】　撒酒瘋，喝成醉鬼。

とらぬたぬきのかわざんよう【取らぬ狸の皮算用】　盡打如意算盤。

とらのいをかるきつね【虎の威を仮る狐】　狐假虎威。

とらのおをふむ【虎の尾を踏む】　踏虎尾，捋虎鬚，冒極大危險。

とらのつばさ【虎の翼】　如虎添翼。

どらやたいこのおとがてんにとどろく【銅鑼や太鼓の音が天に轟く】　鑼鼓喧天。

とらわれのみとなる【囚われの身となる】　當囚犯，當俘虜，被囚禁起來。

とらをえがきていぬにるいす【虎を画きて狗に類す】　畫虎不成反類犬。

どらをうつ【銅鑼をうつ】　蕩盡財産。

どらをならす【銅鑼を鳴らす】　鳴鑼。

とらをのにはなつ【虎を野に放つ】　放虎歸山。

トランジスタラージオ　半導體（晶體管）收音機。

トランスミッション　變速器。

とりあいをえんずる【取り合いを演ずる】　爭奪。

とりあえず【とり敢えず】　①急忙，趕忙，匆匆忙忙。②首先。①＝急で，いそいそ。②＝まず，第一番に。

とりうちをかぶる【鳥打をかぶる】　戴一頂鴨舌帽＝とりうちぼうをかぶる。

とりえもない【取り得もない】　毫無長處，毫無可取之處＝まったく取り得もない。

とりかえがきく【取り替えがきく】　管換，可以換＝取り替えができる。

とりかえしがつかぬ【取り返しがつかぬ】　無法挽救（挽回）。

とりかえにおうずる【取り替えに応ずる】　管換（退）。

とりかえることができる【取り替えることができる】　可以換，可以更換。

とりこしくろうをする【取越し苦労をする】　自找苦惱，自尋煩惱，杞人憂天。

とりざたしてわらいものにする【取沙汰して笑いものにする】　議論譏笑。

とりしまりがげんじゅうだ【取り締りが厳重だ】　管理得嚴↔とりしまりがゆるやかだ。

とりたてていうほどのことはない【取立てて言うほどのことはない】　不值一提，沒有什麼值得特別一提的。

とりたてのものをあじわってみる【取立ての物を味わって見る】　嘗嘗鮮味兒。

とりちがえをする【取違えをする】　把…誤解了，把…解釋錯了。把…弄錯，搞錯，拿錯，穿錯。

とりつきから【取付から】　開頭，一開始就…。

とりつぎしょう【取次商】　代銷商。

とりつぎてん【取次店】　代銷店，經售處，代辦處。

とりつぎどころ【取次所】　傳達處，傳達室。

とりつきのわるい【取付の悪い】　①不好打交道的，不好說話的。②不容易接近的。③最怕印象不好的。

とりつくしまもない【取付く島もない】　①沒著沒落，沒有依靠，叫天天不應叫地地不靈。②不好接近。

とりつくところがない【取付くところがない】　沒地方入手（著手）。

トリックにひっかかる【トリックに引っ掛かる】　上當，受騙，中圈套，中了詭計。

トリックをもうける【トリックを設ける】　搞騙局，設圈套。

トリックをやる　搞把戲，玩弄詭計。

とりとめたせつはない【取留めた説はない】　沒有定論。

とりとめのない【取留めのない】　①不著邊際的，捕風捉影的。②不得要領的。③衆說不一的。④無聊的。⑤荒唐的。

とりなきさとのこうもり【鳥なき里の蝙蝠】　物以稀爲貴。

とりなしのじょうずなひと【執成しの上手な人】　善於周旋（斡旋，說和，

調解）的人。

とりなしをたのむ【執成しを頼む】
請…說和（調解，斡旋）。

とりはずしができる【取外しができ
る】　可以摘（取，卸）下來。

とりはだがたつ【鳥肌が立つ】　起雞
皮疙瘩＝鳥肌になる。

とりもちがうまい【取持ちがうまい】
善於應酬，善於交際。

とりもなおさず【取りも直さず】　①
就…，就是…，就是說…。②就那樣
…，仍舊…。③即是…，也就是…，
簡直是…＝つまり，そのまま，すな
わち。

とりもなおさず…のである【取りも直
さず…のである】　就是…，就是說
…。

どりょうがせますぎる【度量が狭すぎ
る】　鼠肚雞腸，心胸狹小，度量小，
心眼小，小心眼↔度量が大きい＝了
見がせまい。

どりょくがむくいる【努力が報いる】
沒白費工夫，工夫沒白花。

どりょくして【努力して】　竭力，盡
力，努力。

どりょくのかいがない【努力の甲斐が
ない】　白費工夫，白做了，白費勁。

ドリルのあたま【ドリルの頭】　鑽頭。

とるにたらない【取るに足らない】
不足取，不足道，不足掛齒，沒價值。

とるにたらぬ【取るに足らぬ】　同上
條。

とるにたらぬたわごと【取るに足らぬ
戲言】　屁話，毫無意義的話，不值
一提的話。

ドルばこ【ドル箱】　財東，搖錢樹。

とるものもとりあえず【取るものも取
り敢えず】　急忙，匆匆忙忙。

どれくらい【何れくらい】　多少，若
干＝どれほど。

ドレススタンド　衣裳架子。

ドレスメーカー　女子服裝裁縫。

どれだけ　①多少。②多麼，如何。③
盡量。

どれだけの　同上條。

どれだけ…わからない【…どれだけ…

分らない】　不知多麼…，不知如何
…＝どれほど…わからない。

どれほど…かわからない　不知多麼
…。

どれほど…でも　不論怎樣。

どれほど…ない【何程…ない】　毫不
…＝なんら…ない。

どれほどもたたないうちに【何程も立
たない内に】　過了不久。

どれもこれも　都…，全都…。

とろうにおわる【徒労に終る】　徒勞，
白搭，白費，徒勞無功，枉費心機＝
徒労に帰する。

どろがたまる【泥が溜る】　淤泥。

どろがつく【泥がつく】　弄上泥了。

どろどろになる　弄得滿身是泥。

とろとろねむる【とろとろ眠る】　打盹，
打瞌睡。

どろなわをなう【泥縄をなう】　臨陣磨
槍，臨渴掘井，平時不燒香臨時抱佛
＝泥棒を見てなわをなう，盜人を見
てなわをあざなう。

どろのはねがかかる【泥の跳がかかる
】　濺上泥點。

どろぬまになる【泥沼になる】　成了
泥塘。

どろぬまにはまりこむ【泥沼にはまり
こむ】　陷入泥潭（坑）。

どろぬまのような【泥沼のような】
烏烟瘴氣的。

どろぼうがはいる【泥棒が入る】　鬧
賊，賊進來了。

どろぼうがひとのことをどろぼうだと
どなる【泥棒が人のことを泥棒だと
呶鳴る】　作賊的喊捉賊。

どろぼうこんじょうのしみこんだやつ
【泥棒根性の染込んだやつ】　賊骨
頭。

どろぼうににおいせん【泥棒に追錢】
肉包子打狗。

どろぼうをする【泥棒をする】　作賊，
當小偷。

どろぼうをするとこころにやましい
【泥棒をすると心に疚しい】　作賊
心虛。

とろんとして　睡眼惺忪地。

どろんをきめこんだ【どろんを極め込んだ】 逃跑了，逃之夭夭了。

とわず【…問わず】 ①不問…。②不管…，不顧…。③不論…，不分…，不拘…。

どをうしなう【度を失う】 慌張，驚慌失措。

どをかさねる【度を重ねる】 重複多次，做了多次。

どをすごす【度を過す】 過度，過量，過分。

どんぐりのせいくらべ【団栗の背競べ】 半斤八兩，不相上下（都不怎麼樣）。

どんぐりのせいくらべのなかではすぐれている【団栗の背競べの中ではすぐれている】 出類拔萃。

とんざをきたす【頓挫をきたす】 停頓。

とんだ ①意外的，沒想到的，出人意料的。②非常嚴重的。③眞是＝意外的，思いのほかの，大変な。❹只作修飾語。

とんだことをしでかした【とんだことを仕出かした】 犯了嚴重錯誤＝大変な間違いをしでかした。

とんださいなんにあった【とんだ災難にあった】 碰到了意外的災難。

とんだ…だ 眞是意外的…。

とんだめにあった【とんだ目にあった】 遭殃，倒霉，遭到意外災難，吃大虧，遇到了困境。

とんだものわらいだ【とんだもの笑いだ】 笑話。

とんちんかんなことばかりいう【頓珍漢なことばかり言う】 ①盡說怪話。②說得牛頭不對馬嘴，說得前言不搭後語。

とんちんかんなことばかりする【頓珍漢なことばかりする】 淨做蠢事。

とんでいく【飛んで行く】 飛跑。

とんでひにはいるなつのむし【飛んで火に入る夏の虫】 飛蛾撲火，自投羅網。

とんでもない【とんでもない】 ①意外的，沒想到的，出乎意料的。②不合道理的，不合情理的，毫無道理的。

③不可挽回的，毫無辦法。④什麼話，哪的話。⑤豈有此理。

とんでもないこと【とんでもないこと】 ①大事，不得了的事兒。②意外的事，沒有的事。

とんでもないことになった【とんでもないことになった】 這一下可糟了，這一下可麻煩了＝大変だ。

とんでもないといわんばかりに【とんでもないと言わんばかりに】 不以爲然地。

とんでもないはなしだ【とんでもない話だ】 眞是豈有此理，簡直是瞎扯。

とんでもないめにあった【とんでもない目にあった】 眞倒霉。

とんと…ない 一點也不…，絲毫也不…＝少しも…ない。

どんどんあっかする【どんどん悪化する】 繼續悪化，江河日下。

どんどんうれてゆく【どんどん売れて行く】 非常暢銷。

とんとんになる 大致相等，不相上下。

どんなぐあいに【どんな工合に】 怎麼，怎樣，如何＝どんな風に。

どんなことがあっても 無論如何也…，不管怎樣…。

どんなことでもする 無所不爲。

どんなことでもできる 什麼事都能辦。

どんなことになった 怎麼樣了。

どんな…でも 無論…都…。

どんな…でも…ものだ 無論…都會…＝どんな…でも…ことがある。

どんな…とも 無論…都…，不管…都…＝どんな…でも。

どんなに 如何，多麼＝どのように，どんなにして，どのようにして。

どんなに…かわからない 不知該多麼…。

どんなにして 如何，多麼＝どのように，どんなにして。

どんなにしても…ない 怎麼也不…，無論如何也不…＝どのようにしても…ない，どうしても…ない。

どんなに…でしょう 該多麼…啊！

どんなに…でも 不論怎麼…，不管如

何…，也…＝どんなに…ても。

どんなに…ても…てはいけません　怎麼…也不要…。

どんなふうに【どんな風に】　如何，怎樣，多麼＝どんなに。

どんなふうにして【どんな風にして】　同上條。

どんなものである　怎樣？如何？

どんなやりかたで【どんな遣り方で】　用什麼方法。

とんまなおとこ【頓馬な男】　呆子，蠢才，蠢貨。

とんまなことをする【頓馬なことをする】　做得很蠢，做些蠢事。

どんよくきわまりない【貪慾極りない】　非常貪心，非常貪婪。

どんよくできりがない【貪慾できりがない】　貪心不足，貪得無厭。

どんらんあくことをしらず【貪婪飽くことを知らず】　貪心不足。

な

なありじつなし【名あり実なし】　有名無實。

ないいをうける【内意を受ける】　接受密令，秉承密旨。

ないいをさぐる【内意を探ぐる】　摸底，刺探心意＝意向を探る。

ないいをもらす【内意を漏す】　說出心裏話。

ないうちに【ない内に】　趁著不…，趁著還沒…。

ないがいこおうする【内外呼応する】　內外呼應，裏應外合。

ないかぎり【ない限り】　只要不…，只要沒有…。

ないかぎり…いえない【…ない限り…言えない】　只有…才能說…。

ないかぎり…ない【…ない限り…ない】　只有…才能…，只要不…就不…，爲了…只有…，除非…就不…。

ないかしら　不知有没有…，不知有…没有。

ないがしろにする【蔑ろにする】　①輕視…，蔑視…，瞧不起…。②忽視…，不重視…＝ばかにする，輕視する。

ないから　決不…。

ないこと　不要…，千萬別…。

ないことはあるまい　不見得就不…了，不見得不能…，未必就不…。

ないことはない　①一定要…，不…不

行，非…不可。②不應該不…。③不會不…＝ないはずはない，…ないわけはない。

ないこともない　並不是不…，也並不是不…＝…ないわけでもない。

ないさいにする【内済にする】　私下了結。

ないじつをあばく【内実を発く】　揭穿內幕＝うちまくをあばく。

ないじつをしらない【内実を知らない】　不了解內情。

ないしゅぎだ【…ない主義だ】　向來不…，從來不…，不主張…，一向不…。

ないじょうをさぐる【内情を探る】　探聽內部情況。

ないしょごと【内緒ごと】　秘密事，內部的事。

ないしょでとりいる【内緒で取入る】　暗中巴結。

ないしょにする【内緒にする】　保密。

ないしょばなし【内緒話】　秘密的話。

ないしんおだやかでない【内心穏やかでない】　心中不安，於心不安。

ないしんぎくりとした【内心ぎくりとした】　心裏嚇了一跳。

ないしんばかりしている【内申ばかりしている】　盡打小報告。

ないしんはずかしがる【内心恥ずかしがる】　於心有愧，心中抱愧。

ないしんびくびくする【内心びくびく

する】 心裏忐忑不安，心裏覺得害
怕，提心吊膽。

**ないそではふられぬ【ない袖は振られ
ぬ】** 巧婦難為無米之炊。

ないだくをあたえる【内諾を与える】
非正式允許（同意）。

ないだろう 也許不…，大概不…。

ないつもりだ【…ない積りだ】 不打
算…，不想。

ないで 不…，別…，不要…。

ないではいられない 不由地…，不能
不…，不得不…，情不自禁地，不
…就受不了。

ないではおかない 非…不可，不…不
罷休＝…なければやまない。

ないではおれまい 能不…嗎？

ないではない 並不是不…，並不是没
有…。

ないではないか 不是…了嗎，豈不是
…嗎？

**ないてもわらっても【泣いても笑って
も】** 不管如何，無論怎樣，不管想
什麼辦法＝どうしても，どんな方法
を尽しても。

ないというわけだ 就不…。

ないといけない 不能不…，不得不…，
要加以…。

ないとは 連…都不…。

**ないともかぎらない【…ないとも限ら
ない】** 說不定會…，也許會…。

ないないで【内内で】 暗裏，暗地裏，
秘密地＝内内に。

**ないないにしんぱいする【内内に心配
する】** 暗裏擔心。

ないないにする【内内にする】 保密
＝秘密にする。

ないないにはなす【内内に話す】 私
底下說。

ないばかりか ①不僅不…而且…，不
只没有…而且…。②不但如此，而且
…。

ないばかりかかえって… 不但不…反
而…。

ないばかりか…ない 不只不…而且也
不…。

ないはずだ【…ない筈だ】 哪裏有…，

不會有…，不應該有…。

ないはずはない【…ない筈はない】
不會不…，不能不…，没有不…的，
不應該不…。

ないふりをする【…ない振りをする】
假裝没（不）…。

ないふんがおこる【内紛が起る】 起
内訌。

ないぶんにする【内分にする】 別聲
張，不公開，別告訴。

ないほうがいい【…ない方がいい】
不要…，最好別…。

ないまくをみとおす【内幕を見通す】
看穿内幕。

ないまでも 即使不是…，即使没有…。

ないめいをうける【内命を受ける】
接受密令。

ないものだ 不該…，不應當…。

ないものはいない 没有一個人不…。

ないものはない 没有不…的。

**ないようがくうきょだ【内容が空虚だ
】** 内容貧乏，内容空虚，空洞無物。

ないようがない【内容がない】 没有
内容，内容貧乏，没有意義。

ないように ①免得…，省得…，以免
…，為了不…。②別…，不要…。③
小心…。④不能…，不得…。⑤不會
…，不至於…。⑥不讓…，別讓…＝
…ないよう。

**ないようにくしんする【…ないように
苦心する】** 設法不讓，設法不叫…。

ないようにする 防止…，使其不…，
不讓…，別讓…，不要…。

ないように…なければならない 為了
不…必須…。

ないわけではない 並不是不…，並非
不…。

ないわけでもない 並不是不…，也不
是不…，並非没有…。

ないわけない 一定要…，不…不行，
非…不可＝なければならない。

ないわけにはいかない 不得不…，不
能不…，必須…，不好意思不…＝
ないわけにはゆかず（ぬ），…な
いわけにはいけない，…ざるをえ
ない。

なおいっそう【尚一層】　更…，更加…，越發…。

なおいっそうわるいことには【尚一層悪いことには】　更糟糕的是…。

なおかつ【尚且つ】　還要…，仍然…，更…。

なおさらけっこうだ【尚更結構だ】　更好。

なおざりなところ　含糊的地方，馬虎的地方。

なおざりにしてはならない【等閑にしてはならない】　不可等閑視之，不可馬虎。

なおざりにする【等閑にする】　忽視…，對…馬馬虎虎，輕忽…。❖前接“を”。

なおざりはできない【等閑はできない】　不能等閑視之，不容忽視。

なおしがきかぬ【直しがきかぬ】　①修理不了，拾掇不了。②修改不了。

なおそのうえに【尚その上に】　①更加。②而且，並且。③還，仍然＝なおかつ，なおもって。

なおそのように【尚そのように】　還是那樣。

なおもって【尚以て】　＝なおそのうえに。

なおもとのままだ　還是照舊。

なおれになる【名折れになる】　①丟人，丟臉，名譽掃地。②給…丟臉（丟人），有損於…的名譽。❖②前接“の”。

ながあがる【名が揚る】　揚名。

ながあめがつづく【長雨が続く】　霪雨連綿。

ながいあいだきたえられた【長い間鍛えられた】　經過了長期鍛鍊（磨鍊）的。

ながいこと　半天，好久。

ながいことまった　等了半天。

ながいじかんがかかる【長い時間がかかる】　要很長時間。

ながいにせよみじかいにせよ【長いにせよ短かいにせよ】　①或長或短。②或多或少。

ながいねんげつをへる【長い年月を経る】　經年累月，經過漫長的歲月。

ながいめでみる【長い目で見る】　往遠處看，從長遠看，看遠一點，從長遠觀點來看。

ながいめでみれば【長い目で見れば】　同上條。

ながいものにはまかれよ【長い物には巻かれよ】　胳膊扭不過大腿，既在矮檐下怎敢不低頭。

ながうれる【名が売れる】　成名，出名，有名。

なかがたがえる【仲が違える】　撅了，失和，不和睦。

なかがつまっているもの【中が詰まっているもの】　實心的東西。

なかがわるい【仲が悪い】　＝なかがたがえる。

ながくない【長くない】　不長。

ながくはたもたない【長くは保たない】　不能耐久。

ながくもつ【長く持つ】　經久耐用。

ながくれきしにつたらえる【長く歴史に伝らえる】　永垂不朽。

ながさがちぐはぐだ【長さがちぐはぐだ】　長短不齊，參差不齊，高矮不齊＝長さがそろっていない。

ながしめでみる【流し目で見る】　斜著眼瞧，斜眼兒瞧。

ながしめをつかう【流し目を使う】　向人送秋波。

ながせかいにひろまる【名が世界に広まる】　世界馳名。

ながつづきしない【長続きしない】　堅持不了，堅持不下去，不能持久。

なかでも　尤其…，特別是…。

ながとおる【名が通る】　出名。

なかなおりのとりなしをたのむ【仲直りの執成を頼む】　請人作和事佬，請人從中說和（調解）。

なかなおりをする【仲直りをする】　和解，言歸於好，和好如初。

なかなかきれる　非常能幹。

なかなかそろっている　十分完美。

なかなか…ない【中中…ない】　①不易…，很少…。②怎麼也不…。③很難…，不容易…。④老是不…，總是

不…。⑤一點也不…。⑥一點也…不，
怎麼也…不。

なかなかの【中中の】 了不起的。

なかなかまにあう【中中間に会う】
很有用，很管用。

なかなかよめる【中中読める】 値得
看，有看頭。

なかにおはいり【中にお入り】 請進
（來）。

**なかにたってとりもつ【中に立って取
持つ】** 居中調停，從中斡旋。

なかについて【中に就いて】 尤其…，
特別是…＝なかんずく。

**なかにわってはいる【中に割ってはい
る】** 從中分開擠進去，把兩者分開
擠進去，擠進裏邊去。

ながねんのおとくい【長年のお得意】
多年老主顧。

なかのいい【仲のいい】 親密的，關
係密切的。

ながのひま【長の暇】 長假。

ながのわかれ【長の別れ】 永別，久別。

**なかばかげでなかばおおっぴらに【半
ばかげで半ばおおっぴらに】** 半明
半暗地，半公開半秘密地。

**なかほどにおつめください【中程にお
詰め下さい】** 往裏擠擠，請往裏點
＝おくにつめてください。

**なかほどへおつめください【中程へお
詰め下さい】** 往裏擠擠＝中にお詰
め下さい，奥におつめください。

なかまいりをする【仲間入りをする】
參加…，加入…，參加…的行列。

なかまからぬける【仲間からぬける】
退伙↔仲間にはいる。

なかまにくわわる【仲間に加わる】
入伙，入伴。

なかまにとりこむ【仲間に取込む】
入伙，拉攏入伙。

なかまにはいる【仲間に入る】 入伙
↔仲間からぬける。

**なかまをすっぱぬく【仲間をすっぱ抜
く】** 出賣伙伴。

ながもちしない【長持しない】 不耐
用，不耐久，不經久。

なかよくする【仲よくする】 相處得

很好。

なかよしだ【仲良しだ】 親密，很好，
相好，處得來，合得來。

**ながらくおめにかかりません【長らく
お目に掛りません】** 好久不見，久
違久違。

ながらだって 即使…也…。

なかれ【勿かれ】 （表示禁止之意）
別…，不要…。

**ながれにさからってふねをやる【流れ
に逆って舟をやる】** 逆水行舟。

ながれになる【流れになる】 ①付諸
流水。②…算白搭了，…算白扔了。
③停止，中止，作罷。

ながれにはいる【流れに入る】 屬於
…流派。

ながれをくむ【流れを汲む】 同上條。

なかをさく【仲を裂く】 挑撥（離間，
破壞）…的關係，使…不和＝仲を割
る，仲を違える。

なかをたがえる【仲を違える】 同上
條。

なかをとる【中を取る】 折衷，採取
中庸之道。

なかをなおす【仲を直す】 言歸於好，
和好如初＝仲直る。

なかをへだてる【仲をへだてる】 離
間…的關係。

なかをわる【仲を割る】 ＝なかをさ
く。

なかをわるくする【仲を悪くする】
失和。

**なきあとのことをたのむ【亡き後の事
を頼む】** 託付後事。

なきごえをあげる【泣声をあげる】
放聲大哭＝なきくずれる。

なきごとをならべる【泣事を並べる】
訴苦，發牢騷＝不平を言う。

**なきだしそうなそらもよう【泣き出し
そうな空模様】** 馬上（快要）下雨
的樣子，陰沉欲雨的天氣。

なきつらにはち【泣面に蜂】 禍不單
行，屋漏又逢連夜雨，船破又遇頂頭
風。

なきなき【泣き泣き】 哭著…，一面
哭一面…。

なきにしもあらず【無きにしも非ず】
並非沒有…，不是沒有…，還有點…。

なきねいりするよりあるまい【泣き寝
入りするよりあるまい】　只好忍氣
吞聲。

なきねいりになる【泣き寝入りになる
】　忍氣吞聲，無可奈何。

なきのなみだで【泣きの涙で】　①灑
淚，哭著…。②非常難過。

なきものにする【亡き者にする】　殺
死，害死＝殺す。

なきをいれる【泣きを入れる】　哀求
饒恕，賠禮道歉，哭着哀求。

なくことじとうにはかてぬ【泣く子と
地頭には勝てぬ】　①對方不講理，
毫無辦法。②胳膊扭不過大腿，既在
矮檐下怎敢不低頭。

なぐさみに【慰みに】　為了消遣。

なぐさみにする【慰みにする】　①安
慰…，讓…消遣消遣。②玩弄…，玩
…消遣。

なぐさみになる【慰みになる】　成為
玩物，被玩弄。

なぐさみをもとめる【慰みを求める】
尋求安慰（消遣）。

なくてすむ　免得…，沒有…也行。

なくてはいかぬ（ず）　①必須…，一
定…，要…，非…不可，没…不行，
要有…，不得不…，…是不可缺少的。
②應該…，應當＝…なくてはいけ
ない，…なくてはならない（ず，ぬ）。

なくてはいけない　同上條。

なくてはいられない　不能不…，不能
沒有…。

なくてはだめだ　應該有…，沒有…不
行。

なくてはならない＝なくてはいかぬ（
ず）。

なくても　即使不…也…。

なくてもいい　不必…，無需…，沒有
…也可以＝…なくともいい。

なくてもいいじゃないか　何必…呢，
沒有什麼不是也行嗎？

なくてもすむ【…なくても済む】　沒
有也行。

なくてもよい　＝なくてもいい。

なくともいい　同上條。

なく…なければならない　只有…才能
…。

なくなった　就不…，就沒有…。

なくもがな【無くもがな】　沒有倒好，
有不如無。

なくもない　…未嘗不可。

なぐりあいのけんか　打架。

なげきにくれる【嘆きにくれる】　終
日憂愁（悲傷）。

なげきのあまり【嘆きのあまり】　過
於悲傷（憂愁）。

なけなしのちえをしぼる【なけなしの
智慧を絞る】　絞盡腦汁。

なげやりにする【投げ遣りにする】
①丟開…，扔下…，放棄…。②忽視，
輕忽。◆前接“を”。

なければいけない　必須…，一定要…，
要…，就要…，就得…，得…。

なければ…ことはできない　必須…才
能…，只有…才能。

なければだめだ　非…不可。

なければ…です　不是…就是…。

なければ…ない　既不…也不…。

なければならない　＝…なければいけ
ない，…なければならぬ，…なけれ
ばならん。

なければならないのです　要…，總得
…，必須…，一定要…。

なければならなくなった　不得不…，
不能不…。

なければやまない【…なければ止まな
い】　非…不可，不…不罷休。

なければよい　①最好別…，最好不要。
②不…就好，只要不…就好。

なこうどをする【仲人をする】　作媒，
當介紹人。

なごやかなものごし【和やかな物腰】
和藹大方。

なごりおしそうに【名残り惜しそうに
】　戀戀不捨地。

なごりはつきない【名残りは尽きない
】　依依不捨，戀戀不捨。

なごりをいっそうする【名残りを一掃
する】　蕭清殘餘。

なごりをおしむ【名残りを惜む】　惜

別＝別れを惜む。

なさけあるしょち【情ある処置】　寛大處理。

なさけがある【情がある】　富有同情心。

なさけしらず【情知らず】　不懂人情。

なさけないめにあった【情ない目にあった】　眞慘，眞可憐，眞狼狽。

なさけはひとのためならず【情は人のためならず】　與人方便自己方便，將心比心。

なさけはふかい【情は深い】　仁慈，有同情心，心腸熱。

なさけようしゃなく【情容赦なく】　毫不留情地，毫無同情心地，毫不憐惘地。

なさけをうりものにする【情を売り物にする】　賣弄人情。

なさけをかける　同情…，憐惘…，可憐…。

なさけをしる【情を知る】　知春。

なざしてひはんする【名指して批判する】　點名批評。

なしには　①如果不…。②因爲不…，因爲没有…。

なしのつぶて【梨の礫】　杳無音信，如石沉大海。

なじみがいない【馴染みがいない】　没熟人。

なじみがうすい【馴染みがうすい】　不很熟。

なじみをかさねる【馴染を重ねる】　打得火熱。

なすところない【為すところない】　無所事事。

なすところをしらず【為すところを知らず】　不知所措。

なずんではかどらない【泥んで捗らない】　停滯不前，不見進展。

なぜかしらない【何故か知らない】　不知爲什麼，不知何故。

なぜかというと【何故かというと】　因爲…＝そのわけは，なんとなれば。

なぜかといえば…からである　若說爲什麼…是因爲…。

なぜなら…からである　【何故なら…からである】　因爲…，因爲…是。

なぜなら…そうだから【何故なら…そうだから】　因爲據說…。

なぜなら…だから【何故なら…だから】　因爲…，因爲…是…。

なぜなら…ておらず【何故なら…ておらず】　爲什麼不…＝なぜなら…ず。

なぜ…のか　爲什麼…。

なぜはやく…ないのだ　爲什麼不早…呢。

なぞがとけた【謎が解けた】　謎解開了，謎猜著了。

なぞだらけだ【謎だらけだ】　有很多疑點，有很多不清楚的地方。

なぞにつつまれている【謎に包まれている】　是個謎，莫名其妙的＝なぞだ。

なぞをかける【謎を掛ける】　①出謎語。②暗示，指點。③繞彎。

なぞをとく【謎を解く】　解謎，猜謎。

なだかいがくしゃ【名高い学者】　著名學者。

なだかいもの【名高い者】　著名人士，知名人士。

なだれをうってくずれさった【雪崩を打って崩れさった】　土崩瓦解了。

なっていない　①成績（結果，質量）不好。②非常不好。③不成體統，不像樣子，糟糕極了＝なってない。

なっているのです　就會成爲…。

なってきている　將…，…起來，將…起來。

なってきた　已…，已經…，…起來。

なっとくがゆく【納得が行く】　①能夠理解。②得到理解↔納得が行かない。

なっとくがゆくまで【納得が行くまで】　以便得到理解，以便得到同意。

なっとくずくで【納得ずくで】　已經取得同意。

なつやすみになる【夏休みになる】　放暑假。

なつやすみにはいります【夏休みにはいります】　開始放暑假。

なつやせになる【夏瘦になる】　夏天

身體消瘦＝夏瘦する。

ななえのひざをやえにおる【七重の膝
を八重に折る】 卑躬屈膝地央求，
恭恭敬敬地賠禮道歉，乞求。

ななころびやおき【七転び八起き】
①人世浮沉不定，變化多端。②不屈
不撓，百折不回。

ななころびやおきのどりょく【七転び
八起の努力】 百折不撓。

ななしのごんべえ【名無しの権兵衛】
無名小卒。

ななつや【七つ屋】 當鋪＝質屋。

ななとこがり【七所借】 東挪西借，
到處借錢。

なにか【何か】 ①什麼。②似乎…。

なにかいみありげに【何か意味ありげ
に】 意味深長地。

なにかおもわくがある【何か思惑があ
る】 別有用心，有什麼不可告人的
企圖。

なにか…がありそうだ【何か…があり
そうだ】 似乎有什麼…。

なにか…があるか【何か…があるか】
有什麼可…的，有…値得…的。

なにか…かんじがある【何か…感じが
ある】 覺得有些…。

なにか…きがします【何か…気がしま
す】 未免太…。

なにかしくみがある【何かしくみがあ
る】 一定有鬼。

なにかしら【何かしら】 ①不知爲什
麼。②總有些＝なんとなく。

なにかしらず【何か知らず】 同上條
＝なにかしらぬ。

なにかしんぱいがある【何か心配があ
る】 有什麼擔心事，有些不安。

なにかで【何かで】 不知爲什麼。

なにかできるか【何かできるか】 能
做得了什麼。

なにかと【何彼と】 事事，樣樣，多
方，各方面，這個那個＝なにくれと。

なにかというと【何かというと】 ①
動不動…就。②一有機會就…＝なん
ぞというと。

なにかというとしょくぎょういしきを
だす【何かというと職業意識を出す

】 三句話不離本行。

なにか…ところがある【何か…ところ
がある】 似乎有…，似乎有所…。

なにかとせわをやく【何かと世話を焼
く】 幫忙四處張羅。

なにか…ないか【何か…ないか】 有
沒有…。

なにか…ないものか【何か…ないもの
か】 有什麼…嗎？

なにかなしに【何か無しに】 ①總覺
得…，不知如何。②不由得…。③無
意中，不知不覺地＝なんとなく，
なんということなしに。

なにがなにやら【何が何やら】 是什
麼，都是什麼，不知都是什麼。❖可
以根據上下文來譯，如：“講的（說
的，指的）都是什麼”等等。

なにがなんだかさっぱりわからない
【何がなんだかさっぱりわからない
】 簡直莫名奇妙。

なにがなんでも【何が何でも】 無論
如何，不管怎樣＝どんなことがあっ
ても，どうしても。

なにかに【何かに】 隨便。

なにかにつけ【何彼に付け】 一切，
各方面。

なにかにつけて【何彼に付けて】 遇
事就…，一遇到事情就…。

なにかによせて【何かに寄せて】 藉
口，託故。

なにかのたしになるかもしれない 【
何かの足しになるかも知れない】
也許還有什麼用。

なにかふくむところがあるらしい【何
か含むところがあるらしい】 似乎
有什麼不滿。

なにかふしぎはない【何か不思議はな
い】 沒什麼可奇怪的。

なにがほしいか【何が欲しいか】 想
要什麼。

なにかもくろみがある【何か目論みが
ある】 有所企圖。

なにから【何から】 從何，從什
麼。

なにからはなしてよいか【何から話し
てよいか】 從何談起呢？

なにがわかるか【何がわかるか】　懂得什麼。

なにかわけがあって【何か訳があって】　不知爲什麼。

なにか…わけがあるらしい【何か…訳があるらしい】　好像（似乎）有點…。

なにかわりきれない【何かわりきれない】　有些費解。

なにかをはっけんし，なにかをはつめいし，なにかをつくる【何かを發見し，何かを發明し，何かをつくる】　有所發現，有所發明，有所創造。

なにくれとなく【何呉となく】　事事，樣樣，多方，各方面＝なにやかやと，いろいろと。

なにくわぬかお【何食わぬ顔】　佯裝不知，若無其事的樣子＝そしらぬかお，なにげないようす。

なにげないさまで【何気無いさまで】　若無其事。

なにげないさまをよそおっている【何気無いさまを装っている】　裝作若無其事的樣子。

なにげないそぶり【何気無い素振り】　若無其事（的樣子）。

なにげないふうをする【何気無い風をする】　同上條。

なにげないようすで【何気無いようすで】　若無其事地。

なにげなく【何気無く】　無意中＝なにごころなく。

なにげなくくちをすべらした【何気無く口を滑らした】　無意中說走了嘴，無意中說錯了話。

なにごころないようすをする【何心無い様子をする】　若無其事＝何気無い様子をする。

なにごころなく【何心無く】　無意中，無心…＝何気なく。

なにごとだ【何事だ】　怎麼能…，怎麼回事，豈有此理。

なにこともなかったかのようにへいぜんとしている【何事もなかったかのように平然としている】　若無其事，泰然處之。

なにしに【何しに】　爲何，爲什麼。

なにしろ【何しろ】　①總之，反正，好歹，不管怎樣，無論如何。②因爲…＝いずれにしても，とにかく，なにせ，なぜなら。

なにしろ…だから【何しろ…だから】　因爲…，因爲是…。

なにしろ…ものですから【何しろ…ものですから】　因爲…。

なにせ【何せ】　＝なにしろ。

なにたつ【名に立つ】　出名＝名が通る。

なにになるのだ【何になるのだ】　有什麼用。

なにのつながらない【何の繋がらない】　沒什麼關係，沒有任何瓜葛。

なにのやくもたたない【何の役も立たない】　毫無用處。

なには【何は】　一切事，這個那個。

なにはさておき【何は扨置き】　其它先不說，一切事情先別管。

なにはともあれ【何はともあれ】　反正…，總之…，不管如何，無論怎麼＝なにがさて，なにしろ。

なにひとつ【何一つ】　什麼東西，任何東西。

なにひとつ…ない【何一つ…ない】　①一點也沒有…。②一個也沒有…。③誰也沒有…。

なにひとつふつごうはない【何一つ不都合はない】　無可非議。

なにふそくのない【何不足のない】　什麼也不缺。

なにぶんにもよろしく　今後請多關照＝なにぶんよろしくねがいします。

なにほど…でもない【何程…でもない】　①並不很…。②並沒有多少…。③並没有多大…。

なにも【何も】　①什麼也。②怎麼，怎樣。③特別。

なにもおそれない【何もおそれない】　無所畏懼。

なにもかも【何も彼も】　全，都，一切，全都。

なにもかもさらけだしてはなす【何も

かもさらけだして話す】　打開天窗
說亮話。

なにもかもそなわっている【何も彼も
備わっている】　一概俱全。

なにもかもそろいました【何もかもそ
ろいました】　一切齊備，萬事如意。

なにもかもなくなる【何もかもなくな
る】　蕩然無存＝えもふもなくな
る。

なにもかわったことはない【何もかわ
ったことはない】　没什麼新鮮的。

なにもきにとめない【何も気に留めな
い】　毫不介意，什麼都不放在心上。

なにもごちそうがない【何も御馳走が
ない】　没什麼好吃的。

なにも…ことはない【何も…ことはな
い】　①没…可…的，没…好…的，
不值得…。②不必（用不著）那麼…。

なにも…ことはないではないか　【何
も…ことはないではないか】　又何
必那麼…。

なにも…しなくてもよいでしょう　【
何も…しなくてもよいでしょう】
何必…。

なにもじまんにもならない【何も自慢
にもならない】　没什麼可吹的，没
什麼好自誇的。

なにもそう…ことはない【何もそう…
ことはない】　不必（用不著）那麼
…。

なにも…たくない【何も…たくない】
什麼都不想…。

なにもできない【何もできない】　什
麼也做不了，什麼也辦不成。

なにも…ない【何も…ない】　①什麼
也没（不）…。②不必那麼…，用不
著那麼…。③不值得…。④不必特別
…＝どんなことも，なにも…
には及ばない，べつに…ない。

なにもならない【何もならない】　①
怎麼也不行。②也没什麼用處，没用。

なにも…ひつようはあるまい【何も…
必要はあるまい】　何必…，有必要
…嗎？

なにもふつごうなことはない【何も不
都合なことはない】　没什麼可以

的。

なにもふへいはない【何も不平はない
】　没什麼可不平的。

なにやかや【何や彼や】　這個那個，
各樣，種種＝あれやこれや，いろい
ろ。

なにやかやとしゃべる【何や彼やと喋
る】　說三道四。

なにより【何より】　比…都…，最…。

なによりだ【何よりだ】　①比什麼都
強（好，重要）。②太好了，太棒了。

なによりも【何よりも】　最…，格外
…，特別…，主要是…＝殊に。

なによりもけっこうです【何よりも結
構です】　再好也没有了。

なによりよろこばしい【何よりよろこ
ばしい】　比什麼都好。

なにを【何を】　幹嘛，爲什麼，怎麼。

なにをいうか【何を言うか】　說什麼。

なにをいおうとするのかいっこうにわ
からない【何を言おうとするのか一
向に分らない】　簡直不知所云。

なにをいそぐのか【何を急ぐのか】
忙什麼？

なにをいみする【何を意味みする】
意味著什麼。

なにをおしゃべるのか【何をおしゃべ
るのか】　嘀咕什麼。

なにをがちゃがちゃいっているんだ【
何をがちゃがちゃいっているんだ】
吵嚷什麼，嚷嚷什麼。

なにをきいてもしらない【何を聞いて
も知らない】　一問三不知。

なにをくよくよしているのだ【何をく
よくよしているのだ】　幹嘛悶悶不
樂＝何を塞いでいるのだ。

なにをくるしんで…か【何を苦しんで
…か】　何苦…呢？

なにをこんきょにする【何をこんきょ
にする】　根據什麼，憑什麼。

なにをする【何をする】　做什麼。

なにをふさいでいるのだ【何を塞いで
いるのだ】　幹嘛悶悶不樂。

なにをよわるのですか【何をよわるの
ですか】　爲難什麼。

なのごとく【名の如く】　顧名思義。

なはからだをあらわす【名は体を表わ
す】　名表其體。

なばかりの【名ばかりの】　徒有其名
的。

なはさんとしてのこる【名は燦として
残る】　名垂後世，照耀千古。

なべのふたをする　蓋上鍋。

なまいきをいう【生意気を言う】　吹
牛，說大話，說狂話＝おおさげに物
を言う。

なまえがあらわれる【名前があらわれ
る】　出名，有名。

なまえをかえる【名前をかえる】　改
名換姓。

なまえをけずる【名前を削ずる】　刪
去名字。

なまかじりのちしきをふりまわす【生
嚙りの知識を振回す】　賣弄一知半
解的知識＝なまはんかの知識を振回
す。

なまきをさく【生木を裂く】　棒打鴛
鴦。

なまぐさぼうず【生臭坊主】　不守規
矩的和尚，花和尚。

なまくびをさらす【生首を晒す】　梟
首示衆。

なまけもののせっくはたらき【怠者の
節句働き】　平常偷懶落得節日窮忙。

なまじっかくちをだす【なまじっか口
を出す】　多嘴多舌，冒冒失失地插
嘴。

なまじっかのちしき【なまじっかの知
識】　一知半解的知識。

なまじろいインテリ【生白いインテリ
】　白面書生。

なまずめにひをともす【生爪に火を灯
す】　吝嗇。

なまはんかにききかじる【生半可に聞
嚙る】　學得一點皮毛。

なまはんかのちしきをふりまわす【生
半可の知識を振回す】　賣弄一知半
解的知識＝なまじっかの知識を振回
す。

なまびょうほうはおおけがのもと【生
兵法は大怪我の基】　一知半解吃大
虧。

なまめかしいすがた【艶しい姿】　嬌
態媚態。

なまめかしいはなし【艶しい話】　艶
聞，風流事。

なまやさしいことではない【生易しい
事ではない】　不那麼簡單（容易）。

なまよいほんしょうたがわず【生酔い
本性たがわず】　酔酒不亂性，酒醉
人不醉。

なまりがある【訛りがある】　有口音，
帶土音。

なまをいう【生を言う】　吹牛，說大
話＝生意気を言う。

なみがある【波がある】　不穩定，起
伏不定。

なみかぜがたえない【波風が絶えない
】　風波（糾紛）不斷。

なみだあめのごとし【涙雨の如し】
淚如雨下，淚流滿面。

なみたいていではない【並大抵ではな
い】　不是那麼容易的。

なみだがこみあげる【涙がこみあげる
】　心酸流淚。

なみだがでるほどわらう【涙がでるほ
ど笑う】　笑得流出了眼淚。

なみだにくれる【涙に暮れる】　悲痛
欲絕。

なみだにしずむ【涙に沈む】　非常悲
痛，痛哭流涕。

なみだにむせぶ【涙に咽ぶ】　嗚泣，
抽抽搭搭地哭。

なみだのない【涙のない】　無情的，
鐵石心腸的。

なみだをうかべる【涙を浮かべる】
含淚，眼淚汪汪的。

なみだをこぼす【涙を零す】　落淚，
掉淚，流淚＝涙をおろす。

なみだをながす【涙を流す】　流淚。

なみだをのむ【涙を飲む】　飲泣吞聲。

なみだをはらう【涙を払う】　擦去眼
淚，擦眼淚。

なみだをふく【涙を拭く】　同上條。

なみだをふるってわかれる【涙を振る
って別れる】　揮淚而別。

なみなみならぬ【並並ならぬ】　①非
同尋常的，非同小可的。②艱巨的。

なみなみならぬくしんをする【並並な
　らぬ苦心をする】　煞費苦心，費盡
　心血。

なみなみならぬくろう【並並ならぬ苦
　労】　艱苦卓絕。

なみにのる【波に乗る】　乘勢，跟上
　潮流。

なみにもいそにもつかぬここち【波に
　も磯にもつかぬ心地】　心情忐忑不
　安。

なみのひと【並の人】　一般人，普通人。

なみのひとではない【並の人ではない
　】　不是一般人（人物），不是尋常
　人（人物）＝並の人物ではない。

なみをきってすすむ【波を切って進む
　】　破浪前進。

なめらかなはなしぶり【滑らかな話し
　ぶり】　口齒伶俐。

なめらかにことをはこぶ【滑らかに事
　を運ぶ】　事情進展順利。

なやましいばめん【悩ましい場面】
　令人神魂顛倒的場面（情景）。

なやましいひびをおくる【悩ましい日
　日を送る】　天天苦惱＝日日か悩ま
　しい。

なやみのたねだ【悩やみの種だ】　眞
　叫人煩惱，眞叫人傷腦筋，眞撓頭。

なやむことはない【悩むことはない】
　何必煩惱，用不著發愁。

ならいせいとなる【習い性となる】
　習慣成自然，習慣成性，習以爲常。

ならくのそこ【奈落の底】　①地獄的
　最下層。②十八層地獄。③無底深淵。

ならず　不止…。

ならずして　不到…，不足…。

ならずもの【破落戸】　流氓，無賴，
　地痞。

ならない　①別…，不要…，不准…，
　不得…，不可…，不許…。②不行，
　不成。③不禁，不由得。④…得很，
　…得要命，…得不得了。⑤不…，没
　…，没有…。⑥不滿…。

ならないうちに【…ならない内に】
　趁著還没…。

ならないかしら　能不能…

ならないように　可別…，千萬不要…

…。

なら…なら　…和…，…也好…也好，
　…啦…啦。

ならぬ　＝…ならない。

なら…べきだ　假如…就應該…。

なら…ほうがいい【…なら…方がいい
　】　若是…倒不如…，與其…倒不如
　…，若是…的話，還是…的好＝…よ
　りもむしろ…方がいい。

なりかたちにかまわない【なり形に構
　わない】　不修邊幅，不講究衣著＝
　なりふりにかまわず，みなりにかま
　わない。

なりたてのほやほや【成立てのほやほ
　や】　剛剛當上…，剛剛成爲…。◆
　前接“に”。

なりとも　①不管…。②最低限度…，
　起碼…。③哪怕…也好。

なり…なり　…或…，…還是…，…也
　好…也好。

なりふうをかまわず【なりふうを構わ
　ず】　不講究穿戴。

なりふりにかまわず【なり振りに構わ
　ず】　＝なりかたちにかまわない。

なりものいりで【鳴り物入りで】　①
　大張旗鼓地。②緊鑼密鼓地。③大吹
　大擂地。

なりゆきいかんによる【成り行き如何
　による】　要看發展（演變）如何。

なりゆきがわるい【成り行きが悪い】
　成績（結果，收場）不好。

なりゆきしだいで【成り行き次第で】
　要根據發展（演變）如何。

なりゆきにまかせる【成り行きに委せ
　る】　①聽其自然，任其演變。②聽
　任自流。

なりゆきをみる【成り行きを見る】
　看形勢發展（演變）。

なりをしずめる【鳴りを静める】　①
　靜下來，鴉雀無聲。②不大流行。

なりをひそめる【鳴りを潜める】　①
　沉寂。②一聲不響。③靜悄悄。

なるたけ【成る丈】　①盡量，盡可
　能。②務必…＝なるほど，できる
　たけ。

なると　①一到…。②一成爲…。

なるべくなら【成るべくなら】　可能的話。

なるほど【成る程】　①的確，確實。②盡量，盡可能。③務必。④怪不得…。⑤越…越…。

なるものか　…還得。

なれあいで【馴合で】　合謀，共謀。

なれあっている【馴合っている】　①合謀，共謀，串通。②私通，勾搭上了。

なれっこになる【慣れっこになる】　①習慣了，習以爲常。②看慣，聽慣。

なれていない【慣れていない】　不慣於…，不習慣於…，不熟習…。

なれていないひと【慣れていない人】　生手。

なれない【…為れない】　成不了…。

なれなれしくなる【馴馴しくなる】　不認生，親暱的。②非常親密。

なれなれしそうに【馴馴しそうに】　親密地。

なればなるほど【…なれば成る程】　越是…越…。

なればなるほど…ひつようだ【…なれば成る程…必要だ】　越是…越需要。

なればなるほど…べきだ【なれば成る程…べきだ】　越是…越應該…。

なれるとじょうずになる【慣れると上手になる】　熟能生巧。

なわとびをしてあそぶ【縄跳びをして遊ぶ】　跳繩，跳猴皮筋。

なわにかかる【縄に掛る】　（犯人）就擒，被捕，落網。

なわめをとく【縄目を解く】　①解繩子扣。②解綁，鬆綁。

なをあげる【名を揚げる】　揚名。

なをうる【名を売る】　①賣名。②沽名釣譽。③出名。

なをおろす【名を落す】　弄壞了名聲，敗壞了名譽。

なをかくす【名を隠す】　①匿名。②隱姓埋名。

なをかりる【名を借りる】　①藉口。②冒名。

なをこうせいにたれる【名を後世に垂れる】　名垂後世＝名を後世に伝え

る。

なをこうせいにつたえる【名を後世に伝える】　同上條。

なをせんざいにのこす【名を千載に残す】　留名千載，萬世流芳。

なをつける【名をつける】　取名。

なをとった【名を取った】　有了名望。

なをなす【名を成す】　成名。

なをのこす【名を残す】　留名。

なをまっだいにとどめる【名を末代にとどめる】　留名後世。

なんかいくら…てもだめだ【何か幾ら…ても駄目だ】　無論怎樣…也不行。

なんか…ものか　哪裏…，哪能…，哪裏會…，像…這樣的（這號的，這類的）哪裏…。

なんかんにさしかかる【難関に差掛かる】　遇上難關。

なんかんをきりぬける【難関をきりぬける】　突破難關，闖過難關。

なんかんをつきやぶる【難関を突破る】　突破難關。

なんきょくをきりぬける【難局をきりぬける】　渡過難關。

なんぎをかける【難儀をかける】　給人添麻煩＝めんどうをかける。

なんくせをつける【難癖をつける】　挑剔，吹毛求疵，故意挑毛病。

なんじになっても…ことができない【何時になっても…ことが出来ない】　總也不能…。

なんじゅうをきわめる【難渋を極める】　進展緩慢，遲遲不見進展。

なんせんなんまんという【何千何万という】　成千上萬的。

なんぞというと【何ぞと言うと】　動不動就…，一來就…＝ややもすれば。

なんだ　就是…。◈“なん”是“なの”的音變。

なんだいをかける【難題を掛ける】　難爲人，叫人爲難。

なんだいをふっかける【難題を吹っかける】　故意訛賴（誣賴），刁難人，提無理要求，故意找麻煩。

なんだいをもちだす【難題を持ち出す】　出難題。

なんだか【何だか】　①總覺得…，總
　有點…，總覺得有點…。②好像…，
　彷彿…，像要…，好像要…，大概要
　…。③不禁…，不由得…＝①なんと
　なく。②どうやら。③おもわず。

なんだか…かんじがする【何だか…か
　んじがする】　不知爲什麼總覺得…。

なんだか…そうだ【何だか…そうだ】
　感到有點…，好像有點…。

なんだそのざま　瞧你這樣子。

なんだって【何だって】　①什麼。②
　爲什麼。③不管怎樣（如何）。④該
　多麼…。

なんて【何て】　多麼…，該多麼…＝
　なんと，なんという，なんとまあ。

なんて【何て】　竟能…。

なんで【何で】　爲什麼，怎麼，何故
　＝なぜ，どうして，なんだって，な
　にゆえに，なんのために。

なんであっても【何であっても】　①
　無論什麼。②不管怎樣＝なんでも。

なんであろうとも【何であろうとも】
　同上條。

なんてきたない【何てきたない】　多
　麼卑鄙。

なんて…だろう　該多麼…。

なんて…でしょう　多麼…。

なんて…のだ　爲什麼…。

なんでも【何でも】　①全…，都…，
　一切…。②什麼，什麼事，無論什麼
　事。③不管如何，不管怎樣，無論如
　何。③彷彿，大概，多半，據說是…。
　⑤只管…。

なんでもおいしい【何でもおいしい】
　什麼都好吃。

なんでもかじっている【何でもかじっ
　ている】　什麼都懂得一點。

なんでもかんでも【何でもかんでも】
　①什麼事情都…。②務必，千萬，一
　定。③一切，全部，不管三七二十一。

なんでもする【何でもする】　什麼都
　做，無所不爲。

なんでも…ということです【…何でも
　…ということです】　據說…，據說
　是…＝…なんでも…そうだ。

なんでもない【何でもない】　沒什麼，

没關係，算不了什麼＝何のその。

なんでもないこと【何でもないこと】
　①容易的事，雞毛蒜皮的事。②没什
　麼了不起的事，司空見慣的事。

なんでもないことに【何でもない事に
　】　無緣無故地。

なんでもはなしなさい【何でも話しな
　さい】　不論什麼只管說。

なんと【何と】　①多麼…，有多麼…，
　該多麼…。②如何，怎樣，怎麼樣。
　③唉呀…＝なんという，なんて，
　なんとまあ。②＝どうして，どうだ。

なんという【何という】　①多麼…，
　有多麼…，該多麼。②什麼，什麼的，
　什麼樣的。③叫做什麼…。

なんということ【何という事】　什麼
　事（情）。

なんということなしに【何という事な
　しに】　①總覺得，總有點。②不由
　得…，不禁…＝なんとなく，なにが
　なしに。

なんというじせいだ【何という時世だ
　】　什麼世道。

なんといっても【何と言っても】　①
　無論怎麼說。②終究，總是。③無奈
　…，只是因爲…。

なんといっても…ない【何と言っても
　…ない】　無論怎麼說也不…。

なんとおもったか【何と思ったか】
　不知爲什麼。

なんとか【何とか】　①設法，想法子，
　想點法子。②勉強…。③一心想…。

なんとかいって【何とか言って】　總
　得…，總要…。

なんとかかんがえる【何とか考える】
　設法，想法子。

なんとかかんとか　①這樣，那樣。②
　種種，多方，這個那個。

なんとかくふうする【何とか工夫する
　】　①設法，想辦法。②冥思苦想。

なんとかして【何とかして】　①設法，
　想法子，想辦法。②好歹，總算，
　好容易…。③無論如何，最好設法…。

なんとかせわをやく【何とか世話をや
　く】　多方照料。

なんとかつごうして【何とか都合して

】設法，想辦法，想方設法。

なんとかできる【何とかできる】 將就，對付＝なんとかやる。

なんとかなるだろう【何とかなるだろう】 總會有辦法的，車到山前必有路。

なんとかなんとか【何とか何とか】 種種，多方，多方面，這樣那樣。

なんとかやっていける【何とかやって行ける】 ①設法對付。②勉強對付。

なんとかよい…ないだろうか【何とかよい…ないだろうか】 沒有什麼好的…嗎？

なんとか…をやりくる【何とか…をやりくる】 設法安排…。

なんとして【何として】 無論如何，不管怎樣＝どうしても。

なんとしても【何としても】 無論如何也要，不管怎樣也要…。

なんとしても…ない【何としても…ない】 怎麼也不，無論如何也不…＝とても…ない，どんなにしても…ない。

なんとしても…なければならない【何としても…なければならない】 怎麼的也要…，無論如何也要…＝なんとしても…なければなりません。

なんと…だろう【何と…だろう】 ①多麼…，有多麼…。②豈不…＝なんと…でしょう。

なんと…ではないか【何と…ではないか】 同上條。

なんど…ても…ない【何度…ても…ない】 幾次都不…。

なんとなく【何となく】 ①總有些，總覺得，總有點，不知為什麼總覺得。②彷彿，大概，多半。③不禁…，不由得，不知不覺。④隨心地，不加考慮地＝なんだか，どことなく，なんとはなしに，なんとなく。

なんとなくこそばゆい【何となくこそばゆい】 總覺得難為情。

なんとなく…なる【何となく…なる】 總有些，總有點，總覺得…。

なんとなくはずかしい【何となく恥ずかしい】 總覺得不好意思，總有點害臊。

なんとなれば…からである【何となれば…からである】 因為…，原因是…。

なんとも【何とも】 ①眞…，實在…，簡直…，…極了。②怎麼也…，什麼也…。

なんともいいようがない【何とも言様がない】 無法形容的＝なんとも言えない。

なんともいえない【何とも言えない】 無法形容的，沒法說的，沒有什麼可說的。

なんともおもわぬ【何とも思わぬ】 毫不在乎，毫不介意，不當回事，無所謂。

なんとも…がたい【何とも…がたい】 難以…。

なんともしようがない【何とも仕様がない】 毫無辦法。

なんともない【何ともない】 ①沒關係，沒什麼。②不在乎，無所謂。

なんとも…ない【何とも…ない】 眞的不…，毫不…，實在不…，沒法…，很難…。

なんともほうほうがつかない【何とも方法がつかない】 毫無辦法。

なんとももうしわけがありません【何とも申し訳がありません】 十分（實在，非常）抱歉。

なんなく【難なく】 輕鬆地，輕易地，輕而易舉地，毫不費力地＝楽に，たやすく，苦労しないで。

なんなら【何なら】 ①如果需要的話，如果必要的話，如果可能的話。②假如你需要的話。

なんなりと【何なりと】 ①無論什麼，不管什麼。②儘管…，只管…＝なんでも，なんであろうとも，なんでもよいから。

なんにでもてをだす【何にでも手を出す】 什麼都做。

なんにもしない【何にもしない】 什麼也不做。

なんにも…ない【何にも…ない】 ①什麼也沒（不）…。②何必那麼…，

不必那麼…，用不著那麼…。③不值得
…，不值得那麼…。④不必特別…。

なんにもならない【何にもならない】
①没用，没什麼用，毫無用處。②無
濟於事＝何の役に立たぬ。

なんにも…にあたらない【何にも…当
らない】　犯不上。

なんねんかもまねる【何年かもまねる
】　捽打幾年，鬪蕩幾年。

なんの【何の】　①什麼。②一點，少
許。③各種各樣的，這個那個的。

なんの…ありません　没有一點…。

なんのいんがで【何の因果で】　作了
什麼孽。

なんのおぎないにもならぬ【何の補い
にもならぬ】　無濟於事，毫無補益。

なんのおもわくがある【何の思惑があ
る】　有什麼企圖。

なんのかいもない【何の甲斐もない】
没什麼用處（好處）。

なんのかのと【何のかのと】　①事事，
樣樣，多方。②這個那個地，這樣那
樣地。

なんのかのといってやろうとしない
【何のかのと言ってやろうとしない
】　光說不練，光是比手劃腳什麼也
不做。

なんのかのといわず【何のかのと言わ
ず】　別這個那個的，別說三道四。

なんのかんのとよりごのみする【なん
のかんのと選り好みする】　挑肥揀
瘦。

なんのきなしに【何の気無しに】　無
意中…。

なんのくもない【何の苦もない】　毫
不費力。

なんのことはない【何の事はない】
毫不費力，没什麼奧妙。

なんのこれしき【何のこれしき】　這
算不了什麼，這没什麼了不起。

なんのしるしはない【何の徵はない】
没什麼效果。

なんのそなえもしていない【何のそな
えもしていない】　毫無準備。

なんのその【何のその】　①没什麼…，
算不了什麼。②没什麼大不了的＝何

でもない。

なんのつながりもない【何の繋がりも
ない】　毫無關係（聯繫）。

なんのとりえもない【何の取柄もない
】　毫無長處。

なんの…ない【何の…ない】　毫不…，
毫無…，一點也没有…，絲毫不…＝
少しも…ない，なんらの…ない。

なんの…にもならない　一點…也没有。

なんのふぜいもなく【何の風情もなく
】　没什麼招待。

なんのへんてつもない【何の変哲もな
い】　没什麼出奇的地方。

なんのみれんもなく【何の未練もなく
】　毫不留戀地。

なんのむずかしくない【何の難しくな
い】　一點也不難。

なんの…もありません　一點什麼…也
没有。

なんのもてなしもせず【何の持成しも
せず】　招待不周。

なんの…もない　没什麼…，一點什麼
…都没有。

なんのやくにたたぬ【何の役に立たぬ
】　没用，毫無用處＝なんにもならな
い。

なんのようにもならぬ【何の用にもな
らぬ】　無濟於事。

なんぶつです【難物です】　難辦，難
對付，不好對付，不好處理。

なんぶつなかのなんぶつです【難物中
の難物です】　最怕…。

なんぼなんでも　無論如何，不管怎樣，
怎麼的也得＝いくらなんでも。

なんぼなんでも…ない　無論如何也不
…，怎麼也不…，死不…

なんもんをだす【難問を出す】　出難
題。

なんもんをとく【難問を解く】　解難
題。

なんらかの【何らかの】　某些…。

なんらかのかんしょく【なんらかの官
職】　一官半職。

なんらかわったところがない【何ら変
ったところがない】　没有什麼特別
的。

なんら…ない【何ら…ない】　一點也
不…，毫不…，絲毫没有…＝なんの
…ない，少しも…ない。

なんら…ないようだ　好像並没有…。

に

にあいきょうをふりまく【…に愛嬌を
振撒く】　①對…很和氣，對…很和
藹。②對…有好感。

にあいそうをつかす【…に愛想を尽か
す】　①討厭…，厭悪…。②不理…，
不管…。

にあいそうがつきた【…に愛想が尽き
た】　討厭…，厭悪…，唾棄…。

にあいてになる【…に相手になる】
和…周旋。

にあかるい【…に明るい】　熟習…，
精通…。＝…に精通する。

にあくせくする【…に齷促する】　①
爲…而煩悩。②處心積慮地要…。

にアクセントをおく【…にアクセント
を置く】　把重音放在…上。

にあげる【…に上げる】　①提升爲…。
②推舉爲…。③送給…。

にあずかってちからがある【…に与っ
て力がある】　對…起了很大的作用，
對…有很大貢献。

にあたいがする【…に値がする】　值
得。＝…に値する。

にあたまをつっこむ【…に頭を突込む
】　①參與。②干渉，干與。③投身
於…之中。

にあたらぬ【…に当らぬ】　不必，用
不著，不値得…。

にあたりがいい【…に当りがいい】
對待…很好。

にあたる【…に当る】　①當…的時候。
②打中，命中。③撞上…，碰在
…。④在，於。⑤合…，相當…。⑥
擔當…。⑦中…。⑧拿…出氣，對…
發脾氣，苛待…。

にあぶらをそそぐ【…に油をそそぐ】
①加油（添油）。②助長…。③煽動
…，唆使…。

にあまい　對…太姑息，對…太寛。

にあまんじない　不甘心於…，不満足
於…。

にあらあらしいとりあつかいをする
【…にあらあらしい取扱いをする】
粗暴對待…。

にある　①在…，在於…。②處於…。
③在…一邊，在…來説。

にあわせて【…に合わせて】　針對…。

にいたって【…に至って】　①至，到，
到達。②達到。③至於…。④到了…。

にいたる【…に至る】　同上條。

にいたるまで【…に至るまで】　直到
…。

にいっぽんまいる【…に一本参る】
①（剣術用語）給他一刀。②〔轉〕
整了…一下子，給了…點顔色看。

にいろけがある【…に色気がある】
對…有野心。

にいわせれば【…に言わせれば】　依
（讓，叫）…説（來説）。

にうきみをやつす【…に憂身を窶す】
熱中於…，専心致力於…，爲…而廢
寝忘食，爲…而身心憔悴，爲…而神
魂顛倒。

にうしろだてになってやった【…に後
楯になってやった】　給…撑腰，給
…作後盾，作…後援。

にうっぷんばらしをした【…に鬱憤晴し
をした】　拿…撒氣，對…發洩積憤。

にうむ【…に倦む】　懶於…，懶得…。

にうらをかかれる【…に裏をかかれる
】　讓人乘虚而入。

にえきらない【煮え切らない】　①猶
疑不定。②曖昧的。③不乾脆的。

にえゆをのまされる【煮え湯を飲まさ
れる】　①被親信出賣。②忘恩負義。

におあずかって【…にお預かって】

蒙…，承…。

においがうつった【匂が移った】　薫上氣味。

においがしみた【匂が染みた】　同上條。

においがぬけた【匂が抜けた】　走味了，跑味了，味兒都跑了。

において【…に於いて】　①在，於，在…方面，在…上，…上。②至於…。③論…，就…來說。④對…，對於…＝…においては。

においても…においても【…に於いても…に於いても】　無論在…無論在…，無論對於…無論對於…，無論在…方面無論在…方面。

におうじて【…に応じて】　①照，按照。②隨著，按著。③響應…。④答應…。⑤要看…。⑥根據…。⑦與…相適應。

におうだちになる【仁王立ちになる】（像亨哈二將似的）叉著腿站著。

におうところがおおい【…に負うところが多い】　①…起了很大作用。②有賴於…之處甚多。

におうばかりのびぼう【匂うばかりの美貌】　閉月羞花之貌。

におくれる【…に後れる】　①趕不上…，落後於…。②沒趕上。

における【…に於ける】　①…的，在…的，…上的。②關於…的，對…的。③在…方面的…。④當…時候的，…時的。

におちる【…に落ちる】　歸於…，歸…佔有，落到…手中。

にอとらず【…に劣らず】　不次於…，不亞於…。

におはちがまわってきた【…にお鉢が回って来た】　輪到…了。

におもきをおく【…に重きを置く】　著重…，把重點放在…方面。

におもわれる【…に思われる】　似乎…，覺得…。

に（は）およばない【…に（は）及ばない】　①不必…，用不著…，不用…。②比不上，比不了，趕不上＝に（は）及ばん，…に（は）及びません。

におよびもつかぬものだ【…に及びもつかぬものだ】　決達不到…，決趕不上…，決比不上…＝…に及びもつかぬ。

におよぼす【…に及ぼす】　給…帶來…，使…遭受，使…受到。

におよんで【…に及んで】　及於…，擴展到…，蔓延到…，涉及到…，達到…。

におよんでいる【…に及んでいる】　達到…。

におわる【…に終る】　終於…，以…而告終。

にがいかおをする【苦い顔をする】　面呈不悅，拉下臉來，顯得很不高興。

にかいからめぐすり【二階から目薬】　毫無效驗，遠水不解近渴。

にがいけいけん【苦い経驗】　痛苦的經驗。

にがかつ【荷が勝つ】　負擔過重，責任過重。

にかかる【…に掛かる】　①有關…，關於…。②在於…。③開始…。④要說…，要論…，要講…。⑤對…來說。⑥著手，從事…。⑦遭到…，受到…。⑧放在…之上，落在…之上＝…にかける。

にかかわらず【…に拘らず】　不管…，不論…，不拘…。

にかぎって【…に限って】　①唯有…，只有…。②越…越…。①＝…以外にない。②＝…ほど。

にかぎらず【…に限らず】　①不拘…，不論…，不管…。②不只…，不限於…。①＝…に拘らず。②＝…だけではない。②＝…のみではない。

にかぎられたことである【…に限られたことである】　只是…，只限於…。↔…に限られたことではない。

にかぎり【…に限り】　限於…。

にかぎる【…に限る】　①最好…，頂好…，…最好不過了。②只限於…。

にかけて（は）【…に掛けて（は）】　①對…，對於…。②要說…，要講…，要論…，論…。③到…，直到…。④有關，關於…。⑤在…方面。

にかけていっせきがんをもつ【…にかけて一隻眼を持つ】　對…有一定的鑒別能力。

にかたいものだ【…に難いものだ】①總是難免…。②總是難於…，總是不好…。

にかたをいれる【…に肩を入れる】袒護…。

にかつがれた【…に担がれた】上了…的當，受了…的騙。

にかっこうな【…に恰好な】適合…的，適合於…的＝…に適当な。

にがてだ【苦手だ】①討厭。②難對付。棘手。③最怕…，（最）不擅長…。

にがにがしくなる【苦苦しくなる】討厭，討人嫌。

にかべをつくらせる【…に壁を作らせる】和…發生隔閡。

にかまわない【…に構わない】不管…，不顧…。

にがむしをかみつぶしたよう【苦虫を噛みつぶしたよう】拉長著臉，非常不高興的樣子，臉像霜打似的那麼難看。

にかられる【…に駆られる】爲…所支配…，由於…所驅使。

にかんけいしてはいけない【…に関係してはいけない】不要參與…。

にかんけいなく【…に関係なく】不管…，不論…＝…にかかわらず。

にかんしたことではない【…に関したことではない】與…無關。

にかんして【…に関して】有關，關於…＝…について，…にかけて。

にかんしんをあらわす【…に関心を表わす】關心…，對…感興趣＝…にかんしんをもつ，…にかんしんをよせる。

にかんせず【…に関せず】①不論…。②與…無關＝…に関係なく，…にかんしたことではない。

にきずをつける【…に傷をつける】①傷，弄傷。②弄出瑕疵（缺陷）。③沾汚，玷辱，敗壞。

にきのり（が）する【…に気乗（が）する】對…起勁，對…感興趣。

にきのりになる【…に気乗になる】…的起勁，…的上勁。

にきまっている【…に決まっている】決定…，一定…，規定…，定規…。

にきゅうをすえられた【…に灸をすえられた】①被施灸術。②（做壞事的孩子）被…說了一頓。

にきょほをふみだす【…に区歩を踏み出す】向…大踏步前進。

にぎりつぶしにあった【握り潰しにあった】被擱在一邊，對…置之不理。

にぎりつぶしにされた【握り潰しにされた】同上條。

にぎりつぶしになる【握り潰しになる】置之不理，束之高閣，擱在一邊。

にぎわいをけんぶつする【賑わいを見物する】看（瞧）熱鬧。

にくさもにくし【憎さも憎し】恨之入骨。

にくしんのあいだがら【肉親の間柄】骨肉之親＝肉親の情。

にくづきがよくなった【肉付がよくなった】胖了，長肉了。

にくたいろうどう【肉体労働】體力勞動。

にくちぞえしてもらう【…に口添えしてもらう】請…給美言幾句。

にくにくしいくちのききかた【憎憎しい口のきき方】說話非常討厭。

にくにくしいたいど【憎憎しい態度】非常討厭的態度（舉止）。

にくひつのてがみ【肉筆の手紙】親筆信。

にくまれぐちをきく【憎まれ口を利く】說討人嫌的話＝にくらしいことをいう。

にくらい【…に暗い】不懂…，不熟習↔…にくわしい。

にくらべると【…に比べると】和…一比。

にくらべるとかおいろがなくなる【…に比べると顔色がなくなる】相形見絀。

にくるしむ【…に苦しむ】①苦於…。②難以…。

にくろうをかける【…に苦労をかける
　】　①讓…受累。②讓…操心(擔心)。

にくわしい【…に詳しい】　精通…,
對…很熟習↔…にくらい。

にくをつける【肉をつける】　加工潤
色。

にげあしがはやい【逃足が早い】　跑
(逃)得快。

にげあしになる【逃足になる】　想逃
跑＝逃腰になる。

にげぐちがない【逃口がない】　沒出
路。

にげこうじょうにすぎない【逃げ口上
にすぎない】　只不過是遁詞,只不
過是藉口。

にけのはえた【…に毛の生えた】　比
…強的,比…好的。

にげばをうしなう【逃げ場を失う】
無處可逃。

にげみちをさえぎる【逃げ道をさえぎ
る】　截住退路。

にげをはる【逃げを張る】　①計劃逃
跑。②藉口推辭。③藉口逃避＝逃げ
を打つ。

にけんれんする【…に眷恋する】　眷
戀…,捨不得…。

にこうさくをくわえる【…に工作を加
える】　修理…。

にこしたことはない【…に越した事は
ない】　最好…,没有…比…再好的
了,没有比…再好了。

にこしをおろす【…に腰をおろす】
坐在…上。

にこだわるにはおよばない【…にこだ
わるには及ばない】　不必拘泥於…

にことづけて　託…帶口信。

にこにこがおで【にこにこ顔で】　笑
盈盈地。

にこにこしている　笑眯眯的,笑呵呵
的,笑容滿面。

にこにこわらう【にこにこ笑う】　嘻
嘻地笑,喜笑顏開。

にこまる【…に困る】　愁…,難於…,
没法…,

にこやかなかお【にこやかな顔】　笑
容滿面。

にごりにそまらないこころ【濁りに染
まらない心】　純潔的心。

にごんしない【二言しない】　一言為
定,沒有二話,絕不食言＝二言はな
い。

にごんはない【二言はない】　同上條。

にごんをはく【二言をはく】　食言。

にさいして【…に際して】　當…的時
候,當此…之際,臨…。

にさえ…ない　連…都不(没)…。

にさえしらず【…にさえ知らず】　連
…都不知道＝…にさえ知らぬ(ん)。

にさえしらせず【…にさえ知らせず】
連…都没告訴,連…都没通知。

にさきだって【…に先立って】　早於
…,先於…,在…之前。

にざして【…に坐して】　受到…牽連,
受到…連累。

にさそわれてわきみちにはいる【…に
誘われて脇道にはいる】　被…引入
歧途。

にさそわれる【…に誘われる】　受…
誘惑,受到…的勸誘。

にさとしてなっとくさせる【…に諭し
て納得させる】　說服…。

にしそうされる【…に指嗾される】
受…唆使。

にしたがって【…に従って】　①服從,
聽從,遵從。②按照,依照,根據。
③隨著…。

にしたしむ【…に親しむ】　喜好…,
喜歡…。

にして　是…＝であって。

にしては　就…來說,就…方面來說,
作為…來說,照…來說,按…來說。

にしてはじめて　只有…才…。

にしても　①即使…也…,即或…也…。
②雖然…可是…＝としても。

にしても…にしても　無論…無論…,
無論…還是…＝…であろう…であろ
うと,…にしろ…にしろ。

にしばられる【…に縛られる】①受
…限制,受…束縛。②給…纏住了。

にじゅうてんをおく【…に重点をお
く】　置重點於…,把重點放在…
上。

にしゅっぴをかける【…に出費をかけ
る】　讓…破費。

にじゅんきょして【…に準拠して】
以…爲依據，以…爲標準，依據…，
根據…。

にじゅんじて【…に準じて】　以…爲
標準。

にじょうずでなければならないばかり
でなく…にじょうずでなければなら
ない【…に上手でなければならない
ばかりでなく…に上手でなければな
らない】　不但要善於…而且還要善
於…。

にじょうをかける【…に錠をかける】
把…鎖上。

にじょりょくをいらいする【…に助力
をいらいする】　託…幫忙。

にしろ…にしろ　無論…無論…，無論
…還是…，無論是…還是…＝…にし
ても…にしても，…にせよ…にせよ，
…といい…といい。

にしんしんをゆだねる【…に心身を委
ねる】　全心全意地…＝…に身魂を
かたむける。

にしんをいだく【二心を抱く】　懷二
心。

にすかれる【…に好かれる】　得到…
的喜歡，受…歡迎，招…喜歡。

にすぎない【…に過ぎない】　①只是
…，只不過是…，不過，只不過…，
莫過於…。②只有…。

にすむのである【…に済むのである】
才可以…，才能夠…。

にする　作爲…，定爲…，成爲…，變
成…＝…になる。

にすれば　設…爲…，論…來說，拿…
來說，就…來說。

にせいしんをうちこむ【…に精神を打
ち込む】　專心致志於…，埋頭於…，
集中精神做…，全心全意地做…。

にせいをだす【…に精を出す】　努力
做…，把全付精力投到…方面來。

にせよ…にせよ　無論…無論…，不管…
也好。

にせわをいらいする【…に世話をいら
いする】　託…照應。

にそういない【…に相違ない】　一定
…＝…にちがいない。

にそうとうする【…に相当する】　①
値得…。②等於…。③適合於…。④
符合…。⑤應該。

にそくさんもんで【二束三文で】　一
文不值半文地，一個大錢不值地。

にそくして【…に即して】　①就…，
根據…。②適應…。

にそって　沿著…，按…。

にそまる【…に染まる】　沾上…，染
上…，沾染上…，受…影響。

にそむかれる【…に背かれる】　被…
拋棄。

にたいこうする【…に対抗する】　跟
…作對，和…對抗，和…相抗衡，抵
抗…。

にたいして【…に対して】　①跟…，
對…，對於…。②和…相比，與…對比。

にたいしてあいちゃくをもつ【…に対
して愛着を持つ】　戀戀不忘…，對
…依依不捨。

にたいするよういがたりない【…に対
する用意が足りない】　對…不夠重
視，對…注意不夠。

にたえない【…に堪えない】　①不堪
…。②不勝…。③經不起（住）…。

にたえません【…に堪えません】　（
敬體）同上條。

にたえられない　經不住…。

にだけ…ことができる【…にだけ…こ
とが出来る】　只有…才能…＝…に
のみ…ことが出来る。

にたけている【…に長けている】　長
於…，善於…。

にたっしていない【…に達してない】
不夠…，達不到…。

にたとえていえば【…に譬えて言えば
】　比如…

にたとえてみる【…に喩えて見る】
比喩成…。

にたとえられる【…に譬えられる】
被比喩成…，被比作…。

にたにたわらう【にたにた笑う】　傻笑。

にたましいをうちこむ【…に魂を打ち
込む】　埋頭於…，專心致志於…，

把全付精力放在…上＝…に身魂を打ち込む，…に心身を打ち込む。

にたよるほかはない【…に頼る外はない】　只有依靠…。

にたりよったり【似たり寄ったり】　近似，差不多，大同小異，半斤八兩。

にたりる【…に足りる】　①値得…。②足夠…，足有…。

にたんぱくである【…に淡泊である】　對…冷淡（淡薄）。

にちかい【…に近い】　①快…了，快到…了，馬上就到了。②近…，離…近，近乎…，近似…，像…，跟…差不多。

にちがいない【…に違いない】　一定…＝…にそういない。

にちからこぶをいれる【…に力瘤を入れる】　盡力…，竭盡心力…。

にちからをいれる【…に力を入れる】　努力…，大力…。

にちからをえる【…に力を得る】　受到…的鼓舞，得到…的支持。

にちからをこめる【…に力を込める】　集中精力做…，把精力放在…上，努力做…。

にちからをそそぐ【…に力を注ぐ】　同上條。

にちからをとめる【…に力を止める】　集中精神做…，把精神放在…上，努力做…。

にちじょうさはんじ【日常茶飯事】　家常便飯，常有的事，司空見慣。

にちじょうじむをつかさどる【日常事務を司る】　主持日常工作。

にちややすまず【日夜休まず】　日夜不停地，日以繼夜地。

にちょうして【…に徴して】　根據…，依據…。

にちょうしてみれば【…に徴して見れば】　根據…來看。

について（は）【…に就いて（は）】　①關於…。②對…，對於…。③就…而言，就…來說，就…而論。④至於…。⑤沿著…，順著…。⑥照著…，按照…。⑦每…，每一…。①＝…に関して。②＝…に対して。③＝…に

ついて言えば。⑤⑥＝…に沿って。⑦＝…ごとに。

について【…に付いて】　①隨著…，跟著…，跟…。②達到…。③到達，到…。④從事…。⑤從屬於…。⑥值，頂，相當於…。⑦沿著…，順著…。⑧至於…，就…來說。

についで【…に次いで】　僅次於…，比…稍差。

についていうと【…について言うと】　就…而言，就…來說，就…而論＝…について言えば。

についていうのである【…について言うのである】　是就…來說的。

についていえば【…について言えば】　就…而言，就…來說，就…而論＝…について言うと。

についての　有關…的。

についてはこりょをようしない【…に就いては顧慮を要しない】　不要顧慮…，至於（關於）…不必顧慮。

についてはなかなかのつうだ【…についてはなかなかの通だ】　對…很內行，精通…。

についても　＝…について。

についてもみれば【…に就いても見れば】　對…來說，就…而言，就…來說。

についてゆける　能夠趕上…。

につかえる【…に使える】　可以用作…。

につかませる【…に摑ませる】　寃…，騙…，糊弄…。

につき【…に就き】　＝…について。

につけ【…に就け】　同上條。

につごうがよい【…に都合がよい】　便於…，對…方便，適合於…的。

にっこうよくをする【日光浴をする】　日光浴，曬太陽。

にっこりわらう【にっこり笑う】　嫣然一笑，微微一笑。

につずく　次於…，比…稍差。

につつまれる【…に包まれる】　被…包起來了，充滿了…。

にっちもさっちも【二進も三進も】　怎麼也…，無論如何也…＝どうにも

こうにも，どんなに苦心しても。

にっちもさっちもうごかない【二進も三進も動かない】　怎麼也不動。

にっちもさっちもとれなくなった【二進も三進も取れなくなった】　怎麼的也不行。

にっちもさっちもゆかない【二進も三進も行かない】　一籌莫展，進退兩難，束手無策，毫無辦法。

につつぬけだ【…に筒抜けだ】　①（秘密等）完全洩露…。②（隔壁的話等）清楚可聞。

にっていがつまっている【日程がつまっている】　日程排的很緊。

にっていをくむ【日程を組む】　安排日程。

につないでください【…に繋いで下さい】　請接…（打電話用語）＝…をお願いします。

につよい【…に強い】　①好…，愛…，喜歡…。②耐…，經得住…。

につれて【…につれて】　①隨著…，跟著…。②由於…。③越…越…。①②＝…に伴って。

につれておこる【…につれて起る】　由…而引起的。

にできあがる【…に出来上がる】　天生就（是）…，生來就（是）…。

にてきたいする【…に敵対する】　跟…作對。

にてつだいをたのむ【…に手伝を頼む】　求…幫忙。

にてなし【…に手なし】　除了…之外別無他法。

にてひなる【似而非なる】　似是而非的。

にても　無論對…。

にてもにつかない【似ても似つかない】　①一點不像。②毫無共同之處。

にでられない【…に出られない】　不能參加…，不能出席…。

にてをいれる【…に手を入れる】　把手伸到…裏面。

にどあることはさんどある【二度ある事は三度ある】　①反反覆覆，再三反覆。②禍不單行。

にどくだ【…に毒だ】　對…有害。

にどさんど【二度三度】　再三再四地，反反覆覆地。

にとって（は）【…に取って（は）】　對…，對於…，對…來說。

にとってかくことのできない【…に取って欠くことの出来ない】　對…來說是不可缺少的。

にとってかわる　代替…，取代…。

にとっての　對…的。

にどと…ない【二度と…ない】　再不…。

にどとふたたび…ない【二度と再び…ない】　①再不…，再也不…。②下次可不許…。

にとどまらない　不止…。

にど…ない【二度…ない】　再不…，再也不…＝二度再び…ない。

にどもどらない【二度もどらない】　再也沒有了，再也不會回來，沒有第二次。

にともなって【…に伴って】　①隨著…，跟著…，伴隨。②由於…＝…につれて。

にとれば【…に取れば…】　比作…。

にとれる【…に取れる】　理解為…。

にとをおうものはいっとをもえず【二兎を追う者は一兎をも得ず】　①追二兎者不得一兎＝虻蜂とらず。②務廣而荒，什麼都抓什麼也抓不起來。

にながれやすい【…に流れやすい】　容易變（成）…，容易傾向於…，容易演變成…。

になったら【…に為ったら】　①一到…。②一當上…。③一變成…。④一…起來就…。⑤一……就…。

になっている【…に為っている】　①是…。②都…。③就…。

になってゆく【…になって行く】　逐漸…起來。

になにかうらむところがあるらしい【…に何か怨むところがあるらしい】　對…好像不滿（怨恨）

になにかふくむところがある【…に何か含むところがある】　對…不滿，對…有些不滿。

にならない　不能作…，不能當…，不能成爲…。

になりたいという　想當…的，想作…的。

になる【…に為る】　①能…。②是…。③就…。④已經有…。⑤達到…。⑥更加…。

になることができる【…に為ることが出来る】　能成爲…，可以當上…。

になると【…に為ると】　①一到…。②如果達到…。

になるとなくなった【…に為るとなくなった】　一到…就没了。

になれない【…に為れない】　成不了…。

にのあしをふむ【二の足を踏む】　躊躇，猶豫不決。

にのくがつげない【二の句が継げない】　啞口無言，無言以對。

にのぞみをかける【…に望を掛ける】　指望。

にのつぎだ【二の次だ】　…是次要的，…是其次的。

には　①要…，要是…。②如果…，若是…。③爲了…。④倒是…，就是…。⑤關於…，對於…。

にはあきがきた【…には厭が来た】　對…已經厭煩。

にはあきれた【…には呆れた】　眞想不到…。

にはあたらない【…には当らない】　不必…，用不著…。

には…いがいにない【…には…以外にない】　只有…才能…。

にはいかない【…には行かない】　不能…。

にはいたいしている【…に胚胎している】　孕育著…。

にはいる【に這入る】　屬於…。

にはうかつである【…には迂闊である】　對…漫不經心。

にはえんのとおいはなしだ【…には縁の遠い話だ】　和…毫不相干。

にはおよばない【…には及ばない】　①不如…，不及…，比不上…，趕不上…。②不可…，不要…，不能…。

には③不必…，無需…，用不著…。④…也來不及了＝…に及ばない。…には及ばね，…には及びません。

にはおよばないのはもちろんである【…には及ばないのは勿論である】　①當然用不著…。②當然不如…。

にはおられない　不能不…。

にばかされる【…に化かされる】　被…迷住了。

にはかちすぎる【には勝過ぎる】　對…來說不能勝任。

にはかなわない【…には叶わない】　①敵不過…，打不過…。②經不住…，經不起…，受不了…＝…に敵わない。

にばかにされる【…に馬鹿にされる】　被…愚弄，被人瞧不起。

にはかられた【…に謀られた】　上了…當，被…騙了。

にばかりきをとられる【…にばかり気をとられる】　只顧…，凝神於…，只注意…。

にばかりたよっていない【…にばかり頼っていない】　不光依靠…。

にはげむ【に励む】　努力…。

にはずれた【…に外れた】　不合…，不合乎…。

にはたらきかける【…に働きかける】　給…做工作，向…做工作，推動，發動，鼓動。

にはたらく【…に働く】　作用於…。

には…というわけである　爲了…就要…。爲了…就得…。

には…なければならない　①只有…才能…。②爲了…必須…。③要…就必須…，要…就得…。

にはふむきだ【…には不向きだ】　不適合…，不適合於…，不適於做…。

には…ほかないというわけである　爲了…就只有…。

にはゆだんするな【…には油断するな】　對…不可疏忽大意，對…要提高警覺。

にはんして【…に反して】　與…相反。

にひいでる【…に秀でる】　擅長…。

にひえきするところがおおきい【…に脾益するところが大きい】　對…大有裨益。

にひかされる【…に引かされる】 捨
不得…，拘於…。

にひとくぎりをつける【…に一句切を
つける】 把…告一段落。

にひびきがおおきい【…に響きが大き
い】 對…影響（反應）很大＝…へ
の響きが大きい。

にひれいする【…に比例する】 與…
成比例，與…成正比。

にひろわれる【…に拾われる】 受到
…的青睞（重視）。

にひんする【…に瀕する】 瀕於…，陷
於…。

にふあんないだ【…に不案内だ】 不
熟習…，不清楚…＝…にくらい。

にふしゅびになる【…に不首尾になる
】 和…不投緣（投機），和…關係
搞得很僵（很糟），受到…的冷遇。

にふずいしておこった【…に付随して
おこった】 隨著…而起的。

にふそくはない【…に不足はない】
足以…，配得上…，値得…。

にふふくをとなえる【…に不服を唱え
る】 對…表示不服，對…提出不服。

にプレゼント（を）する 給…送禮。

にへいへいする 對…唯唯諾諾＝…には
いはいする。

にべたべたする 黏著…，纏著…。

にほかでもない【…に外でもない】
主要是…。

にほかならない【…に外ならない】
①不外乎是，並非是…，只能是…，
就是…。②只好…，只有…。

にまいじたをつかう【二枚舌を使う】
說謊，撒謊。

にまかせる【…に委せる】 ①信…，
隨…，由著…，任憑…。②把…委託
給…。

にまぎれて【…に紛れて】 ①和…混
同（混淆）。②混入…。③因爲…，
由於…。

にまけず【…に負けず】 ①不屈服於
…，不向…低頭。②不次於…。

にまけてはいけない【…に負けてはい
けない】 不能向…低頭，不能屈服
…。

にまさるともおとらず【…に勝るとも
劣らず】 超過…，和…相比有過之
而無不及，…比…有過之而無不及。

にまじって【…に雑って】 和…混在
一起，和…在一起。

にまでおよんでおる【…にまで及んで
おる】 達到…，涉及…。

にまでなった 達到…，高達…。

にまでもってゆく【…にまで持って行
く】 ①保持到…。②支持到…。③
達到…。

にみえる【…に見える】 ①顯得…。
②好像…，似乎…，看起來好像…。
③有點…，有些…。

にみこまれる【…に見込まれる】 被
…看中，被…盯上，被…纏住。

にみならう 向…看齊，向…學習。

にみょうをえている【…に妙を得てい
る】 善於…，能夠巧妙地…。

にみをいれる【…に身をいれる】 ①
熱中於…，對…很熱心。②致力於…，
獻身＝…に身を委ねる。

にみをおく【…に身を置く】 置身於
…。

にみをおとす【…に身をおとす】 淪
爲…。

にみをゆだねる【…に身を委ねる】
①熱中於…，對…很熱心。②致力於
…，獻身＝…に身をいれる。

にむかって【…に向かって】 ①面對
…。②面向…，對著…。③傾向…。
④頂撞…，抗拒…。

にむちゅうになる【…に夢中になる】
①光顧…。②沉溺於…，…入迷，…
著迷，一心…，埋頭於…。③給…迷
住了，讓…迷住了，被…迷住了。

にめやすをおく【…に目安をおく】
把…作爲大致的目標＝…を大体の目
安とする。

にめをくれる【…に目をくれる】 迷
戀於…。

にめをとおす【…に目を通す】 看…，
看一看…。對…過過目。

にめんする【…に面する】 臨…，面
臨…，面對…。

にめんどうをかける【…に面倒を掛け

る】　給…添麻煩。

にもいられね【…にも居られぬ】　不能不…。

にもおとる【…にも劣る】　連…都不如。

にもかかわらず【…にも拘わらず】　雖然，儘管＝…にかかわらず。

にも…ことがある　不管…都要…。

にもってこい【…に持って来い】　適合（於）…，對…最理想。

にもつになる【荷物になる】　成爲負擔（累贅，包袱）。

にもつをせおう【荷物を背負う】　背上了包袱。

にもつをひきとる【荷物をひきとる】　取行李。

にもとづいて【…に基づいて】　①根據…，按照…，基於…。②由於…。

にも…ない　連…都不…。

にも…なければならない　無論…都要…。

にもならない　①還不夠…。②不值得…。

にも…にも　①不論…不論…。②無論…無論…＝…にしても…にしても。

にもほどがある【…にも程がある】　要…也要夠分寸，就是…也要有個分寸，未免太…了。

にもまけず…にもまけず　不管…還是…，不論…還是…。

にやかましい　講究…，嚴格要求…。

にやつあたりする【…に八当りする】　對…撒氣。

にゅうがくしかくをとりけす【入学資格を取消す】　取消入學資格。

にゅうがくしけんをとおらない【入学試験を通らない】　没考上，考試没通過。

にゅうとうにいる【入党にいる】　在黨，在組織。

にゅうわなひととなり【柔和な人となり】　爲人溫和。

にゆびをくっする【…に指を屈する】　…首屈一指。

によい　對…有效。

によう【…に酔う】　沉醉在…中，陶

醉…，…得出神，暈…。

にょうぼうやくをつとめる【女房役を勤める】　當助手。

にょうぼうをもらう【女房を貰う】　娶媳婦。

によくきく【…によく效く】　對…很有利（有效）←→…に毒だ。

によくない【…に良くない】　對…不好，對…不利，對…有害。

によって【…に由って】　①因…而…，由於…。②用，利用，借助…。③靠…，依靠…仰仗…。④要看…，取決於…。⑤憑…。⑥依照，按照，根據，遵從…。⑦通過…。⑧從…。⑨隨著…。⑩依…。

によってきまる【…に由って決まる】　取決於…，決定於…，依…而定。

によって…ちがう【…に由って…違う】　①因…而不同。②隨著…而變化。

によって…れる（られる）　被…。➜"…によって"等於"に"。

によねんがない【…に余念がない】　專心…，埋頭…。

により【…に由り】　①因…而…，由於…。②用，利用，借助…。③靠…，依靠…，仰仗…。④要看…，取決於…。⑤憑…。⑥依照，按照，根據，遵從…。⑦通過…。⑧從…。⑨隨著…。⑩依…。

によりきまるものだ　是由…所決定的。

による【…に由る】　①因…而…，由於…。②用，利用，借助…。③靠…，依靠…，仰仗…。④要看…，取決於…。⑤憑…。⑥依照，按照，根據，遵從…。⑦通過…。⑧從…。⑨隨著…。⑩依…。

によれば【…に由れば】　同上條。

によろしくつたえてください【…に宜しく伝えて下さい】　請向…致意，請代爲問候…。

によわい【…に弱い】　①不耐…，經不住…。②不善於…，做不好…。③…方面比較差。④對…脆弱的。

にらみがきく【睨みが利く】　管得了，壓得住，能鎮住，能制服，有威力。

にらめっこのままだ【睨めっこのままだ】　相持不下＝にらみあいのままだ。

に…れる（られる）　被…，叫…，讓…，受到…。

にわたくしがある【…に私がある】　…不公平，…有私。

にわたって【…に渡って】　①經過…，繼續…。②涉及…，關於…。③在…方面，在…範圍。④遍於…，遍及…，所有…。※"にわたって"也可以起助詞作用表示狀語。如："詳細にわたって"（詳細地）"長時間にわたって"（長時間地）"一再にわたって"（多次地，一再地）＝…にわたり，…にわたる。

にわるい【…に悪い】　對…不好，對…有害＝…に毒だ。

にんおもくみちとおし【任重く道遠し】　任重而道遠。

にんきがある【人気がある】　①吃香，吃得開，受歡迎，有人緣的。②有威信，有威望，有名氣↔人気がない。

にんきがおちない【人気が落ちない】　同上條。

にんきがすさまじい【人気が凄まじい】　轟動一時，大受歡迎。

にんきがでてきた【人気が出て来た】　①紅起來了。②大受歡迎。

にんきがわきたつ【人気が沸立つ】　吃香起來，紅起來。

にんきにさわる【人気に障る】　有損聲望。

にんきにとうじる【人気に投じる】　投人緣。

にんきのある【人気のある】　①受歡迎的。②有人緣。

にんきをあつめる【人気を集める】　受到…歡迎，受到…喜愛。

にんきをとる【人気を取る】　討好，收買人心。

にんきをはくする【人気を博する】　博得聲望。

にんきをよぶ【人気を呼ぶ】　叫座，受歡迎，招人喜歡。

にんげんがおおようだ【人間がおおよ うだ】　爲人大方，落落大方。

にんげんがおちついている【人間がおちついている】　爲人穩重，人很穩重。

にんげんがかたい【人間がかたい】　人很可靠，人很誠實。

にんげんがかたくるしい【人間がかたくるしい】　人很古板。

にんげんがからりとしている【人間がからりとしている】　爲人爽快，爲人直爽。

にんげんがかるい【人間がかるい】　人很輕浮。

にんげんがぎごちない【人間がぎごちない】　爲人粗魯。

にんげんがきさくだ【人間がきさくだ】　爲人直爽。

にんげんができている【人間が出来ている】　人品不錯，爲人挺好，人很老成。

にんげんなみをあつかわない【人間並を扱わない】　不當人看待。

にんげんのいきかた【人間の生き方】　處世之道，做人之道。

にんげんのくず【人間のくず】　廢物，飯桶。

にんげんはわるくない【人間は悪くない】　人倒不壞。

にんげんばんじさいおうがうま【人間万事塞翁が馬】　人間禍福變幻無常，塞翁失馬焉知非福。

にんげんわざではない【人間業ではない】　非人力所能及。

にんじょうざたにおよぶ【刃傷沙汰に及ぶ】　動起刀來。

にんじょうにはずれる【人情に外れる】　不合乎人情。

にんずうであっとうする【人数で圧倒する】　以人多制勝，以多爲勝。

にんそうをみる【人相を見る】　看相。

にんたいづよくまつ【忍耐強く待つ】　耐心等待。

にんたいりょくがつよい【忍耐力が強い】　很能忍耐，忍耐力很強。

にんたいりょくをやしなう【忍耐力を養う】　培養忍耐力。

にんちにおもむく【任地に赴く】　上任，赴任＝赴任する。

にんにつく【任につく】　就任，就職。

にんにたえず【任にたえず】　不能勝任。

にんむをおこたる【任務を怠る】　玩忽職守。

にんめんじゅうしん【人面獣心】　人面獣心，狼心狗肺＝にんぴにん〔人非人〕。

ぬ

ぬかにくぎ【糠に釘】　①没用，白費，徒勞。②馬尾拴豆腐。

ぬかよろこびにおわる【糠喜びにおわる】　①空（白）歡喜了一場＝ぬかよろこびになる。

ぬからぬかお【抜からぬ顔】　①小心謹慎的樣子。②假裝不知道的樣子。

ぬかりがあったら【抜りがあったら】　萬一有個差錯（疏忽）。

ぬかりがない【抜りがない】　没錯。

ぬかるな【抜るな】　不要大意。

ぬかるみにはいる【泥濘にはいる】　①掉進泥潭裏。②進退兩難，進退維谷＝抜差がならぬ。

ぬきあしさしあしで【抜足差足で】　躡手躡脚地，悄悄地。

ぬきあしで【抜足で】　躡著脚，墊著脚＝盗足で。

ぬきうちに【抜打に】　冷不防地，出其不意地，突然。

ぬきさしがならぬ【抜差がならぬ】　進退兩難，進退維谷，一籌莫展＝ぬかるみにはいる。

ぬきんでている【抽んでている】　出類拔萃。

ぬぐうことのできない【拭うことのできない】　擦（洗，抹，揩）不掉的。

ぬぐうべからざる【拭うべからざる】　同上條。

ぬけがけのこうみょう【抜け駆けの功名】　搶先立功。

ぬけぬけと　①厚著臉皮，厚顏無恥。②滿不在乎，若無其事。

ぬけみちをさがす【抜道を探す】　找口實，找退身步。

ぬけみちをとおる【抜道を通る】　抄近路。

ぬけみちをのこす【抜道を残す】　留後路＝抜道をこしらえる。

ぬけめがない【抜目がない】　①没有遺漏。②非常精明（聰明，能幹，有辦法）。

ぬけめなく【抜目なく】　①圓滿地。②周到地。③精明地。④警惕地。

ぬけめなくきをくばる【抜目なく気を配る】　慮事周詳，考慮周到，小心周到。

ぬしのあるおんな【主のある女】　有夫之婦。

ぬすびとたけだけしい【盗人猛猛しい】　①做了壞事而厚顏無恥。②作賊的喊捉賊。

ぬすびとにおいせん【盗人に追錢】　賠了夫人又折兵。

ぬすびとにかぎをあずける【盗人に鍵を預ける】　揖盗入室。

ぬすびとのあとのぼうちぎり【盗人の後の棒ちぎり】　賊走關門。

ぬすびとをみてなわをなう【盗人を見て縄を綯う】　①發現了賊才搓繩子。②臨渴掘井，臨陣磨槍，臨時抱佛脚。

ぬすみをする【盗みをする】　行竊，偷東西＝盗みをおぼえる，盗みを働く。

ぬすみをはたらく【盗みを働く】　同上條。

ぬらくらとひまをつぶす【ぬらくらと暇を潰す】　鬼混日子，虛度光陰。

ぬらくらもの【ぬらくら者】　遊手好

閑的人，懶漢，二流子。

ぬれぎぬをきせる【濡衣を着せる】
　寃枉好人，横加罪名。

ぬれぎぬをする【濡衣を着る】　受寃
　枉，背黑鍋。

ぬれてであわ【濡れ手で粟】　不勞而

獲，很容易地發財。

ぬれてであわのつかみとり【濡れ手で
　栗の摑み取り】　不費力氣賺大錢。

ぬれねずみのようだ【濡鼠のようだ】
　①像個全身濕透的水耗子。②全身濕
　透像個落湯難。

ね

ねあせをかく【寝汗をかく】　出盗汗，
　出虛汗。

ねいろがきれいだ【音色が奇麗だ】
　音色優美。

ねうちがある【値打がある】　有…價
　値，值得＝…値をする。

ねうちがつく【値打がつく】　講好價
　錢。

ねうちのある【値打のある】　有價値
　的，人格高尚的↔ねうちのない。

ねうちはない【値打はない】　没價值，
　不値得…，不値…，不値當…＝ねう
　ちもない。

ねうちをそえる【値打を添える】　提
　高身價。

ねうちをます【値打を増す】　提高價
　格（價値）。

ねおきをともにする【寝起を共にする
　】　一起生活。

ねがあわぬ【値が合わぬ】　價錢談不
　妥。

ねがいがかなう【願いが叶う】　願望
　達到，如願以償＝願通りになる。

ねがいがかなった【願いが叶った】
　如願以償，願望達到了，希望達到了。

ねがいがとどく【願いが届く】　願望
　達到了（實現了）。

ねがいをかなえる【願を叶える】　答
　應…的要求，滿足…的願望。

ねがいをききとどける【願いを聞届け
　る】　批准申請。

ねがいをきく【願いを聞く】　接受…
　的請求，答應…的請求，滿足…的願望。

ねがいをだす【願いを出す】　提出申

請。

ねがいをたてる【願いを立てる】　許
　願。

ねがえりをうつ【寝返りを打つ】　叛
　變，投敵，倒戈，背叛。

ねがたかい【値が高い】　價錢高。

ねがつく【根がつく】　紮根，生根＝
　根をおろした。

ねがったりかなったり【願ったり叶っ
　たり】　事從心願，不謀而合，稱心
　如意。

ねがってもないこと【願ってもないこ
　と】　求之不得。

ねがてごろだ【値が手頃だ】　價錢合
　適。

ねがはりすぎる【値がはりすぎる】
　價錢太貴。

ねがわくはこうであってほしい【願わ
　くはこうであって欲しい】　但願如
　此。

ねがわくはせいこうされんことを【願
　わくは成功されんことを】　祝你成
　功。

ねがわしいことではない【願わしい事
　ではない】　並不是可喜的事。

ネクタイをしめる【ネクタイを締める
　】　繫領帶。

ねくびをかく【寝首を搔く】　①乘人
　不備加以陷害。②乘人睡覺割其頭。

ねこかぶりだ【猫被りだ】　假裝和善，
　假裝安樣。

ねこかぶりのおとこ【貓被りの男】
　①假裝正經（老實）的人。②佯裝不知。

ねこかぶりのわるもの【猫被りの悪者

】　偽裝和善的壞蛋。

ねこかわいがり【猫可愛がり】　偏愛，溺愛。

ねごこちがよい【寝心地がよい】　睡著很舒服↔寝心地が悪い。

ねごとをいう【寝言を言う】　①說夢話。②唠叨。

ねこにこばん【猫に小判】　不識貨，有眼不識泰山，明珠暗投，糟蹋人材，糟蹋好東西，對牛彈琴。

ねこのこいっぴき【猫の子一匹もない】　連個人影也沒有。

ねこのてもかりたいくらいだ【猫の手も借りたいくらいだ】　忙得不可開交，人手不足。

ねこのひたい【猫の額】　巴掌大的地方＝猫の額ほどの所。

ねこのめ【猫の目】　變化無常＝猫の目のように変わる。

ねこばばをきめこむ【猫糞を極めこむ】　（把拾得的東西）藏起來＝ねこばばする。

ねこもしゃくしも【猫も杓子も】　不論誰，不管張三李四有一個算一個，人人都…。

ねこをかぶる【猫をかぶる】　①假裝正經（老實），偽裝和善。②假裝不知道。

ねざめがわるい【寝覚めが悪い】　內疚，受到良心遣責，夢寐不安。

ねじをしめなおせ【捻子をしめなおせ】　給…打氣（加油），鼓勵…。

ねじをまく【捻子を巻く】　①給錶上弦。②給…打氣，給…加油，上勁，鼓勵。

ねずのばんをする【寝ずの番をする】　守夜，通宵値班。

ねずみがしおをひく【鼠が塩を引く】　積少成多。

ねたましくてむねがはりさけるようだ【妬ましくて胸が張り裂けるようだ】　嫉妒得要命（要死，不得了）＝ねたましくて堪らない。

ねたみのつよい【妬みの強い】　非常嫉妒的，嫉妒心特別強的＝妬みの深い。

ねたみをうける【妬みを受ける】　受到的嫉妒。

ねだんがたかい【値段が高い】　價錢貴＝値段が張る。

ねついがある【熱意がある】　有熱情↔熱意がない。

ねついがたりない【熱意が足りない】　熱情不高↔ねついがたかまる。

ねついてしまった【寝付いてしまった】　病倒了。

ねついにかける【熱意に欠ける】　缺乏熱情。

ねつがあがる【熱が上がる】　熱情高漲起來↔熱がさめる。

ねつがある【熱がある】　有點熱，有點發燒↔熱がひく。

ねつがさがる【熱が下がる】　退燒，退燒了。

ねつがさかんだ【…熱が盛んだ】　…很流行，…很盛行。

ねつがさめる【熱が冷める】　①熱情減退，情緒低落，鬆懈，洩氣了。②掃興。③燒退了。

ねつがでる【熱が出る】　發燒＝熱が差す。

ねつがひく【熱が引く】　退燒＝熱がさがる。

ねっから【根っから】　根本，本來，原來。

ねっから…ない【根っから…ない】　根本不…，一點不…，完全不…，本來不…＝少しも…ない，まったく…ない。

ねつかれない【寝付かれない】　睡不著覺＝ねつきがわるい。

ねつきがあふれる【熱気があふれる】　熱情洋溢。

ねつきがわるい【寝付が悪い】　睡不著。

ねつけがある【熱気がある】　有點熱，有點燒。

ねっけつあふれる【熱血溢れる】　①熱血沸騰。②熱情洋溢。

ねっけつがほとばしる【熱血が迸る】　富有熱情，熱情洋溢。

ねっしやすくさめやすい【熱し易く冷めやすい】　忽冷忽熱，三天打魚兩

天曬網，三分鐘熱度。

ねつにうかされる【熱に浮かされる】
①熱中於…，…得入迷了，一心想要
…。②因發高燒而胡亂說話。

ねつはない【熱はない】　不發燒。

ねつをあげる【熱を上げる】　熱中於…，
對…著迷（入迷，上癮）。

ねつをいれる【熱を入れる】　熱心於…，
加勁，努力，鼓足幹勁。

ねつをさます【熱を冷す】　散熱，退
燒。

ねつをだした【熱を出した】　燒退了，
不燒了。

ねつをとる【熱を取る】　去熱，散熱。

ねつをはかる【熱を計る】　量體溫，
試表。

ねつをふく【熱を吹く】　①說大話。
②高談闊論，豪言壯語。

ねてくらす【寝て暮らす】　遊手好閑。

ねてもさめても【寝ても覚めても】
①總是…，老是…，時時刻刻，經常
不斷地。②日日夜夜。

ねどこからでられない【寝床から出ら
れない】　不能起床。

ねどこにもぐりこむ【寝床に潜り込む
】　鑽進被窩＝ねどこにもぐる。

ねどこをあげる【寝床をあげる】　疊
被，收拾床舖。

ねどこをしく【寝床を敷く】　舖床，
舖被＝寝床を取る，寝床をこしらえ
る。

ねになく【音に泣く】　放聲痛哭。

ねにもつ【根に持つ】　記仇，懷恨在心。

ねのないき【根のない木】　無本之木。

ねばあるまい　恐怕總是…。◆“ね”
是“ぬ”的假定形。

ねばいけない　必須…，應該…，總得
…，應當…＝…ねばならない。

ねばならない　必須…，不得不…，要
…，應當…，應該…，該…，得…，
也得…，不可不…＝…ねばならぬ（
ん、ず），ねばいけません。◆“ね
”是“ぬ”的假定形，前接未然形。

ねぼけまなこ【寝惚け眼】　睡眼惺忪
（矇矓）。

ねほりはほりしてきく【根掘り葉掘り

して聞く】　追根究底，追根問底，
問到底。

ねみみにみず【寝耳に水】　青天霹靂，
事出偶然。

ねむいこうえん【眠い講演】　枯燥無
味的報告。

ねむくてしようがない【眠くて仕様が
ない】　睏極了，睏得不得了，特睏。

ねむくてたまらない【眠くてたまらな
い】　同上條。

ねむくてめがふさがる【眠くて目が塞
がる】　睏得睜不開眼睛。

ねむけがさす【眠気がさす】　想睡，
發睏＝ねむけをもよおす。

ねむけをもよおす【眠気を催す】　同
上條。

ねむったふりをする【眠った風をする
】　裝睡。

ねむりがじゅうぶんでない【眠りが十
分でない】　睡得不夠，睡眠不足，
睡不夠。

ねむりがたりない【眠りが足りない】
同上條。

ねむりがよくない【眠りがよくない】
睡得不好。

ねむりからさめる【眠りから覚める】
睡醒。

ねむりこけている【眠りこけている】
酣睡，睡得死死的。

ねむりにおちる【眠りに落ちる】　已
經睡了，已經睡下。

ねむりにつく【眠りにつく】　入睡，
睡著。

ねむりをやぶる【眠りを破る】　弄醒，
驚醒＝夢をやぶる。

ねむれない【眠れない】　睡不著。

ねものがたりをする【寝物語をする】
說私房話，枕邊細語。

ねもはもない【根も葉もない】　沒依
據，毫無根據的，捕風捉影的＝より
どころない，根拠もない。

ねらいがさだまらぬ【狙が定らぬ】
①瞄不準方向。②目標定不下來。③
舉棋不定。

ねらいは…にある【狙いは…にある】
著眼點就在於…＝狙いどころは…に

ある。

ねらいをあわせる【…狙いを合せる】
針對…。

ねをあげる【音をあげる】　①叫苦，
訴苦。②服了，認輸，折服。③發出
哀鳴。

ねをおろす【根を落す】　紮根，生根。

ねをきる【根を切る】　根治，根除。

ねをたつ【根を絶つ】　除根，根除。

ねをほる【根を掘る】　刨根，挖根。

ねんがあける【年が明ける】　①到期，
滿期。②滿徒，出師＝年季が明け
る。

ねんがとどく【念が届く】　宿願克遂，
如願以償。

ねんがにゆく【年賀にゆく】　去拜年。

ねんがのこる【念が残る】　①有顧慮。
②仍然留戀…。③猶疑不決，下不了
決心。

ねんがはいる【念が入る】　①考慮周
到，用心周到。②挖空心思。

ねんがはれる【念が晴れる】　①不再
留戀。②顧慮消除了。

ねんがらねんじゅう【年がら年中】
一年到頭，一年四季，終年，經常。

ねんがらねんびゃく【年がら年百】
同上條。

ねんきがあける【年季が明ける】　①
滿工。②滿徒＝年が明ける。

ねんきほうこうにでる【年季奉公に出
る】　①當學徒。②當備工＝年季勤
めに出る。

ねんきをいれる【年季を入れる】　①
學徒。②學習。③鍛煉。

ねんきんでせいかつする【年金で生活
する】　靠養老金生活。

ねんきんをもらう【年金を貰う】　領
養老金。

ねんぐのおさめどき【年貢の納め時】
惡貫滿盈的日子，惡人伏法的日子。

ねんげつはひとをふるいわける【年月
は人をふるいわける】　日久見人心。

ねんこうをつむ【年功を積む】　積累
經驗。

ねんごろにおしえる【懇に教える】
親切教導＝ねんごろにさとす。

ねんごろにこうせいする【懇に校正す
る】　仔細校對。

ねんごろにつくる【懇に作る】　精心
製作。

ねんごろにもてなす【懇に成持す】
親切地招待，殷勤招待（款待）＝厚
くてもてなす，懇に歓待する。

ねんじゅうぎょうじ【年中行事】　一
年間定例的節日或活動。

ねんしょうきえい【年少気鋭】　①年
輕有為。②朝氣蓬勃。

ねんすうをへる【年数を経る】　經過
很多年。

ねんちゃくしたままはなれなくなる【
粘着したまま離れなくなる】　黏住
了掉不下來了。

ねんちゃくりょくがつよい【粘着力が
強い】　毅力強，很有毅力↔ねんち
ゃくりょくがよわい。

ねんちゃくりょくがない　【粘着力が
ない】　沒毅力↔粘着力がある。

ねんとうにある【念頭にある】　總是
想著…，總是掛著…，對…總放不下
心＝念頭におく。↔念頭にない。

ねんとうにうかぶ【念頭に浮ぶ】　浮
上（湧上）心頭。

ねんとうにおかぬ【念頭に置かぬ】
不放在心上，對…不加考慮，把…置
之度外↔念頭におく。

ねんとうにかかる【念頭に掛かる】
掛在心上，懸在心上，放不下心。

ねんとうにない【念頭にない】　心中
沒有…，不放在心上＝念頭におかぬ。
↔念頭にある，念頭に置く。

ねんとうをさらぬ【念頭を去らぬ】
忘不掉…，…不離心頭。

ねんにはおよびません【念には及びま
せん】　不用叮嚀。

ねんにはねんをいれる【念には念を入
れる】　要特別注意，要萬分小心。

ねんにみちる【念に満ちる】　充滿…
之情。

ねんにもえる【念に燃る】　…之情難
消。

ねんねんよくなる【年年よくなる】
一年比一年好起來。

ねんのすぐるはむねん【念の過ぐるは無念】　考慮過多反而誤事，越考慮越没主意。

ねんのため（に）【念のため（に）】　爲了慎重起見。

ねんもない【念もない】　意外，想不到的＝思慮もない。

ねんをいれる【念を入れる】　①小心，留神，注意。②用心。③仔細，精細＝気をくばる，気をつける，よくよく，つらつら。

ねんをおこす【…念を起す】　起了…念頭。

ねんをおす【念を押す】　叮嚀，囑咐＝いいつける。

の

のあいだに【…の間に】　①在…時候。②在…之間。

のあまり【…の余り】　…得很，太…，過於…，因過於…而…。

のいかがによって【…の如何によって】　根據…的情況（情形）如何。

のいすにすわる【…の椅子に坐る】　擔任…，當上了…。

のいたり【…の至り】　…至極，…之至。

のいたりである【…の至りである】　非常…，極其…＝…の極だ。

ノイローゼにかかる【ノイローゼに罹る】　得了神經病。

のうあるたかはつめをかくす【能ある鷹は爪を隠す】　才不外露。

のうえで【…の上で】　①關於…，有關…。②在…上。③在…之後。

のうえにあぐらをかく【…の上に胡座をかく】　高踞於…之上，騎在…的頭上。

のうがある【能がある】　有能耐，有本事，有本領↔能なし。

のうがきをならべる【能書を並べる】　誇誇其談。

のうがたりぬ【能が足りぬ】　低能。

のうがたりぬおとこ【能が足りぬ男】　笨蛋。

のうこうになる【濃厚になる】　①越發…。②越來越大（多）。③…濃厚起來。

のうさいがある【能才がある】　有能耐，有本事，有本領↔能なし。

のうさつするような【悩殺するような】　令人神魂顚倒的。

のうじおわれりとなす【能事終れりとなす】　以爲大功告成。

のうしょうをしぼる【脳漿を絞る】　絞盡脑汁，挖空心思＝のうみそをしぼる。

のうどうてきに【能動的に】　主動地，能動地。

のうのうと　舒舒服服地，逍遙自在地，悠然自得地。

のうのかぎりをつくす【能の限りを尽す】　竭盡所能。

のうみそがたりぬ【脳味憎が足りぬ】　脑筋笨（不好），脑筋遲鈍，脑筋愚蠢。

のうみそがとびだす【脳味憎が飛出す】　脑漿迸裂。

のうみそをしぼる【脳味憎を絞る】　絞盡脑汁，挖空心思。

のうりつをあげる【能率をあげる】　提高效率。

のうりょくがあってしごともよくできる【能力があって仕事もよくできる】　精明能幹。

のうりをめぐった【脳裡をめぐった】　在脑子裏打轉。

のおかげで【…のお蔭で】　①多虧…，幸虧…，沾了…的光，託…的福。②由於…。

のおさまりをつける【…の収りをつける】　了結…，解決…，結束…。

のおせわで【…のお世話で】　①由於

…的介紹（幹旋）。②由於…的幫忙
（照顧）。

のおともで【…のお伴で】　陪著…，
給…作伴兒。

のおなさけをうける【のお情を受ける
】　受到…的照顧。

のおぼしめしにかなう【…の思召しに
叶う】　中…的意，正投…的所好。

のがいい　最好…，以…爲好。

のがいがある【…の概がある】　有…
氣概，儼然是…的樣子。

のかいがない【…の甲斐がない】　白
…了。

のかいけつにあたる【…の解決に当る
】　解決…。

のかかりをする【…の係りをする】
擔任…。

のがきのどくです【…のが気の毒です
】　①眞對不起…。②捨不得…。◆
”の”是形式體詞，其前面成分是主
詞。

のかぎり【…の限り】　凡是…。

のかぎりだ【…の限りだ】　…極了，
…透了。

のかげんで【…の加減で】　由於…的
關係，因爲…的影響。

のかずあるそのなかで【…の数あるそ
の中で】　在許多…之中。

のかたがついた【…の方がついた】
…辦妥了（解決了，收拾好了，整理完
了）。

のかたぼうをかつぐ【…の片棒を担ぐ
】　當…的伙伴，和……一起工作。

のかたをつける【…の方をつける】
處理…，辦理…，解決…。

のかたをもつ【…の肩を持つ】　袒護
…，偏袒，偏向…，支持…。

のがとうぜんだ【…のが当然だ】　…
是應該的，…是理所當然的，當然要
…，應該…，應當…。◆”の”是形
式體詞。

のかどがある【…の廉がある】　有…
之點，有…地方＝…ところがある。

のかどで【…の廉で】　①由於…，因
爲…。②由於勤勉＝のかどを持って。

のかとをたたく【…の門を叩く】　走

訪…，拜訪…。

のかどをもって【…の廉を持って】
①由於…，因爲…。②由於勤勉。

のかわにたつ【…のかわに立つ】　站
在…方面。

のかわにとって　從…方面來看，處在
…地位來看。

のかわりにする【…の代りにする】
代替…，頂替…，當…，當…用＝…
の代りになる，…の代りをつとめる。

のかんがある【…の観がある】　宛如
…，好像…。

のかんをていする【…の観を呈する】
呈現…情景。

のきなみに【軒並みに】　家家戶戶，
挨門挨戶。

のきょくだ【…の極だ】　太…，很…，
非常…＝…の至りだ。

のきをならべる【軒を並べる】　房屋
櫛比。

のぐにする【…の具にする】　作爲…
的手段。

のけものにされる【除者にされる】
被人排斥，被排擠，受排擠。

のけものにする【除者にする】　把…
當外人。◆前接“を”。

のこうじのため【…の工事のため】
爲了修理…，由於建造…。

のごとき【…の如き】　像…，如…，
像…那樣的。

のごとく【…の如く】　同上條。

のこりおしいきがする【残り惜しい気
がする】　①感到遺憾。②覺得可惜
（捨不得）＝残り多い気がする，残
り惜しい思いをする。

のこりおしくおもう【残り惜しく思う
】　同上條。

のこりおしげに【残り惜げに】　依依
（戀戀）不捨地＝残り惜しそうに。

のこりすくなくになった【残り少なく
になった】　所剩無幾。

のこりなく【残り無く】　全…，都…，
全部…＝皆，全部，すべて，のこら
ず。

のこりものにはふくがある【残り物に
は福がある】　吃剩飯（鍋巴）有福氣。

のこるくまなくさがす【残る限なく捜す】 遍找無遺，到處都找遍了。

のこるところなくみてまわる【残るところなく見る廻る】 到外巡視（遊覽），到處都玩遍了。

のさばりかえっている【のさばり返っている】 飛揚拔扈，横行霸道，蠻横已極。

のしをつける【熨斗をつける】 情願奉送。

のせいだ【…の所為だ】 ①是因爲…，是由於…的影響，是因爲…的關係。②怪…，怨…。

のせいで【…の所為で】 同上條。

のせいにする【…の所為にする】 ①歸因於…，其原因在於…。②怪…，怨…，把過失歸於…，歸罪於…。

のぞいたこともない【覗いたこともない】 連一眼也沒看。

のぞましいことではない【望ましいことではない】 並不值得高興（歡迎）。

のぞみがかなう【望みが叶う】 如願以償，願望實現了，稱心如意，趁願＝思ったとおりになる，のぞみとおりになる。

のぞみがなくなる【望みがなくなる】 沒寄望了，沒指望了，沒希望了。

のぞみどおりになる【望通りになる】 如願以償，願望實現了，稱心如意，趁願。

のぞみどおりゆかぬ【望通り行かぬ】 不稱心，不如意。

のぞみなら【望みなら】 可能的話，必要的話，需要的話＝できれば，なんなら。

のぞみのある【望みのある】 有希望的。

のぞみのつながきれた【望みの綱が切れた】 沒望了，沒希望了。

のぞみをうしなう【望みを失う】 失望，絕望。

のぞみをかける【望みをかける】 ①指望，盼望。②乞靈於…。◆前接"に"。

のぞみをかなえる【望みを叶える】 滿足…的願望（期望，指望）。

のぞみをすてる【望みを捨てる】 放棄希望。

のぞみをたつ【望みを絶つ】 絕望。

のぞみをつなぐ【望みを繋ぐ】 寄以希望。

のぞみをとげる【望みを遂げる】 順心了，如意了，稱心了，如願以償，宿願克遂，希望達到了，希望實現了。

のぞみをはたす【望みを果たす】 達到目的。

のぞむべからざるをのぞむ【望むべからざるを望む】 想入非非，妄想。

のぞむべくもない【望むべくもない】 沒有指望。

のぞむべくんば【望むべくんば】 可能的話，如果可以的話。

のだ ①是…，是…的，就是…，正是…，就…，就會…，才…，一定…，都…。②…呢？③只表示強調＝…とだ，…ものだ。◆這個詞組有時只表示強調或調整語調，這時可以不譯。其次常常跟其它副詞構成慣用句型，如："まったく…のだ"（完全…），"すべて…のである"（都是…），"つまり…のである"（就是…）。

のたいこもちだ【…の太鼓持だ】 專拍…的馬屁。

のだが 雖…但…。

のだから 因爲…。

のたねになる【…の種になる】 造成…的原因。

のためか【…の為か】 ①也許爲了…。②也許因爲…。

のためです【…の為です】 ①是由於…。②是爲了…。◆"ため"一般不用漢字。

のために【…の為に】 ①對…，對於…。②因爲…，由於…。③爲了…，爲…。

のためにこのましい【…の為に好ましい】 對…有好處＝…ためになる。

のためにそんだ【…の為に損だ】 對…不利。對…沒好處←→のためにこのましい。

のためにならない【…の為にならない】 同上條。

のためをおもう【…の為を思う】 爲

…著想，為…好。

のちからで【…の力で】 由於…力量，依靠…的努力。

のちぞいをむかえる【後添を迎える】 續弦，娶後妻。

のちにする【…後にする】 ①把…放在後面。②把…放在次要地位。◆前接"を"。

のちになって【後になって】 事後，後來。

のちのこと【後の事】 將來，未來，以後。

のちのちのことがあるから【後後の事があるから】 為將來打算。

のちのちのしんぱい【後後の心配】 對於將來的考慮。

のちのちのそなえをする【後後の備えをする】 防備後來，為將來作準備。

のちのちのため【後後の為】 為將來（子孫後代）著想（打算）。

のちのちまでわすれない【後後まで忘れない】 永世不忘，一輩子也忘不了。

のちのひとびと【後の人人】 後人。

のちのよ【後の世】 後世。

のちのよまでなをのこす【後の世まで名を残す】 流芳百世。

のちのわずらいとなる 成為後患。

のちほどおめにかかります【後程お目にかかります】 回頭見。

のっけから 一開始就…＝のっけに，はじめから。

のつごうじょう【…の都合上】 由於…上的原因，由於…方面的關係。

のつごうで【…の都合で】 由於…，由於…的原因（關係）。

のつごうにより【…の都合により】 同上條。

のっぴきならない【退引ならない】 無法逃避，進退兩難，動彈不得。

のてあしとなって【…の手足となって】 為…拚命地…，為…勤勤懇懇地…＝…の手足のように。

のである ＝…のだ，…です。

のでしぜん…【…ので自然…】 因為…自然也就…＝…だから自然…。

のです 是…的，正就…，就是…。

のですか …嗎？

のでない 並不曾…。

のてのうちにある【…の手の内にある】 ①在…掌握之中，掌握在…手中。②在…勢力範圍內。

のではない ①没…，不…，並不…，不是…，並不是…。②並不曾…。◆"の"是形式體言，前接動詞連體形。

のではないか 是否…，能否…，是不是…，不是…嗎？

のではないかという 能否…這樣的，是否能…這樣的。

のではなかろうか 是不是…。

のではなくて…ものである 不是…而是…。

のてんからいえば【…の点から言えば】 從…來說，就…來說。

のどがかれた【喉が嗄れた】 嗓子啞了，嗓子嘶啞。

のどがかわく【喉が乾く】 渴，嗓子發乾。

のどがなる【喉が鳴る】 饞得要命。

のどがむせる【喉が噎せる】 嗆住，噎住。

のどがよい【喉がよい】 嗓子好。

のどからてがでる【喉から手が出る】 非常渴望得到手。

のどにとおらぬ【喉に通らぬ】 嚥不下去。

のどのかわきをやめる【喉の乾きを止める】 止渴。

のどもとすぎればあつさをわすれる【喉もと過ぎれば熱さを忘れる】 好了疤痢忘了疼。

のどをいためる【喉を痛める】 鬧嗓子，嗓子痛。

のどをうるおす【喉を潤す】 潤潤嗓子。

のどをさす【喉を刺す】 扎嗓子了。

ノートをとる【ノートを取る】 記筆記。

のないかぎり【…のない限り】 只要沒有…。

のなおれになる【…の名折れになる】 給…丟臉（丟人），有損…的名聲。

のなにおいて【…の名において】 以

…的名義。

のなにかくれる【…の名に隠れる】
假冒…的名義，冒充…的名義，打著
…的招牌。

のにふしやまにふす【野に伏し山に伏
す】　風餐飲宿。

のにんにあたる【…の任に当る】擔
任…。

のねんにもえる【…の念にもえる】
一心要…。

のはいわば…だ【…のは言わば…だ】
可以說是…。◆“の”是形式體言，
前接動詞連體形。

のはおっこうだ【…のは億劫だ】懶
得…＝…のが億劫だ，…のを億劫が
る。

のは…からである　之所以…是因爲…
＝…のは…ためである。

のは…ことができるからである　之所
以…就在於能夠…。

のは…ためである　①之所以…是因爲
…。②之所以…是爲了…。

のは…である　…的是…。◆“の”是
形式體言，前接動詞連體形，作主詞。

のは…ところだ　之所以…是由於…。

のは…のだ　之所以…是由於…，之所以
…是在於…。

のはもちろんである【…のは勿論であ
る】　當然…。

のはやめよう【…のは止めよう】別
…，不要…。

のはよくない　不要…，不應該…。

のびがはやい【伸が早い】　①長得快。
②進步得快。

のびちぢみじざいである【伸縮自在で
ある】　有伸縮性，伸縮自如＝伸縮
が利く。

のひでない【…の比でない】　非…所
能比。

のひとりのぶたいだ【…の一人の舞台
だ】　只有…才能做得好。

のびのびとして【伸び伸びとして】
舒舒服服地，悠閑自得地，輕鬆愉快
地。

のびのびになる【伸び伸びになる】
拖拖拉拉，一再拖延。

のふためになる【…の不為になる】
對…不利。

のべおくり【野辺送り】　送葬，送殯。

のべつがある【…の別がある】　分爲
…，區分爲…，有…之別。

のべつなく【…の別なく】　不分。

のべつに　不斷地，不斷，接連不斷地
＝たえずに。

のべつにしゃべりまわる【のべつに喋
り回る】　滔滔不絕地說。

のべつまくなし【のべつ幕無し】①
連臺演出（不休息）。②不斷地（接
連不斷地，滔滔不絕地，一個勁地）。

のべつまくなしに【のべつ幕なしに】
滔滔不絕地，接連不斷地，一個勁地。

のべつまくなしにしゃべる【のべつ幕
なしにしゃべる】　滔滔不絕地說。

のほうずにでしゃばる【野方図にでし
ゃばる】　亂出風頭。

のほかに【…の外に】　除…而外。

のほかに…ない【…の外に…ない】
除…而外沒有…。

のぼせをひきさげる【逆上を引下げる
】　降火，退火。

のほほんとしている　①滿不在乎。②
漫不經心。

のぼりがひどい【上りがひどい】　坡
陡。

のぼりになる【上りになる】　上坡路。

のまに【…の間に】　趁著…＝…のう
ちに。

のまねをする【…の真似をする】仿
效…，模仿…。

のみか　不只…，不僅…＝…のみなら
ず，…ばかりか，…ばかりでなく。

のみか…まで　不只（不僅）…，連…
也…。

のみから　只從…，僅從…。

のみくちがいい【飲口がいい】　味道
好，喝著可口。

のみこみがはやい【呑込が早い】　領
會得快。

のみこみがよい【呑込がよい】　善於
領會↔のみこみが悪い。

のみしか…ない　只…，僅僅…，只有
…，只好…，只能…。

のみしろをねだる【酒代をねだる】
　勒索酒錢。

のみで　一味…。

のみである　是…，只有…，惟有…而
已。

のみでなく　不僅…而且…。

のみではなく　並不只是…。

のみならず　不僅…，不只＝…のみ
か，…のみでない。

のみならず…でもある　不但是…而且
還是…。

のみならず…までもする　不只…甚至
於…。

のみぶりがいい　喝得痛快。

のむこうをはる【…の向こうを張る】
　跟…對抗，跟…爭鬪，跟…競爭，跟
…較量。

のむだをはぶく【…の無駄を省く】
　減少…的浪費。

のめをひく【…の目を引く】　引起…
的注意。

のもいちおううなずける【…のも一応
　頷ける】　…也是可以理解的，也難
　怪…。◆“の”是形式體言，前接動
　詞連體形。

のもいやだ【…のも嫌だ】　連…都不
　願意…。

のも…である　之所以…是…，之所以
　…全是（都是），之所以…就在於
　…。

のもよい　不妨…，…也好。

のもんかになる【…の門下になる】
　拜…爲師。

のやら…のやら　…還是…。◆“の”
　是形式體言＝…やら…やら。

のよういをする【…の用意をする】
　準備…。

のようだ　好像…一樣。

のような　像…那樣的。

のように　像…，如…，像…那樣，如
　同…一樣。

のようにみせる【…のように見せる】
　裝作…的樣子。

のよちがある【…の余地がある】　尚
　可…，還有…的餘地。

のよちがない【…の余地がない】　無

須…，無可…，不容…，沒…的餘地。

のよちはさらにない【…の余地は更に
　ない】　毫無…的餘地。

のよちもない【…の余地もない】　同
　上條。

のよちをあたえない【…の余地を与え
　ない】　不容…，簡直不讓…，沒給
　…留餘地。

のらくらして　遊手好閑，無所事事。

のらくらもの　懶漢，游手好閒的人。

のりかかったふね【乗り掛かった船】
　旣然開始了，就只好搞到底了；騎虎
　難下。

のりきになって【乗り気になって】
　很感興趣地，津津有味地。

のりきになる【乗り気になる】　感興
　趣，起勁，熱心。

のりをつくる【糊をつくる】　打漿糊。

のりをつける【糊を付ける】　抹漿糊，
　塗漿糊。

のるかそるか【伸るか反るか】　不管
　成敗，聽天由命，或勝或負碰運氣＝
　成功するか失敗するか，勝つか負け
　るか，一か八か。

ノルマをあたえる【ノルマを与える】
　規定工作定額。

のれんにうでおし【暖簾に腕押し】
　①毫無成效。②沒勁，沒意思。③沒
　反應。

のろまやまいにとりつく【鈍間病に取
　り付く】　得了慢性病。

のわりあいとなる【…の割り合いとな
　る】　平均爲…。

のをしぶる【…のを渋る】　不想…，
　不肯…，不願意…＝…のがいやだ。

のんきなたち【呑気なたち】　慢性子。

のんきなものだ【呑気なものだ】　夠
　馬虎的了。

のんきにかまえて【呑気に構えて】
　從容不迫地，不慌不忙地。

のんでさわぐ【飲んで騷ぐ】　飲酒作
　樂。

のんびりうたう　唱唱咧咧。

のんびりしたきもち【のんびりした気
　持】　悠然自得。

のんべんだらりとひをおくる【のんべ

んだらりと日を送る】　虚度光陰。　｜　＝のんべりだらりと日を暮らす。

は

ばあいがおおい【場合が多い】　大多…，往往…。

ばあいがばあいだから【場合が場合だから】　因為是特殊情況＝特別な場合だから。

ばあいにとって（は）【場合にとって（は）】　在某些時候，在某些情況下，在某些場合下。

ばあいによっては【場合によっては】　①有時。②看情況，根據場合，根據情況。

ばあいばあいによって【場合場合によって】　根據各種情況（場合）。

ばあいもある【場合もある】　有時。

ばあたりをいう【場当りを言う】　說應付場面的話。

ばあたりをやる【場当りをやる】　應付場面。

ば…いい　但願…才好。

ばいい　…就行，…就算好，…就算不錯，…好了。

ばいいが　但願…。

はいえんになる【肺炎になる】　得了肺炎。

はいかになる【配下になる】　當…部下。

はいかもの【配下もの】　部下。

はいかんになった【廃刊になった】　停刊了。

はいかんをくだく【肺肝を砕く】　煞費苦心。

はいかんをひらく【肺肝を開く】　披肝瀝膽。

はいきょとかする【廃墟と化する】　化為廢墟＝はいに化する。

はいぐんのしょうはへいをかたらず【敗軍の将は兵を語らず】　敗兵之將莫談勇＝敗軍の将は兵を談ぜず。

はいけいがある【背景がある】　有背

景，有來頭，有靠山，有後盾。

はいけいセット【背景セット】　布景。

はいごに【背後に】　①背後。②幕後。

はいごにかくれる【背後に隠れる】　①藏在背後。②躲在幕後。

ばいしょうをとる【賠償を取る】　索取賠償。

はいしょくがこい【敗色が濃い】　大有敗北之勢。

はいすいのじんをしく【背水の陣を敷く】　①擺下背水陣。②決一死戰。

はいずりまわる【這いずり回る】　滿地亂爬。

はいたつしょうめい【配達証明】　雙掛號。

はいたをおこす【歯痛を起す】　牙疼起來。

はいつくばって【這い蹲って】　五體投地。

パイプをくわえる【パイプを銜える】　叼著烟斗。

ばいぶんでくらしをたてる【売文で暮しを立てる】　以賣文為生。

ばいべんブルジョアジ【買弁ブルジョアジ】　買辦資產階級。

はいぼくをきっする【敗北を喫する】　遭到慘敗＝惨敗を喫する。

ばいめいをねらう【売名を狙う】　沽名釣譽。

ばいやくずみ【売約済み】　已售。

はいゆうになる【俳優になる】　當演員。

はがあわぬ【歯が合わぬ】　和…合不來，跟…不對勁。◆前接"と"。

はがうく【歯が浮く】　①倒牙。②牙根動搖。③令人感到肉麻。

はがうくような【歯が浮くような】　令人肉麻的。

はかぎりでない【…は限りでない】

…是例外，…不在此限。

はかくのしょうしんをする【破格の昇進をする】　破格提升。

ばかげたはなしだ【馬鹿気た話だ】　①蠢話，糊塗話。②無聊。

ばかぢからがある【馬鹿力がある】　有股傻力氣。

ばかしょうじきすぎる【馬鹿正直すぎる】　愚直，過於誠實不機智。

はかせになる【博士になる】　獲得博士學位＝はくしになる。

はかないいちじょうのゆめにおわる【果敢ない一場の夢に終る】　落得一場空，落得一場幻夢。

はかないじんせい【果敢ない人生】　虛浮無定的人生，暫短的人生。

はかないのぞみをつなぐ【果敢ない望をつなぐ】　抱著幻想＝はかない望をいだく。

ばかなかおをしている【馬鹿な顔をしている】　①顯得無聊的樣子。②顯得傻乎乎的。

ばかなこっちょうだ【馬鹿な骨頂だ】　①糊塗透頂。②混蛋到家了。

ばかなしょうじき【馬鹿な正直】　①過於正直。②窩囊廢。

ばかに【馬鹿に】　很，太，非常，過於，…極了，…得不得了。

ばかにあつい【馬鹿に暑い】　太熱了，熱極了。

ばかにされる【馬鹿にされる】　受人輕視，讓人瞧不起。

ばかにしてはいけない【馬鹿にしてはいけない】　不能輕視…。✦前接“を”。

ばかにする【馬鹿にする】　輕視…，瞧不起…，愚弄…，玩弄…。

ばかにできない【馬鹿に出来ない】　不可輕視，不可小看，別小看＝ばかにならない。

ばかにてまどる【馬鹿に手間取る】　特費事，特費工夫，太耽誤工夫。

ばかにならない【馬鹿にならない】　不可輕視，不可小看，別小看。

ばかになる【馬鹿になる】　①裝糊塗。②不靈，不好使，不中用。

ばかにはこまったものだ【馬鹿には困まったものだ】　眞是糊塗到家了，眞是愚蠢透頂。

はがぬける【歯が抜ける】　掉牙。

ばかのひとつおぼえ【馬鹿の一つ覚え】　死心眼，一條路跑到黑。

はがえたよう【羽が生えたよう】　暢銷＝羽が生えたように売れる。

はがはえる【歯が生える】　出牙了，長牙了。

ばかばかしいことだ【馬鹿馬鹿しいことだ】　太無聊了，非常愚蠢，毫無價值。

ばかばかしいことをいう【馬鹿馬鹿しいことを言う】　說糊塗話。

はかばかしくない【捗捗しくない】　①不順利，不如意。②不見進展。③不佳，不好，不妙。④不確實，不可靠。

はかばにまいる【墓場に参る】　上墳地去。

はかまいり【墓参り】　上墳，掃墓。

はがみして【歯噛みして】　咬牙切齒地。

はからいかねる【計らいかねる】　不能作主。

ばからしいはなしはやめる【馬鹿らしい話はやめる】　①別胡說。②別廢話。

はからずも【図らずも】　不料＝思いがけなく，意外に（も）。

ばかりいない　別總…，別光…，別老是…。

ばかりいないで　不要光是…。

ばかりいる　老愛…，老好…。

ばかりか　①豈止…。②不僅…。＝…のみか，…ばかりでなく。

ばかりきをとられる【…ばかり気を取られる】　光顧…，只顧…。

はかりごとをめぐらす【謀を廻す】　①定計。②謀劃。

はかりしれない【測り知れない】　不可估量的，不可限量的，不可估計的。

はかりしれないものがある【測り知れないものがある】　不可估量，不可限量。

ばかりだ　①惟有…，只有…。②只是

…，光是…。③光靠…。④光顧…。
⑤一個勁…。⑥眼看…，快要…。⑦
都是…。⑧非常…。⑨剛剛…，剛才
…。⑩實在，眞是…。⑪都是…。

ばかりちからにする　光依靠…，專門
依靠…。

ばかりで（は）　①只…，光…。②光
靠…。③光是…，只是…。④惟有…，
只有…。

ばかりです　都是…。

ばかりでなく　不但…而且…，不僅
…而且…，不光是…而且…，豈止…而且
…＝…のみならず。

ばかりでなく…さえも　不只…連…也
…。

ばかりでなく…ようになる　不只要…
還要…。

ばかりに　①只因爲…。②…得幾乎…，
…得快要…。

ばかりになる　眼看就要…，快要…的
時候＝もう…ばかりになる。

はかりのおもり　秤鉈。

ばかりのときは【…ばかりの時は】
剛…的時候，剛要…，眼看就要…。

ばかりのところ　同上條。

ばかりは　唯有…，唯獨…。

ばかり…まで　不只…連…都…。

ばかり…ようになる　不只要…還要
…。

ばかり…よくない　不應該光…，光
…不好。

ばかをいうな【馬鹿を言うな】　別
廢話，別胡說＝ばからしい話はやめ
ろ。

**ばかを言ってはいけない【馬鹿を言っ
てはいけない】**　同上條。

ばかをみる【馬鹿をみる】　①倒霉，
吃虧，上當。②吃個啞巴虧。

はきがない【覇気がない】　①没有雄
心，没有抱負。②没有士氣，没有銳
氣。

はきけをもよおす【吐き気を催す】
覺得噁心＝吐きそうになる。

はぎしりをする【歯軋りをする】　咬
牙，咬牙切齒。

はきそうになる【吐きそうになる】

噁心，想吐，要吐。

はきのある【覇気のある】　有抱負的，
有雄心的。

はきはきしない　不乾脆，不爽快。

ばきゃくをあらわす【馬脚を現わす】
露馬脚。

**はきょくをみるにいたる【破局を見る
に至る】**　弄到悲慘的結局。

はぎれがよい【歯切れがよい】　口齒
清楚。口齒流利↔はぎれが悪い。

はくがいにあう【迫害に遭う】　遭到
迫害＝はくがいを受ける。

はくがいをくわえる【迫害を加える】
迫害…，加害…。◆前接“に”。

はくさいをかこう【白菜を囲う】　儲
藏白菜。

はくしきをほこる【博識を誇る】　自
誇博學。

はくじつのゆめ【白日の夢】　幻想，
空想，夢想，白日作夢＝白日夢。

はくしで【白紙で】　事前没有準備。

はくしです【白紙です】　没意見。

はくしにもどす【白紙に戻す】　①恢
復原狀。②算没那麼回事。

はくしゃをかける【拍車を掛ける】
加速，加快，加緊。

**はくしゅがなりやまない【拍手が鳴り
やまない】**　掌聲不斷。

はくしゅをうつ【拍をうつ】　鼓掌＝
手をたたく。

はくしゅをおくる【拍手をおくる】
向…鼓掌。

はくしゅをする【拍手をする】　鼓掌，
拍巴掌。

はくじょうでずるい【薄情でずるい】
又尖又滑，又樞又滑。

はくしょくテロ【白色テロ】　白色恐
怖，統治者對反抗者的鎭壓。

はくじんをふむ【白刃を踏む】　冒險。

はくせいにする【剝製にする】　把…
製成標本。◆前接“を”。

ばくぜんとした【漠然とした】　①含
混不清的。②曖昧不明的。③莫明其
妙的。

**ばくぜんとしていてけんとうがつかな
い【漠然としていて見当がつかない**

】　茫無頭緒。

ばくちくをならす【爆竹を鳴らす】
放鞭炮，放爆竹。

はくちゅうのかん【伯仲の間】　不相
上下，半斤八兩。

ばくちをうつ【博打を打つ】　賭博，
要錢。

はくひょうをふむおもい【薄氷を踏む
思い】　如履薄冰。

ばくりとたべる【ぱくりと食べる】
狼呑虎嚥，大口大口吃。

ぱくりとのみこむ【ぱくりと呑み込む
】　一口呑下。

はくりょくにかける【迫力に欠ける】
缺乏魄力，没有動人的力量。

ばくろんをくわえる【駁論を加える】
駁斥…，加以駁斥。

はげしくつきたてて【烈しく突立てて
】　連推帶拉。

ばけのかわがはげた【化の皮がはげた
】　原形畢露。

ばけのかわをあらわす【化の皮を現す
】　現出原形。

ばけのかわをはがす【化の皮を剝す】
揭穿假面具。

はげみがつく【励みがつく】　有幹勁
了。

はけんをにぎる【覇権を握る】　①奪
得霸權。②奪得冠軍。

ばこそ　因爲…，正因爲…才…。◆前
接假定形。

ばこそ…のだ　因爲…才…，正因爲…
所以才…。

はごたえがある【歯応えがある】
（指吃食物）有咬頭。

はごたえがない【歯応えがない】　①
没有咬頭。②没有幹勁。③没有反
應。

ば…ことになるからである　如果…就
會正中…。

ば…ことはできない　如果不…就不能
…。

はこびがはやい【運びが早い】　進展
迅速↔はこびがおそい。

はこびにいたる【運びに至る】　到了
…階段。

はさかいになる【端境になる】　青黄
不接。

はざくらになる【葉桜になる】　徐娘
半老。

ばさばさのかみ【ばさばさの髪】　蓬
頭散髪。

はさみうちにする【挾み撃ちにする】
夾攻，夾擊。◆前接“を”。

はさみうちをうける【挾み撃ちを受け
る】　受到兩面夾擊（夾攻），腹部
受敵。

はさみがよくきれない【鋏がよく切れ
ない】　剪刀不快。

はさみじょうかかくさ【鋏状価格差】
剪刀差。

はさみをいれる【鋏を入れる】　剪…。
◆前接“に”。

はしくれだろう【…端くれだろう】
勉強算…吧，總得算一個…吧。◆前
接“の”。

はじしらず【恥知らず】　不要臉，不
知羞恥，恬不知恥。

はしたしごと【端仕事】　零活。

はしたないふるまい【端ない振舞】
下流行爲（擧動）。

はしってゆく【走って行く】　跑著去。

ばじとうふうとききながす【馬耳東風
と聞き流す】　當耳邊風。

はじになる【恥になる】　眞丢人。

はしにもぼうにもかからぬ【箸にも棒
にも掛からぬ】　無法對付，軟硬不
吃。

はしのあげおろしにもこごとをいう【
箸の上下にも小言を言う】　難蛋裏
挑骨頭似的找毛病。

はじのうえぬり【恥の上塗り】　又丢
臉了。

はしまでみえぬ【端まで見えぬ】　看
不到頭，看不到邊際。

はじまらない【始まらない】　①没用，
白費。②没辦法。③…也來不及了＝
仕方がない，何にもならない。

はじめがむずかしい【始めが難しい】
開頭難。

はじめからおわりまで【始めから終り
まで】　從頭到尾。

はじめたばかりのころは【始めたばかりのころは】　剛開始的時候。

はじめは【始めは】　開始，開頭。

はじめをいえば【始めをいえば】　開場白來說。

はじもがいぶんもない【恥も外聞もない】　顧不得體面不體面，不顧體面。

ばしょがらをもわきまえず【場所柄をもわきまえず】　不顧場合。

ばしょをとりすぎる【場所を取りすぎる】　太佔地方。

ばしょをとる【場所を取る】　佔個地方，佔個位置。

はしをおく【箸をおく】　放下筷子。

はじをかかせる【恥をかかせる】　使…丟臉（丟人，出醜），往…臉上抹灰。

はじをかく【恥を搔く】　丟臉，丟人，出醜＝恥を晒す。

はじをかくす【恥を隠す】　遮羞。

はしをかける【橋を掛ける】　搭橋，架橋。

はじをさらす【恥を晒す】　出醜，丟人，丟臉，現眼＝恥をかく。

はじをすすぐ【恥を雪ぐ】　雪恥＝恥をそそぐ。

はしをつける【箸をつける】　下筷，吃，夾菜＝はしをおろす。

はしをとる【箸を取る】　拿起筷子。

はしをわたす【橋を渡す】　①搭架，架橋。②搭橋，拉線兒，當中間人＝はしわたしをする。

はずがありますか【…筈がありますか】　難道…。

はずかしがることはない【恥かしがることはない】　不用害羞，用不著害臊。

はずかしくてかおがあかくなる【はずかしくて顔があかくなる】　羞得臉紅了，羞得面紅耳赤。

はずかしくてかおがまっかになる【恥かしくて顔が真赤になる】　臊得滿臉通紅。

はずかしくない【恥かしくない】　於心無愧，不害羞。

はずかしそうに【恥かしそうに】　含

羞地，羞答答地。

はずかしめにはたえられない【辱しめには堪えられない】　不能忍受恥辱，忍受不了耻辱。

はずかしめをうける【辱しめを受ける】　受侮辱。

はずかしめをしのぶ【辱しめを忍ぶ】　忍辱。

はずがない【…筈がない】　不會…，不能…，不可能…，不會有…，不可能有…，不應該…，哪裏能…，哪兒能…，決不會…。

はずだ【…筈だ】　①理應…，應該…，應該是…。②的確…，確實…。③預定…。④要…。⑤得…，該…。⑥必須…。⑦當然…。⑧一定…。⑨就會…。⑩不會不…。⑪就可以…。

はすっぱにみえる【蓮っ葉に見える】　顯得輕浮，顯得輕佻。

はずになる【筈になる】　本來要…。

バスにのりおくれる【バスに乗り後れる】　①沒趕上公共汽車。②落後，落伍，錯過機會。

はすにひとをみる【斜に人を見る】　斜著眼看人。

はすのね【蓮の根】　藕。

はすのはな【蓮の花】　荷花。

はすのみ【蓮の實】　蓮子。

はずはない【…筈はない】　①不會…，決不會…。②怎麼會…。③總不會…，總不至於…。④不…，不能…。⑤不可能…。

はずみがつく【弾みがつく】　起勁，來勁，興致勃勃地，正在興頭上＝いきおいがでる。

はずみがぬける【弾みがぬける】　敗興，洩氣。

はずみで【…弾みで】　剛一…＝はずみに。

はずみに【…弾みに】　同上條。

はずみをくう【弾みを食う】　撞回來＝はねかえる。

はずれたことをする【外れたことをする】　①做違反…的事。②做不合（乎）的事。⊕前接"に"。

はずれはない【外れはない】　沒錯。

はずれることもある【外れることもある】　有時不準，有時不對。

はたいろがわるい【旗色が悪い】　情勢不佳，形勢不妙。

はたいろをうかがう【旗色を窺う】　觀望形勢。

はだえがあわだつ【肌が栗立つ】　①皮膚起鶏皮疙瘩。②不寒而慄。

はだがあれる【肌が荒れる】　皮膚變粗糙。

はだがあわない【肌が合わない】　不對勁，合不來＝なかよくなれません。

はだかいっかん【裸一貫】　空手，白手，赤手空拳。

はだかいっかんからざいをなす【裸一貫から財を成す】　白手起家。

はだかで【裸で】　①空手。②隻身。

はだかになる【裸になる】　①精光。②赤身。

はたからくちをだす【側から口を出す】　從旁插嘴＝横から口を出す。

バタくさいところがある【バタ臭いところがある】　有些洋氣。

ば…だけ　越…越…＝…ば…ほど。

はたけしごと【畠仕事】　田間工作。

はたけちがいのひと【畠違いの人】　外路人。

ば…だけ…になる　只要經常…就會…（就能…）。

はたけの【畠の】　…方面的，…領域的。

はだざわりがいい【肌触りがいい】　穿著舒服。

はだざわりがやわらかい【肌触りが柔らかい】　待人很溫和。

はたして【果して】　果然，果眞。

はたしてしからば【果して然らば】　果眞的話，當眞的話。

はたしてそうぞうとおりだ【果して想像とおりだ】　果然不出所料。

はたして…だろうか【果して…だろうか】　是否眞…，是否眞能…。

はたすべき【果すべき】　應盡的。

はたせるかな【果たせる哉】　果眞，果然＝はたして。

はたでみるほどらくでない【側で見るほど楽でない】　不像從旁邊看的那麼容易。

はたとおもいあたる【はたと思い当る】　忽然想到，突然想到。

はたとにらみつける【はたと睨みつける】　狠狠地瞪了一眼。

はたとゆきづまる【はたと行詰る】　突然碰壁。

はたないことをいう【端ないことを言う】　說下流話。

はだぬぎになる【肌脱ぎになる】　光著膀子。

はだのじがあらい【肌の地があらい】　皮膚粗糙。

はだみにつける【肌身につける】　帶在身上。

はだみはなさず【肌身離さず】不離身。

はだみをけがす【肌身を汚す】　失去貞操＝はだを汚す。

はたらかざるものくうべからず【働かざるもの食うべからず】不工作者不得食。

はたらきがある【働きがある】　①有才能。②有…作用，有…功能。

はたらきをする【働きをする】　起作用，作出貢獻。

はたをあげる【旗を揚げる】　興兵，舉兵。

はたをおる【機を織る】　織布。

はだをけがす【肌を汚す】　失去貞操＝肌身を汚す。

はだをさす【肌を刺す】　刺骨。

はだをさすようなさむさ【肌を刺すような寒さ】　刺骨般的寒冷。

はたをつくる【畠をつくる】　種田，種地，種莊稼＝はたけをつくる。

はたをまく【旗を巻く】　①投降。②作罷，偃旗息鼓。

はだんにする【破談にする】　前約作廢，取消前言，撤銷…。◆前接“を”。

はだんになる【破談になる】　作廢，作罷，不算。

はたんをきたす【破綻を来たす】　使…失敗，使…破產。◆前接“に”。

ばちがあたる【罰が当る】　遭報應。

はちのすをつついたよう【蜂の巣を突

いたよう】　像捅了馬蜂窩。〔喩〕
亂成一圏。

はちのすをつつく【蜂の巣を突く】
捅馬蜂窩。

ぱちぱちまばたきしている　一直眨著
眼。

はつおんはきれいだ【発音はきれいだ
】　發音清楚。

ばつがわるい【ばつが悪い】　難爲情，
尷尬，侷促不安。

はっきりいっせんをかくす【はっきり
一線をかくす】　劃清界線。

はっきりかぞえきれない【はっきり数
えきれない】　數不清。

はっきりきこえない【はっきり聞えな
い】　聽不清楚。

はっきりことわる【はっきり断わる】
斷然拒絕。

はっきりしていない　不清楚。

はっきりしないふしがある【はっきり
しない節がある】　有不清楚的地方，
有含糊的地方。

はっきりといっせんをかくする【はっ
きりと一線を画する】　劃清界線。

はっきりとおぼえる【はっきりと覚え
る】　清楚地記得。

はっきりときりはなせない【はっきり
と切りはなせない】　不能截然分
開。

はっきりとつかむ【はっきりと摑む】
清楚地了解…。◆前接"を"。

はっきりのべておいた【はっきり述べ
ておいた】　交代清楚了。

はっきりはなせ【はっきり話せ】　痛
快説吧。

はつげんもある【…発言もある】　也
談到…。◆前接"の"。

はったとにらむ【はったと睨む】　怒
目而視。

はったりがうまい【はったりが旨い】
善於故弄玄虛，善於虛張聲勢。

はったりをかける【はったりを掛ける
】　故弄玄虛，虛張聲勢。

はってんができない【発展が出来ない
】　　没有發展起來。

はってんをとげる【発展を遂げる】

得到了發展，有了發展。

はっとおもいだした【はっと思い出し
た】　突然想起來了＝はっと気がつ
いた。

はっとさとる【はっと悟る】　恍然大
悟。

ぱっとしたはなし【ぱっとした話】
振奮人心的事，好消息。

ぱっとしない　没起色，不太好。

ぱっととびあがる【ぱっと飛上がる】
縱身一跳。

ぱっととびおきる【ぱっと飛起きる】
一翻身爬起來。

はっとわかった　恍然大悟。

ばつのわるいおもいをする【ばつの悪
い思いをする】　覺得難爲情。

ぱっぱとがねをつかう【ぱっぱと金を
使う】　大量揮霍，大手大脚地花錢，
花錢大手大脚的，花錢特大方。

はっぱをかける【発破をかける】　激
發。

はっぱをしかける【発破を仕掛ける】
裝炸藥。

はっぷんしてこうじょうにつとめる
【発奮して向上に努める】　發奮圖強。

はっぽうてをつくして【八方手を尽し
て】　千方百計地。

はっぽうにきをくばる【八方に気を配
る】　注意各方面，處心積慮。

はっぽうびじん【八方美人】　四處討
好，八面玲瓏。

はっぽうふさがりで【八方塞がりで】
没出路，到處碰壁，束手無策，事事
不靈。

はっぽんてきかいかく【抜本的の改革】
徹底改革。

はつみみではない【初耳ではない】
並不是初次聽到。

ばつをあたえる【罰を与える】　處分，
給以處分。

ばつをあわせる【ばつを合わせる】
順著別人說，迎合人＝ばつをあわす。
◆前接"に"。

ばつをうける【罰を受ける】　受罰。

ば…であろう　如果…就…＝…ば…だ
ろう。

はてがない【果てがない…】　没完，没完没了，無止境。

はてきない【…は出来ない】　不能…，不會…。

はてしがない【果てしがない】　①没完，没完没了，無止境。②一望無際的。

はてしなく【果てしなく】　没完没了地。

はてすぎる【派手すぎる】　①太花俏，太鮮艷。②太浮華。

はでにおかねをぱっぱとつかう【派手にお金をぱっぱと使う】　大手大脚地亂花錢，大肆揮霍。

はでにたちまわってにんきをとる【派手に立廻って人気を取る】　嘩衆取寵。

はでにやるつもりだ【派手にやるつもりだ】　打算濶氣一番。

はては【果ては】　終於，到頭來，到最後。

はてんこうのこと【破天荒の事】　破天荒的事，史無前例。

パテントをえる【パテントを得る】　獲得專利權＝特許を得る。

はとにまめてっぽう【鳩に豆鉄砲】　事出意外，驚慌失措。

はどめをかける【歯止を掛ける】　刹車，踩刹，刹閘↔はどめをはなす。

はないきがあらい【鼻息が荒い】　①驕傲，神氣十足，盛氣凌人，趾高氣揚。②氣勢高漲＝おどりたかぶる。

はないきをうかがう【鼻息を窺う】　仰…的鼻息。

はなうたまじりで【鼻唄まじりで】　①一面哼著歌曲一面…。②輕鬆愉快地…。

はなうたをうたう【鼻唄を歌う】　哼著歌曲。

はながきかない【鼻がきかない】　鼻子不靈。

はながさく【花が咲く】　①花開了。②熱鬧，熱烈。

はながたかい【鼻が高い】　驕傲，自大，得意揚揚＝じまんする，なまいきだ。

はながちる【花が散る】　①花謝了。②花落了。

はながつぼんだ【花が窄んだ】　花凋萎了。

はながつぼんだ【花が蕾んだ】　花含苞了。

はながつまった【鼻が詰った】　鼻子不通氣了。

はながつんとする【鼻がつんとする】　鼻子發酸。

はながつんぼになる【鼻が聾になる】　鼻子不通氣，鼻子不靈了，嗅覺不靈了。

はながでる【鼻が出る】　流鼻涕＝はなをたらす。

はなぐすりがきいた【鼻薬が利いた】　賄賂成了（成功了）↔はなぐすりが利かない。

はなぐすりをかがせる【鼻薬をかがせる】　給他點甜頭嘗嘗＝はなぐすりをつかませる。

はなくそをほじくる【鼻屎をほじくる】　挖鼻屎。

はなげをぬく【鼻毛を抜く】　乘人不備進行欺騙。

はなげをのばす【鼻毛をのばす】　叫女人迷住，溺愛女人。

はなげをよまれる【鼻毛を読まれる】　讓人看不起，讓人小瞧。

はなさきがむずがゆい【鼻先がむず痒い】　鼻尖癢癢。

はなさきであしらう【鼻先であしらう】　冷淡對待…，對…待答不理。❀前接"を"。

はなさきでひとをあしらう【鼻先で人をあしらう】　待人冷淡，對人待答不理。

はなさきにある【鼻先にある】　就在眼前，近在咫尺，就在鼻子尖底下。

はなさきにぶらさがる【鼻先にぶら下がる】　眼看到手。

はなしあいがついた【話合がついた】　達成協議。

はなしあいで【話合で】　通過協商，以協商的方式。

はなしあいてがない【話合手がない】

没有商量的人。

はなしあいをする【話合をする】 和
…商量。✤前接"と"。

はなしがあう 投機，談得來。

はなしがある【話しがある】 ①和…
談話，跟…講一講。②和…商量。✤
前接"に"。

はなしがあわぬ【話が合わぬ】 談不
攏，說不來，話不投機。

はなしがいがない【話甲斐がない】
白說。

はなしがうまい【話がうまい】 健談，
能說善道。

はなしがかくばる【話が角張る】 說
話生硬，說話帶稜角。

**はなしがくうてんするだけ【話が空転
するだけ】** 只是空談。

**はなしが…ことになる【話が…ことに
なる】** 說到…，提到…，談到…。

はなしがじょうずだ【話が上手だ】
善談，健談，能說善道。

**はなしがせいりつする【話が成立する
】** 談妥了。

はなしがぜんごする【話が前後する】
語無倫次，前言不搭後語。

はなしがそれる【話が逸れる】 離開
話題。

はなしがついた【話がついた】 談妥
了，說好了，達成協議=はなしがき
まった。

はなしがつきない【話が尽きない】
話說不完。

はなしができる【話ができる】 談得
來，談得攏，談得投機。

はなしがはずむ【話が弾む】 聊得起
勁。

はなしがべつだ【話が別だ】 另外一
回事兒。

**はなしがまたもとにもどる【話がまた
もとに戻る】** 話又說回來。

はなしがまとまる【話が纒まる】 講
好，說妥，談妥，解決，達成協議=
相談がまとまる，はなしをつける，
はなしがきまる。

**はなしがもちあがる【話が持ち上がる
】** 提起…，談起…。✤前接"に"。

はなしかわって【話変って】 却說…，
這且不說。

**はなしたらきりがない【話したらきり
がない】** 說起來就沒完。

はなしではない【…話ではない】 談
不到…。

はなしでまぎらす【話で紛らす】 用
話岔開，用話搪塞過去。

**はなしにかけねがある【話しにかけね
がある】** 話裏有點誇張。

はなしにならない【話にならない】
①不像話，不成體統。②不值一提，
提不起來。③沒法說，沒法誇。

はなしにはながさく【話に花が咲く】
越談越熱鬧。

**はなしにみをいれる【話に實を入れる
】** 越談越起勁。

**はなしによれば…そうだ【話によれば
…そうだ】** 據說，聽說=きくとこ
ろによると…そうだ。

はなしのあと【話のあと】 下文。

**はなしのあとさきがあわない【話のあ
とさきが合わない】** 前言不搭後語。

はなしのかたはし【話のかたはし】
隻言片語。

はなしのたね【話の種】 話題，話柄。

**はなしのたねがきれた【話の種が切れ
た】** 沒有話題了，沒話可說了=話
の種がつきた，話の種がなくなつ
た。

はなしのば【話の場】 語言環境。

はなしのわからない【話の分らない】
不懂道理的。

はなしはおおきい【話は大きい】 說
大話，吹牛=法螺を吹く。

はなしはべつだ【話は別だ】 另外一
回事，另外一個問題。

はなしはんぶん【話半分】 要打折扣，
曬乾了連二兩都沒有，去了水分沒什
麽玩藝兒了。（指大話，誇大其詞的
話）

**はなしぶりがぶあいそうだ【話ぶりが
ぶあいそうだ】** 說話不和氣。

**はなしぶりがらんぼうだ【話ぶりが乱
暴だ】** 說話粗暴。

はなしるをすする【鼻汁を啜る】 抽

鼻涕＝はなをすする。

はなしるをたらす【鼻汁を垂す】　流鼻涕＝はなをたらす。

はなじろんでいる【鼻白んでいる】　顯得怯懦，顯得膽怯。

はなしをかえる【話を変える】　轉變話題，改變話題。

はなしをかける【話を掛ける】　跟…打招呼＝こえを掛ける。

はなしをきりだす【話を切出す】　說出，講出＝はなしだす。

はなしをくぎる【話を句切る】　把話打住，說到這裏。

はなしをさえぎる【話を遮る】　打斷話，截斷別人的話頭。

はなしをする【話をする】　①講話，說話。②講故事。

はなしをそらす【話を逸す】　把話岔開，換個話題。

はなしをつける【話をつける】　談妥，說妥，講好了，達成協議＝話がついた，話がまとまる。

はなしをつづける【話を続ける】　繼續講下去（說下去）。

はなしをはぐらかす【話をはぐらかす】　打岔→話をはぐらかすんじゃない。

はなしをひきだす【話を引き出す】　①引出話題。②套話，拿話套。

はなしをわきに（へ）そらす【話を脇に（へ）そらす】　把話岔到旁處去，打岔→話をわきにそらしてはいけない。

はなせるおとこだ【話せる男だ】　通情達理的人。

はなたかだかと【鼻高高と】　揚揚得意地，趾高氣揚地。

はなたらしおとこ【鼻垂し男】　①窩囊廢，沒骨氣。②幼稚無知。③不爭氣的男人。

はなっぱしがつよい【鼻っぱしが強い】　固執，頑固，固執己見，倔強，剛愎自用＝はなっぱしらがつよい，強情である。

はなっぱしらをへしおる【鼻っ柱を圧折る】　挫其氣焰，打打他的傲氣，殺殺他的威風。

はなつまみにされる【鼻摘にされる】　討人嫌。

はなつまりになる【鼻詰りになる】　鼻子不通氣。

はなつんぼになる【鼻聾になる】　鼻子不靈通了，鼻子不靈了，鼻子聞不出味道來。

はなであしらう【鼻であしらう】　①冷淡對待。②嗤之以鼻＝冷淡に扱う。

はなでわらう【鼻で笑う】　冷笑＝鼻の先で笑う。

はなにかかる【鼻に掛かる】　①說話帶鼻音。②驕傲自滿。

はなにかける【鼻に掛ける】　自滿，自誇，誇耀…，以…爲自豪，把…當作驕傲。

はなにつく【鼻につく】　討厭，厭膩，厭惡。

はなのさきであしらう【鼻の先であしらう】　冷淡待人。

はなのさきでわらう【鼻の先で笑う】　冷笑，譏笑。

はなのしたがながい【鼻の下が長い】　好色，溺愛女人＝女に甘い，好色である。

はなのみやこ【花の都】　繁華的城市（都市）。

はなのよそおい【花の装い】　華麗的服裝。

はなはだしきにいたっては【甚だしきに至っては】　甚至…。

はなばなしいさいごをとげる【花花しい最後を遂げる】　壯烈犧牲。

はなびをあげる【花火をあげる】　放焰火，放禮火。

はなみずをたれる【鼻水を垂れる】　流鼻涕。

はなもちならない【鼻持ならない】　①臭得很，聞不得，臭不可聞，令人厭惡的，令人討厭的。②俗不可耐的＝鼻持がならない。

はなもちならないきどり【鼻持ならない気取】　臭架子。

はなもちならないそんだいさ【鼻持ならない尊大さ】　臭架子。

はなもひっかけない【鼻も引掛けない
　】　連理都不理，毫不理睬。

はなもみもある【花も実もある】　①
　有名有實。②情理兼顧。③形式和内
　容都很好。

はなやかなそんざいだ【花やかな存在
　だ】　惹人注意的人物。

はなよりだんご【花より団子】　好看
　的不如好吃的，捨名求實。

はなよりだんごだ【花より団子だ】
　同上條。

はなればなれにくらす【離れ離れに暮
　らす】　分居，分開過。

はなればなれになる【離れ離れになる
　】　①走散了。②分散在各地，七零
　八落。

はなれるのがつらい【離れるのが辛い
　】　難捨難離。

はなれわざをえんずる【離れ業を演ず
　る】　演出絶技。

はなれをつげる【離れを告げる】　告別。

はなわをおくる【花輪を送る】　送花圏。

はなをあかす【鼻を明かす】　乘人不
　備先下手。

はなをあざむくようなきりょう【花を
　欺くような器量】　閉月羞花之貌。

はなをいれたちゃ【花を入れた茶】
　花茶。

はなをうつ【鼻をうつ】　撲鼻。

はなをおる【鼻を折る】　挫人鋭氣。

はなをかむ【鼻を拈む】　擤鼻涕。

はなをくくる【鼻を拈る】　待答不理。

はなをこする【鼻をこする】　搓鼻子。

はなをさかせる【花を咲かせる】　使
　…熱鬧起來，使…熱鬧起來。✦接“
　に”。

はなをすする【洟を啜る】　抽鼻涕。

はなをたらす【洟を垂す】　流鼻涕。

はなをつきあわす【鼻を突き合わす】
　①面對面，面面相對，把臉湊在一起。
　②會面。

はなをつく【鼻を突く】　撲鼻，衝鼻子。

はなをつままれてもわからぬほどやみ
　【鼻をつままれても分らぬ闇】
　黒得伸手不見掌＝あやめも分かぬ真
　の闇。

はなをつまむ【鼻を撮む】　捏鼻子。

はなをならす【鼻を鳴す】　①哼鼻子。
　②撒嬌。

はなをほじくる【鼻をほじくる】　摳
　鼻子。

はなをもたせる【花を持たせる】　①
　讓…露臉。②把面子給…。

はにあう【歯に合う】　①咬得動，正
　合牙口。②合口味。

はにきぬをきせない【歯に衣を着せな
　い】　直言不諱，打開天窗說亮話，
　毫不客氣地說。

はにはさまる【歯に挟まる】　塞牙，
　夾在牙縫裏。

はねあがってよろこぶ【跳上がって喜
　ぶ】　高興得跳起來。

はねがあがる【跳があがる】　濺上泥。

はねかえってよろこぶ【跳返って喜ぶ
　】　高興得亂蹦亂跳。

はねがはえたようにうれる【羽が生え
　たように売れる】　暢銷＝どんどん
　売れて行く。

はねをのばす【羽を伸す】　舒暢，輕
　鬆愉快。

はねをひろげる【羽を広げる】　展翅，
　張開翅膀。

はばがある【幅がある】　有伸縮性，
　有伸縮餘地，有差別。

はばがきく【幅が利く】　有勢力。

はばかりながら【憚りながら】　①對
　不起，請原諒，請勿見怪。②我敢說，
　也不是說大話。

はばかりなく【憚りなく】　毫不忌憚
　地。

はばかるところのない【憚るところの
　ない】　毫無忌憚的，赤裸裸的。

はばつがある【派閥がある】　有派系
　（幫派）。

はばつのあらそい【派閥の争い】　派
　系爭鬪。

はばむことはできない【阻むことはで
　きない】　阻擋不了…。✦前接“を”。

はばむべきでない【阻むべきでない】
　不應該阻止。

はばをきかせる【幅を利かせる】　有
　勢力＝幅がきく。

はばをもたせる【幅を持たせる】 靈活，有伸縮性（餘地）。

ば…ほと 越…越…。

ば…ほどよい 越…越好。

はまきをくわえる【葉巻を銜える】 叨著雪茄。

はまきをすう【葉巻を吸う】 抽雪茄。

パーマネントをかける 電燙，燙髮。

はめをはずしてさわぐ【羽目をはずして騒ぐ】 盡情狂歡。

はもんがひろがる【波紋が広がる】 影響擴大了。

はもんをとうじる【波紋を投じる】 引起很大影響。

はやいうちに 趁早。

はやいこと【早い事】 趕快，趕緊，迅速＝早いところ。

はやいにこしたことはない【早いに越した事はない】 越早越好，越快越好。

はやいはなしが【早い話が】 ①簡單來說，乾脆說，直截了當地說。②比方說。

はやいものがち【早い者勝】 捷足先登。

はやいものがちにする【早い者勝にする】 誰先來誰坐。

はやいものですね【早いものですね】 眞快！

はやおきはやね【早起早寝】 早起早睡。

はやくから【早くから】 早就…，老早就…＝疾から。

はやくたつ【早く立つ】 過的快。

はやくちで【早口で】 ①嘴快。②說得太快。

はやくなくなりました 早就死了。

はやことば【早言葉】 繞口令。

はやすぎる【早すぎる】 過早，太早。

はやねをする【早寝をする】 早睡→はやねきをする。

はやまったことをしてくれるな【早まった事をしてくれるな】 ①不要貿然從事。②可別尋短見。

はやまるとことをしそんじる【早まると事を仕損じる】 忙中出錯。

はやみみのじんぶつ【早みみの人物】 消息靈通人士。

はやめに【早目に】 早點，提前點。

はやりだした【流行出した】 ①盛行起來，流行起來，興旺起來。②走起運來。③紅起來。

はやりをおう【流行を追う】 追求時髦，趨適時興，趕時髦。

ばよい ①最好…。②…才好，…就好了，…該多好。

ば…ようになる ①如果…就可以…。②―—就能…。

はらいたをおこす【腹痛を起す】 肚子痛起來。

はらいっぱいのわるくちをいう【腹一杯の悪口を言う】 痛罵一頓。

バラエティーにとむ【バラエティーに富む】 變化多端，富於變化。

はらおびをしめてかかる【腹帯を締めてかかる】 ①下定決心。②作好精神準備。

はらがおおきい【腹が大きい】 懷孕，有喜了，有了，有身子了。

はらがきたやまだ【腹が北山だ】 餓了，有點餓了，覺得餓了。

はらがくだる【腹が下る】 下瀉，瀉肚，鬧肚子＝腹をこわす。

はらがくろい【腹が黑い】 心黑，黑心腸，心眼很壞，心術不正，陰險。

はらがしぶる【腹が渋る】 蹲肚，便秘。

はらがすく【腹が空く】 餓了＝腹が減る。

はらがたつ【腹が立つ】 生氣＝腹を立てる。

はらができている【腹ができている】 膽子大，膽量大，有膽量＝腹が太い。

はらがにえかえる【腹が煮え返える】 氣得要死，氣極敗壞。

はらがはりだした【腹が張出した】 肚子鼓起來了。

はらがはる【腹が張る】 脹肚，肚子發脹。

はらがふとい【腹が太い】 ①海量，度量大。②膽量大。

はらがへってはいくさはできぬ【腹が
減っては軍はできぬ】 餓著肚子不
能打仗，肚子裏沒什麼也做不了。

はらがへる【腹が減る】 餓了，肚子
餓了＝はらがすく，おなかがすく。

はらげいはできない【腹芸はできない
】 沒有膽識。

はらごなしに【腹ごなしに】 消消食，
爲了助消化。

はらすじがねじれるほどわらう【腹筋
がねじれるほど笑う】 令人笑破肚
皮。

パラソルをさす【パラソルを差す】
撐陽傘（西式婦女用），打陽傘。

パラダイスにいる 進天堂，進樂園。

はらだたしくて【腹立しくて】 氣沖
沖地＝はらだたしげで。

はらだつのをこたえる【腹立つのを堪
える】 壓著怒火，忍住氣。

はらだちまぎれに【腹立ちまぎれに】
一時氣憤。

はらちがいのおとうと【腹違いの弟】
異母弟弟。

はらにいちもつ【腹に一物】 心懷叵
測。

はらにすえかねる【腹に据え兼ねる】
忍無可忍。

はらのうちはわからない【腹の中は分
らない】 不知内心如何。

はらのかわがよじれる【腹の皮が捩れ
る】 可笑極了，非常可笑＝腹をよ
る。

はらのむしがおさまらない【腹の虫が
収まらない】 怒氣難消，忍不住怒
氣。

はらのむしがしょうちしない【腹の虫
が承知しない】 怎麼也不能諒解。

はらばいになって【腹這いになって】
趴著，匍匐＝はらばって，はらばい
で。

ばらばらになってにげる【ばらばらに
なって逃げる】 四散而逃。

ばらばらになる 四散，分散，四分五
散，七零八落。

はらはわるくはない【腹は悪くはない
】 心並不壞。

はらわたがくさる【腸が腐る】 腐化，
墮落。

はらわたがちぎれる【腸が千切れる】
肝腸寸斷。

はらわたがにえくりかえる【腸が煮え
くり返る】 氣得要死，氣得不得了，
怒不可遏。

はらわたがみえすく【腸が見え透く】
内心畢露，看破了他的用意。

はらわたのくさったおとこ【腸の腐っ
た男】 靈魂腐朽的人，腐化墮落的
人。

はらをあわす【腹を合す】 ①合謀，
同謀。②同心協力＝腹を合せる，ぐ
るになる。

はらをいためたこ【腹を痛めた子】
親生子。

はらをうちあける【腹を打明ける】
交心，推心置腹。

はらをうちわって【腹を打割って】
開誠佈公地，推心置腹地。

はらをかかえておおわらいする【腹を
抱えて大笑いする】 捧腹大笑。

はらをかかえてわらう【腹を抱えて笑
う】 同上條。

はらをきめてかかる【腹を極めてかか
る】 橫下一條心。

はらをきめる【腹を極める】 ①決心
…。②下定決心，拿定主意。

はらをきる【腹を切る】 ①剖腹自殺。
②自己出錢，自己掏腰包。

はらをくだす【腹を下す】 下瀉，瀉
肚，拉稀，鬧肚子＝腹が下る。

はらをこやす【腹を肥やす】 肥己，
飽私囊。

はらをこわす【腹を壞す】 下瀉，瀉
肚，拉稀，鬧肚子。

はらをさぐられる【腹を探られる】
受到懷疑。

はらをさぐる【腹を探る】 刺探心意。

はらをすえる【腹を据える】 下定決
心，拿定主意＝腹をきめる，覚悟を
きめる。

はらをたてる【腹を立てる】 生氣，
氣憤＝腹が立つ。

はらをへらす【腹を減らす】 餓了＝

腹がへる，はらがすく。

はらをよむ【腹を読む】　①猜想…的心意。②看出…的心意。

はらをわる【腹を割る】　說出眞心話，推心置腹，開誠佈公。

はらんがある【波瀾がある】　變化多端，起伏不定，發生一場風波。

はらんがおきる【波瀾が起きる】　起糾紛，起風波。

バランスをとる【バランスを取る】　保持平衡。

はらんにとむ【波瀾に富む】　變化很多。

はらんをまきおこす【波瀾を巻き起す】　①引起風波。②興風作浪。

はりあいがある【張り合いがある】　①起勁，有活力。②有意義↔はりあいがない。

はりあいがぬける【張り合いが抜ける】　洩氣，敗興＝はりあいがなくなる。

はりいっぽんとおさせず，みずいってきしみこませない【針一本通させず，水一滴染ませない】　針挿不進，水潑不進。

はりがある【張りがある】　①有勁，起勁，有活力。②有氣力↔はりがでない。

はりがいたかった【針が痛かった】　扎得疼。

はりきって【張り切って】　緊張地，幹勁十足地，精神百倍地。

ばりきをかけてやれ【馬力をかけてやれ】　加油做。

ばりきをかける【馬力をかける】　鼓足幹勁。

ばりきをだす【馬力を出す】　加油，鼓起幹勁。

はりこのとら【張子の虎】　紙老虎。

はりしごとをする【針仕事をする】　做針線活。

はりつめたきもちがゆるんだ【張り詰めた気持が緩んだ】　緊張的心情鬆弛下來＝張り切った気分がゆるんだ。

はりのあなからてんをのぞく【針の穴から天をのぞく】　坐井觀天，一孔之見。

はりのむしろにすわるよう【針の蓆に坐るよう】　如坐針氈。

はりめがふぞろいだ【針目が不揃だ】　針脚不齊。

はりめがほつれる【針目がほつれる】　綻線，開線。

はるがたつ【春が立つ】　立春。

はるかに…をのぞむ【遙かに…を望む】　遙望…。

はるになる【春になる】　春天到了。

はるにめざめる【春に目覚める】　春情發動＝春の目ざましい。

はるのめざましい【春の目ざましい】　同上條。

はるまさにたけなわ【春まさにたけなわ】　春意正濃。

はるをひさぐ【春をひさぐ】　賣淫。

はれあがらない【晴れあがらない】　不放晴。

はれがひく【腫が引く】　消腫。

はれたりくもりたり【晴れたり曇りたり】　一會兒晴一會兒陰。

はれで【晴れて】　公開地，正式地，名正言順地＝公然と。

はれのちくもり【晴れのち曇り】　晴轉多雲。

はれものができる【腫物ができる】　長個疙瘩。

はれものにさわるよう【腫物に触るよう】　①小心謹慎。②提心吊膽。

はれわたったそら【晴れわたった空】　萬里晴空。

バレーをおどる【バレーを踊る】　跳芭蕾舞。

はをいれる【歯を入れる】　鑲牙。

はをくいしばる【歯を食縛る】　①咬牙，咬著牙，咬緊牙（關）。②拼命忍耐。

ばをとっておく【場を取っておく】　留個座位。

はをとなえる【覇を唱える】　稱霸。

ばをとる【場を取る】　佔個位置，佔個座位。

ばをはずす【場を外す】　退席，離席＝席を外す。

はをはやしたようにうれる【羽を生したように売れる】　畅銷。

ばをふさぐ【場を塞ぐ】　①填空。②佔座位。

はんいでは【…範囲では】　①據…，根據…。②在…範圍内。

ばんいろうなし【万遺漏なし】　萬無一失。

ばんがくる【…番がくる】　輪到…了，該…了。

ハンカチをふる【ハンカチを振る】　搖著手絹。

はんかつうをふりまわす【半可通を振回す】　賣弄一知半解的知識，充行家。

ばんかんこもごもむねにせまる（文）【万感こもごも胸に迫る】　百感交集。

はんきちがい【半気違い】　半瘋。

はんきょうをよぶ【反響を呼ぶ】　引起反響（反應）。

はんきをひるがえす【反旗を翻す】　樹反旗，謀反，造反。

ばんくるわせがおきた【番狂わせが起きた】　發生了意想不到的事情。

はんくろうと【半くろうと】　半路出家。

はんげきにあった【反撃にあった】　遭到反擊。

はんげきをおさえる【反撃を押える】　阻擊。

はんげきをくわえる【反撃を加える】　反擊，加以反擊。

はんけつをくだす【判決を下す】　判決。◆前接“と”。

はんこうてきになる【反抗的になる】　①反抗。②不聽話。

はんこうにあう【反抗にあう】　遇到反抗。

はんこうにてんずる【反攻に転ずる】　轉為反攻，轉入反攻。

はんざいこういをとりしまる【犯罪行為を取り締る】　取締犯罪行為。

はんざいをおかす【犯罪を犯す】　犯罪。

ばんさくつきた【万策尽きた】　無計可施，束手無策。

はんさようがおこる【反作用が起る】　起反作用。

ばんじいのまま【万事意のまま】　一切順利，萬事如意。

ばんじがうまくいった【万事がうまく行った】　同上條。

ばんじじょうしゅびです【万事上首尾です】　萬事如意。

はんじょうをいれる【半畳を入れる】　①喝倒采，叫倒好。②奚落。③打攪＝半畳を投じる（打つ）。

はんしんだつぼううつし【半身脱帽うつし】　半身脱帽照片。

はんしんはんぎにすぎない【半信半疑にすぎない】　只不過是半信半疑。

はんしんふずいにかかる【半身不随にかかる】　得了半身不遂。

はんしんをとります【半身を取ります】　照半身的。

ばんせいになをとどむ【万世に名をとどむ】　流芳千古＝名を万代に伝える。

ばんぜんのさく【万全の策】　萬全之策。

はんたいにあう【反対に合う】　受到反對，遭到反對。

はんたいのて【反対の手】　另一隻手。

はんだんがついた【判断がついた】　判斷對了。

はんだんで【判断で】　酌量，斟酌。

ばんちゃもでばな【番茶も出花】　粗茶新砌味亦香，什麼都是新鮮的好。

はんちゅうをことにする【範疇を異にする】　範疇不同。

パンチをいれる【パンチを入れる】　剪票。

パンチをくらわす【パンチを食わす】　向…上打一拳。◆前接“に”。

パンツをはく【パンツを穿く】　穿褲子。

はんでおしたような【判で押したような】　千篇一律的。

ばんです【…番です】　該…了，輪到…了。

はんどうがおこる【反動が起る】　起反作用。

ハンドルをとる　①駕駛汽車。②掌舵，掌握方向。③推動事物前進。

ばんなんをはいする【万難を排する】排除萬難＝万難を排出する。

ばんにあたる【番に当る】　値班。

ばんになる【番になる】　該…了，輪到…了＝…番だ。

はんにんをはる【犯人を張る】　看守犯人。

はんねんすると【半年すると】　再過半年。

はんのうがある【反応がある】　①管用，起作用。②有反應。

ばんのうせんしゅ【万能選手】　全能選手。

はんばくにあたいしない【反駁に値しない】　不値一駁＝反論するまでもない。

はんぱしごと【半端仕事】　零活，零工。

ばんぶつのれいちょう【万物の霊長】

萬物之靈。

はんぶんじょくれいをはいする【繁文縟礼を廃する】　廢除繁文縟節。

はんめんでは【反面では】　①相反地。②另一方面。

はんらんがおこる【反乱が起る】　發生叛亂。

はんらんをたいらげる【反乱を平らげる】　平定叛亂。

はんろをひらく【販路を開く】　開闢銷路。

はんろんするまでもない【反論するまでもない】　不値一駁＝反駁に値しない。

はんをすえる【判を据える】　蓋章＝はんをおす。

ばんをする【番をする】　看守…＝番をつとめる。

はんをたれる【範を垂れる】　垂範，示範。

はんをつく【判をつく】　畫押,蓋章。

ひ

ひあしがのびる【日脚が延びる】　白晝變長。

ひあたりで【日当りで】　在向陽的地方。

ひあたりのよい【日当りのよい】　向陽的。

ピアノをならう【ピアノを習う】　學鋼琴。

ピアノをひく【ピアノを弾く】　彈鋼琴。

ひいきにあずかる【贔負にあずかる】承蒙眷顧（提拔）。

ひいきにする【贔負にする】　捧場，捧…。◆前接"を"。

ひいきのひきたおし【贔負の引き倒し】　過於偏袒反而有害。

ひいきめにみる【贔負目に見る】　偏心眼。

ひいちにちと【日一日と】　一天天地,

一天比一天…。

ひいて（は）【延いて（は）】　進而，進一步。

びうんになく【悲運に泣く】　哀嘆自己命苦,哀嘆自己的悲慘命運,嘆息自己背運＝悲運を嘆く。

ひえがきつい【冷えがきつい】　冷得屬害。

ひおんてきなはなし【微温的な話】不疼不癢的話。

びおんてきなやりかた【微温的なやりかた】　不徹底的做法。

ひがあがる【日があがる】　太陽升。

ひがあさい【日が浅い】　不久，没多少日子,日子不多。

ひがあたる【日が当る】　日照,向陽,有陽光。

ひがいをおよぼす【被害を及ぼす】

給…帶來損害。

ひかえめにしょくじをする【挖目に食事をする】　吃八分飽，節制飲食。

ひかえめにはなす【挖目に話す】①客氣地說。②往小裏說。

ひかえをとる【挖を取る】①製抄件。②留底。③製成副本。

ひがおこる【火が起る】　火旺，火著了。

ひかくにならない【比較にならない】不能比，比不了。

ひがくれた【日が暮れた】　天黑了。

ひがこむ【日が込む】　需要時日。

ひがさす【日が射す】　日光照射。

ひがしといえばひがし，にしといえばにしだ【東と言えば東，西と言えば西だ】　說東就東，說西就西。

ひかずをかさねる【日数を重ねる】經過好些日子。

ひがついた【火がついた】　著火了。

ひがつく【火がつく】　點燈。

ひがつまった【日が詰った】①晝變短。②快到日子了，快到期限了。

ひがでる【火がでる】　失火。

ひがとっぷりとくれた【日がとっぷりと暮れた】　天太黑了。

ひがないちにち【日がな一日】　整天，成天，一天到晚＝朝から晚まで。

ひがながくなった【日が長くなった】晝變長↔日がつまった，日が短かくなった。

ぴかぴかにみがく【ぴかぴかに磨く】把…擦得通亮。◆前接“を”。

ひがみじかくなった【日が短かくなった】　晝變短＝日がつまった。↔日が長くなった。

ひがみをおこす【僻みを起す】　彆扭起來。

ひがもえる【火が燃える】　著了，火著了。

ひがやまのはにはいる【日が山の端にはいる】　日落西山。

ひかりで【…光で】　借了…的光，靠著…的力量（勢力）。

ひかりをうしなう【光を失う】　失明，瞎了。

ひかりをだす【光を出す】①使…發光。②使…發亮。

ひかりをはなつ【光を放つ】　放光，發光。

ひかりをもとめる【光を求める】　尋求光明。

ひかれもののこうた【引かれ者の小唄】故作鎮靜，故作剛強。

ひがんでとるな【僻んでとるな】　別往邪裏想。

びかんをかく【美感を欠く】　缺乏美感。

ひきあいになる【引き合いになる】受牽連，受連累＝引き合いを食う，巻添（まきぞえ）を食う。

ひきあわない【引き合わない】　不划算，不合算，划不來，虧了。

ひきがある【引きがある】①有門子，有門路。②有…的引薦，有…的照顧。

ひきがねをひく【引き金を引く】　扣板機。

ひきがよい【引きがよい】　有人提拔，有好門路。

ひきだしをあける【引き出しをあける】拉出抽屜。

ひきたてで【引き立てで】　由於…的提拔，靠著…的照顧（引薦）＝ひきてで。

ひきぬきはやめよ【引き抜きはやめよ】別拉攏。

ひきのばしがきく【引き伸しがきく】可以放大。

ひきもきらず【引きも切らず】　接連不斷地，絡繹不絕地。

ひぎょうがおこる【罷業が起る】　發生罷工。

ひきょうにある【悲境にある】　處於逆境，背運。

ひきょうにも【卑怯にも】　竟然卑鄙地…。

ひきょうもの【卑怯者】　膽小鬼。

ひぎょうやぶり【罷業破り】　工賊，破壞罷工者。

ひきわけになる【引き分けになる】打成平手，打成平局，不分勝負＝引き分けに持ち込む。

ひきんなことばでいえば【卑近なことばで言えば】　通俗來說。

ひくつなたいど【卑屈な態度】　低三下四的態度。

ひくつにとりいる【卑屈に取り入る】　卑躬屈膝地巴結（奉承，討好）…。◆前接“に”。

びくともしない　毫不動搖。

びくびくして　提心吊膽地，畏首畏尾地，縮手縮脚地。

ひくれてみちとおし【日暮れて道遠し】　日暮途窮。

ひけがたつ【引けが立つ】　賠錢，虧損。

ひけつがある【秘訣がある】　有秘訣。

ひけつをさがす【秘訣をさがす】　找竅門。

ひげのちりをはらう【髭の塵を払う】　諂媚，奉承，阿諛。

ひけはとらぬ【引けは取らぬ】　不落後於…。◆前接“に”，“にも”。

ひけめがある【引け目がある】　有短處，有弱點。

ひけめをかんずる【引け目を感ずる】　覺得（感到）自卑，覺得不如旁人。

ひげをそる【髭を剃る】　刮臉，刮鬍子。

ひげをたくわえる【髭を蓄える】　留鬍子＝ひげをはやす，ひげをのばす，口髭をのばす。

ひけをとる【引けを取る】　遜色，相形見絀，落後於人。

ひげをひねる【髭を拈る】　捻鬍子，捻鬚。

ひけんするものがない【比肩する者がない】　無與倫比，沒有比得上的。

ひごうのさいごをとげる【非業の最後を遂げる】　死於非命。

ひごうのしをとげる【非業の死を遂げる】　同上條。

ひごとに【日ごとに】　日益…。

ひごをうける【庇護を受ける】　受到庇護。

ひざがながれる【膝が流る】　（因年老等）腿上沒勁。

ひさくをさずける【秘策を授ける】　授與秘計。

ひさしぶりであう【久し振りで会う】　好久沒見，隔了好久才見面。

ひさしぶりです【久し振りです】　久違久違。

ひさしをかしておもやをとられる【廂を貸して母屋を取られる】　①喧賓奪主。②恩將仇報。

ひざづめでかたる【膝詰めで語る】　促膝談心＝ひざをまじえてかたる。

ひざづめでとうそうする【膝詰めで闘争する】　面對面地爭鬥。

ひざつきあわせてはなしあう【膝つき合わせて話会う】　促膝而談。

ひざともそうだん【膝とも相談】　集思廣益。

ひざをかがむ【膝を屈む】　屈膝，屈服。

ひざをくずしてください【膝を崩して下さい】　請隨便坐。

ひざをくっしてこうふくする【膝を屈して降伏する】　屈膝投降＝膝をかがんで降伏する。

ひざをくむ【膝を組む】　盤腿而坐。

ひざをすすめる【膝を進める】　傾著身子，坐著往前湊。

ひざをすりむく【膝を擦剝く】　把膝蓋擦破了。

ひざをただす【膝を正す】　端坐。

ひざをつく【膝をつく】　低頭…。

ひざをのりだしてだんじてこむ【膝を乗出して談じてこむ】　促膝談心。

ひざをまじえてかたる【膝を交えて語る】　同上條。

ひじでっぽうをくらう【肘鉄砲を食う】　被…甩了，被…嚴屬拒絕。◆前接“から”。

ひじでっぽうをくらわす【肘鉄砲を食らわす】　把…甩了，予以嚴屬拒絕。

ひしとだきしめる【緊と抱きしめる】　緊緊地抱住（摟抱）＝ひしひしと抱きしめる。

ひしとのうりにきざむ【緊と脳裡に刻む】　深深印在腦海裏，深刻地印在腦海。

ひしとみにこたえる【緊と身にこたえる】　同上條。

ひしひしとつめよる【緊緊と詰寄る】　緊逼，一步一步往前湊。

ひじまくらでねる【肘枕で寝る】　枕著胳膊睡覺。

びしゃりときめつける【びしゃりと極め付ける】　嚴加指責，狠狠地說了一頓。

ひじゅつをつたえる【秘術を伝える】　傳授秘訣。

ひじょうしゅだんにうったえる【非常手段に訴える】　訴諸暴力。

ひじょうなくるしみをする【非常な苦しみをする】　千辛萬苦。

ひじょうにおどろいた【非常におどろいた】　不勝驚訝，非常驚訝。

ひじょうにくしんする【非常に苦心する】　煞費苦心。

ひじょうのときにそなえる【非常の時に備える】　以備萬一＝非常時に備える。

ひじょうのばあい【非常の場合】　非常情況，緊急情況。

びしょうをうかべる【微笑を浮かべる】　露出微笑，面帶微笑。

びしょぬれになる【びしょ濡れになる】　淋濕了，濕透了，淋得精濕＝びしょびしょにぬれる。

ひせいをこう【批正を乞う】　請批評指正。

ひそうなけんかい【皮相な見解】　膚淺的看法（見解）。

ひそうなさいごをとげる【悲壮な最期を遂げる】　死得壯烈，壯烈犠牲。

ひそかにがいしんをほうぞうする【密かに害心をほうぞうする】　包藏禍心。

ひぞくのかしら【匪賊の頭】　土匪頭子。

びそくをあおぐ【鼻息を仰ぐ】　仰人鼻息，瞧別人臉色行事。

ひそみにならう【顰に倣う】　效顰。

びたいちもんもとらぬ【鐚一文も取らぬ】　分文不取，不取分文。

びたいちもんもない【鐚一文もない】　一文錢也沒有。

ひたいにしわをよせる【額に皺を寄せる】　皺眉，皺起眉頭。

ひたいにはちのじをよせる【額に八の字を寄せる】　同上條。

ひたいをあつめる【額を集める】　大家湊在一起商量。

ひたおしに【直押しに】　一個勁地。

ひたおしのひとてで【直押しの一手で】　只是一個勁地…。

ひたすらかくあれとねがう【ひたすらかくあれと願う】　但願如此。

ひたすらじぶんのいけんをとおす【ひたすら自分の意見を通す】　一意孤行。

ひたすら…にたよる【ひたすら…に頼る】　一味依頼（依靠）…。

ひたすらまえへすすむ【ひたすら前へすすむ】　一往直前，一個勁地往前走。

ひたすら…をまつ【ひたすら…を待つ】　一直等…。

ひたすら…をもとめる【ひたすら…を求める】　一味追求…。

ひだちがよくない【肥立ちがよくない】　發育得不好。

ひだりうちわでくらす【左団扇で暮らす】　安閑度日。

ひだりがきく【左が利く】　①左手靈活。②能喝酒。

ひだりにかたむく【左に傾く】　左傾。

ひだりにぞくする【左に属する】　屬於左派。

ひだりによせる【左に寄る】　左傾。

ひだりまえになる【左前になる】　①倒霉，背運。②衰敗，衰落。③困難。④減少。

ひだるくてたまらない【ひだるくて堪らない】　餓極了，餓得要命。

ひたんにくれる【悲嘆にくれる】　日夜悲嘆。

ぴちぴちとげんきのよい【ぴちぴちと元気のよい】　很活潑的。

ぴちぴちとはねる【ぴちぴちと跳ねる】　活蹦亂跳。

ひつうのきわみ【悲痛の極み】　悲痛極了。

ひつうのこころもち【悲痛の心持】　悲痛的心情。

ひっかかりがある【引っ掛かりがある】 有關係=関係がある。

ひっかかりをつくる【引っ掛かりをつくる】 拉關係。

ひっきしけん【筆記試験】 筆試。

ひっきょうするに【畢竟するに】 總之。

ひっきりなしに【引っ切りなしに】 接連不斷地。

びっくりぎょうてん【吃驚仰天】 大吃一驚。

びっくりぎょうてんしてくちもきけない【吃驚仰天して口も利けない】 大吃一驚，嚇得話都說不出來了，嚇得目瞪口呆。

びっくりしてきがとおくなる【吃驚して気が遠くなる】 嚇掉了魂魄，嚇得昏過去了。

びっくりしてとびあがった【吃驚して飛上がった】 嚇一跳。

びっくりしてめがさめた【吃驚して目が覚めた】 嚇醒了。

ひっくるめていえば【引っくるめて言えば】 總而言之，總的來說。

ひっけんをあらたにする【筆硯を新たにする】 改變從前的構思。

びっこになる【跛になる】 ①瘸了。②不成雙(對)，單支。

びっこひいて【跛引いて】 一瘸一拐地。

ひっこみがちで【引っ込み勝ちで】 ①有些消極。②常待在家裏。

ひっこみがつかぬ【引っ込みがつかぬ】 下不了臺，欲罷不能。

ひっこみしあんで【引っ込み思案で】 ①消極，保守，因循守舊。②畏縮不前，畏首畏尾。

びっこをひく【跛を引く】 瘸著走，一瘸一拐地走。

ひっさくをくわえる【筆削を加える】 加以刪改。

ひっしに【必死に】 拼命地，殊死地。

ひっしにこうそう【必死に抗争】 拼死抗爭。

ひっしにつくしがたい【筆紙に尽しがたい】 非筆墨所能形容=筆舌に尽し難い。

ひっしになって【必死になって】 殊死，拼命地=必死に。

ひっしのかくごで【必死の覚悟で】 以必死的決心，豁出命來。

びっしょりとあせをかく【びっしょりと汗をかく】 汗流夾背。

びっしょりになる 淋濕了。

びっしょりぬれる【びっしょり湿れる】 淋得精濕。

びっしりつまっている 擁擠不動。

ひつじんをはる【筆陣を張る】 展開論戰。

ひつぜつにつくしがたい【筆舌に尽し難い】 不可言狀，非筆墨所能形容。

ひつぜつのおよぶところではない【筆舌の及ぶところではない】 同上條。

ひつぜんのいきおい【必然の勢】 必然的趨勢。

ひつぜん…ようになる【必然…ようになる】 必然要…，勢必要…。

ぴったりあう【ぴったり合う】 ①正合適，正好。②非常一致。

ぴったりあたった【ぴったり当った】 正說對了，正說中了。

ぴったりじかんどおりに【ぴったり時間通りに】 準時，按時間。

ぴったりとしたちからづよい【ぴったりとした力強い】 強有力的。

ひっちゅうをくわえる【筆誅を加える】 口誅筆伐。

ひっついた【引っ付いた】 勾搭上了。

ひってきするものはない【匹敵する者はない】 比不上…，敵不過…，沒有能和…相比的。◆前接"に"。

ひってきできない【匹敵出来ない】 敵不過…，比不上…。◆前接"に"。

ひってきにならない【匹敵にならない】 不可匹敵。

ひっぱりだこになる【引っ張り凧になる】 ①受歡迎。②爭著要，爭著聘請。

ひっぷのゆう【匹夫の勇】 蠻勇，匹夫之勇。

ひっぷもこころざしをうばうべからず【匹夫も志を奪うべからず】 匹夫

不可奪其志。

ひっぽうで【筆法で】　①按照…做法。
②利用…方法。③按照…説法。

ひっぽうをもってすれば【筆法を持ってすれば】　按照…的説法。

ひつよういじょうに【必要以上に】　過分地，過度地，格外地＝度をすぎる。

ひつよういじょうに…すぎる【必要以上に…過ぎる】　過於…，…得過分。

ひつようがある【…必要がある】　①需要…，必需…。②才…，才能…，才可以…。③都要…，就要…＝…必要である。

ひつようがない【…必要がない】　無需…，不必…，不必要…，没有…的必要＝…必要はない。

ひつようにせまられて【必要に迫られて】　由於迫切需要。

ひつようはない【必要はない】　無需…，不必…，不必要…，没有…的必要＝…必要がない。

ひとあしおさきに【一足お先に】　我先走一歩＝一足お先に失礼します。

ひとあしさきにいく【一足先に行く】　先走一歩。

ひとあしちがいで【一足違いで】　差一歩。

ひとあせかく【一汗かく】　①出出汗。②出一身汗。

ひとあたりがやわらかい【人当りが柔かい】　待（對）人和藹。

ひとあたりがよい【人当りがよい】　對人態度好。

ひとあめありそうだ【一雨ありそうだ】　①好像要有一場風波。②空氣非常緊張。

ひとあれありそうだ【一荒れありそうだ】　①好像要來場暴風雨。②似乎要大鬧一場。

ひとあわふかせる【一泡吹かせる】　把人嚇一跳，使人大吃一驚。

ひといきに【一息に】　一口氣…。

ひどいことば【酷い言葉】　刻薄話。

ひどいことをして【酷いことをして】　蠻横的，残暴地，不講理地。

ひどいことをする【酷いことをする】　對…下毒手。◆前接格助詞“に”。

ひどいしうちをうける【酷い仕打を受ける】　受到蠻横地對待。

ひどいすれからし【酷い擦枯し】　老油條，老江湖。◆“すれからし”也讀做“すれつからし”。

ひどいせめをくらった【酷い責を食った】　受到嚴厲申斥。

ひどいだげきをこうむった【酷い打撃を蒙った】　受到嚴重打撃＝強い打撃をこうむった。

ひといちばいに【人一倍に】　格外…，比別人更加…。

ひどいちゅうしょう【酷い中傷】　悪毒中傷。

ひどいてあい【酷い手合い】　混帳東西。

ひどいてをうつ【酷い手を打つ】　下毒手。

ひどいてをつかった【酷い手を使った】　使出毒招來。

ひどいにぎりや【酷い握り屋】　特小氣，特摳門，特吝嗇。

ひといちばい（に）きがよわい【人一倍（に）気が弱い】　比別人心眼兒軟。

ひどいはじさらしだ【酷い恥曝しだ】　太丟人了。

ひどいみなりで【ひどい身なりで】　穿戴奇裝異服。

ひどいめにあう【酷い目にあう】　①倒霉，遇上了倒霉事。②吃了大虧，上了大當。③碰釘子，吃苦頭。

ひどいめにあうのがあたりまえ【酷い目にあうのがあたりまえ】　活該倒霉。

ひどいめにあわせる【酷いめにあわせる】　難爲…，給…點厲害嘗嘗。

ひどいものぐさだ【酷い物臭だ】　懶極了。

ひとうけがよい【人受がよい】　有人緣，人緣好，受歡迎↔人受が悪い。＝うけがよい，気受がよい。

びどうだもしない【微動だもしない】　①無所謂，満不在乎。②紋絲不動。

ひとえをきる【単を着る】　穿單衣。

ひとおもいに【一思いに】　一狠心，
一咬牙。

ひとがきをつくる【人垣を作る】　圍
了一群人，組成人牆。

ひとかげひとつみえない【人影一つ見
えない】　連個人影都沒看見。

ひとかげもない【人影もない】　連個
人影都沒有。

ひとがすめる【人が住める】　能住人。

ひとかたならず【一方ならず】　格外，
特別，非常＝特別に，非常に。

ひとかどのもの【一角の者】　了不起
的人，挺不錯的人。

ひとかどのやくにたつ【一角の役に立
つ】　有些用處。

ひとがない【人がない】　①沒有人才。
②沒有適當的人。

ひとがやまといえばかわというぐあい
に【人が山といえば川というぐあい
に】　人家說東他說西。

ひとがよい【人がよい】　爲人不錯，
人品挺好＝人柄がよい。

ひとがらがおおようだ【人柄が大様だ
】　爲人大方。

ひとがらがとてもよい【人柄がとても
よい】　爲人非常好。

ひとがらがよい【人柄がよい】　同上
條。

ひとからひとへと【人から人へと】
一個挨一個地，一個個地。

ひとぎきがよくない【人聞きがよくな
い】　傳出去不好＝ひとぎきが悪
い。

ひときりはさかんになる【一切は盛ん
になる】　得意一時。

ひときわ…みえる【一際…見える】
顯得格外（特別）…。

ひときわめだつ【一際目立つ】　特別
顯眼，特別突出，特別引人注目。

ひどくうらみをうける　落了不少埋怨。

ひどくくずしてかく【酷くくずしてか
く】　寫得太潦草。

ひどくじょうけにゆれる【酷く上下に
揺れる】　顚得慌，顚得慌，搖得
慌。

ひとくせある【一癖ある】　各別。

ひとくちにいいつくせない【一口に言
い尽せない】　一言難盡。

ひとくちにいえば【一口に言えば】
簡而言之，簡單來說，簡潔來說，一
言以蔽之＝一言で言えば。

ひとくちにおうじる【一口に応じる】
一口應許，一口答應。

ひとくちにそうはいえない【一口にそ
うは言えない】　不能那樣一概而論。

ひとくちのる【一口乗る】　①算一份。
②認一股。

ひとくちもいえずに【一口も言えずに
】　一句話也沒說就…。

ひどくなきしずむ【酷く泣沈む】　哭
得死去活來。

ひどくぶったくられた【酷く打っ手操
られた】　被敲了竹槓。

ひとけもない【人気もない】　連個人
影都沒有＝人影もない。

ひとごえがする【人声がする】　有人
聲，有說話聲。

ひとごこちがつく【人心地がつく】
蘇醒過來。

ひとごこちもなかった【人心地もなか
った】　①昏過去了，死過去了。②
嚇得要死。

ひとことでいえば【一言で言えば】
一言以蔽之，簡而言之，簡單來說＝
一口に言えば。

ひとことでわかる【一言で分る】　一
說就明白。

ひとごみにまぎれこむ【人込に紛れ込
む】　擠進人群，混入人群。

ひとごみをおしわける【人込を押し分
ける】　分開人群，推開人群。

ひところさかんなものであった【一頃
盛んなものであった】　曾得意一時
＝ひときりさかんなものであった。

ひとさまにわらわれる【人様に笑われ
る】　被人笑話。

ひとしきりさかんだった【一頻り盛ん
だった】　曾繁榮一時。

ひとしきりすると【一頻すると】　過
了一陣子。

ひとじちになる【人質になる】　作爲
人質。

ひとじにがあった【人死があった】
死了很多人。

ひとしれず【人知れず】　暗中，背地，
偸偸地＝そっと。

ひとしれぬ【人知れぬ】　別人不了解，
旁人不知道。

ひとづきあいがうまい【人付き合いが
うまい】　會交往，會處事＝人付き
合いが上手だ。↔人付き合いが下手
だ。

ひとづきがする【人付きがする】　招
人喜愛，惹人喜歡。

ひとずきがよい【人好きがよい】　人
緣好，有人緣＝人受がよい。

ひとすじなわでゆかぬ【一筋縄で行か
ぬ】　用普通辦法對付不了，用一般
辦法解決不了。

ひとすじに【一筋に】　專心地，一心
一意地，專心致志地。

ひとすじにおもいつめて【一筋に思い
つめて】　同上條。

ひとすじのきぼう【一筋の希望】　一
線希望。

ひとづてでは【人伝では】　通過別人。

ひとづてにきく【人伝に聞く】　間接
聽到。

ひとずれがする【人擦れがする】　很
世故，很圓滑。

ひとずれしない【人擦れしない】　單
純的，天眞的，幼稚的。

ひとたびじけんがおきると【一度事件
が起ると】　一旦有事。

ひとたび…たら【一度…たら】　①萬
一…，一旦…。②假如…，如果…＝
もしも…たら，いちど…たら。

ひとたび…と【一度…と】　同上條。

ひとたまりもない【一溜まりもない】
①簡直不是對手，馬上就垮。②一會
兒也支持不住了。

ひとたれかあやまちなからん【人たれ
か過ち無からん】　人孰無過。◆"
たれ"是文語，＝"だれ"。

ひとつあなのむじな【一つ穴の貉】
一丘之貉，一個鼻孔出氣。

ひとつおごれよ　你可得請客吧。

ひとつおぼえだ【一つ覚えだ】　一條

路跑到黑。

ひとつかけをする【一つかけをする】
打個賭。

ひとつしない【一つしない】　連…都
不…，一點…也没。

ひとつだ【…一つだ】　①要看…，要
看…如何，完全看…，都要看…。②
…是一樣的，…是相同的＝一つにか
かった。

ひとつだけは【一つだけは】　最低限
度。

ひとつ…てみよう【一つ…て見よう】
稍微…，…一下看，…試試看，…一
下吧。

ひとつとして…ものはない【一つとし
て…ものはない】　没有一個…的，
連一個…的也没有。

ひとつとなる【一つとなる】　跟…打
成一片，跟…成爲一體，跟…在一起。

ひとつ…ない【一つ…ない】　連…也
不…，連…都不…。

ひとつに（は）【一つに（は）】　或
則…，另一方面。

ひとつにかかった【一つにかかった】
單看…，全看…，全在…＝…一つだ。

ひとつにぎやかにやろう【一つ賑やか
にやろう】　湊個熱鬧吧，熱鬧熱鬧
吧。

ひとつにとけあう【一つにとけあう】
打成一片。

ひとつには…ひとつには…【一つには
…一つには…】　一方面…一方面…，
一方面…另一方面…。

ひとつには…ふたつには【一つには…
二つには】　一則…，二則…。

ひとつのこらず【一つ残らず】　一個
不剩。

ひとつひとつに【一つ一つに】　一一
地，一個一個地＝いちいちに，ひと
つびとつ。

ひとつまみ【一つまみ】　①一撮。②
一小撮，極少。

ひとつもうけする【一つ儲けする】
撈一把，賺了一筆錢。

ひとつもない【一つもない】　①一點
也不…，一個也不…。②決不…。

ひとつやってみよう【一つやって見よう】　試試看，做做看，做一下看，做一下試試。

ひとでがそろわず【人手がそろわず】　人手不齊。

ひとでがたりない【人手が足りない】　人手不夠。

ひとでがふそくする【人手が不足する】　人手不夠。

ひとでない【人でない】　不是人。

ひとでにかかってしぬ【人手にかかっ死ぬ】　被人害死，遭人毒手。

ひとてにひきうける【一手に引受ける】　一手承擔。

ひとてにまとめる【一手にまとめる】　湊在一起。

ひとでをかりる【人手をかりる】　請人幫忙。

ひとてをのこす【一手を残す】　留一手。

ひとどおりがとだえる【人通りが跡絶える】　來往行人斷絶。

ひとどおりがなくなった【人通りがなくなった】　没有行人了。

ひととおりしかない【一通りしかない】　只有一個（一種，一套）。

ひととおりで【一通りで】　大致，大概，大體上＝ひととおり。

ひととおりで（は）ない【一通りで（は）ない】　很…，非常…，不是一般的。

ひととおりならぬ【一通りならぬ】　同上條。

ひととおりよむ【一通り読む】　通讀一遍。

ひととかわっている【人と変っている】　和常人不同。

ひとときできない【一時できない】　一時半會兒得不了↔一時できる。

ひとときのしのぎをつける【一時の凌ぎをつける】　敷衍一時。

ひととくみあう【人とくみあう】　搭伙。

ひととなりがよい【人となりがよい】

爲人不錯。

ひととなる【人となる】　長大成人。

ひとなかではじをかかせる【人中で恥をかかせる】　讓…當衆出醜。

ひとなかではじをかく【人中で恥をかく】　當衆出醜。

ひとにうたがわれる【人に疑われる】　叫人費疑。

ひとにうるさくからまる【人にうるさく絡まる】　磨人。

ひとにおくる【人におくる】　送給人。

ひとにおくれをとる【人におくれを取る】　落在別人後頭，步其後塵。

ひとにかす【人にかす】　租給人。

ひとにからみつく【人にからみつく】　磨人。

ひとにぎりのてき【一握りの敵】　一小撮敵人＝一撮の敵。

ひとにぎわくをいだかせる【人に疑惑をいだかせる】　叫人懷疑。

ひとにごまかされた【人にごまかされた】　上人家當了。

ひとにさしずする【人にさしずする】　指使人。

ひとにしれたら【人に知れたら】　若是讓人知道了…。

ひとにすげなくする【人にすげなくする】　對人冷待。

ひとにぜんをなす【人に善をなす】　與人爲善。

ひとにそねまれる【人にそねまれる】　招人嫉妒。

ひとにたのみない【人に頼みない】　不求人，不依賴別人。

ひとにたよる【人にたよる】　靠著別人。

ひとにちょうていをたのむ【人に調停を頼む】　請人調停。

ひとについずいする【人に追随する】　步人後塵。

ひとにつきまとう【人につきまとう】　纏人。

ひとにといつめられた【人に問詰られた】　叫人問住（問倒）了。

ひとにとりいる【人に取入る】　巴結…，討好…，拉攏…，奉承…，向…

詔媚。

ひとにとりいるのがうまい【人に取入るのがうまい】　善於巴結（討好，逢迎，阿諛，奉承，詔媚）＝人に取入るのが上手だ。

ひとになんぎをしいる【人に難儀をしいる】　強人作難。

ひとにぬれぎぬをきせないでくれ【人に濡衣を着せないでくれ】　別寃枉好人，別給別人横加罪名。

ひとにはからう【人に計らう】　跟人商量。

ひとにはそうてみようまにはのってみよ【人には添うて見よ馬には乗って見よ】　路遙知馬力，日久見人心。

ひとにみとめられる【人に認められる】　受人賞識。

ひとにめいわくをかけた【人に迷惑をかけた】　叫人爲難，給人添麻煩。

ひとによってさべつする【人によって差別する】　因人而異。

ひとによる【人による】　同上條。

ひとにらみする【一睨する】　瞪了一眼。

ひとにらみで【一睨で】　一瞪眼就…。

ひとにわらわれる【人に笑われる】　讓人笑話＝人様に笑われる。

ひとにわるくちをなげだす【人に悪口を投出す】　當面罵人。

ひとのいいなりしだいになる【人のいいなりしだいになる】　隨風倒，騎牆派，任人擺布。

ひとのいいなりにうごく【人の言いなりに動く】　當旁人傀儡。

ひとのいうままになる【人の言うままになる】　人家怎麼說就怎麼做，百依百順。

ひとのいひょうにでる【人の意表に出る】　出乎意外，出乎意料之外。

ひとのうえにつく【人の上につく】　居於人上↔人の下につく。

ひとのうわさもしちじゅうごにち【人の噂も七十五日】　傳說只是一陣風，過去就完。

ひとのおじひで【人のお慈悲で】　靠旁人施捨。

ひとのおっとをとる【人の夫を取る】　紅杏出牆，同別的男人亂搞。

ひとのおもうまままうごく【人の思うまま動く】　聽別人擺布。

ひとのかおいろをうかがう【人の顔色を窺う】　仰人鼻息。

ひとのかおいろをみてことをする【人の顔色をみて事をする】　仰人鼻息，看別人臉色行事。

ひとのかどにたつ【人の門に立つ】　沿門乞討。

ひとのかんこくにしたがう【人のかんこくに従う】　聽人勸。

ひとのきにさわる【人の気に触る】　令人生氣。

ひとのきもちをおおいにつうかいにさせる【人の気持を大いに痛快にさせる】　大快人心。

ひとのぎわくをまねく【人のぎわくを招く】　惹人懷疑。

ひとのきをくじく【人の気をくじく】　打斷了念頭。

ひとのくちにとはたてられない【人の口に戸は立てられない】　人嘴是封（堵）不住的。

ひとのくちをかりる【人の口をかりる】　借別人之口。

ひとのこうかんをえる【人の好感をえる】　得人心，有人緣。

ひとのこうつうがなくなる【人の交通がなくなる】　没有人來往了。

ひとのこころざしをむにする【人の志を無にする】　辜負別人的厚意（盛情）。

ひとのこころにうったえる【人の心に訴える】　感動人。

ひとのこころにふれる【人の心に触れる】　扣人心弦。

ひとのこころをおしはかる【人の心を推量る】　揣摩人的心理。

ひとのこころをかんどうさせる【人の心を感動させる】　動人心弦。

ひとのこころをくみとる【人の心を汲み取る】　體諒人心。

ひとのこころをくむ【人の心を汲む】　體貼人。

ひとのこころをとらえる【人の心を捕える】　籠絡人心。

ひとのことなどはかんがえない【人のことなどは考えない】　不顧別人。

ひとのことばをさえぎる【人の言葉をさえぎる】　打斷別人的話。

ひとのしじょう【人の至情】　人之常情。

ひとのしたにつく【人の下につく】　居於人下↔人の上につく。

ひとのしたになる【人の下になる】　在別人手下。

ひとのじもくをおどろかす【人の耳目を驚かす】　駭人聽聞。

ひとのしりうまにのる【人の尻馬に乗る】　隨聲附和，當尾巴，盲從。

ひとのしるところになった【人の知るところになった】　被人家知道了。

ひとのしんせつをむにする【人の親切を無にする】　辜負人家一番好意。

ひとのすがたがみえない【人の姿が見えない】　不見人影。

ひとのぜんいをむにする【人の善意を無にする】　辜負別人的好意。

ひとのせんきをずつうになやむ【人の疝気を頭痛に悩む】　替別人擔憂，自尋苦惱。

ひとのちゅうもくをひく【人の注目を引く】　引人注目。

ひとのちょうしょにならう【人の長所に習う】　學習別人的長處。

ひとのちょうしょをとる【人の長所を取る】　取人之長。

ひとのつねだ【人の常だ】　人之常情＝人の情だ。

ひとのつねとして【人の常として】　作爲人之常情。

ひとのどぎもをぬく【人の度胆を抜く】　嚇死人。

ひとのなさけだ【人の情だ】　人之常情。

ひとのなみだをさそう【人の涙を誘う】　引人流淚＝なみだをさそう。

ひとのはなしのさきまわりをする【人の話の先廻りをする】　搶別人的話。

ひとのはなしをうけとりする【人の話を受取りする】　學人家的話，道聽途說。

ひとのびそくをうかがう【人の鼻息を窺う】　仰人鼻息＝人の鼻息を仰ぐ。

ひとのふりみてわがふりなおせ【人のふり見てわがふり直せ】　借鏡他人矯正自己。

ひとのふんどしですもうをとる【人の輝で相撲を取る】　利用別人的東西謀自己的利益，利用別人爲自己謀利。

ひとのまえではうまいこといいながらかげではさくどうする【人の前ではうまいこといいながらかげでは策動する】　當面說的好聽背後又在搞鬼。

ひとのまえにでられない【人の前に出られない】　見不得人。

ひとのみに【一呑みに】　一口就…。

ひとのみになって【人の身になって】　站在別人的立場（處境）。

ひとのめをかすめる【人の眼を掠める】　瞞人眼目。

ひとのめをごまかす【人の目をごまかす】　同上條。

ひとのめをひく【人の目を引く】　惹人注目。

ひとのものをじぶんのものにする【人の物を自分の物にする】　據爲己有。

ひとのゆだんにじょうずる【人の油断に乗ずる】　乘人不備。

ひとのよりがよかった【人のよりがよかった】　來的人多了。

ひとはいい【人はいい】　人挺好，人還不錯，人品挺好。

ひとはいずれしぬものだ【人はいずれ死ぬものだ】　人總是要死的。

ひとはいちだいなはまつだい【人は一代名は末代】　人生一世名垂千古。

ひとはいない【人はいない】　沒有人才。

ひとはぜんあくのともによる【人は善悪の友による】　近朱則赤近墨則黒。

ひとはだぬぐ【一肌脱ぐ】　幫…一把忙，助…一臂之力。◆前接“…のために”。＝一肌脱いでやる。

ひとはぼくせきではない【人は木石で

はない】　人非草木孰能無情。

ひとはみかけによらない【人は見掛け
にによらない】　人不可貌相。

ひとびとがぐるりととりかこんだ【人
人がぐるりと取囲んだ】　圍了一圈
人，站了一圈人。

ひとびとがにげまどう【人人が逃惑う
】　人們亂竄。

ひとびとにふかくかんがえさせる【人
人に深く考えさせる】　發人深省。

ひとびとをきょうだんさせる【人人を
驚嘆させる】　令人驚嘆。

ひとふきのかぜ【ひとふきの風】　一
股風。

ひとふろあびる【一風呂浴びる】　洗
個澡。

ひとまえかまわなく【人前構わなく】
毫不客氣地。

ひとまえにでられぬ【人前に出られぬ
】　見不得人。

ひとまえをつくろう【人前を繕う】
装飾外表。

ひとまず　暫且，姑且。

ひとまとめにして【一纏めにして】
①一塊兒，一起。②湊在一起。

ひとまわりちがう【一回り違う】　差
一輪。

ひとみしりする【人見知りする】　認
生。

ひとみをこらす【瞳を凝す】　凝視，
盯視地瞧。

ひとむかしのこと【一昔の事】　過去
的事＝一昔の話，一昔前の事。

ひとめがなくなると【一目がなくなる
と】　一眨眼就…。

ひとめで【一目で】　一看就…，一眼
就…。

ひとめであいてをみぬく【一目で相手
を見抜く】　一眼就看透了他，一眼
就把他看穿了。

ひとめでみぬく【一目で見抜く】　一
眼看穿。

ひとめでみわたる【一目で見渡る】
一眼就可以看到…。

ひとめでわかる【一目で分る】　一看
就懂，一看就明白。

ひとめにあまる【人目に余る】　刺眼，
眨眼，令人看不慣。

ひとめにかかる【人目にかかる】　被
人看見。

ひとめにつく【人目につく】　顯眼，
惹人注目。

ひとめぼれ【一目ぼれ】　一見生情，
一見鍾情。

ひとめみただけ【一目見ただけ】　只
要一見就…。

ひとめみてきにいる【一目見て気に入
る】　一看就看中了。

ひとめもうらやむような【人目も羨む
ような】　令人眼熱的。

ひとめをくぐって【人目を潜って】
趁人家没看見就…。

ひとめをさけて【人目を避けて】　偷
偷地，背著人。

ひとめをしのぶ【人目を忍ぶ】　①偷
偷地，悄悄地，背著人，避開別人耳
目。

ひとめをしのんで【人目を忍んで】
偷偷地，悄悄地，暗暗地。

ひとめをしのんであう【人目を忍んで
会う】　幽會，偷偷相會。

ひとめをぬすむ【人目を盗む】　①偷
偷地，悄悄地，背著人，避開別人耳
目。②不敢見人，怕人看見。

ひとめをぬすんでわるいことをする【
人目を盗んで悪い事をする】　偷偷
地做壞事。

ひとめをはじる【人目を恥じる】　①
不敢見人。②怕人看見。

ひとめをはばかる【人目を憚る】　同
上條。

ひとめをひく【人目を引く】　顯眼，
惹人注目。

ひともなげだ【人も無気だ】　旁若無人。

ひとやくかう【一役買う】　主動承擔
某一任務。

ひとよりいちだんとこうきゅう【人よ
り一段と高級】　高人一籌。

ひとりあるきができない【独り歩きが
できない】　①自己不能走。②還不
能自立。

ひとりあるきができるようになった

【独り歩きができるようになった】
能夠自立了，能夠獨自生活了。

ひとりぎめでやる【独り決めでやる】
獨斷專行，獨斷獨行。

ひとりごとをいう【独り言を言う】
自言自語。

ひとりじめにする【独り占めにする】
獨自壟斷…，獨自霸佔…。➡前接“
を”。

ひとりずつじゅんおくりに【一人ずつ
順送りに】　一個挨一個地，一個遞
一個地。

ひとりずもうをとる【独り相撲を取る
】　唱獨角戲。

ひとり…だけではなく…でもある【独
り…だけではなく…でもある】　不
單是…而且也是…。

ひとりだちできるようになった【独り
立ちできるようになった】　①能夠
站住了，能夠站起來了。②能夠自立
了。

ひとりで【独りで】　自己，自個兒，
獨自。

ひとりでうれしがっている【一人で嬉
がっている】　沾沾自喜。

ひとりでえらがっている【独りで豪が
っている】　妄自尊大，自己覺得了
不起。

ひとりでくえない【独りで食えない】
不能自立，不能獨立生活➡独りでき
るようになった。

ひとりでに【独りでに】　①自然而然
地。②自動地。③獨自地。④不由得，
禁不住。①＝おのずと，おのずから。②
＝自動的に。③＝独りで。④＝思わずに。

ひとりとして…ないものはない【一人
として…ないものはない】　沒有一
個人不…。

ひとりとして…ものはなかった【一人
として…ものはなかった】　沒有一
個人不…的。

ひとりのかんがえできめられない【一
人の考えできめられない】　一個人
作不了主。

ひとりのこさず【一人残さず】　一個
人不剩地。

ひとりぼっちで【独りぼっちで】　孤
單地。

ひとりまえに【一人前に】　獨立地，
獨自地，頂一個人。

ひとりまえにできない【一人前にでき
ない】　頂不了一個人，不能頂一個
人。

ひとりまえの【一人前の】　獨立的，
獨自的，成人似的，大人似的，成年
人的。

ひとりまえのにんげんになる【一人前
の人間になる】　成為大人了。

ひとりもだえる【一人悶える】　心裏
苦悶。

ひとりよがりになる【独り善がりにな
る】　自以為是，自我陶醉。

ひどりをえらぶ【日取りを選ぶ】　定
個日子，選個日子。

ひとわたりめをとおす【一わたり目を
通す】　粗略地看了看，大概地看了
看。

ひとをあかつらさせる【人を赤面させ
る】　叫人臉紅，令人難堪。

ひとをあげさげする【人を上げ下げす
る】　又打又拉，又褒又貶。

ひとをあざける【人を嘲る】　嘲笑人。

ひとをあやつる【人をあやつる】　指
使人，操縱人。

ひとをいからす【人をいからす】　叫
人生氣。

ひとをいそがせる【人をいそがせる】
催促人。

ひとをうらむ【人を怨む】　恨人，埋
怨人，抱怨人。

ひとをうんざりさせる【人をうんざり
させる】　使人厭煩。

ひとをおさえる【人を押える】　壓制
人。

ひとをおどろかす【人をおどろかす】
驚人。

ひとをかきあつめる【人を搔集める】
拉攏人。

ひとをかるくする【人を軽くする】
小看人，藐視人，瞧不起人＝人を軽
く見る。

ひとをがんかにみおろす【人を眼下に

見下す】　瞧不起人＝人を見下げ
る。

ひとをくう【人を食う】　①愚弄人，
捉弄人，拿人開心。②目中無人。

ひとをくるしめる【人を苦しめる】
叫人爲難。

ひとをぐろうするのもはなはだしい【
人を愚弄するのも甚だしい】　未免
欺人太甚。

ひとをけしかける【人をけしかける】
挑唆人。

ひとをけなす【人を貶す】　貶低人。

ひとをけむりにまく【人を煙にまく】
把人弄得稀裏糊塗，把人弄得雲山霧
罩。

ひとをこきおろす【人を扱下す】　一
貶到底，貶的一錢不値。

ひとをこなす【人をこなす】　輕視人，
小看人，不把人放在眼裏。

ひとをごまかす【人を誤魔化す】　騙
人。玩弄人。

ひとをこまらせる【人を困らせる】
難爲人。

ひとをしてふんげきせしむ【人をして
憤激せしむ】　令人氣憤。

ひとをしりめにかける【人を尻目にか
ける】　瞧不起人，斜眼瞧人＝人を
しりめにみる。

ひとをしんせつにとりあつかう【人を
親切に取扱う】　待人懇切（誠懇，
親熱）。

ひとをすくうならさいごまですくう【
人を救うなら最後まで救う】　救人
救到底。

ひとをきめんさせる【人を赤面させ
る】　叫人臉紅（出醜）。

ひとをせせらわらう【人をせせらわら
う】　嘲笑人。

ひとをそしる【人を謗る】　誹謗人，
諷刺人，罵人。

ひとをそらさない【人を逸さない】
很會應酬，不得罪人，待人周到。

ひとをたぶらかす【人を誑かす】　寃
人，騙人，蒙騙，誆人，哄人。

ひとをだます【人を騙す】　同上條。

ひとをつる【人を釣る】　引誘人。

ひとをどうぐにつかう【人を道具に使
う】　利用人，把別人當工具。

ひとをとおす【人を通す】　通過別人。

ひとをとく【人を説く】　勸人，説服
人。

ひとをねらえばあなふたつ【人を狙え
ば穴二つ】　害人反害己。

ひとをのろわばあなふたつ【人を咒わ
ば穴二つ】　①害人者亦害己。②兩
敗俱傷。

ひとをばかにする【人を馬鹿にする】
瞧不起人＝人をみさげる。

ひとをはかる【人をはかる】　騙人。

ひとをはなさきであしらう【人を鼻先
であしらう】　對人冷淡，對人待答
不理。

ひとをひきつける【人を引付ける】
①吸引人，誘惑人。②奪人心目。

ひとをひとともおもわぬ【人を人とも
思わぬ】　①拿人不當人。②目中無
人，眼裏没人。

ひとをふみつける【人をふみつける】
欺負人，小看人。

ひとをぺてんにかける【人をぺてんに
かける】　騙人。

ひとをへらす【人を減す】　裁減人員。

ひとをほうようする【人を包容する】
容護人。

ひとをまちがえる【人をまちがえる】
認錯人。

ひとをまどわす【人を惑わす】　誘惑
人。

ひとをみおろす【人をみおろす】　瞧
不起人。

ひとをみする【人を魅する】　迷惑人。

ひとをみたらどろぼうとおもえ【人を
見たら泥棒と思え】　害人之心不可
有，防人之心不可無。

ひとをやすっぽくみる【人をやすっぽ
くみる】　瞧不起人。

ひとをやらたにけいべつする【人をや
らたに軽蔑する】　小看人。

ひとをよぶ【人を呼ぶ】　①吸引人。
②招呼人。

ひとをわらわせる【人を笑わせる】
逗人樂。

ひとをわるくいう【人を悪く言う】
　罵人。

ひながたにならって【雛形にならって
　】　照格式，按格式。

ひながになった【日長になった】　畫
　變長。

ひなたぼっこをする【日向ぼっこをす
　る】　曬太陽。

ひなのせっく【雛の節句】　女兒節。

ひなみがよい【日並がよい】　吉日，
　好日子。

ひなみをえらぶ【日並みを選ぶ】　選
　個好日子。

ひならずして【日ならずして】　過幾
　天就會…。不久就會…，不久即可…。

ひなんをあびる【非難を浴びる】　受
　到責難，大受責難＝非難を受ける。

ひにあたる【日に当る】　曬太陽。

ひにあたる【火に当る】　烤火，取暖，
　曬太陽。

ひにあぶらをさす【火に油をさす】
　火上加油。

ひにあぶらをそそぐ【火に油をそそぐ
　】　火上加油。

ひにくなうんめい【皮肉な運命】　啼
　笑皆非的命運。

ひにくなことだ【皮肉なことだ】　令
　人啼笑皆非。

ひにくなことば【皮肉な言葉】　挖苦
　話。

ひにくなわらい【皮肉な笑い】　冷笑，
　訕笑，譏笑。

ひにくのたん【脾肉の嘆】　唉嘆懷才
　不遇。

ひにくをいう【皮肉を言う】　挖苦，
　諷刺，譏諷。

ひにくをまじる【皮肉を交る】　話裏
　帶刺，話裏夾雜著諷刺。

ひにさんしょくをとる【日に三食を取
　る】　一日三餐。

びにはいりさいをうがつ【微に入り細
　を穿つ】　無微不至，細緻入微。

ひにひに【日に日に】　日益，日漸，
　日趨，一天比一天。

ひにひにいきおいがおとろえる【日に
　日に勢いが衰える】　江河日下。

ひにひに…なる【日に日に…なる】
　一天比一天…起來。

ひにひにひである【日に日に非である
　】　江河日下。

ひにやける【日に焼ける】　讓太陽曬，
　被太陽曬。

ひねくれたこんじょう【ひねくれた根
　性】　脾氣古怪，脾氣乖張。

びねつがある【微熱がある】　有低燒，
　有點發燒。

びねつがでる【微熱が出る】　發低燒。

びねつがとれない【微熱が取れない】
　低熱不退，低燒不退。

ひのあしがはやい【日の足が早い】
　日子過得快。

ひのあたるところ【日の当るところ】
　有陽光的地方。

ひのいりがはやくなる【日の入りが早
　くなる】　天黑得早了。

ひのうちどころがない【非の打ちどこ
　ろがない】　無可非議，無可厚非，
　沒有缺點，沒有毛病。

ひのうみになった【火の海になった】
　成了一片火海。

ひのきえたよう【火の消えたよう】
　突然消沉起來，突然變得毫無生氣，
　非常寂靜。

ひのくれ【日の暮れ】　黃昏。

ひのけひとつない【火の気一つない】
　沒有一點火，沒有一點暖和氣兒。

ひのささないところ【日のささないと
　ころ】　背蔭地方。

ひのついたよう【火のついたよう】
　像著了火一樣。

ひのてがあがる【火の手が上がる】
　火勢熊熊。

ひのてがさかんになる【火の手が盛ん
　になる】　氣勢凶猛。

ひのてがつよくなった【火の手が強く
　なった】　火勢猛烈起來了。

ひのでのいきおい【日の出の勢い】
　旭日升天之勢。

ひのないどころにけむりはたたぬ【火
　のないどころに煙は立たぬ】　無風
　不起浪。

ひのめをみる【日の目を見る】　①出

世，出頭，見諸於世。②看太陽。

ひのもとごようじん【火の元ご用心】
小心火警。

ひのようじん【火の用心】 同上條。

ひのようにおこる【火のように怒る】
勃然大怒。

ひばちにあたる【火鉢に当る】 烤火
＝火に当る。

ひばながとぶ【火花が飛ぶ】 火花四
濺＝火花が散る。

ひばなをちらす【火花を散らす】 ①
酣戰，白刃相交。②激烈爭論。

ひびがはいる【罅が入る】 ①有了裂
紋。②有了隔閡。③身體有了毛病。

ひびきがわるい【響きが悪い】 反應
不好。

びびたるものだ【微微たるものだ】
微乎其微，微不足道。

びびとしてふるわない【微微として振
わない】 萎靡不振。

ひぶたをきる【火蓋を切る】 ①開火，
開槍。②開幕。③開始。

ひぼうをいだく【非望を抱く】 抱有
野心。

ひまがかかる【暇が掛かる】 費工夫，
費事＝手間を取る。

ひまがでる【暇が出る】 解雇，辭退。

ひまがない【暇がない】 無暇，没工
夫，顧不上…。

ひましに【日増しに】 日益，日趨，
日漸，一天比一天＝日に日に。

ひまなときには【暇な時には】 閑暇
時，有空時＝暇になったら。

ひまなんだ【暇なんだ】 閑著没事。

ひまにあかす【暇に飽す】 不惜時間，
豁出工夫來。

ひまにあったら【暇にあったら】 有
空，有時間。

ひまをだす【暇を出す】 ①給假，准
假。②解雇，辭退。③離婚。

ひまをつげる【暇を告げる】 告辭。

ひまをつぶす【暇を潰す】 消遣，消
磨時間，虛度時光（光陰）。

ひまをぬすむ【暇を盗む】 偷空，偷
閑，抓空，抓時間。

ひまをみつける【暇を見付ける】 抽

空。

ひまをもらう【暇を貰う】 請假。

ひみずのまじわりである【火水の交わ
りである】 水火不相容。

ひみつがばれる【秘密がばれる】 秘
密暴露了。

ひみつにする【秘密にする】 保密。

ひみつりに【秘密裡に】 秘密地。

ひみつをあかす【秘密を明かす】 揭
露秘密。

ひみつをあばく【秘密を発く】 揭發
秘密。

ひみつをばらす【秘密をばらす】 揭
穿秘密。

ひみつをまもる【秘密を守る】 保守
秘密。

ひみつをもらす【秘密を漏す】 洩密，
洩露秘密。

ひめいのさいごをとげる【非命の最後
を遂げる】 死於非命。

ひめいをあげる【悲鳴を揚げる】 ①
發出悲鳴。②叫苦連天，叫起苦來了。
③叫，叫喊。④驚叫。⑤感到束手無
策。

びめいをもとめる【美名を求める】
追求名譽。

ひめくりをめくる【日捲りを捲る】
翻日曆。

ひめずにいう【秘めずに言う】 毫不
隱瞞地說。

びもくしゅうれい【眉目秀麗】 眉清
目秀。

ひもじいときにまずいものはない【ひ
もじい時にまずい物はない】 餓了
吃什麼都香，飢者易為食。

ひもじいとはおもわぬ【ひもじいとは
思わぬ】 不覺得餓。

ひもじくてしにそうだ【ひもじくて死
にそうだ】 餓得要死。

ひやあせをかく【冷汗をかく】 出冷
汗。

ひやかしはんぶんに【冷かし半分に】
一半逗趣地。

ひやかすだけで【冷かすだけで】 ①
只是問問價錢。②只是開開玩笑。

びゃくえのてんし【白衣の天使】 女

護士，白衣天使。

ひゃくがいあっていちりなし【百害あって一利なし】　有百害而無一利。

ひゃくせんうみにきす【百川海に帰す】　百川歸大海。

ひゃくじつのせっぽうへひとつ【百日の説法屁一つ】　因爲一點小事而前功盡棄，功虧一簣。

ひゃくしゃくかんとういっぽをすすめる【百尺竿頭一歩を進める】　百尺竿頭更進一步。

ひゃくしょうになる【百姓になる】　當農民。

ひゃくにひとつ【百に一つ】　百裏挑一。

ひゃくにんのなかからひとりよいのをえらびだす【百人の中から一人よいのをえらびだす】　百裏挑一。

ひゃくねんのけい【百年の計】　百年大計，爲長遠打算。

ひゃくびょう，まんびょうにきくくすり【百病，万病にきく薬】　萬靈藥。

ひゃくぶんはいっけんにしかず【百聞は一見に如かず】　百聞不如一見。

ひゃくまんげんをついやしても…ない【百万言を費しても…ない】　怎麼說也說不…。

ひゃくまんげんをつらねて【百万言を連ねて】　長篇大論地，滔滔不絕地。

ひゃくもしょうち【百も承知】　深知，充分了解。

ひゃっぽうてをつくして【百方手を尽して】　百般設法。

ひゃっぽうほんそうして【百方奔走して】　到處奔走。

ひやみずをあびせる【冷水を浴びせる】　潑冷水，澆冷水。

ひやみずであたまをぶっかける【冷水で頭をぶっかける】　冷水澆頭。

ひややかにいう【冷ややかに言う】　冷冷地說。

ひややかになる【冷ややかになる】　冷淡起來。

ひややかにぼうかんする【冷ややかに傍観する】　冷眼旁觀。

ひややかに…をかんぼうする【冷やや

かに…を観望する】　冷眼觀望…。

ひょいと…をおもいだした【ひょいと…を思い出した】　忽然想起…。

びょういんにはいる【病院にはいる】　住院。

びょうきがうつる【病気が移る】　傳染上…病。

びょうきがきけんにひんする【病気がきけんに瀕する】　病危，病篤。

びょうきがけいかいする【病気が軽快する】　病情好轉，病情見輕＝病気が軽快に向う。

びょうきがすすむ【病気が進む】　病勢加重。

びょうきがちだ【病気がちだ】　愛鬧病。

びょうきがでる【病気が出る】　犯病。

びょうきがはじまった【病気が始まった】　老毛病又犯了。

びょうきがぶりかえす【病気がぶりかえす】　犯病。

びょうきがわるくなった【病気が悪くなった】　病情惡化。

びょうきでしぬ【病気で死ぬ】　病死。

びょうきでたおれる【病気で倒れる】　病倒。

びょうきにおうじてくすりをもる【病気に応じて薬を盛る】　對症下藥。

びょうきにかかる【病気に掛かる】　得病，有病＝病気になる。

びょうきのといや【病気の問屋】　體弱多病，三天兩頭鬧病。

びょうきをかまえる【病気をかまえる】　裝病。

びょうきをこじらす【病気をこじらす】　把病耽誤了。

びょうきをさいせいする【病気を再生する】　犯病。

びょうきをしているともだち【病気をしている友達】　病友。

びょうきをつくる【病気をつくる】　裝病。

びょうきをなおす【病気を直す】　治病。

びょうごをおろす【評語を下す】　下評語。

びょうこんをたつ【病根を断つ】　斷

絶病根。

ひょうしがよいと【拍子がよいと】
僥倖的話。

ひょうしに【拍子に】　①當…時候。
②剛一…。

びょうせいがあらたまる【病勢が改ま
る】　病危，病情惡化。

ひょうそくがあわぬ【平仄が合わぬ】
①不合理。②前後矛盾，前後不符。

びょうたいをおして【病体を押して】
帶病…＝病中を押して。

ひょうたんあいいれない【氷炭相容れ
ない】　水火不相容。

ひょうたんからこま【瓢箪から駒】
事出意外。

びょうちゅうをおして【病中を押して
】　帶病…。

びょうてきなしそう【病的な思想】
病態思想，不健康思想。

ひょうてんがからい【評点がからい】
打分嚴，評分嚴。

びょうにんをかんごする【病人を看護
する】　護理病人。

びょうにんをみまう【病人を見舞う】
慰問病人，探望病人。

ひょうばんがたつ【評判が立つ】　傳
出風聲＝うわさがたつ，評判を立て
る。

ひょうばんがでる【評判が出る】　出
名。

ひょうばんがよい【評判がよい】　①
名聲不錯。②評價挺高↔評判がわる
い。

ひょうばんになる【評判になる】　出
了名，有了名氣。

ひょうばんほどよくない【評判ほどよ
くない】　不像說的那麼好。

ひょうばんをおろす【評判を下す】
聲價降低。

ひょうひょうとさまよいあるく【飄飄
とさまよい歩く】　閑溜，溜躂，散
步而行＝ぶらぶらとある く。

びょうまがつきまとう【病魔が付纏う
】　病魔纏身。

びょうまとたたかう【病魔と闘う】
和病魔爭鬪。

びょうまにおかされる【病魔に侵され
る】　鬧病，病魔纏身＝病魔におそ
われる。

ひょうめんだけで【表面だけで】　光
從表面，只是表面。

ひょうめんだけで…をみる【表面だけ
で…を見る】　光從表面看…。

ひょうめんをかざる【表面を飾る】
裝飾門面，裝飾外表＝体裁を飾る。

ひょうめんをこらえる【表面を搆える
】　①裝假，玩假花招。②假裝…。

ひょうりがない【表裏がない】　表裏
如一，言行一致。

ひょうをあつめる【票を集める】　拉
票，拉選票。

ひょうをいれる【票をいれる】　投票，
投…的票。

ひょうをとうずる【票を投ずる】　同
上條。

ひょっとしたら　或許，也許，說不定
會…，說不定要…＝ひょっとすると，
もしかしたら，あるいは。

ひょっとしたら…かもしれない【ひょ
っとしたら…かも知れない】　或許
…，也許…，說不定會…，或能…
也未可知，說不定就是…＝もしかし
たら…かも知れない。

ひょっとして　萬一…。

ひょっとすると　或許，也許，說不定
會…，說不定能…，說不定要…。

ひよりみしゅぎ【日和見主義】　機會
主義。

ひよりをみきわめて【日和を見極めて
】　看清形勢之後再…。

ひょんなことになる　弄得很尷尬。

ひょんななかになる【ひょんな仲にな
る】　兩個人勾搭上了。

ひらあやまりにあやまる【平謝まりに
謝まる】　低頭道歉。

ひらいたくちがしめられない【開いた口
が締められない】　嚇得目瞪口呆。

ひらきがある【開きがある】　有差距。

ひらきがおおきくなる【開きが大きく
なる】　差距拉大了。

ひらきがちぢまった【開きが縮まった
】　差距縮短了。

ひらきをちぢめる【開きを縮める】　縮短差距。

ひらぐものよう【平蜘蛛のよう】　叩頭作揖地（道歉）。

ひらけていない【開けていない】　①不開通，不開明。②不痛快，不舒暢。

ひらたくいえば【平たく言えば】　通俗來説＝平たい言葉でのべれば。

ひらてうちをくらう【平手打ちをくらう】　挨了一個耳光。

ひらてでたたく【平手で叩く】　打一巴掌，打一嘴巴。

ピリオドはつけない　不加句號。

びりから　倒數。

びりになる　倒數第一。

ひりょうをやる【肥料をやる】　施肥。

びりょくながら【微力ながら】　力雖微薄，但願…。

ひるいをみない【比類を見ない】　無與倫比。

ひるがえって【翻って】　反轉過來，回過頭來。

ひるがえってかんがえると【翻って考えると】　回過頭來一想。

ひるねをする【昼寝をする】　睡午覺。

ひるまずに【怯まずに】　毫不畏懼地＝ひるまなく。

ひるみをみせる【怯みを見せる】　表現怯懦。

ひれいがとれない【比例が取れない】　不成比例→比例をなす。

ひれいして【比例して】　同…成正比。✿前接“に”。

ひれいにわたる【非礼にわたる】　有失禮貌。

ひれつなしたごころ【卑劣な下心】　卑鄙的念頭（企圖）。

ひれつなしゅだん【卑劣な手段】　卑鄙的手段。

ひろいちしきをもつ【広い知識を持つ】　有淵博的知識。

ひろうをおぼえる【疲労を覚える】　覺得累。

ひわいなはなしをする【卑猥な話をする】　説下流話。

ひわりで【日割りで】　按日…。

ひをあばく【非を発く】　揭短，揭發短處，揭人瘡疤。＝欠点をあばく。

ひをあらためる【日を改める】　改天。

ひをいける【火をいける】　封火。

ひをおくる【日を送る】　過日子＝暮をする。

ひをおこす【火を起す】　生火，點火。

ひをおって【日を追って】　一天比一天…。

ひをおとす【火を落す】　撤火，封火。

ひをおなじくしてかたるべからず【日を同じくして語るべからず】　不可同日而語。

ひをかえる【日を変える】　改期。

ひをかさねる【日を重ねる】　過了一天又一天。

ひをかす【火をかす】　借火。

ひをきる【日を切る】　限定日期。

ひをけす【火を消す】　滅火，消火，救火。

ひをさける【日を避ける】　擋住陽光。

ひをたく【火を焚く】　燒火。

ひをだす【火を出す】　失火。

ひをただす【非を正す】　改正，糾正。✿前接“の”。

ひをたてる【碑を建てる】　立碑，樹碑。

ひをつける【火をつける】　點火，放火。

ひをつよくする【火を強くする】　把火弄旺→火をほそくする。

ひをともす【火を点す】　點火，點燈。

ひをのばす【日を延ばす】　展期，延期，拖日子＝日をのべる。

ひをはく【火を吐く】　①噴火。②激烈辯論。

ひをはなつ【火を放つ】　放火，縱火。

ひをふきおこす【火を吹起す】　把火吹旺。

ひをふくちからもない【火を吹く力もない】　①一點勁兒也沒有。②非常窮。

ひをほそくする【火を細くする】　把火弄小點→火をつよくする。

ひをみたらかじとおもえ【火を見たら火事と思え】　要時刻提高警惕。

ひをみるよりもあきらかだ【火を見る

よりも明らかだ】　非常明顯，洞若
觀火，再清楚不過了。

ひをもってあそぶ【火をもってあそぶ
】　玩火。

ひんいがさがる【品位が下がる】　喪
失體面＝品格が下がる。

ひんいをたもつ【品位を保つ】　保持
體面＝品格を保つ。

びんがあったら【便があったら】　得
便，有機會，方便的時候。

ひんがある【品がある】　①風度好。
②品德高尚。

ピンからキリまで　好的壞的，高的低
的，各式各樣。

ひんがわるい【品が悪い】　品質惡劣。

びんぎのそち【便宜の措置】　臨機應
變的措施＝臨機の措置。

ひんこうがよい【品行がよい】　品行
好↔品行が悪い。

ひんこうはただしい【品行は正しい】
品行端正＝品行が正しい，品行が方
正である。

ひんこうをつつしむ【品行を慎しむ】
愼行，謹愼。

ひんしつがいい【品質がいい】　質量
好。

ひんしつをぎんみする【品質を吟味す
る】　講究質量。

ひんしつをたかめる【品質を高める】
提高質量。

ひんじゃくにみえる【貧弱に見える】
顯得寒酸，顯得貧寒＝ひんそうにみ
える。

ひんしゅくすべき【顰蹙すべき】　令
人討厭的，令人噁心的，讓人瞧不起
的，令人皺眉的。

ひんすればどんする【貧すれば鈍する
】　人窮志短，馬瘦毛長＝貧すりゃ
鈍する。

ひんせいがいやしい【品性が卑しい】
品質惡劣。

ひんせいがげれつだ【品性が下劣だ】
同上條。

ひんそうなかおをしている【貧相な顔
をしている】　其貌不揚。

ひんそうにみえる【貧相に見える】
看來很貧寒，看樣子很貧寒。

びんたをくらわす【びんたを食らわす
】　打個嘴巴，打耳光。

ピンチにさいして【ピンチに際して】
臨到危機。

びんとくる【びんと来る】　①提醒了
我。②打動了我的心弦。

ピントはくるう【ピントは狂う】　沒
有抓住要點，抓不住要害＝ピントが
はずれる。

ヒントをあたえる【ヒントを与える】
①暗示。②啓發。

ヒントをえる【ヒントを得る】　①得
到暗示。②得到啓發。

びんのありしだい【便のあり次第】
一旦得便，一旦有機會。

ひんのいいかおをする【品のいい顔を
する】　長得秀氣。

ひんのわるいことば【品の悪いことば
】　下流話。

ひんはせかいのふくのかみ【貧は世界
の福の神】　窮能使人發奮。

びんぼうがみにとりつかれた【貧乏神
に取付かれた】　叫窮鬼給繩住了。

びんぼうくじをひいたのは…である【
貧乏籤を引いたのは…である】　倒
霉的是…。

びんぼうくじをひく【貧乏籤を引く】
倒霉。

びんぼうしょうにうまれついている【
貧乏性に生まれついている】　天生
的窮命。

びんぼうどんぞこにおちる【貧乏どん
底に落ちる】　一貧如洗，淪爲赤貧。

びんぼうひまなし【貧乏暇なし】　窮忙。

ピンぼけなこたえ【ピンぼけな答え】
不得要領的回答。

びんわんをふるう【敏腕を振う】　大
顯身手。

ひんをさげる【品を下げる】　丟人，
失體統。

びんをはかるしだいである【便をはか
る次第である】　便於…，以便於…，
以利於…。

ピンをはねる【ピンを撥ねる】　揩油，
抽頭，從中撈一把。

ふ

ぶあいそうなかおで【無愛想な顔で】 板著臉。

ぶあいそうにもてなす【無愛想に持成す】 待人簡慢。

ぶあいそうにものをいう【無愛想に物を言う】 說話很不和氣。

ファイトがない【ファイトがない】 沒有鬥志。

ファイトをだす【ファイトを出す】 加勁，加油。

ファイトをふるいおこす【ファイトを振い起す】 振作起精神來，拿出幹勁來。

ファイナルをみる【ファイナルを見る】 看決賽。

ファインプレーをみせる【ファインプレーを見る】 表演妙技。

ファウルをとられる 被算做犯規，被判爲犯規。

ファスナをしめる【ファスナを締める】 拉上拉鎖。

ふあんにおもう【不安に思もう】 擔心…，對…感到不安。◈前接"を"。

ふあんになる【不安になる】 擔心…，對…感到不安。◈前接"が"。

ふあんをおぼえる【不安を覚える】 覺得不安。

ふいうちに【不意打に】 突然，冷不防，出其不意地。

ふいうちをかける【不意打を掛ける】 突然襲擊。

ふいうちをくらう【不意打を食う】 遭到突然襲擊。

ふいとおもいだす【不意と思い出す】 突然想起…。

ふいをうつ【不意を打つ】 突然襲擊，出其不意。

ブイをみにつける【ブイを身につける】 帶上救生圈。

ふういんをする【封印をする】 貼封

條，在加封處蓋印。

ふういんをやぶる【封印を破る】 開封，啓封。

ふううにさらされる【風雨に晒される】 經風雨。

ふううんのこころざし【風雲の志】 趁機做一番大事業。

ふううんをはらむ【風雲を孕む】 劍拔弩張，形勢緊張。

ふうがある【…風がある】 總是…，老是…。

ふうかくがある【風格がある】 有風度。

ふうがのみちにたけている【風雅の道に長けている】 長於詩文。

ふうきがみだれる【風紀が乱れる】 風紀紊亂，男女關係很亂＝風儀が乱れる、風紀が悪い。

ふうきょうにがいがある【風教に害いがある】 有傷風化＝風教を害する。

ふうきをみだす【風紀を乱す】 敗壞風紀。

ふうげつをともとする【風月を友とする】 ①以風月爲友。②生活高雅。

ふうさいがあがらない【風采が上らない】 其貌不揚＝風采がひんじゃくだ。

ふうじこめさく【封じ込め策】 封鎖政策。

ふうじゃのきみで【風邪の気味で】 有點感冒。

ふうしゅがある【風趣がある】 有風趣。

ふうじんをさける【風塵を避ける】 避亂世，躲避兵荒馬亂。

ふうせいかくれい【風声鶴唳】 風聲鶴唳，草木皆兵。

ふうせつにたえる【風雪に堪える】 忍受艱苦。

ふうせつをまきちらす【風説をまきちらす】 散佈謠言＝風説を流す，風説を立てる，うわさを立てる。

ふうせんだまをあげる【風船玉を上げる】 放氣球＝風船玉を飛ばす。

ふうぜんのちり【風前の塵】 靠不住的事。

ふうぜんのともしび【風前の灯】 風前燭。

ふうそうをしのぐ【風霜を凌ぐ】 歷盡艱辛，經受風霜。

ふうぞくがみだれる【風俗が乱れる】 風俗不好，風俗很亂。

ふうぞくをみだす【風俗を乱す】 傷風敗俗。

ふうたいぐるみ【風袋ぐるみ】 帶皮重，毛重＝ふうたいこみで。

ふうたいをひく【風袋を引く】 去皮，減去皮重＝風袋を差し引く。

ふうていにかまわない【風体にかまわない】 不修邊幅，不講究打扮＝身なりにかまわない，なりふりにかまわない。

ふうである【…風である】 好像…，好像…的樣子。

ふうとうをあける【封筒を開ける】 拆信。

ふうどにあわぬ【風土に合わぬ】 水土不服。

ふうはがたえない【風波が絶えない】 糾紛不斷，風波不斷。

ふうはをおこす【風波を起す】 惹起一場風波。

ふうひょうがある【風評がある】 有些風言風雨＝風評が立つ。

ふうひょうがながれる【風評が流れる】 風聲傳開。

ふうひょうによれば【風評によれば】 風聞，據傳聞＝ふうぶんによれば。

ぶうぶういう【ぶうぶう言う】 不滿，說怪話，發牢騷＝不平をならす。

ぶうぶうもんくをいう【ぶうぶう文句を言う】 同上條。

ふうぶんによれば【風聞によれば】 風聞，據傳聞＝風聞するところによれば。

ふうみがある【風味がある】 味道很好。

ふうをきる【封を切る】 拆開，打開。

ふうをする【封をする】 封…，封上…。

ふうをする【風をする】 裝…，裝作…，假裝…。

ふうんとあきらめる【不運と諦める】 認倒霉＝ふしあわせとあきらめる。

ふうんになる【不運になる】 背運，倒霉＝うんが悪い，うんがむかない。

ふうんにも【不運にも】 倒霉的是，不幸的是＝不仕合わせにも。

ふえふけど（も）おどらず【笛吹けど（も）踊らず】 怎麼勸說也没人響應。

ふえんにおわる【不縁に終る】 親事吹了。

ふえんになる【不縁になる】 離婚。

ぶえんりょ【無遠慮】 不客氣地，直率地＝えんりょなく。

フォムで 以（用）…姿勢。

ふかいうらみ【深いうらみ】 深仇大恨。

ふかいかんじょうをいだく【深い感情を抱く】 懷著深厚的感情。

ふかいになる【不快になる】 不高興，不痛快，感到不快。

ぶがいものはたちいりきんし【部外者は立ち入り禁止】 外人不准入內。

ふかくうらみとする【深く憾とする】 深感遺憾。

ふかくかんどうさせる【深く感動させる】 感人肺腑。

ふかくつっこんで【深く突っ込んで】 深入地，深刻地。

ふかくねをはる【深入根を張る】 根深蒂固，深深地紮下了根。

ふかくのなみだをながす【不覚の涙を流す】 不由得流涙。

ふかくゆるした【深く許した】 心心相印的。

ふかくをとる【不覚を取る】 一不小心就失敗。

ふかっこうにみえる【不恰好に見える】 不精緻，顯得笨，不好看，不漂亮。

ふかでをおう【深手を負う】 負重傷。
ふきげんそうに【不機嫌そうに】 很不高興地。
ふきげんなかおをする【不機嫌な顔をする】 露出不高興的様子，顯得很不高興。
ふきげんになる【不機嫌になる】 不高興。
ふきさらしになる【吹曝しになる】 在露天裏。
ふきだした【吹き出した】 忍不住笑起來。
ぶきっちょなてつき【不器用な手つき】 笨手笨脚＝ぶかっこうな手つき。
ふきつなしるしである【不吉なしるしである】 不祥之兆。
ふきでものができる【吹出物ができる】 長了個疙瘩，長了個膿包。
ふきとおしがわるい【吹通しが悪い】 通風不好。
ふきのきゃくとなる【不帰の客となる】 死了。
ふきぶりになる【吹降りになる】 風雨交加。
ふきみにしずまりかえっている【不気味に静まり返っている】 寂靜得令人可怕。
ふきょうげなふうである【不興げなふうである】 ①顯得不高興。②顯得掃興。
ふきょうへのみち【富強への道】 富強之道。
ふきょうをかう【不興を買う】 ①惹人不高興。②碰在氣頭上。
ふぎりをかさねる【不義理を重ねる】 一再拖欠。
ふぎりをする【不義理をする】 ①做對不起…的事。②跟…借錢不還。◈前接“に”。
ふくあんができる【腹案ができる】 有腹稿，有稿子了。
ふくあんをたてる【腹案をたてる】 打個腹稿＝ふくあんをねる。
ふくしゃのいましめ【覆車の戒】 前車之鑒。
ふくしゅうのねんにもえる【後讐の念に燃える】 燃起復仇之念，一心要報仇。
ふくしょくにこる【服飾に凝る】 講究服裝，講究穿戴＝衣裳に凝る，服装に凝る。
ふくしんをしく【腹心を布く】 說心裏話。
ふくすいぼんにかえらず【覆水盆に返らず】 潑出去的水收不回來。
ふくせいをゆるさず【複製を許さず】 翻印必究。
ふくせんをはる【伏線を張る】 設埋伏。
ふくぞうなく【腹蔵なく】 坦率地，毫不隱諱地。
ふくそうにこる【服装に凝る】 講究服裝，講究穿戴。
ふくそうをただして【服装を正して】 服裝整齊地。
ふくのかみがまいこむ【福の神が舞い込む】 福神臨門。
ふくはいにてきをうける【腹背に敵を受ける】 腹背受敵。
ふぐはくいたしいのちはおしし【河豚は食いたし命は惜しし】 ①想吃又怕燙。②想做又怕有危險。
ふくびきがあたる【福引きが当る】 ①中彩。②中籤。
ふくびきをひく【福引きを引く】 ①抽籤。②抽彩。
ふくへいをおく【埋兵を置く】 設伏兵。
ふくみごえで【含み声で】 含混的聲音。
ふくみのある【含みのある】 ①含蓄的。②有伸縮餘地的。
ふくみわらいをする【含み笑いをする】 含笑。
ふくみをもたせる【含みを持たせる】 使…有伸縮餘地。◈前接“に”。
ふくむところがある【含むところがある】 對…不滿（懷恨）。◈前接“に”。
ふくめんで【覆面で】 ①匿名。②背後…。
ふくれっつらをする【脹れっ面をする】 ①噘起嘴來。②綳起臉來。

ふくろのねずみ【袋の鼠】　没處跑了
＝袋の中の鼠。

ふくをぬいではだかになる【服を脱い
で裸になる】　把衣服脱光。

ふけいきなかおをする【不景気な顔を
する】　没精神，無精打彩，面帶愁
容。

ふけいなことをはく【不敬な言を吐く
】　說没禮貌的話，說話没有禮貌。

ぶげいにひいでる【武芸に秀でる】
武藝高強。

ぶげいをねる【武芸を練る】　練功，
練武。

ふけがでる【雲脂（頭垢）が出る】
長頭皮。

ふけてみえる【老けて見える】　顯得
老，看來面老。

ふけをかく【雲脂（頭垢）を搔く】
搔頭皮。

ふけんこうなかんがえ【不健康な考え
】　不健康的想法。

ふこうなめにあう【不幸な目に逢う】
遇到不幸。

ふこうにも【不幸にも】　不幸的是，
不幸。

ふこうのどんぞこにおちいる【不幸の
どん底に陥る】　陷入不幸的深淵。

ふこうはかさねるものだ【不幸は重ね
るものだ】　禍不單行。

ふこうをまねく【不幸を招く】　招致
不幸。

ふこくきょうへいのみち【富国強兵の
道】　富國強兵之道。

ふこころえなこと【不心得な事】　虧
心事。

ふこころえにもほどがある【不心得に
も程がある】　①眞不懂規矩。②太
冒失了，太魯莽了，行爲太不端正。

ふこころえをあらためる【不心得を改
める】　改邪歸正。

ふこころえをさとす【不心得を諭す】
針對錯誤思想（行爲）進行教育。

ふこころえをする【不心得をする】
①冒冒失失，輕率，魯莽。②犯錯誤。

ぶこつもの【無骨者】　粗人，庸俗的
人。

ふさいができる【負債ができる】　負
債。

ぶさいくなかおをしている【不細工な
顔をしている】　長得難看。

ぶさいくなやつ【不細工な奴】　笨蛋。

ふさぎのむし【塞ぎの虫】　精神鬱悶，
精神不痛快＝気分が晴晴しない。

ふざけたことをいうな　別愚弄人家了
！

ふざけたまねはよせ　別裝蒜啦！

ふざけないで　別開玩笑＝じょうだん
しないで。

ぶさほうのふるまい【無作法のふるま
い】　粗魯的舉止。

ぶざまにみえる【無様に見える】　難
看，不像樣的。

ふさわしいことばがおもいつかぬ【相
応しい言葉が思いつかぬ】　想不起
合適的詞。

ふしあなどうぜんのめだ【節穴同然の
目だ】　簡直是睜眼說瞎話。

ふしあわせになる【不仕合わせになる
】　不幸，倒霉，背運＝ふうんにな
る。

ふしあわせにも【不仕合わせにも】
不幸，不幸的是。

ふしがいい【節がいい】　旋律不錯。

ふしぎがって【不思議がって】　用好
奇的眼光。

ふしぎではない【不思議ではない】
並不奇怪，不足爲奇，怪不得…。

ふしぎなこと【不思議なこと】　奇怪的事。

ふしぎなことはない【不思議なことは
ない】　不足爲奇，没什麼可奇怪的。

ふしぎに【不思議に】　特別。

ふしぎにあたる【不思議に当る】　奇
怪，不可思議，難以想像。

ふしぎにおもう【不思議に思う】　覺
得奇怪，覺得不可思議。

ふしづけをする【節付をする】　譜曲
＝ふしをつける。

ふしぜんなわらいをする【不自然な笑
いをする】　笑得不自然，笑得做作。

ふしぜんにみえる【不自然に見える】
顯得不自然。

ふしだらなせいかつ【ふしだらな生活

】 散漫的生活。

ふしたらをする　行爲不檢點。

ぶしつけに【不躾に】 冒冒失失地。

ぶしににごんはない【武士に二言はない】 君子一言，快馬一鞭。

ふじのきゃく【不時の客】 不速之客，沒想到的來客＝ふじの来客。

ふじのしゅっぴにそなえる【不時の出費に備える】 以備不時之需。

ぶしはくわねどたかようじ【武士は食わねど高楊枝】 ①武士吃不上飯，還要擺臭架子。②窮講究，窮擺闊，打腫臉充胖子。

ふしまつから【不始末から】 由於不小心，由於粗心，由於不經心＝不始末のために。

ふしまつをしでかす【不始末を仕出かす】 做出不檢點的事來＝ふしだらをしでかす。

ふじみのいし【不死身の意志】 頑強的意志，不屈不撓的意志↔はくじゃくな意志。

ふくめがちに【伏目がちに】 眼睛往下看，低著頭＝うつむきがちに。

ふしめになる【伏目になる】 ①不抬眼睛。②低下了頭。

ぶしゅうぎがつづいている【不祝儀が続いている】 倒霉的事接二連三。

ぶしゅうぎをおこなう【不祝儀を行う】 辦喪事。

ふしゅびにおわった【不首尾に終った】 結果失敗了。

ふしゅびになる【不首尾になる】 不受…重視，受到…的輕視。◈前接“と”和“に”。

ふしょうかのままで【不消化のままで】 一知半解地。

ふしょうじきなことをいう【不正直な事を言う】 撒謊，說謊話。

ふしょうのこ【不肖の子】 不肖之子。

ふしょうぶしょうに【不承不承に】 勉勉強強，不得已＝いやいやながら。

ふしょうふずい【夫唱婦随】 夫唱婦隨。

ぶじょくをうける【侮辱を受ける】 受到侮辱。

ふしんそうに【不信そうに】 懷疑地。

ふしんじんもんをうける【不審訊問を受ける】 受到盤問。

ふしんにおもう【不審に思う】 覺得懷疑，覺得奇怪。

ふしんのめで【不信の目で】 用懷疑的眼光。

ふしんばんにたつ【不寝番に立つ】 巡夜，打更，晚上巡邏＝ふしんばんをする。

ふしんばんをおく【不寝番を置く】 設置巡夜的（打更的，巡邏的）。

ふじんぼうになる【不人望になる】 不受歡迎。

ふしんをいだく【不信を抱く】 懷疑。

ぶすぶすいう【ぶすぶす言う】 嘟嚷，嘮叨＝不満を唱える。

ふぜいがある【風情がある】 ①很風趣。②很幽雅。

ふせいこうにおわる【不成功に終る】 終於失敗，以失敗而告終。

ふせいしゅつのてんさい【不世出の天才】 罕見的天才。

ふせいでもふせぎきれない【防いでも防ぎきれない】 防不勝防。

ふせいりつになる【不成立になる】 沒通過。

ふせいをする【不正をする】 做壞事，舞弊。

ふせいをはたらく【不正を働く】 ①幹壞事兒。②違法。③貪污。④犯規。

ふせいをやる【不正をやる】 作弊，作鬼。

ふせぎがつかぬ【防ぎがつかぬ】 無法防禦（防守，禦防）。

ふせつをあわせる【符節を合わせる】 符合，一致，完全一致。

ふせておくほうがいい【伏せておく方がいい】 最好不要聲張。

ふぜんをおこなう【不善を行う】 幹壞事兒。

ふぜんをなす【不善を成す】 爲非，作惡，幹壞事兒。

ぶそうをとく【武装を解く】 解除武裝＝武装を解除する。

ふそくのさいをまねく【不測の災を招

く　】　招來不測之禍。

ふそくふりのかんけい【不即不離の関係】　不即不離的關係。

ふそくぶんをおぎなう【不足分をおぎなう】　補貼。

ふそくをいう【不足を言う】　不滿，發牢騷＝不平を鳴す。

ふそんな（の）たいど【不遜な（の）態度】　傲慢的態度（舉止）。

ぶたいできおくれするする【舞台で気後れする】　怯場。

ぶたいにたつ【舞台に立つ】　登上舞臺＝舞台をふむ。

ぶたいをひく【舞台をひく】　下臺。

ふたおやがそろう【二親が揃う】　父母雙全。

ふたごころをいだく【二心を抱く】　有二心。

ふたことみこと【二言三言】　三言兩語。

ふたことみことで【二言三言で】　只用三言兩語就…。

ふたことめには【二言目には】　一張口就…，一開口就…。

ふたたび…ことになった【再び…ことになった】　又重新…。

ふたたび…ない【再び…ない】　再也不…，再也沒…。

ふたつそろってついになる【二つ揃って対になる】　成雙成對。

ふたつとない【二つとない】　獨一無二的。

ふたつとも【二つとも】　兩樣都…，兩者都…。

ふたつながら【二つながら】　二者都…，雙方都…。

ふたつにひとつ【二つに一つ】　二者擇一，二者取一，二者選一。

ふたつはどちらにかたよってもいけない【二つはどちらにかたよってもいけない】　二者不可偏廢。

ふたつへんじでしょうたくする【二つ返事で承諾する】　滿口答應，馬上答應。

ふたつをともにじゅうしする【二つをともに重視する】　兩者並重。

ぶたにしんじゅ【豚に珍珠】　明珠暗投，對牛彈琴，瞎子點燈白費蠟。白糟塌好東西。

ふたまたごうやく【二股膏薬】　兩面派，騎牆派＝うちまたごうやく。

ふたまたごうやくをやる【二股膏薬をやる】　要兩面派。

ふたまたをかける【二股を掛ける】　騎牆，三心二意，搖擺不定，一隻腳踩兩隻船。

ふためとみられない【二目と見られない】　目不忍睹。

ふためになる【不為になる】　①無益。②對…不利。

ふたりとない【二人とない】　舉世無雙。

ふたりをとりなす【二人を執成す】　給兩個人說和（勸解）。

ふたをあける【蓋をあける】　①打開蓋，掀蓋。②揭開內幕。③揭曉。④開始。

ふたをする【蓋をする】　①蓋蓋子。②掩蓋…，遮掩…。

ふだんから【不断から】　平素就…，平常就要…。

ふだんぎ【ふだん着】　便衣。

ぶだんにすぎはしないか【武断にすぎはしないか】　是不是過於武斷了。

ふだんは【不断は】平日，平素，平常。

ふたんをかける【負担を掛ける】　給…添負擔。◈前接“に”。

ぶちこわしになった【打毀しになった】　事情砸了（吹了，砸鍋了）。

ふちのしょう【不治の症】　不治之症。

ふちょうぎみだ【不調気味だ】　①有點不正常。②有點不順利。

ふちょうではなす【符帳で話す】　說黑話。

ふちょうにおわった【不調に終った】　終於決裂了（破裂了，失敗了）。

ふちんがはげしい【浮沈が激しい】　榮枯無常，變遷無常。

ふついいじょうに【普通以上に】　更…，更加…。

ふつうではない【普通ではない】　①不尋常，不平常。②有點反常。

ふつうとかわらず【普通と変らず】
和往常一樣，和平常一樣。

ぶっかがあがる【物価が上がる】　物
價上漲↔物価が下がる。

ぶっかがたかい【物価が高い】　物價
貴（高）↔物価が低い。

ぶっかがはねあがる【物価が跳上がる
】　物價暴漲。

ぶっかをつりあげる【物価を釣上げる
】　抬高物價↔物価を引下げる。

ふっきゅうをいそぐ【後旧を急ぐ】
加緊修復…。

ぶっきらぼうだ　態度生硬，工作方法
簡單生硬。

ぶっきらぼうなはなしかた【ぶっきら
ぼうな話し方】　說話生硬，說話不
和氣。

ふつごうがある【不都合がある】　行
為不端。

ふつごうせんまんだ【不都合千万だ】
眞豈有此理，不可饒恕。

ふつごうなく【不都合なく】　①順利
地。②妥當地。

ふつごうなてんがある【不都合な点が
ある】　有些不妥當。

ふつごうはない【不都合はない】　没
什麼，不礙事。

ぶっしがほうふだ【物資が豊富だ】
物資豐富。

ぶっそそかけて【佛祖掛けて】　決不…，
一定…。

ぶっちょうづらをする【佛頂面をする
】　板著臉，繃著臉，苦喪著臉。

ふつつかなものです【不束なものです
】　①不懂事。②學疏才淺。

ぶっつけで【打附けで】　①太突然，
突然…。②一開始就…，一開頭就…。
③不客氣。

ぶっつけにはなす【打付けに話す】
不客氣地說。

ぶっつづけで【ぶっ続けで】　連續，
繼續不斷地。

ぶっつりおとさたがない【ぶっつり音
沙汰がない】　杳無音信＝何の音沙
汰もない。

ぶっつりたよりがとだえる【ぶっつり

便りが跡絶える】　同上條。

ふってわいたようなこううん【降って
涌いたような幸運】　天降的幸運。

ぶつぶついう【ぶつぶつ言う】　嘟囔，
嘀咕，嘮叨。

ぶつぶつができる【ぶつぶつ出来る
】　長了很多小疙瘩。

ぶつぶつやく【ぶつぶつ焼く】　…燒
得翻滾。

ふていさいなことだ【不体裁なことだ
】　不像樣的，不成體統。

ふていさいなことをいう【不体裁なこ
とを言う】　說不體面的話。

ふていのしゅうにゅう【不定の収入】
外快，活錢。

ひていのと【不逞の徒】　不逞之徒＝
不逞の輩（やから）。

ふていのやから【不逞の輩】　同上條。

ふでがたつ【筆が立つ】　文章寫得好。

ふてきなつらだましい【不敵な面魂し
い】　傲慢的樣子，目中無人的樣子
＝不敵の面構え。

ふてきなやつだ【不敵なやつだ】　大
膽的傢伙。

ふてきのふるまい【不敵の振舞】　目
中無人的舉止＝ふてぶてしいふるま
い。

ふてぎわなことをする【不手際なこと
をする】　做得很笨，做得不漂亮。

ふてぎわなしょち【不手際な処置】
事情做得不漂亮，處理得不恰當↔処
置よろしきを得る。

ふてさきをなめる【筆先を嘗める】
舐筆尖。

ふてであらわせるものではない【筆で
現わせるものではない】　非筆墨所
能形容。

ふてねをする【不貞寝をする】　（因
為嘔氣，鬧瞥扭而)躺著不起來工作。

ふてぶてしいたいど【太太しい態度】
目中無人的態度＝ふてきのたいど。

ふでぶとにかく【筆太にかく】　寫大
字。

ふでまめなひと【筆まめな人】　好寫
信的人。

ふでをいれる【筆を入れる】　修改文

章＝ふでをくわえる。

ふでをおく【筆を置く】　擱筆不寫了。

ふでをおる【筆を折る】　不寫文章了。

ふでをおろす【筆を下す】　下筆。

ふでをくわえる【筆を加える】　修改文章＝ふでをいれる。

ふでをすてる【筆を捨てる】　停筆不寫＝ふでを断つ。

ふでをそめる【筆を染める】　試筆，初次寫作。

ふでをとる【筆を執る】　執筆。

ふでをはしらす【筆を走らす】動筆。

ふでをはしらせる【筆を走らせる】寫得快。

ふでをふるう【筆を揮う】　揮筆，筆一揮。

ふといやつだ【太い奴だ】　混帳東西，無耻的東西，可惡的東西，太目中無人了＝太い野郎だ。

ふとうふくつ【不撓不屈】　不屈不撓。

ふとくようりょうなたいど【不得要領な態度】　模稜兩可的態度。

ふと…こころにおこる【ふと…心に起る】　忽然想起…，突然想起…＝ふと思い出した。

ふところがあたたかい【懐が暖かい】手頭富裕＝懐工合がよい。

ふところがうるおう【懐が潤う】　手頭寛綽，手裏有錢。

ふところがさびしい【懐が寂しい】手頭緊。

ふところがさむい【懐が寒い】　手裏没錢，手頭拮据＝懐が淋しい。

ふところがとぼしい【懐が乏しい】缺錢，手頭拮据。

ふところぐあいがよい【懐工合がよい】　手頭富裕，腰包鼓鼓的。

ふところででくらす【懐手で暮らす】遊手好閑。

ふところでのまま【懐手のまま】　揣著手。

ふところとそうだんする【懐と相談する】　看看錢夠不夠。

ふところにする【懐にする】　暗藏在懷裏。

ふところをあたためる【懐を暖める】

肥己，飽私囊＝懐を肥える。

ふところをいためる【懐を痛める】破鈔，自己掏腰包。

ふところをふくらます【懐を脹ます】腰纏萬貫，腰裏帶著很多錢。

ふところをみすかす【懐を見透す】看透心事。

ふとした　偶然的＝ぐうぜんした。

ふとしたことから【ふとした事から】由於一不小心。

ふとどきしきょく【不届き至極】　太没道理。

ふとどきだ【不届きだ】　豈有此理，眞是豈有此理。

ふとどきなやつだ【不届きなやつだ】眞不是個東西。

ふとみると【ふと見ると】　乍一看，猛一看。

ふとんをあげる【蒲団を上げる】　疊被＝蒲団を畳む。↔ふとんをしく。

ふとんをかける【蒲団を掛ける】　蓋（上）被。

ふとんをかぶせる【蒲団を被せる】蓋（上）被。

ふなあしがはやい【船足が早い】　船開（走）得快↔船足が遅い。

ふなあそびにゆく【船遊に行く】　去划船。

ふなかになる【不仲になる】　失和。

ふなじをゆく【船路を行く】　走水路。

ふなよいをする【船酔をする】　暈船＝ふねによう。

ぶなんなつきひをおくる【無難な月日を送る】　平安度日。

ふにおちない【腑に落ちない】　不明白，不瞭解，不能領會。

ふぬけになる【腑抜けになる】　窩囊廢，没出息，没骨氣。

ふねにさおさす【舟に棹さす】　撐船，擺船。

ふねにのりかかった【船に乗り掛かった】　騎虎難下＝のりかかった船。

ふねによう【船に酔う】　暈船＝船に弱い。

ふねのかじをとる【船の舵を取る】掌舵＝かじを取る。

ふねをこぎだした【船を漕ぎ出した】
打起瞌睡來。

ふねをこぐ【船を漕ぐ】　①划船。②
打盹兒，打瞌睡。②＝いねむりをす
る。

ふのぬけたひと【腑の抜けた人】　呆
子，傻子。

ふはいしきった【腐敗しきった】　腐
敗透頂的，腐敗透了。

ふはいしたひぞくなさくふう【腐敗し
た卑俗な作風】　腐朽庸俗的作風。

ふはいのちにたつ【不敗の地に立つ】
立於不敗之地。

ふはいをふせぐ【腐敗を防ぐ】　防腐
＝腐敗をとめる。

ふひょうをこうむる【不評を蒙る】
受到不好的評論↔好評を蒙る。

ふびんにおもう【不憫に思う】　覺得
可憐。

ぶひんをはいする【部品を配する】
配零件。

ふふくがある【不服がある】　不服，
有異議。

ふふくをいう【不服を言う】　表示不
滿。

ふふくをいうほどのことはない【不服
を言うほどの事はない】　没什麽不
滿的。

ふふくをとなえる【不服を唱える】
表示異議，表示不服。

ふふんといったかおをする【ふふんと
いった顔をする】　表示瞧不起的神
氣。

ふぶんりつのさだめ【不文律の定め】
不成文的規定。

ふへいたらたら【不平たらたら】　滿
腹牢騷，發了一頓牢騷。

ふへいをいう【不平を言う】　埋怨，
發牢騷＝不平を鳴らす。

ふへいをいだく【不平を抱く】　抱不
平。

ふへいをうったえる【不平を訴える】
埋怨，發牢騷＝不平を鳴らす，不平を
並べる，愚痴を零す。

ふへいをもらす【不平を漏す】　①發
洩不滿。②流出不滿情緒。

ふべつのひょうじょう【侮蔑の表情】
輕蔑的樣子。

ふへんふとうのたいど【不偏不党の態
度】　不偏不倚的態度。

ふへんふとうをとなえる【不偏不党を
唱える】　表示不偏不倚。

ふほんいながら【不本意ながら】　勉
強地，非本意地，不情願地，無可奈
何地。

ふまんがある【不満がある】　①不滿。
②不滿足。

ふまんにおもい【不満に思う】　感到
不滿。

ふまんをあおる【不満を煽る】　煽動
對…不滿。◆前接“への”。

ふまんをあらわす【不満を表わす】
表示不滿，露出不滿＝不満を示す。

ふまんをいだく【不満を抱く】　心懷
不滿。

ふまんをかう【不満を買う】　引起不
滿＝不満を招く。

ふまんをとなえる【不満を唱える】
不滿，嘟囔，嘮叨。

ふまんをもらす【不満を洩す】　露出
不滿情緒＝不平を洩す。

ふみきりがつかない【踏み切りがつか
ない】　下不了決心＝ふんぎりがつ
かない，決心がつかない。

ふみきりがまずい【踏み切りがまずい
】　起跳不好。

ふみきりのせん【踏み切りの線】　起
跳線。

ふみきりをわたる【踏み切りを渡る】
過路口，道口。

ふみこみがたりない【踏み込みが足り
ない】　不夠深入。

ふめいよになる【不名誉になる】　有
損…的名譽（名聲）。

ふめいをはじる【不明を恥じる】　恥
於無能。

ふめつのなをのこす【不滅の名を残す
】　留芳千古。

ふめんぼくなこと【不面目なこと】
不體面的事。

ふもうのち【不毛の地】　不毛之地。

ふもんにすることができない【不問に

することができない】　不能置之不
理。

ふもんにふする【不問に付する】　置
之不問，對…置之不問。❖前接“を”。

ふゆかいにかんずる【不愉快に感ずる
】　感到不快。

ふゆやすみになる【冬休みになる】
放寒假。

ふようい のまま【不用意のまま】　没
有準備就…。

ぶらいのと【無頼の徒】　悪棍，無賴，
無恥之徒。

ブラシをかける【ブラシを掛ける】
刷…。❖前接“に”。

プラスにはならない　划不來，不上算。

フラダンスをおどる【フラダンスを踊
る】　跳搖擺舞，跳草裙舞。

ブラックリスト　黑名單。

ぶらぶらとあるきまわる【ぶらぶらと
歩きまわる】　閑逛，閑逛蹓＝ぶら
ぶらと歩く。

ぶらぶらとひをおくる【ぶらぶらと日
を送る】　混日子，成天遊手好閑地
混日子。

ぶらぶらとゆれる【ぶらぶらと揺れる
】　晃蕩，搖晃。

ふらふらになる　精疲力盡，渾身一點
勁兒都没有了＝精が尽きる。

ぶらりとでかける【ぶらりと出かける
】　信步走出。

フランクにはなす【フランクに話す】
坦率地說。

ブランクをうめる【ブランクを埋める
】　填空。

ぶらんこであそぶ【鞦韆で遊ぶ】　打
鞦韆玩。

ぶらんこにのる【鞦韆に乗る】　打鞦
韆。

プランどおりに【プラン通りに】　按
計劃。＝プランに従って。

プランによって　根據計劃。

プランをたてる【プランを立てる】
訂計劃。

ふりかえりもしないで【振り返りもし
ないで】　頭也不回就…＝振り返り
もせず，ふりむきもせず。

ふりのきゃく【振りの客】　生客。

ふりだしをのむ【振り出しを飲む】
吃湯藥。

ぷりぷりおこる【ぷりぷり怒る】　怒
氣沖沖。

ぷりぷりして　怒氣沖沖地。

ぷりぷりしてくちもきかない【ぷりぷ
りして口もきかない】　氣得說不出
話來。

ふりむきもせず【振り向きもせず】
頭也不回地＝ふりかえりもせず。

ふりむくひともない【振り向く人もな
い】　没人理。

ぶりょうにくるしむ【無聊に苦しむ】
閑得無聊，苦於無聊。

ぶりょうをかこつ【無聊を託つ】　很
無聊。

ぶりょくにうったえる【武力に訴える
】　動武，使用武力，訴諸武力。

ふりょになる【俘虜になる】　被俘，
當俘虜。

ふりょのさいごをとげる【不慮の最期
を遂げる】　突然死去。

ふりょのさいなんをこうむる【不慮の
災難を蒙る】　遇到了意外的災難。

ふりょのじけんがおこる【不慮の事件
が起きる】　發生意外事件。

ふりをする【…風をする】　假裝＝…
ふうをする。

プリントにする　油印。

プリントはさみ　講義夾子。

ふるいたって【奮起って】　奮起…。

ふるいちょうぼをめくる【古い帳簿を
めくる】　翻老帳。

ふるいにかける【篩に掛ける】　選拔，
淘汰，過篩子，篩選。

ふるえがおさまらない【震えが収まら
ない】　直打顫，直發抖，直哆嗦。

ふるえがくる【震えが来る】　打顫，
發抖，哆嗦。

ふるえがとまらない【震えが止らない
】　直發抖，不住地打顫。

ふるえだした【震出した】　①哆嗦起
來，發起抖來。②顫動起來。

ふるがおぶる【古顔ぶる】　擺老資格。

ふるくから【古くから】　老早，很早

以前，很久以來＝むかしから。

ふるくからのくせ【古くからの癖】
老毛病。

ふるくさいあたまをする【古臭い頭を
する】　腦筋太舊。

ふるくさいいいぐさ【古臭い言い草】
陳舊的說法，老掉牙的說法。

ふるくなった【古くなった】　放了這
麼長時間的，過了這麼久的。

ふるさとがなつかしい【古里が懐かし
い】　懷念故郷＝古里をなつかし
む。

ふるった【振るった】　①漂亮。②新
奇，新穎。③特別＝振るっている。

ふるてのやくにん【古手の役人】　老
官僚。

ぶるぶるふるえる【ぶるぶる震える】
發抖，打顫，打哆嗦，渾身發抖。

ふるぼけたきまり【古呆けた極り】
陳舊規矩，老規矩。

ふるほど【降るほど】　多得很，非常
多。

ふるほどある【降るほどある】　多得
多，多得是，不知有多少。

ふるまいがおおようだ【振舞いが大様
だ】　舉止大方。

ふるまいがかるい【振舞が軽い】　舉
止輕浮。

ふるまいざけ【振舞酒】　請客酒。

ふるような【降るような】　非常多的，
多得數不過來的。

プレーキがきかない　刹車不靈，閘不
好使。

プレーキをかける【ブレーキを掛ける】
　①刹車。②制止…，管束…。

ふれをだす【触れを出す】　出布告，
出告示＝おふれがでる。

ふろがすぎた【風呂が好ぎた】　喜歡
洗澡。

ふろがたつ【風呂が立つ】　洗澡水燒
好了。

ふろからあがる【風呂から上がる】
洗完澡之後。

ふろしきをひろげる【風呂敷を広げる
】　大吹大擂。

ふろにはいる【風呂にはいる】　洗澡，

入浴。

プロバビリティはほとんどゼロだ　可
能性幾乎等於零。

ふろをわかす【風呂を沸かす】　燒洗
澡水。

ふわたりてがた【不渡り手形】　拒付
票據，空頭支票。

ふわになる【不和になる】　不和，反
目。

ふわふわしたきもち【ふわふわした気
持】　浮躁的心情。

ぶんあんをつくる【文案を作る】　起
草，起稿，打草稿。

ぶんいがとおらない【文意が通らない
】　文理不通，意思不通。

ふんいきをやわらげる【雰囲気を和ら
げる】　緩和氣氛。

ふんがいにおもう【憤慨に思う】　感
到氣憤。

ぶんぎょうにする【分業にする】　分
工。

ふんぎりがつかない【踏ん切りがつか
ない】　下不了決心＝ふみきりがつ
かない。

ふんぎりがわるい【踏ん切りが悪い】
三心二意，游移不定，猶豫不決。

ぶんげんをわきまえない【分限をわき
まえない】　不識身分。

ふんこつさいしんをもじするところは
ない【粉骨砕身をも辞するところは
ない】　雖粉身碎骨也在所不辭。

ぶんじゃくのと【文弱の徒】　文弱書
生。

ぶんしょうのすじがとおっていない【
文章の筋が通っていない】　文理不
通。

ふんじょうをひきおこす【紛擾を引起
す】　引起糾紛＝ふんきゅうをひき
おこす，紛争を引起す。

ふんしょくにする【紛飾にする】　粉
飾…。⊕前接“を”。

ぶんしょをぎぞうする【文書を偽造す
る】　偽造文件。

ふんぜんとしていろをなす【憤然とし
て色を成す】　憤然變色。

ふんぜんとしてさった【憤然として去

った】　慣然離去，氣沖沖地走了。

ふんぜんとせきをけってさる【憤然と
席をけって去る】　慣然拂袖而去，
念然站起來走開。

ふんそうをおこす【紛争を起す】　發
生糾紛。

ふんそうをとりまとめる【紛争を取纒
める】　調解（調停，排解）糾紛＝
紛擾をとりまとめる。

ふんぞりかえってものをいう【踏反り
返って物を言う】　說話拿架子。

ふんだりけったりだ【踏んだり蹴った
りだ】　①糟糕極了。②蠻橫已極，
欺人太甚。

ふんどしをしめてかかる【褌を締めて
かかる】　下定決心。

ぶんにあんずる【分に安ずる】　安分
守己。

ぶんぴつのさいがある【文筆の才があ
る】　有文才。

ふんびょうをあらそう【分秒を争う】
分秒必爭。

ぶんぶかねそなわる【文武かねそなわ
る】　文武雙全。

ぶんぶんいかって【ぶんぶん怒って】
氣沖沖地，氣念地。

ぶんぶんおこる【ぶんぶん怒る】　非
常氣憤。

ふんべつがある【分別がある】　①有
主意，有判斷力。②通情達理。

ぶんぽうにあわない【文法に合わない
】　不合文法。

ふんぼうにもうでる【墳墓に詣でる】
上墳，掃墓。

ぶんみゃくによって【文脈によって】
根據上下文。

ぶんめんからさっすると【文面から察
すると】　從字面上看來。

ぶんをつくす【分を尽す】　盡本分。

へ

へいいなことば【平易な言葉】　通俗
易懂的語言。

へいいに【平易に】　通俗地，簡明地
＝平易で。

べいえんのし【米塩の資】　生活費。

べいえんのしにことかく【米塩の資に
事欠く】　缺吃少穿。

へいがいひゃくしゅつする【弊害百出
する】　弊病百出。

へいがいをうむ【弊害を生む】　出毛
病。

へいかきりさげ【平価切下げ】　貨幣
貶值。

へいかのきりさげ【平価の切下げ】
同上條。

へいきで【平気で】　①冷靜地。②滿
不在乎地。③沉著地。

へいきでうそをいう【平気で嘘を言う
】　睜著眼說瞎話＝平気で嘘をつく。

へいきでひとをころす【平気で人を殺
す】　殺人不眨眼。

へいきなふりをする【平気な風をする
】　假裝滿不在乎的樣子＝へいきな
かおをする。

へいきのへいざ【平気の平左】　滿不
在乎，絲毫無動於衷。

へいきをよそおう【平気を装う】　故
作鎮靜＝へいせいをよそおう。

へいきんすると【平均すると】　平均
起來。

へいきんをたもつ【平均を保つ】　保
持平衡＝平衡を保つ。

へいこうがやぶれる【平衡が破れる】
失掉平衡。

へいじつから【平日から】　平素，平
常，平日＝へいぜいから，へいじょ
うから。

へいじつどおり【平日通り】　照常＝
平常通り。

へいしんていとうしてあやまる【平身

低頭して謝る】 低頭認罪。

へいぜいから【平生から】 平素,平常,平日。

へいせいにかえる【平静に帰る】 恢復平静。

へいせいをたもつ【平静を保つ】 保持冷静。

へいせいをよそおう【平静を装う】 故作鎮静＝平気を装う。

へいぜんたるもんだ【平然たるもんだ】 満不在乎。

へいそから【平素から】 平常,平素,平日,一向…。

へいそはあまり…ない【平素はあまり…ない】 平素不大,一向不大…。

へいたいになる【兵隊になる】 當兵。

へいちにはらんをおこす【平地に波瀾を起す】 平地起風波。

へいねんなみだ【平年並だ】 跟常年一様。

へいはじんそくをたっとぶ【兵は神速を貴ぶ】 兵貴神速。

へいふうにそまる【弊風に染まる】 沾染上壞習氣。

へいふくしてゆるしをこう【平伏して許しを乞う】 叩頭求饒。

へいぼんでおもしろくない【平凡でおもしろくない】 平淡無味。

へいぼんでめずらしくない【平凡でめずらしくない】 平淡無奇。

へいぼんなひをおくる【平凡な日を送る】 過著平淡的生活。

へいりつすることはできない【並立することはできない】 不能並立(並存)。

へいをあげる【兵を挙げる】 舉兵。

へいをうごかす【兵を動す】 調兵遣將。

へいをひきいる【兵を率いる】 率兵,領兵。

べからざる 不許…的,不能…的,不可…的。◆"べから"是文語助動詞"べし"的未然形。"ざる"是否定助動詞"ず"的連體形。這個詞組在句中作定語。

べからざることだ 是不能…的,是不

應該的,是不值得的。

べからず 別…,不可…,不許…,不准…。◆前接終止形,結構分析同べからざる條＝…してはいけない。

べきかどうか 是否應該…。

べきだ ①應該…。②值得…。③必須…＝…べきである。

べきでない 不該…。

べきではない 同上條。

へきとうから【劈頭から】 劈頭就…,一開頭就…。

べきはずである【…べき筈である】 應該…,理應…。

べきものがある 令人…。

べくして ①需要…,應該…。②能…,能…而…,雖然能…但。

べくもない 不能…,連…都不…。

べくんば 可能的話。

ぺけにする 作廢,不要了。

ぺけになる 失敗了,垮了。

ぺしゃんこにする 把…說得啞口無言。◆前接"を"。

へすすむ【…へ進む】 打算做…。

ベストをつくす【ベストを尽す】 竭盡全力,盡最大的力量。

へそくりがある【臍繰がある】 有體己錢,有壓箱底的錢。

へそくりをためる【臍繰を溜める】 攢積己錢,偸偸攢錢。

へそでちゃをわかす【臍で茶を沸かす】 可笑已極,笑得肚皮疼。

へそのおをきってはじめて【臍の緒を切って始めて】 有生以來頭一次…。

へそをまげる【臍を曲げる】 蹩扭起來。

へだたりがある【隔たりがある】 ①不同,有差別。②有隔膜。③相差,相隔。

へたてなく【隔てなく】 親密地,没有隔閡地。

へたなことをいう【下手な事を言う】 ①冒冒失失地就說出來了。②講一些不成熟的意見。

へたな(の)かんがえやすむににたり【下手な(の)考え休むに似たり】 笨人想不出好主意。

へたに【下手に】 馬馬虎虎，冒冒失
失，粗心大意地。

へたのながだんぎ【下手の長談議】
本來笨嘴拙腮偏要長篇大論。

へたのよこずき【下手の横好き】 雖
然没有這方面的才能却愛好得入了迷。

ぺたりとすわる【ぺたりと坐る】 一
屁股坐下＝ぺったりと坐る。

へたをすると【下手をすると】 稍一
馬虎就…。

べつあり【…別あり】 …有別。

べつげんすれば【別言すれば】 換言
之，換句話說。

べっこに…べきだ【別個に…べきだ】
應該另…。

べっこに…ほうがいい【別個に…方が
いい】 最好分別…。

べっこをかまえる【別戸を構える】
分居另住。

べっして【別して】 特別…，格外…
＝特に，ことに，とりわけ。

べつじょうはない【別状はない】 ①
正常，没毛病。②没危險。

べつだん…ない【別段…ない】 並不
特別…。

べつだん…ねばならぬ【別段…ねばな
らぬ】 也不是非…不可。

べつでは【別では】 就…區別來說，
就…的差別來說。

べつとして【…別として】 ①先別…，
先別說…，姑且不談，…又當別論。
②除…而外。③不用說…。④特別…
…。

ベッドにからだをよこたえる【ベッド
に体を横たえる】 躺在床上＝ベッ
ドに身を横たえる，ベッドによこた
わる。

ベッドにはいる 躺到床上。

べつなく【…別なく】 不分…。

べつにえらくない【別に偉くない】
没什麼了不起。

べつにかんがえがある【別に考えがあ
る】 別有用意。

べつにかんがえをいだく【別に考えを
いだく】 別有用心。

べつに…ことはない【別に…ことはな

い】 不怎麼…。

べつに…こともありません【別に…こ
ともありません】 没什麼可…的。

べつにこんたんがある【別に魂胆があ
る】 有別的用意。

べつにしたごころがある【別に下心が
ある】 ①別有用心。②另有用意。

べつにたねもしかけもない【別に種も
仕掛もない】 並没有什麼秘密。

べつにてんちあり【別に天地あり】
別有天地。

べつに…というほどでもない【別に…
というほどでもない】 並不怎樣…，
並不特別…。

べつに…ともおもわぬ【別に…とも思
わぬ】 並不覺得特別…，並不覺得
怎樣…。

べつに…ない【別に…ない】 ①並不
…，並不特別…，並不怎樣…。②並
没有什麼…，倒没有…。

べつにほうほうをかんがえる【別に方
法を考える】 另打主意，另想辦法。

べつに…ほどでもない【別に…ほどで
もない】 並不是…。

べつに…わけではない【別に…わけで
はない】 並不是…。

べつのはなしです【別の話です】 另
外一回事。

べつのほうめんからかんがえると【別
の方面から考えると】 從另一方面
來考慮。

へっぴりごしではだめだ【放屁腰では
駄目だ】 別前怕狼後怕虎的。

べつべつにけんきゅうする【別別に研
究する】 分別研究。

べつべつにしておく【別別にして置く
】 分開放。

べつものとしておつかう【別物として
扱う】 作爲例外處理。

べつようにとりあつかう【別様に取り
扱う】 另行處理。

ぺてんにかかる【ぺてんに掛かる】
受騙，上當＝ぺてんにひっかかる。

へどがでる【反吐が出る】 作嘔，噁
心，討厭。

へとへとにつかれる【へとへとに疲れ

る】 精疲力竭，筋疲力盡＝へとへとになる。

へともおもわぬ【屁とも思わぬ】 根本不當回事，根本没放在眼裏，認爲狗屁不是。

へどをはく【反吐を吐く】 嘔吐。

へのかっぱだ【屁の河童だ】 ①滿不在乎，不當回事兒。②不足掛齒。③輕而易擧。

へびのみちはへび【蛇の道は蛇】 幹哪行通哪行。

へべれけにでいすい【へべれけに泥酔】 酩酊大醉，爛醉如泥＝へべれけによっぱらう。

へぼしょうぎ【へぼ将棋】 臭棋。

へぼのいしゃ【へぼの医者】 庸醫。

へまをする 做錯事。

へやをとる【部屋を取る】 預定房間。

へらずぐちをたたく【減らず口を叩く】 講歪理＝へらずぐちを言う。

べらべらしゃべる【べらべら喋る】 誇誇其談。

べらべらまくしたてる【べらべら捲し立てる】 滔滔不斷，喋喋不休，說起來就没完。

へらへらわらう【へらへら笑う】 傻笑。

べらぼうにうまい【箆棒にうまい】 好極了。

べらぼうにさむい【箆棒に寒い】 冷得要命。

べらぼうにたかい【べらぼうに高い】 貴得没邊兒。

べらぼうめ【箆棒め】 混蛋，他媽的。

へりくだったいいかた【遜った言い方】 謙遜的說法。

へりくつをいう【屁理窟を言う】 講歪理＝へりくつをならべる。

へりくつをこねかえす【屁理窟を捏返す】 強詞奪理＝屁理窟をこねる。

へりくだっていう【遜って言う】 謙虚地說。

へりくだってはなしをする【遜って話をする】 言語謙遜。

ベルがなる【ベルが鳴る】 鈴響了。

ベルをおす【ベルを押す】 按鈴。

ぺろぺろとたべてしまった【ぺろぺろと食べてしまった】 一下子就吃光了。

べろをだす【舌を出す】 伸舌頭，吐舌頭。

べんえきをあたえる【便益を与える】 給…帶來有利條件。✿前接“に”。

べんえきをつくる【便益をつくる】 創造有利條件。

べんえきをもたらす【便益をもたらす】 給…帶來有利條件。

へんがあったら【変があったら】 倘有意外。

べんかいにつとめる【弁解に努める】 極力辯解（辯白）。

べんかいのよちがない【弁解の余地がない】 無可辯白，不容狡辯＝弁解の余地を与えない。

べんかいはむようだ【弁解は無用だ】 不必辯解＝べんかいしてはいけない。

べんかいをする【弁解をする】 爲…辯護。✿前接“の”。

べんがくにいそしむ【勉学に勤しむ】 勤奮學習，勤學苦練。

べんがくにはげむ【勉学に励む】 努力學習。

べんがくのときをうしなう【勉学の時を失う】 失學。

べんがたくみだ【弁が巧みだ】 口才好。

べんがたっしゃだ【弁が達者だ】 能言善辯，能說會道＝べんがたつ。

へんかにとぼしい【変化に乏しい】 枯燥，乏味，平淡無奇。

へんかにとんだ【変化に富んだ】 豐富多彩的，變化多端的。

べんがゆるい【便が緩い】 瀉肚。

べんがよい【弁がよい】 口才好。

べんがよい【便がよい】 方便，便利。

ペンキぬりたて【ペンキ塗り立て】 油漆未乾。

べんぎのさく【便宜の策】 權宜之計。

へんけいとばく【変形賭博】 變相賭博。

へんげんじざい【変幻自在】 變幻無

常。

へんげんはかりがたし【変幻はかりがたし】　變幻莫測。

へんけんをいだく【偏見を抱く】　抱著偏見＝偏見を持つ。

へんけんをすてる【偏見を捨てる】　拋棄偏見。

へんけんをだはする【偏見を打破する】　打破偏見。

べんごをする【弁護をする】　爲…辯護。

へんさがでる【偏差が出る】　發生偏差。

へんじがおきる【変事が起きる】　發生變故。

へんじがこない【返事がこない】　没回答，没來信＝返事をしない。

へんじがない【返事がない】　没有答應，没有回答，没有回信。

へんじにこまる【返事に困る】　不好回答，難以答覆。

へんじにそなえる【変事に備える】　防備意外。

へんじもしない【返事もしない】　①連信也不回。②連答應也不答應。

へんじをしない【返事をしない】　①没有回答。②没來信。

へんじをだす【返事を出す】　答覆，回信→へんじをださない。

へんじをとげる【変死を遂げる】　横死，死於非命。

へんじをまつ【返事を待つ】　等答覆，等回信。

べんぜつがたつ【弁舌が立つ】　口齒伶俐，能言善辯，能說會道→弁舌が下手だ，弁が下手だ。

べんぜつさわやかにまくしたてる【弁舌爽やかに捲し立てる】　能言善辯，口若懸河，滔滔不絕。

へんせつしててきにつく【変節して敵につく】　叛變投敵。

べんぜつをふるう【弁舌を振う】　施展辯才（口才）。

へんだとおもう【変だと思う】　覺得奇怪＝変に思う。

へんちきりんなふくそう【へんちきり

んな服装】　奇裝異服。

へんちょうをきたす【変調を来たす】　有些不正常。

へんつうじざい【変通自在】　隨機應變，見機行事。

へんてこなことがあるものだ【変てこな事があるものだ】　眞是怪事，眞是無奇不有。

へんてこになる【変てこになる】　不正常。

へんてんきわまりない【変転極まりない】　千變萬化。

へんとうがない【返答がない】　①没回信。②没人答應。

へんとうにきゅうする【返答に窮する】　不知如何回答是好。

へんとうにつまる【返答に詰まる】　被問住，無話可說，無言以對。

へんとうにまごつく【返答にまごつく】　不知如何回答是好。

へんなかんがえがおこる【変な考えがおこる】　産生邪念。

へんなきがする【変な気がする】　心裏不安。

へんなれんじゅう【変な連中】　一些不三不四的人。

ペンネームをつかう【ペンネームを使う】　用筆名。

へんぱなかんがえ【偏頗な考え】　片面的想法。

へんぱなことをする【偏頗な事をする】　做事不公平＝へんぱな仕打。

へんぱになる【偏頗になる】　①片面。②不公平。

へんぴかたいなか【辺鄙片田舎】　窮鄉僻壤，山溝。

へんぷくをかざらぬ【辺幅を飾らぬ】　不修邊幅，不講究打扮。

へんぺんたるちしき【片片たる知識】　一知半解的知識。

へんぺんたるもんく【片片たる文句】　片言隻語。

べんべんとあそびくらしている【便便と遊び暮らしている】　混日子，遊手好閑，虚度時光。

べんぽうをこうずる【便法を講ずる】

採取權宜的辦法。

へんめいをつかう【変名を使う】　化名，用化名。

へんらんをかもす【変乱を醸す】　釀變亂。

べんりがわるい【便利が悪い】　不便，不方便。

ほ

ほいなく【本意無く】　無可奈何地。

ほいよりみをおこす【布衣より身を起す】　平民出身。

ほいをつく【補遺をつく】　補遺。

ポイントオヴ・ヴュー　觀點，看法。

ポイントをうつ【ポイントを打つ】　加句點。

ポイントをかせぐ　爭取得分。

ポイントをとる【ポイントを取る】　爭取得分＝ポイントを稼ぐ。

ぼうあくむるい【暴悪無類】　殘暴無比。

ぼうあんきしたもの【棒暗記したもの】　死記硬背的東西。

ほういつそのものだ【放逸そのものだ】　簡直是放蕩不羈。

ほうがあるまい　恐怕要…，恐怕只好…了。

ほうがいい　①最好…，頂好…，…才好，…好，…的好，…倒好。②好…，便於…＝…ことがのぞましい，…方が無事だ，…方がよろしい。

ほうがいなことだ【法外なことだ】　太過分了，毫無道理。

ほうがいなのぞみ【法外な望み】　非分之望。

ぼうがいにあう【妨害にあう】　遭到干擾。

ぼうがいのよろこび【望外の喜び】　喜出望外。

ほうがくがわからない【方角が分らない】　轉向，迷失方向，不知東南西北＝方角が分らなくなる。

ほうがくにまよう【方角にまよう】　迷失方向。

ほうかつてきにのべると【包括的に述べると】　總括起來說。

ほうかをつつく【蜂窩をつつく】　桶馬蜂窩。

ぼうかんするのみである【傍観するのみである】　束手無策。

ぼうかんにおそわれる【暴漢に襲われる】　遭到暴徒襲擊。

ほうかんのがくしゃ【幫間の学者】　御用學者。

ほうかんのぶんじん【幫間の文人】　幫閑的文人。

ほうきではくほどある【箒で掃くほどある】　多得很，車載斗量。

ほうきゅうがあがる【俸給が上がる】　加薪，增薪↔俸給がさがる。

ほうきゅうをうけとる【俸給をうけとる】　領工資。

ほうきゅうをしはらう【俸給を支拂う】　開支，發薪。

ぼうきょにでる【暴挙に出る】　動武＝ぼうこうをはたらく。

ぼうきょをおこす【暴挙を起す】　掀起暴動。

ほうぐにする【反故にする】　取消…，把…作廢。◆前接"を"。

ぼうくんぶりをはっきする【暴君ぶりを発揮する】　稱王稱霸。

ぼうげんをはく【暴言を吐く】　講話特狂。

ほうこうにでる【奉公に出る】　出去當傭人（雇工）。

ぼうこうをくわえる【暴行を加える】　強姦…。◆前接"に"。

ぼうこうをはたらく【暴行を働く】　動武，使用暴力＝暴挙に出る。

ほうこくにせっしない【報告に接しな

い】 没接到報告＝報告を受けてい
ない。

ぼうさきをきる【棒先を切る】 抽頭，
揩油，剝皮。

ほうさくがつきる【方策が尽きる】
無計可施。

ほうさくがつづく【豊作がつづく】
連年豐收。

ほうさくをかんがえる【方策を考える
】 想主意，想辦法＝方策を講じる。

ほうしなせいかつ【放恣な生活】 放
蕩的生活。

ほうじゃくぶじん【傍若無人】 旁若
無人。

ぼうしをかしげてかぶる【帽子をかし
げて被る】 歪戴著帽子。

ぼうしをかぶる【帽子を被る】 戴帽
子↔ぼうしをぬぐ。

ぼうしをはすにかぶる【帽子を斜に被
る】 歪戴著帽子。

ほうしんがたつ【方針が立つ】 確定
方針。

ほうしんがはっきりしない【方針がは
っきりしない】 方針不明確。

ほうしんのてい【放心の態】 茫然若
失，精神恍惚狀態。

ほうずがない【方図がない】 ①没完，
没完没了，没有止境。②没邊，不著
邊際。

ぼうずにかる 推光頭。

ぼうずにくけりゃけさまでにくい【坊
主憎けりゃ袈裟まで憎い】 ①厭其
人兼及其物。②討厭和尚連他的袈裟
也討厭。

ぼうずになる【坊主になる】 出家，
當和尚。

ぼうずまるもうけ【坊主丸儲計】 ①
當和尚不要本錢。②不勞而獲。

ほうずもないことをいう【方図もない
ことを言う】 說話没邊，說話不著
邊際。

ぼうぜんたるたいど【茫然たる態度】
模稜兩可的態度。

ぼうぜんとしてなすところをしらず【
茫然としてなす所を知らず】 茫然
不知所措。

ぼうぜんとしてなんだかわからない【
茫然として何だか分らない】 茫無
頭緒。

ほうだ【…方だ】 ①還算…，算是…，
都挺…。②有點…，稍微…＝…方で
す，…方である。

ぼうちゅうかんあり【忙中閑あり】
忙中有閑。

ほうっておけ【抛って置け】 …就拉
倒吧，不要理他，不要管他。

ぼうという【某という】 某某＝ぼう
ぼう。

ほうとうにふける【放蕩にふける】
生活放蕩。

ぼうにふる【棒にふる】 斷送…，白
白浪費…，白白糟蹋…。◆前接"を"。

ほうにふれる【法に触れる】 犯法，
違法＝法を犯す。

ほうにんしておく【放任しておく】
放任自流。

ほうばいえみがたき【朋輩笑みがたき
】 同行是冤家。

ぼうばくたるぜんと【茫漠たる前途】
渺茫的前途。

ほうはない【…方はない】 不能…，
…はずはない。

ぼうびをかたくする【防備を固くする
】 嚴加防備＝防備を厳にする。

ほうほうがつきはてる【方法が尽果て
る】 用盡了辦法，想盡了辦法。

ほうほうから【方方から】 從四面八
方。

ほうほうのていで【這這の体で】 慌
慌張張地，倉皇失措，狼狽不堪地。

ほうほうのていでにげる【這這の体で
逃げる】 慌慌張張地跑了，抱頭鼠
竄。

ほうほうをこうずる【方法を講ずる】
設法，講究方法。

ぼうめいのと【亡命の徒】 亡命徒。

ほうもうからのがれられない【法網か
ら逃れられない】 難逃法網。

ぼうようたるたいかい【茫洋たる大海
】 汪洋大海。

ほうらつなせいかつ【放埓な生活】
放蕩的生活。

ほうりつのあみをくぐる【法律の網を潜る】　逃脱法網。

ぼうりょくにうったえる【暴力に訴える】　訴諸武力＝武力に訴える。

ぼうりょくをふるう【暴力をふるう】　使用暴力，要野蠻。

ぼうりをはかる【暴利を謀る】　謀取暴利。

ぼうりをむさぼる【暴利を貪る】　貪圖暴利。

ぼうれいがでる【亡霊が出る】　鬧鬼。

ぼうをおる【棒を折る】　①事業失敗了。②財産喪失了。

ぼうをひく【棒を引く】　劃線，劃道，劃槓。

ほえるいぬはかまない【吠える犬は嚙まない】　狂吠的狗不咬人，有實力的人不外露。

ほおえみをうかべる【頰笑みを浮かべる】　露出微笑，面帶微笑＝微笑を浮かべる，ほほえみをうかべる。

ほおえみをもらす【頰笑みをもらす】　同上條。

ほおがおちそうにおいしい【頰が落そうにおいしい】　香得很，非常好吃。

ほおがこける【頰が痩ける】　面龐消瘦，面頰消瘦。

ほおかぶりですごす【頰被りで過す】　假裝不知道混過去。

ほおずえをする【頰杖をする】　托腮，托著下巴＝ほおずえをつく。

ほおずりをする【頰擦りをする】　跟…貼臉。◆前接"に"。

ほおをあからめる【頰を赤らめる】　兩頰通紅。

ほおをうつ　打嘴巴＝ほおをはる。

ほおをはる【頰をはる】　同上條。

ほおをふくらます【頰を脹ます】　撅嘴，鼓起腮幫子。

ほおをぶつ【頰をぶつ】　打嘴巴。

ほかあるまい【…外あるまい】　恐怕只好…。

ほかからきた【外から来た】　外來的。

ほかしかたがない【…外仕方がない】　只好…，只有…，只能…，除了…之處沒有別的辦法＝ほかない，…よ

りほか仕方がない。

ほかでもない【外でもない】　①不是別的。②主要是…。

ほかでもない…からだ【外でもない…からだ】　主要是因為…。

ほかない【外ない】　只好…，只有…，只能…，除了…之外沒有其它方法＝…ほかはない，…ほか仕方がない。

ほかならない【…外ならない】　①無非是…，不外是…，不過是…。②只好…，只有…。③就等於…。◆前接"に"。

ほかならない【外ならない】　既然是…。◆放在句首。

ほかに【…外に】　①另外，其次。②除…而外。

ほかにせいかつのとをもとめる【外に生活の途を求める】　另謀生路。

ほかにしかたをかんがえる【外に仕方を考える】　另想辦法。

ほかになにもない【外に何もない】　此外再沒有別的了。

ほかに…も【…外に…も】　除了…而外還…。

ほかのことによせて【外の事によせて】　藉口。

ほかはありません【…外はありません】　只有…，只好…＝…外はない。

ぽかぽかしてきた【ぽかぽかして来た】　暖和起來了。

ぽかぽかとあたたかい【ぽかぽかと暖かい】　暖烘烘的。

ほがらかなかおをする【朗らかな顔をする】　愉快的神色。

ほがらかになれない【ほがらかになれない】　高興不起來，快活不起來。

ぽかんとしていないで　別楞著，別在那兒發呆。

ぽかんとつったっている【ぽかんとつっ立っている】　呆呆地站在那裏。

ぼきをつける【簿記をつける】　記帳。

ぼくがおごる【僕が奢る】　我請客。

ぼくせきにもひとしい【木石にも等しい】　冷酷無情。

ぼくのしったことではない【僕の知った事ではない】　與我無干，我不管，

我管不著，我不負責。

ほけんにはいる【保険にはいる】　加入保険＝保険をかける。

ほこさきをそらす【矛先を逸す】　轉移矛頭，把矛頭轉向…＝矛先を転ずる。

ほこさきをにぶらせる【矛先を鈍らせる】　挫其鋒芒。

ほこさきを…にむける【矛先を…に向ける】　把矛頭轉向…。

ほこらかにわらう【誇らかに笑う】　得意地笑了。

ほこらしいきもちになる【誇らしい気持になる】　很得意，揚揚得意。

ほこりがつく【埃がつく】　落上灰塵，弄上灰塵。

ほこりがとぶ【埃が飛ぶ】　塵土飛揚。

ほこりがまいあがる【埃がまいあがる】　同上條。

ほこりにおもう【誇りに思う】　感到自豪。

ほこりをいっぱいにかぶる【埃をいっぱいにかぶる】　落滿塵土。

ほこりをきずつける【誇りを傷つける】　傷害自尊心。

ぼさぼさのかみをする【ぼさぼさの髪をする】　頭髮很亂，頭髮亂蓬蓬的＝髪がぼさぼさする，頭をぼさぼさにする。

ほしいままに【恣に】　任意，隨便，隨心所欲。

ほしいままにこうどうする【恣に行動する】　隨意行動，恣意行事。

ほしいままにさくしゅする【恣に搾取する】　横征暴斂，大肆剝削。

ほしいままにひぼうする【恣に誹謗する】　肆意誹謗。

ほしがまたたく【星が瞬く】　星光閃爍。

ほしがわるい【星が悪い】　命不好。

ほしものをとりいれる【干し物を取り入れる】　把曬的東西拿進來。

ほしょうにたつ【歩哨に立つ】　站崗，上哨。

ほしょうにんになる【保証人になる】　當保人。

ぼじょうをいだく【慕情をいだく】　心懷戀慕之情。

ほしょうをおく【歩哨を置く】　設崗哨，佈置崗哨。

ほしをあげる【星を挙げる】　檢舉犯人。

ほしをいただく【星を戴く】　披星戴月。

ほしをさす【星を指す】　猜中，說中心事＝図星を指す。

ほしんのじゅつにたける【保身の術に長ける】　善於明哲保身＝明哲保身の術にたける。

ポストにつく【ポストに就く】　擔任職務。

ポストをうごかす【ポストを動かす】　調動，調職。

ほそいくらし【細い暮らし】　窮日子，生活貧寒。

ほそいけむりをたてる【細い煙を立てる】　冒細烟，過窮日子。

ほそくしがたい【捕捉しがたい】　很難捉摸。

ほぞのおをきってはじめて【臍の緒を切って始めて】　有生以來第一次…。

ほそぼそとくらす【細細と暮らす】　勉強過活（度日）。

ほそぼそとつづくみち【細細と続く道】　羊腸小道。

ほそぼそとながれる【細細と流れる】　細水長流。

ほそめをあける【細目をあける】　瞇縫著眼睛。

ほぞをかためる【臍を固める】　下決心。

ほぞをかむ【臍を噬む】　後悔。

ぼたぼたおちる【ぼたぼた落ちる】　巴嗒巴嗒地往下掉。

ボタンがとれる【ボタンが取れる】　鈕扣掉了，扣子掉了。

ボタンがはずれる【ボタンが外れる】　同上條。

ボタンがひらいた【ボタンが開いた】　扣子開了。

ボタンをかける【ボタンを掛ける】　扣上扣子，扣上鈕扣＝ボタンをはめ

る。

ボタンをつける【ボタンを付ける】
釘扣子。

ボタンをはずす【ボタンを外す】 解
開扣子。

**ほちょうがよくそろっている【歩調が
よくそろっている】** 歩伐整齊。

**ほちょうをあわせて【歩調を合わせて
】** 歩調一致地。

**ほちょうをすこしかるくせよ【歩調を
すこしかるくせよ】** 脚步放輕些。

ほちょうをゆるめる【歩調を緩める】
放慢脚步，放慢步伐。

ぼっがのきょうち【没我の境地】 忘
我的境地。

**ボックスをかいきる【ボックスを買い
切る】** 定包廂，定雅座。

ほっするままに【欲っするままに】
隨意，隨心所欲地。

**ぼつぜんとしておこる【勃然として怒
る】** 勃然大怒。

ほっといきをつく【ほっと息をつく】
鬆一口氣。

**ほっとためいきをつく【ほっと溜息を
つく】** 不由得嘆了一口氣。

**ほっとひといきつく【ほっと一息つく
】** 喘口氣兒，休息一會兒。

**ほっどむねをなでおろす【ほっと胸を
撫で下ろす】** 放了心，鬆了一口氣
＝胸をなでおろす。

ほっぺたをぶつ【頬っぺたを打つ】
打個嘴巴。

ほどいい【…程いい】 像…那樣好，
比…好。

**ほどいいところはない【…程いい所は
ない】** 没有比…再好的人。

ほどおおくはない【…程多くはない】
不像…那樣多。

ほどがある【…程がある】 ①有個分
寸，有個限度，不能太過火。②未免
太…了。✿②前接"にも"。

ほどがある【程がある】 太…，眞…。

**ほどきらうものはない【…程嫌うもの
はない】** 最討厭…。

ほとけがうかばれぬ【仏が浮ばれぬ】
死者不能瞑目。

**ほとけつくってたましいいれず【仏作
って魂入れず】** 功虧一簣。

**ほとけのかおもさんど【仏の顔も三度
】** 忍耐是有限度的。

**ほとけのひかりよりかねのひかり【仏
の光より金の光】** 金錢萬能。

**ほどけんちょでない【…程顕著でない
】** 不如…顯著，不像…那樣明顯。

ほどこすすべがない【…施す術がない】
無計可施＝ほどこすじゅつがない。
✿"すべ"是文語。

ほどして【…程して】 大約，左右＝
程，ぐらいして。

ほどだ【…程だ】 實在…，簡直…。

ほど…てきた 越…越…了。

ほど…ではない【…程…ではない】
並不像…那樣，不如…。

ほど…ない【…程…ない】 不像……
那樣…，最…，没有比…更…的了。

ほどなく【程なく】 不久，不一會兒，
不大工夫＝まもなく，やがて。

ほど…なる【…程…なる】 越…越…。

**ほどのことでもない【…程のことでも
ない】** 並不值得…，没什麼可…的，
不是什麼值得…的，用不著…。

ほどへて【程経て】 過一會兒＝しば
らくたって。

**ほとほとあいそうがつきた【ほとほと
愛想が尽きた】** 討厭極了。

**ほとほとへいこうする【ほとほと閉口
する】** ①實在爲難。②實在受不了。

ほどますます… 越來越…。

**ほどむずかしくない【…ほど難しくな
い】** 不像…那樣難，没有…那樣難。

ほどよく【程よく】 適當地。

ほどをすごす【程を過す】 過度，過
火，超過限度。

ほとんど…そうだ【殆ど…そうだ】
幾乎…，差一點没…＝危うく…とこ
ろだった。

ほとんど…である【殆ど…である】
幾乎都是…。

ほとんど…てきた【殆ど…てきた】
幾乎一直…。

**ほとんど…ところだ【殆ど…ところだ
】** 幾乎…，差一點没…。

ほとんど…ない【殆ど…ない】　一點，很少，幾乎不…，偶爾。

ほとんどのばあい【殆どの場合】　大部分都…，大多…，幾乎都…，在大多數情況下。

ほとんど…もどうようだ【殆ど…も同様だ】　幾乎和…一樣，和…幾乎没有差別＝殆ど…より以上のものではない。

ほとんど…ようになる【殆ど…ようになる】　幾乎可以…，幾乎能夠…。

ほねおしみせずに【骨惜しみせずに】　刻苦地，不辭辛苦地。◆"せ"是"する"的未然形＝骨惜しみをせずに。

ほねおったかいがある【骨折った甲斐がある】　没白費勁（力氣），没白花工夫。

ほねおりぞんのくたびれもうけ【骨折損のくたびれ儲け】　睡眈誤功夫，徒勞無益，勞而無動，吃力不討好。

ほねがある【骨がある】　有骨氣，硬骨頭＝骨節がある。

ほねがおれる【骨が折れる】　①骨頭折了。②費勁，吃力。③棘手。

ほねがしゃりになっても【骨が舎利になっても】　縱死九泉之下也…。

ほねがはずれる【骨が外れる】　錯骨縫。

ほねぐみができた【骨組ができた】　有了輪廓。

ほねっぷしがある【骨っ節がある】　有骨氣，硬骨頭。

ほねっぷしがいたむ【骨っ節が痛む】　關節痛，骨頭節痛＝ほねぶしが痛む。

ほねとかわ【骨と皮】　瘦得皮包骨，骨瘦如柴＝骨と皮ばかりだ。

ほねにきざむ【骨に刻む】　刻骨銘心。

ほねにしむ【骨に染む】　銘刻於心。

ほねにてっする【骨に徹する】　徹骨。

ほねになる【骨になる】　①成為骨幹。②死去。

ほねのずいまで【骨の髄まで】　徹底，徹頭徹尾，入骨，透頂。

ほねのずいまでくさる【骨の髄まで腐る】　①腐敗透頂。②壞透了＝心まで腐る。

ほねのずいまでにくむ【骨の髄まで恨む】　恨入骨髓，對…根透了，對…恨之入骨。

ほねばったことをいう【骨張ったことを言う】　說話生硬，說話帶稜角。

ほねまでしゃぶる【骨までしゃぶる】　敲骨吸髓，吸乾別人的血汗。

ほねみにしみる【骨身に染る】　徹骨，透骨。

ほねみをおしまず（に）【骨身を惜まず（に）】　刻苦地，不辭辛苦地＝ほねおしみをしない。

ほねみをおしむ【骨身を惜む】　惜力，不肯賣勁＝骨を盗む，骨を惜む。

ほねみをけずる【骨身を削る】　①累得逐漸消痩。②粉身碎骨。

ほねをおしむ【骨を惜む】　惜力，不肯賣勁。

ほねをおる【骨を折る】　拼命…，努力…，盡力…，賣力氣…。◆前接"に"。

ほねをつぐ【骨を接ぐ】　接骨＝骨を継ぐ。

ほねをとる【骨を取る】　擇刺。

ほねをぬすむ【骨を盗む】　惜力，不肯賣勁。

ほねをひろう【骨を拾う】　①拾骨灰。②替別人善後。

ほねをやすめる【骨を休める】　休息，歇一會兒。

ほのかにしっている【仄かに知っている】　略微知道一點，多少知道一點。

ほのかにみえる【仄かに見える】　隱約可見。

ほほがおちそうにおいしい【頰が落ちそうにおいしい】　香得很，非常好吃＝ほおがおちそうにおいしい。

ほほがこける【頰がこける】　面龐消痩，兩頰消痩＝ほおがこける。

ほほをあからめる【頰を赤らめる】　雙頰通紅。

ほほをふくらます【頰を脹ます】　①嘔嘴。②鼓起腮幫子。

ほらをふきとばす【法螺を吹き飛す】　吹牛，說大話＝ほらを吹く，おおげさにものを言う。

ほらをふく【法螺を吹く】　同上條。

ほりだしものをする【掘出物をする】
買到便宜貨。

ほれぼれさせる【惚れ惚れさせる】
令人神往。

ほれぼれするような【惚れ惚れするよ
うな】　令人神往的,令人心曠神怡
的。

ほれぼれとききいる【惚れ惚れと聞き
いる】　聽得入神。

ほれぼれとみとれる【惚れ惚れと見蕩
れる】　看得入迷,看得出神。

ぼろいしょうばい【ぼろい商売】　一
本萬利的買賣。

ぼろいもうけ【ぼろい儲け】　暴利,
一本萬利。

ぼろがでる【襤褸が出る】　①露餡兒,
露出馬脚,露出破綻。②出漏子＝ぼ
ろを出す。

ぼろくそにいう【襤褸糞に言う】　破
口大罵,臭罵一頓＝さんざんと悪口
を言う。

ぼろくそにけなされる【襤褸糞に貶さ
れる】　被貶得一錢不値。

ほんいをあかす【本意を明す】　説出
眞意。

ほんかいをとげる【本懐を遂げる】
宿願克遂,達到了生平的願望＝本望
を遂げる。

ほんきしない【本気しない】　不那麼
認眞。

ほんきで【本気で】　認眞地。

ほんきになれば【本気になれば】　認
眞做的話。

ほんごしになって【本腰になって】
認眞地＝本気で,本腰をいれて。

ほんさいになおる【本妻に直る】　扶
正＝本妻になおす。

ほんしつをつかむ【本質を攫む】　抓
住本質。

ほんしつをみぬく【本質を見抜く】
看破本質。

ほんしょうがでる【本性が出る】　露
出本性,露出原形。

ほんしょうをうしなう【本性を失う】
失去知覺,神志不清。

ほんしょくをおろそかにする【本職を
疎かにする】　不務正業＝本職をお
留守にする。

ほんしんにたちかえる【本心に立ち帰
える】　①清楚過來。②鎭靜下來。

ほんしんをうしなう【本心を失う】
神魂顚倒。

ほんすじからはずれる【本筋から外れ
る】　離題。

ほんすじをわすれる【本筋を忘れる】
忘了根本。

ほんせいがあらわれる【本性が現れる
】　露出本性來。

ほんせいをあらためがたい【本性を改
めがたい】　本性難改,本性難移。

ほんぜんとさとる【翻然とさとる】
恍然大悟,翻然悔恨。

ほんぜんとしてくいあらためる【翻然
として悔い改める】　翻然悔悟＝翻
然として心を改める,翻然とさと
る。

ほんぜんたいごする【翻然大悟する】
恍然大悟。

ほんそうにうむ【奔走に倦む】　疲於
奔命,忙的喘不過氣來。

ほんてをだす【本手を出す】　使出絶
招。

ほんとうだとうけとった【本当だと受
け取った】　信以爲眞。

ほんとうだとうけとる【本当だと受け
取る】　同上條。

ほんとう…である【本当…である】
眞是…,實在是…。

ほんとうなら【本当なら】　本来…,
按理說…。

ほんとうにいやらしい【本当にいやら
しい】　實在無聊。

ほんとうに…がじょうずだ【本当に…
が上手だ】　眞會…。

ほんとうに…ことだ　…極了。

ほんとうに…じゅつがない【本当に…
術がない】　實在没法…。

ほんとうにする【本当にする】　信以
爲眞。

ほんとうににくらしい【本当に憎らし
い】　眞惡劣。

ほんとうに…ものだ　眞…了。

ほんとうのことをいう【本当のことを
言う】　說眞的，說實在的，說實在
話，說眞話＝本当の話を言。

ほんとうのすがたをあらわす【本当の
姿を表す】　露出本來面目。

ほんとうのはなし【本当の話】　眞話。

ほんならず　不凡。

ほんにしがみつく【本にしがみつく】
啃書本，摳書本。

ほんにんのじきわだ【本人の直話だ】
本人親口說的。

ほんねをはく【本音を吐く】　說出眞
心話。

ほんのこしかけです【本の腰掛です】
只是臨時的。

ほんのすこし【本の少し】　一點點。

ほんの…だけです【本の…だけです】
只是一點…，只不過是…。

ほんのちょっとした【本のちょっとし
た】　稍微…一點的。

ほんのつかのまである【本の束の間で
ある】　只不過是轉瞬之間。

ほんの…です【本の…です】　只不過
是…。

ほんのとおりいっぺんのしりあいです
【本の通り一遍の知合です】　只不
過是一面之識，只不過是泛泛之交＝
ほんのちょっとした知合です。

ほんのなばかり【本の名ばかり】　徒
有其名。

ほんのなばかりだ【本の名ばかりだ】
只是名義上。

ほんの…にすぎない【ほんの…に過ぎ
ない】　只不過是…。

ほんのひとあしです【本の一足です】
離此不遠。

ほんのもうしわけに【本の申訳に】
只是爲了敷衍，只是爲了搪塞。

ほんの…ものだ【本の…ものだ】　不
過是…。

ほんのりとあかるくなる【ほんのりと
明るくなる】　朦朧亮。

ほんのやりかけで　剛著手傲。

ほんばのいきおいで【奔馬の勢で】
以萬馬奔騰之勢。

ほんぶんをつくす【本分を尽す】　盡
本分＝本務を尽す。

ほんぽうなじょうねつ【奔放な情熱】
奔放的熱情。

ぼんぼんおこる【ぼんぼん怒る】　勃
然大怒，氣沖斗牛。

ほんまつをてんとうする【本末を転倒
する】　本末顚倒，捨本逐末，捨本
求末。

ほんむをおろそかにする【本務を疎か
にする】　不務正業＝本職を疎かに
する。

ほんむをつくす【本務を尽す】　盡本
分。

ほんめいにつかれる【奔命に疲れる】
疲於奔命。

ほんもうをとげる【本望を遂げる】
達到宿願。

ぼんやりかんがえこむ【ぼんやり考え
込む】　沉思，呆呆地想。

ぼんやりしすぎる【ぼんやりし過ぎる
】　過於不小心，太不經心。

ぼんやりとおぼえる【ぼんやりと覚え
る】　模糊地記得。

ぼんやりとしてくらす【ぼんやりとし
て暮す】　過得迷迷糊糊，過糊塗了。

ぼんやりとつったっている【ぼんやり
と突立っている】　呆呆地站著。

ほんらいからいえば【本来から言えば
】　按說，按理說。

ほんらいならば【本来ならば】　同上
條。

ほんらいならば…ところだ【本来なら
ば…ところだ】　按理說應該…。

ほんらいのすがた【本来の姿】　本來
面貌，盧山眞面目。

ほんをあらわす【本を著わす】　著書，
寫書。

ぼんをくつがしたようなあめ【盆をく
つがしたような雨】　傾盆大雨。

ほんをしめる【本を締める】　合上書。

ほんをそらでおぼえる【本を空で覚え
る】　背書。

ほんをそらでよむ【本を空で読む】
背誦。

ま

まあいいや　没關係，算不了什麼。

まあいをはかって【間合をはかって】
抓空，找工夫＝ひまをみつけて，ま
をみて。

まあかなりです　還算好，還算不錯，
還算可以＝まあよい。

まいきょにいとまあらず【枚挙に暇あ
らず】　不勝枚舉＝まいきょにいと
まがない，かぞえるにいとまがな
い。

まいごになる【迷子になる】　①迷失。
②遺失。

まいこんでくる【舞込んで来る】　飄
進來，接二連三而來。

まいどのことだ【毎度の事だ】　常事，
常有的事，經常的事＝まいまいのこ
とだ。

まいないをつかう【賄賂を使う】　行
賄，賄賂。

マイナスになる　幫倒忙，反倒糟糕（
不利）。

まいにちのこめにもことかく【毎日の
米にも事欠く】　家無隔宿之糧。

まいまいのことだ【毎毎の事だ】　常
事，常有的事，經常的事。

まいよこと【毎夜こと】　夜裏常常…。

まいらない【参らない】　不怕，受得
了。

まえから【前から】　①以前，從前。
②上次，上回。③從正面。

まえきんでしはらう【前金で支払う】
預付，預先付款。

まえこうじょうをのべる【前口上を述
べる】　開段開場白。

まえで【…前で】　…之前，眼看就要
…了。

まえとおなじように【前と同じように
】　仍然，仍舊。

まえのほうがよい【前の方がよい】
原先的好，原來的好。

まえのままだ【前のままだ】　和原來
一樣，還是從前那個樣子。

まえぶれなしに【前触れなしに】　預
先不通知就…。

まえまえから【前前から】　早就…。

まえもって【前以て】　預先，事前。

まがいい【間がいい】　①湊巧。②走
運＝まんがいい。↔まがわるい。↔
まんがわるい。

まがおで【真顔で】　板著臉，一本正
經地。

まがさす【魔が差す】　中魔，鬼使神
差。

まかないをする【賄をする】　辦伙食，
供給伙食。

まがなすきがな【間がな隙がな】　①
經常，不斷。②一有機會，一有閑工
夫。

まがぬける【間が抜ける】　①愚蠢，
糊塗。②馬虎，大意，疏忽。①＝ば
かである。②＝ぬかりがある。

まかぬたねははえぬ【蒔かぬ種は生え
ぬ】　種瓜得瓜，種豆得豆。

まがへんだ【間が変だ】　走調，走板。

まがりかど【曲がりかど】　轉彎處，拐角。

まがりくねったみち【曲がりくねった
道】　羊腸小道，曲折的道路。

まかりならぬ【罷り成らぬ】　（稍舊
的說法）不准，不許＝行かない，許
さない。

まがりなりにも【曲りなりにも】　勉
強，對付，湊合，差不多。

まがよければ【間がよければ】　倘若
順手的話，若是走運的話。

まがわるい【間が悪い】　①不湊巧。
②倒霉，不走運。③害羞，不好意思
＝運が悪い，恰好が悪い，きまりが
悪い。

まきぞえにする【巻添えにする】　連

累…，牽連…。✿前接"を"。

まきぞえをくう【巻添を食う】　受連累，受…連累。

まぎれもない【紛れもない】　①實實在在的，確鑿的。②地地道道的。

まぎれやすい【紛れやすい】　容易混淆，混淆不清。

まぎわに【間際に】　臨…，臨時…，正要…。

まくあいがながい【幕合が長い】　幕間休息時間太長＝幕間が長い。

まくあきになる【幕開きになる】　開幕了＝幕が開く。

まくあきのせふり【幕開きの台詞】　開場白。

まくがあく【幕が開く】　開始，開幕→まくがとじる。＝まくがはじめる。

まくがあがる【幕が上がる】　同上條。

まくぎれがわるい【幕切れが悪い】　①結尾不好，收尾不好。②結果不好，收場不好。

まくぎれになる【幕切れになる】　收場，閉幕＝まくになる。

マークされる　被…注意。

まぐさをやる【秣をやる】　給…餵草，給…添料。

まぐちばかりでおくゆきがない【間口ばかりで奥行がない】　博而不專，務廣而荒。

まくになる【幕になる】　終了，結束，閉幕＝まくぎれになる。

まくらにつく【枕につく】　睡覺，就寢。

まくらをかわす【枕を交す】　共衾。

まくらをする【枕をする】　枕枕頭。

まくらをたかくしている【枕を高くしている】　高枕無憂。

まくらをたかくしてやる【枕を高してやる】　把枕頭給…墊高點。

まくらをならべてうちじにする【枕を並べて討死する】　全部陣亡。

まぐれあたりだ【まぐれ当りだ】　①偶然說中，歪打正著。②僥倖。

まくをおろす【幕を降ろす】　閉幕。

まけおしみがつよい【負惜みが強い】　死不認輸。

まけおしみをいう【負惜みを言う】　不認輸，不服輸。

まけかちなし【負勝なし】　平局，不分高低，不分輸贏。

まけずおとらず【負けず劣らず】　平手，不相上下，不分優劣。

まけずに【負けずに】　不示弱地，不服氣地。

まけたといわない【負けたと言わない】　不肯認輸。

まげて【枉げて】　好歹，勉強，無論如何＝やっと，どうしても。

まけるがかち【負けるが勝ち】　失敗是成功之母。

まけをみとめた【負けを認めた】　認輸。

まけんきのつよい【負けん気の強い】　好強的，非常要強的＝まけぎらいな（の）。

まごころをこめて【真心を込めて】　誠心誠意地，真心實意地＝真心から，真心を持って。

まことがたりない【誠が足りない】　缺乏誠意，不夠真誠＝誠に欠ける。

まことがない【誠がない】　不誠實。

まことにうらめしい【誠に恨しい】　實在可恨＝じつにうらめしい。

まことにおもしろい【真に面白い】　真妙，妙極了，真有意思。

まことにせまる【実に逼る】　逼真。

まことに…である【誠に…である】　猶如…。

まことになげかわしい【実に嘆わしい】　實在可嘆，實在可悲。

まことをつくす【誠を尽す】　竭誠。

まごにもいしょう【馬子にも衣裳】　人是衣裳馬是鞍。

まごまごしないで　別手忙腳亂地，別張慌失措地。

まさか…あるまい【真逆…あるまい】　①未必能…，未必會…，不至於…，大概不至於…。②莫非是…嗎？難道是…嗎？③決不會…，決不能…＝まさか…ではあるまい，まさか…ではないだろう。

まさかとおもう【真逆と思う】　難以

相信。

まさか…ない【真逆…ない】　不會…，哪能…，決不會…。

まさかのことがあったら【真逆の事があったら】　萬一有個好歹。

まさかのときにそなえる【真逆の時に備える】　準備萬一＝まさかの時の用意をする。

まさかのときには【真逆の時には】　萬一發生意外，萬一的時候。

まさかのときのともだち【真逆の時の友達】　患難的朋友。

まさかのときのまじわり【真逆の時の交わり】　患難之交。

まさかのときのようい【真逆の時の用意】　準備萬一。

まさか…はずがない【真逆…はずがない】　決不會…，決不可能…。

まさしくそのとおりだ【正しくその通りだ】　的確不錯，誠然不錯＝正にその通りだ。

まさつがおきる【摩擦が起きる】　鬧摩擦，發生摩擦＝まさつをしょうずる。

まさつをさける【摩擦を避ける】　避免摩擦。

まさつをのぞく【摩擦を除く】　消除摩擦。

まさにいっきょりょうとくだ【正に一挙両得だ】　正好一舉兩得＝正に一石二鳥だ。

まさに…うとする【正に…うとする】　將要…，剛要…，正要…＝正に…うとする。

まさに…からであり，…またそのてんだけからである【正に…からであり，…またその点だけからである】　正是因爲…，也僅僅是因爲…。

まさにそのとおりだ【正にその通りだ】　的確不錯，誠然不錯，的確如此。

まさに…べきである【正に…べきである】　應該…，應當…。

まさるともおとらない【優るとも劣らない】　有過之而無不及。

まじかにせまる【間近に迫る】　臨近了，…迫近了。

まじめいっぽうの【真面目一方の】　非常認眞的。

まじめくさったかおをする【真面目くさった顔をする】　假裝正經，一板正經＝まじめなかおをする，まじめをよそおう。

まじめさをじゅうしする【真面目さを重視する】　就怕認眞，重視認眞。

まじめなはなしでない【真面目な話でない】　沒正經的。

まじめになって【真面目になって】　認眞地，正經地。

ましゃくにあわぬ【間尺に合わぬ】　不上算，不合算，划不來＝割に合わぬ。

ましゅからのがれない【魔手から逃れない】　難逃魔掌。

ましょうめんからぶつかった【真正面からぶつかった】　撞個滿懷。

まじわりがある【交わりがある】　有來往。

まじわりをたつ【交わりを絶つ】　絕交，斷交，斷絕來往＝交際を絶つ。

まじわりをむすぶ【交わりを結ぶ】　結交。

まずあるまい【先ずあるまい】　大概不會有。

まずいことになった　結果不妙。

まずいて【まずい手】　下策，拙劣的手段→うまい手。

ますいをかける【麻酔を掛ける】　施行痲醉。

マスクがよい　長得漂亮。

マスクをかける【マスクを掛ける】　戴口罩，戴面具→マスクをはずす。

まずさいしょに【先ず最初に】　最先，最初。

まずそんなものさ　也不過如此。

マスターできない　學不好，掌握不了，不能精通。

ますます…いっぽうだ【益益…一方だ】　越來越…，越發…＝ますます…一方だ。

ますます…になる【益益…になる】　同上條。

まずもって【先ず以って】　總算…，

好歹…。

まずもって…よい【先ず以って…よい】　算可以…了，好歹…了。

まずよいほうでした【まずよい方でした】　還算好，大體上還可以。

ませたことをいう【ませたことを言う】　（孩子）説大人話，説話像大人似的＝ませた口をきく。

ませんか　好嗎，…行不行，…可以嗎？

またあした【また明日】　明天見。

まだ…ある　還有…。

まだ…うとする　還要…。

まだおおやけになっていない【まだ公になっていない】　還不公平。

またおしゃべりをはじめた【またお喋りを始めた】　又打開話匣子了。

まだ…ない　還没…。

まだきおくにあたらしい【まだ記憶に新しい】　記憶猶新。

またぎきだから【又聞きだから】　是間接聽説的。

またぎきですが【又聞きですが】　聽人家説。

またされていらだつ【待たされて苛立つ】　等得心焦。

またしても【又しても】　又…，再…，再一次…＝またまた，再び。

まだしも【未だしも】　還行，還可以，還算好。

まだ…そうだ　還得…，還算…。

またたきをする【瞬きをする】　眨眼＝目を瞬く。

またたくあいだ【瞬く間】　轉瞬之間，眨眼工夫。

またたくまに【瞬く間に】　同上條。

また…でもない　又不是…。

またと【又と】　（下接否定語）再也…。

またとない【又とない】　①難得的，再也没有的，再也找不到的。②獨一無二。

また…ない【未と…ない】　再也不…，再也没有…。

またとないおりだ【又とない折だ】　難得的機會。

まだ…ない　還不…，還没…，還没有

…。

またにかける【股に掛ける】　走遍…。❖前接“を”。

またひとつには【又一つには】　另一方面。

まだはやい（から）【未だ早い（から）】　還早，還早點。

またふうしゅがある【又風趣がある】　別有風趣。

まだへこたれるほどではありません　還不至於垮，還不至於氣餒。

まだ…ほどではありません　還不至於…。

まだまだしゅうじゅくしていない【…まだまだ習熟していない】　還遠不善於…。❖前接“に”。

まだまだ…なければならない　還要…，還需…。

また…までだ　再…就是了。

またよい　也好，還好。

まだ…ようとしない　還不肯…。

またをひろげる【股を広げる】　又開腿。

またわかい【また若い】　①還年青。②還不老練。

まちあぐんでいた【待ち倦んでいた】　等膩了，等煩了。

まちがいがある【間違いがある】　①有不正常關係。②有錯誤。

まちがいない【間違いない】　没錯，錯不了，準没錯。

まちがいなく【間違いなく】　一定…，保證…，准保…。

まちがいのない【間違いのない】　可靠的，靠得住的。

まちがいをおこす【間違いを起す】　跟…吵架，跟…打架。❖前接“と”。

まちがいをなおす【間違いを直す】　改正錯誤。

まちがったこうそう【間違った構想】　錯主意。

まちがったことをする【間違ったことをする】　做錯事兒。

まちかねている【待ち兼ねている】　等的不耐煩了＝まちあぐんでいる。

まちなかをあるく【町中を歩く】　在

街上走。

まちにまった【待ちに待った】 等待已久的。

まちのすみずみ【町の隅隅】 街頭巷尾。

まちぼうけをくう【待ちぼうけを食う】 白等。

まちぼうけをくわす【待ちぼうけを食わす】 叫人白等。

まちまちのことをいう【区区のことを言う】 其說不一，衆說紛紜，莫衷一是。

まちにでる【町に出る】 上街。

まちにゆく【町に行く】 進城。

まちをながす【町を流す】 串街，走街串巷。

まちをぶらつく【町をぶらつく】 逛大街。

まちをゆく【町を行く】 遊街，遊行＝町をねる，町をねりあるく。

まっかなうそだ【真赤な嘘だ】 完全是謊話。

まっかになって【真赤になって】 臉紅脖子粗起，滿臉通紅，紅頭脹臉地。

まっかになっておこる【真赤になって怒る】 氣得臉通紅。

まっこうから【真向から】 ①迎面，從正面。②劈頭…。③毫不客氣地。

まっこうからたいけつする【真向から対決する】 針鋒相對。

まつだいまでおめいをのこす【末代まで汚名を残す】 遺臭萬年。

まったくいやになる【全く厭になる】 眞叫人討厭。

まったくかたちをなしていない【全く形を成していない】 簡直不成樣子，完全不像樣子。

まったくかみのおひきあわせです【全く神のお引合わせです】 眞是奇遇。

まったくきのもめることだ【全く気の揉めることだ】 眞叫人著急。

まったくこまりきった【全く困り切った】 簡直没有法子，眞叫人爲難，進退兩難。

まったくししんがない【全く私心がない】 大公無私。

まったくせいさんがない【全く成算がない】 心中無數。

まったくとりえがない【全く取柄がない】 毫無可取之處。

まったくとんでもないはなしだ【全くとんでもな話だ】 眞是豈有此理。

まったく…ない【全く…ない】 ①完全不…，根本不…，毫不…。②簡直没有…。

まったくなんぎだ【全く難儀だ】 眞是活受罪。

まったく…によるものである 完全是由於…。

まったくねがってもないことだ【全く願ってもないことだ】 眞是求之不得。

まったくのところ【全くのところ】 其實。

まったく…のだ【全く…のだ】 很…。

まったくはがゆい【全く歯痒い】 眞急死人了。

まったくふせぎようがない【全く防ぎようがない】 眞是防不勝防。

まったくほうがいなことだ【全く法外なことだ】 簡直没有道理。

まったくまぐれあたりだ【全くまぐれ当りだ】 完全是僥倖，完全是偶然打中，完全是歪打正著。

まったくまぬけなやろうだ【全く間抜な野郎だ】 簡直是個愚蠢極了的傢伙。

まったくむちゃだ【全く無茶だ】 簡直是豈有此理。

まったくめんもくまるつぶれだ【全く面目丸潰れだ】 眞是活丟人，眞是丟透人了。

まったく…ものだ【全く…ものだ】 ①全是…，完全是…。②眞…，眞是…。

まったく…ようだ【全く…ようだ】 簡直像…。

マッチがつく 劃火柴。

まつりごとをとる【政を取る】 執政。

まつりをいとなむ【祭を営む】 祭祀。

まできょくげんする【…まで極限する】 達到…的極限。

までだ 只有…而已，只不過…。

までです　同上條。

までどくらせど【待てど暮せど】　無論怎麼等也…＝いくら待っても，いつまで待っても。

までに　在…之前。

までにはならない　不必…，無須…，用不著…＝…には及びません。

までのことだ　…算了，…就算了，也就算了＝…までだ。

までのことではない　①還不至於…。②用不著。

までのこともない　無須…，不必…，用不著…＝までにはならない，…までもない。

までてんらくする【…まで転落する】　淪落爲…＝…にてんらくする。

まではだいぶあいだがある【…までは大部間がある】　離…還很遠，離…還有很大一段距離。

までひっくるめる【…まで引括める】　連…在內，包括…在內。

までもたせなければならない【…まで持たせなければならない】　必須維持到…時候。

までもっていく【…まで持って行く】　維持到…，支持到…。

までもつまい【…まで持つまい】　恐怕維持不到…時候。

までもない　①無須…，不必…，用不著…。②不値…，不値得…。

までやめない　非…不可。

まとがはずれる【的が外れる】　没有達到目的。

まととなる【的となる】　成爲…的焦點，成爲…的中心，成爲…的目標。

まとにあたる【的に当る】　①命中，擊中目標。②擊中要害。

まどにかみをはる【窓に紙をはる】　糊窗戶。

まとまりがつかぬ【纏まりがつかぬ】　①不統一，亂套了，不能取得一致。②雜亂無章，亂七八糟。

まともなことはしない【真面な事はしない】　正經事不幹，不幹正經事兒。

まともなせいかつはできない【真面な生活はできない】　混，混日子。

まともに…いない【真面に…いない】　没正經…，没認眞…。

まともにとる【真面に取る】　信以爲眞。

まともになった【真面になった】　變得規矩起來了。

まともにめをむける【真面に目を向ける】　正視…，認眞注意…。＊前接“に”。

まともに…ものだ【真面に…ものだ】　要認眞…。

まなこからひがでる【眼から火が出る】　兩眼冒金星。

まなこにかすみがかかる【眼に霞が掛かる】　眼睛朦朧。

まなこにさわる【眼に障る】　礙眼，不順眼。

まなこをこやす【眼を肥す】　飽眼福。

まなこをなげる【眼を投げる】　投去…目光。

まなこをむきだす【眼を剝出す】　瞪眼。

まなじりをけっする【眥を決する】　怒目而視。

まなびのにわ【学びの庭】　學校。

まにあうように【間合うように】　及時。

まにあえば【間に合えば】　①來得及的話。②如果好使。③趕得上的話。

まにあわせにつかう【間に合わせに使う】　湊合著用，對付著用，將就著用。

まにあわせのことをする【間に合わせのことをする】　逢場作戲。

まにあわない【間に合わない】　①來不及。②趕不上了。③不頂用，不起作用。

まにうける【真に受ける】　信以爲眞。

まにせまる【真に逼る】　逼眞。

まにんげんになる【真人間になる】　重新做人。

まぬがれがたい【免れがたい】　①難免…。②算不了…。

まぬがれない【免れない】　…是免不了的。

まぬけなはなし【間抜な話】　蠢話。

まぬけなやつ【間抜な奴】　蠢貨。

まねがうまい【真似がうまい】　善於學習。

まねかざるきゃく【招かざる客】　不速之客。

まねができる【真似ができる】　可以學…，可以模仿。◆前接格助詞"の"。

まねのできないことだ【真似のできないことだ】　①學不了。②不容易做到。③不能比擬。

まねをする【真似をする】　①装…。學…。②模仿…。◆前接用言連體形或格助詞"の"。

まのあたりにきく【目の当りに聞く】　直接聽到。

まのあたりにみる【目の当りに見る】　親眼看到。

まのびしたかおをする【間延びした顔をする】　呆頭呆腦。

まばたきひとつしない【瞬き一つしない】　眼睛連眨都不眨一下。

まばたきもせず【瞬きもせず】　盯盯地，目不轉睛地，不眨眼地。

まばたくあいだに【瞬く間に】　轉瞬之間，眨眼工夫。

まひじょうたいにおちいる【麻痺状態に陥る】　陷入癱瘓狀態。

まぶたがおもたい【瞼が重たい】　睏得睜不開眼睛。

まぶたにうかぶ【瞼に浮ぶ】　時時想起…，時時憶起…。

まぶたにのこる【瞼に残る】　始終留在記憶裏。

まぶたをなきはらす【瞼を泣き腫す】　把眼睛都哭腫了＝泣いて目をはらした。

まぶちがくろずむ【目縁が黒ずむ】　眼圈發黑，眼睛都青了＝目のふちが黒ずむ。

まぼろしにうかぶ【幻に浮ぶ】　幻想。

まぼろしにほかならない【幻に外ならない】　不過是幻想。

まぼろしのごとくきえる【幻のごとく消える】　幻滅。

ままごとをしてあそぶ【飯事をして遊ぶ】　過家玩玩。

ままだ【…儘だ】　①仍舊…，仍然…，照舊。②總是…。

ままで　①就像…那樣，按照…那樣。②任憑…那樣，隨…，任…。③在…狀態下，在…狀況下＝…ままに，…ままにして。

ままにならない【儘にならない】　①不如意。②不隨…擺佈。

ままにまかせる【…儘に委せる】　任其…，聽任…。

ままのすがたで【儘の姿で】　仍舊處於原來的狀態。

まめができる【豆が出来る】　起了泡，打了泡＝水腫ができる。

まめつぶほどの【豆粒ほどの】　一點點的，豆粒大的。

まめに【忠実に】　①認眞地。②勤懇地。③健康地＝まめで。

まめをつぶす【豆を潰す】　把泡挑破。

まもない【…間もない】　連…的工夫都没有。

まもなく【間もなく】　快…，就要…，不久，早晚，不大工夫，眼看…，眼看就要＝やがて，ほどなく，そろそろ。

まもなく…よう【間もなく…よう】　快要…。

まやかしはない　一點也不假，是眞的。

まゆげをよまれる【眉毛を読まれる】　心事被人看出來，心事被人察覺。

まゆにつばをつける【眉に唾をつける】　①(怕上當)提高警惕。②覺得可疑。

まゆにひがついたように【眉に火がついたように】　像火燒眉毛似的。

まゆにひがつく【眉に火がつく】　十萬火急，燃眉之急。

まゆのまをちぢめる【眉の間を縮める】　皺個眉頭，皺著眉頭。

まゆをしかめる【眉を顰める】　①皺眉，緊鎖雙眉，愁眉不展。②討厭…，不喜歡…＝まゆをひそめる，顔をしかめる。

まよいからさめる【迷いから醒める】　醒悟過來，清醒過來。

まよいごとをいう【迷いごとを言う】　說夢話。

まよいをさます【迷いを醒ます】　譲
（使）…醒悟。

まよこにある【真横にある】　就在旁
邊，就在…旁邊。

まるいかんじのひと【円い感じの人】
圓滑的人。

まるいちにち【丸一日】　整天＝一日。

まるくかこむ【丸く囲む】　團團圍住。

まるだしにする【丸出しにする】　毫
不掩飾。

まるっきり…とおなじだ【丸っ切り…
と同じだ】　簡直和…一樣。

まるっきり…ない【丸っきり…ない】
簡直不…，根本不…，完全不…＝ま
ったく…ない，ぜんぜん…ない。

まるで…にひとしい【丸で…に等しい
】　簡直等於…。

まるで…のようだ【丸で…のようだ】
好像…一樣，彷彿…似的＝丸で…と
同様だ。

まるで…みたいだ【丸で…みたいだ】
宛如…，好像…，滿像…，就好像…
＝丸で…ようだ。

まるでみちがえるようになった【丸で
見違えるようになった】　面目全非，
完全改變。

まるのまま　整個兒。

まるはだかになった【丸裸になった】
①赤身露體。②一貧如洗。

まるまる…なくてはならぬ【丸丸…な
くてはならぬ】　全要…，全得…。

まるみがでてきた【丸みが出て来た】
圓滑了一些。

まるをつける【丸をつける】　圈上點，
畫上圈。

まれなできごと【稀な出来事】　少有
的事，稀奇的事。

まれにしか…ない【稀にしか…ない】
很少…。

まれにみる【稀に見る】　少見的，罕
有的。

まわしてよむ【回しで読む】　①輪著
看。②輪流讀。

まわしをしめてなおす【回しを締めて
直す】　加勁做。

まわたでくびをしめる【真綿で首を締

る】　委婉地勸告（規勸）＝とおま
わしに忠告する。

まわたにはり【真綿に針】　笑裏藏刀，
口蜜腹劍。

まわりあわせがよい【回り合わせがよ
い】　走運，運氣好，有造化↔回り
合わせが悪い。

まわりがはやい【回りが早い】　①容
易醉。②發作得快。③蔓延得快。

まわりくどいはなしをする【回り諄い
話をする】　①說話繞彎兒。②說話
囉嗦。

まわりになる【回りになる】　①繞彎，
繞脚。②空忙。

まわりみちになる【回り道になる】
繞脚，繞運，繞彎兒，走繞道。

まわりみちをする【回り道をする】
走彎路。

まわりもちで【回り持ちで】　輪流。

まわりをみまわす【回りを見回す】
向周圍望望，向四周一看。

まをあける【間を明ける】　留出間隔。

まをおかず【間を置かず】　連續地，
接連不斷地。

まをおく【間を置く】　過了一會。✿
這個詞組一般用"まをおいて"的形
式。

まをかりる【間を借りる】　租個房間，
租一間房＝部屋を一間借りる。

まをくばる【間を配る】　分開間隔。

まをぬく【間を抜く】　跳，跳到，跳
過。

まをのぞく【魔を除く】　除魔。

まをはらう【魔を払う】　驅邪。

まをみて【間を見て】　抓空，瞧機會，
找個機會＝間をはかって。

まんいち…たら【万一…たら】　萬一
…＝もしも…たら。

まんいちにそなえる【万一に備える】
以備萬一，準備萬一，以防萬一，防
備萬一＝万一の変に備える，万一の
場合に備える。

まんいちまちがいでもおこしたら【万
一間違いでも起したら】　萬一有個
一差二錯，萬一有個三長兩短，萬一
發生意外＝もしものことがあれば。

まんいちもしものことがおこれば【万
　一もしものことが起れば】　同上條。

まんいちもしものことがあれば【万一
　もしものことがあれば】　萬一有個
　三長兩短＝もしものことがあっても。

まんいちをのぞむ【万一を望む】　指
　望萬一。

まんがいち…たら【万が一…たら】
　萬一…，萬一若是＝万一…たら，
　万が一にも…たら，もしも…たら。

まんがんのしょをよむ【万巻の書を読
　む】　讀破萬卷書。

まんざいをする【漫才をする】　說相
　聲。

まんざらだめでもない【満更だめでも
　ない】　未嘗不可。

まんざら…でもない【満更…でもない
　】　並非…，並非是，並不是，並非
　完全…，並非毫無…，並不一定…＝
　まんざら…ではない。

まんざらばかでもない【満更ばかでも

ない】　並非糊塗，並非愚蠢。

まんじどもえにいりみだれてたたかう
　【卍巴に入り乱れて戦う】　混戰一
　場。

まんしんのちからをこめて【満身の力
　を込めて】　盡全力…。

まんぜんといいだした【漫然と言出し
　た】　無意中說出了。

まんぜんとくらす【漫然と暮す】　糊
　裏糊塗過日子。

まんぞくのいく【満足のいく】　令人
　滿意的＝まんぞくできる。

まんにひとつのしっぱいもない【万に
　一つの失敗もない】　萬無一失。

まんにひとつもおこるまい【万に一つ
　も起るまい】　非常罕見。

まんめんにえみをたたえる【満面に笑
　みを湛える】　滿面笑容，滿面堆笑。

まんをじする【満を持する】　充分準
　備，以待時機。

まんをひく【満を引く】　喝滿滿一杯酒。

み

みあいもしない【見合もしない】　沒
　有相親。

みあたりがつく【見当りがつく】　看
　得見，看得出。

みうけたところ【見受けたところ】
　看起來＝見掛けたところ。

みうごきならない【身動きならない】
　動彈不得。

みうごきもしない【身動きもしない】
　一動不動。

みうごきもできない【身動きもできな
　い】　轉不開身。

みうちがうずく【身内が疼く】　渾身
　疼。

みうちのもの【身内の者】　親屬。

みうちばかりです【身内ばかりです】
　都是自己人。

みえすいたうそをいう【見え透いた嘘
　を言う】　瞪著眼睛撒謊。

みえない【見えない】　①看不見。②
　不像…。③不顯…。④沒露，沒見。

みえにかまわない【見えに構わない】
　不修邊幅。

みえをきる【見えを切る】　①故作鎮
　靜，裝模作樣。②亮相。

みえをすてる【見えを捨てる】　放下
　架子。

みえをはる【見えを張る】　①裝飾門
　面。②講究外表。③追求虛榮。

みおくって【見送って】　靜等，靜待。

みおくりにかけつける【見送りにかけ
　つける】　趕來送行。

みおくりにする【見送りにする】　靜
　觀…。

みおとせない【見落せない】　不可忽
　視。

みおとりがする【見劣りがする】　遜
　色，相形見絀。

みおとりしない【見劣りしない】 不差，不低，無遜色。

みおとりではない【見劣りではない】 並不遜色。

みおぼえがない【見覚がない】 不認識。

みおぼえのあるかお【見覚のある顔】 眼熟，面熟，似乎見過。

みおもになる【身重になる】 懐孕了。

みがいる【身がいる】 拼命…，玩命…，對…感興趣。✧前接"に"。

みかえしてやらねばならない【見返してやらねばならない】 要爭口氣。

みがかたまる【身が固まる】 ①地位（身分）一定了。②成家了。

みがきをかける【研きを掛ける】 ①精益求精。②擦亮。③磨光。

みかけがよい【見掛けがよい】 瞧著不錯，外面不錯，外觀很好。

みかけたところは【見掛けたところは】 乍看起來，看起來好像…＝見受けたところ。

みかけでは【見掛けでは】 從外表上看。

みかけによらぬ【見掛けによらぬ】 不可貌相，不可光看外表，別瞧他那個樣子。

みがけは【見掛けは】 看樣子。

みかたがことなる【見方が異なる】 見解不同，看法不一樣＝見方が違う。

みかたがするどい【見方が鋭い】 看法尖銳。

みかたがわるい【見方が悪い】 看法不對頭。

みがたつ【身が立つ】 站得住脚。

みかたにくっつける【味方にくっつける】 把…拉到自己這邊來。

みかたをつくる【味方を作る】 交朋友＝友を作る。

みがない【実がない】 没有内容。

みがのびのびした【身が延び延びした】 渾身輕鬆。

みがはいる【身がはいる】 玩命…，拼命…，起勁地…。✧前接"に"。＝身がいる。

みからでたさび【身から出た錆】 自作自受，咎由自取。

みがるになる【身軽になる】 ①輕鬆。②輕便。

みがわりにたつ【身代りに立つ】 當替身，當替死鬼。

みがわりになる【身代りになる】 成爲替身，成爲替死鬼。

みがわりをたてる【身代りを立てる】 叫人代庖。

みぎおれいまで【右御礼まで】 謹此致謝。

みぎからひたりへ（に）【右から左へ（に）】 到手就光，一手來一手去＝右から左へなくなる。

みぎごへんじまで【右ご返事まで】 謹此奉覆。

みぎといえばひたり【右と言えば左】 你說東他就說西，故意反對。

みぎとおなじ【右と同じ】 同上，如上所述。

みぎにいずるものなし【右に出ずる者なし】 無出其右。

みぎにかたむく【右に傾く】 右傾。

みぎにでる【右に出る】 超過，勝過。

みぎのとおり【右の通り】 同上，如上，如上所述。

みぎのみみからひたりのみみへつつぬけだ【右の耳から左の耳へ筒抜けだ】 當耳旁風，左耳朵聽右耳朵冒。

みきりがわるい【見切りが悪い】 猶豫不定。

みきりをつける【見切りをつける】 ①放棄…。②不指望…。

みきわめがつかない【見極めがつかない】 難以預料，很難預料。

みぐるしいおこない【見苦しい行い】 可耻的行爲。

みぐるしいこと【見苦しい事】 丟臉的事，不體面的事。

みけんにしわよせる【眉間に皺寄せる】 皺眉。

みこしをかつぐ【御輿を担ぐ】 捧…，給…戴高帽。

みこせない【見越せない】 預料不到。

みごとにあたった【見事に当った】 ①完全說對了。②完全猜對了。

みごとにしっぱいした【見事に失敗した】　大敗，慘敗。

みこみがあたる【見込が当る】　估計對了↔見込がはずれる。

みこみがある【見込がある】　①有希望，有指望。②有可能，有…的可能＝見込がつく。↔見込がない。

みこみがたたない【見込が立たない】　沒有…的希望。

みこみがない【見込がない】　①没希望，甭指望了。②没有…的可能，不可能…。③没出息。④搞不好，辦不成。

みごろしにする【見殺しにする】　見死不救，坐視不救。❀前接"を"。

みさおをたてる【操を立てる】　①守節。②守貞。

みさおをまもる【操を守る】　同上條。

みさおをやぶる【操を破る】　①失貞。②變節。

みさかいがつかない【見境がつかない】　不辨…，分不清…。

みさだめがつかない【見定めがつかない】　不能斷定。

みぢかにかんじる【身近に感じる】　痛感。

みしみしおとがする【みしみし音がする】　咯吱咯吱響。

みじめなはいぼくをきする【惨めな敗北を喫する】　遭到慘敗。

みしらずのおとこ【身知らずの男】　不知自量的人，没有自知之明的人。

みしらぬひと【身知らぬ人】　生人，陌生人＝知らない顔。

みじろぎもしない【身じろぎもしない】　絲毫不動。

みじろぎもできない【身じろぎもできない】　動不了身，轉不開身＝みじろぐこともできない。

みじんにくだける【微塵に砕ける】　打個粉碎。

みじんも…ない【微塵も…ない】　毫不…，一點也没…＝少しも…ない。

みずあかがたまる【水垢が溜る】　生水銹，生水垢。

みずがかかる【水がかかる】　弄上水，濺上水。

みずかけろんをする【水掛論をする】　死抬槓，没有休止的爭論。

みずかさがます【水嵩が増す】　漲水＝水が出る，水が溢れる。

みずがしみこむ【水が染み込む】　吃水。

みずがはいる【水がはいる】　暫時休息。

みずがもる【水が漏る】　漏水。

みずからいいたてる【自ら言立てる】　自作主張。

みずからおさえる【自ら抑える】　自制，克己。

みずからかってでる【自ら勝って出る】　自告奮勇。

みずからくるしみをもとめる【自ら苦しみを求める】　自找苦惱，自尋煩惱。

みずからじする【自ら持する】　自持。

みずからしゅっぱする【自ら出馬する】　親自出馬＝みずからのりだす。

みずからすすんで【自ら進んで】　自己主動地…。

みずからぜとなす【自ら是となす】　自以爲是。

みずからそんをまねく【自ら損を招く】　自找苦吃，自食其果。

みずからてをくだす【自ら手を下す】　親自動手，親自下手。

みずからなぐさめる【自ら慰める】　自慰。

みずからのちからで【自らの力で】　靠自己的力量。

みずからのりだす【自ら乗出す】　親自出馬。

みずからべんたつする【自ら鞭撻する】　鞭策自己。

みずからぼけつをほる【自ら墓穴をほる】　自掘墳墓。

みずからめつぼうをまねく【自ら滅亡を招く】　自取滅亡。

みずからもとめてくろうをする【自ら求めて苦労をする】　自找苦吃，自尋苦惱。

みずからをおさえる【自らを抑える】　自己約束自己。

みずからをかえりみる【自らを顧みる

】 反躬自省，反躬自問。

みずからをとう【自らを問う】 檢討
自己。

みずからをむちうつ【自らを鞭打つ】
鞭打自己。

みすぎができない【身過ぎができない
】 不能獨立生活。

みずきよければさかなすまず【水清け
れば魚棲まず】 水清則無魚。

みずぎわだったうてまえ【水際立った
腕前】 特別出色的本領。

みずけむりがたつ【水煙が立つ】 濺
起水花。

みずしらず【見ず知らず】 陌生，素
不相識。

みずぜめひぜめのくるしみをうける
【水攻火攻の苦しみを受ける】 處
在水深火熱之中。

みずとあぶら【水と油】 水火不相容。

みずにする【水にする】 前功盡棄，
付諸流水，歸於泡影＝水になる。

みずにながす【水に流す】 付諸東流，
不究既往。

みずにながそう【水に流そう】 一筆
勾銷，不算舊帳，不用再提。

みずになる【水になる】 付之流水，
付諸東流。

みずになれない【水に慣れない】 水
土不服。

みずにひたっている【水に浸っている
】 泡在水裏。

みずのあわ【水の泡】 ①歸於泡影。
②徒勞，白費，白費勁＝水の泡とな
った。

みずのあわとなる【水の泡となる】
同上條。

みずのしたたるよう【水の滴るよう】
①嬌滴滴的。②水亮亮的，非常美麗，
非常水靈。

みずのながれとひとのゆくえ【水の流
れと人の行方】 前途莫測。

みずのはねがかかる【水の跳がかかる
】 濺了一身水。

みずばながでる【水洟が出る】 流鼻
涕＝水洟が垂らす。

みすぼらしいふうをしている【見窄ら

しいふうをしている】 打扮得難看。

みずみずしいかおたちだ【瑞瑞しい顔
立ちだ】 長得漂亮，長得精神，長
得水亮＝瑞瑞しいかおつきだ。

みすみすよいきかいをうしなう【見す
見すよい機会を失う】 坐失良機。

みずむしができた【水虫が出来た】
長脚氣。

みずもたまらず【水も溜まらず】 乾
淨俐落。

みずももらさぬ【水も洩さぬ】 ①水
泄不通。②滴水不漏。③無機可乘。
④警衛森嚴。⑤親密無間。

みずをうったよう【水をうったよう】
鴉雀無聲＝水を打ったようになっ
た。

みずをかける【水を掛ける】 澆水，
撩水。④前接"に"。

みずをくむ【水を汲む】 打水。

みずをさす【水を差す】 ①摻水，摻
水，加水，上水。②離間，挑撥離間。

みずをのむ【水を飲む】 喝水。

みずをはじく【水を弾く】 不透水。

みずをふりまく【水を振撒く】 撒水。

みずをむける【水を向ける】 ①引誘。
②暗示。③刺探。

みせかけがいい【見せ掛けがいい】
外表不錯。

みせかけしんせつ【見せ掛け親切】
假仁假義。

みせかけをよくする【見せ掛けをよく
する】 裝外表。

みせにつく【店につく】 開始營業→
店をでる。

みせのばんをする【店の番をする】
看舖子。

みせのマスタ【店のマスタ】 經理，
掌櫃。

みせをしまいにする【店を仕舞にする
】 收攤，關門，停止營業＝店しま
いをする，店をしまう，店をやめる，
店をとじる。

みせをしめる【店を締める】 同上條。

みせをとじる【店を閉じる】 關門，
舖子倒閉＝店を出る。

みせをはる【店を張る】 開店，擺攤，

開舗子↔店をたたむ。

みせをひく【店を引く】　打烊，歇業
↔店をひらく。

みそがくさる【味噌が腐る】　破鑼嗓
子，嗓音太壞。

みぞがふかくなる【溝が深くなる】
分歧更大了。

みそのさかいにのぞむ【身其境に臨む
】　身臨其境。

みそもくそもいっしょにする【味噌も
糞も一緒にする】　好壞不分，魚龍
混雜。

みそをあげる【味噌を揚げる】　自吹
自擂。

みそをする【味噌を擂る】　奉承，獻
媚＝お世辞を言う。◈前接“に”。

みそをつける【味噌をつける】　①失
敗。②丟臉，丟面子，往臉上抹黑＝
面目を失う。

みたことはない【見たことはない】
從未見過。

みだしなみにちゅういする【身嗜みに注
意する】　注意打扮，修飾邊幅。

みたてによれば【見立によれば】　據
…判斷。

みたところ【見たところ】　①乍看，
乍一看。②看來，看起來，看樣子。
③從表面上來看。

みたところでは【見たところでは】
據…看，據…所見。

みたとたんに【見た途端に】　一看就
…。

みたまえ【見たまえ】　瞧，你瞧。

みためがぶかっこうだ【見た目が不恰
好だ】　瞧著不好看。

みために【見た目は】　看來，看起來，
表面看來。

みだりなことをいう【妄りなことを言
う】　亂說。

みだりにおくそくをくわえる【妄りに
憶測をくわえる】　胡猜，妄加揣測。

みだりに…な【妄りに…な】　不准…，
不許…，不要亂…，不准隨便…。

みだりに…べからず【妄り…可からず
】　不准擅自…。

みだりにもちばをはなれる【妄り持場

を離れる】　擅離崗位，擅離職守。

みだりにもんくをつける【妄に文句を
つける】　亂挑毛病。

みだりのふるまい【妄りのふるまい】
狂妄行爲。

みだれたよのなか【乱れた世の中】
亂世。

みちきって【道切って】　杜絕來往。

みちくさをくう【道草を食う】　在途
中耽擱。

みちなきみちをふみわける【道なき道
を踏分ける】　尋路前進。

みちにすすむ【道に進む】　走上…道
路。

みちにそむく【道に背く】　違背道義，
違背道德。

みちにはずれた【道に外れた】　不道
德的，離經叛道的。

みちをあるく【道を歩く】　走路。

みちをいそぐ【道を急ぐ】　趕路。

みちをきりひらく【道を切開く】　開
闢道路。

みちをこうずる【道を講ずる】　①謀
求…之道。②尋求…的方法＝道をつ
ける。

みちをとく【道を説く】　講道。

みちをふむ【道を踏む】　履行手續。

みちをまちがえる【道を間違える】
走錯路了。

みっかぼうずだ【三日坊主だ】　沒有
常性，三天打魚兩天曬網。

みつぎをこらす【密議を凝す】　秘密
商議。

みつごのたましいひゃくまで【三子の
魂百まで】　禀性難移。

みっともよくない　難看，不像樣子，
有失體統，太不成體統了＝みっとも
ない。

みていても　讓人看著就…。

みてうっとりする【見てうっとりする
】　看的出神。

みてきたような【見て来たような】
①就像眞的一樣。②宛如親眼看到的。

みてくれがいい【見てくれがいい】
樣子好看，外表不錯。

みとおしがつかない【見通しがつかな

い】　很難預料。

みどころがある【見処がある】　有出息，有前途。

みとめられない【認められない】　看不出…。

みとめをおす【認めをおす】　蓋戳兒，打戳兒，蓋圖章。

みないふうをする【見ない風をする】　裝作沒看見。

みながみな【皆が皆】　①全，全部。②大家，全體。

みなくてはならぬ【見なくてはならぬ】　也得…一下，也得…一下看。

みなごろしにする【皆殺しにする】　殺光，來個雞犬不留。

みなされている【見做されている】　一般認爲…，可以看做…。

みな…である　都是…。

みなのものはしらんかおはできない【皆の者は知らん顔はできない】　誰也脫不了乾淨。

みならず【見ならず】　不見得…。

みなりがみすぼらしい【身形が見窄らしい】　服裝襤褸。

みなりがわるい【身形が悪い】　打扮得難看。

みなりにかまわない【身形に構わない】　不修邊幅，不講究打扮→身嗜みに注意する。

みなりをととのえる【身形を整える】　打扮好。

みにあまる【身に余る】　過分的，無上的，承擔不起的。

みにあまりてうれしくおもう【身にあまりて嬉しく思う】　喜出望外。

みにおぼえがある【身に覚えがある】　①有經驗。②有虧心事→身に覚えがない。

みにおぼえがない【身に覚えがない】　於心無愧。

みにかなうこと【身に叶うこと】　能做的事，能擔任的工作。

みにかなうなら【身に叶うなら】　只要力所能及，凡是力所能及。

みにこたえる【身にこたえる】　①刺骨。②銘記，深入腦海。

みにさいなんがふりかかる【身に災難が降懸る】　大難臨頭。

みにしみて【身に染て】　①非常…，特別…。②令人感到非常…，從內心感到非常…。

みにしみておぼえている【身に染みて覚えている】　深深感到…，深深體會到…。

みにしみてわすれません【身に染みて忘れません】　銘記不忘。

みにしみる【身に染る】　①刺骨。②銘刻於心，銘記不忘。③感激不盡。

みにしむ【身に染む】　刺骨，銘刻於心。

みにすんてつをおびず【身に寸鉄を帯びず】　手無寸鐵。

みにつく【身につく】　①學會，學得，掌握，學到手。②補身，強身。③養成。

みにつける【身につける】　①學會，學好，學得，掌握，學到手。②穿上，帶上。③取得。❹前接“を”。

みにつまされる【身につまされる】　引起身世的悲傷。

みになってみれば【身になって見れば】　從…的處境來看，從…角度來看，從…的立場來看。

みになる【身になる】　有營養。

みにひやあせをかく【身に冷汗をかく】　出了一身冷汗。

みにもなる【身にもなる】　爲…著想，考慮…的處境。

みによる【身による】　憑…，靠…，要看…，取決於…。

みのうえ【身の上】　①境遇。②命運。③身世。

みのうえのはなし【身の上の話】　經驗談。

みのうえをあんずる【身の上を案ずる】　惦記…是否平安。

みのうえをはんだんする【身の上を判断する】　算命，判斷吉凶禍福。

みのおきところがない【身のおきところがない】　無地自容。

みのかわをはぐ【身の皮を剥ぐ】　賣衣服過日子。

みのけがよだつ【身の毛が弥立つ】
戰慄，發抖，渾身發抖，毛骨悚然。

みのけをつめる【身の毛を詰める】
全身緊張。

みのけをよだたせる【身の毛を弥立た
せる】 叫人毛骨悚然。

みのない【実のない】 空洞的，没有
内容的。

みのはめつだ【身の破滅だ】 身敗名
裂。

みのひさいをかえりみず【身の非才を
顧みず】 不揣才疏學淺。

みのほどをしらず【身の程を知らず】
没有自知之明，自不量力，不知分寸。

みのほどをしれ【身の程を知れ】 要
有自知之明。

みのほどをわきまえない【身の程を辨
えない】 太不自量。

みのまわりひん【身の回り品】 隨身
携帶的東西。

みのりがいい【実りがいい】 收成好
↔実りが悪い。

みのりゆたかな【実豊かな】 ①豊收
的。②豊碩的。

みばえがしない【見栄えがしない】
不漂亮，不美觀，不鮮艶。

みばえだけでなかみがない【見栄だけ
で中味がない】 華而不實。

みはからって【見計らって】 瞧著，
看著，斟酌著。

みはじめのみおさめ【見始めの見納め】
前後只看見過一次。

みはりがきびしい【見張りが厳しい】
監督得很嚴。

みはりをおく【見張りを置く】 派人
看守…。◆前接"に"。

みはりをする【見張りをする】 看守，
照看，照管。

みばをきにする【見場を気にする】
講究外表↔みばにかまわない。

みふたつとなる【身二つとなる】 分
娩，生孩子。

みぶりがいい【身振りがいい】 作派
好。

みぶりがおおすぎる【身振りが多すぎ
る】 作派太多。

みぶりてまねで【身振り手真似で】
指手劃腳地。

みぶりをする【身振りをする】 顯出
…的樣子。

みぶりをまじえて【身振りをまじえて
】 比劃著。

みぶるいがする【身震いがする】 渾
身打顫。

みぶるいがでる【身震いがでる】 發
抖，戰慄。

みぶんにさわる【身分に障る】 有失
身份。

みぶんのたかいひと【身分の高い人】
高級人士。

みぶんふそうおう【身分不相応】 不
合身分，與身分不相稱的。

みぼうじんになる【未亡人になる】
守寡。

みほんをしんていする【見本を進呈す
る】 奉送樣本。

みまわしたところ【見回したところ】
向四周一看。

みみあかをとる【耳垢を取る】 掏耳
垢，掏耳屎＝耳屎を取る。

みみがいたい【耳が痛い】 刺耳，耳
朵疼。

みみがこえる【耳が肥える】 對音樂
内行。

みみがとおい【耳が遠い】 耳背，耳
聾，耳沉。

みみがつぶる【耳がつぶる】 耳朵聾
了。

みみがなる【耳が鳴る】 耳鳴，耳朵
響。

みみがはやい【耳が早い】 ①耳朵長，
消息靈通。②聽覺敏銳。

みみっちいことをいう【みみっちいこ
とを言う】 說小氣話。

みみできくよりめでみたほうがいい【
耳で聞くより目で見た方がいい】
耳聞不如眼見。

みみにいらぬ【耳に入らぬ】 ①没聽
見。②不入耳↔耳に入る。

みみにいれる【耳に入れる】 說給…
聽。

みみにかける【耳に掛ける】 聽後放

在心上。

みみにきく【耳に聞く】　聽。

みみにくちをつける【耳に口をつける】　交頭接耳。

みみにする【耳にする】　聽到＝耳にはいる。

みみにたこができるほどききました【耳に胼胝が出来るほど聞きました】　聽膩了，聽煩了，耳朵都聽出膙子來了。

みみにつく【耳につく】　①聽後永遠不忘。②聽膩，聽著討厭。

みみにとまらない【耳に留らない】　只當耳邊風，總當耳邊風＝右の耳から左の耳へつつぬけだ。

みみになれた【耳に慣れた】　耳熟。

みみにはいらぬ【耳にはいらぬ】　不入耳，聽不進去↔耳にはいる。

みみにはさむ【耳に挾む】　幌忽聽到過。

みみもとでささやく【耳元で囁く】　耳語，咬耳朵。

みみよりなはなし【耳寄な話】　好消息。

みみをうつ【耳を打つ】　刺激耳朵。

みみをおおいてすずをぬすむ【耳を掩いて鈴を盜む】　掩耳盜鈴＝耳を掩うて鈴を盜む。

みみをかす【耳を貸す】　①聽別人講。②參與商談。

みみをかたむける【耳を傾ける】　傾聽，注意聽。

みみをくじる【耳を抉る】　掏耳朵＝耳を掘る。

みみをすましてきく【耳を澄して聞く】　注意傾聽，聚精會神地聽。

みみをすます【耳を澄す】　側耳。

みみをそばだてる【耳をそばだてる】　側耳傾聽，豎起耳朵聽。

みみをそろえてかえす【耳を揃えてかえす】　如數歸還。

みみをつぶす【耳を潰す】　假裝沒聽見，假裝不知道。

みみをならす【耳を馴す】　訓練聽力。

みみをふさぐ【耳を塞ぐ】　①充耳不聞。②塞上耳朵，堵上耳朵。

みみをほる【耳を掘る】　挖耳朵，掏耳朵。

みむきもしない【見向きもしない】　①連看都不看，連理都不理。②連頭也不回。

みめよりこころ【見目より心】　長得好看不如心地好。

みめをはばかる【見目を憚る】　顧面子，顧名譽。

みもちがたかい【身持が高い】　品行端正。

みもちがわるい【身持が悪い】　品行不端。

みもちになる【身持になる】　懷孕，有孕。

みもとがしれない【身元が知れない】　來歷不明。

みもとをひきうける【身元を引受ける】　給…作保，給…當保證人。

みものだ【…見ものだ】　…眞值得一看。

みもふたもない【身も蓋もない】　①過於淺願，過於膚淺。②直截了當。

みもよもない【身も世もない】　悲傷得啥也不顧。

みもよもなくてなく【身も世もなくて泣く】　哭得死去活來。

みゃくがあがる【脈が上がる】　沒脈了，沒救了，沒望了。

みゃくがある【脈がある】　有脈，有望，有希望。

みゃくがふせいになる【脈が不整になる】　脈不齊。

みゃくみゃくとして【脈脈として】　連續不斷地。

みゃくをうって【脈を打って】　斷斷續續地。

みゃくをとる【脈を取る】　診脈，按脈＝脈を見る。

みゃくをひく【脈を引く】　延續下來，秘密聯絡。

みよう【…見よう】　…看，…吧，…一下。

みょうがにあまる【冥加に余る】　非常幸運＝冥利が尽きる，冥利に尽きる。

みょうがのいたり【冥加の至り】　萬分僥倖。

みょうだいで【名代で】　代替…，代理…＝みょうだいをつとめる，代理をつとめる。

みょうなきもちがする【妙な気持がする】　覺得奇怪。

みょうなここちだ【妙な心地だ】　覺得有些奇怪。

みょうもくだけの【名目だけの】　徒有其名的，只是名義上的。

みょうもくで【名目で】　藉口…。

みょうもんにおぼれる【名聞に溺れる】　一心求名。

みょうりにまよう【名利に迷う】　迷戀於名利，醉心於名利。

みょうりをおいもとめる【名利を追求める】　追求名利。

みょうをえている【妙を得ている】　善於…。

みよりがない【身寄がない】　無依無靠，没有親人。

みらいのつま【未来の妻】　未婚妻。

みらいをてんぼうする【未来を展望する】　展望未来。

みられている【見られている】　①估計…。②一般認爲…。

みられないものである【見られないものである】　很少見。

みるかげもない【見る影もない】　①…很不堪，…得完全變了樣子。②不復當初，與往日大不相同。

みるからに【見るからに】　①一看就…。②顯著…＝見るも。

みるからに…らしい【見るからに…らしい】　一看就像…。

みるだけで【見るだけで】　①一看就…。②看著也…＝見るだけに。

みるだにむごいありさまだ【見るだに惨いありさまだ】　惨不忍睹。

みるところ【見るところ】　①看起來。②據…來看。

みるにしのびない【見るに忍びない】　目不忍睹，不忍看下去＝見るに堪えない。

みるにみかねるものがある【見るに見かねるものがある】　眞叫人看不下去。

みるのもいやだ【見るのも嫌】　非常討厭，連看都不想看。

みるひと【見る人】　有眼光的人。

みるべきものがある【見るべきものがある】　①可觀的。②値得注意的。

みるほどにはっきりしてきた【見るほどにはっきりしてきた】　越看越清楚了。

みるまに【見る間に】　眼瞧著，眼看著，轉眼間＝見る見るうちに。

みるみろうちに【見る見る内に】　同上條。

みるめがある【見る目がある】　有眼光。

みるめがない【見る目がない】　有眼無珠。

みるめがちがってくる【見る目が違ってくる】　另眼相看。

みるも【見るも】　一看就…＝見るからに。

みれんがある【未練がある】　對…依戀不捨，留戀…。★前接“に”。

みれんのあまり【未練の余り】　過於留戀。

みれんをのこして【未練を残して】　戀戀不捨地。

みれんをもつ【未練を持つ】　留戀…，對…依戀不捨。

みわけもできない　區別不開…，識別不出…。

みわたすかぎり【見渡す限り】　一望無際。

みをあんじる【身を案じる】　掛心，掛念。

みをいれて【身を入れて】　用心，熱心…，全心全意地…。★前接“に”。

みをおくところがない【身を置くところがない】　無處安身。

みをおこす【身を起す】　發跡。

みをおちつけて【身を落付けて】　一心一意地。

みをおとす【身を落す】　淪落爲…。★前接“に”。

みをかくすところがない【身を隠すと

ころがない】　無處藏身。

みをかためる【身を固める】　①成家。
②務正業。③保護自己，保衛自己。

みをきけんにさらす【身を危険にさら
す】　置身險境。

みをきょくがいにおく【身を局外にお
く】　置身局外。

みをきられるよう【身を切られるよう
】　①刺骨。②像割身上的肉似的。

みをきる【身を切る】　同上條。

みをくだく【身を砕く】　粉身碎骨，
拼命，玩命＝身を粉にする。

みをけずる【身を削る】　身體消瘦。

みをころしてじんをなす【身を殺して
仁をなす】　殺身成仁。

みをささげる【身を棒げる】　獻身於
…，爲…而獻身。◆前接“に”和“
のために”。

みをすてる【身を捨てる】　犧牲，犧
牲生命。

みをたてる【身を立てる】　①成功。
②出名。③發跡。

みをつくす【身を尽す】　盡心。

みをとうじる【身を投じる】　投身到
…。◆前接“に”。

みをのりだす【身を乗出す】　挺身而
出。

みをひく【身を引く】　引退，退出，
不再參與。

みをひそめる【身を潜める】　躲起來，
藏起來。

みをひるがえす【身を翻す】　翻身一

躍。

みをもちくずす【身を持ち崩す】　①
身敗名裂。②過放蕩生活。

みをもって【身を持って】　親身。

みをもってのがれる【身を以て逃れる
】　隻身逃出，僅以身免。

みをもってのりをしめす【身を以て法
を示す】　以身作則。

みをもってはんをしめす【身を以て範
を示す】　以身示範。

みをやしなう【身を養う】　養身，休
養，療養。

みをやつす【身を窶す】　化裝成…＝
姿をやつす。◆前接“に”。

みをよせる【身を寄せる】　①寄居。
②投靠，投奔。

みをよせるよすがもない【身を寄せる
縁もない】　無依無靠的。

みんかんのせんもんか【民間の専門家
】　土專家。

みんしんのこうはい【民心の向背】
民心向背。

みんしんをあんていさせる【民心を安
定させる】　安定民心。

みんなこのようだ　都是如此。

みんなにおれいをいう【皆にお礼を言
う】　向大家道謝。

みんなにせきにんがある【皆に責任が
ある】　人人有責，人人有份。

みんなのこころがひとつである【皆の
心が一つである】　萬衆一心。

む

むいしきじょうたいにおちいる【無意
識状態に陥る】　陷入無意識狀態，
昏過去了。

むいちぶつになる【無一物になる】
精光，一無所有，什麼也沒有＝むい
ちもつになる。

むいにすごす【無為に過す】　①無所
事事。②虛度…，把…浪費掉了。

むいむさくだ【無為無策だ】　束手無
策。

むえきに…をついやす【無益に…を費
す】　浪費…。

むえきにかねをついやす【無益に金を
費す】　浪費錢。

むえんぼち【無縁墓地】　萬人坑，沒
人上墳的墳地。

むかいあいになる【向かい合いになる】　對門兒，對遇，對面。

むかいあって【向かい合って】　面對面＝むかいあわせに。

むかいかぜ【向かい風】　頂風。

むかいにある【向かいにある】　在…對過。

むかうきがつよい【向う気が強い】　有股衝勁兒。

むかうところてきなし【向う所敵なし】　所向無敵。

むがくむのう【無学無能】　不學無術＝無学無知。

むかしから【昔から】　從來，歷來。

むかしからそうばがきまっている【昔から相場が決まっている】　從來就…。

むかしながらの【昔ながらの】　一如往昔的。

むかしのかげもない【昔の影もない】　和以前完全兩樣。

むかしのくせがまたでた【昔の癖がまた出た】　老毛病又犯了。

むかしのゆめをなつかしむ【昔の夢をなつかしむ】　舊夢重溫。

むかしのゆめをみる【昔の夢を見る】　同上條。

むかしばなしをする【昔話をする】　①叙舊。②講故事。

むかしはむかしいまはいま【昔は昔今は今】　彼一時此一時也。

むかつくだけで　乾嘔，乾噁心。

むかっぱらをたてる【むかっ腹を立てる】　①賭氣。②無緣無故地生氣（發脾氣）。

むがのきょうち【無我の境地】　忘我的境地。

むがむちゅうで【無我夢中で】　忘我地，拼命地，不顧一切的＝むがむちゅうになって。

むからゆうをしょうずる【無から有を生ずる】　無中生有。

むかんしんではいられない【無関心ではいられない】　不能漠不關心。

むきどうぶりをはっきする【無軌道ぶりをはっきする】　放蕩不羈。

むきになる【向きになる】　①認眞。②鄭重其事。

むきの【…向きの】　①以…爲對象的。②適合於…的，對…胃口的，適合…口胃的，對…路的。

むぎめしでこいをつる【麦飯で鯉を釣る】　抛磚引玉。

むきをかえる【向きを変える】　改變方向。

むくいで【報いで】　由於…，因爲…，由於…的結果。

むげいたいしょく【無芸大食】　飯桶，吃貨。

むげにする【無下にする】　置之不理。

むげにはできない【無下にはできない】　不能置之不理。

むげんとかした【夢幻と化した】　變成夢幻，變成泡影。

むこういきのつよい【向こう意気の強い】　①好強的，好勝的。②倔強的。

むこうからやってくる【向こうからやってくる】　迎面而來。

むこうとなった【無効となった】　無效了，失效了，白費了。

むこうへついたら【向こうへついたら】　到了那裏以後。

むこうみずのやつだ【向こう見ずのやつだ】　冒失鬼，魯莽的傢伙，天不怕地不怕的人。

むこうみずのゆうき【向こう見ずの勇気】　蠻勇。

むこうをはる【向こうを張る】　①跟…對抗，跟…較量。②跟…競爭。◆前接“の”。

むこになる【婿になる】　作女婿。

むこをとる【婿をとる】　招婚，招贅＝むこをもらう。

むごんのまま【無言のまま】　一聲不響地。

むさべつに【無差別に】　①沒有區別地。②不分青紅皂白地＝区別をせずに。

むさぼるように【貪るように】　貪婪地，如饑似渴地。

むざむざと　①輕易地。②簡單地。③白白地＝わけもなく，ぞうさなく。

むざむざと…ことはできない　不能白
白…。

むしがいい【虫がいい】　自私，只顧
自己，光爲自己打算。

むしがおさまらぬ【虫が納らぬ】　不
解氣，怒氣難消。

むしがかぶる【虫がかぶる】　①肚子
疼。②產前陣痛。

むしがしらせる【虫が知らせる】　預
感…。

むしがすかない【虫が好かない】　總
覺得討厭。

むしがつく【虫がつく】　①有蟲子了，
長蟲子了。②姑娘有了情人。

むしがわく【虫が湧く】　長蟲了。

むしけがある【虫気がある】　體弱多
病。

むしずがはしる【虫酸が走る】　①噁
心。②吐酸水。③討厭。

むじつのつみ【無実の罪】　寃罪，莫
須有的罪名。

むじつのつみをおう【無実の罪を負う
】　負寃罪。

むじつのつみをきせる【無実の罪を着
せる】　寃枉…，加罪於…。

むじつのつみをきる【無実の罪を着る
】　含寃，背黑鍋。

むしのいい【虫のいい】　自私的，只
顧自己的，光爲自己的。

むしのいき【虫の息】　奄奄一息。

むしのいどころがわるい【虫の居所が
悪い】　心煩，心情不好，情緒不佳
＝きげんがわるい。

むしのしらせ【虫の知らせ】　有一種
預感＝虫が知らせ。

むしばになる【虫歯になる】　長蟲牙。

むしもころさぬ【虫も殺さぬ】　非常
仁慈，假裝仁慈。

むじゃきなかんがえかた【無邪気な考
え方】　天眞的想法，幼稚的想法＝
あどけない考え。

むしょうではたらく【無償ではたらく】
盡義務＝むしょうでほうしする。

むしょぞくのひと【無所属の人】　無
黨派人士。

むしろ…だけである【寧ろ…だけであ

る】　反而只會。

むしろ…とも…ず【寧ろ…とも…ず】
寧可…也不。

むしろ…ほうがいい【寧ろ…方がいい
】　①莫如…爲好。②與其…不如。

むしをころしてがまんする【虫を殺し
て我慢する】　忍住一口氣。

むしをころす【虫を殺す】　①抑制感
情。②忍住氣憤。

むしんをいわれる【無心を言われる】
要錢＝金を無心する。

むすうにある【無数にある】　不計其數。

むずかしいかおをする【難しい顔をす
る】　不高興，顯出不高興的樣子＝
難しい顔つきをする。

むずかしいちゅうもんをつける【難し
い註文をつける】　提出無理要求(
條件）。

むすびめをつくる【結び目をつくる】
繫個扣兒。

むすびをたべる【結びをたべる】　吃
飯糰子。

むすびをつける【結びをつける】　結
束…。

むすめひとりにむこはちにん【娘一人
に婿八人】　一女八婿，僧多粥少。

むすめをかたづける【娘を片付ける】
①把女兒嫁出去。②把女兒許配給…。

むせきにんきわまる【無責任極まる】
極不負責任。

むそうだにしなかった【夢想だにしな
かった】　作夢也沒想到。

むだあしだとおもう【無駄足だと思う
】　就當白跑一趟。

むだあしをふんだ【無駄足を踏んだ】
白去一趟，白跑一趟，往返徒勞。

むだがねをつかう【無駄金を使う】
花寃枉錢。

むだぐちばかりたたいている【無駄口
ばかり叩いている】　只顧聊天，光
顧說話了＝むだばなしばかりしてい
る。

むだぐちをきく【無駄口を聞く】　①
聊天，說閑話。②說廢話，說沒用的
話＝むだぐちをたたく，むだばなし
をする。

むだじにをする【無駄死をする】　白死，白送命＝むだじにになる，いぬじにになる。

むだではない【無駄ではない】　没有白費，没有白搭。

むだなくるしみをした【無駄な苦しみをした】　白費勁了，白辛苦了。

むだにする【無駄にする】　浪費…。❖前接“を”。＝むだに…を費す。

むだにねんげつをすごす【無駄に年月を過す】　歳月蹉跎，白白浪費了時光。

むだばなしがすきだ【無駄話がすきだ】　好聊（天），愛聊（天）。

むだばなしをする【無駄話をする】　①聊天，閑聊。②說廢話，說没用的話＝無駄口をきく。

むだぼねおりになる【無駄骨折りになる】　白做，徒勞，白費勁，白受累＝無駄骨をおる。

むだめしをくう【無駄飯を食う】　吃閑飯。

むだをしない【無駄をしない】　節省，節約，節儉。

むだをはぶく【無駄を省く】　減少浪費。

むだんで【無断で】　擅自…。

むちきわめる【無恥きわめる】　無恥之尤。

むちゃくちゃにする【無茶苦茶にする】　把…搞得亂七八糟。❖前接“を”。

むちゃくちゃにわめく【無茶苦茶にわめく】　亂嚷亂叫。

むちゃなことをいう【無茶なことを言う】　亂說。

むちゃなまねをする【無茶なまねをする】　亂來，胡來。

むちゃにかねをつかう【無茶に金を使う】　亂花錢，揮霍＝むちゃくちゃに金をつかう。

むちゃをいう【無茶を言う】　說不講理的話。

むちゅうで【夢中で】　①忘我地。②拼命地，不顧一切地。③一昧地＝むちゅうになって。

むちゅうになる【夢中になる】　①熱

中於…，被…迷住，…得入迷，…得著迷。②忘乎所以。

むっつりしたかおをする【むっつりした顔をする】　繃著臉，板著臉。

むっとして　賭氣地，一賭氣就…。

むてっぽうなやつだ【無鉄砲なやつだ】　冒失鬼，楞頭靑＝がむしゃらだ。

むとどけで【無届で】　①没有請假就…。②没有報告就…。

むなくそがわるい【胸糞が悪い】　令人噁心，叫人討厭＝いまいましい。

むなざんようがはずれた【胸算用が外れた】　如意算盤落空了。

むなざんようで【胸算用で】　心裏盤算著。

むなしくつきひをすごす【空しく月日を過す】　虚度歳月（光陰，時光）＝空しく時を過す。

むなしくなる【空しくなる】　死，逝世＝死ぬ。

むなしくまった【空しく待った】　白等了。

むにきする【無に帰する】　落空，化爲烏有。

むにする【無にする】　①辜負…。②斷送…，使…落空。❖前接“を”。

むになる【無になる】　白費，没用，徒勢。

むにむさんに【無二無三に】　①專心地，一心一意地，聚精會神地。②冒冒失失地，顧前不顧後地，不管三七二十一地。

むねがいたむ【胸が痛む】　痛心。

むねがいっぱいだ【胸が一杯だ】　心裏充滿了…。

むねがいっぱいになる【胸がいっぱいになる】　心酸，心裏難過↔胸がすっとする。

むねがおどる【胸が踊る】　心直跳。

むねがさっぱりする【胸がさっぱりする】　心裏痛快，心情愉快↔気持が悪い。

むねがさわぐ【胸が騒ぐ】　心裏不安。

むねがすく【胸が空く】　①心胸開朗。②感到痛快。

むねがすっとする【胸がすっとする】

心裏痛快，心情舒暢＝気持がすっとする，気持がいい，胸が開ける。

むねがせつなくなってきた【胸が切なくなってきた】　心酸起來。

むねがせまい【胸が狭い】　心眼小，度量小。

むねがつかえてたまらない【胸が痞えて溜らない】　心口堵的慌。

むねがつかえる【胸が痞える】　心裏憋悶。心裏堵得慌，心裏憋得慌，心裏難過＝むねがつまる。

むねがどきどきする【胸がどきどきする】　①心裏咚咚直跳，心裏撲通撲通直跳。②心裏忐忑不安＝心臓がどきどきする。

むねがとどろく【胸が轟く】　①心跳。②心驚。③忐忑不安。

むねがはりさけるようだ【胸が張り裂けるようだ】　①悲痛。②憤怒極了。

むねがひらける【胸が開ける】　心裏痛快，心裏敞亮，心情舒暢＝胸がすっとする，気持がいい。

むねがひろくなった【胸が広くなった】　胸襟開濶。

むねがむかつく【胸がむかつく】　①燒心，胃酸。②心情鬱悶，心情不舒服。

むねがわくわくする【胸がわくわくする】　興奮。

むねがわるい【胸が悪い】　①噁心。②心裏不痛快＝胸がむかつく。

むねがわるくてあげそうだ【胸が悪くてあげそうだ】　有點噁心，好像要吐。

むねにいちもつある【胸に一物ある】　心懷叵測，心中別有企圖＝腹に一物ある。

むねにきく【胸に聞く】　仔細思量。

むねにくらいような【胸に食いような】　難以忍受的。

むねにこたえる【胸に答える】　打動心靈。

むねにせいさんがたつ【胸に成算が立つ】　心中有數，胸有成竹＝胸に成算を持っている。

むねにせまる【胸に迫る】　①…湧上心頭。②心裏感到…。

むねにそこくをおもい，まなこをせかいにむける【胸に祖国を思い，眼を世界にむける】　胸懷祖國放眼世界。

むねにたたむ【胸に畳む】　藏在心裏＝胸に秘める。

むねにてをあてる【胸に手を当てる】　①捫心自問。②仔細思量。

むねのうちをうちあける【胸の内を打あける】　披肝瀝膽。

むねのつかえがおりる【胸の痞がおりる】　心裏亮堂了，心裏痛快了。

むねもはりさけるばかりになきかなしむ【胸も張り裂けるばかりに泣き悲しむ】　哭得死去活來。

むねもわきかえるようだ【胸も沸返えるようだ】　肺都要氣炸了。

むねをいためる【胸を痛める】　操心，擔心。

むねをうちあける【胸を打明ける】　說出心裏話＝心を打明ける。

むねをうつ【胸を打つ】　受感動，打動心靈。

むねをこがす【胸を焦す】　①焦心，焦慮。②焦思，非常想念＝心を焦す，思いを焦す。

むねをさかれるおもい【胸を裂かれる思い】　心如刀絞。

むねをしまりつけられるようなかんじをする【胸を締つけられるような感じをする】　覺得心情不舒暢。

むねをそらす【胸を逸す】　把胸膛挺直。

むねをつきだす【胸を突出す】　挺胸，挺著胸脯，挺起胸膛＝胸をはる。

むねをときめかす【胸をときめかす】　心裏撲通撲通直跳＝胸がどきどきする。

むねをなでおろした【胸を撫で下ろした】　鬆了一口氣。

むねをはだける【胸をはだける】　敞胸，敞開懷。

むねをはる【胸を張る】　挺胸。

むねをふくらます【胸を脹ます】　充滿希望。

むねをひやす【胸を冷す】　擔驚，害怕，嚇一跳。

むねをわずらう【胸を煩う】　得了肺病。

むねんにも【無念にも】　①可恨…。②悔恨得…。

むねんやるかたない【無念やる方ない】　懊悔的不得了。

むのうのてあい【無能の手合い】　無能之輩。

むびにももとめる【夢寐にも求める】　夢寐以求。

むふんべつことをする【無分別ことをする】　尋短見。

むやみにあんきする【無闇に暗記する】　死記。

むやみにかねをつかう【無闇に金を使う】　亂花錢。

むやみにつくる【無闇につくる】　粗製濫造。

むやみにやくにんふうをする【無闇に役人風をする】　一味擺官架子。

むようのしゅっぴ【無用の出費】　不必要的開支。

むようのものはいるべからず【無用の者はいるべからず】　閑人免進。

むらがある　①不匀。②不穩定,忽好忽壞↔むらがない。

むりがきかない【無理が聞かない】　不能勉強,不要勉強。

むりからぬ【無理からぬ】　合乎道理的。

むりさんだんして【無理算段して】　東拼西湊地,七拼八湊地。

むりすることはない【無理することはない】　不能勉強。

むりなちゅうもん【無理な註文】　無理的要求,過分的要求,難爲人。

むりにあてはめる【無理に当嵌める】　勉強適用。

むりにする【無理にする】　①不顧…。②冒著…。

むりにでも…なくてはならない【無理にでも…なくてはならない】　非…不可。

むりに…な【無理に…な】　不能勉強…。

むりはない【無理はない】　當然…。

むりをしく【無理をしく】　逼著…。❖前接"に"。

むりをする【無理をする】　勉強工作。

め

めあてがつきません【目当がつきません】　没有著落,没有指望。

めあてがはずれた【目当が外れた】　指望落空了。

めいあんがうかばない【名案が浮ばない】　想不出好主意來。

めいあんがうかぶ【名案が浮ぶ】　想出高招兒,有了高招兒,想出妙計,想出好辦法,有了好主意＝名案を考え出す。

めいきゅうにはいる【迷宮に入る】　①進入迷宮。②茫無頭緒。

めいきゅうはいりのじけん【迷宮入りの事件】　無頭案,找不到線索的案子。

めいきょうもうらをてらさず【明鏡も裏を照さず】　智者千慮必有一失。

めいぎをかきかえる【名義を書き換える】　變更名義,（不動産,有價證券）過戸。

めいじつあいともなわない【名実相伴なわない】　名不副實,名實不副。

めいじつそなわった【名実そなわった】　名符其實,名不虛傳。

めいじつともにそなわった【名実ともにそなわった】　名實相副。

めいじょうしがたい【名状しがたい】　不可言狀,難以形容。

めいしんをだはする【迷信を打破する】　破除迷信。

めいすうとおもってあきらめる【命数と思つて諦める】　認命。

めいせいがおちた【名声が落ちた】　名聲壞了。

めいせいさくさく【名声さくさく】　有口皆碑，衆口稱讚。

めいせいてんかにしく【名声天下にしく】　名震天下。

めいせいはちにおちた【名声は地に落ちた】　名聲掃地。

めいせいはてんかにとどろく【名声は天下に轟く】　名震天下，赫赫有名，遠近馳名＝名声を天下にとどろかす。

めいせいはてんかになりひびく【名声は天下に鳴響く】　名馳天下。

めいせいをはせる【名声を馳せる】　馳名。

めいたんせきにはかっている【命旦夕に迫っている】　命在旦夕，危在旦夕。

めいどのたびにたつ【冥土の旅に立つ】　死。

メートルをあげる　誇誇其談。

めいにしたがう【命に従う】　遵命，從命，聽命↔命にそむく。

めいにそむく【命に背く】　違命↔命に従う。

めいはくにこうだ【明白にこうだ】　是明擺著的，明擺著是這樣。

めいぶんにきていしてある【明文に規定してある】　有明文規定。

めいぶんをただす【名分を正す】　正名，正其名分。

めいぶんをつくす【名分を尽す】　盡…之道。

めいめいぶしょにつく【銘銘部署に就く】　各就各位。

めいよあるさいごをとげる【名誉あるさいごをとげる】　光榮犧牲，死的光榮。

めいよにかかわる【名誉に係わる】　有關名譽，有關榮譽＝名誉に関する。

めいよをかいふくする【名誉を回復する】　恢復名譽＝名誉を取返す。

めいよをきずつけた【名誉を傷つけた】

　】　敗壞名聲。

めいよをとりもどす【名誉を取戻す】　恢復名譽，挽回名譽，挽回面子。

めいらない【滅入らない】　不灰心，不沮喪。

めいりしんがつよい【名利心が強い】　名利心重。

めいりょうでない【明瞭でない】　不清楚，不明瞭。

めいれいにしたがう【命令に従う】　遵命。

めいれいにそむく【命令に背く】　違抗命令。

めいれいをくだす【命令を下す】　下命令。

めいろにおちいる【迷路に陥る】　陷入迷路。

めいろをうかがってうごく【目色を窺って動く】　看眼色行事。

めいろをかえた【目色を変えた】　變色，變臉。

めいれいをうける【命令を受ける】　受命，奉命。

めいれいをとりけす【命令を取消す】　取消命令。

めいわくなはなしだ【迷惑な話だ】　實在爲難。

めいわくになる【迷惑になる】　打攪，麻煩。

めいわくをかける【迷惑を掛ける】　打攪…，麻煩…，難爲…，給…添麻煩＝迷惑がかかる。

めいわくをこうむる【迷惑を蒙る】　受損失。

めいわくをする【迷惑をする】　爲難。

めうえをたてる【目上を立てる】　尊敬長輩。

めうつりがする【目移りがする】　眼光繚亂。

めがいい【目がいい】　①眼睛好使，眼尖。②有眼力＝目がきく。

めがうるむ【目が潤む】　眼睛潤濕。

めがおちくぼんでいる【目が落ちくぼんでいる】　眼睛嘔嘔著。

めがおでしらせる【目顔でしらせる】

遮眼神，使眼神＝めまぜする。

めがかがやく【目が輝く】　眼睛發亮＝目がひかる。

めがきく【目が利く】　①眼睛好使，眼尖。②有眼力。

めがきらきらひかる【目がきらきら光る】　兩眼炯炯有神。

めがくらくらする【目がくらくらする】　頭暈，目眩，頭暈眼花＝目がくらむ。

めがくるくるうごいている【目がくるくる動いている】　眼睛滴溜滴溜直轉。

めかけをもつ【妾を持つ】　納妾，娶小老婆。

めがこえている【目が肥えている】　①眼高。②識貨。③見識廣。

めがさえている【目が冴えている】　眼睛發亮。

めがさめる【目が覚める】　①醒了，睡醒了。②不眠了。③醒悟，覺悟了。

めがしょぼしょぼする【目がしょぼしょぼする】　眼睛眨巴眨巴的。

めがしらがあつくなる【目頭が熱くなる】　感動得要流淚。

めがすわる【目が坐る】　眼睛發直，兩眼發直。

めがたかい【目が高い】　有眼力，眼力高，見識高。

めかたがたりない【目方が足りない】　分量不夠。

めかたでうる【目方で売る】　論斤賣，論分量賣。

めかたをごまかす【目方を誤魔化す】　瞞分量，少給分量。

めがちらちらした【目がちらちらした】　眼睛花了，眼裏冒金星。

めがつかれる【目が疲れる】　累眼睛。

めがつぶれる【目が潰れる】　眼睛瞎了。

めがでる【芽が出る】　①出芽了，發芽了。②走運了，交運了，運氣來了。

めがとおい【目が遠い】　眼睛看不太清楚。

めがとどく【目が届く】　①看到。②注意周到，照顧周到。

めがとびでるほど【目がとび出るほど】　…得嚇人。

めがどをたてる【目角を立てる】　①盯盯地瞧。②怒目而視。

めがない【目がない】　愛…，愛好…，喜好…。◆前接“に”。

めがねにかなう【眼鏡にかなう】　受到…的賞識＝気に入られる。

めがねのどをあわせる【眼鏡の度を合せる】　驗光，配眼鏡。

めがねをかける【眼鏡を掛ける】　戴眼鏡→眼鏡を外す。

めがはなせない【目が離せない】　照看，照料。

めがひかる【目が光る】　目光炯炯。

めがひっこむ【目が引っ込む】　眼窩都塌了。

めがふく【芽がふく】　發芽，出芽，抽芽。

めがふさがる【目が塞がる】　睜不開眼睛。

めがまぶしい【目が眩しい】　晃眼，刺眼。

めがまわす【目が廻す】　目眩，頭暈眼花，眼花繚亂。

めがまわる【目が廻る】　①目眩，眼花。②忙極了。

めがまわるほどいそがしい【目が廻るほど忙しい】　忙得不可開交，忙得頭昏腦脹。

めがみえなくなった【目が見えなくなった】　眼睛瞎了，眼睛看不見了。

めからなみだがあふれでる【目から涙が溢れ出る】　眼淚奪眶而出。

めからはなへぬける【目から鼻へ抜ける】　聰明，伶俐，機靈，腦筋靈活。

めからひばながでる【目から火花が出る】　兩眼冒金星。

めきめきじょうたつする【めきめき上達する】　進步很快（大），有顯著進步，有很大長進。

めぐすりをさす【目薬を差す】　點眼藥，上眼藥。

めぐすりをほどこす【目薬を施す】　施以小恩小惠。

めくそはなくそをわらう【目屎鼻屎を

笑う】 五十步笑百步，老鴰落在豬身上光看見別人黑看不見自己黑。

めくばせでしらせる【目配せで知らせる】 使眼神，遞眼神，飛眼＝目顔で知らせる，目つきで知らせる。

めぐみをうける【恵みを受ける】 受恩惠。

めぐみをこう【恵みを乞う】 討飯。

めぐみをほどこす【恵みを施す】 施恩。

めくらのかきのぞき【盲の垣覗き】 白費勁，徒勞無益，睹子點燈白費蠟。

めくらへびにおじず【盲蛇に怖じず】 初生之犢不怕虎。

めげずに 不怕…，不畏…。◆前接"に"。

めげたりはしない 不退縮，不畏縮，不灰心。

めさきにうかぶ【目先に浮かぶ】 浮現在眼前＝眼前にちらつく。

めさきにとらわれる【目先にとらわれる】 鼠目寸光。

めさきのことだけにかまける【目先のことだけにかまける】 只顧眼前，只顧一時＝目先ばかり気をとられる。

めさきをかえる【目先を変える】 換一下風味。

めしたのひと【目下の人】 部下。

めしにありつく【飯にありつく】 撈飯。

めしにする【飯にする】 吃飯＝飯を食う。

めしのおこげ【飯のお焦げ】 鍋巴。

めしのくいあげになった【飯の食い上げになった】 丟了飯碗，無法生活，失業了。

めしのしんぱいがない【飯の心配がない】 不愁吃。

めしのたねをなくした【飯のたねを無くした】 無法生活，丟了飯碗。

めじりがつりあがる【目尻が釣上がる】 吊眼梢。

めじりをさげる【目尻を下げる】 呆看，看呆了，看得出神。

めじるしをつける【目印をつける】

打上記號，加上記號。

めじろおしに【目白押しに】 一個挨一個地。

めしをいためる【飯を炒める】 炒飯。

めしをくう【飯を食う】 ①吃飯。②謀生。

めしをよそう【飯を装う】 盛飯。

めずらしくも【珍らしくも】 難得…。

めそめそなく【めそめそ泣く】 抽抽噎噎地哭。

めだたない【目立たない】 不顯眼，不扎眼，不引人注意。

めだつばしょ【目立つ場所】 顯眼的地方。

めだまがとびでるほど【目玉がとび出る程】 特別…，非常…，…得驚人。

めだまのくろいうち【目玉の黒い中】 活著的時候，一息尚存。

めだまをいただく【目玉を頂く】 挨斥，受申斥＝お目玉を食う，お目玉を頂戴する。

めだまをくりくりさせる【目玉をくりくりさせる】 眼珠亂轉。

めだまをちょうだいする【目玉を頂戴する】 挨斥，受申斥＝お小言を頂戴する。

めちゃなことをいう【滅茶なことを言う】 胡說。

めちゃなことをする【滅茶なことをする】 胡來，胡鬧。

めちゃめちゃになる【滅茶滅茶になる】 支離破碎，四分五裂，亂七八糟。

めっきがはげる【鍍金が剝げる】 露出本來面目。

めっきりによくなった 顯著好轉，明顯好轉。

めっそうなはなしだ【滅相な話だ】 太豈有此理。

めっそうもない【滅相もない】 ①哪兒的話，哪裏。②豈有此理。③豈敢。

めったなことだ【滅多なことだ】 少有的事兒＝まれなことだ。

めったなことをいう【滅多なことを言う】 胡說，胡說八道＝めったやたらなことを言う。

めったに…ない【滅多に…ない】　不常…，很少…，偶爾…＝めったにない。

めったにみあたらない【滅多に見当らない】　不多見。

めつぼうにむかう【滅亡に向かう】　走向滅亡。

めでたくすませた【目出度くすませた】　順利地辦完了。

めどがついた【目処がついた】　有了眉目，有了頭緒，有了線索。

めとはなのあいだ【目と鼻の間】　非常近，近在咫尺。

めとめをみあわせる【目と目を見合わせる】　對看了一下。

めにあまる【目に余る】　令人不能容忍，令人看不下去。

めにあまるものがある【目に余るものがある】　太厲害了，令人不能容忍。

めにいちもんじもない【目に一文字もない】　文盲，目不識丁＝目に一丁字もない。

めにうつる【目に映る】　看在眼裏，映入眼簾。

めにかかる【目に掛かる】　見面。

めにかける【目に掛ける】　看。

めにかすみがかかる【目に霞が掛かる】　眼睛朦朧，看不清楚。

めにさわる【目に障る】　礙眼，刺眼，扎眼，瞧著彆扭，不順眼。

めにする【目にする】　看見，看到。

めにたつ【目に立つ】　顯眼，引人注意。

めにつかない【目につかない】　看不見的。

めにつく【目に付く】　顯眼，引人注意。

めにつゆをやどす【目に露を宿す】　兩眼含淚，眼圈都紅了。

めになみだをたたえている【目に涙を湛えている】　眼淚汪汪的。

めにはいらない【目に這入らない】　視若無睹。

めにはいる【目に這入る】　看到，看得見＝目にふれる，目に留まる。

めにはどううつしたか【目にはどう映したか】　對…印象如何？

めにはめを，はにははをのしゅだんをとる【目には目を，歯には歯をの手段を取る】　採取以眼還眼以牙還牙的手段。

めにふれる【目に触れる】　進入眼簾，看得見，看到＝目にはいる，目に留まる。

めにみえて【目に見えて】　①明顯地，顯著地。②眼看著就…，很快就…。

めにもとまらぬ【目にも留まらぬ】　非常快。

めにもとらぬ【目にも取らぬ】　看不見的。

めにものをみせる【目に物を見せる】　給點顏色看看，給點厲害嘗嘗。

めぬきどおり【目抜通り】　繁華的大街。

めぬきのばしょ【目抜の場所】　①顯眼的地方。②熱鬧的地方。

めのあたりにみる【目のあたりに見る】　親眼看見（到）。

めのいろをみてやる【目の色を見てやる】　看眼色行事。

めのうえのこぶ【目の上の瘤】　眼中釘，肉中刺＝目の上のたんこぶ，目のかたき。

めのかたき【目の敵】　同上條。

めのくろいうち【目の黒い内】　有生之日，活著的時候。

めのさめるような【目の覚めるような】　覺醒的，已經醒悟過來的。

めのしょうがつ【目の正月】　眼福。

めのたまがとびでるほど【目の玉がとび出るほど】　…得嚇人。

めのなかがちらちらする【目の中がちらちらする】　兩眼冒金星。

めのふちがあかくなる【目の縁が赤くなる】　眼圈發紅。

めのふちがうるむ【目の縁が潤む】　眼眶發青，眼睛有點濕潤了。

めのほようになります【目の保養になります】　開開眼。

めのほようをする【目の保養をする】　飽眼福。

めのまえにうかぶ【目の前に浮ぶ】　浮現在眼前，出現在眼前。

めのまえに…がぶらさがる【目の前に
…がぶら下がる】　眼看…就到手了。

めのまをちぢめる【目の間を縮める】
皺眉，皺眉頭。

めばえのうちにつみとる【芽生の内に
摘取る】　防患於未然。

めはしがきく【目端がきく】　有眼力
見兒。

めはするどい【目は鋭い】　目光敏鋭。

めはちぶんにみる【目八分に見る】
瞧不起。

めはながついた【目鼻がついた】　有
眉目了，有頭緒了。

めはながととのう【目鼻が整う】　五
官端正＝目鼻だちがととのう。

めはなだちがじょうひんだ【目鼻だち
が上品だ】　眉清目秀。

めはなをつける【目鼻をつける】　把
…搞出個頭緒來。

めはふしあなどうぜんだ【目は節穴同
然だ】　有眼無珠。

めぼしがついた【目星がついた】　有
著落了。

めぼしをうつ【目星を打つ】　刻記號。

めまえにひかえる【目前に控える】
近在眼前。

めまぐるしくかわる【目まぐるしく変
る】　瞬息萬變＝目まぐるしく変転
する。

めもあてられない【目も当てられない
】　不忍看，目不忍睹，不敢正視。

めもあわない【目も合わない】　合不
上眼。

めもくちほどものをいう【目も口ほど
物を言う】　眼睛傳情。

めもくれない【目もくれない】　①不
管，不顧。②不理，不加理睬，看不
上眼，不想看，連看都不看。

めもとのすずしい【目許のすずしい】
眉清目秀的。

メモをかく【メモを書く】　記錄，記
筆記＝メモを取る。

めやすをたてる【目安を立てる】　確
定大致的目標。

めをあける【目を開ける】　睜開眼睛
↔目をとじる。

めをいからしてみる【目を怒らして見
る】　怒目而視。

めをうたがう【目を疑う】　吃驚，驚
奇，不相信自己的眼睛。

めをうばう【目を奪う】　奪目。

めをおおう【目を掩う】　①蒙蔽…。
②無視，看不見…。◆前接格助詞
"の"。

めをかけられる【目を掛けられる】
①受到…重視。②受到…照顧。

めをかける【目を掛ける】　照顧，照
料＝面倒を見る。

めをきょろきょろさせる【目をきょろ
きょろさせる】　東張西望。

めをくばる【目を配る】　注意地環視
周圍。

めをくらます【目を暗ます】　欺人耳
目，讓人看不見，背著…。

めをこごらす【目を凝らす】　凝視。

めをこする【目を擦る】　揉眼睛。

めをこやす【目を肥やす】　飽眼福。

めをさける【目を避ける】　避開…的
目光。

めをさまさせる【目を醒させる】　使
…醒悟過來，使…清醒。

めをさます【目を醒す】　醒來。

めをしょぼしょぼさせる【目をしょぼ
しょぼさせる】　眼睛睜不開的樣子。

めをしろくろさせる【目を白黒させる
】　翻白眼。

めをすえてみる【目を据えて見る】
凝視，盯盯地瞧＝目をこごらす。

めをそそぐ【目を注ぐ】　注視，注目。

めをそばだててみる【目を側だてて視
る】　同上條。

めをそむける【目を背ける】　不忍正
視，不忍看下去，把視線移開。

めをだす【芽を出す】　①發芽。②運
氣來到。

めをたのしませる【目を楽しませる】
悅目。

めをつける【目をつける】　著眼，注
意。

めをつぶる【目を瞑る】　①合眼，閉
上眼睛。②死，瞑目。③假裝沒看見，
睜一隻眼閉一隻眼。

めをつりあげる【目を釣上げる】　吊眼梢兒。

めをとおす【目を通す】　過目。

めをとじる【目を閉じる】　合眼，閉上眼睛＝目をつぶる，まぶたをとじる。

めをとめる【目を留める】　注視，注目。

めをなきはらす【目を泣き腫す】　把眼睛哭腫了。

めをぬすんで【目を盗んで】　偸偸地，背著…。

めをぱちくりする【目をぱちくりする】　眨眼，眨著眼睛＝目をまたたく。

めをぱちぱちさせる【目をぱちぱちさせる】　直眨著眼睛。

めをぱっちりあけてみる【目をぱっちりあけて見る】　睜開大眼睛瞧瞧。

めをはなす【目を離す】　①忽略…。②對…没有照看。③没注意…。

めをひからす【目を光らす】　①瞪著眼睛。②監視…。

めをひく【目を引く】　引人注目，引起…注意。

めをひらく【目を開く】　睜開眼睛，打開眼界。

めをふく【芽を吹く】　出芽，發芽，抽芽，冒芽。

めをほそくする【目を細くする】　瞇縫著眼睛。

めをまたたく【目を瞬く】　眨眼，眨巴眼睛＝目をぱちくりする。

めをまるくする【目を丸くする】　①令人吃驚，令人驚奇。②瞪圓了眼睛。

めをまわす【目を廻す】　昏過去了，暈過去了，背過氣去了。

めをみすえてみる【目を見据えて見る】　盯盯地瞧，目不轉睛地瞧。

めをみはる【目を見張る】　目瞪口呆，瞪目而視，眼睜睜的。

めをみひらく【目を見開く】　睜大了眼睛。

めをみらいにひらく【目を未来に開く】　放開眼睛看未來。

めをむく【目を剝く】　瞪眼睛。

めをむける【目を向ける】　面向…，看到…，把眼睛盯著…，把眼光向著…。♦前接"に"。

めをもどす【目を戻す】　再看…。

めをよろこばす【目を喜ばす】　悅目。

めんかいをもとめる【面会を求める】　求見。

めんきょをとりあげられました【免許を取り上げられました】　吊銷執照＝免状を取り上げられた。

めんそとなる【免訴となる】　免予起訴。

メンツがたたぬ【面子がたたぬ】　没面子。

メンツがつぶれる【面子が潰れる】　丢臉，丢人，丢面子＝顏がつぶれる。

メンツをおもんずる【面子を重ずる】　講面子，顧面子。

メンツをたてる【面子を立てる】　保全面子，圓…的面子。

めんどうがらずに【面倒がらずに】　不怕麻煩地，不嫌麻煩地。

めんどうをかける【面倒を掛ける】　給…添麻煩。♦前接"に"。

めんどうをひきおこす【面倒を引き起す】　引起麻煩。

めんどうをみる【面倒を見る】　①照顧，照料，照管。②給…養老。

めんとむかって【面と向って】　當面。

めんぴをはぐ【面皮を剝ぐ】　揭露…的厚顏無恥的行爲。

めんもくがない【面目がない】　没有面子，丢臉。

めんもくしだいもない【面目次第もない】　没臉見人，臉上無光，非常丢人。♦めんもく＝めんぼく。

めんもくはまるつぶれである【面目は丸つぶれである】　活丢人，臉都丢盡了。

めんもくをいっしんする【面目を一新する】　使…面目一新。

めんもくをうしなう【面目を失う】　丢臉。

めんもくをおとす【面目を落とす】　同上條。

めんもくをきにする【面目を気にする】　講體面。

めんもくをたてる【面目を立てる】
　保全面子＝顔を立てる。
めんもくをつぶす【面目を潰す】　讓
　…丟臉＝顔を潰す。
めんもくをなくす【面目を無す】　丟

臉，丟面子，現眼＝顔を失う。
めんもくをふみにじる【面目を踏躙る
　】　撕別人臉，讓人家丟臉。
めんもくをほどこす【面目を施す】
　露臉。

も

もいいし…もいいし　　…也好…也好。
もいいです　…也可以。
もいとわぬ【…も厭わぬ】　…也在所
　不辭＝…もいとわず。
もういをふるう【猛威を振う】　顯威
　風，抖威風。
もうおひるです【もうお昼です】　該
　吃午飯了。
もう…からはてをひいた【もう…から
　は手を引いた】　已經和…没關係。
もうきのふぼく【盲亀の浮木】　瞎貓
　碰到死耗子。
もうけがない【儲けがない】　没賺頭
　↔もうけがある。
もうけのおおい【儲けの多い】　賺錢
　多的。
もうけはない【設けはない】　没有設
　備。
もうけはない【儲けはない】　没賺頭。
もうけものをした【儲け物をした】
　揀了個便宜。
もうこうなったら　事已到此，事情到
　這個地步。
もうこれいじょう…できない【もうこ
　れ以上…できない】　再也不能…了。
もうこれいじょう…ところでむだです
　【もうこれ以上…ところで無駄です
　】　即使再…也没用了。
もうさば【申さば】　說起來，可以說。
　◆（いわば）的敬語＝申せば。
もうしあわせをまもる【申し合わせを
　まもる】　遵守協議。
もうしき【申し直】　馬上，立刻，眼
　看就…，快…了。
もうしつけをきかない【申し付けをき

かない】　不聽指示（吩咐）。
もうしひらきがたたない【申し開きが
　立たない】　無法辯解。
もうしぶんがない【申し分がない】
　很好，十全十美，無可挑剔，再好也
　没有。
もうしぶんなく【申し分なく】　完滿
　地，完美地。
もうしゅうにとらわれる【盲執に囚わ
　れる】　執迷不悟。
もうしゅうをさる【盲執を去る】　破
　除迷信。
もうじゅみょうがきた【もう寿命がき
　た】　壽數盡了↔じゅみょうがまだ
　つきない。
もうしわけありません【申し訳ありま
　せん】　對不起。
もうしわけばかり【申し訳ばかり】
　極少，極小。
もうすぐ【もう直ぐ】　馬上就…，立
　刻就…＝もうじき。
もうすこしいをもちいる【もう少し意
　を用いる】　再多用點心。
もうすこしで【もう少しで】　①幾乎
　…，差一點…。②不久…，早晚…。
もうすこし…ところだ【もう少し…と
　ころだ】　幾乎，差一點…。
もうすまでもありません【申すまでも
　ありません】　…就不用說了＝…言
　うまでもありません。
もうすまでもなく【申すまでもなく】
　不用說＝言うまでもなく，もとよ
　り。
もうそうをいだく【妄想を抱く】　妄
　想。

もうそうをたくましゅうする【妄想を逞しゅうする】　異想天開，胡思亂想＝空想をたくましゅうする。

もうたくさんだ【もう沢山だ】　①夠了夠了，好了好了。②再不想…了。

もうとうない【毛頭ない】　一點也不…，毫不…，毫無…，根本不…＝毛頭…ない，少しも…ない。

もうにどかえってこない【もう二度返ってこない】　已經一去不復返了。

もうひといきだ【もう一息だ】　再加把勁就成了。

もうひとつふんばれ【もう一つ踏張れ】　再加點油，再加把勁。

もうふにくるまる【毛布にくるまる】　裹在毯子裏。

もう…もなくなった　再没有…了。

もう…よせ【もう…止せ】　別再…了。

もうろくじいさん【耄碌じいさん】　老糊塗，糟老頭子。

もうをひらく【蒙を開く】　啓蒙。

もがあける【喪があける】　滿孝，滿服。

も…からだ　也是出於…

もぎどうきわまる【没義道きわまる】　蠻橫已極，冷酷無情。

もぎどうなしゅだん【没義道な手段】　毒辣的手段。

もくさんがたたない【目算が立たない】　無法估計，估計不出來→もくさんが立つ。

もくしするにしのびない【黙視するに忍びない】　不忍坐視…。◆前接“を”。

もくしてかたらず【黙して語らず】　默默不語。

もくしょうのかんにせまる【目睫の間に迫る】　迫在眉睫，眼看就要…，臨近…。

もくぜんにせまる【目前に迫る】　同上條。

もくぜんにひかえる【目前に控える】　迫在眉睫。眼看就要…，…在即。

もくてきをいだく【目的を抱く】　抱著…目的。

もくてきをたっする【目的を達する】

達到目的。

もくひょうをそらす【目標を逸す】　轉移目標。

もくもくとして【黙黙として】　默默地，不聲不響地＝黙然と。

もぐりで【潜りで】　私自…，偷偷地…。

もくろくをしらべる【目録を調べる】　查目錄，翻閱目錄。

もくろくをつくる【目録を作る】　編目錄。

もくろみがはずれた【目論見が外れた】　計劃落空了。

もくろみどおりゆく【目論見通り行く】　按計劃進行。

もくろみをたてる【目論見を立てる】　訂計劃。

もしかしたら…かもしれない【若しかしたら…かも知れない】　①也許…，或許…，說不定…，保不齊…，也許…也未可知。②萬一…＝ひょっとしたら…かも知れない。

もしかすると【若しかすると】　同上條。

もしかすると…かもしれない【若しかすると…かも知れない】　①也許…。②萬一…。

もしかすると…たら【若しかすると…たら】　同上條＝もしか…たら。

もしそうなら【若しそうなら】　若是那樣的話。

もし…たら【若し…たら】　如果…，若是…，假如…。

もし…であったら【若し…であったら】　若是…，如果是…＝かりに…であるからには，かりに…としたら。

もし…と【若し…と】　如果…，假如…＝もし…とすれば，もし…なら。

もし…とすれば【若し…とすれば】　同上條＝もし…ば。

もしなんでしたら【若しなんでしたら】　要麼…。

もしも…かもしれない【若しも…かも知れない】　也許…，或許…。

もじもじするな　別扭扭捏捏的。

もしも…ならば【若しも…ならば】

如果是…的話，若是那樣的話。

もしものことがあったとしたら【若しものことがあったとしたら】 萬一發生意外，萬一有個三長兩短＝もしものことがあったら。

もしものことがあっても【若しものことがあっても】 即使發生意外。

もしや…ではあるまいか【若しや…ではあるまいか】 莫非是…。

もし…られない…むしろ【若し…られない…寧ろ】 如果不能…就不如…。

もすこしで…ところでした【も少しで…所でした】 差一點。＝もうすこしで…所でした。◆もすこし＝もうすこし。

もだすことはできない【黙すことはできない】 不能置之不理。

もたない【持たない】 ①不結實，不牢固，不耐用。②支持不了→持ちがよい。

もちいるにいをもちいる【用いるに意を用いる】 爲各種事操心。

もちがよい【持ちがよい】 耐用。

もちつもたれつ【持ちつ持たれつ】 互相幫助，互相依賴。

もちばにふみとどまる【持場に踏み止まる】 堅守崗位＝持場を守る。

もちはもちや【餅は餅屋】 辨事要靠內行。

もちばをすてる【持場を捨てる】 放棄崗位，放棄職守。

もちまわりで【持ち回りで】 輪流…。

もちろん…すら【勿論…すら】 慢說…就連…也…，不用說…就連…也…。

もちろん…さえ【勿論…さえ】 同上條。

もちろん…さえ…ない【勿論…さえ…ない】 不用說…就連…也不…。

もちろんのこと【勿論のこと】 當然，不用說，不言而喻＝言うまでもない。

もっかすることはできない【黙過することはできない】 對…不能置之不理，對…不能置若罔聞。◆前接“を”。

もっかのところは【目下のところは】 現在，眼下，目前＝ただ今，今のところ，当分，差し当り，差し向き。

＝もっきょすることはできない。

もっけのさいわいである【勿怪の幸いである】 ①意外幸運。②喜出望外。

もっそうめしをくう【物相飯を食う】 坐牢，入獄。

もったいないことです【勿体無いことです】 實在不敢當。

もったいぶってわざとひとをおどす【勿体振ってわざと人を嚇す】 裝腔作勢籍以嚇人。

もったいぶらないで【勿体振らないで】 別裝腔作勢了，別裝模作樣了。

もってうまれた【持って生まれた】 天生的。

もってこい【持って来い】 恰好，正合適，正相應，理想的。

もってのほかだ【以ての外だ】 意外，荒謬，豈有此理，毫無道理。

もっともこうかてきで【最も効果的で】 更有效地。

もっともです【尤もです】 理所當然。

もっともなことをいう【尤もなことを言う】 言之有理。

もっともらしいかっこうをする【尤もらしい恰好をする】 裝模作樣，裝腔作勢。

もっともらしくみせる【尤もらしく見せる】 假裝正經。

もっぱら…にせいをだす【専ら…に精を出す】 ①專門做…。②專心做…，努力做…。

もっぱら…にたよっている【専ら…に頼っている】 專靠…。

もつれがしょうずる【縺れが生ずる】 ①産生隔膜，發生齟齬。②發生糾紛。

もつれをとく【縺れを解く】 解決糾紛。

もてない【持てない】 不受歡迎的，没有人緣的，不吃香的。

もてなしにあずかる【持成に預かる】 受到款待＝持成を受ける。

もとがかかる【元がかかる】 需要本錢。

もとがきれる【元がきれる】 虧本，不夠本。

もとがとれない【元が取れない】 同

上條。

もとから【元から】　本來就…，一貫…，壓根兒就…，原來…。

もとずいて【基いて】　①根據…。②按照…。③由於…。

もどってくる【戻って来る】　回來，返回來。

もとで【本で】　①由於…，因爲…。②是…的根本原因。

もとでがいる【元手がいる】　需要本錢＝本元が掛かる。

もとにおさまる【元に納まる】　①復原。②復舊。

もとねがきれる【元値が切れる】　蝕本，賠本。

もとのさやへおさまる【元の鞘へ納まる】　破鏡重圓，言歸於好＝縒が戻る。

もとのまま【元のまま】　①原樣，照原樣。②原封不動，直接地。

もとのもくあみ【元の木阿弥】　依然故我，還是老樣子。

もとのもちぬし【元の持主】　原主。

もとはといえば【元はと言えば】　說起來…。

もともこもなくなる【元も子もなくなる】　雞飛蛋打，本利全完＝何もかもなくなる。

もともと…だ　向來是…。

もとめてくろうしている【求めて苦労している】　自找苦吃。

もとをかける【本をかける】　投資，下本錢。

もとをきる【本を切る】　蝕本，賠本＝本がきれる。

もとをただす【元を質す】　調查歷史。

もとをとりもどす【元を取戻す】　撈本兒。

もないことはありません　…也不是沒有。

もにふくする【喪に服する】　①服喪。②穿孝＝もにあたる。

もののいいがきにくわない【物言いが気に食わない】　說法不好，措詞不當。

もののいいがつく【物言いがつく】　提出異議，提出反對意見。

もののいいにきをつける【物言いに気をつける】　注意措詞。

もののいいふるまい【物言いふるまい】　說話舉止。

もののいいをつける【物言いをつける】　提出異議，提出不同意見。

もののいりがおおい【物入りが多い】　開銷太大（太多）。

もののういげに【物憂いげに】　懶洋洋地，無精打彩地。

もののおとひとつつきこえない【物音一つ聞こえない】　萬籟俱寂。

もののおとひとつしない【物音一つしない】　一點聲也沒有，萬籟俱寂。

もののおとをたてる【物音を立てる】　弄出響動（響聲）。

もののおどろきをしない【物驚きをしない】　泰然自若。

もののおぼえがいい【物覚えがいい】　記性好＝記憶が良い。

もののおもいにしずむ【物思いに沈む】　①消沉，鬱悶，悶悶不樂。②沉思＝物思いに耽る，心がふさぐ，気が沈む。

ものか　怎麼會…＝…もんか。

ものがあった　實在…，眞是…。

ものがある　①是…，是…的。②眞叫人…。③有…地方。

ものがいえない【物が言えない】　沒什麼可說的。

ものがおおい【…ものが多い】　大多…。

ものがかかる【物がかかる】　費錢。

ものがかびる【物が黴びる】　東西發霉。

ものかげにふす【物陰に伏す】　藏在暗處。

ものがたかい【物が高い】　價錢貴。

ものがたりをする【物語りをする】　講故事。

ものがない【…者がない】　沒人…。

ものがはかる【物がはかる】　懂事。

ものか…ものか　是…好還是…好＝…たらいいか…たらいいか。

ものから　雖然…＝ものの。

ものかは【物かは】　不當回事，滿不
　在乎，算不了什麼＝なんでもない，
　平気である。

ものがわかる【物がわかる】　懂事，
　懂道理。

ものきわまればかならずはんあり【物
　極まれば必ず反あり】　物極必反。

ものごころがつく【物心がつく】　懂
　事，記事兒。

ものこしがしとやかである【物腰が淑
　やかである】　舉止安詳。

ものごとにうとい【物事に疎い】　生
　疏，疏遠，不懂事。

ものごとにとんじゃくしない【物事に
　頓着しない】　不把事兒放在心上。

ものごとにはみな【物事には皆】　凡
　事都…。

ものごとをふしだらにする【物事をふ
　しだらにする】　做事任性。

ものしずかになる【物静かになる】
　寂靜無聲。

ものしずかの【物静かの】　溫文爾雅
　的＝ものしずかな。

ものじゃない　①不應當，不應該…。
　②並不是…。

ものしらず【物知らず】　無知，不學
　無術。

ものしりや【物知り屋】　百事通，學
　識淵博。

ものずきにもほどがある【物好にも程
　がある】　未免太好奇了。

ものだ　①應該，應當。②是，是…的，
　是…東西。③眞…，可眞…，可…了。
　④都…。⑤老是…，總是…，總是好
　…。⑥常常…。⑦就…，就能…，才
　能…，就可以…。⑧會…，會有…。
　⑨很，太…，實在。⑩要…。⑪竟
　能…＝…ものです，…ものである。

ものだから…のだ　因爲…所以才…。

ものですか　哪兒…。

ものつうち【喪の通知】　訃告。

ものではない　①不會…。②別…，不
　…，不要…。③不能…。④不可…，
　不可以…。⑤不是…，並不是…。⑥
　不該…。

ものではなく…である　不是…而是…

ものでなくてはならなかった　應該…，
　必須，非…不可。

ものでもない　並不是…，不可…。

ものとする　可以。

ものと…たりする　既可以…也可以…，
　或者…或者…。

ものとなる　就…。

ものともせぬ【物ともせぬ】　①不理
　睬。②不當一回事。③不放在眼裏＝
　何とも思わない，問題にもしない。

もの…ものとがある　既有…也有…，
　有…和…。

ものにかんじやすい【物に感じやすい】
　多情善感。

ものにする【物にする】　①學會…，
　掌握了…。②把…弄到手。③做出…。
　④獲得…。◈前接“を”。

ものにはていどがある【物には程度が
　ある】　什麼事都有個限度。

ものになっていない【物になっていな
　い】　沒學會，沒學好，還不夠格。

ものにならない【物にならない】　學
　不好，不成，不成功，什麼也沒做成。

ものになる【物になる】　①成功。②
　成就卓越。③成爲優秀人才。④學到
　家了。

もののあわれをしる【物の哀れを知る】
　多情善感。

もののかずではない【物の数ではない
　】　數不著，提不起來，算不了什麼。

もののかずともおもわない【物の数と
　も思わない】　不重視，不放在眼裏。

もののかずにはいらぬ【物の数にはい
　らぬ】　不算數，不值一顧，不在話
　下。

もののじょうず【物の上手】　優秀的
　藝術家。

もののはずみで【物の弾で】　迫於當
　時的形勢。

もののみごとに【物の見事に】　漂亮
　地，出色地＝うまく。

もののわからない【物の分らない】
　不通情理的。

ものばかりだ【物ばかりだ】　一向…。

ものはしょうだん【物は商談】　有話

商量。

ものはそうだん【物は相談】 有話商量。

ものはためし【物はためし】 ①做事要試一下。②做事要敢做。

ものまねがうまい【物真似がうまい】 ①善於模仿。②口技好。

ものまねをする【物真似をする】 ①學…的聲音。②學…的態度。

ものみだかそうに【物見高そうに】 好奇地。

ものみゆさん【物見遊山】 遊山玩水。

ものみをだす【物見を出す】 派出偵探。

ものもいいようでかどがたつ【物も言いようで角が立つ】 由於措詞不當而得罪人，一樣話不一樣説法。

ものもいえない【物も言えない】 啞口無言，連話都說不出來。

ものもおぼえぬ【物も覚えぬ】 ①失去知覺。②熱中於…。

ものものしくする【物物しくする】 小題大作。

もの…もの…ものである 有的是…，有的是…，有的是…。

ものもらいができる【物貰いができる】 害針眼。

ものわかれになる【物別れになる】 決裂。

ものわすれがひどい【物忘れがひどい】 健忘。

ものわらいになる【物笑いになる】 成爲笑柄。

ものをいう【物を言う】 ①發揮力量，發揮作用。②説話。

ものをいわさずに【物を言わさずに】 不容分説。

ものをいわせる【物を言わせる】 仗著…，靠著…。

ものをこわす【物を毀す】 砸壞東西。

ものをしっけいする【物を失敬する】 偷東西。

ものをつめる【物を詰める】 塞東西。

もはや…ない 已經沒有…。

もはやほどこすすべがない【最早施す術がない】 已毫無辦法了，已無計可施了。

もはや…ようはない【最早…用はない】 已經無須…，已經沒有必要…。

もはんとする【…模範とする】 以…爲榜樣，向…學習。◆前接"を"。

もはんとなる【模範となる】 成爲模範。

もはんをしめす【模範を示す】 示範。

もみくちゃになる【揉みくちゃになる】 ①揉皺了，皺皺巴巴。②擠的一塌糊塗。

もみじがりにゆく【紅葉狩に行く】 去看紅葉。

もみでをする【揉手をする】 搓手＝兩手を揉む。

もみにもんだ【揉みに揉んだ】 爭論不休的。

もめごとがおこる【揉めごとが起る】 發生糾紛。

もめごとをかいけつする【揉めごとを解決する】 解決糾紛。

も…も 即…也…，或者…。

も…もない 既没…也没…，既不…也不…。

もらいてはいない【貰い手はいない】 没人要。

もらうものはなつもこそで【貰うものは夏も小袖】 白揀的東西別挑剔。

もらっておかしくない【貰っておかしくない】 受之無愧。

もりをやめる【漏りを止める】 堵塞漏洞。

もれなく【漏れなく】 都，統通，一律，無一遺漏地。

もろてをあげる【諸手を上げる】 舉起雙手。

もろはだぬいで【諸肌ぬいで】 光著膀子。

もろはだをぬぐ【諸肌を脱ぐ】 ①光膀子，露出身子。②全力以赴，竭盡全力。

もろもろのじげんがかさなった【諸諸の事件が重なった】 事兒都趕到一塊兒了。

もんきりがたのぶんしょう【紋切り型の文章】 八股文章。

もんくがある【文句がある】 有意見

＝意見がある。

もんくなしに【文句なしに】　没有異
議地，無條件地。

もんくをいう【文句を言う】　①提意
見。②不滿，發牢騷。③找碴兒。①
＝意見を出す。②＝不平を鳴す，苦
情を言う。③＝言いがかりをつける。

もんくをつける【文句を付ける】　①
找碴兒，找毛病，吹毛求疵。②胡攪
蠻纏，講歪理。③罵人。

もんくをならべる【文句を並べる】
發牢騷。

もんこをかいほうする【門戸を開放す
る】　門戸開放。

もんこをとざす【門戸を鎖す】　①關
門，鎖門。②閉關自守＝もんこをと
じる。

もんこをはる【門戸を張る】　①修飾
門面。②樹立門戸。③自成一派。

もんさいのしをおこす【問罪の師を興
す】　興師問罪。

もんじゃない　①別…，不許…，不要
…。ⓟ“もん”是“もの”的音變，
“じゃ”是“では”的音變。

もんぜんいちをなす【門前市を成す】
門庭若市。

もんぜんのこぞうならわぬきょうをよ
む【門前の小僧習わぬ経を読む】
耳濡目染不學自會。

もんぜんばらいをくう【門前拂いを食
う】　吃閉門羹。

もんだいがいにおく【問題外におく】
置諸腦後，拋到腦後。

もんだいがちがう【問題が違う】　問
題不同，是另外問題。

もんだいでない【問題でない】　①不
成問題。②不在話下＝問題にならな
い。

もんだいとなる【問題となる】　惹出

麻煩，引起…反對。

もんだいにしない【問題にしない】
①不當回事兒，不把…當回事兒，不
把…放在眼裏。②不稀罕…。③不值
一顧＝もんだいしていない。

もんだいになる【問題になる】　成問
題↔もんだいにならない。

もんだいのつぼ【問題の壺】　問題的
要點。

もんだいをおこす【問題を起す】　鬧
事，捅漏子，惹出亂子。

もんだいをかいぎのせきにもちだす【
問題を会議の席に持ちだす】　把問
題擺到桌面上來。

もんだいをしぼる【問題を絞る】　把
問題集中到主要點上。

もんちゃくがおこる【悶着が起る】
發生糾紛，發生爭執＝もめがおこる，
もめごとがおこる，あらそいがおこ
る。

もんちゃくをおこす【悶着を起す】
引起糾紛，惹出是非。

もんどうむよう【問答無用】　不必爭
論。

もんどりうってたおれる【翻筋斗打っ
て倒れる】　摔個斤頭，摔個倒栽葱。

もんぴをとざしてひとにあわない【門
扉を鎖して人にあわない】　閉門謝
客。

もんもうをなくす【文盲をなくす】
掃除文盲。

もんもんとしてきがはれない【悶悶と
して気がはれない】　悶悶不樂。

もんもんのじょうをやるすべもない【
悶悶の情を遣る術もない】　無法解
悶。

もんをとっぱする【門を突破する】
闖過難關，闖過關口。

や

やいなや　①剛…就…，剛一…就…。②是否…。①＝…しだい。②＝…したかと思うと。

やいのやいのとさいそくする【やいのやいのと催促する】　緊催，緊逼，催得很緊。

やいばをかわす【刃を交す】　交鋒

やいばをまじえる【刃を交じえる】　交鋒

やおもてにたつ【矢面に立つ】　成爲衆矢之的。

やおやだ【八百屋だ】　①蔬菜商人。②萬事通，多面手＝よろずや。

やがて…になる　不久就…，眼看就…，將近…。

やかましくいう【喧しく言う】　挑毛病。

やかましくない【喧しくない】　不嚴，不厲害。

やきいんでおしたように【焼印で押したように】　①銘刻在心。②非常清楚。

やきがたりない【焼きが足りない】　火候不夠。

やきがまわる【焼きが回る】　①老湖塗。②腦筋遲鈍，腦筋昏瞶。

やきもちやきだ【焼き餅やきだ】　愛吃醋。

やきもちをやく【焼餅を焼く】　吃醋，嫉妬…。❖前接"に"。＝ねたみ，しっと。

やきをいれてやる【焼きを入れてやる】　讓…鍛煉鍛煉。

やきんがすんだ【夜勤が済んだ】　下夜班。

やくがおもすぎる【役が重過ぎる】　任務過重＝つとめが重すぎる，やくめがおもすぎる，任務がおもすぎる。

やくざっぽいおとこ【やくざっぽい男】　流裏流氣的人。❖"っぽい"是詞尾，表示具有某種傾向、習性和習氣等。

やくざになった　①成爲廢物了。②成了流氓。③成了賭徒＝よたものになった，ならずものになった。

やくしゃがいちまいうえだ【役者が一枚上だ】　手段（本領，能力，才能）高出一籌。

やくしょをよす【役所をよす】　辭官。

やくしんをつづける【躍進を続ける】　持續躍進。

やくずきになる【役付きになる】　當幹部。

やくそくをそむく【約束を背く】　違約，背約。

やくそくをはきする【約束を破棄する】　毀約。

やくそくをはたす【約束を果す】　踐約。

やくそくをりこうする【約束を履行する】　履行諾言。

やくたいもない【益体もない】　①没用。②廢物。

やくとくをえる【役得を得る】　得外財，發外財，得外快。

やくにたつ【役に立つ】　①有用，管事，頂事，管用，對…有用。②有益，對…有益。③當…用，頂…用，代替…用。❖前接"の"。↔役に立たぬ。＝…用に立つ，…ためになる。

やくにたてる【役に立てる】　①供…使用。②爲…效勞。③使…有用。❖前接"を"。

やくにつく【役に就く】　擔任職務。

やくにんきどり【役人気取り】　官僚氣，官僚架子。

やくにんのはしくれ【役人の端くれ】　小吏，小官兒。

やくにんふうをふかす【役人風を吹かす】　擺官架子。

やくぶそくをいう【役不足を言う】

對工作表示不滿。

やくぶそくをする【役不足をする】
大材小用。

やくめをする【役目をする】　起…作
用。

やくめをはたす【役目を果す】　完成
任務。

やくわりをえんずる【役割を演ずる】
①起…作用。②扮演…角色。

やくわりをきめる【役割を決める】
規定任務，分派職務。

やくわりをはたす【役割を果す】　起
…作用＝割をつとめる。

やくわりをはっきする【役割を発揮す
る】　發揮作用。

やくをうける【役を受ける】　接受任
務。

やくをかってでる【役を買って出る】
主動擔當…任務（角色）。

やくをくだす【役を降す】　降職。

やくをしていない【役をしていない】
①没用，無濟于事。②無益＝役に立
たぬ。

やくをしりぞく【役を退く】　退職＝
職を退く，役をひく。

やくをつとめる【役をつとめる】　擔
任…職務。

やくをひく【役を退く】　退職，退休
＝役をしりぞく。

やくをやぶる【約を破る】　爽約，失
約。

やけいしにみず【焼石に水】　杯水車
薪。

やけいをする【夜警をする】　巡夜。

やけくそになる【焼糞になる】　自暴
自棄＝やけになる。

やけざけをあおる【目暴酒を呷る】
喝悶酒＝やけざけをのむ。

やけどをする【火傷をする】　燙傷…，
燒傷…。◆前接"に"。

やけに【自棄に】　很…，非常…。

やけになる【自棄になる】　自暴自棄
＝やけくそになる。

やけののきぎすよるのつる【焼野の雉
子夜の鶴】　禽獸猶有愛子之心。

やけのやんぱち【焼けのやんぱち】

自暴自棄＝やけになる。

やけぼっくいにひがつく【焼け棒杭に
火がつく】　死灰復燃。

やけをおこす【自棄を起す】　發脾氣
＝かんしゃくをおこす。

やさしくいえば【易しく言えば】　簡
單來說＝ひとくちにいえば，ひとく
ちにいうと。

やしないきれぬ【養いきれぬ】　養活
不了…，養活不起…。◆前接格助詞
"を"。

やしないになる【養いになる】　滋養，
滋補。

やじをとばす【弥次を飛ばす】　喝倒
采。

やすうけあいしない【安請合しない】
不輕易答應，不輕易請願。

やすからぬきもちで【安からぬ気持で
】　由於不放心。

やすかろうわるかろう【安かろう悪か
ろう】　便宜東西没好貨。

やすきにつく【易きにつく】　避難就
易。

やすっぽくみえる【安っぽく見える】
顯得庸俗。◆前接"を"。

やすみやすみあるく【休み休み歩く】
走一會歇一會。

やすみやすみはしる【休み休み走る】
跑一會歇一會。

やすみをとる【休みを取る】　請假，
告假。

やすめのしな【安目の品】　便宜貨。

やすものをかう【安物を買う】　買便
宜貨＝安目の品を買う。

やすやすと【易易と】　輕易地，白白
地，平白地，輕而易舉地，不費吹灰
之力。

やすやすへこみません【易易凹みませ
ん】　不輕易屈服。

やせがまんをはる【痩せ我慢を張る】
①故意逞能。②硬著頭皮。

やせてぎすぎす【痩てぎすぎす】　骨
瘦如柴，瘦得皮包骨。

やせてもかれても【痩せても枯れても】
①儘管怎麼不濟。②無論怎麼落魄。

やたいみせをだす【屋台店を出す】

擺攤。

やたらなことをくちにする【矢鱈な事を口にする】　隨便亂說。

やっかいなはなしだ【厄介な話だ】　麻煩事兒。

やっかいになる【厄介になる】　受到…照顧。◆前接格助詞“の”。

やっかいものになる【厄介ものになる】　成爲包袱，成爲累贅。

やっかいをかける【厄介を掛ける】　給…添麻煩。◆前接“に”。

やっかいをみる【厄介を見る】　照顧，幫助。◆前接“の”。

やっきになって【躍起になって】　①拼命地。②積極地。③熱心地。④起勁地。⑤急得…。⑥急躁地。

やつざきにする【八裂にする】　大解八塊，碎屍萬段，撕零碎。

やっつけしごと【やっつけ仕事】　①突擊工作，潦草從事的工作，偸工減料的工作。②湊合事。

やっていけない【やって行けない】　生活維持不了，不能維持生活。

やってみよう【やって見よう】　看吧，試試看。

やっとのことで【やっとの事で】　總算…，好歹…，好歹算…，好容易才…。

やっとものごころのついた【やっと物心のついた】　剛懂事的。

やつれがめだつ【窶れが目立つ】　顯得分外憔悴（消瘦）。

やどなしになる【宿無しになる】　無家可歸＝宿無しの身になる。

やどをかりる【宿を借りる】　借宿＝宿を求める。

やどをとる【宿を取る】　訂旅館。

やなぎにかぜとうけながす【柳に風と受流す】　①逆來順受。②巧妙地避開（躲開），巧妙地應付過去。

やなぎにゆきおれなし【柳に雪折なし】　柔能克剛。

やなぎのしたにいつもどじょうはいない【柳の下に何時も泥鰌はいない】　柳樹下不一定常有泥鰍。不可守株待兎。

やにくだる【野に下る】　下野，下臺。

やのごとし【矢の如し】　似箭。

やのさいそく【矢の催促】　緊催，緊逼。

やはり…ことだ　畢竟還是…，終究還是…。

やはりそうだ　果然如此，果然不錯，果然是這樣。

やはりほんとうだ【やはり本当だ】　果然是眞的。

やひなことをいう【野卑なことを言う】　說下流話＝やひの言葉を言う。

やひにみえる【野卑に見える】　顯得粗野（下流）。

やぶからぼう【藪から棒】　①突然，冷不防，抽冷子，出其不意地。②平白無故地。

やぶさかでない【吝でない】　①不吝嗇…，不吝惜…，不惜…。②很願意…。◆前接“に”。

やぶさか…ない【吝…ない】　不惜…，不吝惜…。

やぶへびになる【藪蛇になる】　惹出麻煩。

やぶらざればたたず【破らざれば立たず】　不破不立。

やぶれかぶれになる【破れかぶれになる】　自暴自棄，破罐破摔，破罐破摔＝やけになる，すてばちになる，やけくそになる。

やぶをつついてへびをだす【藪をつついて蛇を出す】　①打草驚蛇。②多管閑事，自找麻煩，自尋苦惱。

やぼうをいだく【野望を抱く】　抱（有）野心，抱著…野心。

やぼなことをいう【野暮なことを言う】　說蠢話。

やまいがある【病がある】　有…毛病。

やまいこうこうにいる【病膏肓に入る】　病入膏肓。

やまいにかかる【病に罹る】　得病，患病。

やまいにたおれる【病に倒れる】　病倒了。

やまいはくちからいる【病は口から入る】　病從口入。

やまいをやしなう【病を養う】　養病。

ゆうきをふるいおこして【勇気を振い起して】　奮勇…。

ゆうしゅうのびをなす【有終の美を成す】　貫徹始終，做到有始有終＝有終の美を飾る。

ゆうしゅうのみとなる【幽囚の身となる】　成為囚犯。

ゆうしょうのもとにじゃくそつなし【勇将の下に弱卒なし】　強将手下無弱兵。

ゆうしょくがおにただよう【憂色が顔に漂う】　愁容満面＝ゆうしょくのただようかお。

ゆうしょくをとる【夕飯を取る】　吃晩飯＝ゆうはんをたべる。

ゆうずうがきかない【融通がきかない】　死脳筋，死心眼。

ゆうぜんとかまえている【悠然と構えている】　従容不迫，不慌不忙。

ゆうだちはうまのせをわける【夕立は馬の背を分ける】　隔道不下雨。

ゆうだのと【遊惰の徒】　懶漢。

ゆうだんなく【勇断なく】　猶猶疑疑地。

ゆうちょうにかまえる【悠長に構える】　従容不迫。

ゆうとうざんまいをする【遊蕩三昧をする】　吃喝嫖賭。

ゆうとうむすこ【遊蕩息子】　敗家子，浪蕩子弟。

ゆうひがおちた【夕日が落ちた】　太陽落山了，太陽偏西了，夕陽西下。

ゆうひがさす【夕日が差す】　西照↔朝日が差す。

ゆうびんがくる【郵便が来る】　來信。

ゆうびんでおくる【郵便で送る】　郵寄。

ゆうびんでもうしこみしだいしんていする【郵便で申し込み次第進呈する】　函索即寄＝御一報次第御送申し上げる。

ゆうびんをだす【郵便を出す】　寄信。

ゆうめいになる【有名になる】　成名，出名。

ゆうめいをはせる【勇名を馳せる】　威名遠震。

ゆうゆうじてきして【悠悠自適して】　悠然自得地。

ゆうゆうと【悠悠と】　不慌不忙地。

ゆうよう（として）せまらぬ【悠揚（として）迫らぬ】　従容不迫，泰然自若，悠閑自在，悠然自得。

ゆうれいがでる【幽霊が出る】　鬧鬼。

ゆうれつをきそう【優劣を競う】　比個高低，比個勝負。

ゆうれつをくらべる【優劣を比べる】　比個高低＝ゆうれつをきそう。

ゆうれつをつけられない【優劣をつけられない】　難分好壞，難分優劣。

ゆえなく【故なく】　無故…，没有理由…＝故なくして。

ゆえに【…故に】　由於…，因為…＝故をもって。❖“…故に”是一個慣用詞組，前接“の”或動詞連體形。它不同於接續詞“故に”，接續詞“故に”要放在句首。

ゆえんは…にある【…所以は…にある】　…之所以…就在於…，…之所以…其原因就在於…。

ゆかしくおもわれる【床しく思われる】　令人懷念。

ゆがみもよこしまもない【歪も邪もない】　没有歪的邪的。

ゆがわく【湯がわく】　水開了。

ゆきあたりばったり【行き当りばったり】　没準譜，没準稿子，漫無計劃。

ゆきがかりじょう…ざるをえない【行き掛かり上…ざるを得ない】　勢必不得不…。

ゆきがかりじょう…わけにはゆかない【行き掛かり上…わけには行かない】　到了這種地步無法再…了。

ゆきがけのだちんに【行き掛けの駄賃に】　臨走時順手兒…，臨走時順便…。

ゆきがたしれずになる【行き方知れずになる】　去向不明＝行く方が不明になる。

ゆきがっせんをする【雪合戦をする】　打雪仗。

ゆききがある【行き来がある】　有來往↔行き来をしていない。

ゆききをしていない【行き来をしていない】　不和…來往。◆前接格助詞“と”。

ゆきすぎたこうい【行き過ぎた行為】　過火的行為。

ゆきすぎになる【行き過ぎになる】　過火，過度。

ゆきずまってしまった【行詰ってしまった】　①走投無路，窮途末路。②陥入僵局。

ゆきずまりをだかいする【行詰りを打開する】　打開僵局。

ゆきだるまをつくる【雪達磨を作る】　堆雪人。

ゆきちがいがある【行き違いがある】　①相反，不一致。②發生齟齬。

ゆきちがいになる【行き違いになる】　走岔了道。

ゆきつけのみせ【行きつけの店】　熟鋪子。

ゆきとすみ【雪と墨】　性格完全不同。

ゆきとすみほどのちがい【雪と墨ほどの違い】　天壤之別。

ゆきとどいたかんびょう【行き届いた看病】　無微不至的護理。

ゆきはほうねんのきざし【雪は豊年のきざし】　瑞雪兆豊年。

ゆきやがれ【行きやがれ】　滾出去。

ゆくえがはんめいした【行く方が判明した】　有了下落。

ゆくえがふめいになる【行く方が不明になる】　去向不明。

ゆくえがわからない【行く方が分らない】　下落不明。

ゆくえはたなんだ【行く方は多難だ】　前途多難＝行く先は多難だ。

ゆくえもさためずにあるく【行く方も定めずに歩く】　信步而行。

ゆくじとくだ【…行く時刻だ】　到了…時候。

ゆくてをさえぎる【行手を遮る】　攔住去路。

ゆくとしてかならざるはない【行くとして可ならざるはない】　無往不適。

ゆくとしをおくる【行く年を送る】　辭舊歳。

ゆくまで【…行くまで】　直到…為止。

ゆっくりでいい　…最好慢慢來。

ゆっくりじかんがある【ゆっくり時間がある】　時間還很多，時間還很富裕。

ゆったりしたきぶんになる【ゆったりした気分になる】　覺得心情舒暢。

ゆとりがない　没有餘地。

ゆにつかる【湯に漬る】　洗澡＝湯に漬かる。

ゆびいっぽんもささせぬ【指一本も差させぬ】　無可厚非。

ゆびおりかぞえた【指折数えた】　屈指可數的＝ゆびおりの。

ゆびおりかぞえるほどしかない【指折数えるほどしかない】　屈指可數。

ゆびをきる【指を切る】　（訂立誓約時）互相勾拉小手指，拉勾。

ゆびをくっする【指を屈する】　①在…方面首屈一指。②使…屈服。◆前接“に”。

ゆびをくわえてみている【指を加えて見ている】　袖手旁觀。

ゆびをくわえる【指を加える】　羨慕，垂涎。

ゆびをそめる【指を染める】　著手做…，開始做…＝手をつける。

ゆみずのようにつかう【湯水のように使う】　揮金如土，揮霍。

ゆみをひく【弓を引く】　①拉弓。②反抗，背叛＝ゆみひく。◆前接“に”。

ゆめうつつにもおもう【夢現にも思う】　連做夢也想。

ゆめうつつのじょうたいにある【夢現の状態にある】　迷迷糊糊，似睡非睡，朦朧狀態。

ゆめがさめた【夢が醒た】　夢醒了。

ゆめがたりをする【夢語りをする】　①說夢話。②說虚無飄渺的話。

ゆめがやぶれる【夢が破れる】　幻想破滅了。

ゆめからさめる【夢から醒める】　從夢中醒來。

ゆめさらさら…ない【夢更更…ない】　一點也不…，絲毫也不…，萬萬没…＝少しも…ない，つゆほど…ない，

不想要…。

ようとぞんじます【…ようと存じます】　同上（自謙語）。

ようとつとめる【…ようと努める】　極力…，努力…，力求…。

ようとはしない　並不想…。

ようともしない　根本不想…。

ようと…ようと　不管…不管…。

ようなきがする【…ような気がする】　覺得好像…，覺得彷彿…。

ようなことはいけない　不應該…。

ようなことはしてはいけません　別…，不要…＝ようなことはするな。

ようなことはない　不會…，決不會…。

ようなものがある　有（造成）這樣的結果。

ようなものだ　①等於…，就等於…，簡直等於…。②好像…，就好像…，簡直像…。

ようなら　如果…。

ように　前接否定助動詞"ない""ぬ""ん""ない"表示強調否定，可以譯爲"別…"，"不要…，千萬別…，決不要…，一定不…"。

ように【…様に】　①使，令，讓，叫。②…得，要…，以免…。③爲了…，以便…。④好像…，似乎…，像那樣。⑤表示補語＝…ことに。

ようにして　＝ように。

ようにする　①使，令，讓，叫。②決定…。

ようにすればよい　可以這樣進行，…即可。

ようにたつ【用に立つ】　有用＝役に立つ。

ように…というわけではない　並不像…那樣。

ようになければならない　要…，必須…，一定要…，非…不可＝…なくてはならない。

ようになった　①才…。②就…。③…來了，…起來了。④就會…，就能…。⑤可以…。⑥也能…。⑦已經會…，已經能夠…。⑧決定…。

ようになったら…ようになる　如果…就會…。

ようにねがう【…ように願う】　希望…。

ようにみえる【…ように見える】　顯得…。

ようへいかみのごとし【用兵神のごとし】　用兵如神。

ようべんをする【用便をする】　解手，大小便＝ようたしをする。

ようみせかける【…よう見せ掛ける】　裝…，充…，假裝…，假裝要…。

ようものなら　如果＝もし…たら。

ようやっとのことで【ようやっとの事で】　好容易才…＝ようやく…ように なる。

ようようたるものがある【洋洋たるものがある】　不可限量。

ようりょうがいい【要領がいい】　精明，乖巧。

ようりょうがわるい【要領が悪い】　笨拙，抓不住關鍵，勁使在刀背上了。

ようりょうのいい【要領のいい】　精明的，乖巧的→要領の悪い。

ようりょうをえない【要領を得ない】　不得要領＝要を得ない。

ようりょうをつかむ【要領を摑む】　抓住要領＝要をえる。

ようをなさない【用をなさない】　不頂用，不中用。

よがふける【夜が深ける】　夜深了。

よがほのぼのとあける【夜がほのぼのとあける】　天朦朧亮了。

よがよなら【世が世なら】　如果生逢其時。

よからぬ【良からぬ】　壞，不好＝悪い，よくない。

よからぬことをたくらむ【よからぬ事を企む】　圖謀不軌。

よかれ【善かれ】　爲了好，希望好。

よかれあしかれ【善かれ悪しかれ】　好歹，無論如何，横豎。

よかれとおもう【善かれと思う】　出於一片好心。

よきしたとおりに【預期した通りに】　正如所料，就像預料那樣。

よきしない【預期しない】　没想到…，出乎預料。

よぎをかける【夜着を掛ける】　蓋被
子＝ふとんをかける。

よきんをひきだす【預金を引き出す】
提取存款。

よくあたった【よく当った】　說對了，
正好說對了，正好猜著了。

よくある　常有。

よくあることだ　常有的事。

よくおぼえておれ【よく覚えておれ】
你等著瞧，我跟你沒完。

よくがふかい【慾か深い】　貪心不足，
欲壑難塡。

よくきく【よく利く】　好使，好用。

よくじこをかえりみる【よく自己を省
みる】　好好反省。

よくしっている【よく知っている】
深知…。

よくしゃべる【よく喋る】　①能說。
②會說話。

よくできたひと【よく出来た人】　懂
事的人，有修養的人，通情達理的人。

よくできました【よく出来ました】
①做得很好。②考得很好。③回答得
很好。

よくでる【よく出る】　暢銷，銷路好。

よくない【良くない】　①不好。②不
要…。③不應當…。④不應當…。⑤
不適於…，不宜於…。

よくないとすれば…よいだろうか　…
不好…就好嗎？如果…不好，那末…
就好嗎？

よくなれば　如果…好轉的話。

よくにめがくらむ【慾に目が眩む】
利令智昏。

よくにも…できない　無論如何也不能
…。

よくのかわがつっぱる【慾の皮が突っ
張る】　貪而無厭。

よくふくめる【よく含める】　再三囑
咐。

よくみえない【よく見えない】　看不
清。

よくみかけることだ【よく見掛けるこ
とだ】　屢見不鮮。

よくみている【よく見ている】　好好
看著，好好瞧著，注意看，仔細看。

よくめがある【慾目がある】　偏心眼。

よくも【善くも】　①竟…，竟能…。
②居然。③竟敢…。

よくものがわかる【よく物が分る】
很懂事＝よく物が判る。

よくも…ものだ　①竟能…，居然…。
②竟敢…＝よくも…もんだ。

よくやった　好極了，棒極了，真了不
起。

よくよくのことで【善く善くのことで
】　由於萬不得已。

よくをいえば【慾を言えば】　①現在
已經很滿足了，不過…。②如果要求
高一點的話。

よけいなおせわだ【余計なお世話だ】
管不著，少管閑事→余計な口出しを
する。

よけいなくちだしをする【余計な口出
しをする】　多管閑事→余計なお世
話だ，いらぬ心配。

よけいなくちをきく【余計な口を聞く
】　瞎打聽。

よけいなことをする【余計なことをす
る】　管閑事，多此一舉。

よけいなしごとをする【余計な仕事を
する】　同上。

よけいなしんぱいをする【余計な心配
をする】　多操那份心，操心過度。

よけいにしんぱいだ【余計に心配だ】
格外讓人擔心。

よこあいから【横合いから】　從旁，
從側面，在一旁＝横から。

よこからくちをだす【横から口を出す
】　從旁插嘴。

よこからじょげんをする【横から助言
をする】　在一旁出主意。

よこぐるまをおす【横車を押す】　①
弓，乖張，霸道，蠻不講理。②開倒
車＝横柄にふるまう，よこがみやぶ
りで。

よこすじにそれた【横筋にそれた】
①離題。②岔道＝よこみちにそれ
る。

よこつらをなぐる【横面を殴る】　打
嘴巴＝顔をなぐる，横面をはる。

よこにたおす【横に倒す】　放倒＝よ

①許多戶雜居在一起。②拼湊的組織，東拉西湊的球隊，烏合之衆。

よりいじょうに【より以上に】 更…，更加…，更爲…。

よりいじょうの【より以上の】 更大的。

よりいっそ 與其…莫如…，與其…倒不如…＝よりむしろ，…より…むしろ…方がいい，…より…方がいい。◆前接體詞或動詞連體形。

より…うえです【…より…上です】 比…好。

よりか ①比…。②與其…不如…＝…よりも。

よりがもどる【縒が戻る】 ①倒捻。②恢復舊好，破鏡重圓＝よりをもどす。

よりしかたがない【…より仕方がない】 只有…，只好…，只能…＝より仕様がない，…よりほかに，より方法はない。

よりしようがない【…より仕様がない】 同上條。

よりすこしです【…より少しです】 比…稍好一點。

よりどころがある【拠り所がある】 ①有根據，有依據。②有靠山↔よりどころがない。

よりどころをうしなう【拠り所を失う】 ①失去靠山。②失去寄託。③失去依據。

よりどりはやめてください【選り取りはやめて下さい】 別挑。

より…ない ①只好…。②只有…。③只能…。④除了…沒有…。⑤不得不…。

より…のほうがずっと… 比…得多。

よりは 與其…不如…。

よりは…ましだ【…よりは…方が増しだ】 同下條。

よりはむしろ…ほうがいい 與其…不如…。

より…ほうがいい 與其…倒不如…，與其…莫如…。

よりほかしかたがない【…よりほか仕方がない】 只能…，只好…，只有…，除了…而外沒有別的辦法＝…よ

りほか仕様がない，…よりほか方法がない，…よりほかに…ない，…のほかに…ない。

よりほかに 同上條。

よりほかに…ない 同上條。

よりほかにはしかたがない【…よりほかには仕方がない】 同上條。

よりほうほうがない【…より方法がない】 同上條。

よりましだ【…より増しだ】 與其…不如…。

より…むしろ ①比…更…。②與其…不如…。

よりむしろ…ほうがいい【…よりむしろ…方がいい】 同上條。

よりむしろ…ほうがましだ【…よりむしろ…方が増しだ】 同上條。

よりも ①比…還…。②與其…不如…＝…よりか。

よりも…ほうがいい【…よりも…方がいい】 ＝…よりはむしろ…ほうがいい。

よりも…ほうである【…よりも…方である】 與其說…不如說…＝…よりもむしろ…ほうである。

よりょくをあますことなく【余力を余すことなく】 不遺餘力＝余力をのこさず。

よりほど 比…得多。

よりをもどす【縒を戻す】 ①倒捻。②破鏡重圓＝縒が戻る。

よるとさわると【寄るとさわると】 一到一塊兒就…，一有機會就…。

よるべき【据るべき】 ①可遵循的。②可以依據的。

よろこびがある【喜びがある】 有喜事。

よろこびにたえない【喜びに堪えない】 非常愉快，不勝欣喜。

よろこびのいろをうかべる【喜びの色を浮かべる】 喜形於色。

よろこぶべき【喜ぶべき】 可喜的，值得高興的。

よろこんで【喜んで】 甘心…，甘願…，甘爲…，情願…，願意…，樂意…，高興…，欣然…。

よろこんで…する【喜んで…する】
甘心…，甘願…，甘如…，情願…，
主動地…，欣然…。

よろしく…べきだ【宜しく…べきだ】
應該…，必須…。

よろんをつくる【輿論を造る】　造輿
論。

よわきになる【弱気になる】　氣餒起
來。

よわたりがうまい【世渡りがうまい】
善於處世。

よわたりのみち【世渡りの道】　處世
之道。

よわねをはく【弱音を吐く】　說不爭
氣的話，示弱。

よわみをつけこむ【弱身を付込む】
抓住弱點，抓住把柄＝弱身を搰える。

よわりめにたたりめ【弱り目に祟り目
】　禍不單行，越背運越倒霉，黄鼠
狼專咬病鴨子。

よわりめにつけこむ【弱り目に付込む

】　牆倒衆人推。

よをあかして【夜を明かして】　徹夜
…，通宵…＝夜を徹する。

よをさる【世を去る】　死，去世。

よをしる【世を知る】　①懂得世故人
情。②知春。

よをてっする【夜を徹する】　徹夜，
通宵，徹夜不眠。

よをねずにあかす【夜を寝ずに明かす
】　同上條。

よをのがれる【世を逃れる】　遁世，
隱居＝世をすてる。

よをはかなむ【世を果敢なむ】　厭世。

よをはばかる【世を憚る】　没臉見人
＝世を忍ぶ。

よをひにつづいて【夜を日に継いて】
日以繼夜地。

よをふかす【夜を更す】　熬夜，到深
夜。

よをわたる【世を渡る】　度日，生活
＝世を送る。

ら

らいねんのことをいえばおにがわらう
【来年のことを言うと鬼が笑う】
①前途未卜。②將來的事難以預料。

らいめいてんかにとどろく【雷名天下
に轟く】　名震天下，名震中外。

らくいんをおされる【烙印を押される
】　跳到黄河也洗不清。

らくいんをおす【烙印を押す】　打上
烙印。

らくえきとしてたえず【絡繹として絶
えず】　絡繹不絕。

らくでない【楽でない】　①不輕鬆。
②不舒服。③不快活。④不富裕。⑤
不容易。

らくにかつ【楽に勝つ】　輕而易舉，
毫不費力。

らくになる【楽になる】　①好些了，
舒服了。②富裕起來。③快活起來。

らくようのしかをたかめる【洛陽の紙

価を高める】　暢銷書。

らちがあいた【埒が明いた】　①解決
了。②有了結論。③有了歸結。有了
結果↔らちがあかぬ。

らちもない【埒もない】　①没有道理。
②没有分寸。③亂七八糟。④糊裡糊
塗。

らちもないことをいう【埒もないこと
を言う】　①講話没有分寸。②語無
倫次。③不得要領。④没邊的話。

らちをつける【埒をつける】　處理，
解決。❖前接"の"。

らっかんてきにかんがえる【楽観的に
考える】　往好處想。

らっぱをふく【喇叭を吹く】　①吹號，
吹喇叭。②吹牛，說大話＝法螺を吹
く。

らつわんをふるう【辣腕を振う】　大
顯身手＝腕をふるう。

んする。

りょうしんにはじない【良心に恥じない】　問心無愧。

りょうしんのかけらもない【良心のかけらもない】　一點良心也没有。

りょうしんのかしゃくをうける【良心の呵責を受ける】　受到良心的譴責。

りょうしんのめいずるところにしたがって【良心の命ずるところにしたがって】　憑良心。

りょうしんをいつわる【良心を偽る】　昧良心。

りょうしんをうしなう【良心を失う】　没良心，喪天良。

りょうしんをくらます【良心を晦ます】　昧良心。

りょうてにばな【両手に花】　裏外光，好處全佔，一箭雙雕，一擧兩得。

りょうてをついてあやまる【両手をついて謝る】　伏首請罪。

りょうてんびんをかける【両天秤を掛ける】　兩頭都佔，一隻脚踏兩條船。

りょうやくはくちににがし【良薬は口に苦し】　良藥苦口＝良藥苦口。

りょうりがうまい【料理がうまい】　①會作菜。②善於…，善於做…，善於料理…。

りょうりつしない【両立しない】　勢不兩立。

りょうりをあつらえる【料理を誂える】　點菜。

りょうりをこしらえる【料理を拵える】　做菜。

りょうりをまかそう【料理をまかそう】　讓…去辦，交給…去辦。

りょうをかげんして【量を加減して】　量力，適量地，力所能及地。

りょがいながら【慮外ながら】　恕我冒昧。

りょがいのできことだ【慮外の出来事だ】　出乎意料，意外。

りよくでこころがくもっている【利慾で心が曇っている】　利令智昏，利慾熏心＝よくに目がくもる。

りよくにめがくらむ【利慾に目がくらむ】　同上條。

りろんてきには【理論的には】　按理說，從理論上。

りをねらう【利を狙う】　圖利。

りをもってひにおちる【理を以て非に落ちる】　有理落得無理。

りんきおうへん【臨機応変】　隨機應變。

りんきをおこす【悋気を起す】　吃醋，嫉妬。

りんじゅうのことば【臨終の言葉】　臨終遺言。

りんぜんとして【凛然として】　威風凜凜地。

りんもうのさもない【厘毛の差もない】　不差毫釐。

りんをならす【鈴を鳴す】　打鈴，搖鈴，按鈴。

る

るいえんかんけいがある【類縁関係がある】　類似，近似，有相同之處。

るいけいてきで【類型的で】　①刻板。②概念化。

るいけいにおとしている【類型に堕している】　過於概念化。

るいのない【類のない】　無與倫比的。

るいはともをよぶ【類は友を呼ぶ】　物以類聚。

るいれいがない【類例がない】　没有前例，没有類似的例子。

るいをおよぼす【累を及ぼす】　連累…，牽連。◆前接“に”。＝るいを…に及ぼす。

るいをますする【塁を摩する】　（文）接近…。◆前接“に”，“の”。＝

るいを摩す。

るげんをよせず【縷言を要せず】　無須贅言。

るこつして【鏤骨して】　刻苦地，努力地，嘔心瀝血地。

るすばんをさせる【留守番をさせる】　讓…看家，求…照顧門戶。◆前接"

るすをあずかる【留守をあずかる】　看家。

るすをつかう【留守を使う】　裝不在家。

るすをねらって【留守をねらって】　趁家裏没人，趁著不在家。

にて"。＝留守番をたのむ。

ルポをかく【ルポを書く】　寫報導。

れ

れいがいでない【例外でない】　不例外。

れいがいなしに【例外ないに】　無例外地，一律。

れいがいもない【例外もない】　毫無例外，一律。

れいぎただしい【礼儀正しい】　有禮貌，彬彬有禮。

れいぎをわきまえない【礼儀を弁えない】　不懂禮貌＝れいぎをしらない，れいせつをわきまえない。

れいせいなあたまをたもつ【冷静な頭を保つ】　保持清醒的頭腦。

れいせつをわきまえない【礼節を弁えない】　不懂禮節，不懂禮貌。

れいにとる【例に取る】　以…爲例。◆前接"を"。

れいになく【例になく】　破例，没有前例。

れいによって【例によって】　照例，根據慣例，和往常一樣。

れいによってれいのごとしだ【例によって例の如しだ】　一如既往。

れいにもれない【例に漏れない】　一律，毫無例外＝もれなく。

れいの【例の】　那個，那件。

れいのごとく【例の如く】　如通常一樣，和往常一樣＝例の通り。

れいのしろもの【例のしろもの】　還是那一套，還是老一套。

れいのちょうしだ【例の調子だ】　老一套，老調重彈。

れいのとおり【例の通り】　通常，往

常。

れいみょうのひびきがする【霊妙の響がする】　非同凡響。

れいめいがある【令名がある】　負有盛名。

れいめいはちにおちる【令名は地に落ちる】　名譽掃地，聲名掃地＝名声は地に落ちる。

れいらくのいっとをたどる【零落の一途をたどる】　日趨零落。

れいをあげる【例を挙げる】　舉例。

れいをしっする【礼を失する】　失禮＝礼を欠く。

れいをとる【例を取る】　以…爲例，拿…來說吧。◆前接"に"。

れいをのべる【礼を述べる】　致謝。

れいをひく【例を引く】　舉例，引用例子＝例をあげる。

れいをもってまつ【礼をもって待つ】　待之以禮。

れいをやぶる【例を破る】　破例，破格。

れいをわきまえない【礼を弁えない】　不懂禮貌。

れきしじょうにせんれいがない【歴史上に先例がない】　史無前例。

れきしにながくのこる【歴史に長く残る】　永垂史冊。

れきしのながれ【歴史の流れ】　歴史潮流。

れきしはくりかえさない【歴史は繰返さない】　歴史不會重演。

レコードに…をふきこむ【レコードに

うで分らない】　①若明若暗。②似懂非懂。

わがままかってにふるまう【我が儘勝手に振舞う】　爲所欲爲。

わがまますぎる【我が儘すぎる】　太任性。

わがままなところがたぶんにある【我が儘な所が多分にある】　非常任性。

わがままに【我が儘に】　①隨便。②任性，放肆地。

わがままにそだつ【我が儘に育つ】　嬌生慣養。

わがままにふるまう【我が儘に振舞う】　任意妄爲。

わがみにせいさつをくわえる【我が身に省察を加える】　反躬自省。

わがみをかえりみる【我が身を省みる】　反躬自省，反躬自問。

わがみをつねってひとのいたさをしれ【我が身を抓って人の痛さを知れ】　推己及人。

わがみをふりかえる【我が身をふり返る】　反躬自省，反躬自問＝我が身を省みる。

わがものがおにのさばる【我が物顔にのさばる】　横行霸道。

わがものがおにふるまう【我が物顔に振舞う】　霸道，横行霸道。

わがものとおもえばかるしかさのゆき【我が物と思えば軽し笠の雪】　自己攬的擔子不嫌沉。

わがよのはるをうたう【我が世の春をうたう】　彈冠相慶。

わからないことをいう【分らないことを言う】　不講理。

わかりがはやい【分りが早い】　領會得快，理解得快。

わかるまでといただす【分るまで問い質す】　問個明白。

わかるものか【分るものか】　哪裏曉得…。

わかれみちにそれてしまった【別れ道にそれてしまった】　走岔道了＝わかれみちをゆく。

わかれわかれにすむ【別れ別れに住む】　分居另過。

わかれをおしむ【別れを惜む】　惜別。

わかれをつげた【別れを告げた】　告別，向…告別。⊕前接"に"。

わきあいあいたる【和気あいあいたる】　和睦的，和美的，和氣的，和藹的，美滿的。

わきまえがつかぬ【弁えがつかぬ】　分辨不清。

わきまえのある【弁えのある】　通情達理的。

わきみちにそれる【脇道にそれる】　走岔道了。

わきみもしないで【脇見もしないで】　町町地，目不轉睛地。

わきめから【脇目から】　從旁觀者來看。

わきめもふらず（に）【脇目も振らず（に）】　專心致志地，聚精會神地。

わきをみる【脇を見る】　往旁處看＝わきめをする。

わくからでる【枠から出る】　①擺脱…的框框，跳出…的圈子。②超出範圍＝わくからぬけだす，わくをでる，わくをぬけだす，わくをはなれる。

わくをきめる【枠を決める】　決定…的範圍。

わくをこえる【枠を越える】　超越了…的範圍。

わくをのりこえる【枠を乗越える】　突破…的框框。

わけありません【訳ありません】　不費事，没什麼，不麻煩＝わけはありません。

わけがある【訳がある】　①有道理。②有原因。

わけがない【訳がない】　①不會…，不可能…。②很容易，輕而易舉。①＝…はずがない。②＝容易である，たやすい。

わけがわからなくなった【訳が分らなくなった】　糊塗了，莫名其妙，分不清是非。

わけだ【…訳だ】　①應該…。②當然（要）…。③怪不得…。④就要…。⑤是…，都是…＝…わけである，…

わけです。

わけではない【…訳ではない】　並不…，並不是…，並非…，也不能…，也不是…。

わけにはいかない【…訳に行かない】　①不能…，就不能…，是不能…，也不能…，不可以…。②不好…。③不便…。④不敢…。⑤無法…＝…わけにはゆかない，…わけにはいきません，…わけにはいかん，…わけにはまいりません，…わけにはゆかぬ，…わけにはいかず。

わけにもいかない【…訳にも行かない】　①也不能…。②也不好…。③也不便…。

わけにもゆくまい【訳にも行くまい】　不大合適吧。

わけて【分けて】　特別…，尤其…，格外…＝なかんずく，ことに，別に，別として。

わけても【分けても】　同上條。

わけなく【訳なく】　①輕易地，輕而易舉地。②簡單地。③很容易就…。④平白無故地，無緣無故地。

わけのわかる【訳の分る】　懂得道理的。

わけへだてなく【別隔てなく】　不分彼此地，一視同仁。

わけもあるまい【…訳もあるまい】　也不至於…吧。

わけもなく【訳もなく】　同 " 訳なく " 條。

わけをかいしかねる【訳を解しかねる】　莫名其妙。

わけをただす【訳を糺す】　①打聽原因。②問問理由＝わけをたずねる。

わざとえがおをつくる【わざと笑顔をつくる】　故作笑臉。

わざとしたのではない　不是故意的，不是存心的，不是有意的。

わざとしんぴかする【わざと神秘化する】　故弄玄虛。

わざと…にさからう【わざと…に逆う】　故意和…作對。

わざとらしいふりをする　裝模作樣。

わざわいがふりかかる【災がふりかかる】　禍從天降。

わざわいにあう【災に会う】　遭殃，倒霉。

わざわいのもと【災の本】　禍根。

わざわいをてんじてふくとなす【災を転じて福となす】　轉禍爲福，逢凶化吉。

わざわいをひきおこす【災を引起す】　惹禍，闖禍。

わざわいをまねく【災を招く】　同上條。

わざをならう【技を習う】　學本事（本領，手藝，技能）。

わざをみがく【技を磨く】　練本領（本事，手藝，技巧）。

わずかしかいません　只有很少數。

わずか…しか…ない　只…，僅僅…＝わずか…しかない。

わずか…にすぎない【わずか…に過ぎない】　只不過…。

わずかばかりの　少許的，一點點的，些許的。

わずらいがない【煩いがない】　没有累贅。

わずらいをいとわず【煩いを厭わず】　不厭其煩。

わずらいをみぜんにふせぐ【患いを未然に防ぐ】　防患於未然。

わすれっぽくなる【忘れっぽくなる】　記性不好了。

わだいにのぼる【話題に上る】　成爲話柄，成爲話題，成爲談話資料，被人們議論＝わだいになる。

わだいをかえる【話題を変える】　改變話題。

わだいをはぐらかす【話題をはぐらかす】　把話岔開＝わだいをそらす。

わだいをもどす【話題を戻す】　拉回話題。

わだかまりがある【蟠りがある】　有隔閡。

わたくしがある【私がある】　①自私。②偏私，不公平。

わたくしがおおい【私が多い】　非常

【破れ鐘のような声でどなりちらす】　破口大罵。

われがねのようなこえでわめきらす【割れ鐘のような声でわめきらす】　大聲叫嚷。

われかんせず【我関せず】　事不關己，與我無關。

われこそいちばんえらい【我れこそ一番えらい】　老子天下第一。

われさきに（と）【我先に（と）】　爭先恐後地＝われおとらじと。

われしらず【我知らず】　不由地，無意識地，不知不覺地＝思わず，無意識に。

われと【我と】　①自己。②自覺。

われとおもう【我と思う】　①自以爲比別人強。②有把握，自以爲有把握。

われとはなしに【我とはなしに】　不由得…，不覺地…＝われにもなく。

われながら【我ながら】　連自己都…。

われなべにとじぶた【割れ鍋に綴蓋】　破鍋配破蓋，難兄難弟。

われにかえる【我に帰える】　蘇醒，醒悟過來。

われにもあらず【我にもあらず】　不由地，不知不覺地＝思わず，我にもなく。

われにもなく【我にもなく】　同上條。

われひとともにゆるす【我人共に許す】　公認的。

われもわれもと【我も我もと】　①爭先恐後地。②你一言我一語。

われるようなはくしゅ【割れるような拍手】　暴風雨般的掌聲。

われわれにえんのない【我我に縁のない】　跟我没緣的，跟我無關的，毫不相干的。

われをわすれて【我を忘れて】　①忘我地。②出神地。

わんさとある　多得是，有的是。

わんりょくにうったえる【腕力に訴える】　訴諸武力。

わんりょくをふるう【腕力を振う】　動武。

を

をあいてにしてくれない【…を相手にしてくれない】　不理…，不和…共事，不和…辦事。

をあいてにするな【…を相手にするな】　甭管，甭理…。

をあかるみにだす【…を明るみに出す】　①把…公開（出來）。②把…揭露出來。

をあきらかにさせなければならない【…を明らかにさせなければならない】　必須把…弄清楚。

をあきらかにする【…を明らかにする】　①弄清…。②明確…。③表明…。④申明。

をあてにする【…を当てにする】　①指望，期望。②依靠…。③相信…，信賴…＝…があてになる。

をあとにする【…を後にする】　離開…。

をあまくみる【…を甘く見る】　瞧不起…。

をあらたにする【…を新たにする】　重新做…。

をあらわにする【…を顕にする】　①露出…。②暴露…。

をいいぐさに【…を言種に】　藉口…，假託…＝といいこしらえる。

をいいぐさにする【…を言種にする】　藉口…。

をいいことにして　仗著…。

をいいわけにする【…をいい訳にする】　把…當作遁詞。

をいかしてつかう【…を活して使う】　有效地利用…，好好地利用…。

をいそぐ【…を急ぐ】　加緊…，趕快…。

をいちまいかんばんにする【…を一枚

看板にする】　拿…作幌子，以…爲
招牌，以…爲旗號。

をいっしょにする【…を一緒にする】
包括…在內，連…在內。

をいってひきうける【…を一手に引
き受ける】　把…包下來。

をいれて【…を入れて】　連…在內，
包括…在內。

をうまくやる【…を旨くやる】　把…
弄好。

をうらみにおもう【…を恨みに思う】
怨恨…。

をうらむにはあたらない【…を恨むに
は当らない】　怨不得…。

をうりものにする【…を売物にする】
拿…作幌子，以…爲招牌，以…爲旗
號。

をえにする【…を餌にする】　以…爲
誘餌。

をえるにいたらない【…を得るに至ら
ない】　没有得到…。

をおいて【…を措いて…ない】
除…而外没有，除…而外別無…＝
…をのぞいて…ない。

をおきざりにする【…を置去りにする
】　抛棄…，把…抛在腦後，把…扔
下不管。

をおこなう【…を行なう】　從事…，
舉行…，進行…。

をおとりにつかう【…を囮に使う】
把…當作誘餌。

をおもえばおもうほど【…を思えば思
うほど】　越想…越…。

をおもてかんばんとする【…を表看板
とする】　拿…作幌子。

をおるすにする【…をお留守にする】
①忽視…。②耽誤…。③把…抛在腦
後。

をおろそかにする【…を疎かにする】
忽視…，放鬆…。

をがいきにあてる【…を外気に当てる
】　把…晾一晾，讓…見見風。

をかえりみるひまがない【…を顧みる
暇がない】　無暇顧及…，没工夫管
…。

をかぎりとする【…を限りとする】

以…爲限。

をかさにきていばる【…を笠に着て威
張る】　仗著…的權勢擺臭架子。

をかさにきる【…を笠に着る】　仗…，
仗著…，依仗…。

をかしょうにひょうかする【…を過小
に評価する】　把…估計得過低。

をかだいにする【…を過大にする】
把…估計過高，過高地估計了…←→…
を過小にする。

をかたくする【…を固くする】　①加
強…。②加固…。③鞏固…。

をかたにする【…を肩にする】　扛著
…。

をかたわきによせる【…を片脇に寄せ
る】　①把…放在一邊。②把…收拾
起來。

をかねにする【…を金にする】　變賣
…，把…換錢。

をかまっていられない【…を構ってい
られない】　顧不得…了。

をかんがえにいれる【…を考えに入れ
る】　對…加以考慮。

をかんがえもしない【…を考えもしな
い】　毫不考慮…。

をかんがえると【…を考えると】　一
想起…就…。

をかんじょうにいれる【…を勘定に入
れる】　①把…算在內。②把…考慮
在內。③把…估計在內。

をきそづけるものは…である【…を基
礎付けるものは…である】　…的根
據是…，…的依據是…。

をきたなくする【…を汚くする】　弄
髒了…。

をきにかける【…を気に掛ける】　擔
心…，惦念…，懸念…，對…不放心。

をきにする【…を気にする】　①介意
…，放在心上。②擔心…，怕…。

をきにやむ【…を気に病む】　爲…而
憂慮，爲…而傷腦筋。

をきばんとする【…を基盤とする】
以…爲基礎。

をきょうこにする【…を強固にする】
鞏固…。

をきょうだいにする【…を強大にする

…。②放過…。

をみそくそにこきおろす【…を味噌糞に極き下す】 把…說得一錢不值, 把…眨得一錢不值。

をみて【…を見て】 趁著…＝…うちに。

をみてたのしむ【…を見て楽しむ】 欣賞…。

をみにつける【…を身につける】 ①養成…。②掌握…。

をみるだけで…をみない【…を見るだけで…を見ない】 只看…不看…。

をむかえにゆく【…を迎えに行く】 去請…, 去接…, 去迎接…。

をむこうにまわす【…を向こうに回す】 以…爲對手, 和…作對。

をむだにする【…を無駄にする】 ①浪費…。②糟蹋…。③耽誤…。

をむちゅうにする【…を夢中にする】 把…迷住了, 使…著迷。

をむにする【…を無にする】 ①辜負…。②斷送…。

をむねとする【…を旨とする】 ①以…爲宗旨。②是主要的。

をむねにたたむ【…を胸に畳む】 把…藏在心裏。

をむりにうばう【…を無理に奪う】 強佔…, 強奪…。

をめあてにする【…を目当てにする】 以…爲目的, 以…爲目標＝…を目掛ける。

をめじるしにする【…を目印にする】 以…爲目標。

をもって【…を以て】 ①用, 使用, 利用。②因爲…, 由於…。③根據…＝…で, …によって, …ゆえに。

をもってねんとする【…をもって念とする】 以…爲念。

をもってにんじる【…をもって任じる】 自命爲…。

をもとにする【…を元にする】 以…爲基礎。

をものにする【…を物にする】 ①掌握…。②把…弄到手。

をもはんとする【…を模範とする】 以…爲榜樣。

をもんたいにする【…を問題にする】 ①問題在於…。②把…當回事↔…を問題にしない。

をよくいう【…をよく言う】 把…往好裏說↔…をわるくいう。

をよくする【…を良くする】 提早…, 促進…。

をよろこぶ【…を喜ぶ】 爲…而高興。

をりゆうにする【…を理由にする】 藉口…, 以…爲理由。

をれいにとる【…を例に取る】 以…爲例, 拿…作例子。

をわかず 不分…。

をわがものにする【…を我が物にする】 霸佔…。

をわがものにつかう【…を我が物に使う】 隨便用…, 任意用…。

をわらいものにする【…を笑いものにする】 笑話…。

をわるくいう【…を悪く言う】 罵…。

をわるくとらない【…を悪く取らない】 不要誤解…, 不要誤會…。

をわるのみちにみちびく【…を悪の道に導く】 把…引入歧途, 把…領上壞道。

日語詞句與句型手冊

定價：200 元

1984 年(民 73 年)12 月初版一刷
2001 年(民 90 年)2 月初版三刷
本出版社經行政院新聞局核准登記
登記證字號：局版臺業字 1292 號

編　　　者：鴻儒堂編輯部
發　行　人：黃成業
發　行　所：鴻儒堂出版社
地　　　址：台北市中正區 100 開封街一段 19 號 2 樓
電　　　話：二三一一三八一〇・二三一一三八二三
電話傳真機：二三六一二三三四
郵 政 劃 撥：〇一五五三〇〇一
E － mail：hjt903@ms25.hinet.net

凡有缺頁、倒裝者，請向本社調換
ISBN：957-9092-20-6(平裝)

定價：200元

1984年（民73）12月初版一刷
2001年（民90）3月2日初版五刷

ISBN：957-9092-20-6（平裝）